国家出版基金项目
NATIONAL PUBLICATION FOUNDATION

清詩話全編

順治期二
康熙期一

張寅彭 編纂
楊　焄 點校

上海古籍出版社

第二册目次

顺治期

康熙期

兼濟堂詩話

兼濟堂詩話提要

《兼濟堂詩話》一卷，據清初刊《唐詩清覽集》本點校。撰者魏裔介（一六一六—一六八六），字石生，號貞庵，直隸柏鄉人。順治三年進士，官至太子太傅、保和殿大學士，乾隆初追謚文毅。有《兼濟堂集》。《清史稿》卷二六二有傳。按《清覽集》有順治十六年吴偉業序，乃魏氏之唐詩選本，凡二十六卷，分體選詩，末卷爲《古今詩話》、《兼濟堂詩話》兩種。《古今詩話》乃選録唐宋以迄明人之論詩語，屬彙輯性質，已另入外編「綜合類」。此一種則爲自家之論唐詩語。魏氏理學名臣，其論大抵一本風人之旨，於嚴滄浪、楊仲宏、高棅《品彙》直至王、李種種之論，皆所不取。杜甫之外，特重張籍，以爲高過白居易，即不悖諷諭之意也。此本今藏韓國首爾大學奎章閣圖書館，國内則尚未見。

兼濟堂詩話

鄗南魏裔介譔

樂天論詩之源流興廢，以六義爲折衷，而不在乎嘲風月、弄花草。蓋得聲教之微意，學者所宜奉以爲指南也。後之論者求諸氣格、局調、詞采之間，溺其指矣。然杜子美忠君愛國，憂時感慨，有關於諷刺者甚多，又不止三四十首而已也。

杜子美云：「讀書破萬卷，下筆如有神。」乃楊仲弘謂「取材於《選》，效法於唐」，其言隘矣。詩以用意爲主，其字歸于雅當精切而已。若心注於鍊字，則失大本大源。仲弘以鍊字爲妙處，未得詩之真解。

論者謂漢魏質勝於文，六朝文勝於質；得二者之中，備風人之體，惟唐詩爲然。其説似矣。然風人之體，貴有忠愛諷諭之意，不以文質論也。六朝至齊、梁時，始諱言諷諭，失風人之旨。靖節亦在晉、宋間，豈可概以六朝論乎？唐人得風雅者固多，流於齊、梁者亦不少。若希夷閨帷、上官婉麗，正是齊、梁遺俗，而與虞、魏、陳、張同稱初唐，可乎？巨山詩滯重無意，「宿老」之稱，當時推其代言耳，移之於詩，誤矣。右丞詩殊有静氣，「精緻」何足盡之？江寧古詩鬱勁，絶句備美，何云「聲俊」？李從一有憂愛之志，豈可以皮毛謂之「臺閣」？長吉得之《天問》、《招魂》，出奇無窮，難與盧仝爲列。東野冰霜松柏，特爲昌黎所重，非閬仙可並。牧之有志用世，不得自見，詩意憤勃，寧止「豪放」哉！義山意深辭奥，非倉卒可會，此騷法也，謂爲「隱僻」，淺思而不得其解耳。許用晦思深力大，傑出一時，豈可稱其對偶？膚論飛卿，綺靡是也，發微推隱，亦時有近雅之作。劉滄殊無可採，不當比于馬戴、李頻、李群玉有好句耳。何云「黽勉氣格」？尚論不審，其誤後人多矣！至於初、盛、中、晚，時代之移，固所不免，若必執爲繩尺，則初唐詩有靡於晚者，晚唐詩有進於盛者，其若之何？不讀大曆、貞元以後詩，而自運不免粗浮蔑裂者，初、盛、中、晚之論錮之也。且王、楊至郊、島，殊不難辨，即能辨之，何以遽稱作者？蓋《品彙》採輯有苦工，而得於心悟者淺，故持論如是耳。

華亭徐獻忠作《詩品》一卷，論三變之源委，探諸子之悰意，衡覽較然。但推尊沈、宋太過，謂佺期「叔源、明遠變色」，又謂之問「身游宇内，神薄太清，含粹美之氣，不離《雅》《頌》之義」，文士溢美之詞，良可嗤鄙。若儲光羲，謂其「瑣尾感歎，氣象卑促」，又抑之太過矣。

五言古詩，四言之變也。漢、魏有漢、魏之古詩，唐人有唐人之古詩。必欲唐人貌漢、魏，則優孟衣冠耳。陳子昂、張子壽、李太白、杜子美、元次山、韋蘇州、韓退之，其作有不及漢、魏者，亦有勝於漢、魏者，何謂「唐無五言古詩，而有其古詩」哉！至於古詩定爲《選》體之名，尤爲憒憒，徒使後學逐逐於形色之間。彼昭明選詩，自漢至梁，果止於一體耶？

七言古，子美自是極境，高、岑、李頎皆臻其妙。太白與子美，猶臨淮之於汾陽也。于鱗謂「太白長語，英雄欺人」，過矣。至七言絶句，王江寧、李君虞、李義山、劉夢得、杜牧之後先雁行，未必唐三百年獨太白一人也。

七言近體，世人艷稱沈、宋，然靡蕪無足取。李頎七言古與高、岑對壘，近體則不及也。子美以古爲律，高山大澤，千容萬變，夐絶無耦，何「隤放」之有？

王元美謂「王、楊、盧、駱爲律家正始」，斯言恐開浮靡之漸。杜子美云「王楊盧駱當時體」、「劣於漢魏近風騷」，第謂不當輕薄之耳。若奉爲準繩，則取法乎中，何如取法乎上？

詩文當論其意識，不當以聲色爲先務。如張曲江《感遇》，杜少陵《北征》、《石壕》、《新安》、《新婚别》、《無家别》、《垂老别》、《佳人》、《玉華宫》、《夢李白》，元次山《舂陵》之作，使尼父而在，其采入《三百篇》必也，何拘拘漢魏之云，况其他佳篇尚難盡數哉！張文昌、孟東野與元微之、白樂天歌詞爲天下宗匠，謂之元和體。杜牧之甚惡元、白，然其比物連類，亦有可取者。要之，元、白不及張、孟，而微之又不及樂天。王建之義藴和雅，則文昌之伯仲也。

王敬美云：「學于鱗不如學老杜，學老杜不如學盛唐。」夫老杜，盛唐之特出者也。舍老杜而獨學盛唐，可乎？其立言也舛矣。

嚴滄浪以己意言詩，非有得於唐人者也。劉須溪評詩，多屬影響之論。

「作詩必此詩，定知非詩人」，所以東坡傑出於宋。

論文不出於達，論詩不出於婉。載道乃有以達，言志乃有以婉，本先立也。鶩辭章者雖知婉、達，無以用之，終歸勦襲而已。

元微之謂「太白不及子美」，此千古定論也。

耑尚浮詞者則流爲淫哇，徒逞辯説者則入於鄙俚。既無關於諷諭，即安取於聲詩？

詩言志，欲偷何物？皎然「三偷」之説，誠爲可哂。惟多讀書而性情得所養，則其言自有與古人相符者。不然，「吟成五箇字，拈斷數莖鬚」，自苦何爲？

不論意而論辭，故白雪之雄渾失之浮，嶽歸之清新失之碎。

詩以六義求之，無不可解。宋以後但有賦，無比、興，故於古人詩多所不解，而謂詩在可解不可解之間。

詩與文同以言志，而體格絶遠。宋、元人所立詩法，皆文章法也。明人詩於此多所未詳，特附以高辭大句，自謂盛唐。

學詩固不可舍盛唐、舍子美，亦不可以「翡翠蘭苕」，遂謂「龍文虎脊」、「歷塊過都」也。

不讀盡古今之詩，不可以言詩；不讀盡古今之書，亦不可以作詩。

（吴忱、楊君點校）

魏裔介輯詩論詩話

魏裔介輯詩論詩話提要

魏裔介輯《詩論》一卷《詩話》一卷，據康熙元年刊《清詩溯洄集》本點校。輯者魏裔介生平見《兼濟堂詩話》提要。按《溯洄集》有順治十八年盧傳序及自序，此兩卷置於卷首。《溯洄集》自序云：「夫集既告竣，因取《詩正》、《詩源》時人諸刻論詩有合詩教者，併録於首，使世之學者得以覽焉。」今《詩論》一卷之「論詩二十則」（實爲十七則）首則云「賈静子曰」，各體等目或署「賈静子曰」，或署「宋牧仲曰」，即録自賈開宗、宋犖所輯之《詩正》；《詩話》一卷首則云「姚辱庵曰」，即録自姚佺《詩源》。今上海圖書館藏清初刻本姚氏《詩源初集》，可證《詩話》來源。《詩正》則未見，似已不存。今人孫敏强、吴慧慧《賈開宗宋犖〈詩正〉之「詩論」考論》一文有考辨。魏氏選録頗精，言詩學之諸種分際，每好隨處對應前明詩史之關節，多有會心處。

詩論

論詩二十則

賈静子曰：詩者，古先聖賢之徒以之自抒其性情，故庸人哀樂憂思，有合於聖賢之性情者皆採焉，非怨貧、貢諛、宣淫、抒志、述景之具也。故出則康濟一世，則爲《天保》、《采薇》、《出車》、《嘉魚》諸咏。其或不幸而遇時之不猶，感之而或拯之則悲，或矢爲《黄鳥》、《小宛》諸什；感之而欲逃之則樂，或矢爲「泌水」、《考槃》諸什。未有怨貧賤而思富貴者也。士之不能守貧，猶婦人之不能守身也，孟郊、張籍失其旨矣。古者臣子於君有頌，然頌之中不忘規焉，未聞交遊往來之常而專於諛也。《語》云：「《關雎》好色而不淫。」齊、梁、陳、隋之淫，過於《鄭》、《衛》矣。《三百篇》之所以存《鄭》、《衛》者，以一國之風如是，且識其所以亡也，非取之也。乃若人之心有正者焉，有邪者焉，正則可以寄之吟詠，邪則不敢發諸嘯歌。黄鳥鳴則雙柑往聽，鵩梟鳴則磔之，未有任其狂號者也。即邪人之什，亦必依竊正人之言以傳。至於景之所述，或採菊東籬，狀幽人之清致；或荷鍤林下，象志士之高風，豈尋常園僕蕩子、藝花嗜酒者所可擬乎？

詩之道，一曰道德。道德者不言道德，言之則腐。塵垢富貴，山水自珍，王維、孟浩然、韋應物諸人是也。二曰氣節。氣節者不言氣節，言之則激，彭澤之農、阮籍之狂是也。三曰經濟。經濟者言經濟，治則鼓吹休明，亂則悲憫宗社，杜甫是也。三者之外，無詩矣。《語》云：「《詩三百》，一言以蔽之，曰『思無邪』。」道德性命之言、經濟康阜之志、獻納箴規之思、節義貞潔之懷、泌水笑傲之樂，外此皆邪也。

詩斷自唐，唐以後之人、之事，不可入詩。猶制義斷自春秋，戰國、漢、唐、宋、明之事，可入結，不可入文也。至於題詠，後人後事則無礙焉。若目前之景、目前之人，正須入之。

詩不可用一難字，不可用一俚字。然古人已用之字，雖俚亦雅；古人未用之字，雖確亦鄙。劉禹錫重九所以不敢用「餻」字也。至於難字，則無一可矣。難字者，詩之賊也，古文之賊也。昌黎之難、子瞻之俚，胥失之矣。

詩餘者，詩之必不可用者也，故曰「餘」。猶修未央宮，曲木散礫，無所用之。然非特以纖靡嫵媚辭之餘也；正以其樂淫哀傷，意之餘也。意無當於大雅，故正人不取焉。

詩中所忌者三：一曰四子書之語，近於熟也。二曰佛經之語，三曰道藏之語，近於怪也。如帝王衮冕之屬不可借用，借用則盜矣，伶矣。

學少陵者，學其氣之混茫、辭之雄博，非學其痛哭流涕也；學淵明者，學其自靖之志、寄托之苦，非學其耕田飲酒也。明李空同首倡少陵，而李于鱗七子和之，其後漸屬濫觴。公安、竟陵起而排之，然不法高、岑、王、孟，而法白居易，法孟郊，自以爲唐有唐之詩，明有明之詩，發天地之奇秘，抒自己之性情。夫白與孟非唐乎？二者何常創爲明詩也？且不法白之大而法其俗，不法郊之清而法其寒，亦何益哉！明之初，劉基、高啓諸人不及初唐。明之盛，前有何大復七子，後有王鳳洲七子，駸駸乎盛唐矣。至於高、岑、王、孟之清渾，韋蘇州之澹遠，則無之矣。明之中、明之晚，如劉禹錫、杜牧之諸什，則全無矣。

《詩》之傳，以詩也，非以人也。《三百篇》中多載周、召之詩，以其能詩也，未聞太公望、南宫适、散宜生盡人而備之也。乃若思婦、勞人之作，間一録焉，取其言之有合也。

詩以律爲本。舍律而遍擬古人，如僞鼎彝。王元美擬《三百篇》，李于鱗盡擬樂府，贅矣。

六朝詩散而文排。唐太宗變詩爲律，以排易散也；韓愈變文爲散，以散易排也。詩文之道，千載無與京者。

一律四轉矣。有二語爲一語者，有四語爲一語者，有六語爲一語者，有八語爲一語者，以不轉而工。

詩不可無才情，然才情，詩之忌也；不可無學問，然學問，詩之忌也；不可無議論，然議論，詩之忌也。精騖心遊，一氣抒瀉，才情、學問、議論，安所用之？

不讀盡古人書，不可以詩；讀盡古人書，亦不可以詩。蓋讀書者，學也；十年面壁者，思也。學之功三，思之功七。

詩與他經及史無與也，然不諳他經及史者不可以詩；詩與制義無與也，然不解制義者不可以詩。所以遊客、釋子、閨秀之佳者寥寥。「落花」、「雁字」，不可七律，猶黄鐘、大吕不可奏之里社村儺也。

昔人云：「詩在可解不可解之間。」夫詩豈有不可解者乎？其不可解者非詩也。難爲不知者言，聊借以解免耳。

詩不欲速，不欲多。昔人云：「疾行無善走。」又曰：「本之太史，以著其潔。」孟襄陽「微雲澹河漢，疏雨滴梧桐」，一座嘆其清絶。故寧取十年兩句，莫云頃刻千言。至吟詠終身，連牘盈笥，而不得一語一字之合者，亦何庸乎？

樂府

賈静子曰：樂府者，隨古人所遇之事、所履之境而創名也。後人擬之，必借古體裁，抒我情志；或翻駁古意，别有所見。若依其意而易其辭，則優孟衣冠，可厭之甚矣。故少陵集中無樂府，其《垂老别》、《無家别》、《新婚别》，皆自製題爲之。以至白樂天，亦自製《賣炭》諸行，淒惻可傳。明李空同襲矣，王、李諸子，襲之襲矣。故今樂府選者寥寥。

五言古

賈静子曰：五言古自以蘇、李、《十九首》爲宗，謖謖如《國風》。至於六朝，不腴則淫，腴則誦篡逆爲皋、夔，淫則視禮法爲土苴。雕辭綴句，亦何益乎？

又曰：五七言古與律不同。律者一字一句，千鎚百鍊；古惟一氣磅礴，波瀾老成而已。

宋牧仲曰：五言古，唐初尚氣而黜辭，力返漢、魏；而盛而中，皆在六朝之上。

七言古

賈静子曰：七言詩雖起於宋玉《九歌》，柏梁體祖之，然句法艱澀，不可學也。至魏氏父子及甄后，實爲七言古之祖。唐初、盛及中、晚法之，皆有至境。叙事之中有以略而勝者，如《三百・綿》之篇，方論太王，直越王季，突及文王，驀坡跳澗，天馬行空是也；有以詳而勝者，如《三百・生民》之什，叙后稷初棄，重重複複，寸步不移是也。摩詰《輞川圖》，尺幅有千里之勢；乃唐李小將軍畫人物百狀，絲髮生動，兩者不可偏廢。故樂天歌行與少陵並傳，非曰少陵爲長而樂天爲短也。

宋牧仲曰：詩至杜而精，至白而大。元微之《連昌宫辭》，白樂天《長恨歌》、《琵琶行》，爲唐人艷述，皆獨絶千古。

五言律

賈静子曰：五言律詩見端於六朝，格嚴於唐，較七言稍易，而四十字一氣爲難。佳句佳韵，割之以就一氣。非曰偶得佳句，前後補綴之也。又非曰首起、三四承、五六轉、七八合也。然尚有不知起承轉合者，撰句何爲乎？故有不知一氣而前後參差者，亦有知一氣而詞不足以運之而終覺參差者，其失均也。

宋牧仲曰：五七言律全重起結。起結鄙纖而中撰工語者，下技也。

七言律

宋牧仲曰：七律之體，創於唐初沈佺期、杜審言諸人。然初唐人不數首，盛唐岑、王諸人亦不多爲之。唐之多而善者，惟少陵一人。明有李空同、李于鱗、王元美諸人，然佳者每不過數十首。故七律最難工也，況七排乎。

又曰：七律一字不可拗，所以被之宫商。聞之侯木菴先生曰：「唐人有拗二、四、六者，無拗一、

三、五者。」知言哉！

賈静子曰：七律與五七言古及五律不同。諸詩可以清空一氣如話，清者不涉於俗，空者不雜於古，一氣者首尾相應，如話者不事雕飾。而七律則冠裳佩玉，如《西京》、《東都》諸賦，陸離燦爛，可以清而不可以空，可以一氣而不可如話。所以唐人作者寥寥，即少陵間有七律清空一氣如話如郭明龍所云者，亦閑適、贈送變調，非清廟、明堂之什也。

五言排律

賈静子曰：五言排律，杜少陵爲上，清空流利如五言古詩。若堆積而傷氣，則下駟矣。

宋牧仲曰：五言排，唐人有佳者，較七排爲易。至於七言律，唐人作者鮮，工者亦鮮。惟少陵百五十餘首，其餘王、孟不過十餘首。以雄渾博大，難於立言。明則作者人千首矣，亦何益哉！七律且難，況七排乎。

五言絶句

宋牧仲曰：五言絶句，即古《子夜歌》之類。而唐人叶以律，尺幅中有千萬里之勢。

七言絶句

賈静子曰：七言絶句與七律不同，唐於七律分初、盛、中、晚，於七絶不分也。萬首絶句，體裁如一，豈句少者易工乎？

詩話

姚辱菴曰：七言歌行必取王、楊諸子者，韵平仄互换，句三五錯綜，又加以開合，傳以神情，宏以風藻，是以大備。若李嶠《汾陰行》，玄宗劇賞，然聲調未諧，轉换多躓，出四子下也。

七言古，唐初駱武功、盧昇之非不能作横軼奮迅奇險之語也，而《帝京》、《疇昔》極其富豔，蓋非沿綺靡之習，而實清商之正音也。雖時代使然，然詢吟、曲、引、篇、行、引調之屬，可吟可詠，乃抑揚頓挫之極致爾。此可以爲七言正始。

陶、謝、韋、柳爲正風，何也？以其才清也。格不清則凡，調不清則冗，思不清則俗。王、揚之流麗，沈、宋之豐蔚，高、岑之悲壯，李、杜之雄大，其才不一，而格、調、思未有不清者也。

作詩無擯元惡，一段凛凛處，何以言「惡惡如《巷伯》」乎？陶、謝、韋、柳之清，豈諧靡無復筋骨者耶！吴素夫分《詩僊》、《史僊》二書，《詩僊》無非辨論十倫五常之範，故詩亦如之。《史僊》上下史乘數千年，忠奸順逆之故，瞭然縷晳。其于君臣之際，指晏嬰爲譎詐之士，不能討仇，奈何比肩立朝，非忠也。此論開闢。若羊叔子有君臣之德四，慈、信、廉、讓，而於晉謀鼎革之際，不無中忑。及終之曰：「人臣忠於所事，必至厓山盡傾、柴市告殞，乃爲盡職。」嗚呼，若素夫者，正名分而著倫常，撥亂反正，謹嚴如此，可謂志在《春秋》者矣。

凡人墜地，一聲發響即哀，故哀聲最能感人。李、杜初無優劣之論，元微之始云：「太白不能窺杜甫之藩籬。」然以予論之，李、杜光燄萬丈，誠不復可優劣。然太白詩至樂，非一樽則百壺，非「白花駱」則「紫綺裘」，一視非不焮赫，而求子美之穿夔出峽，頓挫瀏離，使人悽悽塡臆、淫淫盈目者殊少。故快心一過，便覺無味，而惟哀之感人，則令人悠揚綿遠，怨慕不已。故孔子於《關雎》首篇便曰「哀而不傷」，以是決李、杜之優劣，彼必心折。

南吕之宫，感歎悲傷；商調之唱，悽愴怨慕。近體不稱律則已，律則鏜鏜其聲，方始合調也。老杜「風飄律吕相和切」，意亦善解律者，故其聲詩動人。

陳繹曾云：「凡讀漢詩，先真實後文華；凡讀建安詩，于文華中求真實。」

兩漢氣純，魏氣平，晉氣激，六朝氣靡。漢氣去《國風》不遠也，然非誠不純。詩亦「用志不分，乃凝于神」。嘉州之塞上、儲光羲之田家、李東川之玄理，皆專領凝習之久者也。習之久，則自工。

詩以悟爲主。東坡《跋李端叔詩卷》：「暫借好詩消永夜，每逢佳處即參禪。」嚴氏曰：「漢魏尚矣，不假悟也；康樂以至盛唐，透徹之悟也。」此猶從詩言也。若論至人，胸如日月，作詩文自然透徹。魯直云：「參禪而知無功之功，學道而知至道不煩，故詩文能造微入妙。」此直須悟徹始得，豈可爲單見寡聞者道哉！漢、魏之與齊、梁絶遠者，去《小雅》不遠，故韋孟之《諷諫》、玄成之《自劾》、傅毅之《迪志》、高彪之《清誡》，皆有震無咎之悔者。而後人不然也，不過嘲風雲、弄花草而已。

初唐排律體質穠厚，格調整齊，時有近拙近板處。少室山人云：「杜陵贈李白、汝陽、哥舒、見素諸作，如周昉寫生、太史序傳，從容聲律間，形神意氣，踴躍毫楮，則悟作詩之活法矣。」

予於孝弟之詩，多采以補笙奏者，何也？義有取乎爾也。《棠棣》之詩，偏而相反，以喻兄弟相失，故孔子逸之，以爲兄弟天性，豈可相遠，害理之甚。夫孔子所逸，則予之所删也；孔子所存，予又安得不補耶？胡少室以子昂「野戍荒烟斷，深山古木平」，平淡簡遠，王、孟二家之祖；審言「楚山横地出，漢水接天迴」，閎逸渾雄，少陵家法。宋人徒掇其「牽風紫蔓」小語，以爲杜所自出，陋哉。

新安胡氏曰：「《鹿鳴》、《四牡》等篇詞多和平，惟《棠棣》一篇詞多激切。」朱子曰：「此是先被他害，故於制禮作樂後更作此詩，意主于懲創也。」

五言律體極盛于唐，其大端有二格：陳、杜、沈、宋，典麗精工；王、孟、儲、韋，清空閒遠。舍此二端，如説鬼矣。昔唐彦謙師温庭筠，格體類之。後村劉氏舉其「剪茅行殿濕，伐栢舊陵香」句，以爲語猶渾成，未甚破碎。若《西崑酬唱集》，太雕琢矣。

詩有鏤冰格，謂句輕清好看也。若齟齬之病、叢雜之病，悉由近體生。聖人删《詩》之後，協之管絃，所謂和順於道德之自然者。

趙倚樓、鄭鷓鴣一輩詩也，然實出于《離騷》《楚辭》。及至足之餘，自當溢爲奇偉。蘇子瞻云：「晁德宇詩可作朋友切磋之語以告之，自有邁往之時耳。」

詩拗則句健，故劉滄、許渾、鄭繼之喜作是語。朱元晦云：「詩從崎嶇説出底便不好。」郝京山云：「詩比與《易》象，欲不崎嶇，胡可得？譬如用兵，奇正相生。宋襄公怕崎嶇，戰死於泓，成安君怕崎嶇，爲虜於漢。故聖人不爲險，亦不失險。能崎嶇，則拗而自健矣。」

前輩讀書，類皆成誦，故釋卷亦復了了。昔蔡相謂選人曰：「能誦盧仝《月蝕》詩乎？」其人應聲朗念，如注瓶水，一坐盡傾。陳子兼云：「柳子厚《天對》更自難讀，人皆不解。其屈曲聱牙，不獨三《盤》五《誥》也。」貴達作者心，洵可爲讀書法。

公安云：「文必學《史》、《漢》，詩必學杜陵，後生之通病。然不學杜陵，則景象既殊，音節自寡，漸流外道，不成正聲。」

史主嚴而詩主寬。史體主叙述，詩主涵詠。楊鐵崖、李懷麓好咏史爲樂府，論首云：「如范曄立傳，而論贊贅以四言，與古體反。此涵泳自得，而不主論議者也。」

鄭康成註《毛詩》，欲一一合《周禮》，昔人病之。如「騋牝三千」，云「國馬之制」之類，皆是束縛太過，不知出乎《禮》則入乎非禮。人德愆於下，則天變作於上，「正月繁霜」、「十月之交」所以作也。若原本經術以作詩，正《詩》與《禮》與《春秋》相合，使人恐懼修省之意，如云不省以《禮》解《詩》，則天變豈真不可畏哉？

王元美嘗以將喻詩云：謀者，意也；「前茅慮無，中權後勁」者，格也；「蕭蕭馬鳴，悠悠旆旌」者，正也；「開闔變化，莫可揣測」者，奇也。起句便用奇伏，後乃凱旋而歸之正。而反復出入，自成奇格，亦自成正格。此詩中之霍驃姚矣。

作詩閱詩之法，要下剪裁手段。寧割愛，勿貪多。非得大將軍方略，不能整頓懾服。詞人聞此，庶其威振風雅，爲詩學中興哉。

少陵七言律法獨異諸家，前輩謂其大體渾雄富麗，小家不可彷佛。不然，劉須溪之評少陵弔蜀相詩云：「千年遺下此語，使人意傷，一字一淚也。」

詩有力量，猶如弓之鬬力。其未挽時不知其難也，及其挽之，力不及處，分寸不可得强。故竹坡老人以《出塞曲》「落日照大旗」爲則。不知七言輒易發舒，尤難勁緊。

洪武四家，如楊孟載七絶多情至之語，王司寇評其詩如「西湖柳枝，綽約近人」，至當矣。乃云「欠風雅」，何哉？中山《柳枝》亦欠風雅耶？

咏物無一種闊大意思，作宋、齊、梁、陳小碎篇章，猶之攢木葉蟲耳。劉珊《咏蟬》「聲流上林苑，影入侍臣冠」，大矣，猶抱題斷也。如段成式《楊柳詞》「而今萬乘多巡狩，輦路無陰緑草長」，則全置柳在外，直言王室多難、天子蒙塵，有忠臣惓惓不忘之心焉。

江進之論詩云：「唐人千歲而新，今人脱手而舊。」謂流自性靈與出自模擬者所從來異也。予謂情真景真，句朗字響，即模擬亦佳，不模擬亦佳。《易》曰：「擬議以成其變化。」「道問學」之功與「尊德性」之功，朱、陸原無可優劣，予非故爲相攻者作調人也。

香山詩亦非一種者，如「貂冠蒼水玉，紫綬黄金章」、「亥日饒蝦蟹，寅年足虎貙」、「戴花紅石竹，帔暈紫檳榔」，即使最工琢者，何能及之，而云「平易」？其《與元九書》云：「人之文，六經首之；就六經言，《詩》又首之。」又云：「頭髮衰白，蓋苦學力文所致。」乃知其意欲扶詩教，其至易從至難中出也。此詩何其工練，故吾特取以爲鵠，拈示世。

王欽佩論詩崇尚才情，嘗言「唐風既成，詩自爲格，不與《雅》、《頌》同趣。漢、魏變于《雅》、《頌》，唐體沿于《國風》。《雅》言多盡，《風》辭則微。若以《雅》文爲近詩，未嘗不流于宋也」，此言亦似有理。有正風便有變風，不獨世之異，其才亦不可掩抑也。

七言絶句，擅場則王江寧，偏至則李彰明，羽翼則劉中山，遺響則杜樊川。意唐人偏長獨至，而後人力追莫嗣者。

《緑衣》「静言思之」，猶似未有和平意。朱子云：「意思却又分外好。」蓋臣之於君，無可去之義；婦之與夫，無可絶之理。雖爲夫所棄，而猶有望之之意焉，是其性情之正也。故二《南》與《邶》、《鄘》、《柏舟》皆首婦人，雖居變《風》之首，猶有忠厚之情焉。孰謂清商豔曲，必發乎情，不能止乎理義哉！

七言律咏物，盛唐惟李頎梵音絶妙。中唐錢起題雖稍着迹，而聲調宏朗，足嗣開元。晚唐「鴛鴦」、「鷓鴣」往往名世，而格卑不足取。

建安七子，戢翼摧頽，來就樂土，固應感德報恩，時進知己之言。但斯時漢帝尚在，而應瑒《公讌》即云：「巍巍主人德。」《從軍》之四曰：「一繇我聖君。」公然無君如此，真漢室之罪人也。

楊用修取六朝儷篇，題爲《五言律祖》，此詩有何遜、吴均之精思，詣庾信、徐陵之妙境。

《衛風》：「其雨其雨，杲杲出日。」遲日不歸，其行久矣。《采薇》之役，逾年而歸；《東山》之詩，三年而至。是以治世之詩，則言其君上憫恤之情；亂世之詩，則録其室家離怨之苦。

詩人情之所繫，不忘故舊。白樂天《九江春望》「鑪烟豈易終南色，盆草寧殊渭北春」，蓋不忘蔡渡也。老杜《偶題》「故山迷白閣，秋水憶黄陂」，殆亦此意。

魏三祖之所以獨盛者，以其源本風人，並自悠圓故也。至于陸詩體俳、謝語俳，有升降之感焉。

義山與老杜，盛、晚不同，乃荆公以爲「得杜甫藩籬者，義山一人而已」。許彦周又云：「詩中淺易鄙陋之氣不除，熟讀唐李義山詩而深思焉，則去也。」此二意謂何？予曰：只是用事鍛鍊，而情詞婉約耳。

樂府先合調，謾證題，則有風謡之情，而不失本曲調，上也。鮑照十二曲後，俱是七言古矣。

杜牧言長吉，若「使稍加其理，即奴僕命騷人可也」。我做我詩，何須比人。虞德園有最妙論曰：「世人封己爲我，至文章乃不識有我，蜕所緣，則赤立無一字。」濟南、景陵何緣，招得此好兒孫，横受癡種子歸依。今日發蒙，亦得與二師雪恥。

詩有通章託言，全不露正意者。如《十九首》之類，不須題目也，而以題擬之，遂莫不肖；亦有有題而詩似題者，如《楚辭》及唐人雜興，皆風人之旨也。

七律學杜者多，然變多正少，類失麤豪。淘洗清空，寫送流亮，意欲存正于變之中，不必過摹盛唐。

晚唐用字澀僻如作謎。故蘇如積薪，陳如守株，黄如緣木。予以爲在排律尤不可，宛轉清空，了無痕迹。胡元瑞云：「全在神運筆融，不在排比鋪陳也。」

用字尖新而不覺，若「蘆根巧袿野人航」「袿」字、「湖上夜漁箋海嶽」「箋」字、「書腸每啖空」「啖空」字。繇其筆姿輕媚，無着迹故也。雖然，是亦鍛鍊之至，而出之以婉約耳。

有人作詩甚艱，求捷法於東坡。作頌以與之曰：「衝口出常言，法度法前軌。人言非妙處，妙處在於是。」蓋謂詩到平淡處，要似非力所能也。

古樂府如《郊祀》、《鐃歌》，則見以爲太深；讀《相和》、《清平》則見以爲太淺。其病皆在習近體不習古風。若爛讀上古歌謡，得其意調，真有手舞足蹈，樂不自知者。知此者胡元瑞與？

杜子美韵語紀時事，宋人謂之「詩史」。楊用修以爲史者，記言、記事，古之《尚書》、《春秋》也；若詩之體旨，與《春秋》判然耳。雖然，詩人以詩諷，聞之足以戒。唐憲宗讀白居易諷諫百餘篇而善之，因召爲學士。則詩諫遂不可已。

蘇、李録別，枚、蔡言情，嗣宗感懷，太冲詠史，雖代有後先，體有高下，要皆古今絶唱。爲其題者，不用其格，便非古色；一剽其語，决非名家。

作詩亦一味嚴謹不得。風之動物在活，詩人所以戲謔也。

詩之餘音，淺至儇俏。《花間》、《草堂》，第堪使李令伯家雪兒歌耳。非開元、天寶，正朔不奉，陋曹、劉浮窕，笑沈、宋轉側者已。

（吴忱、楊焄點校）

定風軒活句參

定風軒活句參提要

《定風軒活句參》十一卷，據國家圖書館藏稿本點校。撰者朱紹本，字支百，江南新安人。朱氏由明入清，此書有戊戌自序及次年二月自跋，即作於順治十五、十六年間也。全書大抵以詩體分卷，又有所謂「綜」、「句」、「字」、「别」等卷，體例甚備。然其説乃多就父訓及平時所讀詩而發，見識星散，故以絶句、「句」兩卷詩例爲豐，不無心得，而於所標舉之體制則無多少發明。此亦即作者不欲以「説詩」名書，而云「參」之謂也。書中頗録友人顧與治、顧由處（兹堂）詩及説，又頗采明人之説，於七子、公安、升庵、竟陵等皆有所取用，態度平和，頗有異於清初大反明人詩學之時調也。卷一「綜參」拈出何大復弟子樊鵬「唐初無古詩」一語，指爲稍後李于鱗「唐無五古」説之藍本，似人所未道。此本每半頁八行，行二十一字，天頭間有批語，或評或補，然未見緊要，當出參訂者吴朗之手，今不移録。

活句參自序

余最不喜讀奇零鈔録之書，縱觀未幾，旋復就盡，殊不耐人卓犖之懷。況前後無倫理訖莫徧，曷若讀古先大文之爲適也。讀時區畫分觀，相其段中之絡，義中之類，横竪其形，離合其旨，咀味無窮。小渟小駐，匹之讀《易》與《詩》，解任虚游，象隨意設。讀古先大文之適，興會所之，致如此也。曩客塵寺鐵佛，移卜香谷山房，會覯詩話數種，喃喃矻矻，大類期艾之譚。瞥眼而過，頃刻報罷，何堪以尋丈之目，促而作咫尺之觀乎？喟嘅之觳，肅入霜木。私矢異時倘箸譔成家、大文自舒之日，必儗龍處缽中、蠖藏根際之作。俾高者況之，爲常山率然；庸者遇之，見首而不知測其尾，蓋余之志也。頃日小暇，搜憶先君手所授之句，及余稍長偶識惝怳經見之言，率臆寫衷，漫成私説，而嚴戒夫塾師詮訓之指。引而申之，差不爽懷抱。蓋小品之見端，非有段落可糾，義類可指，所謂天地之大文也。然視昔人之所爲詩話，則有間焉已。戊戌小春下浣，朱紹本支百甫書於月潭玻瓈湖上。

定風軒活句參卷一

月潭朱紹本支百甫參著
南溪吴朗腺公甫訂參

綜　參

昔人謂韓、柳諸家以篇爲文，篇盡而旨始見；莊、馬以句爲文，句工而意自足；左以字爲文，字工而意甚妙；六經無意於文，不求工於字句篇章，而篇章字句自工。其説自是，而吾謂詩之情理亦無不類然也。所謂篇盡而旨見者，若《木蘭詞》、《廬江小吏詩》是也；句工而意足者，若漢、魏諸詩是也；字工而意妙者，若古謡歌、諸銘之類是也；不求工而自工者，歌《風》、《雅》、《頌》之類是也。措思於無窮，運機於至約，潛神於秘密，詩之爲道，視文爲更難也。

文者，奇偶剛柔，雜比以相承，如天地之文，故謂之文；字者，始於一，一而生於無窮，如母之字子，故謂之字。其聲之抑揚、開塞、合散、出入，其形之衡從、曲直、邪正、上下、内外、左右，皆有義，皆出於自然，非人私智所能爲也。按：此乃王介甫之説，余謂可通於詩。奇偶剛柔，猶有象之可擬；若雜比相承，惟《左》、《國》諸篇胥進神妙一格矣。

春秋卿大夫交接，以微言相感，稱詩以喻志，皆取《風》、《雅》、《頌》之辭，不必自賦。蓋所以重先民，明退讓，宗道德，略辭采。末世之詩，不以明志，於何可稱？至乃甫欲作詩，先分賦韵，酒食徵召，刻燭分韵，流連光景，而古詩雅會之風，不可復覩矣。江左以來，又有酒令，莊士恥之。酒以令行，豈合歡之旨？詩以韵分，豈感物之義？今詩有以江左名體者，全本少陵之拗句。將以少陵之偶，爲邇世之常。

朱曉堂曰：「思夫活句可參，不惟義類宜活，其音聲亦宜活也。」音從天降，聲由地出，固矣。若夫未譜箎絃爲聲，既譜箎絃爲音，益不可不審也。昔人謂畫爲無聲詩，又謂詩爲聲詩，益知詩之莫不貴夫聲也。若唐人「坑灰未冷山東亂，劉項原來不讀書」諸句，得毋音聲未備，不足供活句之參乎？

宫音由於中位，商音最高，達於齒際；角音發於四維，達於牙間；徵音正南，心聲也；羽音正北，緣腎而升也。江南清商居多，北地濁商居多。

商聲自《飯牛歌》而後，若唐人「漢主離宫接露臺」詩是也，第發句之商仍未大；至次二句「秦川一半夕陽開」，則漸大矣；次三句「青山盡是朱旂繞」，又略輕；「碧澗翻從玉殿來」，又漸重矣。其餘可類見。

作詩之妙，妙在選韵。韵拈純虚，類乎浮響；韵撚純實，又類轉石；虚實相間，思過半焉。撚韵之頃，分判淺深。淺深既明，即有開闔。開闔不爽，式主式賓。爰是捉筆，伸楮結字。爲之躊躕，爲之滿志。投虚而出，音聲比已。

作詩偶用古人一句，須剔醒示人，不則似鈔寫也。若連寫古人兩句，似乎不安，雖剔醒亦未見妙。余和答友人韵，引老蘇「道德無貧賤」句，旋即剔醒曰「兹言解者難」云云，蓋臆論爾爾也。

用事如岀處，「慙非有道故濩落，幸是不材多棄遺」，纔佳。蓋上句本《莊子》，下句本孟襄陽，仍以《南華》「不材」兩字貫入，此所以爲佳也。至合讀兩句似拗，若被諸筦絃，自應有叶而不拗之妙。

昔人云：「修竹名香，輔以讀書。」意以香竹之側，又須讀書，似偶説也。余道詩開句曰：「修竹名香輔讀書。」則以「香竹」爲輔，「讀書」爲主，句有抑揚，即所謂斷章之義。

東坡詩學，得之白樂天。樂天在唐，有「俗」之一目。自余觀之，似帶元微之之「輕」。若東坡之「輕」，仍不失有迢遞之致，便似與白小異也。且「東坡」兩字，亦本於白。

詩餘入詩，終帶俳優氣；曲劇入詩，則詩之罪人也。

王介甫《上神宗書》，有霞霄層起、大壑湏歙之勢。眉山譏其「一望如黄茆白葦」者，謂夫天壤間一木一草，千變而不相襲，介甫欲舉一世文字而從其同是爲可譏，非譏其文也。再翫其詩曰：「茆屋滄江一酒旂，午烟孤起隔林炊。江清日暖蘆花轉，恰似春風柳絮時。」湯臨川引其《漁家傲》辭曰：「平岸小橋千嶂抱，揉藍一水縈花草。茆屋數間窻窈窕。塵不到，時時自有春風掃。午枕覺來聞語鳥，欹眠似聽朝雞蚤。忽憶故人今總老。貪夢好，茫茫忘了邯鄲道。」誠如元微之所云「思深語近，韵律調新，屬對無差，而風神自遠」，余方欲舉而似之已。

大士坐禪，心若水月，火周其身，熾焰炎烈，静觀無始，火本不熱，與火相忘，何生何滅。戊戌秋夜，讀而悟曰：人火清凉，故心如水月；先天之火，瀰淪三界，故熾焰炎烈。蓋天一生水，水固火之地也。故曰始本不熱，故曰相忘，故曰何有生滅。水可以喻氣，火可以喻性。水遇坎而流，入虚則盈者，氣之充塞也；火因質以用其光，其光相續，而其體不分者，性之各足也。故煉氣者，取義於河車；而釋氏見性，以燈喻傳心。以余論之，比火於性，可觀一物各具一極，一物統體一極。如少陵之詩，全部之中，性量具焉；章句之中，性量亦具焉。極之體一物之細微，咏一物之變化，其性量類無不具焉。政堪與此則參看。

周大赤冷面而狂，其言語文字頗類之。或問之曰：「今讀何書？」答曰：「某無書不讀，亦無書可讀。」可以徵其冷面。自題《酣顛圖》曰：「天地未有，酣顛何始？天地既有，酣顛何終？」可以徵其狂。

少陵之祖審言，詩名籍甚。故少陵曰：「詩是吾家物。」言其淵有自源也。其父其子俱未聞於人，至其孫則又以詩著稱。少陵之墓，因孫以就窆，其詩集亦因之以告成。承先啓後之際，詩殆少陵之家物也哉！獨楊升庵以爲「少陵號大家，不能兼善樂府，謂其拘於對偶，汩於典故。拘則未成之律詩而非絶體，汩則儒生之書袋而乏性情。故觀其全集，自『錦城絲管』之外，咸無譏焉。」洞哉斯言！其開發後人，殆非淺鮮。又曰：「樂府本效古體，而意反近；絶句本自近體，而意欲遠。擅勝惟王江寧，驂乘則李彰明，備美則劉中山，若樊川、伯弼、伯謙、柯氏、高氏輩，咸得失相半云。」

宋人不肯學唐，然亦不能及唐。惟謝臯羽古體似唐，樂府似晉、魏，五言近體終不脱宋之窠臼，亦其風氣使然也。

少陵曰「詩律細」，「律」言其法，「細」言其理。「法」元本於「理」，「理」自然有「法」，不似後人一味言法也。宋唐庚曰：「等閒一字放過則不可，殆近法家，故謂之詩律。」人但知其耑言「法」，蓋未審其

「一字不放過」處即便是「理」也。耑言法律與從法律入手者，寃却多少才人。從理路入手者，人人皆靈，句句皆活，法自寓於此中矣。

明徐禎卿曰：「古《詩三百》博其源，遺篇《十九》約其趣，樂府雄高厲其氣，《離騷》深永禆其思，所以廣資參變之道也。」

若夫旨歸要約，則有梅里錢繼章二紀。其一曰：「異哉！詩之發也。鼓於名根，損厥寶矣。杜陵云：『詩是吾家物。』嗟乎！猶有未樹也。夫唐以枯瓢納藁，屈以魚腹藏騷，如遊姑射，而喪天下焉。」其又一曰：「壬申多工小令，客規余，余笑勿答。渠誤認分體故耳。笙瑟殊音，合而成樂。聲出之後，有大智者，必窅然喪厥由來。執器求音，抑又謬矣。所謂集遥呼緲，平池是友，峻岫爲師，孤意瞑搜，以求其際歟？

或謂顧與治善改詩，竄一兩字便異。余曰：誠然哉！《文心雕龍》謂「改章難於造篇，易字艱於代句」，殆先告我已。

楊升庵曰：「宋人以杜子美能以韵語紀時事，謂之『詩史』。鄙哉！宋人之見，不足以論詩也。夫六經各有體：《易》以道陰陽，《書》以道政事，《詩》以道情性，《春秋》以道名分。後世之所謂史者，左記言，右記事，古之《尚書》、《春秋》也。若詩者，其體其旨，與《易》、《書》、《春秋》判然矣。《三百篇》皆約情合性，而歸之道德也。然未嘗有道德字也，未嘗有道德情性句也。二《南》者，修身齊家其旨也。然其言琴瑟、鐘鼓、荇菜、芣苢、夭桃、穠李、雀角、鼠牙，何嘗有脩身齊家字耶？皆意在言外，使人自悟。至於變《風》、變《雅》，尤其含蓄。言之者無罪，聞之者足以戒。如刺淫亂則曰『雝雝鳴雁，旭日始旦』，不必曰『慎莫近前丞相嗔』也；憫流民則曰『鴻雁于飛，哀鳴嗷嗷』，不必曰『千家今有百家存』也；傷暴歛則曰『維南有箕，載翕其舌』，不必曰『哀哀寡婦誅求盡』也；敘饑荒則曰『牂羊羵首，三星在罶』，不必曰『但有牙齒存，可堪皮骨乾』也。杜詩之含蓄蘊藉者蓋亦多矣，宋人不能學之；至於直陳時事，類於訐訕，乃其下乘末腳，宋人拾以爲己寶，又撰出『詩史』二字，以悞後人。如詩可兼史，則《尚書》、《春秋》可以併省。又如今俗《卦氣歌》、《納甲歌》，兼陰陽而道之，謂之『詩易』，可乎？」

王守谿曰：「余讀《詩》至《綠衣》、《燕燕》、《碩人》、《黍離》等篇，有言外無窮之感。後世唯唐人詩或有此意，如『薛王沈醉壽王醒』，不涉譏刺，而譏刺之意溢於言外；『君向瀟湘我向秦』，不言悵別，而悵別之意溢於言外；『凝碧池邊奏管絃』，不言亡國，而亡國之痛溢於言外；『溪水悠悠春自來』，不言懷友而懷友之意溢於言外；『潮打空城寂寞回』，不言興亡而興亡之感溢於言外，得詩人之旨矣。」

楊升庵曰：「韓文公贈張曙詩云：『久欽江總文才妙，自歎虞翻骨相屯。』以忠直自比，而以姦佞待人，豈聖賢謙己恕人之意哉？攷曙之爲人，亦無姦佞似江總者。若曰以文才論，何不以鮑照、何遜爲比，而必曰江總乎？此乃韓公平生之病處。而宋人多學之，謂之占地步。心術先壞矣，何地步之有？」或謂占地步之説，非有意也。我之品地原在高處，其氣其槩自然而高，遂不覺有卑視一切之況，非昌黎似少渾融。第聖人之言，一變而爲論策，再變而爲詞賦，詞賦之家又有占地步之一種，良足嗟吁。

司馬相如曰：「一經一緯，一宮一商，此賦之迹也。」余意此即轆轤體之所爰起也。若夫經中錯緯，緯中錯經；宮中叶商，商中協宮，即曹石癖所謂「未幾見兮，突而弁兮」，蓋言變也；「胡天胡帝，爲雨爲雲」，蓋言化也。

文之拗，在一句之轉；詩之拗，在一字之换。

孟浩然遊不爲利，期以放情。謹録《在是集》中詩句贈之，曰：「金著兩戈防取争，艮金知止貪無生。明明指破人猶暗，惟有陶朱散得明。」若襄陽者，誠得朱公之旨矣。

陶令詩，法脉静移，粹然雅練。至少陵《選》體，小入歌行一派矣。學者當仿兩家，兼其意格。否亦雅静不動，將落重板；歌行不渟，遂入油滑。詩之所以貴乎有裁，如是也。

唐人劉方平《秋夜寄皇甫》詩，爲内剥法；或詠《談容娘》詩，爲外剥法。

「感謝鵷鷺朝，勤修魑魅職。」「職」曰「魑魅」，蓋赴戍遣也。昔郭代公以《寶劍篇》脱戍，蘇眉山海外有奇文，孰謂患難之際，不可用吾素業也哉！

《廬江小吏》詩及蔡琰《悲憤》，凡累數千百言，而愈見其妙。若唐人盧照隣《長安古意》等篇，便膚淺而無謂矣，安得如趙州所云「處處峰連，處處峰斷」之致也。

張思光謂：「文無常體，要使常有其體無常體之妙。大約如其興會，陸處無屋，舟居非水，詢其故，則權牽一小船於岸上住也。風雨交蔽而未失起居，豈非無常而有至常哉？」余謂詩之情理亦宜然。

王偉元不執筆四十年，然後言之迥絶。其「靈搆不待匠，虚景遂成功」之旨乎？今之畫字爲畛畫所限，神氣索焉；今之聲詩爲比耦所儷，優唱滑焉；今之文章爲股法所拘，版痕嶄焉。安能如單書者，興酣落筆之捷於飛鳥？文之散勢，詩如彈丸，亦猶是乎？

下一字置頰上之毫，撚一韵發幽室之炬。風雨争飛，窾厓改色。

詩以内剥爲正面，蓋内剥難於外剥也。

五言古體承處宜多。善承則善轉，善轉則咫尺有尋丈之觀。

二仲者，裘仲、羊仲也。比隣無仲，此中有人。

段成式聯句無所得，謂之苦聯。好韵不僻者，出於竹簡，謂之韵牒。温庭筠工小賦，凡八叉手而八韵成，時號「温八吟」。

吴帶當風，乃吴道子；曹衣出水，乃唐曹拂也。

《竹枝辭》本楚歌，蓋傷二妃而哀屈原，思懷王而憐項羽也。

維尤長五言詩，書畫特臻其妙，筆蹤措思，參於造化，而創意經圖。即有所缺，如山水平遠，雲峰不色，絶迹天機，非繪者之所及也。人有得《奏樂圖》，不知其名。維視之，曰：「《霓裳》第三疊第一拍也。」好事者集樂工按之，一無差，咸服其精思。人知其書畫之妙，不知其悉由長於詩中化來。兹堂嘗語人曰：「畫理得書法七八，則奮迅而欲飛；書法得畫理三四，則骨堅而氣邁。」旨哉斯言！况書畫理法來自五言詩中者乎？益令人深仰止之懷。

戴德充爲老董門人，嘗語人曰：「某不入山，不泛溪，不有花木幽室，不作畫。」所語皆詩意，惜乎其不能詩也。

升庵聞人熟讀杜詩，曰：「所記是碁勢殘著，原無金鵬起變手局。」

徐禎卿曰：「七言沿起，咸曰《栢梁》。然甯戚叩牛，已肇《南山》之篇矣。其爲則也，聲長字縱，易以成文。故藴氣琱辭，與五言略異。」又曰：「樂府歌行貴抑揚頓挫，古詩則優游和平。」旨哉此論！然余於所選僅得儲光羲《同張侍御燕北樓》排古體一篇，及太白「水引寒烟没江樹」一句。沈君所謂「烟没」非「水没」，是也。

詩有六義，風、雅、頌者，體也；比、興、賦者，法也。

律詩「堂成」題，則賦題之外無佗意。題即古《書》、《詩》之序也。

「股肱良哉」，一句見意也；「關關雎鳩，在河之洲」，兩句見意也；「落羽辭金殿，孤鳴託繡衣。能言終見棄，還向隴山飛」，四句見意也。

讀詩全在諷咏。當看後再讀，讀後再看。

王弇洲詩評曰：「某如某方大賈，金銀鐵錫之物具有，唯法書名畫不真。」譏其僞也。又曰：「某如乞兒唱蓮花落。」譏其油也。天傭子《四家摘謬文評》曰：「某心麤手滑。」是亦譏其油手，如榨油者將倦，每歌俚語以醒之，非謂宋人號張打油者亦落油腔也。

詩家巧即不拙，拙即不巧。巧中帶拙，不失渾完纔妙。

評詩或謂不須太過，如「數目」、「點鬼簿」、「田莊牙人」之類。余謂具意雖寬，若觸手即用前三者之法以藏身，不免太陋。讀少陵詩，首自爲變，何嘗拘涉作一類之觀。故知專靠三者以成詩，畢竟非是。

體者，或騷，或《選》，或唐，或西江。騷不可雜以《選》，《選》不可雜以唐，唐不可雜以西江。須要首尾渾全，不可一句似騷，一句似《選》。

辭盡而意不盡，如剡谿歸棹是也；意盡而辭不盡，如摶扶摇是也。意盡而辭未嘗盡處，則不可以不盡；辭盡而意不盡者，不可以長語益之也。辭意不盡者，不盡之中固以深盡之矣。

理宜簡，意宜活，景宜微，僻事宜實用，熟事宜虚用。推之文事，何特不然？

押韵不宜用啞，如「四支」、「十四鹽」，啞韵也。

建安體者，漢末年號，曹氏父子，不及鄴中七子也；黄初體者，魏年號，與建安相接，其體一也；正始體者，魏嵇、阮諸公也；太康體者，晉年號，左思、潘岳、二張、二陸也；元嘉體者，宋顔、鮑、謝也；永明體者，齊也；齊梁體者，通兩朝而言之，杜云「恐與齊梁作後塵」是也；南北朝體者，通魏、周而言之，與齊梁一體也；盛唐體者，景雲以後，開元、天寶年也；宋元體者，即西江黄山谷、蘇東坡、陳後山、劉後邨、戴屏山之詩也。正派者，李、杜、陶、韋、韓、柳也。體弱者，王、楊、盧、駱也。豪放者，岑參也。派别且浮者，李長吉也。樂府正派者，張籍、王建也。派正而澀者，孟郊也。容易叙事者，元、白也。派正而綺麗者，高達夫、郎士元、盧綸也。玉臺體者，徐陵所叙漢、魏、六朝之詩也。西昆體者，李商隱兼温庭筠及劉、楊也。香奩體者，唐韓偓也。

扇對體者，第一句對三句，第二句對第四句，即余所謂遥對是也。如「幾思聞静語，夜雨對禪牀。未得重相見，秋燈影照堂」，又如「蕭蕭秋風引，葉落渭水濱。喧喧陽春歌，花明錦江春」，又如「去年音問隔維州，百謫誰知我亦憂。前日杯盤共江水，一歡相屬豈人謀」，蓋半山之句也，又如「可惜鶯啼花落處，一壺濁酒送殘春。可憐月好風凉夜，一部清歌伴老身」，皆清旨照人，殊有古色。

巧對體，如「雁兒争水馬，燕子逐檣烏」、「簾額低垂紫燕忙，蜜脾已滿黄蜂静」、「草解忘憂憂底事，花名含笑笑何人」之類。

交股體，「蒸蕙殽」對「奠桂酒」，又「春深葉密花枝少，睡起茶多酒盞疏」，蓋「春」與「葉」、「花」爲類，「睡」與「茶」、「酒」爲類，各以例相偶也。

借韵對，如「根非生下土，葉可墜秋風」，以「秋」與「下」字爲借；「聊開栢葉酒，試奠五辛盤」，以「五辛」與「栢葉」借；「厨人具雞黍，稚子摘楊梅」，以「雞」與「楊」借之類。

虚字對，如「乍逢如未識，相問各凄然」、「無媒自進誰識之，有才不用今老矣」、「君有問焉非所願，世無知者始爲真」之類。

流水對，如「長因送人處，憶得别家時」、「一堂風冷澹，千古意分明」、「不獻胸中策，空歸海上山」、「一句坐中得，片心天外來」、「萬緣冥自盡，一衲亂山深」、「九江空有路，一室掩多年」、「未必星中月，同他海上山」、「雲光澹淺石，露氣肅長烟」、「萬里八九月，一身西北風」、「離堂思琴瑟，别路遶山川」、

「怪得登科晚，須逢聖主知」、「世上豈無千里馬，人間那得九方皋」、「鑿開魚鳥忘情地，展盡江湖極目天」、「江客不堪憑北望，塞鴻何事又南飛」之類。

詩有意格，意高謂之格高，意下謂之格下，合而言之也。意出於格，先得格也；格出於意，先得意也。意格欲高，句法欲響，合而言之也。

首尾失粘，如「扁舟徑渡石頭去」之類。

眼用實字者，如「夜潮人到郭，春鳥霧鳴山」、「星河秋一雁，砧杵夜千家」、「陳兵劍閣山將動，飲馬珠江水不流」、「雪意未成雲著地，秋聲不斷雁連天」之類。

眼用響字者，如「白沙留月色，綠竹助秋聲」、「孤竹摇客夢，寒杵搗鄉愁」、「萬里江山分曉夢，四隣歌咏送春愁」、「鶯傳舊語嬌春日，花放嚴妝對曉風」之類。

眼用拗字者，如「掬水月在手，弄花香滿衣」、「孤鳥背秋色，遠帆開浦烟」、「殘星幾點雁横塞，長笛一聲人倚樓」、「塞林月落鳥巢出，古渡風高釣艇稀」之類。

拗句换字者，如「一雙白魚不受釣，三寸黄柑猶自青」、「外江三峽且相接，斗酒新詩終日疏」、「雪降冰返壁，風落木歸山」、「簾影垂晝寂，竹陰生夏凉」之類。

母子句者，如「竹疏烟補密，梅瘦雪添肥」、「社日雨多晴較少，春風晚暖雨猶寒」、「更漏有無風順逆，紙窻明暗月高低」之類。

「養雛成大鶴，種子作高松」、「藥靈丸不大，碁妙子無多」，皆僊然凌雲，堪供我坌中之句。

其間所見，同者固不能自異，異者亦不能强同。同者謂之和，異者謂之答。

杜有《小寒食》詩，註：「小寒食，如小至之類，前寒食一日也。」除夕前一日爲小年。

謡之則風也，吹之則雅也，歎之則誦也。

「月落烏啼」詩，人多疑其「夜半」之鐘，不知首句乃欲曙之時矣，豈真「夜半」。「夜半」者，狀其太蚤而甚怨之之詞，非實夜半也。「月落烏啼」，彼固明言之矣，能解詩人活語乎？

虚體不以虚爲虚，以實爲虚。自端至委，如雲水之流。

王摩詰「行到水窮處」詩，乃一意體也。

七言律詩，乃五言八句之變體也。

真西山曰：「淵明之辭甚高，而其旨出於老、莊；康節之詞若卑，其旨則原於六經。以予觀之，淵明之學，正自經術中來，故形於詩，自不可揜。《榮木》之奄憂，逝川之歎也；《貧士》之詠，簞瓢之樂也。《飲酒》曰『羲農去我久』云云，其智足以及此，豈玄虚之士所能望耶？若夫食薇飲水之言，銜木填海之喻，睠睠王室，實有乃祖長沙公之心。」

宋人方嶽曰：「賈閬僊，燕人，産寒苦地，故立心亦然。誠不欲以才力氣勢掩奪情性，特於事物理態毫忽體認。深者寂入僊源，峻者迥出靈嶽。古今人口數聯，固於劫灰之上，泠然獨存矣。至以其全集經歲踰紀，沈咀細繹，如芊葱佳氣，瘦隱秀脉，徐露其妙，令人首肯無二，可以厭斁。三折肱爲良醫，豈不信然？同時喻鳧、顧非熊，繼此張喬、張蠙、李頻、劉得仁，凡晚唐諸子，皆於紙上北面，隨其所得淺深，皆足以終其身而名後世。獨李洞佛名閬僊，所謂瓣香之師，執而不弘，捧心過甚，空圓蕭散之氣不復少有，豈非不善學下惠者乎？司空表聖，後輩也，本用其機，反以閬仙非附寒澀，無所置才。坡公不細考，亦然其言。獨非叛道者歟？不然，則隸者不力，其文擠而實。予則歸敬閬僊也，亦至矣。」

坡公云：「蘇、李之天成，曹、劉之自得，陶、謝之超然，固已至矣。李、杜以英偉絶世之姿，凌跨百代，古之詩人盡廢。然魏、晉以來，高風絶塵，亦少衰矣。」坡公本不以詩專門，使非上下漢、晉、唐，出入蘇、李、曹、劉、陶、謝、李、杜，潛窺沈翫，實領懸悟，能自信其折衷如是之的乎？公又以柳子厚、韋應物「發纖濃於簡古，寄至味於澹泊」云云。

阮圓海曰：「杜陵、長吉、長慶，降而渭南，近代新聲，山樵饒習之，已而灼其非詩也。」或以少陵《渼陂行》直追《楚辭》，以摩詰《老將行》與排律同體，真具觀也。

東坡曰：「《既醉》之詩，備箕疇之福。其曰『君子萬年』，壽也；『介爾景福』，富也；『室家之壼』，康寧也；『高明有融』，攸好德也；『高朗令終』，考終命也。」

宋玉賦《高唐》、《神女》，其初略陳所夢之因，如子虛、亡是公相與問答，皆賦矣，而統謂之叙。李、蘇贈別長安，而詩有「江漢」之語；及陵與武書，辭句儇淺，正齊、梁間小兒所擬作，決非西漢文，而統不悟，劉子玄獨知之。范曄作《蔡琰傳》，載其二詩，亦非是。董卓已死，琰乃流落。方卓之亂，伯喈尚無恙也。而其詩乃云以卓亂故流入於胡，此豈真琰語哉？其筆勢乃效建安七子者，非東漢詩也。

梁、陳、隋以下，聲律對偶之詩，是爲律祖。蓋本《邶風》「覯閔既多，受侮不少」而爲偶，《堯典》「聲依永，律和聲」而爲律也。其一、二名起聯，又名發句；七、八名尾聯，又名落句。其三韵則五言中之別體也。大氐以格調爲主，意興經之，詞句緯之。以渾厚爲上，雅澹次之，穠艷又次之。五言貴不可加，七言貴不可減，爲尤不易工也。

排律不以鍛鍊爲工，而以布置有序、首尾通貫爲尚。雖四唐老手，不復多見其妙。唯杜審言之雄邁而秀，傲視一切者，可稱佳手。外此則有宋之問「春豫靈池會」一律，無弛懈可摘也。

賦者，古詩流也。《商頌》諸篇，稍準章句。然或謂《商頌》宋正父所定，時居周公《豳風》後。二《南》當殷之末紀，已有篇次。楚無《風》而有《騷》。漢樂府歌辭，猶有古詩之遺焉。流覽《郊廟》諸章，雖《風》、《雅》亡而《頌》體存也。蘇、李五言，始定封疆。迄於建安諸子，篇什盛興，較古詩判殊姿勢矣。晉、魏諸人，興會則少，述懷者多，神理不存，規摹猶切。齊、梁浮艷，迭相祖述。降而三唐，其言工於狀似，短於敘理。詩餘填辭，鬱深蒼厚，又非詩之可及。

王昌齡、高適二家，致味閒遠。

朱曉堂曰：「古人詩歌，傳至不喪者，必其意高、思深、局全、句穩，而又有氣以舉之，是以可傳也。」若乃備是數者而猶有不傳，其故何也？意者，思深矣，意高矣，局雖全而尚落邊際，句雖穩而未至雅馴歟？若夫局與句渾雅矣，氣與格靜冲矣，似猶未可以傳者，必其音節未協，不足以被筦絃也。即被筦絃，而猶挾有字句之疵，猶未足以播久遠。況潦草塗抹，動多堆垛癖積之病乎？

和韵詩，自次韵而外，有依韵，依者，同在一韵中，而不必用其字也。又有用韵，用者，有其韵而先後不必次也。或賡和答其來意，或并其意亦不用，或拾其餘韻，凡爲所用者置不取，皆由依韻而推廣之也。

聯句詩，起自《柏梁》，人各一句，集以成篇。其後或人各二句，或人各四句，或人各一聯；或先出一句，次者對之，就出一句，前人復對之。

三句詩，如「楊柳裊裊隨風急，西樓美人春夢中，翠簾斜捲千條入」，又如「桂樹蒼蒼月如霧，山中故人讀書處，白露濕衣不可去」，二詩首尾自爲呼應，中間別叙，乃見韻之悠長。

促句詩，每三句一換韻，有兩疊者，亦有三疊者。

雜言詩，有五、七言相問者，有三、五、七言各兩句者，有一、三、五、七、九言各兩句者，有一字至七字、九字、十字者。

拗體，有句不拗而字拗者，如「杖藜歎世者誰子，泣血迸空回白頭」是也。

斷弦體，謂語似斷弦而意存也，如僧謙《寄遠》曰：「雁陽去後湖天遠，欲寄知音問起居。七歲弄竽今八十，錦鱗吞釣不吞書。」

問答體，如「寒夜清，皮日休問陸龜蒙。簾外迢迢星斗明。況有蕭閒洞中客，吟爲紫鳳呼皇聲」，又「瘦木杯，陸龜蒙問皮日休。杉贅楠瘤刳得來。莫怪家人畔邊笑，渠心只愛黄金罍」，又「蓮花蠋，張賁問皮日休。亭亭嫩蘂生紅玉。不知含泪怨何人，欲問無由得心曲」，皆聯句之變體。

顛倒韻體，如「鹽飛亂蝶舞，花落飄粉匳。匳粉飄落花，舞蝶亂飛鹽」，即迴文之變體。

兩韵體，即進退體之變。

字有四聲，必按五音：東方喉聲，爲木音；南方齒聲，爲火音；中央牙聲，爲土音；西方舌聲，爲金音；北方脣聲，爲水音。

《詩藪》曰：「紆迴斷續，騷之體也；諷諭哀傷，騷之用也；深遠優柔，騷之格也；宏肆典麗，騷之詞也。」

騷與賦，句語無甚相遠，體裁則大不同。騷複雜無倫，賦整蔚有序；騷以含蓄深婉爲尚，賦以誇張宏鉅爲工。

元李孝光云：「《郊祀》若《頌》，《鐃歌》、《鼓吹》若《雅》，《琴曲》、雜詩若《風》。」此就樂府言之耳。若通舉一代，則《唐山》諸篇於《頌》，韋孟諸篇於《雅》，枚、李諸篇於《風》，體製、格調尤近。「世人但學《蘭亭》面，欲換凡骨無金丹」，魯直詩也；「古人遺墨，率有蹊徑可尋，惟《禊帖》則探之莫得其端，測之莫窮其際」，光堯語也。《詩藪》以此形容《十九首》，謂極爲親切。

漢人詩，無句可摘，無瑕可指；魏人詩，間有瑕，然尚無句也；六朝詩，較無瑕，然而有句也。漢人詩，氣運所鍾，神化所至，無才可見、格可尋也；魏人才可見，格可尋，其才大，其格高也；格至晉、宋，卑矣，然其才固足高；梁、陳之才，下矣，而其格故亡失。

少陵不效四言，不倣《離騷》，不用樂府舊題，是此老胸中壁立處。然《風》、《騷》、樂府遺意，杜往往深得之。

侯類《易水》，而氣槩横絶；「横汾」出《離騷》，而風範少頽。《黄鵠》麗而則，有《雅》、《頌》遺規，昭之所以中興。「青荷」艷而纖，爲齊、梁前導，靈之所以末造。

歌者，曲調之總名，原於上古；行者，歌中之一體，創自漢人。闔闢縱横，變幻超忽，疾雷震霆，凄風急雨，歌也；位置森嚴，筋脉聯絡，走月流雲，輕車熟路，行也。太白多近歌，少陵多近行。

杜用事錯綜，固極筆力，然體自正大，語尤坦明。晚唐、宋初用事如作謎，蘇如積薪，陳如守株，黄如緣木。

杜用事門目甚多，姑舉人名一類，如「清新庾開府，俊逸鮑參軍」，正用者也；「聰明過管輅，尺牘倒陳遵」，反用者也；「謝氏登山屐，陶公漉酒巾」，明用者也；「伏柱聞周史，乘查似漢臣」，暗用者也；「舉天悲富駱，近代惜盧王」，並用者也；「高岑殊緩步，沈鮑得同行」，單用者也；「汲黯匡君切，廉頗出將頻」，分用者也；「共傳收庾信，不比得陳琳」，串用者也。至「對碁陪謝傅，把劍覓徐君」、「侍臣雙宋玉，戰策兩穰苴」、「飄零神女雨，斷續楚王風」、「晉室丹陽尹，公孫白帝城」，皆煅煉精奇，含蓄深遠，迥出前代矣。

杜詩正而能變，變而能化，化而不失本調，不失本調而兼得衆調，故不可及。

七言律，右丞多仄韵對起，無風韵，不足多效。蓋仄起宜五言，不宜七言也。

大槩杜有三難：極盛難繼，首創難工，遘衰難挽。子建以至太白，詩家能事都盡，杜後起，集其大成，一也；排律近體，前人未備，伐山道源，爲百世師，二也；開元既往，大曆系興，砥柱其間，唐以復振，三也。

曰仙曰禪，皆詩中本色。惟儒生氣象，一毫不得著詩；儒者語言，一字不可入詩。而杜往往兼之，不傷格，不累情，故自難及。

咏物著題，亦自無嫌於切。第單欲其切，易易耳；不切而切，切而不覺其切，此一關，前人不輕拈破也。

五言絶句，昉於兩漢；七言絶句，起自六朝。五言絶，調易古；七言絶，調易卑。五言絶，即拙匠易於掩瑕；七言絶，雖高手難於中的。

蒙叟《逍遥》，屈子《遠遊》，曠蕩虚無，絶去筆墨畦逕。百代詩賦源流，實兆於此。

《漢藝文志》有周歌詩二篇，又周歌詩七十五篇、周歌聲曲折七十五篇，又河南周歌詩七篇、河南周歌聲曲折七篇。以上五家，與燕、代諸歌詩並列，以爲漢時周地風謡耳。及觀師古黄公書註，以秦列之，乃知周歌謡，漢尚數家，不止三百也。

子美之不甚喜陶詩，而恨其枯槁也；子瞻劇喜陶詩，而以曹、劉、李、杜俱莫及也。二人者之所言，皆過也。善哉乎！鍾氏之品元亮也，千古隱逸詩人之宗也。而以源出應璩，則亦非也。

供奉之癖宣城也，以明艷合也；工部之癖開府也，以沈實合也。然李於謝，未足青冰；杜於庾，乃勝倍屣矣。

樊少南云：「唐初無古詩，而律詩興；律詩興，古詩不得不廢。精梓匠則麄輪輿，巧陶冶則拙函矣,何况達玄機、神變化者哉?」觀此,則李于鱗前,唐已有斯論。

吴興蔡善繼曰:「緣即落常,融即成妙。」又曰:「空有相成謂性,無定相因義顯。」又曰:「援引剖斷,徹清韵於半字、滿字。」皆得詩中之静旨活思者。

以聲律爲竅,以物象爲骨,以意格爲髓。

東國結韵以成詠,西方作偈以和聲。奏歌於金石謂之讚,説法於筦絃謂之唄。道家鈞天之奏,璚笈之章,詞著《步虚》,歌成遍疊,皆詩之餘也。

詩有造物。一句不工則一篇不純,是造物不完也。

詩有意格:格者,局法也;意者,體裁也。朱大復所謂「聲過則厲,調過則離,情過則柔,理過則贅,太亢則比殺,太宛則比慢,太流則比濫,太苦則比數」,是皆爲體裁之累。

襄陽學力遜退之遠甚,而其詩出退之上者,其妙悟勝之也。

或興而乘比,或比而乘興;或在起處,或在合處,或在轉處,隨人才力所至。

不易其意而造其語,謂之换骨法;規模其意而形容之,謂之奪胎法。

假象過大則與類相遠,命詞過壯則與事相違,辨言過理則與義相失,麗靡過美則與情相悖。

東坡曰:「日日出東門,尋步東城遊。城門抱關卒,怪我此何求。我亦無所求,駕言寫我憂。」章子厚評曰:「前步而後駕,何其上下紛紛也?」東坡曰:「吾以尻爲輪,以神爲馬,何曾上下乎?」參寥子謂:「其文過,似孫子荆曰『所以枕流欲洗其耳』,然終是詩病。」

詩諧聲音，聲爲經，音爲緯。平、上、去、入，四聲也，其體縱，故爲經；宮、商、角、徵、羽、半徵、半羽，七音也，其體横，故爲緯。自有吕静《韻集》、夏侯詠《韻略》、司馬氏《集韻》，凡八萬八百六十五字，四方通行。律詩用之甚嚴。五音之外，又有變宫、變徵，所謂半徵、半羽，是爲七音。史謂之閏宫、閏徵者是也。

《文心雕龍》曰：「異音相從謂之和，同聲相應謂之韻。韻氣一定，故餘音易遣；和體抑揚，故遺響難契。」蓋以平聲爲一類，而上、去、入三聲附之，如「東」、「董」是和，「東」、「中」是韻也。

作賦頌騷選，韻宜用古。晉惟謝靈運用古韻，如「祐」字叶「燭」字；唐惟韓、柳、白三家用古，如「此日足可惜」，及「牙」字、「資」字、「毛」字皆叶「魚」字韻是也。近代詩辭，類皆用沈約韻。

「萬乘」之「乘」作去，傅玄作平；「寧馨」之「寧」作去，劉夢得作平；「蘭若」之「若」作上，上官儀作入；「諒闇」之「闇」作平，白樂天作去；「慨慷」之「慷」作去，曹孟德作平。唐人詩中有「十」讀如「諶」，「相」讀如「厮」，「勝」讀如「升」，「恐」讀如「共」，「司」讀如「四」，「琵」讀如「匹」，「請」讀如「青」，「妨」讀如「放」，「番」讀如「汎」，「數」讀如「族」，「作」讀如「做」，「喜」讀如「戲」，「空」讀如「控」，「長」讀如「仗」，「盡」讀如「儘」，「匹」讀如「譬」，「擎」讀如「磬」，「挑」讀如「窕」，「麒」讀如「襄」，「怨」讀如「寃」，「散」讀如「山」，「依」讀如「捱」，「帆」讀如「汎」，「汰」讀如「闢」，「也」讀如「夜」，「夭」讀如「歪」，「旋」讀作去聲，「茫蒼」、「嵬峩」並上聲，須如此方協律。

淵明之詩，不煩繩削而自合。不知者疑其拙而病其放，何也？夫若以法眼觀，無俗不真；若以世眼觀，無真不俗。淵明之詩，當與一丘一壑者共之耳。

「湍轉則日月似驚，浪息則星河如覆」，詩料中驚人句。

曹鄴曰：「鬱於内者怨也，阻於外者愁也，犯於性者情也。」可知「情」之一字，最不易言。

楊誠齋曰：「無待者，神於詩；有待而未嘗有待者，聖於詩者也。」

宋初楊、錢、劉輩祖李義山，號「西崑體」；及二宋之富麗，晏同叔、夏英公之和整，梅聖俞之閒澹，王平甫之豐碩，頗近唐人，魏野、林逋，亦姚合之流亞也。永叔、介甫始汛掃前流，自開堂奥；至坡老、涪翁，詩體大爲一變。

《華嚴經》：「舉果知因，譬如蓮花，方其吐氣，而果在花中。」真堪比況詩人之志矣。

陶弘景入官，析理譚玄，而松風之夢故在。

短簫鐃歌爲黄帝之軍樂，《周禮》所謂「王大捷則令凱樂，軍大獻則令凱歌」者也。漢樂黄門鼓吹，賜有功諸侯。

宫爲君，宫之爲言中也，中和之道，無往而不理焉；商爲臣，商之爲言彊也，謂金性之堅彊也；角爲民，角之爲言觸也，謂象諸陽氣，觸物而生也；徵爲事，徵之爲言止也，謂物盛則止也；羽爲物，羽之爲言舒也，言陽氣將復，萬物孳育而舒生也。

周有燕樂、縵樂，如《九德》之歌、《九夏》之奏，則《雅》、《頌》之流；《貍首》之節，則《風》之流也，仲尼删之矣。若夫《豳雅》、《豳頌》，猶《魯頌》也。然豳一國之事，不容有所謂雅者，雖公之所載，仲尼亦闕而不取。

單于求婚於漢，明妃請行。作者當叙其不惜遠行，以一身爲長城；而徒爲悲咽慘澹語，何也？然何以曰「昭君怨」？蓋怨己之不遇治平也。

或謂杜審言「雲霞」、「梅柳」是早春，於義爲賦；「黄鳥」、「緑蘋」是景物，於義爲興；「古砌碑横草，陰廊畫雜苔」是人事，於義亦爲賦。非也。蓋賦早春則言早春，賦廢寺則言廢寺，中四句皆早春，未嘗以前爲賦、後爲興也。「龜出曝」、「鶴飛迴」，則知寺無僧；「碑横草」、「畫雜苔」，則知寺廢已久，亦未嘗以前爲興、後爲賦也。大凡律詩，題有所指，其詩皆賦題；無所指，然後假物以興。如「囀枝黄鳥近，泛渚白鷗輕。一徑野花落，孤邨春草生」，皆興也；「簷影微微落，津流脉脉斜。野船明細火，浴鷺聚團沙」、「野日荒荒白，春流泯泯清。渚蒲隨處有，村徑逐門成」，此題皆無所指，但遣興漫成，故前四句若直賦一事，何待於興。周伯弜以審言中聯爲四實，曙中聯爲四虚，亦非也。

《雜録》曰：「後世題岳廟，詞非不美，然當寫武穆奉詔班師，疾趨君命，此公之忠義大節處。若徒揭高宗、奸檜之短長，爲臣貶君，將何以慰公在天之靈？」

升庵曰：「五言古詩，漢、魏而下，其響絶矣；六朝至初唐，可謂之半格。」又曰：「劉須溪元不知詩，其批《選》詩云：『詩至《文選》爲一厄。五言盛於建安，而勃窣爲甚。』此言大本已迷矣。」

或曰：顧兹堂詩甚佳，得無句句皆佳乎？句句皆佳，其求佳似過矣。余聞此，竊伏而歎曰：詩患不能句句皆佳耳。若句句皆佳，曷足病乎？六經無浮字則字皆佳；秦漢無浮句，則句皆佳。今之詩人，若能句句皆佳，可以髣髴秦漢，聿追大雅矣。如是又曷以句句皆佳爲足病乎？甚矣，兹堂之詩無可疵也。外此則有舊京顧與治，亦稱到家。與治每嚮人謂余詩亦到。余聞之，輒驚悸累日。以爲未到而遽有稱到之者，必其貌示倩整，其於氣格之際必小有所傷也；不則縟爛或極，未還平澹也；又不則外境未虚，中邊未密，其養其候，未能通身是風，通身是火，令人無處尋其何等屬好，何等屬不好也。蓋余實未嘗到。若與治，殆真能到矣。猶記其句曰：「貧士家中尋酒醉，高峰頂上借雲眠。」其《咏雁字》曰：「字留烟滅没，聲寄雨浮沉。」殆不減賈浪仙平生冠句，曰「長江風送客，孤館雨留人」云。所微不滿余之意者，與治千篇一律，不能千篇作千樣變化之觀耳。

徐彦伯變「鳳閣」爲「鵷閤」，「龍門」爲「虬户」，「金谷」爲「銑溪」，「玉山」爲「瓊岳」，「竹馬」爲「篠驂」，「玉兔」爲「魄兔」，謂之「澀體」。邇世詩文，多踵傚之。

定風軒活句參卷二

月潭朱紹本支百甫參著
南溪吳朗腺公甫訂參

《詩》參

《小雅》者，天子逮下之詩；《大雅》者，天子述祖之詩。《小雅》之變者，哀怨刺譏之意多；《大雅》之變者，憂憫規正之詞切。蓋周太史所命，孔子刪之，而未嘗易其次也。

茲，年也。古人謂茲爲年，取草木繁滋之義。《呂春秋》「今茲美禾，來茲美麥」、《詩》「維今之疚不如茲」、《孟子》「今茲未能」是也。顧凸處命其堂曰「茲」，取兩「玄」之文，曰「玄之又玄」也。近見亦有以「玆」名堂，取「文在」之意，似夸大矣。顧茲堂聯曰：「石在定中皆作舞，水當疾下愈修容。」又曰：「禰方有氣兒文舉，芾不能顛質子瞻。」一奇而拗，一玄而玄，殆非近家之所能擬。

梁劉勰曰：「詩人善於形容，言峻則嵩高極天，論狹則河不容舠，説多則子孫千億，稱少則民靡孑遺。」余意古今文字，惟有形容。形容之最佳者，乃以跳蕩之腕、靈妙之心出之，是爲活句。不則易入呆版，如六朝之賦、唐之填詞，可見也。

「我心匪石，不可轉也；我心匪席，不可卷也」，學道者當作是觀。

《詩》「鄂不韡韡」，「不」者，跗萼之足也。古者「柎」、「不同」聲。陸某曰：「柎，卉作跗也。」又不然也，不可也。

「沽酒」，鄭康成訓爲「榷沽」之「沽」。朱子曰：「沽、市，皆買也。」蓋從鄭註。《詩》云：「無酒沽我。」毛註謂：「一宿酒曰沽。」蓋三代無沽酒者，至漢武時方有榷沽。則「沽酒」似以「一宿酒」爲是。

東坡曰：「《詩》之體，固有比也，而皆合之以爲興。如《關雎》，是誠取於其摯而有別，是以謂之比，而非興也。『殷其雷，在南山之下』，此非有取乎雷也，蓋必其當時之所見，而有動乎其意。故後之人不可以求得其說，此其所以爲興也。」

又曰：「季札觀周樂，以爲《大雅》曲而有直體，《小雅》思而不貳、怨而不言。夫曲而有直體者，寬而不流也；思而不貳、怨而不言者，狹而不迫也。」

又曰：「僕行年五十，始知作活大要是慳爾。而文以美名，謂之儉素。然吾儕爲之，則不類俗人，真可謂澹而有味者。《詩》云：『不戢不難，受福不那。』」

鍾嶸曰：「詩有六義，若專用比、興，則患在意深，意深則辭躓；若但用賦體，則患在意浮，意浮則文散。」

風、雅、頌者，詩體；賦、比、興者，所以製作乎風、雅、頌也。然亦因時之盛衰而删次之。故憫王化之不行，則以雅爲風；尊周王之大有勛勞，則以風爲頌；治必先齊，以二《南》居三百篇之首；亂極思治，以《邠風》居十二國之終。至漢而説《詩》者分爲四家：《魯詩》始於申培，而盛於韋賢；《齊詩》始於轅固，而盛於匡衡；《韓詩》始於韓嬰，而盛於王吉；《毛詩》起於毛公，而顯於鄭玄。疏之者，何胤、全綬，而惟劉焯兄弟爲優。

楊用修曰：「程伊川謂《小序》是國史作，如不作則孔子不能知；如《大序》，則非聖人不能作。此言可謂公矣，似不宜以意見而廢之。」

王雪山曰：「詩人偶見鵲有空巢，而鳩來居。非鳩性拙，不能爲巢，而恒居鵲之巢也。『食我桑椹，懷我好音』，亦美其地也。而註謂鴞食桑椹而變其音。試養一鴞，經年以葚食之，豈能變其音哉？宋人不知比興，其解多謬。」

定風軒活句參卷二

月潭朱紹本支百甫參著
南溪吴朗朖公甫訂參

《騷》參

《騷》學以檇李譚掃庵評閲者爲最妙。掃庵曰：「『帝高陽之苗裔兮，朕皇考曰伯庸』二句呼全旨；『攝提貞於孟陬兮』至『夕攬洲之宿莽』，叙好修，一疊；『日月忽其不淹兮』至『來吾道夫先路』，叙引君，二疊；『昔三后之純粹兮』至『夫唯捷徑以窘步』，叙先德，三疊；『惟黨人之偷樂兮』至『反信讒而齌怒』，叙信讒，四疊；『予固知謇謇之爲患兮』至『傷靈修之數化』，叙初合，五疊；『予既滋蘭之九畹兮』至『哀衆芳之蕪穢』，叙樹人，六疊；『衆皆競進以貪婪兮』至『恐修名之不立』，叙衆濁，七疊；『朝飲木蘭之墜露兮』至『雖九死其猶未悔』，叙違俗，八疊；『怨靈修之浩蕩兮』至『固前聖之所厚』，叙不辰，九疊，一致志煞；『悔相道之不察兮』至『豈予心之可懲』，泛頭一弄，思退，旨歸不退；『女嬃之嬋媛兮』至『夫何煢獨而不予聽』，泛頭二弄，思隨，旨歸不隨；『依前聖以節中兮』至『好蔽美而嫉妬』，怨荃失德，怨無閽；『朝吾將濟於白水兮』至『予焉能忍而與此終古』，怨無媒，二致志煞；『索藑茅以筳篿兮』至『謂申椒其不芳』，泛頭三弄，擇主，旨歸無擇；『欲從靈氛之吉占兮』至『使夫百草爲之不芳』，泛頭四弄，遇主；『何瓊佩之偃蹇兮』

至『芬至今猶未沬』，旨歸無遇；『和調度以自娛兮』至『載雲旂之委蛇』，泛頭五弄，遠逝，旨歸無逝；『抑志而弭節兮』至『蜷局顧而不行』，三致志煞；『亂曰』至『吾將從彭咸之所居』，『將』字吸本旨。」

定風軒活句參卷四

月潭朱紹本支百甫參著
南溪吴朗腹公甫訂參

古體參歌、行、頌、贊、偈諸體附見。

宋顔延年《五君詠》，惟詠阮始平爲《選》體，詠阮步兵、嵇中散、劉參軍、向常侍爲五言近體之祖。詠步兵曰「沈醉似埋照」、「長嘯若懷人」，乃遥對體。詠中散曰：「形解驗默僊，吐論知凝神。世俗迕流議，尋山洽隱淪。」詠參軍曰：「劉伶善閉關，懷情滅聞見。鼓鐘不足歡，榮色豈能眩。韜精日沈飲，誰知非荒宴。頌酒雖短章，深衷自此見。」詠常侍曰：「深心託毫素。」皆比擬極工，後人殊未易步趨也。

「月生十五前，日望光彩圓。月滿十五後，日畏夜光瘦。不見夜光色，一鐏成暗酒。匣中苔背鏡，光炬不照空。不惜補明月，慙無此良工。」右劉猛《月生》詩。前四句從月之「彩」、「滿」、「前」、「後」際思之，雖平起，細翫實虚宕也；「不見夜光」，又宕；「苔背鏡」，又宕；「補明月」，竟以宕終，蓋通章純用宕法也。蹠實家望之，正不知從何處下手。

《華嚴·現相品》曰：「佛具無有生，而能示出生。法性如虚空，諸佛于中住。無住亦無知，處處皆見佛。」誠如眉山讀《道德經》，解曰：「使戰國有此書，則無商鞅；使漢初有此書，則孔子、老子爲一；使晉、宋間有此書，則佛、老不爲二。」

李舒章《留别王尊素》曰：「清江多急流，遊子不得住。王生磊砢人，薄送城南路。接言雖不多，知心良已故。奈何秋風深，離思振荒樹。白蘋息芳洲，江郊靄明霧。君懷櫪下悲，我有秋猿懼。孤劍思蜚鳴，木蘭畏遲暮。壯夫結交心，踴躍從所務。」此詩佳處易見，惟「離思振荒樹」句寓有秋風不易見耳；即或易見，其下句「白蘋息芳洲」，則斷斷不易見矣。何也？凡風之起，莫不始於白蘋，卒於木末，風振樹間，蘋塵自止。舒章用「息」字之妙，匪夷所思。

茲堂《同舟》詩連用古人名一十一個，從前「點鬼簿」未有若此入化超神也。其《登燕子磯》曰：「秋社不在梁，春社不及溟。流當萬里衝，搏激古無脛。舟從頷下來，客子上摩頂。兩腋舉長風，孤亭還速醒。昔賢多怒飛，翅重與茲等。掠水不知微，差池分漢鼎。釃酒復何人，臨江進吾艇。」《弘濟寺》曰：「遵江路盤曲，峽形雙扉開。古楊千萬枝，浸及秋水肥。僧居抱巉石，坐悦江鳥飛。鳥翮可飛渡，一葦不可磯。誰揭雲衣裳，霽此天塹威。君看水月岩，燕晏而嵟嵬。」《謁吴季子墓》曰：「道旁松柏枝，不下官河水。纍然一抔土，云是延陵子。誰高讓國風，尼山者仰止。擘字舉豐涯，千秋礪人齒。剥石睨驚蛇，晨郊清牧豕。聖躅與賢途，一轍乃終始。洋洋魯樂觀，聞《韶》無剩旨。余承夙好來，江聲走百里。桂奠不能將，猶子劍心耳。」三詩皆偕余同舟而作。風景不殊，儼然如昨，因并識之。時壬午桂月之杪，爲三山九日社之前也。

樂天《盤石銘》曰：「質凝白雲，文折烟碧。莓苔有痕，鹿麛无跡。」四句之雅，良如聖歎所謂「選石者要瘦、要透、要皺」是也。至末句未能免俗，奈何！

休寧前輩張子遠復，與程巨源暨歙汪南溟同時，殫精理學，有「張聖人」之稱。其遺詩曰：「朝登東岩上，暮遊西岩下。開樽攬白雲，拂石看平野。別溜隱峰迷，穿蘿映空瀉。俯仰東西間，何處棲真者？」江無咎極歎「別溜」句，謂惟「別」故不見，故「隱」故「迷」。顧兹堂謂其太仿唐人，小有叔敖衣冠之誚。余則謂兩説皆宜然，獨江爲細心特出耳。

五茸韓名文昭《題朱卜四笠屐圖》曰：「亦有仙者子，卧雲呼不起。一作山中人，嘯歌忘我以。君山不在山，屐底青纍纍。溺儒笠可糾，潤挾翠微紫。孤騰衝曉霞，步遠尋鷗涘。神傳阿堵中，傳君不煩爾。溪頭傾大巫，英英仲如此。神清璧浸寒，賦凌雲結蘂。静思新桐引，險韵秋墳詭。我夢碧山限，片石無可欹。得君百縑字，剪取半江水。倘君欲識韓，素心如畫裏。」雍容爾雅，真有名士風流。惜乎此道不彈，已三十年所矣。

七言短古，辭明意盡，與五言相反，如《休洗紅》：「休洗紅，洗紅紅色變。不惜故縫衣，記得初採茜。人命百年能幾何，後來新婦今爲婆。」「石人前，石橋邊。六角黄牛二頃田，帶經躬耕三十年。」

韋蘇州《詠聲》曰：「萬物自生聽，太空恒寂寥。還從静中起，卻向静中消。」極有道氣。王摩詰「草木花葉生，相與命爲春。知非草木意，信是故時人。静念惻群物，何由知至真？狂歌問夫子，夫子莫能陳。鳳皇飛且鳴，容裔下天津。清净無言語，兹焉庶可親」一詩，道氣中之直躡三宗者，宜乎爲竟陵之深賞也。

《晞髮集》擬古曰：「空山産桐梓，擬作膝上琴。琴成不他餙，種漆江之潯。獨無徽將軫，何以發商音？但得獨繭蠶，飼之扶桑陰。烹魚腹有膠，不患海中深。」又曰：「石間道人影，見者恒髣髴。浮雲過列仙，與語呼之出。身亦竟不出，影亦竟不没。含涕謝仙人，天地此終畢。」又曰：「山人食木實，竹實以飼鳳。聞此來空烟，三載脱塵鞚。不見玉笙音，唯聞溪鳥弄。西臺憶故人，野祭忽如夢。仰視浮雲馳，不覺哭之慟。」《巖居效賈島》曰：「岩岩百尺屋，山鬼寂四壁。獨抱震餘桐，横此風中石。夢見一道者，手持青瓦礫。謂此有至人，世人不能識。粟塵起嵯峨，滄海寄一滴。語罷失其處，覺來空歎息。攝衣起楚歌，斷絃如裂帛。懸藤目露深，蛟龍舞其側。」《效孟郊》曰：「手持菖蒲葉，洗根澗水湄。雲生巖下石，影落莓苔枝。忽起逐雲影，覆以身上衣。菖蒲不相待，逐水流下溪。」又曰：「移參憁北地，經歲日不至。悠悠荒郊雲，背植足陰氣。新雨養陳根，乃復佐藥餌。天涯葵藿心，憐爾獨種參。」又曰：「閨中玻瓈盆，貯水看落月。看月復看日，日月從此出。愛此日與月，傾寫入妾懷。疑此一掬水，中涵濟與淮。淚落水中影，見妾頭上釵。」擬古即古，擬寒瘦即寒瘦，宋人中第一手法也。

歌行不難於師匠，而難於賦授；不難於揮灑，而難於蘊藉；不難於氣槩，而難於神情；不難於音節，而難於步驟；不難於胸腹，而難於首尾。

五言古肇自「河梁」，盛於「宛洛」，乃短律之淵源也。

伍員《河上歌》曰：「胡馬望北風而立，越燕向日而熙。誰不愛其所近，悲其所思者乎？」《古詩》：「胡馬依北風，越鳥巢南枝。」意本此。「依」字似勝「望」字；然「立」字從「望」字生來，則「望」、「立」二字亦自渾妙；「向」、「熙」二字，亦自悠遠而輕飏也。

越謀復吴，范蠡進楚善射者陳音。越王曰：「孤聞子善射，道何所生？」音對曰：「臣聞弩生於弓，弓生於彈，彈起於古之孝子不忍見父母爲禽獸所食，故作彈以守之。」遂誦黄帝《彈歌》曰：「斷竹，續竹。飛土，逐宍。古「肉」字。」又帝《兵法》曰：「執斧不伐，賊人將來。或以守親，或以禦賊。」皆爲仁孝義勇之助。後世目爲凶器，以是爲殺機之不可遏，悲夫！

東野詩「幽幽草根蟲，生意與我微」、「日窺萬峰首，月見雙泉心」、「誰憑方寸靈，獨夜萬里尋」、「千山不隱響，一葉動亦聞」、「大道無群物，達人腹衆才」，又「日月不與光」、「一寸地上語」、「語音靈泉清」、「人朴情慮肅」、「溪春亦多機」、「杵聲不爲衣」，此等惟顧茲堂得其神似，千古皆莫及也。

古詩、頌、銘有三句一换韵者，本於《老子》「明道若昧，夷道若類，進道若退。上德若谷，太白若辱，廣德若不足。建德若偷，質直若渝，大方無隅。大器晚成，大音希聲，大象無形。」

五言《選》體，不入歌行一派。竟陵而後，又見草臣張君，其曰：「負影晝不發，客至成掩門。」何等奇尚。曰：「碌碌保軀命，羞墮上智根。」何等尊志。曰：「清明無真實，閉目忽高朗。」何等見道。曰：「秋知草木性，霜雪正蒙養。」何等觀化。曰：「仙人欺寂絶。」即「看破萬物皆芻狗」、「笑看天地雨浮萍」之意也，何等超忽。

茲堂曰：「善作五言古，則諸體皆可類推；從諸體入手，斷斷不能作古。」夫諸體由古法而出，古法縱横變化，莫不備極諸家，所以無不可推也。虞異羽亦謂：「作詩宜從事於五言。從事於七言者，每有油滑之習。」亦是此旨。

定風軒活句參卷五

月潭朱紹本支百甫參著
南溪吳朗䐜公甫訂參

樂府參

樂府叙事體，始卒曉然、全乎古意者，唯横吹《木蘭詞》爲可按也。其「問女何所思」四句，乃雙關開局也；至「願爲市鞍馬，從此替爺征」，乃小作頓挫也；「東市買駿馬」四句，乃引上「鞍馬」句作四疊也；至「不聞爺娘聲，但聞燕山胡騎鳴啾啾」，乃小作雙鏁也；「萬里赴戎機，關山度若飛。朔氣鳴金柝，寒光照鐵衣」四句，乃小作渲染，且渲染，且行趁也；旋接曰「將軍百戰死，壯士十年歸」，合句也；後半凡廿有八句，俱是洗發「歸」字出來，故緊頂「歸」字，曰「歸來」，曰「還故鄉」，乃闔作參差之勢，又一雙鎖也；「爺娘聞女來」句，應前三個「爺」字、三個「娘」字也；「阿妹聞姊來」、「小弟聞姊來」，應前「阿爺無大兒，木蘭無長兄」句也；「同行十二年，不知木蘭是女郎」，應前「木蘭當户織」句也；「雄兔脚撲朔，雌兔眼迷離。雙兔傍地走，安能辨我是雄雌」，掉法也，比法也，宕様法也。所謂長篇曲折，亦既舒徐綿麗矣。至結須爲雅辭，誠如朱絃緩發，一唱而有三歎之致。

梁車斅横吹曲《隴頭水》一章，亦五言近體之祖。楊升庵有《五言律祖》一書，余選其選，大氐去其板重，録其風華，采其逸句，其他庸腐諸作槩不得入。

少陵横吹曲一十四章。前一章，質樸而情深。次二章，不輕於言死，便見學識與從來游俠輩不同。次三章，「欲輕腸斷聲」句跟上章「骨肉恩」來，末句只是寫出一個「輕」字，找足「輕腸斷」之句也。次四章，結句曰：「哀哉兩訣絶，不復同苦辛。」苦辛尚不復同，何况歡樂？其伸出「父母」、「骨肉」之「恩」意，言更慘。次五章，承「苦辛」字，逗出「樂」字，字字引逗，妙有微思。次六章，承上「見胡騎」來，「射馬」、「擒王」已呼動「豈在多殺傷」意。次七章，言深入，本前章言戰來；末句「浮雲暮南征，可望不可攀」，直繞到初章「戚戚去故里」，筆筆會有歸宿。次八章，與「射馬」、「擒王」章應。次九章，作結看，具見本領。後一章，開句曰：「男兒生世間，洎壯當封侯。」承前九章「丈夫四方志，安可辭固窮」來，中間俱是提法。提法者，提起從來，逐一説也。次二章，寫入軍之始，還是提起説。次三章，「古人重守邊」一句，寓多少制勝之思，與多少黷武之戒。夫「守邊」者，制侵陵也；「重高勛」者，多殺傷也，還是伸引前説。次四章，是將「今人重高勛」伸寫一番，見得「重高勛」者如是如是爾。次五章，曰「我本良家子」，與前「我始爲奴僕」、「潛身備行列」應；「出師亦多門」句，見練達已久；「將驕益愁思」句，有大識；「惡名幸脱免」句，有身退高蹈之懷。詩家去路，迥然明楚者，此類是也。原註謂其「刺閔傷憤，有《風》、《雅》之遺」，固足見其指趣；至謂其「極叙征夫離怨勞苦之情、軍中奮勇策畫之態」，似猶未洞見大旨云。

《陌上桑》乃造歌以被之，所以拒悦之者以自明也。前半篇自叙，至「使君謝羅敷」方入趙事。至致辭而曰「羅敷自有夫」，更峻詞以拒之，嶄巖之至，奇矣，妙矣！吾獨奇妙其承「夫」字，播衍出後半篇一十八句來，一曰「夫壻」，再曰「夫壻」。鞍馬者，夫壻；控劍者，夫壻；府吏者，夫壻；朝大夫者、侍中郎者，夫壻；洎今城居，白皙美鬚，盈盈冉冉者，夫壻；千餘騎中，夫壻居上，數千人皆言夫壻殊。半篇咏歎到底，絶不照應上文一字。非不照應，乃前半自叙，後半叙夫壻是設大局自開自闔，非小小曲折、盤旋容與間可以悉其致也。

樂府之分解，即詩篇之分章也。一解之意，盡於一解。二解若另自起意，而其意實未斷也。隱顯迢遞之間，分雖數解，總看則成一章。如魏武《秋胡行》，劃然兩解；《北上行》，四句一解；魏文《燕歌行》，兩句一解。按其中之理脈，妙有淵自。

《桃葉歌》「渡江不用楫」句，蓋言急於相見，無暇理楫也。

唐吴象之《陽春歌》曰：「簾低曉露濕，簾捲鶯聲急。欲起把箜篌，如疑綵絃澀。孤眠愁不轉，點泪聲相及。净掃堦上花，風來更吹入。」或謂六朝靡艷，波及三唐，似乎貌相之也。翫其八句四意，明明四解，轉折多思，全不説煞。殆樂府中之錚錚者也，正不當以靡艷忽之。

旂亭貰酒，初歌王昌齡「寒雨連江夜入吴」之詩，次歌高適「開篋泪霑臆，見君前日書。夜臺何寂寞，疑是子雲居」之詩，又次歌昌齡「奉帚平明金殿開，强將團扇共徘徊。玉顔不及寒鴉色，猶帶昭陽日影來」之詩，皆互相稱頌揖拜，謂某詩屬甲，某詩屬乙矣。獨王之涣曰：「諸歌妓中，若某也，明姿濬餙，恍惚有思者，不歌某詩，則某拜下風，未爲晚也。」既而果歌王君之詞曰：「黄河遠上白雲間，一片孤城萬仞山。羌笛何須怨楊柳，春光不度玉門關。」諸君鬨亭大笑。即知是日之歌，即諸君疇昔之作云。余按王君是詞,别本「春光」之「光」爲「春風」之「風」字。考之音律,通體屬商,斷是「光」字無訛。再考《樂府・新曲歌詞》,起句係「一片孤城萬仞山」,次二句係「黄河遠上白雲間」,次三、四句如前;第「笛」字爲「狄」字,小異耳。起句之换,顛倒其文,非後世所測。第以音聲微微按之,覺「一片」句稍輕,「黄河」句稍重,似有漸著之分;下二句或輕如抑,或重如揚,便不須换矣。頃者細讀自會,非漫作傅會之見也。

「采菱歌怨木蘭舟,送客魂銷百尺樓。還似洛妃乘霧去,碧天無際水空流。」此詩一句一轉,一轉一意,細翫只是一意,蓋章法之妙絶也。起句不怨去者,而曰「怨木蘭舟」。次句不曰主人銷魂,而曰「魂銷百尺樓」,見得群衆人俱銷魂於此也。一句之妙,足抵江郎「黯然」一篇矣。次三句,見得此等必不可留,姑作慰語以自解免,非妄爲之比擬也。末句云云,「怨」與「魂銷」俱寓焉。是何等「怨」,是何等「魂銷」,令人癡煞。「怨」者,怨行者也,「魂銷」者,魂銷於住者也。洛妃之似其衣,其胡天胡帝、爲雨爲雲乎?其「裙拖六幅瀟湘水」,况其潔乎?其「鬠挽巫山一朶雲」,狀其鬆乎?紅綫聲容,依稀若見矣。柳柳州「美人隔湘浦,一夕生秋風」,與陳止齋「秋水能隔人,白蘋况連空」,同根《秦風》而來,各稱融至。

「寸心斗酒争芳夜」句,竪看不過勢作三折耳。或曰:句之妙,全是「争」字作眼也。余特略去句中之眼,而以横看之法測之,其爲意思不翅有百,奚止妙在三層,妙在一字耶!請問:今之詩人,略去三層,略去一字,其意其思,謂將有百,不知從何自著眼,令人急煞。余曰:其句中之「夜」字,非等閒之「夜」，乃上文「月既明」之夜也。其夜曰「芳」，抑即上文「琴復清」之夜也。如此「芳夜」，寧不「争」耶？「争」之須用「斗酒」，須用「寸心」，須盡一人之心、合兩人之心以「争」之，「争」之義纔妙。不然，何以弔得「千秋萬歲」四字動耶？「千秋萬歲」不在前年，不在後日，而止在此一夜，則此等「芳夜」，寧不須「争」以留之耶？故曰「同一情」，「情」字正緊與「寸心」應也。下文「歌宛轉」四句，俱是從「寸心」之「情」伸出，雖若宕開，還是合攏，此用意之至妙。「夜」如何曰「芳」？曰：月中有芳，琴中有芳，意中有芳，人中有芳，此夜有芳，千秋萬歲後有芳，不當作花月夜説去。云：何是月中有芳？曰：河漢上屬，彩滿陸離，非月之芳乎？云：何是琴中有芳？曰：隴訊引來，巡欄疊出，非琴之芳乎？云：何是意中有芳？曰：情蕊方葩，心容頓啓，非意之芳乎？若夫像想衣裳，解語初足，綺疏旻繹，芍藥雲荼，夜如未央，香銷南國，豈不與千秋萬歲同情乎哉？故曰：此夜有芳，千秋萬歲後有芳。

宋人小説中有「閬閬霍霍地」之句。余考「閬」字本《詩》「兄弟閬于墻」來，「霍」字本《木蘭詞》「磨刀霍霍向豬羊」句，鍾竟陵所謂「字面不文者」是也。余思樂府體高而語近，能使俗字入化，政不易及。須於不文中采其能文者，便有腐化神奇之妙。雖不文，庸何傷？

《休洗紅》爲古樂府之一。凼處集字句曰：「鵑咽洗紅嬌。」豈杜鵑啼血之謂耶？相對未及質問，至今相思。

雲間君子堂《咏虞姬》曰：「君死兮，妾不獨生；妾死兮，君不獨死。得天下與失天下，亦小事；彼失節如吕雉，爲天下者不能治一女子。江水潺潺，白石齒齒。妾與君來，會於此。」前四句情也，中四句理也，後四句情歸於性，理貞於命，不可窮也。

樂府之妙，全在反題，如《山農詞》結處可見。詞曰：「老翁家貧在山住，畊種山田三四畝。苗疏税多不得食，輸入官倉化爲土。歲暮鋤犁傍空室，呼兒食山收橡栗。西江賈客珠百斛，船中養犬多食肉。」又有含蓄不發結者，又有截斷頓然結者。

吴越王妃每歲春必歸臨安，王以書遺妃，曰：「陌上花開，可緩緩歸矣。」是亦樂府調中之一則也。

楊升庵曰：「子美七言絶句近百首，錦城妓獨唱『錦城絃管日紛紛，半入江風半入雲。此曲祇應天上有，人間能得幾回聞』，何也？蓋花卿在蜀，頗僭用天子禮樂，子美作此諷之。妓女亦有見哉！子美詩諸體皆有絶妙者，獨絶句本無所解。而近世乃效之而廢諸家，是其真識冥契，猶在唐世妓人之下乎？」

魏武《短歌行》「對酒當歡」四句屬宫，「慨當以慷」四句屬商，「青青子衿」四句屬角，「呦呦鹿鳴」至末雜屬徵、羽，五者錯見於一歌之中，宛轉盡致，大氐類然。不似後人引商刻羽，沾沾乎一聲而不能備也。

《盤中詩》亦樂府之體，其音節鏗然，當備其文以咏歌之。詩曰：「山樹高，鳥鳴悲。泉水深，鯉魚肥。空倉鵲，嘗苦饑。吏人婦，會夫希。出門望，見白衣。謂當是，而更非。還入門，中心悲。北上堂，西入階。急機絞，杼聲催。長歎息，當語誰？君有行，妾念之。出有日，還無期。結巾帶，長相思。君忘妾，未知之。妾忘君，罪當治。妾有行，宜知之。黄者金，白者玉。高者山，下者谷。姓者蘇，字伯玉。人才多，智謀足。家居長安身在蜀，何惜馬蹄歸不數。羊肉千斤酒百斛，令君馬肥麥與粟。令時人，知四足。與其書，不能讀。當從中央周四甪。」本作「角」，叶音「六」。「甪」即「角」也。

元微之《樂府古題序》云：「自風雅至於樂流，莫非諷興當時之事，以貽後世之人。沿襲古題，唱和重複，于文或有短長，于義咸爲贅賸，尚不如寓意古題，刺美見事，猶有詩人引古以諷之義。近代惟詩人杜甫《悲陳陶》、《哀江頭》、《兵馬》、《麗人》等，凡所歌行，率皆即事名篇，無有倚傍。余少時與友人白樂天、李公垂輩謂是爲當，遂不復擬賦古題。」觀微之此序，則唐人亦自推轂少陵樂府。近時諸公多主斯説，而微之序人少知者，故特録之。

取樂府之格於兩漢，取樂府之材於三曹。以三曹語入兩漢，會於《離騷》，自然合律中矩。

擬樂府當先辨其世代，覈其體裁。郊祀不可爲鐃歌，鐃歌不可爲相和，相和不可爲清商。擬漢不可涉魏，擬魏不可涉六朝，擬六朝不可涉唐。

鐃歌中有《朱鷺曲》。漢有朱鷺之祥，因而爲曲。作者必有祥瑞足紀，或可擬之。又有《東門行》，乃士有貧行，不安其居，拔劍將行，妻子牽衣留之，願同餔糜，不求富貴。作者必因士負節氣未伸者，始可代婦人語，作《東門行》阻之。其餘皆可類推。

擬樂府必體當時事，故按事依題轉摺，輕清重濁，協諸五音。不容任意錯綜，與詩餘一定體格不同。

今樂府如《折桂令》、《水仙子》之類，作亦有法，曰鳳頭，曰豬肚，曰豹尾是也。大氐起要美麗，中要浩蕩，結要響亮。尤貴在首尾貫穿，意思清新。

魯陶明女，名嬰，少寡。魯人將求之，嬰恐不免，乃作歌以自明，曰：「悲夫黄鵠之蚤寡兮，七年不雙。宛頸獨宿兮，不與衆同。夜半悲鳴，想其故雄。天命蚤寡兮，獨宿何傷？寡婦念此兮，泣下數行。嗚呼哀哉，死者不忘。飛鳥尚然兮，况於貞良？雖有賢雌，終不爲行。」其歌之志，若與《柏舟》共矢，曷爲而不采入《風》也？或謂寡婦不宜夜哭，「夜半悲鳴」似與禮不合。然真志不能自禁，又何傷乎性情之正也！

韓憑妻何氏，宋康王將奪之。何作《烏鵲歌》二章，曰：「南山有烏，北山張羅。烏自高飛，羅當奈何。」又曰：「烏鵲雙飛，不樂鳳皇。妾自庶人，不樂君王。」首章用比，次章用興，其詞簡意盡，亦堪采入。

六引者，一曰箜篌，二曰商引，三曰徵引，四曰羽引，其宫、角二引曲闕。宋爲箜篌引，三引有歌聲，而辭不傳。梁具五引，有歌詞。凡相和，其器有笙、笛、節歌、琴、瑟、琵琶、箏七種。

凡古樂録，大字皆是辭，細字皆是聲。

沈約《白紵舞歌》五章，舞用五女，中間起舞，四角各奏一曲，至「飛翠群飛」以下則合聲奏之，梁塵俱動。舞已則舞者獨歌一曲以進酒。按，舞有健舞、軟舞、字舞、花舞。王建《宫辭》曰：「每遍舞頭分兩字，太平萬壽字當中。」蓋以舞人亞身於地，布成字樣也。

《陌上桑》本言羅敷，而音樂取屈原《山鬼》以奏。陳思「置酒高堂上」曰《箜篌引》，一作《野田黄雀行》。讀其詞皆不合，蓋本公讌之類，後人取填二曲耳。唐樂府節取古詩首尾，或截近體半章，于題全無關涉。蓋緣文人擬作，多與題左。大氏取聲調之諧，不必詞義之合矣。

東野「味者理芳草，蒿蘭同一鋤」，本樂府「蘭草自然香，生於大道傍。腰鐮八九月，俱在束薪中」之意。

樂府「尺素如殘雪，結成雙鯉魚。要知心裏事，看取腹中書」，乃尺素結爲鯉魚形，即緘也。或謂古人多取魚腹寄書，何異説夢。

東坡曰：「舊傳《陽關三疊》，今世歌者，每句再疊而已。若用一首言之，是四疊；或每句三唱以應三疊，則無節奏，皆非是。余在登州得古本，其聲宛轉悽斷，乃知唐本三疊蓋如此。及在黄州，讀白樂天詩云：『相逢且莫推辭去，聽唱《陽關》第四聲。』註云：『第四聲，「勸君更盡一杯酒」也。』以此驗之，若一句再疊，則此句爲第五聲。今爲第四聲，則一句不叠審矣。」

齊桓公使管仲求甯戚，戚應之曰：「浩浩乎，儵儵乎。」管子不解，歸而不怡。有少妾問焉，仲曰：「非而與知也。」妾曰：「毋少少，毋賤賤。」仲語之，妾曰：「甯子殆欲室乎？古有《白水》詩云：『浩浩者水，儵儵者魚。君來召我，我將安居？國家未立，從我焉如？浩浩者水，育育者魚。未有室家，而召我安居？』戚有伉儷之思，故陳此詩見意。顧茲堂本之作《無屋住歌》，又作《禽言無屋住》暨《無賤賤歌》二章，堪入樂府。

定風軒活句參卷六

月潭朱紹本支百甫參著
南溪吴朗脮公甫訂參

近體參

杜工部「萬里橋西一草堂，百花潭水即滄浪」詩，或以爲歸題格，謂「狂夫」二字直至結處點出，前半俱屬寫景。固也！不思「草堂」在橋之西，曷足有異，乃特冠以「萬里」兩字，則可想其胸中狂極矣。夫「萬里橋西」只一「草堂」，不惟有藐乎一切之思，似與「乾坤一草亭」、「一腐儒」同旨。次二句「百花潭水即滄浪」，又若天下之水皆濁，惟此水特清。此水非他，即潭，即滄浪也。興會之狂，按脈極細，安得僅以寫景目之？「竹裏行厨」詩至次四句曰：「自識將軍禮數寬。」「寬」字置一字，如關門之鍵，極其穩重而渾成。又次曰：「百年地避柴門迥，五月江深草閣寒。」至末，胸目之中，何其開廣，安復有「玉盤」、「金馬」少係顧戀乎？

「聞道雲安麴米春，纔傾一酌即醺人。乘舟取醉非難事，下峽銷愁定幾巡。長年三老遥憐汝，捩柂開頭捷有神。已辦青錢防顧值，當令美味入吾脣。」乃老杜《撥悶》詩，八句折腰體也。絶句折腰，可以類推。雙聲疊韵體者，或爲雙聲，或爲疊韵，蓋二項非一項也。雙聲者，押句同音而不同韵；疊韵者，押句同音而又同韵也。進退體者，隔一聯用韵，如起聯撚「君」字；頷聯撚「人」字；頸聯撚「雲」

字，與「君」叶；末聯撚「塵」字，與人叶也。轆轤體者，隔二聯用韵，如前兩韵用「八庚」，次三、四韵用「九青」，次五、六韵答「八庚」，次七、八韵答「九青」也。蓋進退單出單入，所謂隔一句也；轆轤雙出雙入，所謂隔二句也。風人體者，上句述其語，下句釋其義，如《詩》云：「維南有箕，不可以簸揚。維北有斗，不可以挹酒漿。」後人倣之，遂有「圍棋燒敗襖，着子故依然」之體。

樸者無味，靈者有痕，蓋竟陵之所必黜也。若顧與治「貧家明月好，今夕際秋冬。知子愛深坐，念余栖遠峰。中庭閒荇藻，下界涌魚龍。各自爲清夜，同時聞曉鐘。」可以去斯二者之誚。

「雨外湖山又一新，芙蓉香裏泊然身。鷗沾水面秋光澹，草没堤痕曉漲勻。歌覺寒城人出少，風傳田社趣何真。不須更涉江深淺，采采幽芳慰遠貧。」乃蘧然《社集芙蓉舫》詩也。蘧然專事苦吟，迴與時别。前作搆至頸聯，不能歸繳。歸繳之句，爲顧兹堂足成之，遂有扶轉一篇之勢，振起無盡之觀。殆真有「吾師乎，吾師乎」之歎。蘧然，靈隱寺僧，名荼永，又名荼公，又名夔公。善畫事，譔有《破堂三録》。

君子泉在鳳林寺，爲唐鳥窠禪師道場。兹堂《聽雨》詩曰：「作障松杉屋後深，皆生清響護秋陰。下爲一勺疏寒脉，動與千岩活道心。雲壓滿衣人半古，風枝着地鳥無音。漫疑祖意同漂忽，布上微毛不奈尋。」吴門道開衲子同賦曰：「涓涓溢出薜蘿深，静滙方池斂衆陰。冷不待吹秋欲響，幽能注耳客同心。微蘇病葉無晴籟，半萎荒萍有泡音。問法何人猶髣髴？松巢擬與一披襟。」前如飛錫步虚，此如敗絮擁衲，蓋一異一癡，一靈一野，一着一不着也。徑山老人序之曰：「詩如風吟空，似火出石；又如賓鴻之寒宿沙汀，去來風度，翅展層秋，嘹驚楚夢。」蓋規之者至矣。

《同舟》詩，顧亗處爲内剥，朱曉堂爲外剥。顧曰：「驚魂舞斷曙鳴雞，浪破長風首尚低。國涕竟夷公子墓，鄉愁又撥女兒谿。携來羯末封胡鋭，動與機雲抗遜齊。一路笑歌都不廢，揚颿直到大蘇堤。」朱曰：「五夜寒生古渡雞，微星直下荻霜低。心容不轉思江石，嘯步無過憶竹溪。醉引一颿吴水細，吟開兩岸越峰齊。先生泌有衡門樂，莫歎桑麻不在堤。」

往見西湖法相寺僧二詩，偶遺其法諱與字，相其命意與其筆法，誠雞群之鶴也。因並録之：「青虬溪影媚，塵習到山傾。鐘向静人活，風堆瘦樹勍。談經文是劍，捧日靖爲兵。熙緝猶珍重，苔痕愜履聲。」「謙吉誠君子，雕龍語自傾。快心千嶂悟，點杖一秋勍。江影參吴越，松濤憺甲兵。剡谿藤上字，開篋作金聲。」按：「憺」，徒濫切，談去聲，動也，安也。僧詩之義屬安，不屬動。《楚辭》曰「志欿憾而不憺」者，安之義也；《漢書》曰「威稜憺乎鄰國」者，動之義也。

海陽吴去非有詩學，謹葺其一詩曰：「春光易矢自年年，浪得名多麗雨然。占歲史删無麥句，策荒人説有飛錢。初花濺濺金門粥，弱柳三三漢宛眠。莫謂良時空聚訟，君恩不禁萬家烟。」其旨爲寒食雨行，用禁烟事能別樣，所以佳。若江無咎「禁烟不禁桃花焰」之句，亦自纖媚如女郎也。

《雨窻聯句》，吴若谷曰：「薄酒憀相勸，陰雲江不開。」顧兹堂曰：「蟹螯持左手，雞跖進重臺。」俞企延曰：「葉落寒蟲隱，欄低宿鳥來。」吴曰：「漫漫清漏下，穆穆客心皃。」顧曰：「好古恒由性，愁霖偶用才。」吴曰：「人頑茹馬溺，天老畏駝垓。」俞曰：「我輩緣皆偶，吾生直不回。」顧曰：「懸絲疑達曙，揮燼欲分埃。」俞曰：「柏翠猶堪挹，禾登詎可災。」吴曰：「愁成哦漸冷，餓極理初詼。」顧曰：「良友真難率，嬰兒耻未孩。」俞曰：「燈明猶蕤蕤，香爇且堆堆。」吴曰：「笑遞輕猶鼎，情癡軟似雷。」顧曰：「阿誰湮草莽，姑妄説蓬萊。」吴曰：「不癩身如漆，迎風面欲皚。」俞曰：「夢長恒寄蝀，春小自探梅。」顧曰：「句穩當秋穫，憂焚代劫灰。」俞曰：「今惟學犬子，幸勿問龍媒。」吴曰：「老至嘗新瓠，時囍憶舊醅。」顧曰：「醉鋒愁聳削，辭瀋胍瀠洄。」俞曰：「擬共攤書卧，何妨永漏催。」吴曰：「奇哉人善謔，允矣淚成隈。」顧曰：「夜犬何煩警，枯毫不事哀。」俞曰：「高堂及良宴，我僕未虺隤。」凡詩凡廿有四韵，其分量有銖有兩，雖絲毫不可爽焉，誰謂聯韵不須材力之敵也哉！

裴説曰：「莫怪苦吟遲，詩成鬢亦絲。鬢絲猶可染，詩病却難醫。山暝雲横處，星沈月側時。冥搜不易得，一句至公詩。」文徵仲得之，曰：「鬢邊新白髪，應爲小詩添。」若李太白「斗酒詩百篇」，無乃開打油腔之祖風乎？

栖白《廬山》詩：「千峰盤磴盡，林寺昔年名。步步入山影，房房聞水聲。多年人跡絶，殘月石陰清。更可求居止，安閒過此生。」讀此祗覺大蘇作之贅。《送友》詩：「日日西亭上，春留到夏殘。言之離别易，久矣道途難。山出一千里，溪行三百灘。松間樓月裏，秋入五陵寒。」可謂脱盡從來送别之套，所以佳。釋子作詩，必須謝齋蔬之氣，而以高逸邁往、定静淵涵之致寫之，方有出脱。不然，鮮有不落寒儉一派者。

貫休曰：「山深詩癖甚，寒夜更何爲？覓句如頑坐，嚴霜打不知。石膏黏木屐，崖栗落冰池。近見禪僧説，生涯勝往時。」此二句雙起法也。初一句，籠起通章；次二句，直喚到底，厚静而大，不止空靈。

戎昱曰：「山上青松陌上塵，雲泥豈合得相親。世路盡嫌良馬瘦，唯君不棄卧龍貧。千金未必能移性，一諾從來許殺身。莫道書生無感激，寸心還是報恩人。」起二句非興也，比也。何以知之？知之於次三、四句之「世路」、「惟君」應「陌上塵」，「良馬」、「卧龍」應「山上松」也。此後四句，俱是應「相親」句。雙起法，分柱收，前比後賦法，前呼後應法也。

米仲詔，自號又一米顛。其五言近體小有祖風，若古體則不足録也。近體曰：「名山要聽覩，百險一笻争。駭怖排雲隙，趦趄飲澗聲。穿濤松贈韵，坐浪石班荆。主興餘深欵，惟嫌少月明。」相其句法鏤劃，不媿作者。至於石坐於浪，若班荆然，奇思欲透出楮背矣。

五言近體純乎古趣者，張文昌《漁家》一詩可稱妙絶。詩曰：「漁家在江口，潮水入柴扉。行路欲投宿，主人猶未歸。竹深邨路遠，月出釣船稀。遥見尋沙岸，春風動草衣。」句句寫漁人不在家，句句望漁人之來，爲行路投宿之地。雖是夾發，卻只一意相引。其妙絶之處，猶在通體不薄，非清佻之所擬。

曩余寄顧兹堂曰：「富貴之中未有人，先生示我學孤貧。眼前獨見青天氣，石上還思舊日身。家積道書非不妙，胸忘奇字自然真。楊雄夙昔名山業，鏤刻多年落腐塵。」余詩既出，凡寓處富貴而學道者，無不一齊點首；自夫思弋富貴而不獲者，於是乎謗與詈交起矣。兹堂隔遠千里，或指余所學之道多岐，所接之人多妄，不思物我同裒，方欲挹萬彙而師之，何獨於吾徒也，而謬作分別之觀乎？且道之所在，殊自有歸，何得妄目之爲岐也？余憶《彭蠡游》句曾有「路出多岐定有方」，以示人，乃人猶不自解，而毀之曰：「岐。」抑亦未思久矣。然茲堂次和而寓有答之旨，要自不可忘也。詩曰：「千里谿山寤寐人，今年書語卓錐貧。岐途展步良由足，大道横擔確有身。楊子尚玄玄以白，葉公好似似於真。惟君有識離文字，不向鄰虚立一塵。」劉子曰：「世故瀾翻如反覆手，不知屈伸之所在。人生此際，雖子雲好奇，日以鉛槧，不足託其倏忽變幻之萬一。故曰歷來艱苦，勝讀奇書十年。谿山雖别，聞見略同。奇書之奇，未有燦於此者也。以兄明眼收之，胸見闳肆。故著爲篇什，多出之灑灑，略非前日之勾棘，此舍苦入甘之一驗也。及此言詩，始爲慶快。天都縹緲中有隱人，知兄所遇皆大匠，而斤斧之利，終不示人。能者從之，非規矩之速化也。拙作不能多録呈教，一詩奉答，略見一斑」云云。

「正是花時節，思君寢復興。市沽終不醉，春夢亦無憑。嶽面懸清雨，江心走獨冰。東門一條路，離恨正相仍。」此前虚後實體也。

「到台十二旬，一片雨中春。林菊黄梅盡，山苗半夏新。陽烏朝展翅，陰魄夜飛輪。坐喜無雲物，分明見北辰。」此結句體也。以其意盡而寬然有餘，能躍出于事物之外，所謂如截奔馬是也。

「圓間有物物間空，豈有圓空入井中。不信天形真個樣，故應眼力得先窮。連環已解如神手，萬竅猶號未濟風。稽首問公公大笑，本來誰礙更求通。」此道詩也。頸聯前句是《易》之《既濟》，《既濟》從《未濟》而來，故曰「猶號未濟風」云。末句收應開二句，迴環而觀，當自得之。

王摩詰《歸嵩山》詩曰：「清川帶長薄，車馬去閑閑。流水如有意，暮禽相與還。荒城臨古渡，落日滿秋山。迢遞嵩高下，歸來且閉關。」此詩從平地説到高遠，復從高遠歸到平地，乃章法也。至其通體厚静，而不覺其突兀，蓋善於用隱秀者。試翫開句一「帶」字，便有無限突兀之致矣。

宋嚴羽曰：「律詩有徹首尾不對者，但文從字順，音韻鏗鏘而已。浩然、李白有此體。」余按襄陽《舟中晚望》曰：「挂席東南望，青山水國遥。舳艫争涉利，來往任風潮。問我今何適？天台訪石橋。坐看霞色晚，疑是赤城標。」有一氣到底、千迴百轉之致。至「赤城」、「霞」三字分作兩句出之，特用字之妙也，然卻自「天台訪石橋」句生來。再按供奉《夜泊牛渚懷古》曰：「牛渚西江夜，青天無片雲。登舟望秋月，空憶謝將軍。余亦能高詠，斯人不可聞。明朝挂帆席，楓葉落紛紛。」亦自落落不俗。

通體深渾，落句宕得最妙者，若崔顥《送裴都護》詩是也，曰：「征馬去翩翩，城秋月正圓。單于莫近塞，都護欲臨邊。漢驛通烟火，胡沙乏井泉。功成須獻捷，未必去經年。」天機中帶有渾氣者，若摩詰《送楊長史》詩是也，曰：「褒斜不容幰，之子去何之？鳥道一千里，猿聲十二時。官橋祭酒客，山木女郎祠。别後同明月，君應聽子規。」

仄起體，每句起字皆仄聲，如唐山人「不信最清曠，及來愁已空。數點石泉雨，一溪霜葉風。業在有山處，道成無事中。酌盡一杯酒，老夫顔亦紅」是也。

陰鏗詩曰：「新宫實壯哉，雲裏望樓臺。迢遞翔鵾仰，聯翩賀燕來。重檐寒霧宿，丹井夏蓮開。砌石披新錦，雕梁畫早梅。欲知安樂盛，歌管雜塵埃。」又曰：「夾池一藂竹，垂翠不驚寒。葉醒宜城酒，皮裁薛縣冠。湘川染別泪，衡嶺拂仙壇。欲見葳蕤色，當來兔苑看。」《詩藪》謂前詩八病咸除，五音並協；後詩惟起句及五句拗二字，而非唐律所忌，實近體之祖，猶五言之始於蘇、李也。余翫再過，見其顢頇粗大，已闕浮枵習，不若升庵《律祖》一選，猶存神韵。

李夢陽云：「疊景者意必二，闊大者半必細。」此最律詩三昧。如杜「詔從三殿去，碑到百蠻開。野館濃花發，春帆細雨來」，前半闊大，後半工細也；「浮雲連海岱，平野入青徐。孤嶂秦碑在，荒城魯殿餘」，前景寓目，後景感懷也。唐法律甚嚴惟杜，變化莫測亦惟杜。

近體篇法之妙，不見句法者；句法之妙，不見字法者。有俱屬象而妙者，俱屬意而妙者，俱作高調而妙者，直下不偶對而妙者。

近體五言八句，如四十個賢人，着一字如屠沽不得。覓句如掘得玉合子，有底必有蓋。敲詩如買帽子，用意揀擇，必有稱頭。

少陵詩似拙者，「聞道長安麯米春」之類；似粗者，「堂前撲棗任西隣」之類；似易者，「清江一曲抱邨流」之類；似險者，「城尖徑仄旌旆愁」之類。

用一代人語，止可以一代人語對之，若參以異代語，便不相類。如荆公「一水護田將緑繞，兩山排闥送青來」，皆漢人語；又「周顒宅作阿蘭若，婁約身歸窣堵波」，皆梵語相耦也。

袁中郎《溪上落花》曰：「碧谿香重水粼粼，飄雪迴風舞最新。欲止又飛如照影，乍開忽亂似分身。愁深孝女江頭月，夢逐陳王枕裏人。欲把遺芳付仙字，任他楊柳六街塵。」可謂字句皆無疵矣。

袁凱，字子潛，號海叟。《咏白燕》曰：「故國飄零事已非，舊時王謝見應稀。月明漢水初無影，雪滿梁園尚未歸。柳絮池塘香入夢，梨花庭院冷侵衣。趙家姊妹多相妬，莫向昭陽殿裏飛。」後人誦説其篇，略其字號，類稱之曰「袁白燕」。

楊夫人詩：「雁飛曾不到衡陽，錦字何由寄永昌？三春花柳妾薄命，六詔風煙君斷腸。曰歸曰歸愁歲暮，其雨其雨怨朝陽。相聞空有刀環約，何日金雞下夜郎？」升庵寄答有句，似不能勝。

定風軒活句參卷七

月潭朱紹本支百甫參著
南溪吴朗脼公甫訂參

絶句參

「自得無心妙，悠然不賦詩。忽逢重九日，無奈菊花枝。」試涯其意，前兩句，生而静也；後兩句，感而遂通也。

袁小修曰：「梨花疏影貼窗流，斜月笙歌處處樓。醉裏不知花是影，隔窗驚喚小揚州。」意揚州梨花差少，即曩者揚州著稱，亦未始因梨花見也。何處無月，豈獨廿四橋頭更明乎？偶翫「疏影」兩字，歎曰：此從「尋常一夜窗前月，纔有梅花便不同」句轉注得來也。況「疏影」爲處士之遺身，「官閣」動少陵之詩興。其爲第一花寄意，斷然無遺。既而思之，王昌齡有《咏梅》之句曰「落落莫莫路不分，夢中唤作梨花雲」。王咏梅而况梨雲，袁指梨花而况爲疏影，開之者刻劃於前，而繼之者黐播於後，誠騷壇之快話也。

雪竇詩曰：「有無盡是兩頭語，諸祖因不立言詮。末代兒孫列户牖，一花五葉失真傳。」起句見道，直從四聖人之書洎玄宗《南華》會來，不是一味空花。

恒證絶句曰：「隨拈竹杖點青天，偶愛硃砂百斛泉。七十二峰留不住，新安江上月初圓。」未歔曰：「薄粥不能三十里，破鞵空踏十三州。」同谷《聽雨》曰：「波波隔窻紙，落落洗山根。」三子皆屬僧家，唯未歃尚帶糾桓化行腳之氣。

「從來抱玉難償價，豈必投珠始見疑」，言珠玉在抱，自古難償，嫉而妬之，且指摘盈天下矣，豈俟持獻之日始遭按劍乎？珠隱衣間，玉藏匣裏，斷斷不宜炫鬻，況可形之論説哉？故承之曰：「鶗鴂前頭言不盡，論心何地復何時。」其《大易》「藏器待用」、「機事不密」者之戒歟！

姚江曰：「句句粃糠字字陳，卻于何處覓知音？紫陽山下多豪俊，都是吟風弄月人。」按紫陽山在郡南紫陽門外，朱夫子常住於此。豪俊之多，想是流風之被。第未考姚江同時爲何如人耳。讀此不禁有高山嚮止之懷。

顧與治録《遊僊曲》曰：「青肝紫絡孕仙胎，青鳥窻前一笑來。攜得龍璈親侍宴，月明重上集靈臺。」「青肝紫絡」，蓋言仙人紫胞結絡也。

《咏木槿》曰：「朝炊不及黔，暮車不生角。故應庭下花，無人見開落。」前二句含朝榮夕秀意；後二句本王右丞「山中習静看朝槿」之「静」字來，「見」字雖是代「看」字，然合四句味之，則字字有「看」字之旨也。宋人詩中之佳妙者若此。

顧子方曰：「池上芙蓉夢正酣，三年秋老未曾探。謾攜殘醉登臨看，葉載紅霜入暮嵐。」「殘醉」二字，本南宋主改某詞句中之「酒」字也。陳眉公耑尚此等纖新，子方之句較稍雅。

唐人兩絶句，曰：「蕭關北望盡荒凉，畫戟連營虎纛長。控馬奚奴問射雉，雙縧縛得左賢王。」

曰：「虎頭猿臂驌驦裘，玉勅傳封龍額侯。新得胡姬歸鳳幕，月明烟塞撥箜篌。」前句有名將之況，後句則名將風流也。

李文定公，諱春芳，少時赴録遺試，留句一絶别容山崇明寺僧曰：「年年山寺聽鳴鐘，匹馬長安謁遠公。異日定須留玉帶，題詩未可着紗籠。」後文定果以玉帶鎮山門，踵蘇學士之意，以驗前詩，可稱奇絶。僧之孫瞻雲續夢公于寺又咏一絶，其末二句曰：「世上豈無雙玉帶，與君譚笑覓紗籠。」今瞻雲凡遇僑居之客，即以第二玉帶之讖求之，真癡絶可笑。

湯臨川句曰：「多情多盡恰情多，情到多時得盡麽。解到無情情盡處，月中無樹影無波。」大旨謂情流而不止，當以悟心見性，作觀止之觀也。

「我來梅竹長，泉聲在石側。羨爾自爲山，不羨他山色。」余亦有《田家雜興》曰：「君能自闢門前路，不羨他人沃衍家。」暗與前句同旨，非抄録而出也。

李長吉五言曰：「園中莫種樹，種樹四時愁。獨卧南窗月，今秋似去秋。」其「莫種槿花，使朝晨而騁艷；休敲石火，尚昏黑而流光」之意乎？

王半山句曰：「水際柴門一半開，小橋分路入蒼苔。背人對野無窮柳，隔岸吹香只是梅。」四句雖若四意，然橋自水通，梅因柳見，不似未成之律，板板四開也。灑然欲仙，亦不似當日騎驢説鬼之時。

趙德麟之妻未歸麟時，有句曰：「白藕作花風已秋，不堪殘睡更回頭。晚來驟雨歸飛急，去作西窗一枕愁。」麟見此娶之，人目之爲二十八字媒。

川禪師云：「金佛不度鑪，木佛不度火，泥佛不度水。」頌曰：「三佛儀容總不真，眼中瞳子面前人。若能信得家中寶，啼鳥山花一樣春。」

《贈同遊》詩曰：「唤起窗全曙，催歸日未西。無心花鳥裏，更與盡情啼。」催歸乃子鵑之聲，唤起聲如絡緯，每於春曉鳴之，蓋二禽名也。但題曰「贈同遊」者，殊有深意。蓋牕已全曙，鳥方唤起，何遲也；日猶未西，鳥已催歸，何蚤也。豈二鳥無心，不知同遊者美意乎？更與我盡情而啼，蚤唤起而遲催歸可也。後人又以簪我、姑惡、提葫蘆、休洗紅、脱布袴、泥滑滑、麥飯熟、行不得哥哥、蠶絲一百箔、蘄州鬼入樂府，即以禽之言爲聲韵，當不止有書名之佳。

李翶在潭州，有舞《柘枝》者，顔色憂悴。或贈之曰：「姑蘇太守青娥女，流落長沙舞《柘枝》。滿座繡衣皆不識，可憐紅臉泪雙垂。」李詰之，乃韋蘇州愛姬之女也。李速命其更衣。舒元輿馳詩云：「湘江舞罷忽成悲，便脱蠻鞾出絳幃」云云。陸麗京《咏胡姬》句曰：「足卸蠻靴纔恨短，首拖高髢略嫌長。」本此。

朱慶餘曰：「洞房昨夜停紅燭，待曉堂前拜舅姑。粧罷低聲問夫壻，畫眉深淺入時無？」張籍酬之曰：「越女新粧出鏡心，自知明艷更沈吟。齊紈未足時人貴，一曲菱歌敵萬金。」首句答前詩之末句，次二句下三字答前詩之三句，三、四句答前詩言外之旨。蓋在空處、靈處、高處、華處落想，初何必似今人之次韵、和韵爲也。

李義山商隱詩尚藻繢，體號西崑。比讀其《木蘭花》詩，又未嘗不澹蕩而生動也。詩曰：「洞庭波冷曉侵雲，日日征帆送遠人。幾度木蘭舟上望，不知元是此花身。」末二句之妙，寫得木蘭舟今日無情，昔日未嘗不有情也。細讀應自喻之。

勁健絶句有四句着題者，但觀詩，即知是某題，如「重重疊疊」詩是也。又有二句着、三句着者。

裴休送子出家偈曰：「送爾出家莫學詩，應參父母未生時。須知九里松關外，佛國山前有鐵圍。」「鐵圍」，即地獄也。今之秀才學參佛子譔詩，皆失前輩之旨，抑亦未曾覯此偈耶？靈隱道名「九里松」，本於此。

「賣藥修琴歸去遲，山風吹盡桂花枝。世間甲子須臾事，逢着仙人莫看棋。」「大道本來無所染，白雲那得有心期。遠公獨刻蓮花漏，猶向山中禮六時。」「秋月斜明虛白堂，寒蛩唧唧樹蒼蒼，江風徹曉不得寐，二十五聲秋點長。」三詩第三句皆實接。實接者，以實語接前二句也。虛接之法亦然，第虛接如用千鈞之力，而不見其形迹爲尤妙耳。

「檐前朝暮雨添花，八十吴僧飯熟麻。入定幾時還出定，不知巢燕污袈裟。」「松杉風外亂山青，曲几焚香對石屏。記得去年春雨後，燕泥時污《太玄經》。」以上二詩，第三句皆用虛接法。

「宵分獨坐到天明，又策羸驂信脚行。每日除書雖滿紙，不曾聞有介推名。」「宣室求賢訪逐臣，賈生才調更無倫。可憐夜半虛前席，不問蒼生問鬼神。」二詩接句兼備虛實，接法小有異焉。

「二喬新獲吴宮怯，雙隗初臨晉帳羞。月地故應相伴語，風前各是一般愁。」晁無咎《和李秬雙頭牡丹》詩也。倡者不傳而和者傳，可思此句之勝。

馬伯升揖曰：「淵明長醉屈平醒，採菊飡英得趣深。野老對花醒復醉，不同時勢卻同心。」妙在開句不露「菊」字，突然看來，自然知其是咏菊也。末句關鎖亦力，不覺其卑庸。

東坡居士曰：「有主還須更有賓，不如無鏡自無塵。只從半夜安心後，失卻當年覺痛人。」此句非詩非偈，直是一味醒後快悟之言。覺「生死猶如臂屈伸」句，尚有猶之可言也。

「治生不求富，讀書不求官。譬如飲不醉，陶然有餘歡。」學者以治生爲本，求富則不可矣，故曰「治生不求富」。語曰：「莫信無官命，只讀有官書。」故曰：「讀書不求官。」如此治生，又如此讀書，千古來惟五柳翁知之，故末二語似引之以爲譬。

「閉息萬竅通，霧散名乾浴。頹然語默喪，静見天地復。」又曰：「安眠海息運，浩浩潮黄宫。」皆玄功之言。

「未來不可招，已過那容遣。中間見在心，一一風輪轉。」讀此可思悔、懺兩義，不若當境之持，誠所謂「不住亦不滅，不作亦不止」是也。

唐張泌《春晚謡》曰：「蕭關夢斷無尋處，萬疊春波起南浦。零亂楊花撲繡簾，曉窗時有流鶯語。」或讀此，極讚後二語曰：「媚甚。」自余觀之，後二語之媚，全自前二語引伸而來，蓋不若前二語之藴藉也。且「蕭關」二字含有「西北」字面在内。「蕭關」不見，而止見有東方之「春」、南下之「浦」，此其所以藴藉也。下二語雖媚，不過從「春」之一字點染洗發得出耳。

按，絶句詩原於樂府，五言如《白頭吟》、《出塞曲》、《桃葉歌》、《歡聞歌》、《長干曲》、《團扇郎》等篇，七言則如《挾瑟歌》、《烏棲曲》等篇。下及六代，述作漸繁。唐初穩順聲勢，定爲絶句。絶之爲言截也，即律詩而截之也。故凡後兩句對者，是截前四句；前兩句對者，是截後四句；全篇皆對者，是截中四句；皆不對者，是截首尾四句，故唐人絶句皆稱律詩。大氐以第三句爲主，須以實事寓意，則轉换有力。

陶貞白《寄贈》曰：「山中何所有？嶺上多白雲。只可自怡悦，不堪持贈君。」乃是五言絶句之祖。潘佐「謝安團扇上，爲畫敬亭雲」句，開却後來無限送别佳意。

摩詰《咏寫真》曰：「畫君年少時，如今君已老。今時新識人，知君舊時好。」皇甫冉《題畫》曰：「朝見巴江客，暮見巴江客。雲帆儻暫停，中路陽臺夕。」二詩一譏皮相之人，一興弔古之志，各有至處。

杜牧曰：「遠上寒山石徑斜，白雲生處有人家。停車坐愛楓林色，霜葉紅於二月花。」次二句、次四句誠幻中實境也。

李商隱曰：「珠箔輕明覆玉墀，披香新殿鬥腰肢。不須看盡魚龍戲，終遣君王怒偃師。」此中有《雨中怨》曰：「妾在江南家楚東，憶君月落雨聲空。夜來入夢君無語，落月同看雨不同。」落月如怨，而恨亦寓此中，可謂隱深而毒矣。宜宋人陳恕酷愛之不置也。何同？雨如何不同？同看月落，月亦空矣。

「藁砧今何在？山上復有山。何當大刀頭，破鏡飛上天。」原註云：「『藁砧今何在』，言夫也；『山上復有山』，言出也；末二句言月半當還也。」此乃藁砧體。

謝靈運「韓亡子房奮，秦帝魯連恥。本自江海人，忠義感君子」，乃晉人五言絶句也。

蘇子由《題瓔珞岩》曰：「泉流逢石罅，胍散成寶網。水神瓔珞看，山是如來想。」《雨花岩》曰：「岩花不可攀，翔蘂久未墮。忽墮幽人前，知子觀空坐。」《白龍潭》曰：「白龍晝飲潭，修尾挂石壁。幽人欲下看，雨雹晴相射。」《陳鼓漈》曰：「蒼壁立積鐵，懸泉瀉天紳。行山見已久，指與未來人。」四詩爲生平之冠，其諸體皆未佳。

王叔明《宫詞》曰：「南風吹斷采蓮歌，夜雨新添太液波。水殿雲廊三十六，不知何處月明多？」陰雨忽作晴想，此意格之妙也。乃世人僅知其畫，何技之累人若此。

廉夫《香奩》之一《咏勾面》曰：「翠點柳尖春未透，紅生櫻顆露初乾。好風與我開羅幕，一朵芙蓉正面看。」已開元曲之風。

絶句離首即尾，離尾即首，而腰腹亦自不可少。妙在愈小而大，愈促而緩。

四溟子曰：「作七言絶，起如爆竹，斬然而斷；結如撞鐘，餘響不絶。此法之正也。鄭谷：『楊子江頭楊柳春，楊花愁殺渡頭人。數聲風笛離亭晚，君向瀟湘我向秦。』末句太直，以之發端則健矣。予更之曰：『君向瀟湘我向秦，楊花愁殺渡頭人。樽前竹笛離聲慘，落日空江不見春。』」

張鷟：「變石身猶重，銜泥力尚微。」不知其所指。及讀後二句曰：「從來赴甲第，兩起一雙飛。」則知其説出矣。

魏仲先《平陸縣》詩云：「寒食花藏縣，重陽菊遶灣。一聲離岸櫓，數點別州山。」束句何其警也。

參寥子《藕花圖》詩曰：「風蒲獵獵弄輕柔，欲立蜻蜓不自由。五月臨平山下路，藕花無數滿汀洲。」又《答官妓》曰：「多謝尊前窈窕娘，好將幽夢惱襄王。禪心已作沾泥絮，不逐東風上下狂。」前詩是仙，後詩是禪，雖兩開，却一致。

蒨桃獻詩寇萊公曰：「一曲清歌一束綾，美人猶自意嫌輕。不知織女寒窗下，幾度抛梭擲得成？」意寓諫諷，不止詞工。

毗陵李氏《詠破錢》曰：「半輪殘月掩塵埃，依稀猶有開元字。想爾清光未破時，買得人間不平事。」婁妃諷諫句曰：「雞聲忽叫五更月，馬足先追千里風。欲買三杯壯行色，酒家猶在夢魂中。」金陵妓《詠骰子》曰：「一片寒微骨，翻成面面心。自從遭點後，抛擲到如今。」右閨秀諸句，雖貴賤不同，其爲性情亦自堪采。

孔明《梁父吟》曰：「一朝被讒言，二桃殺三士。誰能爲此謀？相國齊晏子。」蓋公孫捷、田開疆、古冶子三子恃功暴恣，漸固難長，藉駕馭有方，則皆折衝之器。晏子既不能以是爲齊景謀，又不能明正典刑，以張公室，徒以權譎斃之。至於崔杼弑君，陳恒擅國，則隱忍徘徊，大義俱廢。後沮景公用孔子，而甘於梁丘據輩等列亂朝，區區補苴罅漏，何救齊亡？而後世以爲賢，至有管、晏之目，此梁父所以吟也。

《七哀詩》起於曹子建，謂病而哀、義而哀、感而哀、耳目聞見而哀、口歎而哀、鼻酸而哀，謂一事而七哀具也。唐陶雍所謂「君若無定雲，妾作不動山。雲行出山易，山逐雲去難」，是亦此旨。

唐人曰：「漁陽千里道，近於中門限。中門踰有時，漁陽常在眼。」即「日近長安遠」之旨也。若以爲托言，而不以爲寄望，則其旨未見甚深。

賈島曰：「獨行潭底影，數息樹邊身。」自註云：「兩句三年得，一思雙泪流。知音如不賞，歸卧故山秋。」詩話謂其自愛其文，何至三年而始成二句？又何至一吟輒下泪耶？不知「潭底影」是空，「樹邊身」是幻，「數息」是假，「獨行」是真。島嘗學禪，三年頓悟，「一吟雙泪」即警悟大汗之謂。安知異世猶有不賞之者乎！

閬仙《渡桑乾》曰：「客舍并州已十霜，歸心日夜憶咸陽。無端更渡桑乾水，卻望并州是故鄉。」此蓋自思鄉作，何曾與并州有情意，謂久客未歸，今渡桑乾，還望并州，又是故鄉矣。并州且不得住，何況得歸咸陽？謝註少舛。

山谷曰：「寒蟲催織月籠秋，獨雁叫群天拍水。楚國羈臣放十年，漢宫佳人嫁千里。」以爲聽琴，似傷于怨；以爲聽琵琶，則絶無艷氣，自是摘阮也。

東坡：「論畫以形似，見與兒童隣。作詩必此詩，定知非詩人。」晁以道和之云：「畫形物外形，要物形不改。詩傳畫外意，貴有畫中態。」合二詩讀之，説始不偏。

任翻《題台州寺壁》曰：「絶頂新秋生夜凉，鶴翻松露滴衣裳。前峰月照一江水，僧在翠微開竹房。」既去，有觀者改「一」字爲「半」字。翻行數十里，乃得「半」字，亟回欲易之，見所改字，歎曰：「莫謂深山窮谷中無人。」

「五雲華蓋晚玲瓏，天府由來汝腑中。惆悵此情言不識，一丸蘿蔔火吾宮。」首二句狀腑臟榮華之妙，晚尚如此，其中夜至旦晝，殆有不可舉似者在也。

定風軒活句參卷八

月潭朱紹本支百甫參著
南溪吴朗脁公甫訂參

句參

「園柳變鳴禽」、「鴻露變時清」，兩「變」字緣觀物曲體其情得來。按：禽自變，非柳變之；時自變，非鴻露變之。禽在柳中自變，何以指之曰「園柳」？癡想泥情，可謂妙絶也。時變而露降，露降而鴻來，何爲以時屬露，以露屬鴻耶？蓋此時時清矣，露白矣，鴻來矣，詩人俄頃而見露白、時清、鴻來，故忽然有思，曰鴻來矣，露白矣，時清矣，遂不覺以鴻與露爲類，以「時清」二字應之，誠神行至妙之句。

參寥子「寒食清明都過了，石泉槐火一時新」之句，蓋謂冬取槐檀之火，方春始换榆柳也；泉潦冬盡，及春始新。非謂泉火至今日始新，乃是今日見泉溢火换，覺泉火昨日尚舊，今日復新耳。至泉新指俗説淘井，則又一説也。

老蘇句曰：「道德無貧賤。」余偶之曰：「風流澤古今。」

有從夜置思者，古詩「愁多知夜長」、陶柴桑「不眠知夕永」、韓昌黎「秋夜不可晨」、蘇東坡「空谷留風終夜響，亂山銜月半牀明」、王修微辭「夜夜夜涼心似摘」之類是也；有從日思至夜者，晉張華「愁來夜遲猶歎息」、宋李易安辭「守着窗兒，獨自怎生得黑」之類是也；有從寐至寤用思者，王修微詞「夢又不來，醒疑在側」之類是也，皆有漸次無憀之況。

陳後主《估客樂》末二句曰：「恒隨鷁首舫，屢逐雞鳴潮。」十字可稱俳儷入神。

少陵《白胡桃》詩曰：「紅羅袖裏分明見，白玉盤中看却無。」乃詠白胡桃也。花時色采晶瑩，可以鑑物。其實可釀酒，其色玄，其味甘，其狀如蜜而不醨。絶句所謂「蒲桃美酒夜光杯」，可證也。西域利人携入中原，飲者半盎而醉，蓋非世俗日光胡桃可以釀也。

江陰周伯高寄余書曰：「度度見詩詩總好，洎觀書法似張顛。」蓋本「處處見詩詩總好，及觀標格過於詩。平生不解藏人善，到處相逢説項斯」來。余實慚負伯高矣。

陳止齋曰：「秋水能隔人，白蘋況連空。」葉水心曰：「勾春柳一絲。」又曰：「萬卉有情風暖後，一筇無伴月明高。」又曰：「曬書天象切，浴研海光翻。」陳極其幽，葉極其豪，各有勝致。至葉之序陳龍川，又何其幽；陳之論祖有奥稱，又何其豪也。文人致有須兼勝，不宜作一類觀也。

問如何是「與衆樂樂？」曰：「此中空洞原無物，何止容卿數百人。」

田澄「地富魚爲米，山芳桂是樵」、白樂天「户大嫌甜酒，才高笑小詩」諸句，可補物性、風俗等書。

顧凶處詩句曰：「飛沈所至樂無知。」孔淳之事也。會稽太守謂淳之曰：「苟不入我郡，何爲入我郭？」孔笑曰：「潛游者不識其水，巢棲者非辨其林。飛潛所至，何問其主？」終不屑往。淳之爲孔廿六代孫。詩之次句曰：「動則爲人耳目資。」蓋以人視會稽輩矣。

「倏看雙鳥下，已負百年身」，其所以慙負飛鳥之故，百索不出。及觀《南史》，梁世子曰：「吾不及魚鳥遠矣。魚鳥飛浮，任其志性。吾之志性，常在掌握」云云，始嘆句之與史互有發明。

譃謂「一個孤僧獨自歸」，蓋言重複用字面也。

譚寒河「遠鐘度水如將濕」，從「疏鐘摇雨脚，積而浸雲容」得來。

徐邈當魏武時，人以爲通；自在涼州還京師，人以爲介。蓋往者貴清嘉之士，於是皆變易車服，以求名高。而徐公不改其常，故人以爲通。比來天下奢靡，轉相倣效。而徐公雅尚自若，不與俗同，故前日之通乃今日之介。是世人之無常，而徐公之有常也。蘇東坡贈其曰：「風流自有高人識，通介寧隨薄俗移。」二字合撚甚妙。「通介」二字本於《易》，一曰「變則通」，一曰「介于石，不終日」，二義甚深而玄。

影對體，無可句曰：「聽而寒更盡，開門落葉深。」又曰：「微陽下喬木，遠燒入秋山。」陳後山句曰：「輝輝垂重露，點點綴流螢。」皆以上句對下句也。余謂互見之句，如「潮平兩岸闊，風正一帆懸」，惟「潮平」纔互出「風正」，惟「兩岸闊」纔互出「一帆懸」。雖是也，若以上句對下句視之，似開宋人之祖矣。近代譚友夏「上出層崕尋磴道，遠收江海作山光」，亦似影對。影對句終有蘊蓄，不似流水之聯卸落無餘。

凡物以適爲得，以足爲至，故居約思泰，得少爲足。《飲知草・適得》詩曰：「適得酒與人，得酒寒易敵，得人形爲親。親在問有答，不與怒發論。」此下叙飲曰：「索棗望相束，覓飴翻若辛。需此二物意，梯步如飛輪。」此下再叙得人曰：「情死則情死，雖死情已真。情死學道人，不爲山鬼嶙。」通篇俱寫「適得」，蓋以適爲得也。

董容臺題畫曰：「忘形怪石中，獨坐孤松上。」蓋忘形以養氣，忘氣以養神，忘神以養虛，此之謂忘，非遺有以爲忘也。猶之曰虛以養神，以養氣、養形耳。其有而不有，存而若存之謂乎？然則虛之所藏者深矣，墮肢體，槁木其形者，此虛以養形也；反息循空，練氣入微者，此虛以養氣也；黜聰明，美靈根者，此虛以養神也。忘物易，忘己難；忘世易，與世相忘難。未能忘己者，忘物之未盡也；未能與世相忘者，忘己之未盡也；迹雖忘世而不忘乎名者，未能忘己者也；未能忘己而世與我相忘乎？是故四皓不如邵平，郭林宗不如申屠蟠。《乾》之「初九，潛龍勿用」，曰不易乎世，不成乎名。

韋蘇州詩曰：「焚香徹神慮。」史稱其所至焚香掃地而坐，超然寧潔。馮君謂其焚香可以當栽花，掃地可以當營宅。

《艷異編》曰：「相思無路莫相思。」《飲知草》曰：「踏着相思路有鄉。」唐人曰：「相思迢遞隔重城。」又曰：「相思相見知何日？」一說有，一說無，唐人意在有無之間，並宜參看。余得句曰：「一谿千里真難涉，濕盡相思夜夜心。」可作有看，可作無看，並可作有無之間看也。活句跳蕩，余蓋寐寤以之，然知希我貴矣。

唐詩：「帶盤紅鼴鼠，袍繡紫犀牛。」鼴鼠乃伯勞所化，又能化爲鴽。

「歷盡摧車坂，稍存繞指金。浮沈都歇盡，未歇唾壺心。」上兩句柔中有剛也，下兩句伸出上意也。「歇盡」者柔也，「未歇」者柔中之剛也。

唐李益曰：「世故中年别。」見世故不易别。又曰：「餘生此會同。」見餘生不易同也。世之人，或不同於寒暑陰陽，或不同於夭札殘廢，甚者或不同於戕賊，其生流離於兵荒患難，則慶此生之餘，寧有幾哉！

周大赤《烹雪》句曰：「淺烹沁出梅花味。」又曰：「泉有微因石有香。」題畫曰：「蓄步怡林石，空秋疏樹紋。」曰：「林月半規秋共澹。」曰：「流水不住心，到海應有岸。」曰：「秋雲和葉剪，響答久溪亭。」曰：「江陵隔一帶，思與雲俱深。」《遊山》句曰：「谷音虚入髻。」沱君牧題畫曰：「面壁深山是太古，瑟聲不足泉聲補。」《題雙臺》曰：「豈曰子陵灘，仰止即高山。」《題跨下圖》曰：「貧賤難肆志，魯連言未是。千古淮陰侯，一日淮陰市。」《題墨鴉》曰：「既不集枯，亦不集菀。斂翼栖遲，志懷霄漢。」沈十三自駉有邁往凌雲之氣，周一皽有清雄絶妙之姿。東坡之似米襄陽，余特分贈二子矣。二子皆有畫材之稱，沈爲吴江人，周爲錢塘人。

方玉如絶命句曰：「蠹魚生死在詩書。」殆有悔心。曰：「陰陽寒暑尋常事，況不將身死婦人。」又具達識。方爲歙人。

詩家麗靡，曩昔深戒，以爲寧失之野，未傷氣格也。雖然，南國香銷，人思賦恨，風流歇絶，草昧奚堪？風雲月露之外，别有情自中來，斷斷不宜删薙者，如「屏上樓臺陳後主，鏡中珠翠李夫人」之句，艷而尚渾；「新粧滿面貪看鏡，殘夢關心嬾下樓」之句，媚而不妄，此類殆甚夥也。至近日錢無可曰：「江深不深徹千里，寫入佳人兩眸子。」與某《咏禮佛美人》曰：「眸凝秋水波先動，手合白蓮花未開。」

有互發之致，而「眸凝秋水」句更曲折可象也。他若魏子一嘲劉墨仙曰：「銀缸熖小，香分暝寫之脂；玉筦波輕，墨蘸晨零之露。」題現文嵒曰：「洗石尚嫌泉未出，種花猶是蕊初含。」護花刺史曰：「一點顰心西子月。」彭燕又曰：「不定薔薇雲袖掩，時來荳蔻玉波遲。」吴去塵曰：「滿窗霽雨聽涼瀑，一榻松風卧翠濤。」皆清轉不佻，不落纖小一路，不當委之泥沙中也。

陸龜蒙句曰：「貝多葉上經文動，如意瓶中佛亦飛。」「飛」字、「動」字，後人百思不得；即有思得，亦不能安頓在第六字之下。詩有别材，置一字如關之鍵，如軍之令，誰敢動移一絲？嗚呼！難言之已。

畫者，六書橡形之一。畫家多用書法，正是禪家一合相也。畫用焦墨生氣韵，書用澹墨生古色，此又禪家賓主法也。故陳陶《咏竹》曰：「青嵐帚亞思君祖，緑潤偏多憶蔡邕。」某又曰：「石如飛白木如籀，寫竹應從八法求。」按《竹賦》曰：「青嵐運帚，碧窻掃烟。」贊曰：「緑潤碧鮮，紺文紫錢。」

朱竹，始宋仲温試筆寫卷尾；墨竹，始李夫人貌窻上竹影。故昔人倣之，有《瀟湘三君子圖》。蘇東坡有「墨竹定風波」之句，又《答文洋州》曰：「世間那有千尋竹，月落亭空影許長。」近代田水月從聲響之際咏之，亦自有致。某又有句曰：「一段枯梢作三折，分明雪後上窻時。」某又有絶句曰：「風聲雨聲瑠璃聲，起來拾得秋滿庭。君家不可不種此，一葉一葉高青青。」皆踔絶一時。余後來雖有作，不敢居上已。

筍性初成者，即成竹；次出者，多爲蟲所傷。少陵詩「瓜須辰日種，竹要上番成」，即此意。别有文竹、筀竹、扶竹。扶竹如海上之桑，兩兩相比，謂之扶桑。或謂造化生物，僅見有竹方兄之一種，然畢竟以圓爲質，而其方處甚少也。余俛而答曰：「員之時義既妙，此昔之人所以感而賦輥卦。」陸鴻漸「與此峰白雲相爲賓主」，蓋指錫泉之峰也。地藏王別童子詩：「要去不須頻下泪，老僧相伴有烟霞。」又若與烟霞相爲賓主矣。唐喻鳧曰：「吾詩無羅綺鉛粉，宜其不售。」意喻之詩，似與烟霞白雲爲類云。

汪俊民《懷君牧》曰：「湖水欲波歌枻去，江峰逾瘦卓錐飛。」寫其鏡機之妙，遂爲俊民平生冠絶之句。若顧兹堂「布袍颺去經年久，無恙歸來好息機」，則又咏歎入神，近乎化工，無意匠匠依之跡矣。

其《贈孫將軍》句曰：「輪刀常入定。」朱濟臣説之，以爲即《莊子》所謂「養生主」也，此時而不入定，則未嘗不受制於彼。旨哉，濟臣之説也！

《藤杖》詩頸聯曰：「春泥前已入，夙醉及兹醒。」余雖代情寫照，實自况也。十年以往，汙於塗炭，鬗於淪洗，故云「已入」；廿年之醉，至今始悔，故曰「兹醒」。即從淺看，亦寓藜杖入泥、杖頭沽飲二意。

唐人句曰：「腹中無一物，高話羲皇年。」蓋言虚也。班孟堅《奕旨》曰：「浄泊自守似道意，隱居放言遠咎悔。」古人無一物不見道，無一物不見道之意，殆若此也。

《夷門歌》曰：「亥爲屠肆鼓刀人，嬴乃夷門抱關者。」句法辣甚。

《咏鷺》詩曰：「立當青草人先見，行近白蓮魚未知。」體物之細，復爾静渾，誠唐人絶妙之句。《咏美人》曰：「千樹桃花萬年藥，不知何事憶人間？」譏刺寓在言外，謂仙子何以落凡局也。陳眉公曰：「天上無憂，人間可憐。」得無蹈襲乎？

眉公《咏池館》曰：「九分池塘一分土。」《咏白燕》曰：「粉牆飛過疾無影，紅雨拂開微有聲。」《咏櫻桃》曰：「熟後雨敲紅玉破，生前烟捧緑珠來。」可謂纖絶。

休邑程西室先生曰：「花多蜂世界，樹密鳥邨鄉。」雖屬寫景，亦寓有譏刺在。

「湖陰積欲流」，句中有「風」字；「晨曦潤如沃」，句中有「露」字；「衆星羅秋旻，孤高獨有月」，句中有「清」字；「精微穿溟涬，飛動摧霹靂」，句中有「鬼神以幻爲性」字；「應手看捶鈎，清心聽鳴鏑」，句中有「中天明月，令嚴夜寂」字；「雲卷四山雪，風結千樹霜」，中含有「凍」字；「梅花同范叔」句，含一「寒」字；「高閣學袁安」，含一「卧」字。此詩句貴於虚含，不止一味説「凍」、説「寒」、説「卧」而已也。

米元章句曰：「飯白雲留子，茶甘露有兄。」或問之曰：「如何云『兄』？」元章答曰：「只是甘露哥哥耳。」想其嗜茶之潔，喜露之清，故贈之曰「兄」，可發一粲。若「雲子」兩字，蓋本《漢武内傳》：王母謂帝曰：「太上之藥，有風實雲子，食之者後天而老，非衆僊之所寶也。」詩中一二字必有緣本，類如此。

余讀書顔公山之緑雲窩，曾見白石之光，燭天如火。時於月下見之，若黑昏，不知作何等芒氣也。甯戚《飯牛歌》曰：「南山矸，白石爛。」殆先告我矣。

「香風不動松花老」句，可耐思。

唐人「地卑江動蜀，天遠地浮秦」之句，人知「動」字與「浮」字爲句中之眼，不知「動」字與「卑」字應，「浮」字與「遠」字應，乃各句自相呼應之法也。至蜀之地皆「動」，秦之天若「浮」，造句之妙，真如化工。然其命意全在「卑」、「遠」二字鑄出。

「貧居往往無烟火，不獨明朝爲子推」，翻案一法，開人多少事情，廣人無際門徑。

蘧然題畫曰：「卜蕉爲鄰。」本「卜鄰」之意，而以蕉形寫之，便有簇新之歎。

兹堂《太湖》句曰：「山因水積西浮蜆，地爲天傾北候鴻。」覺君山「白銀盤裏一青螺」句不得擅美，而「天傾西北，地闕東南」之説確有所見矣。

元人《咏紅指甲》句曰：「畫眉紅雨過春山。」又曰：「笑捻花枝鏤絳霞。」又曰：「拂黛火星流夜月。」句中之妙，或從白處形之，或從青處形之，或從紅處形之，覺「花枝絳霞」句爲更妙也。

楊機部「老盡風霜雁有才」句，可以銷襶襶小兒之氣，可以堅鬚眉壯士之心。「才」之一字，於雁羽見之，真是新機，真是別樣。

余齋鋤月林前無佳句，偶讀儲詩至「忘此耕耘勞，媿彼風雨好」，憮然良久，曰：「宜作門榜之聯云。」

「晝從白玉堂中宴，夜作黄金臺上人」，上句不奇，下句斯奇絶矣。微嫌「金」、「玉」作偶，入乎羶腥，然氣奇足以拚之。誰謂句中無須養氣以舉之也！

「猶持郎舍楊雄戟，且詠從軍中散詩」，用事而不爲事牽；「小人有母難爲别，四海無家信所歸」，用句而不爲句轉者也。

「洞庭朝寂聽晴看」一句括聞、見兩義，何等渾浄，何等淵微。殆不啻有洞察秋毫，叩聲寂莫也。茶公「杯酒難澆塊落胸」句，亦翻案也。

元僧某句曰：「鳥歸花影動，魚没浪痕圓。」近人潘無聲本之，曰：「柳低橋影斷，花落浪痕圓。」「事若可傳多具癖」，如米之顛、倪之迂、嵇之琴、孫登之嘯之類；「人非有品不能貧」，如顔之不改、原之非病、舜之深山爲貧人之祖之類。

「龍潭太師號，已被苔蘚食。」又曰：「或用口吹雲，或用手畫荻。須臾成誦讀，高音復淅瀝。寫寄入千字，難矣初搜剔。劃劙古今色，氣與全山敵。坐獲異文觀，晴明落霹靂。」一派奇致，似阮圓海所謂「青天雷炸」也。

「已讓五湖相代長，敢臨中嶽自言尊」，可謂辭物之美，所以不溢其天；取衆之棄，所以不傷其志；長於謝事，所以與時爲從；澹於順命，所以與物無忤。

詩中有畫之句，曰：「時倚簷前樹，遠看原上邨。」又曰：「遠寺吐朱閣，春潮浮緑烟。」又曰：「雪晴山脊見，沙淺浪痕交。」又曰：「連雲潮色遠，度雪雁聲稀。」又曰：「君看望君處，祇是起行雲。」又曰：「日落江湖白，潮來天地青。」又曰：「野色吹寒立，林鴉逆雨歸。」又曰：「燕子不歸花着雨，春風應自怨黄昏。」又曰：「一路寒山萬木中。」又曰：「凍泉依細石，晴雪落長松。」又曰：「蘭谿白石出，水清紅葉稀。山路原無雨，空翠濕人衣。」又曰：「白雲埋大壑，陰崕滴夜泉。應居西石室，月出山蒼然。」又曰：「數家砧杵秋山下，一郡荆蓁寒雨中。」又曰：「春岸緑時連夢澤，夕波紅處望瀟湘。」又曰：「隔岸不聞塵跡到，空山唯有白雲來。」又曰：「巫峽朝雲暮不歸，洞庭春水晴空滿。」

「狂客家風簑笠在」，真是狂；「壯夫心事寶刀知」，真是壯；「寒毛看劍終成俠」，真是奇；「傲骨貪書豈是貧」，真是逸。

「還他歷落聊申氣，數盡交游覺赧顔」，上句見人之本色，下句見人不由本色，終有時露見本色出來。讀此覺隱約、通顯兩途，俱宜猛省。

《楞嚴經》現身説法，凡三十有二。袁中郎得之，咏落花曰：「欲止又飛如照影，乍開忽亂似分身。」或人得之曰：「影臨一水分身好。」下句曰：「手值三秋過頂長。」俗人讀之，雖百遍不知其義矣。試從上句秋水落想，則秋月之明寫「長」字仍寫不出，是故不若秋水沐影之長也。

霜郊覓宿之夕，安敢有忘，第少鄙老憨，連夙慧皆不出爾。「悠然見南山」，誤改一字，遂令詩鄙色瘦。

少陵云：「文章憎命達，魑魅喜人過。」「過」字叶平聲，實乃「過失」之「過」，非「經過」之「過」也。魑魅瞰人有過，即乘虚而入，故曰「喜」。比之學道君子，喜怒不眦於陰陽，言行不至於過忒，我澹其嗜慾而天機自深，夫誰得而中之？亦誰得而瞰之也？又安問有魑魅之喜哉？聞昔有定影一僧，偶因玉鉢之碎，失歎連聲，魑魅即從而侮之，夫亦「喜人過」之一證也。

旨哉！汪俊民之與我語也，曰：「今人動輒稱人，而遺卻自己。稱人曰某某佳，某某佳甚，乃遺卻自己之佳，更遺卻自己之不佳。不審其何故也！」旨哉斯言，殆欲未見某人佳而自力，既見某某之甚佳而愈自力乎？不然，雖親見伏羲，等之梁居士之親見達摩，而無益於亡，抑何廢然而不自力也。故宋人之句曰：「若識無中含有象，許君親見伏羲來。」余猶以其有識而不見於行，若與不自力者等也。

宋徐靈暉曰：「詩因圓解堪呈佛，碁與禪通可悟人。」上句是一個「動」字，下句是一個「静」字，可與說《易》矣。小徐靈淵曰：「柳密鷺無影，泥新燕有痕。」是一個「情」字；又曰：「湘山似水波。」是一個「賦」字，可與言詩矣。

「養成心性方能静，化得妻兒不說貧」，到此地位殊難能，李商叟殆庶幾於道者也。

戴東野曰：「草欺蘭瘦能香否，杏笑梅殘奈俗何。」二句初看若贅甚，再看則甚澹遠，又能約詩人之旨於寸字之間，真是奇絕。

林和靖「香遲上定身」之句，如何見得「遲」？真解說不出。又曰：「尚静師交道，甘貧絕俗交。」若爲余寫照也。又曰：「五畝自開林下隱，一樽聊敵世間名。」又曰：「月界曉窻琴嶽潤，竹摇秋几墨雲鮮。」清中帶逸，自非寒瘦可比。再覽其《琉璃堂圖》，以王昌齡爲「詩夫子」，可以知其淵自不淺耳。

陸放翁聲口頗豪，未免涉麄。余讀至其句，中有「膽輪囷」三字，始歎其創字之妙。若一句之妙者，爲「吾玄自笑豈尚白」，又爲「寒與梅花同不睡」；兩句之妙，爲余家文公所賞者，爲「小樓一夜聽春雨，深巷明朝賣杏花」，又有「雖無隱士子午谷，寧愧詩人丁卯橋」；又「碁子聲微識苦心」，則其剩句也。

戴石屏《除夜》曰：「杜陵分歲了，賈島祭詩忙。」唐眉山曰：「路入《離騷國》，江通欸乃邨。」又曰：「歌動《竹枝》終日楚，笛吹梅蕊數聲羌。」眉山歷落，石屏渾完，詩人會須兼之。

黄海諸峰，或似蓮花，或似老人，或似犀、象、虎、豹之類。其雲氣所産，無不貌而出之。詩之形容，每不能盡。若嚴滄浪「雲學山舒態」句，則妙矣。

王梅谿曰：「虀鹽到處只酸辛。」顧玆堂引伸其義曰：「衰世鹽酸味到巔。」其句更曲而妙，真後來者居上也。

趙清獻曰：「心觀潭月白。」似言玄功。又曰：「酒無戈甲争酣戰，詩似波濤兢討源。」似帶雙關。

裘萬頃曰：「影落池塘波不動。」似「静」之一字，名言未悉矣。

葛白蟾曰：「一鳥不鳴山更幽。」從唐人「鳥鳴山更幽」句化來。翻案之妙，《詩藪》言之甚詳。

石屋曰：「本自無形段，如何有去來？」全是味道，非指風也。然風亦是道。

倪迂三字之佳，曰「竹欵門」；四字之佳，曰「而添書水」；兩字之佳，曰「石鼎煮雲聽澗雨，玉笙吹月和松聲」。

蘧然感時和韵詩，前後意思少露，獨其中比物命情，頗自秀隱。因録之，曰：「驚飈振飛蓬，一夕三四曉。寒籜撫青節，戚戚卷懷抱。丈夫不死心，豈復隨化天。東門桃李花，争務一時好。下視菽粟言，陳腐不足討。」前有伏，後有應，法之最佳，亦興會之極當，殊無枝葉之蝭蟝也。

黄石齋「君恩入髮柔」一句，所謂無隱不屬君恩，真妙絶也。

「江清月近人」句、「窮妙閲清響」句、「名園依緑水」句、「生香不斷樹交花」句，句中各采二字，俱堪作齋額，如「月近」、「閱響」、「依水」、「生香」諸字面是也。

「誰云百鍊剛，化作繞指柔」，六朝中亦有此温雅之句。「五湖三畝宅，萬里一歸人」，乃唐人中膾炙之句，亦已開宋人一代之風。流水句不厚，即易入於薄。讀此，抑何其句之厚也。「遥添沙面出，湍減石稜生」，爲錘鍊之句；「蚤霞隨類影，寒水各依痕」，爲娟浄之句；「雷聲忽送千峰雨，花氣渾如百合香」，以「雨」、「香」兩字作目，亦流水之句。大赤本之，曰：「一夕凉生雨，微香空衆山。」山臣改「空」字爲「點」字，差覺妙。益周見常無，顧則見常有於常無，是以獨妙耳。顧亦曰：「雨疏松壑後，香裛藕花深。」則又極乎高深之致矣。余《曉堂集》中字雖纍見，終遜前矣。

「城烏睥睨曉」句，「睥睨」者，城上女墻也。將曙之鴉，睥而睨之，欲下也。田水月人《賦得看劍引杯長》曰：「睥睨寸心在。」似不若唐人句之確。

兹堂得意之句曰：「客喜能援止，門欣不鑿凶。」

題畫句曰：「由來老筆荆關輩，施粉施朱笑後生。」「荆」乃荆浩，「關」乃關仝，皆唐時名手。

朱息園句曰：「人自難來行李瘦，詩當窮後揭瓢輕。」以唐山人之瓢，揭之而輕，其爲詩也，將進乎至約與至虚之際矣。然以「窮後」思之，雖進乎約而約未足以盡之，進乎虚而虚未可繫焉，夫豈易言歟！

舊詩有「上瞻既隱軫，下睇亦溟濛」之句，兹堂《題看雲圖》亦曰：「上軒目往，低輕意遲。」《飲知草》中不載，以其帶時文調也。詩有入時文逕中，及夫古之僞者，皆不可不辨。

「故國春歸未有涯」，言春不歸故國也。怨甚渾雅。

「東西南北人，高跡自相親」，指四皓言也。

《雪中》句曰：「老檜作花真强項，凍鳶儲肉巧謀身。」削盡從來雪詩之套，蓋從空處着想也。

周朴埜遇一負薪者，忽持之，曰：「我得之矣。」負薪者驚去。其句云：「子孫何處閒爲客，松栢被人伐作薪。」桓征南作詩不成時輒爲鼓吹，既遂有得。其興會雖不同，然因有所觸則一也。

「濯我纓和足，清君帨與鞶」，如此用事，才不是呆寫事也。呆寫一事，雖三百之多，其義類不過三百止耳，安能如此變化乎？

「太康」、「小康」、「仲康」，晉謝氏語也。兹堂「太康高咏老天涯」句本此。

古楚州范某句曰：「籬落虛空走白雲。」蓋本柳柳洲「以白雲爲籓籬，以碧山爲屏風」來。五柳有「東籬」，宋人有「露籬」，余將本「雲」、「籬」字面參識於玻璃湖曲，殊自矜爲雅尚。

唐高駢《步虛辭》曰：「清谿道士人不識，滴露研朱點《周易》。」後人誤以爲朱晦翁事。

「林殘數枝月，髮冷一梳風」，又「星盡四方高，萬物知天曙」，皆指曉色也，最妙抒寫。

鄭綮詩：「日照西山雪，老僧門未開。凍瓶黏柱礎，宿火陷鑪灰。童子病歸去，鹿麑寒入來。」此詩屬對可以衡稱，言輕重不偏也。或曰：「相國近爲新詩否？」曰：「詩在灞橋風雪中驢子背上，此何以得之？」蓋言平生苦心也。顧兹堂「凍甆携就曝」，本第三句；袁伯修「鑪心火陷灰成穴」，本第四句。

張蠙《單于臺》詩：「白日地中出，黄河天外來。」絶似邊徼遥觀中國，仰看高原，得此奇杰之句。

少陵《贈高適》曰：「主將奴才子。」蓋謂適爲哥舒翰記室也。才子也而奴之，宜其有潼關之敗。千百年後讀之，未嘗不令人髪指，欲撲殺此獠爲快也。後人讀至「奴」字，不解少陵悲憤之旨，而以「收」字换之，豈知「收」字與「奴」字相去道里不甚相遠乎？夫「收」有憐之之義，世豈有才子而受人憐，抑豈稱曠然有道之交，而以受吾憐者待才子，而以收憐才子區區之意，謂不媿於交之一道乎？夫既知其才也，則宜愛之矣。既知其才非旁蒐曲致之才，則必有所自來也，則愈宜尊之矣。乃僅僅曰「收之」，「收之」則此獠非必慢才，誠不知才之足貴，殆如此也。杜曲聞此，余意其悲憤之窮，寧不少慰？

余又按殷璠云：「高才而無貴位，從古皆然，若劉楨之死於文學，左思之終於記室，鮑照之卒於參軍，常建之僅滿於一尉。」余推而思，若長吉之嘔於囊；正平之殺於賊；昌黎之三上其書，不出一鄉貢；杜老之「騎驢三十載」，「到處潛悲辛」。余思吞聲之哭，何不改而爲劃然長笑之出門乎？

退之曰：「過橋分野色，移石動雲根。」上句開王介甫無限詩思，下句啓畫家大小題咏。又曰：「孟郊死葬北邙下，日月星辰頓覺閒。天恐文章中斷絶，再生賈島在人間。」此詩之奇，奇在次二句，可憶東野之業，不僅止在人間，非韓不能泚筆決眥而識之也。賈浪仙有《長江集》三卷。至宋末，唯謝皋羽仿得其似，若三蘇、歐、柳諸家，望之甚遠。

隋曲有《疏勒鹽》，唐曲有《突厥鹽》、《阿鵲鹽》。或云關中人謂好爲「鹽」，故施肩吾詩云：「顛狂楚客歌成雪，媚嫵吴娘笑是鹽。」蓋當時語也。今杖鼓譜中尚有《鹽杖聲》，樂府中有《昔昔鹽》，則「鹽」

字竟作「曲」字解矣。

劉威句曰：「樵客出來山帶雨，漁舟過去水生風。」每句各爲呼應，非㮇大之比也。某句曰：「一千里色中秋月，十萬軍聲半夜潮。」上句七字一串而下，或猶易及；下句下三字忽然用比作宕開法，非熟後不能生巧也。

鼫鼠技多則窮也。唐人句曰：「伎倆雖多性靈惡。」好奇技淫巧者，是宜三復。顧虎頭茲堂《乞舟顧子方》曰：「君家破冢帆無恙，借與桃花浪裏歸。」「破冢」乃錢塘其處地名。顧虎頭有破冢帆，布帆無恙即其事。

元婦韞秀曰：「路掃飢寒跡，天哀志氣人。」凛然有丈夫氣。又如乳虎墮地，便欲食牛。「貧無達士將金贈」，從來貧者甚多，達士不世出，解贈者寧有幾人？固不足深怪。「病有閒人知藥方」，句則妙絶矣。病者不知，醫者不知，唯有閒人知之，謂旁觀自清也。「林竈屢攜烟水竭」，貧中見澹也；「圖書高寄布袍寬」，閒中味道也。顧茲堂「五十公孫布被寬」句本此。

「架巢淹小隱，繩結綰何思」，上句關得住，下句問得開，兩句自是兩樣。

「鏤心鳥跡」上涵一「蒼頡開花葉之祖」，「織辭魚網」前涵一「庖犧示無中之象」。

「無慮虛空破」句，乃耳目障盡，方得見聞也。

「梭鶯柔厥好，蕉鹿幻而康。素簡近姑射，津壺煮釣鉒。」四語乃夢覺之關。

韓聖秋《秦淮九九曲》有三句可采，其一曰：「波中影影流春星。」二曰：「鍾山曉碧淮如眼。」三曰：「星隨波轉曲隨簫。」皆廿年前作也。其近日有《題黃粱祠》詩，風裁闊綽，意象森然，真有大家丰度。學人操觚，須如此日異而月不同，才有進境。

晚香堂咏王容易百花衣，皆於煞句蕩出風神，蓋善用鉤筆寫人之生，於凸處凹處蘸出形影來，誠剪烟劃水之妙手。凡六出，書識之，曰：「借得畫眉京兆手，不須辛苦繡羅襦。」此猶在人間也。曰：「若非大華頂頭過，那得衣裳是芰荷。」此直在天半也。曰：「莫向尊前輕斷袖，連枝並蒂得人憐。」曰：「忽地一聲環珮響，鳥來只道護花鈴。」曰：「一自郊原魯鬬草，舞衫猶帶落花歸。」曰：「不是從來好奇服，生花□管未曾焚。」皆以揮灑爲刻鏤，則純乎入變化之域矣。或曰：「樂事變而爲陋，非變歟？」曰：變化變通者，通化之因也。鐵爲金，斯貴矣。金爲鐵，焉攸取乎？樂變則陋，困變則亨，變同而所以變者不同也。仙乎！作泥龍，隨杖而變，况君子情見而爲詩者乎？

張文昌曰：「流光暫出還入地，使我年少不多時。」余曰：「何不以勤爲事跡，將壽補蹉跎？」張又曰：「嘗于送人處，憶得別家時。」斯稱情之獨絕。

沈君烈內子挽君烈詩凡百章，其妙句曰：「昨朝蜨化莊周重，今日莊周化蜨輕。」見道之言，自離聲泪，所以宜百章之冠也。

程介士有句曰：「松葉醺林叟，花蜂蜜世人。」又曰：「低枝礙去鷗。」上二句善用一字之眼，下一句善寫觀物之情。

「位以南離正，宵從甲子分。月臨太乙館，星動羽林軍」，咏冬至也；「星榆臨砌發，月筴應時敷」，咏中嶽也，皆有朗然天象之義。

「一簾粉絮鶯梢斷，十里紅香燕語殘」，「鶯梢」，言鶯在木末也；「斷」者，絶也，此正當鶯變之時也。

「劍閣入九山」，《懷天寶渡江》之奇句也。

「春風不到愁深巷，寒臘還來戀舊衣」二句，畫出貧士心跡來，妙甚。

「鳥雲無落處，江海未分時」，寫雪之妙，似從「落落」、「莫莫」句化來。

顧兹堂句：「見尾非龍窟，潛身是兔墟。」余於衢州道得句曰：「窟靈龍德閟，墟狡兔材輕。」雖字若胎本，而意實相遠，明眼者當辨此。

「但覺夜深花有露，不知人静月當樓」、「一夜不眠孤客耳，主人門外有芭蕉」、「閒疏滯葉通隣水，擬典荒居作小山」，上一聯妙於寫静，第二聯妙於寫雨，第三聯妙於寫趣。

「白日羲皇世，青山綺皓心」、「得閒多事外，知足少年中」，讀兩聯，令我浩然生大隱之思。「馬蹄入樹鳥夢墜，月色滿橋人影來」，上一句奇，下一句幻，細玩從林中上橋，暗用流水之法，讀者多未能覺也。

「露從今夜白，月是故鄉明」，情景兼也；「長擬即見面，反致久無書」，情到也；「日華川上動，風光花際浮」，景到也；「水流心不兢，雲在意俱遲」，景中寫情也；「捲簾惟白水，隱几亦青山」，情中寓景也；「感時花濺泪，恨别鳥驚心」，情景相融而不分也；「白首多年病，秋天昨夜凉」，一句情，一句景也。或一聯情，或一聯景；或四句、六句皆景，但以情結之。惟情可以全篇言。苟無法駐之，易入流俗。故曰：「融情於景物之中，托思於風雲之表。」

「覇才無主始憐君」，弔陳琳也。「如何四紀爲天子，不及盧家有莫愁」，馬嵬坡辭也。上句徑直，下聯委宛，各盡其妙。

言冷則云「可嚥不可嗽」，言静則云「不聞人聲聞屨聲」，皆言用不言體也。詩家言用之法，其意最長。

用事琢句，妙在言其用而不言其名。此法惟荆公、東坡、山谷知之。荆公曰：「含風鴨緑鱗鱗起，弄日鵝黄裊裊垂。」此言水鳥之名也。東坡答子由曰：「猶勝相逢不相識，形容變盡語言存。」此用事而不言其名。山谷曰：「管城子無食肉相，孔方兄有絶交書。」又曰：「語言少味無阿堵，冰雪相看有此君。」又曰：「眼看人情如格五，心知物外等朝三。」「格五」，今之戚融是也。《後漢書註》云：「嘗置人於險惡處也。」《苕谿漁隱》曰：「荆公云：『繅成白雪桑重緑，割盡黄雲稻正青。』『白雪』即絲，『黄雲』即麥，亦不言其名也。」

「馬步縮如蝟，角弓不可張。時危見臣節，世亂識忠臣。捐軀報明主，身死爲國殤」，謂操持不改也。「何當數千丈，爲君覆明月」，謂風清耿介也。「黄鶴一遠别，千里顧裴徊」，謂氣含蓄也。「詠歌麟趾合，簫管鳳雛來」，謂體裁也。梅聖俞《和晏相公》詩云：「因令適情性，稍欲到平澹。苦辭未圓熟，刺口劇菱芡。」言詩到平澹處難也。《咏落葉》云：「返蟻難尋穴，歸禽易見窠。滿廊僧不厭，一個俗嫌多。」蓋影略法也。「年年道我蠶辛苦，底事渾身着苧麻」，比君子志未就也。「幸無偏照處，剛有不平時」，規聖人行號令有不明時也。「淮海風濤起，江關幽思長」，見國中兵革、威令併起也。「同悲鵲遶樹，獨坐雁隨陽」，見賢臣共悲忠臣，君恩不及也。「山曉雲和雪，門寒月照霜」，見恩及小人也。「由來濯纓處，漁父愛瀟湘」，見賢人見幾而作也。「宿雨南宮夜，仙郎伴直時」，亂世見臣節也。「漏長丹鳳闕，秋冷白雲司」，君臣暗亂也。「螢影侵堦亂，鴻聲出塞遲」，見小人道長，侵君子之位也。「蕭條吏人散，小謝有新詩」，見佞臣已退，賢人進逆耳之言也。「盤雲雙鶴下，隔水一蟬鳴」，此聖人趣進兆也。下句即革金部在他國，孤進失期，乃招之也。「古道黄花發，青蕪赤燒生」，見他國君子道消，正風移敗，兵革併起也。「茂陵雖有病，猶得伴君行」，見他國賢人雖未遂大意，然幸不罹兵革也。美事孤立，莫與爲偶，是夔之一足，踸踔而行也。

詩有句中無其辭，而句外有其意者。《巷伯》之詩，蘇公刺暴公之譖己，而曰：「二人同行，誰爲此禍？」杜云：「遣人向市賒香秔，唤婦出房親自饌。」上言其力貧，下言其無使令也。又「東歸貧路自覺難，欲別上馬身無力」，上言相干之意而不言，下言戀別之意而不忍。又「朋酒日歡會，老夫今始知」，嘲其獨遺己而不招也。又夏日不赴而云「野雪興難乘」，此不熱而反言之也。「茂陵他日求遺稾，猶喜曾無《封禪書》」，蓋雖説相如，亦係反而用之。

用古人語，如山谷《猩猩毛筆》：「平生幾兩屐，身後五車書。」「平生」字，出《論語》。「身後」字，晉張翰云:「使我有身後名。」「幾兩屐」,阮孚語。「五車書」,莊子言惠施。又「春風春雨花經眼,江北江南水拍天」,「且看欲盡花經眼,海氣昏昏水拍天」,此四字合二字便成句也。

七言一句須三意,五言一句須兩到。或資力不及,寧從下句,勝上句也。如「金馬朝回人似水,碧雞天遠路如年」、東坡「自臨釣石取深清」之類,可以意推。

「髩邊雖有絲,不堪織寒衣」,寫貧之況趣,無慘甚也;「借車載家具,家具少於車」,寫貧之況味而無怨,可想東野之達也;「試上天山望,依然想物華」,寄思甚高,不徒在高處上立也。

「池塘生春草,園柳變鳴禽」,舒王曰:「池塘者,泉水豬溉之地。今日生春草,是三澤竭也。《豳詩》所紀,一蟲鳴則一候變。今日變鳴禽者,候將變也。」

「江禽聞杜宇,園樹宿韓馮」,「韓馮」,蝶名也。

「塞北從來無杜宇,不知何物勸春歸」,閒遠之致,具見別思離奇。

朱楓林題顏公山曰:「咫尺九天親日月,分明千里俯山川。」有氣象而不覺其壯麗,所以佳。

「半月分弦出,蘗花拂面安」,咏琵琶之佳句也。

唐人「幾家烟火隔秋雲」,又「相思迢遞隔重城」,皆以「隔」字作眼。顧與治「江上數峰遥隔雨」,以「遥」字作眼,而以「隔」字實用,方是不蹈襲古人。

佛圖澹泊,「寒林飼豺虎」,蓋有爲乎言之,爲夫綫韈,其身爲子孫作馬牛者戒也。句曰:「牛羊不戀山,只戀山中草。」寫盡世間一種貪婪之人,活活欲現。

弇州説部咏殘燈句曰：「解帶稍還結。」自韋蘇州「幽人將遽眠，解帶翻成結」句鈔來，偶易兩字，殊不自覺其入於鄙俚，誠無耻之至也。山谷曰：「似我者拙，學我者死。」「鈔我者」將復何如乎？

顧與治《客中送別》曰：「羈人折柳真無那，獨客聞鶯將奈何。」何其入情。

《啜茗》句曰：「沾牙舊姓餘甘氏，破睡當風不夜侯。」蓋本「晚甘侯」三字來。

句曰：「賣詩鬻字英雄事。」殆謂英雄漫依隱於此中也。

「渭北春雲起泬漻」，「起」字下得輕便，有冉冉裊裊之致。

起句卑庸，不録，録其對句曰：「歌罷桃花上臉紅。」非前句之庸，不足以顯此句之妙。然吾屬最不宜留一「庸」字於胸中。

少陵「荒邨建子月，獨樹老夫家」句，後人本之曰：「人迷春雨歸三月，樹老秋風見一邨。」頗自無痕。

夢破「秋爲尋雲每失閒」之句，可爲生平之冠。

「谷名子午真盈一，坐守庚申不但三」、「岧嶤鷲嶺□銜半，直截牛車見佛三」，押「三」字亦佳。

「不見一法郎如來，方得名爲觀自在。」又曰：「時逢甲子曉虚明，世外人聞寂歷生。」又曰：「耳聞始覺全機露，耳見方通吾道南。」《杉山録》中之語，總是一意。

「細挑泉眼尋新脈，輕把花枝換宿香」，花香如何換宿？泉脈如何挑新？至微之思也。

「自是桃花貪結子，錯教人恨五更風」，蓋比而興也，殘紅，比色衰也；東西分飛，比君與己相背也；「貪」者，慕也；「結子」，比有寵成也；「五更風」，以君心之飄忽也。意謂使我不貪結子，而人間安有此等之愁，不可恨五更之風也，惟色衰矣，寵去矣。然惟自咎其初心，而不以怨君，忠厚之至也。即以興觀，亦自淵妙。

「不用憑闌苦回首，故鄉七十五長亭」，方玉如「處處携愁三百灘」句，從此脱胎。

「滄海月明珠有泪，藍田日暖玉生烟」，「珠有泪」、「玉生烟」如何測見？亦至微之句。

「于今腐草無螢火」句，言學道之人不爲燐火也，自讀「適得」詩，始識此句之妙；「終古垂楊有暮鴉」句，自讀「白楊多悲風，蕭蕭愁殺人」，始識此句之妙。蓋古木寒鴉，千古同轍，政不諱愁也。

「估客晝眠知浪盡，舟人夜語覺潮生」，於人情見之也；「人於紅藥偏憐色，鶯到垂楊不借聲」，於物情見之也；「已將心變寒灰後，豈料光生腐草餘」，於變化處見之也；「問人遠岫千重意，對客開雲一片情」，於離處晤處見之也。

「曲塘春盡雨方響夜深船」，「方響」，以鐵爲之，長九寸，廣二寸，員上方下。

「遥知大小朗，已斷去來心」，《傳燈録》：惠朗禪師號大朗，振朗號小朗。

「春歸在客先」，言春歸客未歸也。

覩見落花之句，幾至無算矣。安得有「西子去時遺笑靨，謝娥行處落金鈿」之妙。

「海色晴看雨，江聲夜聽潮」，上句晴處有陰，下句静中寓動；上句兩意，下句一意也。

「花名七姊妹，鳥唤八哥兒」，元人佳對也。

「山腹雨晴添象跡，潭心日暖長蛟涎」，白雲起如伏象，詩話之説類然；「長蛟涎」殆亦言其肖狀耶？

「漸看星澹失南箕」，箕星在南，爲學士之列，尾乃侯官之列，星避月光，故澹。「壓樹蚤鴉飛不散」，喻小人也；「刺窻寒鼓濕無聲」，喻君子之受制也。「雲髻嬾梳愁折鳳，翠蛾羞照恐驚鸞」，昔西域一鸞，三年不鳴，後懸鏡堂上，乃起舞悲鳴。「雲護雁霜籠澹月，雨憐鶯晚落殘梅」，各句之中，不啻三折，此東坡「自臨釣石取深清」之所由來也。若「謀身拙爲安蛇足，報國危曾捋虎鬚」，一句僅三折耳。至「七字篇章看月得，伯勞言語傍花開」，三折之中而以實對虛，若又出一格意。

「刀尺空摇寒女心」，「摇」字着眼，足當淫思古意大篇章。

觀雷劍者，謂其鋒「如秋水之溢銀河」，指其文「如春冰之將泮釋」，誠賦心之至妙也。

「幾分春上短長亭」，亦至微之句。

南徐社「寒江浪白空瓜步」句，堪入周仲榮雲烟之筆。

《玉澗雜書鈔》曰：「陶淵明作形影相贈與神釋之詩，自謂世俗惑於惜生，故極陳形影苦，而釋以神之自然。《形贈影》曰：『願君取吾言，得酒莫苟辭。』《影贈形》曰：『立善有遺愛，胡可不自竭？』形累於養而欲飲，影役於名而求善，皆惜生之弊也。故神釋之曰：『日醉或能忘，將非遐齡具。』所以辨養之累。曰：『立善常所忻，誰當爲我譽？』所以解名之役。」雖得之矣，然所致意者，僅在「遐齡」與

「無譽」，不知飲酒而壽，爲善而皆見知，則神亦可汲汲而從之乎？似未能盡言也。是以及其知，不過「縱浪大化中，不喜亦不懼。應盡便須盡，無復獨多慮」，謂之神之自然耳。此釋氏所謂「斷常見」也。此公天資超邁，真能達生而遺世，不但詩人之辭。使其聞道，更進一層，則其言豈止如斯而已乎？

葛文康曰：「身當静退緣知止，心不傾邪畏好還。」非不説理，然無腐氣。又宋人曰：「三月落花人世界，一川流水佛慈航。」非不説法，然無僧氣。

「不是閒人閒不得，閒人不是等閒人」二句，乃「江山風月無常主，閒便是主人」之註脚也。

杜牧之《赤壁》詩：「折戟沈沙鐵未消，細將磨洗認前朝。東風不借周郎便，銅雀春深鎖二喬。」許彦周不喻此老以滑稽玩弄，每每反用其鋒。牧之處唐人中，本是好爲議論，大槩出奇立異，如《四皓廟》：「南軍不袒左邊左，四皓安劉是滅劉。」如《烏江亭》：「勝敗兵家未可期，包羞忍恥是男兒。江東子弟多才俊，卷土重來未可知。」要知「東風」、「借便」與「春深」數個字，含蓄深窈，則與後二詩遼絶矣。皮日休《館娃懷古》：「綺閣飄香下太湖，亂兵侵曉上姑蘇。越王大有堪羞處，只把西湖賺得吴。」牧之五言云：「欲識爲詩苦，秋霜若在心。」

「霜高酒劣稜生衺」，刻劃之跡未融，此所以異於唐人。

《深雪偶譚》曰：「『梅花』二字，置之五、七言中，隨其景趣，足而成律，尤爲難工。不爾，不謂之得句。杜小山子野：『尋常一夜窻前月，纔有梅花便不同。』天樂趙公：『放了吏人無一事，坐看山鳥喫梅花。』賈秋壑：『梅花見處多留句，諫草藏來定得名。』或頷聯：『禽翻竹葉霜初下，人立梅花月正高。』有譏其氣之短者。」曉堂推而廣之，有「自從和靖先生死，見説梅花不要詩」，有「棹過百船無好句，只今猶自負梅花」，有「一夜山中滿林雪，客來無處覓梅花」，有「忽憶梅花不成語，夢中風雪在江南」，有「寒與梅花同不睡」，諸句頗無俗諦。若余偶得曰：「不須百樣和成氣，頃刻梅花到雪香。」雖爲後續之貂，不知其氣有灝落之致否？

唐僧可朋《咏蜨》云：「乍當暖景飛仍慢，欲就芳叢舞更高。」僧懷古云：「霧開離草迥，風逆到花遲。」俱未若「陌上斜飛去，花間倒翅回」，又「裁成碧玉搔頭樣，畫作黄金便面花。閒過樓臺飛盡日，又因風雨宿誰家」，又「清宿露花應自得，暖風和絮欲争高。情人歿久魂猶在，傲吏齊東夢亦勞」。

李琮句曰：「腥味魚中墨，衣成木上綿。」可謂巧於取裁。米元章望京口雲山曰：「此吾之畫裁。」參寥子曰：「如今已作沾泥絮，不逐東風上下狂。」坡公謂爲「詩料」，推之不可遽盡，亦惟詩人觸緒縈思耳。

「照天不夜梨花月，落地無聲柳絮風」，其巧思似晚唐，其句法殊不似，此宋、唐之所以别也。

白樂天曰：「秋夜切歸來，無可可需衣。」下「可」字可紇切，二字有虚實之分。

「已絃趣平聲數入聲彈。」「盡上聲君花下醉。」「飄然轉旋去聲乃雲程。」「匹去聲如元是九江人。」

咏茶佳句曰：「味同露液，白况秋花。」又曰：「蟾背蝦鬚，雀舌蟹眼。瑟瑟歷，霏霏靄。」又曰：「鼓浪湧泉，琉璃眼，碧玉池。」其爲言也，或三或四，似從四門學士「素毳傳静夜」時會來，令人真欲絶倒。

《梅花》詩曰：「銅坑萬樹玉横斜。」按銅坑邑在濡須下，乃江涘近水處也。

「金山屋裏山」，可想其山之淺；「焦山山裏屋」，可想其山之深。余欲起王摩詰、小李二家叩之，不知作如何設筆？

「日正長時春夢短，燕交飛處柳烟低」、「能將疏懶背時人，木落花開又一新」、「不知何處嘯秋月，閒却松門一夜風」，三意共寫一個「寂」字，景況如見。

「草際螢光如曉露，葉邊蟲響作秋山」、「在竹露沾星下影，出林鵶帶夜來聲」，乃鍾退谷之佳句。

「涵虚混太清」句，及「能令江水清」、「能令江月白」句，俱含有一「秋」字；「秋從素處微生照」、「林月半規秋共澹」、「月憐秋好放清暉」，俱顯出一「秋」字，各有至處，初不必因今古作分別之觀也。

杜詩「馬頭金匼（庵入聲）匝」，「匼匝」，周繞貌。

黄花自醉令之後，句不一類，漫爲識之。歐陽公曰：「種花不種兒女花，老大安能逐年少。」「兒女花」三字，從孟東野「蘐花兒女草，不解壯士憂」使來。某曰：「稍覺芳歲老，孤根蔭長松，獨秀無衆草」，似與「此花開盡更無花」句互相掩暎。丁寶臣曰：「月圓時節伴蓂花。」乃咏十五日菊也。謝臯羽起句曰：「今日非昨日，尚覺秋英好。明日異今日，秋英詎云早。」束句曰：「千載且復然，一夕寧恨老。」乃咏十日菊也。司馬□曰：「玆味性所便。」又曰：「毋令薑桂多，失彼真味完。」又曰：「居人飲其流，孫息皆華顛。」皆以味而言也。又有宿留菊，音秀霤，停待之義也。故某句曰：「陶令籬邊曾宿留。」某以「重午」與「重陽」爲偶、「殷七七」與「日三三」爲偶，皆有巧思。某曰：「何異虹藏不見而虹挂空，雷乃收聲而雷發地。」巧中又寓奇致矣。丁晉公曰：「花能含笑笑何人？」東坡曰：「花非識面常含笑。」皆以「笑」字寫花之情。范文正曰：「半雨黄花秋賞健。」寫其不特傲霜，兼能耐雨。又某曰：「蒼耳林中留太白。」以「白」著於青林而言。陳襄曰：「九日陶公酒。」羅隱曰：「一生青女霜。」比擬之思，都在言外，皆句中之錚錚者。

《桃花菊辭》曰：「解將天上千年艷，翻作人間九日黄。」康伯可改「翻」字爲「换」字，亦未切當。宋狀頭張某曰：「偷將天上千年艷，染却人間九日黄。」固知推敲之妙，推不及敲也。

僧雪庵句：「滿徑露溥黄般若，憂簷風裊翠真如。」按，六祖《金剛》解般若花，言智慧也。《傳燈録》：僧問古德云：「『青青翠竹，盡是法身；鬱鬱黄花，無非般若』，不知若爲？」古德曰：「《華嚴經》云：『佛身充滿於法界，普現一切群生前。隨緣赴感靡不周，而常處此菩提座。』翠竹既不出於法界，豈非法身乎？《般若經》云：『色無邊。』故般若亦無邊。黄花既不越於色，豈非般若乎？」《傳燈》又云：「趙州或謂『青青翠竹，盡是真如；鬱鬱黄花，無非般若。』」

東坡句曰：「説客有靈慙直道，逋翁久没厭凡才。」意古人有優劣兩宗，宜知審所適從。《詠竹》曰：「交柯亂葉動無數，一一皆可尋其源。」寫墨君之照，當以二語爲歸。又曰：「意行無坎井。」曰：「乾坤浮水水浮空。」有自然而空之旨。曰：「絮被縫海圖。」何其高興。論書曰：「字外出力中藏稜。」活現其仿顔平原之法。「掃地燒香浄客魂」，直抒杜門卻掃之所以然，真正妙絶。「遥想後身窮賈島，夜寒應聳作詩肩」，近代吴去塵本之曰：「岩巒終遜脊梁高。」似共相告我矣。

曰：「視下則有高。」因思夫臨深，以爲高者，何不益聳其身於霞日之上？曰：「眼光簾珠的皪，故將白練作仙衣，不許紅膏污天質。」三句之妙，愈深我澹澹之懷。又曰：「烟雲好處無多子，及取昏鴉未到間。」非是寫畫，蓋依然澹思也。

「我生孤癖本無隣」，「孤癖」「無隣」，千古同轍，不獨眉山爲然。

李供奉曰：「解道澄江浄如練，令人長憶謝玄暉。」東坡曰：「自言官長如靈運，能使江山似永嘉。」或「憶」或「言」，不是無謂，卻是有情。茲堂有「靈運山情古」句，得其錘鍊。又曰：「示病維摩無不病，在家靈運已忘家。」曰：「因病得閒殊不慈，安心是藥更無方。」又曰：「本自無生可得亡。」俱引伸得出，推廣得來也。

東方生曰：「依隱翫世，詭時不逢。夷齊爲拙，柳下爲工。」坡公曰：「古來真遯何曾遯，笑殺踰垣與閉門。」兩公真得肥遯之旨者。

「法師非無語，不知所答故」，蓋欲待大叩小叩之來也。

「瘦馬兀殘夢」，「兀」字可謂妙眼。「風螢已無跡，露草時有光」，「婉娩有時來入夢，温柔何日聽還鄉」，前二句見道，後二句見道之情。勿謂「情」之一字易言也，讀者當持之，無使其流，斯可矣。

「中有老人長眉青，炯如微雲澹疏星」，以雲比眉，以星比目，自是道貌，想見道心。

「養氣如嬰兒」，欲其細也；「吟詩莫作秋蟲聲」，欲其高也。道固不可以一端盡，類如是夫！

眉山《讀孟東野詩》曰：「初如食小魚，所得不償勞。又似煮彭蜞，竟日嚼空螯。」後人臨孫過庭

《書譜》，以前二句舉似之，殊惡膩無識。不知審眉山之句，雖似憎之，實喜之也。

「道眼清不流」句，「閉眼觀身如止水」句，有「坐了萬事，氣回三軍」之致，是即以蘇說蘇也。

「依依聚圓沙，稍稍動斜月」，題畫雁，即是題活雁也。後有作者，知不能洎已。

「薄雪收浮埃」句，不是書景，全是書畫。

「長生未暇學，請學長不死」，六經、孔、孟之書，俱是「學不死」也。何以言之？曰：俱是我有生以來之道。

「與可畫竹時，見竹不見人。豈獨不見人，嗒然遺其身」，人曰：題畫之詩，余曰：此《養生主》也。

「物之有知蓋恃息，孰居無事使出入」，又曰「往者一空還者失，此身正在無還間」，其「無心得大還」之旨乎？

《明河篇》曰：「已能舒卷任浮雲，不惜光輝讓流月。」從「雲」、「月」處寫明河，比而興也。

「十八灘頭一葉身」，灘爲贛之惶恐名者是也。

「白墮争春手」句含一「酒」字，「尺五城南杜」句含一「少陵」字，「我今心似一潭月」句含一「空明」字，皆傑句也。

「散流一啜雲子白，炊裂十字璚臘香」，咏茶之句，可謂謝盡從前窠臼。「地黄飼老馬，可使光鑒人」，可謂格物。

「風輪曉入春筍節，露珠夜上秋禾根」，按，草木之長，常在昧明間，唯竹萌爲尤甚；夏秋之交，稻方含秀，黄昏月出，露珠起於其根，纍纍然忽自騰上，若有推之者，或入於莖心，或垂於葉端，稻乃秀實。二句亦格物之佳搆。

「蓮花合裹一寸燭，牝馬海中燒百川」，爲黄魯直之句，似指玄功而言。

寫竹句曰：「老可能爲竹寫真。」又曰：「此君真是此君君。」又曰：「唯有長身六君子。」實指竹爲君子始此。視《衛風》，誠有虚實之别。

詩有是以紀物，不必拘其音律之叶者。如「龍眼與荔枝，異出同父祖。端如柑與橘，未易相可否」，亦足以資吾之博采。

「白洲生緑珠」，「白洲」，東粤之地也。

「尺蠖以時屈，其伸亦非求」，是一個「公」字。

「達人本自不虧缺，何暇更求全處全」，讀此須思圓備之理自在，非我去求全乃全，理自不虧缺也。

「得如虎挾乙，失若龜藏六」，「挾」者，挾所本有；「藏」者，藏所本無也。

「故知無定河邊柳，得共中原雪絮春」，無定河在西夏。

秦冰玉號弄水人，本大蘇「弄秋水兮挹玻璃」句。

「雖大法師，自戒定通。律無持破，垢浄皆空。講無辯訥，事理皆融」，是即所謂「是身如浮雲，無去無來，無亡無存。則夫所謂不朽與不死者，亦何足云乎」之旨耶？

「笑笑之餘，以竹發妙」，「發妙」二字，堪贈寫墨君之佳手。

「是心朝空夕了然」句，似詩偈而非詩偈，蓋有見之謂。

「幻體有累，法身無着。幻法兩意，圓明寥廓」，下二語堪作曉堂聯句。

「如響答聲，聲寂還空」，又曰「去爾嗔恚，隨處清浄」，蓋言空空也。「嗔喜雖幻，笑則非嗔」，笑雖美，亦幻也。真食無火，即元炁之炁也。元炁渾淪，故曰中虛。中虛無妄，乃是本體。中虛而妄見焉，故美與惡皆妄也。故曰：「中虛妄見，美從惡生，惡亦幻成。」

「佛子三毛，髮眉與須。既去其二，一則有餘。」余爲之註曰：「以是幻身爲護法城。」又註曰：「即『知白守黑名曰谷』之旨。以意爲根，是謂法塵；以佛爲體，是謂法身。」四句又即「以是幻身爲護法城」之註。

「示和猛容，作威喜觀」，上句自彼言，下句自我言。

「正念淳想，則爲飛行。毫厘之差，遂墮戰争」，危矣哉此語！「飛行」，蓋與天爲徒也。

摩詰《山中即事》詩至「鶴巢松樹遍」句，比得妙；至「人訪蓽門稀」句，方質樸寫出山中實事來，此其所以「寂莫掩柴扉，蒼茫對落暉」也，又引伸得妙。落句曰：「渡頭燈火起，處處採菱歸。」雖若許多燈火，却在遠處，此其所以「寂莫」，所以「人訪稀」也，又宕漾得妙，乃是從内剥向外法。

少陵「石欄斜點筆，桐葉坐題詩」之句，須知「斜」字、「坐」字俱是趁落日之斜光而坐書之也，非是另換一意。

詩有初看落落穆穆，及讀而覺其雋永，愈讀而愈覺其深者，誠不易及也。若襄陽《宿立公房》曰：

「支遁初求道，深公笑買山。如何石巖趣，自入户庭間。苔澗春泉滿，蘿軒夜月閒。能令許玄度，吟卧不知還。」真大家之作。

「仙去白雲殘」，如何「白雲殘」？於「仙去」，今人能解悟得否？

杜審言曰：「坐携餘興往，還似未離群。」史言其傲。沈石夫謂：「觀此，何其達也。」良然，良然。

沈之問曰：「芳樹摇春晚，晴雲繞座飛。」原註謂以「飛」對「晚」，以虚對實，以活對死，可謂善於着眼。

少陵《夜宴左氏莊》詩，及韓翃「千峰孤竹外，片雨一更中」句，皆若暝色蕭然，高凉在目，不似掇拾「薄暮」、「昏晚」字眼，取致作閴寂觀也。若王子安《山亭夜宴作》純用掇拾，格意卑庸。觀者目迷，未經選政之繕本，幾何而不入於貿貿也。

落句之妙，如劉長卿《喜皇甫某相訪》曰：「不爲憐同病，何人到白雲？」拗絶，超絶，轉絶，顧盼絶，令人得未曾有。

「海日生殘夜，江春入舊年」，沈騏曰：「日由海生，春非江有。讀詩之法，不以文害可也。」

坡公曰：「以動寓止，以實託虚，放此四大，還於一如。」又曰：「本覺必明，無明明覺。」又曰：「生滅滅盡處，則我與佛同。」又曰：「慈近乎仁，悲近乎義，忍近乎勇，憂近乎智。四者似之，而卒非是。有大圓覺，平等無二。無寃故仁，無親故義，無人故勇，無我故智。」又曰：「爾以捨來，我以慈受。各獲其心，實則誰有？視我如爾，取之則同。我爾福德，如四方空。」俱不當作文字觀。

「願閔諸有情，不斷一切法。人言眼睛上，一物不可住。我謂如虛空，何物住不得？」首二句即「法界海慧，照了萬殊」，後四句即「大小從横，不相留礙」，是以蘇註蘇也。

少陵《寄弟》曰：「風塵淹別日，江漢失清秋。」初看如風塵蔽天，不見清秋之妙；再看則知其傷在別離，不覺其爲秋之清也。後人感春悲秋，多本於此。落句曰：「明年下春水，東盡白雲求。」沈芬曰：「押末句韻甚妥。然掉筆健拔，惟老杜能之，他人則不成句矣。」

「浮雲遊子意」，下三字宕甚，言其不歸也；「落日故人情」，下三字合攏來，言其依戀不忍遽舍也。

太白《送張舍人》結句曰：「吴州如見月，千里幸相思。」「幸」字殆令人百思不可得。

王孫芳草，創自楚《騷》。女冠李冶本之，曰：「離情遍芳草，無處不萋萋。」賦也。郎士元曰：「復送王孫去，其如芳草何？」亦賦也。其婉而多風處，前在一「復」字，後在兩三「其如何」字，視徑直其思更妙矣。摩詰曰：「欲歸江淼淼，未到草萋萋。」抑又曰：「春草年年緑，王孫歸不歸？」亦賦也。未歸而曰歸，未到而憶到，用事變而且化。至若温庭筠之飜案曰：「繫得王孫歸意切，不關春草緑萋萋。」踔絶古今。他若皇甫冉之「白雲長滿目，芳草自知心」，又「無限青青草，王孫去不迷」，武元衡之「草色行人遠」，劉長卿之「芳草傍人多」，李嘉祐「不堪秋草送王孫」，比「萋萋芳草憶王孫」句，厘高一籌等耳。

賀知章曰：「曾經絶脉塞。」可謂善寫荒裔之象。徐安貞曰：「問俗吴三讓，觀風漢六條。」可謂善譔風俗之考。試思只用一二句括盡多多，真是何等筆法！

「裹猿楓子落，過雨荔枝香」，寫盡途次之歷，勝人累紙。

「歸夢愁能作」句，「能」字中殆有鬼工。

李郢「歲月方驚離別盡，烟波仍駐古今愁」，上句含一「去」字，下句含一「留」字，真有千迴百折之思。

杜牧讀趙嘏第二聯曰：「殘星幾點雁橫塞，長笛一聲人倚樓。」賞歎不已，因稱之曰「趙倚樓」。

少陵「群山萬壑赴荆門」詩，乃咏荆門之昭君邨也，與泛詠明君怨者自別。

「只言啼鳥堪求侶，無那春風欲送行」，流水聯中自有神韵，非百讀不出。

摩詰「雲裏帝城雙鳳闕，雨中春樹萬人家」句，竊聞「春」字非是，乃是「官」字也。唐時每官各植一樹，露立候朝，故云「官樹」。作詩使事貴確，比對精工，猶屬第二義也。

六峩頂八十四盤，其上寒峭凄清，所謂「須臾變幻攝身光，五采重輪内如玉」是也。

温庭筠「夜來風雨送梨花」，下一「送」字，便覺不甚敗興。張籍「雪消風暝不生塵」句，妙不可喻。昨者之塵，風烟净盡；今日之塵，渺杳不生。其張謇并所謂「雪傲樓清，絲理畢見」，殆有「步步寒花結」之致乎？

賈至「岳陽城上聞吹笛，一夜春心滿洞庭」句，意尚渾隱；若「江城五月落梅花」，直説出矣。

讀至「潮打空城寂莫回」句，覺弄潮踏浪諸兒一時絶跡，又何處着逐江之門，弄水幽致也。

《宫辭》曰：「勅賜一窠紅躑躅，謝恩未了奏花開。」令人歎恩寵之至，迅比風雷。楊巨源《和練秀才楊柳詩》曰:「水邊楊柳緑烟絲,立馬煩君折一枝。唯有春風最相惜,慇懃更向手中吹。」令人歎愛惜之深,風光動地。

陶貞白曰:「標舍雷平下,立静連石陰。上道已冲念,飛華當軫心。」讀此知其道已成。賫陸敬游曰:「爾期誠玄契,遐想靈風,至懷所詣,因心則通。」知其道已授。《造逝篇》曰:「即化非冥滅,在理澹悲欣。」落句曰:「爲子道玄津。」似已明明指破矣。

少陵「露下天高」詩,次三句曰:「疏燈自照孤帆宿。」次四句曰:「新月猶懸雙杵鳴。」高致之人,月夕未必用燈,即新月微茫,亦自可愛,斷不以燈光亂月色也。「疏」字指四岸之燈,斷非自指。或以廊檻咏步之頃,偶見帆影疏燈,則燈與帆似不相離。然以「疏」字、「孤」字細味再過,覺「疏」字之景似遠,「孤」字之指似近。朗吟默誦,當自會之。

唐人曰:「獨坐幽篁裏。」又曰:「幽人月出每孤往。」又曰:「山深松子落,幽人應未眠。」皆獨自中之寄况也。摩詰曰:「興來每獨往,勝事空自知。行到水窮處,坐看雲起時。」曰「獨」、曰「自」、曰「坐」、曰「行」,皆是自己静會,不是假貸他人得來;曰「勝事」、曰「水窮」、曰「雲起」,明明著出道機,堪作前三則之註。

顧與治《别雁》曰:「字留烟滅没,聲寄雨浮沉。」謂夫字書於煙,聲響於雨,各句中自爲響答也。

唐人「看竹何須問主人」,達之甚;「山中習静看朝槿」,憫之甚。宋人「蕨芽新作小兒拳」,忍之甚;「蘆菔生兒芥有孫」,慈之甚。

《射鳩行》曰：「燕安有毒况珍美。」夫有是即有不是，有美即有不美，此珍之所以有毒也。孔子曰「素」，老子曰「常」，莊子曰「因」，都爲是是美美者説法。讀書着眼，何可不知？

《落梅詞》曰：「豈是得春遲，因緣得春早。」得春早遂亦早濩落矣，所指喻甚遥。

《四時詩》「鳴笙起秋風」句，感召之妙，令人思聲律之相因應也。

客與真西山論世間百物皆有影，唯人心無影。西山曰：「子孫是心之影。」徐景陽曰：「何必云云。人之行事，善惡皆出於心。其行事之跡，便是心之影。故詩之句曰：『兒孫心上影，日月暗中燈。』」似與西山不侔而合。若夫心跡相因之説，古今甚夥，無俟余言之贅。

顧與治寄余曰：「詩由悟入不須禪。」嚴氏以禪喻詩，《詩藪》亦曰：「禪必深造而後能悟詩，雖悟後仍須深造。」審此則與治之説未長。

劉孝先「數螢流暗草，一鳥宿疏桐」、徐君倩「草短猶通屐，梅香漸着人」、江總「驚花雪後梅」、薛道衡「暗牖懸蛛網，空梁落燕泥」、隋尹武「秋鬢含霜白，衰顔倚酒紅」，皆爲五言律之祖。

「宿雲鵬際落，殘月蚌中開」、「一葉兼螢度，孤雲帶雁來」、「勁風吹雪聚，渴鳥咏冰開」，皆奇絶語也。

「山隨平野闊，江入大荒流」，太白語也；杜「星垂平野闊，月湧大江流」，骨力過之。「九衢寒霧斂，萬井曙鐘多」，右丞語也；杜「星臨萬户動，月傍九霄多」，精彩過之。「氣蒸雲夢澤，波撼岳陽城」，浩然語也；杜「吴楚東南坼，乾坤日夜浮」，氣象過之。「弓抱關西月，旂飜渭北風」，嘉州語也；杜「北風隨爽氣，南斗避文星」，風神過之。讀唐諸家，至杜輒令人自失。「力佯分社稷，志屈掩經綸」，歐陽得之而爲論宗；「江山如有待，花柳更無私」，程、邵得之而爲理窟；「魯衛彌尊重，徐陳略喪亡」，魯直得之而爲沉深；「白屋留孤樹，青天失萬艘」，無己得之而爲勁瘦；「烟花山際重，舟楫浪前輕」，聖俞得之而爲閒澹；「江城孤照日，山谷近含風」，去非得之而爲渾雅。

「春色臨關盡」、「春光不度玉門關」，可謂善觀氣候之變。孟襄陽「微雲澹河漢，疏雨滴梧桐」句，本秋夜景，即夏日得之，將不謂佳句乎？後世評詩者，謂之不切則可，謂之不工不可。工而不切，何害其工？切而不工，何取於切？

對結者須意盡，如「欲窮千里目，更上一層樓」、高達夫「故鄉今夜思千里，霜鬢明朝又一年」，添着一語不得，纔佳。

《詩藪》曰：「晏同叔自以『梨花』、『柳絮』取稱，然實西崑之一也。」「冰從太液池邊動，柳向靈和殿裡看」，「靈和」字面稍僻，又於「柳」，遂落西崐。余爲易作「長楊」，便了無痕跡。蓋「太液」切「冰」，「長楊」切「柳」，本天生的對。彼嫌其熟，稍進釐毫，頓成千里。此西崐與老杜分界處，初不在用事間。

少陵「日月低秦樹，乾坤繞漢宫」句，劉辰翁曰：「此語投贈中有氣，若登高覽勝則俗矣。」按，杜登覽詩如「山中扶繡户，日月近雕梁」類，何嘗不佳？第彼是本色分内語，惟投贈中錯此，則句調尤覺超然。

杜：「委波金不定，照席綺逾依。」劉云：「『金波』、『綺席』，如此破碎，謂之不謬不可。」至王禹玉用之，曰：「雙鳳雲中扶輦下，六鰲海上駕山來。」頓覺新奇。

吴彦高：「憶向錢塘江上寺，松窻竹閣瞰秋濤。」惟栖止最久者，始知「瞰」字之妙。

子羽「衲經雁岩千峰雪，定入峨眉半夜鐘」句，自覺離立儕俗，不失雄沉。弇州「悲歌碣石虹高下，擊筑咸陽日動摇」，可稱用事之化。

「素練風霜起」，指所畫鷹甚明。劉以素練如霜，非是。

「宫袍草色動，仙籍桂香浮」，乃阜陵之句，亦自不俗。「雨砌墮危芳，風軒納飛絮」，爲少游句，生平之冠；若以全集論，殊不藹藹然也。後山曰：「咒功先服猛，戒力得扶顛。」其剪裁似法康樂而來。又宋人「峽長深束渭，路險曲通秦」句，似仿少陵。又「九日清尊欺白髮，十年爲客負黄花」、「四座一身長客夢，百憂雙鬢更春風」，皆瘦勁沉深，得杜之意。

無己「梅柳春猶淺，關山月自明」、去非「春生殘雪外，酒盡落梅時」、聖俞「山色臨關險，河聲出地長」、宋子京「春色依林動，晨烟傍戍浮」，皆清腴不佻，雋致纚纚。

山谷拗句曰：「黄流不解涴明月，碧樹爲我生凉秋。」以老杜「盤渦浴鷺底心性，獨樹花發自分明」衡量一過，自知倚正。

陳去非「晴天影抱岳陽樓」、王介甫「梅殘數點雪，麥漲一川雲」、姜特立集句「雪消殘臘外，春到蚤梅邊」、僧希晝「花露盈蟲穴，梁塵墮燕泥」、徐鉉「井泉分地脉，砧杵共秋聲」、錢惟濟「曉陌壺漿滿，春城騎吹長」、張耒「雪意千山静，天形一雁高」、楊仲猷「雲生萬壑投龍去，月滿千山放鶴歸」、李昉「一院有花春晝永，八方無事詔書稀」，又「地遥群馬小，天闊一鵰平」、「古戍生烟直，平沙落日遲」、「馬放降來地，鵰閒戰後雲」、「振錫林烟斷，添瓶澗月兮」、保暹「草際沈雲影，杉西露月光」、懷古「水邊成半偈，月下了殘經」、又「春寒誤早花」，又「虹收千嶂雨，湖展半江天」，又五代末皮光業「潮落海山高」、趙師秀「野水多於地，春山半是雲」、徐道暉「流來天際水，截斷世間塵」、張功父「斷橋斜取路，古寺半關門」、劉武子「睡起秋聲無覓處，滿堦梧葉月明中」，細翫亦有中、晚之分。

《詠燕》曰：「花間語澀春猶淺，江上飛高雨乍晴。」錢昭度《華山》曰：「人間路到三峰盡，天下秋隨一葉來。」二宋《落花》曰：「漢皋佩冷臨江失，金谷樓危到地香。」「將飛更作迴風舞，已落猶成半面妝。」其用事用語，經鎔鍊，若黄金在冶，至鑄形成體之後，妙奪化工，無復絲毫痕跡。

元人雅正卿曰：「梅花路近偏逢雪，桃葉波平好渡江。」「一聲鐵笛千家月，十幅蒲帆萬里風。」甘久從曰：「皂鵰孤捩淩雲翮。」意格雖少薄，然字法如「孤捩」二言，亦自清妙。

錯綜句，即反言體，如少陵「久判野鶴如雙鬢」，若正言之，即雙鬢似野鶴也；又「黄鵠高於五尺童，化爲白鳧似老翁」，即五尺童時似黄鵠；及「紅稻」、「碧梧」之類是也。五言如「寶鏡窺鸞影，紅粧裛泪痕」、「野禽啼杜宇，山蝶夢莊周」之類是也。

折腰句，如「似梅花落地，如柳絮因風」、「管城子無食肉相，孔方兄有絶交書」、「静愛竹時尋野寺，獨乘春處過溪橋」之類。

歇後句，如「予有折足鐺，中餘五合陳」，暗帶「粟」字；「當初只爲將勤補，到底翻爲弄巧成」，歇「拙」字；又淵明「再喜見友于」、少陵「野鳥山花皆友于」之類。

互體，如少陵「風含翠篠娟娟浄，雨裛紅蕖細細香」，上句風中有雨，下句雨中有風；楊誠齋「緑光風動竹，白碎日翻池」，上句風中有日，下句日中有風。

僧祖可曰：「懷人更作夢千里，歸思欲迷雲一灘。」又「窻間一搨篆烟碧，門外四山秋葉蕙。」皆清新可喜。若讀書不多，則變態少。觀其體格，不過烟雲、草樹、山川、鷗鳥而已。故非多讀書窮理，則不能極其至。今有一事累用，每令人憎，弊正坐此。

「悠然見南山」句，格高也；「池塘生春草」句，韵勝也。愚意此格字屬意，不屬局。

「岸花飛送客，墻燕語留人」，人情不如花鳥之意，自在言外。

「剩水滄江破，殘山碣石開」、「緑垂風折筍，紅綻雨肥梅」，每一句具二眼也。又要健字撑柱，活字斡旋，如「弟子貧原憲，諸生老伏虔」，「貧」與「老」字乃撑柱也；「生理何顔面，憂端且歲時」，「何」與「且」字乃斡旋也。

「生年不滿百，常懷千歲憂」，淵明本之，曰：「世短意常多。」東坡曰：「意長日月促。」乃倒轉陶句耳。

鮑泉「蓮寒池不香」句，乃「紅稻啄餘」之祖，若順下便淺。

玄暉「輕鴻響澗音」句，「輕」字與「音」答「響」，細静之至。

楊素云：「獨非時慕侶，寡和乍孤音。」似澹然無營於世。又曰：「風波洞庭險，烟生雲壑深。」無限淵衷，自露面目。末云：「離心多苦調，詎假雍門吟。」復說向悲凉去，尤爲叵測。

隋煬「寒鴉千萬點，流水遶孤邨」，絶似中唐。

周弘直《詠荆軻》曰：「壯髮危冠下。」逼似寫生，在阿堵中傳之也。

王容「入花花不見」句，易知；「穿柳柳陰碎」之「碎」，不易知矣。穿柳身輕，不覺其障，祇覺其碎，殊有舞於掌上之想。

庾肩吾「月皎疑非夜，林疏似更秋」，上句易到，下句雖百思不能到也。吾不知其「更」字從何處落想得來。

唐人薛稷「白雲自高妙」句，可知「高妙」二字之源。

秦川八百里而「夕陽一半開」，則四五百里皆離宫矣。摩詰之句，可謂肆而隱。

李頎「童子亦知善，衆生無嬰心」，又「芳草日堪把，白雲心所親」諸句，不特情慇見道，抑亦風韵自殊。

少陵「織女機絲虚夜月」二聯，即「牂羊墳首，三星在罶」之旨。

「無端落木蕭蕭下，不盡長江滚滚來」、「疏燈自照孤帆宿，新月猶懸雙杵鳴」、「殊方落日玄猿哭，故國霜前白雁來」，即景物中寓無限愁思，若説出愁思，便索然膚淺矣。

「稍知花改岸，始覺鳥隨舟」，老於游事也；「江虹明遠照，峽雨落餘飛」，晚晴性情也；「霧交纔灑地，風折旋隨雲」，晨雨性情也；「秋日新霑影，寒江舊落聲」，雨中如何分新舊也，真是繪空之手。

錢起「鳥道過疏雨，人家殘夕陽」、「牛羊山上少，烟火隔林深」、「浮天滄海遠，去世怯舟輕」、「幾度秋江水，皆添白雪深」、「人烟一飯少，山雪獨行深」、「竹憐新雨後，山愛夕陽時」、「詩成流水上，夢盡落花間」，渾雅之盡，又復簇新，殆句中之僅事也。

韋蘇州「緑陰生晝寂，孤花表春餘」，非静坐清和永日中者，不知其妙。

盧綸曰：「閒看入竹路，自有向山心。」又曰：「萬壑應孤磬，百花通一泉。」真是句有幽光。

夢得曰：「莫道桑榆晚，餘霞尚滿天。」其不以老自諉，似開梁狀頭之風。

裴中書「道直身還在，傾心立大中」，堪作聯句。杜牧「山色正矜秋」，「矜秋」二字堪摘作翫。

晚唐「清江一曲柳千條」句，置李、王諸集中，便覺短氣。若「一將功成萬骨枯」，是疏語；「可憐無定河邊骨」，是詞語；汪遵詠長城，是學究語；許渾詠秦墓，是小兒語；至「可憐夜半虚前席」、「東風不與周郎便」等語，皆啓宋人議論之門。

「鳥飛應畏墜，帆遠卻如閒」，亦題洞庭之佳句也。

錢起曰：「始憐幽竹山窻下，不改清陰待我歸。」謝事歸來，惟有竹陰如故。其風刺在詠歎之間，殊未傷於激也。

范鄺曰：「歲盡天涯雨。」劉郇伯對之曰：「人生分外愁。」可謂材力悉敵。

唐人詠雪曰：「鳥而不香花裏宿，人從無影月中歸。」開盡纖巧之思矣。

靈一曰：「泉湧堦前地，雪生户外峰。」清江曰：「清貧修道苦，孝友别家難。」「捲簾槐雨滴，掃室竹陰移。」文房曰：「清光凝有露，皓色爽無烟。」無可曰：「入雪知人遠，眠雲覺俗虚。」齊己曰：「月共虚無白，香和沆瀣清。」清塞曰：「石水生茶味，松風減扇聲。」皆僧中之錚錚。若清塞者，視諸僧爲小異。

七言詩，每句三折，昔人常言之矣。若東坡「活水仍須活火烹，自臨釣石取深清」，則一句寓有五折焉：水清，一也；深處取清者，二也；石下之水，非有泥土，三也；石乃釣石，非尋常之石，四也；自臨釣石，不遣奴侍，五也。如此寓意，得未常有，句誠驚人哉！又曰：「大瓢貯月歸香瓮，小酌分江入夜瓶。」「分江」二字，亦稱奇絶。又曰：「雪乳已飜煎處脚，松風仍作瀉時聲。」乃倒語也，尤屬句法之妙。

石曼卿「樂意相關禽對語，生香不斷樹交花」，憶是唐人之句，或稱石作，未及詳考。謝無逸詠蝶三百首，今僅傳其句，曰「身似何郎全傅粉，心如韓壽愛偷香」，又「飛隨柳絮有時見，舞入梨花無處尋」，人呼爲「謝蝴蝶」。

某守睦州曰：「疊障巧分丁字水，臘梅遲見二年花。」可稱善寫桐廬景物。

劉改之《題多景樓》有「江流千古英雄淚，山掩諸公富貴羞」。人知其語悲壯，不知其罵殺偷安瓦全諸臣，不啻刮盡面皮也。

蘇妹「叫月杜鵑喉舌冷，宿花蝴蝶夢魂香」，有脂粉氣；坡公「水自石邊流出冷，風從花裏過來香」，有傴家氣。

吕夷簡「梅無驛使飄零盡，草怨王孫取次生」，荆公「江月轉空爲白晝，嶺雲分暝作黄昏」，又「細數落花知坐久，緩尋芳草得歸遲」，東坡「我持此石歸，袖中有東海」，皆極詩之變。

介甫善下字，如「荒埭暗雞催月曉，空場老雉挾春驕」，又「紫莧凌風怯，蒼苔挾雨驕」，下「挾」字最妙。無已「寒氣挾霜侵敗絮，賓鴻將子度微明」，更妙。

荆公曰：「衰俗易高名已振，險塗難進學須强。」不惟含蓄，且是刻劃。

少陵曰：「雨晴山不改，晴罷峽如新。」朱文公曰：「甕牖前頭翠作屏，晚來相對静儀刑。浮雲一任閒舒卷，萬古青山只麽青。」胡五峰謂其有體無用，乃賡之曰：「幽人偏愛青山好，爲是青山青不老。山中雲出雨乾坤，洗出一番清見好。」朱用杜上句意，胡用杜下句意。然杜只是寫物，二公以之喻道，未免粘皮帶骨矣。

坡公「爲我周旋寧作我」、半山「江州司馬青衫濕」，至今無有偶之者。當日之偶，嫌其鄙褻，安見其有敵對也。

李長吉「天若有情天亦老」，石曼卿對之曰：「月如無恨月長圓。」

嗣宗《詠女奴》曰：「弱骨不堪春睡眼，壯心都死欲愁眉。」直將女奴心影寫出矣。

「三影尚書」者，「雲破月來花弄影」、「浮萍斷處見山影」、「隔墻送過千秋影」，張子野句也。「三紅秀才」者，「兩岸夕陽紅」、「蠟炬短燒紅」、「風過落花紅」，應子和句也。

元僧天隱曰：「玆坐夜深皆不語，一燈分映兩閒身。」此其超笑隱、覺隱而上之也。

元僧某題買券曰：「賣與賣人誰是主，一犁春雨鵓鳩啼。」亦善於感事書事也。

「彈到《陽關》齊拍手，不知元是斷腸聲」，蕙奴真善寫怨。

王褘曰：「奉來天上渾無跡，月到花間似有痕。」高啓《詠梅》曰：「雪滿山中高士卧，月明林下美人來。」《題儀秦廟》曰：「天如早爲生民計，各與城南二頃田。」《藺相如廟》曰：「世人莫笑三間懦，不勸懷王會武關。」《范蠡廟》曰：「載去西施豈無意，恐留傾國更迷君。」諸句久悦人目，不知其派原本議論一脈來。

袁中郎評徐文長詩，謂其「盡翻窠臼，自出手眼，有長吉之奇而暢其語，奪工部之骨而脱其膚，挾子瞻之辯而逸其氣。無論七子，即何、李當在下風」。或謂此語似過乎情。自其《咏白燕》曰：「輕掠雨絹初剪，小尾流風練愈長。」《梅花譜》曰：「似月付將千片影，因風欲動一牕痕。」又「千巖竹泪猶啼月，一水菱花解笑人」句，曰：「雷峰定裏火，湖水觀中波。」又曰：「名花姊妹齊。」皆能自生新采者。由諸句觀之，真是雞群之鶴也。

屠赤水「讓爾榮名路，還吾貧賤時」、「知以希爲貴，名應道所賓」諸句，氣脈渾厚，見道於微。全集稍惜其膚廲未純，難愜後來之想。

王伯穀《咏十七夜月》曰：「莫因微缺恨，衹作未圓看。」蓋其生平之傑句也。

湯霍林「孤貞道所戒，柔弱生之徒」，又「石意悟時僧不語」，皆用古入化之句。

陳汝言「佳人搗練天如水，壯士吹笳月滿城」、林鴻「堤柳欲眠鶯喚起，宮花乍落鳥銜來」、曾棨「僧向定時聞落葉，客從坐處見雲歸」、謝縉「梨花香褪空飄雪，楊柳條多不禁烟」、成始終「一番風色傳花信，二月春光上柳條」，諸句尚有宋元遺氣，未見開山。

古詩：「文綵雙鴛鴦，裁爲合歡被。著昌慮反。以長相思，緣以絹切。以結不解。」按，鄭玄《儀禮註》：「著，充之以絮也。」《禮記註》：「緣，餙邊也。」「長相思」，謂以絲縷絡緯交互網之，使不斷，長相思之義也。「結不解」，按：《説文》：結而可解曰紐，結不解曰締。謂以鍼鍼交鎖連結，混合其縫，如古人「結綢繆」、「結同心」，製取「結不解」之義也。既取其義以著愛而結好，又美其名曰「相思」，曰「不解」，方是雙而合之義也。古人詠物託意之工若是。

古詞曰：「黄蘗向春生，苦心隨日長。」又「霧露隱芙容，見蓮不分明」，又「石闕生口中，銜悲不得語」，又「桑蟲不作繭，晝夜長懸絲」，又「理絲入殘機，何悟不成匹」，又「桐樹不結花，何由得梧子」，又「殺荷不斷藕，蓮花又復生」，此名吴體，又名樂府解題。又名風人詩，取陳詩以觀民風，示不顯言之意。

梁簡文「織成屏風金屈戌」、李商隱「鎖香金屈戌」，今窻户鈹具曰環鈕，即古金鋪之遺意，北方謂之「屈戌」。李長吉以「屈膝」之「膝」當「戌」，曰：「屈膝銅鋪鎖阿甄。」

謝靈運「漾舟陶嘉月」、王褒「陶嘉月兮緫駕」，《爾雅》曰：「陶，喜也。」「陶月」二字堪采。

江總「息舟候香阜」、高適「香界泯群有」，「阜」、「界」皆佛寺也。

梁武帝「瑟居超七浄」，「瑟」與「索」同。白樂天「一道殘紅照水中，半江蕭瑟半江紅」，「瑟」作「瑟瑟」看，蓋珍寶名也。

煬帝「寶袜楚宫腰」、謝偃「細風吹寶袜」、盧照隣「倡家寶袜蛟龍被」、沈約「腰中合歡綺」，《古今註》所謂「腰綵」，即近身之衣也。

少陵曰：「白首常聞《止觀經》。」按，經云：「止能舍樂，觀能離苦。」又云：「止能修心，斷貪欲；觀能修慧，斷無明。」

杜「美人細意熨帖平」，白「金斗熨波刀剪文」，温庭筠「緑波如慰割愁腸」，陸魯望「波平熨不如」，又「天如重熨皺」，王君玉「金斗慰秋江」，晁次膺「去日玉刀封斷恨，見時金斗熨愁眉」，王元美「雲作翠屏裝寶鏡，風爲金斗熨青羅」，《説文》：「熨，持火申繒也。一曰火斗。」柳文所謂「鈷鉧」也。「鈷」音「鬱」，今或轉音「運」。

岑參曰：「結室開三藏，焚香老一峰。」「老」即「大塊佚我以老」，其權在天；行年七十而老斲輪，其具在人。

商隱「八蠶蠒綿小分炷，獸焰微紅隔雲母」，言蠶至八次，不中爲絲，只可作綿。

王建《宫詞》：「紅研宣毫各别牀。」按：歐陽《研譜》以青州石爲最。

温庭筠「見説自能裁袙腹，不知誰更著帩頭」、梁王筠「裲襠雙心共一袜，袙腹兩邊作八撮」，「袙腹」者，今之裹肚；「着帩頭」，即「少年見羅敷，脱帽着帩頭」。

鄭谷「小儀澄淡轉中儀」，唐禮部員外謂之「中儀」，主事謂之「小儀」。

段成式曰：「待將袍襖重抄了，寫就襄陽掘柘詞。」按：羽調有《柘枝曲》，商調有《掘柘枝》，此舞因曲爲名，用二女童，帽施金鈴，抃轉有聲，其來也，於二蓮花中藏之，花坼而後見，對舞相呈，雅妙之最。

楊巨源「雲逕新從鳥外還」，「鳥外」二字從高妙思索得來。

劉長卿「六時行徑空秋草」、張喬「猶向山中禮六時」，曰：幽谷時，寅也；高山時，卯也；日照高山平地，辰也；可中時，已也；正中時，午也；鹿苑時，未也。僧規以六時行禮，六時燕坐。

萬齊融「計程頻破月，數別屢開年」，杜「二月已破三月來」。司空圖曰：「破人看乳燕。」謂拚一人，幹其事曰「破人」。

李商隱「木棉花飛鷓鴣啼」、王叡「㕸錢飛出木棉花」，木棉樹實如酒杯，棉可作布，交趾、雲南、嶺南皆産。

劉夢得曰：「柳家新樣元和脚。」東坡曰：「君家自有元和手。」山谷曰：「取其制字之新也。」

「春樓不閉葳蕤鎖」，又「望見葳蕤舉翠華」，「葳蕤」乃寶物之鎖，又瑞草名。

「鉼裏數枝婪尾春」，「婪尾酒」乃最後之杯。芍藥殿春，亦得是名。

「還梳鬧掃學宫妝」，「鬧掃」，髻名。「風吹山帶遥知雨」，天將雨則有白雲冠峰，或亘中嶺，謂之「山帶」。

唐子西賦《梅花》詩，執政者惡其自專，一斥不復。後以黨禍謫羅浮，作詩曰：「鶴歸遼海悲人世，猿入巴山叫月明。惟有蟲沙今好在，往來休傍水旁行。」《抱朴子》云：「周穆王南征，一軍皆化，君子化爲猿鶴，小人化爲蟲沙。」詩意言君子或死或貶，惟小人得志，深畏其含沙射影也。周鹿谿曰：「猿鶴朝朝動渴飢。」即此意。

唐句「春寒側側掩重門」、王半山「側側輕寒剪剪風」、許奕「玉樓十二春寒側」、吕聖求「寒側斜雨」，「側」者，不正之謂也。

王建曰：「密奏君王知入月。」按：天子諸侯群妾有月事者，以丹注面目，的的爲識，令女史見之。《神女賦》「施玄的的」，即上所云也。

陸龜蒙《蟬》詩：「伴蟬金罝影，映雀畫成圖。」蓋本梁武賜何戢蟬雀金扇也。

宗懔句曰：「都尉新移棗，司空始種楊。」《漢藝文志》云：「有尹都尉《移植棗杏梅李法》。」《淮南子・時則訓》：「三月，其官司空，其樹楊也。」

東坡《牡丹》詩：「一朶妖紅翠欲流。」翠燦鮮明貌，本班婕妤「紛翠燦兮紈素聲」。

陳後山詩：「復作騎驢不下驢。」按：參禪人有二病：一是騎驢覓驢，二是騎卻驢不肯下，識得驢了，騎卻不肯下，若解放下，方喚作無事道人。

陳希夷「倏爾火輪煎地胍，愕然神糞湧山椒」，「神糞」出《列子》，即《易》「山澤通氣」，《參同契》所謂「山澤氣相蒸，興雲而爲雨」也。

梅都管「窈窕踏歌相把袂，輕浮賭勝各飛墒」，宋寒食有抛墒之戲，若今之打瓦也。

周少隱「雨細方㶇露，雲疏欲護霜」，吴中以八月露下而雨，謂之「㶇露」；九月霜降而雲，謂之「護霜」。

文與可《朱櫻歌》曰：「君王午坐鼓《猗蘭》，翡翠一盤紅靺鞨。」葛魯卿曰：「靺鞨斜紅帶柳，琉璃漲緑平橋。」「靺鞨」，古肅慎地，産寶石，大如巨粟，中國謂之「靺鞨」。

陸放翁詩：「遊山〔一〕雙不借，取水一軍持。」「不借」，草鞋也；「軍持」，瓶也。賈島曰：「我有軍持憑子弟，岳陽江裏汲寒流。」

【校勘記】

〔一〕「山」，原文脱漏。本條摘録自焦周《焦氏説楛》卷七，據以補正。

畫眉有倒暈粧，樂府有「暈眉攏鬌」之句。元微之曰：「暈澹眉目，綰結頭鬌。」畫譜有正暈牡丹。東坡曰：「剩看新翻眉倒暈。」又「倒暈連眉秀嶺浮」，又梅詩曰：「鮫綃剪碎玉簪輕，檀暈妝成雪月明。」

陳衆仲《題樂全堂》曰：「能守不成三尾戒。」《史記》曰：「天尚不全，故世爲屋，不陳三瓦而陳之。」「陳」，猶居也。

元人月泉吟杜詩：「山歌聒耳烏鹽角，村酒柔情玉練槌。」教坊家人市鹽，得一曲譜於子角中，翻之遂名焉。

孔成大曰：「恐妨蝴蝶同夢，笑倩顛當守門。」秦中兒童戲曰：「顛當顛當牢守門，蠮螉寇汝無處奔。」

謝朓「登城一以眺，平楚正蒼然」，「楚」，叢木也。登高望遠，見木杪如平地，故云「平楚」，猶所謂「平林」也。陸機「安轡遵平莽」，謝本此。唐人「燕掠平蕪去」，又「遊絲蕩平緑」，又詞「平蕪盡處是青山」，又「澹煙平楚」，皆因謝而衍之也。

婦人弓足始於六朝，有《雙行纏辭》。杜牧曰：「鈿尺裁量減四分，碧琉璃滑裹春雲。」段成式曰：「醉扶幾侵魚子纈，影纓長戛鳳皇釵。」

「冶」字或作「野」，金陵有冶城，楊子江有梅根冶。或音「渚」。劉文房「落日蕪湖色，空山梅冶烟」、孟襄陽「水溢楊根冶」，皆以「冶」爲「野」也。

沈詩曰：「繁陰上鬱鬱，促節下離離。」又曰：「得生君户牖，不顧夾華池。」又南華封竹爲户牖君，名曰鬱離。

少陵「捲簾惟白水，隱几亦青山」，用僧棲白「捲簾當白晝，移坐向青山」。

「幾回青鎖點朝班」，升庵謂「點」讀如「玷」，《漢書》「祇足以發笑而自點耳」，與此「點」意同。然若作「玷」字，不得用「幾回」字。按：王建「殿前傳點各依班」，蓋唐人屢用之，可證杜句不音「玷」矣。

「色難臭腐食風香」句，上四字〔一〕本仙家方平事，下三字本佛書「凡諸所鼰，風與香等」。

【校勘記】

〔一〕「上四字」，原作「上四句」，據文意改。

「峽圻雲埋龍虎卧，江清日抱黿鼉遊」，乃登高臨深之狀，非真有四物之或伏或曝也。即以杜證杜，如「江光隱映黿鼉窟，石勢參差烏鵲橋」，同一意法。若《赤壁賦》云：「據虎豹，登虬龍。」豈真有是物哉？

太白「孤帆遠影碧空盡，唯見長江天際流」，謝玄暉「天際識歸舟」句也；崔顥「晴川歷歷漢陽樹，芳草萋萋鸚鵡洲」，玄暉「雲中辨江樹」句也，崔、李於黄鶴上正自有所見；子昂「古木生雲際，歸帆出霧中」，玄暉「天際識孤舟，雲中辨江樹」句也。

古詩「水真緑净不可唾，魚若空行無所依」、沈佺期「魚似鏡中懸」、柳子厚記「潭中魚可百許頭，皆若空游無所依」，皆本《水經注》「渌水平潭，清潔澄清，俯視遊魚，類若乘空」。

靈運曰：「莫辨洪波極，誰知大壑東。」摩詰本之，曰：「積水不可極，安知滄海東。」

襄陽《穰縣遇雪》曰：「風吹沙海雪，來作柳園春。」按：沙海在梁州。《國策》曰：「暉臺之下，沙海之上。」

儲光羲「落日燒霧明，農夫知雨至」，昨日之日蒸今日之霧，爲蚤霞之明；耿諱「向人微月在，報雨蚤霞生」，即諺「朝霞不出市，暮霞走千里」也；王建「照泥星出依然黑」，即諺「乾星照濕土，來日依舊雨」也；梅聖俞「日脚射空金縷直，西望千山萬山赤。野人先知雨又風，明日望此重雲黑」，即諺「日没臙脂紅，無雨有風」也；又「月暈每多風，燈花先作喜。明日挂歸帆，春潮能幾里」，即諺「月暈主風」也；蕭冰崕「黑豬渡河天不風，蒼龍銜燭不敢紅」，即諺「天河中有黑雲，謂之黑豬渡河，主雨」也；杜少陵「禾頭生耳禾穗黑」，即諺「秋甲子雨，禾頭生耳」也；劉禹錫「積陰春暗度，將霽霧先昏」、耿湋「晚雷期稔歲，重霧報晴禾」、東坡「今日江頭風勢急，礮車雲起雨欲作」、晁無咎「明日揚帆應復駛，蒸雲散亂作風花」，皆用老農占驗語。

按《拾遺記》：「員嶠之山有星池，周千里。有石浮水邊，其色紅，質虛。燒有烟，香聞數百里，氣升則成香雲，遍潤則成香雨。」盧象曰：「雲氣香流水。」李賀曰：「依微香雨青氛氲。」元微之曰：「雨香雲淡覺微和。」意皆本此。

唐人「江上送行人，千山生暮氛。謝安團扇上，爲畫敬亭雲」、皎然「海上仙山屬使君，石橋琪樹古來聞。他時畫取白團扇，乞取天台一片雲」，二詩本晉人重扇題畫，謂之便面，又曰方䴸。如羊孚雲贊，右軍蒲葵，是其事也。

東坡《泛潁》「散爲百東坡」句，本《傳燈録》：良价禪師因過水，覩形而悟，偈云：「切忌從他覓，迢迢與我疏。我今獨自往，處處得逢渠。渠今正是我，我今不是渠。」顧茲堂亦曰：「行過汋洛影在水，是渠非我」云云，亦本此。

或讀少陵《八陣圖》「江流石不轉，遺恨生吞吴」，以爲蜀不能滅吴，非也。詩意謂吴、蜀脣齒之國，不當相圖，晉之所以能有蜀者，在吞吴之後，爲可恨耳。此説似較長。

「桑麻深雨露，燕雀半生成」，或謂虛實不類，不知「生」爲造，「成」爲化，字類正相敵。如陳後山「輟耕扶日月，起廢極吹噓」，「吹」爲陰，「噓」爲陽，與「日月」亦相配也。

用事之誤，如《長恨歌》「蛾眉山下少人行」，明皇幸蜀不行蛾眉山，當改曰「劍門」。「七月七日長生殿，夜半無人私語時」，長生乃戒殺之殿，非私語所也，華清宮有飛霜殿，當改「長生」爲「飛霜」。按：長生殿在驪山之上，夜中非上山之時。又曰：「飛霜殿前月悄悄。」皆似誤用。

《選》詩：「公子愛敬客，終宴不知疲。清夜遊西園，飛蓋相追隨。」西園公子乃子建事。韋莊曰：「西園公子名無忌。」非也。

荳蔻未開者，謂之含胎花，言少而娠也；未開而含葩，乃牧之所謂「娉娉嫋嫋十三餘，荳蔻枝頭二月初」也。

介甫曰：「静憩鳩鳴午，荒尋犬吠邨。」本唐人「一鳩鳴午寂，雙燕語春愁」來。東坡録之，乃是「静憩雞鳴午」。或者疑之，蓋不知取唐人「楓林社日鼓，茆屋午時雞」之句也。

宋人龍太初《賦沙》曰：「鳥去風平篆。」一時詩人爲之閣筆。

薛奎謁馮魏公曰：「囊書空自負，早晚達明君。」馮掩卷曰：「不知秀才所負何事？」至第三篇曰：「千林如有喜，一氣自無私。」乃曰：「秀才所負如此。」

王奇幼爲李文定客。文定薨於位，仁宗臨奠，見屏間詩「雁聲不到歌樓上，秋色偏欺客路中」，愛之，即召見，占對稱旨，特許赴殿試。既登科，有謝詩云：「不拜春官爲座主，親逢天子作門生。」

吴仲孚曰：「梨花瘦盡東風嬾，商略平生到杜鵑。」暗含歸去之旨，妙絶。

定風軒活句參卷九

月潭朱紹本支百甫參著
南溪吴朗腺公甫訂參

字　參

司馬文正公《九九秋日贈瑟姬歌》云：「不肯那錢買珠翠，任教堆插堦前菊。」文正「那」字，蓋言手攫取錢，非郍移之義也。今人於攫取之義，非「拏」即「拿」；於郍移之義，則增「扌」旁，或繁文不約，或轉變而俚，是安可不以識字爲先務也？

逞余有《識字㕘》一書，蓋本宋人某不知某某字，某不知忠孝字來。前書字之正經，後書字之假借，義類楚楚，强半爲有韵之文字作津筏也。偶見句中平聲字宜仄讀者甚夥，爲撚一端，將擬旁觸云。如「寒銷春蒼茫」句、「野道何蒼茫」句、「淮天蒼茫背殘蠟，江路委蛇逢舊春」句，「茫」字皆讀作「莽」，則篇靈句勁矣。俗云「十年不能成詩人」，言詩人先在識字，殆不易成也。東坡居士示人熟翫字書、韵書諸部，余意式歸正屬於此。

宋人詞「午妝粉指印窗眼」，「窗眼」謂眉間也。

曹松《贈方干》曰：「後輩難爲措機杼，先生織字得龍梭。」「織字」兩言得未曾有。

「良人爲漬木瓜粉，遮卻紅腮交午痕」，「木瓜粉」，今人未見。「交」字疑即「旁」字换來。

寫秋色者，或曰「柜霜」，或曰「霜葉」，或曰「淺絳」，或曰「丹楓」，總不越色之一字落想，殊卑庸之至。意惟《飲知草》不然，其經一峰老人讀書處，見其霜樹，直以「斑無墨」三字寫之。如作寒林者，離離數點，遠有蒼山，近惟木葉，何須蘸染丹黄，始知其爲秋老也。且「無墨」二字自寓霜紅。作詩何可不先別雅俗？

「瑟瑟」者，西方之玉，其色如碧空之秋，即《尚書》所謂「天球」，其色如天者是也。後世詩家妄以「瑟瑟」爲蕭瑟之聲，誤矣。憶在童年，曾攷之於《瑯環記》，因略識之，以備一兩字之尋求。

「浪花」二字，添一「蹴」字在中，曰「浪蹴花」，便簇新可味。此陸湖峰一生之冠字也。「鶴笛骨」三字，見《龍魚軒集》中，意必是其脛中之骨。

「桂枝香惹蕊珠香」，「惹」字固佳，不若釋典中「染香」之「染」爲尤雅。

句中安頓一字，難得其穩；能穩，斯能妙矣。如高帝侍「世上浮名好是閑」之「好」，杜紫微「萬里沙鷗弄夕陽」之「弄」，上一字甚雅，雅得其當即妙；下一字甚俗，俗得其當即亦妙。今人於雅字不能安，而於俗字又不敢用，亦何處可容其安身着脚之地？

東坡作《病鶴》詩，常寫「三尺長脛瘦軀」，闕其一字。他人續數字不穩。蘇出其藁，乃「閣」字也，則儼然病鶴矣。又《蛟食虎》詩曰：「潛鱗有飢蛟，掉尾取渴虎。」十字何其簡盡！

鍊字之妙，如「香銷」之「銷」，「怨入」之「入」，是何等鑪捶！

「聲悲壯」，指正平《漁陽摻》；「星辰動摇」，指民勞，用事最爲無跡。

少陵《畫鷹》曰：「何當擊凡鳥，毛血灑平蕪。」「何當」猶安得之詞也。「魂」字寫客、寫月、寫梅、寫春，俱若灑然欲動，春則豈於昨之年借也？

阮瞻對王衍「將無同」三語，人多不曉。此直言無同耳，「將」乃晉人發語之詞。如陶詩「將具遐齡具」，謝靈運云「將不畏影者，未能忘懷」之類。蓋謂同生於異，周、孔、老、莊本自無異，故亦不同。

唐人言「冬烘」，是不了之語，故「主司頭腦太冬烘，錯認顏標是顏公」。今蜀人猶言之。

蔣津曰：「梅花香發於四鼓，月色當午黄而更昏，此時已五更矣。」不獨梅花爲然，凡花之香發皆然。所謂「暗香浮動月黄昏」之句，乃云夜深，非謂夜淺。

「勝常」，猶今婦人言「萬福」也。尺牘云：「尊候勝常。」王廣泮《宫詞》：「新睡起〔一〕來思舊夢，見人忘卻道勝常。」

【校勘記】

〔一〕「起」，原文脱漏，據王涯《宫詞》補。

少陵曰：「波濤萬頃惟琉璃。」蘇曰：「瑠璃百頃水仙家。」宋人以「玻璃」名江，余以「玻瓈」名湖，同有空明之思，蓋興會之至妙。

「佩芝蘭，服明月」，「服」乃「服食」之「服」，非「被服」之「服」也。

少陵《登岳陽樓》句曰：「吴楚東南坼。」只一「坼」字，可作一篇大文看，真奇絶。

杜詩「白鷗没浩蕩，萬里誰能馴」句，蓋滅没於烟波間耳。而宋敏求云：「鷗不善没。」改作「波」字，便覺一篇神氣索然。近日茱公字曰「鷗沾」，殆善用一字體物者。

薛濤《十離》詩有「鷹離拳」之目，較「韝」字、「臂」字更覺武健。

「塹醉佳人錦瑟傍」，「錦瑟」是青衣名也。

倒字，如少陵「風簾自上鈎」、「風窻展書卷」、「風江颯颯亂帆秋」，「風」字皆倒用。

倒字押韵，如東坡「興喪何足吊，萬古一仰俯」、少陵「愛汝玉山草堂静，高秋爽氣多鮮新」之類。

五言第二字側入爲正格，如「鳳曆軒轅紀，龍飛四十春」之類；第二字平入爲偏格，如「四更山吐月，殘夜水明樓」之類。

五言以第三字爲眼，七言以第五字爲眼。眼用實字方得句健，用響字方得句活，用拗字即换句法也。

山谷「歸燕略無三月事，高蟬正用一枝鳴」，初曰「抱」，又改曰「占」、曰「在」、曰「帶」、曰「要」，至「用」字乃定，亦自勝。

謝莊「秋懷響寒音」句，「秋響」二字可摘。

王融《詠琵琶》有「抱月」、「懷風」之字，亦可摘看。

少陵善用字，如「修竹不受暑」、「野航恰受兩三人」、「吹面受和風」、「輕燕受風斜」，「受」字皆入妙。又有「細雨魚兒出，微風燕子斜」，極得細雨、微風之情。又曰：「穿花蛺蝶深深見，點水蜻蜓款款飛。」惟「穿」也，乃覺其「深深」；惟「點」也，乃覺其「款款」，清妙之致，不傷渾雅，絶技也。

襄陽「到得重陽日，還來就菊看」，刻本脱一「就」字，或擬作「醉」、「賞」、「泛」、「對」諸字，皆不佳。後得善本，是「就」字，乃知其妙。崔顥「玉壺清酒就君家」、李郢「片帆歸去就鱸魚」、古樂府「就我求清酒，青絲係玉壺」，前此蓋已道過。

劉禹錫《生公講堂》句曰：「一方明月可中亭。」「可」字咸稱妙。按：宋文帝大會沙門，親御地，筵食至良久。衆疑日過中，律不當食。帝曰：「始可中耳。」生公曰：「白日麗天，天言可中，何得非中？」遂食。劉以生公事咏生公，非杜撰也。

又「杯前膽不豜」，趙嘏「吞船酒膽豜」，音呼關切，頑也。本《集韵》「山」字韵中。

又「龍池遥望麴塵絲」，楊巨源亦曰「江邊楊柳麴塵絲」，皆本《周禮》「鞠衣於上帝，告桑事」，注云：「黄桑服也。色如麴塵。」毛文錫辭：「垂楊低拂麴塵波。」然則黄花之色，亦可以水況之。

王建「寒食内人嘗白打，庫中先散與金錢」、韋莊「内官初賜清明火，上相閒分白打錢」，「白打」，蹴踘戲也。兩人對曰白打，三人角曰官場。丁晉公有「白打大蹝斯」。

《毛詩》鄭箋始有「餳」字，沈佺期《寒食》詩本之，曰：「春來不見餳。」李義山曰：「粥香餳白杏花天。」宋子京曰：「簫聲吹滿賣餳天。」白曰：「杯盤餳粥春風冷。」蘇曰：「温風散餳粥。」後人謾詑，以爲使事之僻，不知其所本原有義也。

張説「樹坐參猿笑」，杜「方樹坐猿猱」，又「巫山秋夜螢火飛，簾疏巧入坐人衣」，又「黄鸝兹坐交愁濕」，薛能「花欄鳥坐低」，皆本北齊劉逖「無由似玄豹，縱意坐山中」。頃見兩鳩合巢，坐竹而栖，因憶前此詩人下字甚穩，一字之微，近撮一句，遠捩通章，良云至妙。

古《三墳書》：「日雲赤曇，月雲雯華。」詩句多本此。

「圯」音怡，楚人謂橋爲「圯」，二字不宜複用。可證李供奉集之多僞。

「渲」音眩，畫家以墨餙美人髩髮，謂之渲染，劉禹錫所謂「浮渲」是也。不作高髻解。

「嘉慶」之「嘉」不作「家」。與親別而復歸，謂之「拜家慶」。

唐人詩曰：「去問珠官俗，來經石蛣春。東南御亭上，莫問有風塵。」「石蛣」乃《荀子》「紫蛣魚鹽」，及《文選》「石蛣應節而揚芭」事也。「御亭」，吴大帝所建，在晉陵。

「膚如凝脂」之「凝」，音佞。唐人「日照凝紅香」、「落絮無風凝不飛」、「舞繁細袖凝」、「舞急紅腰凝」，宋人本之，亦作仄聲。作詩須協音律，不得以平仄限之。

《漢書》「厠牏」者，中衣也。「石建方欣洗牏厠」，二字確不宜倒用。

齊己謁鄭谷，獻詩有「自封修藥院，別下着僧床」。谷云：「請改一字。」經數日再謁，改曰：「別掃着僧床。」谷嘉賞，結爲友。又呈《早梅》詩，有「前邨深雪裏，昨夜數枝開。」谷曰：「『數枝』非早也，未若『一枝』。」齊己下拜。又張乖崖有「獨恨太平無一事，江南閒殺老尚書」，蕭楚材改「恨」作「幸」。皆所謂一字之師。

張迥《寄遠》詩有「蟬鬢凋將盡，虬髯白也無」，齊己爲改「虬髯黑在無」。迥遂拜爲一字師。

定風軒活句參卷十

月潭朱紹本支百甫參著
南溪吴朗朖公甫訂參

小令參

宋辛稼軒嘲木犀之紅者，辭曰：「只爲天姿冷澹，被西風醖釀香濃。枉學丹蕉，葉底偷染妖紅。道人取次裝束，是自家、香底家風。又怕是，爲淒涼、長在醉中。」邇世涂昌明《咏紅梅》絶句曰：「只因冷澹不經霜，故作桃花一樣妝。幾度歸來明月下，錯疑和靖是劉郎。」其意思全本稼軒。人或有知其詞之工，未必審其有刺譏在。

北宋陶穀學士贈秦弱蘭詞曰「待得鸞膠續斷絃，是何年」之句，乃用鳳麟洲中煮鳳喙、麐角合煎作膏，名曰續弦膠，又名曰連金泥。洲爲十洲中之一。鸞亦鳳之屬。

古楚州某，撚王姓字面，離合其文，作歌曰：「玉人兒，少一點，不能勾成就。主意兒，全在了您，又不能勾出頭。我爲您，到如今，到也有二十分消瘦。」細讀情文兹妙，似在可傳之列。王鳳洲甚不滿當代之文，以爲異日之傳，必屬《挂支》、《打棗竿》之類，所謂「約即約到月上時，只見東方月出不見渠。不知是奴處山低月上早，又不知是郎處山高月上遲。」再讀前歌而審其音，屬商；後歌則商之清調也。

升庵《詞品》載李易安《聲聲慢》一調，謂堪作宋人之冠。余潛復而讀，竊以爲不獨妙絶宋人，幾欲妙絶今古矣。其辭之起句，只用七字，而疊作一十四字，以爲通章九十七字之領，遂覺有不可方物之致。結處曰：「梧桐又兼細雨，到晚來、點點滴滴。」又用兩疊字，應上一十四個疊字，關鎖真是心胸手腕，獨有鬼工。續又掉一句曰：「這次第。」將前面打算一過，而以三字了之，蓋結後之結也。續又掉一句曰：「豈是一個愁字了得。」又將「一個」二字應前後一十八個疊字，亦自應外之應也。相其起手與煞後之妙，直是古文大章。後來可與並峙，唯有顧兹堂題五人墓一十五韵。

宜興某《美人四咏》，若花下之「素姿仙質玉根苗」，月下之「不濃不艷不尋常，占得蕊珠宫殿」，簾下之「含情欲使有情知，輕點紅么一片」，燈下之「將好事思量遍」，皆妙絶入神，惜乎其篇未足也。

管夫人善墨君，其遺跡在湖州之白雀寺，颯然風雨中，如鳳羽之將至，幾有不可方物之妙。其《答松雪歌》曰：「你儂，我儂，忒煞情多。情多處，熱似火。將一塊泥，捏一個你，塑一個我。將咱兩人一齊打破，用水調和。再捏一個你，塑一個我。我泥中有你，你泥中有我。與你生同一個衾，死同一個槨。」令日試令童子讀之，則如三澗之雪聲；令美人歌之，則又如一斛之珠走，當不翅裊裊然如出峽之聞也。

「我吹簫，爲月明，簫聲帶月遏雲清。鳳求皇，鸞偏冷，錯認簫聲尋皇影。世間萬事總如斯，逐影尋聲迷幻境。」其語字雖近，然指示甚多。弱者讀之，當霍然自起也。

「一盤消夜江南菓。喫栗看書只清坐。罪過梅花料理我。一年心事，半生勞苦，盡向今宵過。

此身本是山中箇。纔出山來便帶差。年種青松應是大。縛茆深處，抱琴歸去，又是明年話。」薛泳沂叔《客中守歲》辭也。又「新堤小泛柳，斷橋方出烟」，又「惟曉欲説事，都忘相看心」。「明月清風，良宵會同。星河易翻，歡娱不終。玉尊翠杓，爲君斟酌。今夕不飲，何時懽樂？」蓋唐人小説中句也。

《折桂令》起句云：「博山銅細裊香風。」一句兩韻，名曰「短桂體」。虞伯生有賦一曲曰：「鑾輿三顧草廬，漢祚難扶。日暮桑榆，深渡南瀘。長驅西蜀，力拒東吴。美乎周瑜妙術，悲夫關羽云殂。天數盈虚，造物乘除。問汝何如？蚤賦歸與。」蓋兩字一韻，比之一句兩韻者爲尤難。中州韻入聲似平聲，又可作去聲，所以「蜀」、「術」等皆與「魚」、「虞」相近。

詞有「心字香燒」者，番禺人作心字香，用茉莉半開者，以沉香薄劈相間，密封之，日一易，不待花蔫，花過香成。所謂「心字香」者，以香末縈篆「心」字也。「心字羅衣」，則謂心字香薰之爾。詞名「鷓鴣天」，本唐鄭嵎「春遊雞鹿苑，家在鷓鴣天」。

定風軒活句參卷十一

月潭朱紹本支百甫參著
南溪吴朗脼公甫訂參

别參

近人陋習，有用數目等字入詩，如一至十，益以半、兩、雙、丈、尺等，又益以百、千、萬等是也。余謂由半、兩而推，則有銖、錙、鈞、石等未入；由丈、尺而推，則有分、寸、尋、仞等未入；由百、千、萬而推，則有倍、億、秭未入，豈免未挂一漏萬之誚歟？況數目體未足窘人，適足自增其陋。

昝，初夜也。㳄音殘。日殘爲昝也。㳄月半見，日殘，月半見，正初夜之時也。昝昝䀉，即夜夜曲也。

「吴王宫裏色偏深，一簇烟條萬縷金。不忿錢唐蘇小小，引郎松下結同心」，乃牛嶠《詠楊柳枝》詞。詠楊柳而貶松，所謂「遵題格」是也。蘇小詞曰：「妾乘油壁車，君跨青驄馬。何處結同心，西陵松柏下。」李長吉《題蘇小墓》曰：「幽蘭露，如啼眼。無物結同心，烟花不堪剪。草如茵，松如蓋。風爲裳，水爲佩。油壁車，久相待。冷翠燭，勞光彩。西陵下，風吹雨。」眉山晝寐，夢女郎歌曰：「妾本錢唐江上住。花落花開，不管流年度。燕子銜將春色去，紗窻幾陣黄梅雨。」乃小小鬼歌也。暇日閱《咏楊柳》詞而及松，因松下之蘇小而洎弔之者、夢之者。我意憐才，興會無盡，聊以識寐寤之獨焉爾。

詩僧惠崇多剽前製，緇弟作詩嘲之：「河分崗勢司空曙，春入曉痕劉長卿。不是師兄多犯古，古人言語省師兄。省此，不宜妄用古人一事，亦不宜妄用古人一字。人之多言，良足畏哉！

婺中友更其名曰獨孤塞，有《詩逢》一書。余詩《寒梅後咏》一十四絶句，曾經其選載。獨孤贈朗公有句曰：「書卷中人水一篇。」有《秦風》之思，又有《南華》秋水之象，誠查伊璜之圖，陳章侯之筆致也。

偶見壁間四偈，其《戒多言》偈易知，兹不贅。《戒念怒》略曰：「塵生便掃，莫問是否。百年偶聚，何苦懊惱。」余甫讀過，喟然曰：「即一塵而可以推盡其凡。」譚君以「掃」名其庵，旨哉，其意直而思永也！《戒妄想》略曰：「起滅無端，總屬虚妄。」余再讀，因憶昔人詩曰：「若非坐禪消妄想，也應縱酒放高歌。不然春夕秋風夜，其奈閒思往事多。」《大易》「無妄」，宋人詮之以爲無虚假，則誠盡而妄宜省，又宜裁己。《戒嗜慾》曰：「染性觸物，黏於餳膠。嫪愛戕人，毒於戈矛。片時意適，永劫靈銷。一絲未斷，塵網難超。」末二句即克己務盡之意，永宜佩焉。往同李華亭先生謁清塘大師，見此於庭之壁。今别撫臨，凡十有五載，猶憶大師有降乩之詩，漫贅於後。其一曰：「水隔蓬萊遠，雲封仙洞深。□□□□□，□□數聲禽。」其二示某曰：「學盡人天，志氣纔凌斗牛邊。須信文章聲價，雲路青氊。雁塔絶塵希杏雨，蟾窟流影度松烟。最堪歎，蘐花堅老北堂前。年光焕，世澤綿。閒擾攘，束心猿。見許多秀麗，玉淵龍眠。柳絮因風更饒致，梅花遇冬卻争先。請細看禪語意味，其中自見。」

「《贈毛總戎》，如頌瀨川賢人於武帝前，賦得别有天地。吐茹不廢，藥物盡卻，胸中别具一區洞壑者。視古人羽化之想，茫然一誕耳。《夜集》，當是春過韋曲，羨玄成之有業，依依故人之念，勉焉自況。《壩上留别》，如破高帝之疑，攝衣就鼎，豪邁不群，比時可想。《望田横島》，謂之古人是我不可知，義氣猶生；謂之我非古人有餘慨，英雄獨凛。」此某評某之詩也。詩雖未奇，乃評詩者或勝於詩也，因附見焉。

剩語猶多不暇詩，余是以有《瑮言》一卷，初見於《曉堂集》，再見於《寐寤言》，雖聊以自娱，亦猶偶然之蟲食也。

惠遠居東林，足不越虎溪。一日送陸道士，忽行過溪，相持而笑。余《同舟》詩「嘯步無過憶竹溪」，蓋本此也。又嘗令人沽酒引淵明來，故詩人有「愛陶長官醉兀兀，送陸道士行遲遲。沽酒過溪俱破戒，彼何人斯師如斯。」又云：「陶令醉多招不得，謝公心亂去還來。」竹閣杜某折柬招顧山臣，用引陶故事，顧竟不往。陳穉白見余邑作畫一友，謂其心褋，亦從「謝公心亂」處邂逅識認得出。前人有胸，後人亦復有眼，書此誌快。

謝文侯爲余作《萬里濯足圖》，水光樹色。譜於周大赤之手，題曰：「目之上，耳之下，皆澹蕩之所横收。渺於塵界，浩理來謀。俯映外徹，澄懷中悠。静言思之，用濯世滓而躋安流。」顧兹堂題曰：「一曲萬里，春流自温。匪揭匪厲，收其來奔。以隱招我，無如此源。跗趾既滌，其足有尊。」《飲知草》中删去後四句，蓋不欲以隱相期也。思夫草澤藴有經綸，圮上、隴中别有經濟，隱豈易事，而爲予小子諱？余小子豈不足語「大隱不山林」之故乎？書此用識當年，亦竊以自勗。

單提者單承，雙提者雙承。亦有單、雙兩鎖，不因提與承爲單雙者，乘其興會所之也。若前四句散起，次五、六句承者，謂之折腰承。凡此皆近體之法。

蜂腰體者，頷聯不對，却以十字叙事，而意與首二句相貫，至頸聯方對者，言已斷而復續也。若偷春體，則起聯相對，而次聯不對，言如梅花偷春色而先開也，與蜂腰體小異。

葫蘆韵者，先三後四也。顛倒韵者，四句同用兩字，略如反覆詩者是也。平仄韵者，或全首盡仄，全首盡平；或此句盡平，彼句盡仄，雙關互成之。

平頭者，第一字不得與第六字同聲，第二字不得與第七字同聲。如「今日良宴會，歡樂難具陳」，「今」、「歡」字同聲，「日」、「樂」字同聲也。

上尾者，第五字不得與第十字同聲。如「西北有高樓，上與浮雲齊」，「樓」、「齊」字同聲也。

蜂腰者，第二字不得與第五字同聲，兩頭大，中心細，似蜂腰也。如「聞君愛我甘，切欲自修餙」，「君」、「甘」平聲，「欲」、「餙」皆入聲也。

鶴膝者，第五字不得與第十五字同聲，所以兩頭細，中心巃，如鶴膝也。如「客從遠方來，遺我一書札。上言長相思，下言久離别」，「來」、「思」皆平聲也。若一句舉其法，首尾須避之，第三字不得與第五字相犯，第五字不得與第七字相犯。

大韵者，重疊相犯。如五言詩以「新」字爲韵者，其九字内若或用「津」、「人」字爲大韵。如「胡姬年十五，春日正當罏」，同聲也。

小韵者，除本韵外，九字中不得有兩字同韵。如「客子已乖離，那宜遠相送」，即是小韵，「子」與

「已」同聲，「離」與「宜」同聲也。同聲五字内最急，九字内較緩。

旁紐者，五言詩一句内有「月」字，更不可用「元」、「阮」、「願」字，此是雙聲，即旁紐也。五字中急，十字中稍緩。旁紐者，緣聲而來相忤也。然字從連韵而紐，故相參也。若「今」、「錦」、「禁」、「急」與「陰」、「飲」、「印」、「邑」，是連韵紐之也。若「今」與「飲」與「錦」，此旁會與之相參。如「丈人且安坐，梁陳將欲起」，「丈」、「梁」二字爲旁紐也。

正紐者，「壬」、「紝」、「任」、「入」一紐，一句内有「壬」字，更不得犯「紝」、「任」、「入」字也。如「我本漢家子，來嫁單于庭」，「家」與「嫁」二字係正紐也。按：正紐順調而下，旁紐逆溯而上也。

頷聯要緊接，如驪珠抱轉。頸聯如疾雷破山，觀者驚愕。

一字血脉，如「翠鬣紅衣舞夕暉」；二字貫串，如「清江一曲抱郮流」；三字棟梁，如「瘴江南下接雲烟」；數字連收，如「中丞問俗畫熊頻」；鈎鎖連環，如「百花苑路易萋陰，五穀塍蹊苦見侵」，後俱以農事、宫情分配；順流直下，如「東嶽真人張錬師」；雙抛，如「隋堤風物已凄凉，堤下仍多古戰場」；單抛，如「昆明池水漢時功」；内剥，如「中天積翠玉臺遥」，用「更有紅顔生羽翼」結；外剥，如「錦瑟無端五十絃」，用「此情可待成追憶」結；又有前散、後散兩局。

絶句大約以第二句爲主，而第四句發之；宛轉變化全在第三句，若此句轉變得妙，則第四句自如順流而下矣。又有謂以第三句爲主，有實接者，有虚接者；或句法相似，或字面相同；或第三句唤第四句，或不换而第四句申其意者。如「步出城東門，悵望江南路。前日風雪中，故人從此去」、「開簾見新月，便即下堦拜。細語人不聞，北風吹裙帶」二絶，細玩自喻其旨。

七言律，句要藏字，字要藏意，須如連珠不斷方妙。

有首一句起者，有次二句起者，有次三句起者。

五言長古詩首段是序，序了一篇之意，皆含在中。

七言長古，字貫前後，重三疊四。用兩三字貫串，極有精神。再起法，如説了前件，再提起從頭説去，反復有情。歸歇後送尾，則生出一段餘意。結或用反、用喻，便有展勢。

金縷衣，謂金織麟鳳之衣也。

前虚後實體，五言者，多留意於頸、頷二聯，七言則七發其説，難於音節諧婉。

《鑄劍篇》以三尺爲則。按：天、地與人也，故句曰：「三尺何年拂塵土。」

王蘆人寄余書曰：「曼園快晤後，思老社翁見教高言，至今衆山猶作響也。傾遲之私，不可言既。別後五年，其竟即真教讀矣。幸趣讀揭竿，頗獲鯢鮒。從遊者，羅、洪、汪、鮑輩。既捷五人，而懷美待榮者，猶不啻旄丘之葛也。以此爲故人軒渠矣。」書之前端，大都爾爾。余竊以科名特一代之榮，安洎門下士劉君長人，篇什之妙，落落不群耶？其《軒居叙》曰：「五日沃我以酒，例也。遇之不以時，正如真山水，人履絶岩壑，初無屬興，及舟馬已遠，追惜之而已。今破其拘，約以風秋月夕，三籟入空，吾情灌灌謕我時，我則現麴蘖身而爲説法。其所需量，如其所逋之數，而止於情，甚適於適我情者之情宜，亦無不適也。」詩曰：「丹臼雖廣漠，五稔一成收。爰始策荒政，因而聚細流。遲眠追逋夢，脱貴失前憂。矜此滑稽力，下農亦有秋。」又敘曰：「近思茹澹一案，戒饞則可耳。以是爲安禪脚根，此水浸牛皮也。西來一遭，必無空拳見佛理。但留好種子，待娑婆事稍了，便一刀割斷，一齊放下。吾師以爲何如？《楞嚴咒》讀熟，行復與世味圓通矣，不能爲此皮毛苦算計也。走得八韵，兼報棒着某痛癢矣。」又詩曰：「既託春光作春樹，或實或華應有故。西來願力人天知，横此江葦誰便渡？總然恒墮互人羊，鞭策雞脾安可駐。黑宵摸着畫圖還，人説青黄我説素。唤起毘盧畢竟誰，咄咄君心君自悟。雞豬魚蒜漫爲群，了此補爾恒河數，如來如來莫相悟。」次三序曰：「來序破有相矣，而期以風秋，盈其逋數，不仍有相乎？問居士一轉語奉答，并附一偈呈上。」次三詩曰：「屢劫求圓滿，圓通此日收。既知根器重，誰敢濫觴流？果與因相印，形開夢不憂。曇花非礙闊，孤雁一江秋。」偈曰：「破相即成相，非相是何物？若説是虚空，説空還勞口。勞口即觸身，觸身成受相。譬如四大全，空一手與目。空性始得名，因空獲礙相。欲空其所礙，當追還手目。纔着此還心，蚤已成想相。是色不名空，見空還是色。空生形見相，憶非色非空，旋又墮識相。石潭水自清。古樹雲來往。」長人名其仁，寧之旌德人。

聖歎序《才子書》，次三功曰：「德雲比丘在別峰，致心睹之無不逢。詩必此詩非詩翁，由來及此皆心空。追魂取氣遺其踪，舊者爲蜕新爲龍。高人賊人古所同，必欲自雕真癡蟲。」次四功曰：「既探策而得題，心悄然其不怡。硯發墨以如雲，筆據帋以臨之。賊捕急而未逸，火撲遲其奚施。追氣至於黄泉，奪命固在須臾。苟流盻以傍睨，已舍子而麻迷。」次五功曰：「莫善於雞喔喔其三號，天沈沈其未朝。星離離於漢津，霜稜稜於樹梢。火幂幂於佛前，婢冥冥於中庖。聲琅琅以出金，筆微微而動刀。課垂垂以將畢，市駸駸而始囂。莫不善於晝居於内，白日照腹。厨人視餐，童子請沐。樹影在東，開書欲讀。聯復倚徙，群雞又宿。」已上所以示後來讀書之功，摛文之三昧也。庶幾其永識於懷，不宜僅作錦囊字句之工，與賦心翔洽之視也。

詩話曰：「細雨濕衣看不見」，任他行譖以暗傷；「閒花落地聽無聲」，覺我解棼爲多事。坡公曰：「乃知小人能害其衣服爾。」足爲斯話之證。

《傳燈録》：有形神俱妙者，乃不復有解化之事。故坡公有兼形魂之説。

阮籍登廣武而歎曰：「時無英雄，使豎子成其名。」傷時無劉、項也。「豎子」指晉、魏間人耳。李太白詩亦誤用。

六甲詩，又名日辰詩，鑄造天然，真堪絶倒。曰：「上戊勸農桑，長庚報夕陽。漁丁藏小篆，螺甲祕清香。句乙讐筠簡，甘辛酌桂漿。丙科曾洪策，彼己莫籌量。」乃陳沈烱作。

山谷《贈晁無咎》用二十八宿名，曰：「虎剥文章犀解角，食未下亢奇禍作。藥材根氏罹斸掘，蜜蜂奪房抱饑渴。有心無心材慧死，人言不如龜曳尾。衛平哆口無南箕，斗柄指日江使噫。狐腋牛衣同一燠，高丘無女甘獨宿。虚名挽人受實禍，累基既危安處我。室中凝塵敗髮坐，四壁矗矗見天下。奎蹄曲隈取脂澤，婁豬艾豭彼何擇。傾腸倒胃得相知，貫日食昴終不疑。古來畢金黄金臺，佩君一言等觜觿。月没參横惜相違，秋風金井梧桐落。故人過半在鬼録，柳枝贈君當馬策。歲晏星回觀盛德，張弓射雉武具力。白鷗之翼没江波，抽絃去軫君謂何？」

梁元帝《針〔一〕穴名詩》曰：「金推五百里，日晚唱歸來。車轉承光殿，步上通天臺。釵臨曲池影，扇拂玉堂梅。先取中庭入，罷逐步廊迴。下關那早閉，人迎已復開。」

【校勘記】

〔一〕「針」，原誤作「斜」。

《郡姓名字詩》魯國孔融文舉：「漁父屈節，水潛匿方。離「魚」字。與時進止，出行施張。離「日」字。「魚」、「日」合成「魯」字。呂公磯石，闔口渭傍。離「口」字。九域有聖，無土不王。離「或」字。「口」、「或」合成「國」字。好是正直，女回于匡。離「子」字。海外有截，隼逝鷹揚。離「乙」字。「子」、「乙」合成「孔」字。六翮將奮，羽儀未彰。離「鬲」字。蛇龍之蟄，俾也可忘。離「虫」字。「鬲」、「虫」合成「融」字。玟璇隱曜，美玉韜光。去「玉」成「文」，不須合。無名無譽，效言深藏。離「與」字。按轡安行，誰謂路長。離「才」字，「與」、「才」合成「舉」字。

自宋玉有《大言》、《小言賦》，後人遂約而爲詩，諸言諸意，皆由此起。或有細言、難易言，詩餘謂之小令，大抵不一端也。

兩漢詞人，知有鄒陽，而不知有鄒子樂；知有莊忌，而不知有莊忽奇；知有李陵，而不知有李忠；知有蘇武，而不知有蘇季；知有董仲舒，而不知有董安國；知有公孫弘，而不知有公孫乘；知有朱買臣，而不知有朱建、朱宇；知有賈太傅，而不知有賈充、賈山；知有河間獻王，而不知有淮陽憲王；知有河間獻王劉德，而不知有陽成侯劉德。此類尚多。

秦屠門高曰：「酒坐俱無往，聽吾琴之所言。」「酒坐」、「琴言」是最樂事，下語亦頓挫。

飛卿北里名娼，義山狹斜浪子，紫薇緑林傖楚，用晦邨學小兒，盧仝卿老，郊、島寒衲。

靈隱寺僧道標與清晝、靈徹酬倡，時人評之曰：「霅之晝，能清秀。越之徹，洞冰雪。杭之標，摩雲霄。」

海青之俊，群燕撲之即墜。物之受於所制，固無大小。

隋薛道衡《人日》詩：「入春纔七日，離家已二年。」人笑之曰：「是底言？」唐崔湜輕張嘉禎，呼之曰「張底」。

聽鏡，今之響卜也。唐人以之製詞名。

「遮莫」者，儘教也。老杜「遮莫隣雞下五更」，言日月逾邁，不復惜矣。

《穆天子傳》：「天子之寶，璿珠燭銀。」郭璞曰：「銀有精光，如燭也。」梁、唐詩「銀燭」字面本此。

嵇喜，叔夜之兄，吕安所謂「題鳳」，阮籍因之白眼，疑其不識一丁者。或謂其五言頗有識趣，乃以凡鳥俗流遇之，似亦少寃。

摩詰《送元二》絶句，李伯時取以爲畫，謂之《陽關圖》。按：陽關去長安二千五里，唐人送客出都門三十里，特是渭城耳。據其所畫，當謂之「渭城圖」可也。山谷題之云：「渭城柳色關何事，自是離人作許悲。」味此，亦指渭城而言。

少陵母名海棠，詩文諱之，非闇筆也，非句拙也，非無好句也。

是編偶有所憶與所見聞，自戍冬馴至今二月，始報卒業。閱數光風，未逾百日，遂録二百有奇，並序之纍纍，裒然成帙。帙成，未覺其勞，衹稱樂志，夫亦將余夙昔既抱之心抒寫於星晚露初之下，余之心庶幾慰於百之一二也已。雖然，方余之操筆而遊，信心與目，腕力亦並隨之，未嘗自計意之所觸與吾意之所止也。略置洪濛，簡尋中古，斷宜緣起《三百》，踵續屈騷，五言古體以往諸體約亦臚明，蓋有俟於他日繕寫再過也。始名「説詩」，恐義落詁詮，謹易作「活句參」三字，以示及門暨兒子揆輩。

時己亥二月望前，支百附記。

韵林隨筆

韵林隨筆提要

《韵林隨筆》一卷，據康熙間刊《三山存業十編》本點校。撰者原良，字鳴喜，一字耕溟，號三山道人、聽潮居主，江西樂安人。順治中貢生，官寧都縣訓導。有《步薦草》。原氏《三山存業》一名《聽潮居存業》，《四庫總目提要》黜入《子部・雜家類》存目。詹爾選序有「二十年來」、「兩都繼陷」等語，據此推斷，全書約成於入清不久。此卷爲十編之九，小序謂爲「娛詩」之談，即詩話也。其趣近切實，以致略不喜古詩之「無補實用」，議其叶韵、景多秋、辭多複等病。推許律體之「鏗亮嚴整」，分限古、律體甚嚴，不許「律可涉古」之説，斷崔顥《黄鶴樓》詩爲古體而非律體。又謂七律壓卷當從老杜集中求之，嚴滄浪及明人之評俱無當。是亦清初一位論詩重體例者。又多論字法、句法，排比歷代佳句之相類者，發其前後異同關係。然有隨意而致誤者，如白樂天「醉貌如霜葉，雖紅不是春」轉出於陳後山「衰顔酒借紅」之類。其評隲頗引原文，即小序所謂「具列寳山，任憑識採」之意。中如引歐陽修《六一詩話》，有「不如馮元淑『地古槐根老，官清馬骨高』之自然」一句，與各本不同，未知何據。「馮元淑」云云，人皆未道，可備稽考。原氏道學家，故宋、明詩頗録朱晦庵、陳白沙等人之作，此即卷首《存業義例》「資於身心德業」之謂，非僅爲文事也。

韵林隨筆目次

目係各條起句

韵林隨筆

江右鰲邑原良鳴喜甫著

是編讀書之暇，亦復娱詩。漢、魏以後，明、宋以前，或舉全篇，或捻句字，特加評隲，間及疏詮，具列寶山，任憑識採。學吟者可通作法，考世者可推變《風》，總關性情之實用，而佐問學之餘功也。

蘇武使匈奴，李陵贈別詩，其三章云：「攜手上河梁，遊子暮何之？徘徊蹊路側，悢悢不能辭。行人難久留，各言長相思。安知非日月，弦望自有時。努力崇明德，皓首以爲期。」武答陵末二句：「願君崇令德，隨時愛景光。」此送別詩之祖。夫不祝早歸，而期皓首，正以堅武之節，而令其進德也。一則曰「崇明德」，一則曰「崇令德」，古朋友相成之誼如此哉！又「紅塵蔽天地，白日何冥冥」、「招摇西北指，大漢東南傾」，尚有十句未及録。五言雖繼《騷》賦，實近於《風》。陵以武人子而擅風雅之林，爲五言開天之匠。居常則蘇武密爲交，事敗則馬遷力爲救，其素所樹立必卓也。世乃詆其人，并疑其文，豈以成敗論英雄哉！

《古辭》四首、《古詩十九首》皆失姓名，必蘇、李後六朝前之人所作者。中多死生離别，相思至情，與及時行樂之意，其關切警句，如「君子防未然，不處嫌疑間」、「百川東到海，何時復西歸」、「胡馬依北風，越鳥巢南枝」、「思爲雙飛燕，銜泥巢君屋」，「生年不滿百，常懷千歲憂」、「奄忽隨物化，榮名以爲寶」，俱可諷泳。而世厭平淡，喜綺藻，故不及此。豈知六朝之極綺藻者，多於古詩力擬之，往往摘句爲題可見。

五言盛於漢，暢於魏，衰於晉以後。建安時，曹氏兄弟獨擅勝場，諸子未必及。其後謝氏又非顏、陸輩所及。雖然，諸名家鑪捶治麗，皆有心取悦，惟陶詩任真自得，淡致天然。人稱其「采菊東籬下，悠然見南山」爲見道語，獨不觀「孟夏草木長」、「弱齡寄事外」、「閒居三十載」諸篇，何非理語，能縷述乎？不惟啓江西詩派，亦五言仙品也。不然，「飽吃惠州飯，細和淵明詩」，子瞻之心悦誠服何爲耶？「種苗在東皐」篇，諸本皆作淵明詩。考《文選》，爲江淹擬陶之作。如「歸人望烟火，穉子候簷隙」、「素心正如此，開徑望三益」，大類淵明，故直以優孟作叔敖耳。

《離騷》歌中「采芳洲兮杜若」、「洞庭波兮木葉下」、「沅有芷兮澧有蘭，思君子兮未敢言」，寫秋情景妙。思不言，意纔深遠與！宋玉悲秋，六朝、唐人閨怨、邊愁皆本此。其《招魂》篇，如「高堂邃宇檻層軒」，又「光風轉蕙汎崇蘭」，又「姱容修態絙洞房」，又「蛾眉曼睩目騰光」，又「陳鐘按鼓造新歌」，又「美人既醉朱顏酡」，此各句已逗出唐人七言古律之祖。

古韵有不叶，而漢魏、六朝皆用，必時音不同耳。古詩「青青河畔」以「婦」字叶「柳」韵，「西北高樓」以「哀」字、「迴」字叶「悲」韵，「客從遠方」以「解」字叶「綺」韵，子建《贈丁》以「謳」字叶「厨」韵，袁淑《白馬篇》「西」字叶「翩」韵，江淹「林」字叶「池」韵，靈運「祜」字叶「燭」韵，如此類不勝述。至唐律謹嚴，則無之矣。

顔延之嘗問鮑明遠，己詩與謝康樂優劣何如？鮑曰：「謝詩如初發芙蓉，自然可愛；君詩若鋪錦列綉，彫繢滿眼。」顔終病之。湯惠休亦云：「謝詩如芙蓉出水，顔詩如錯綵鏤金。」與鮑共一提衡矣。今略舉二人之警者。靈運「潛虬媚幽姿」、「沓沓日西頹」、「昔余遊京華」諸篇，又「石横水分流，林密蹊絶蹤」、「初篁苞緑籜，新蒲含紫茸」，又「激澗代汲井」，又「崖傾光難留」，稍自然；延之「彫雲麗璇蓋，祥飈被彩斿」，稍琢削。沈約評延之「明密」，靈運「標舉」，大約相同。

謝靈運《入彭蠡》詩：「金膏滅明光，水碧綴流温。」江淹詩：「水碧驗未黷，金膏靈詎緇。」又云：「凌波采水碧。」太白《彭蠡》詩：「水碧或可采，金膏秘莫言。」《穆傳》：「河伯示汝黄金之膏。」則「金膏」爲仙煉之液，故秘莫言。《山海經》云：「柴桑之山，潯陽水，其下多碧。」又云：「耿山多水碧。」「水碧」言「采」，似水中有玉物矣。而梅聖俞《廬山》詩云：「絶頂水底花，開謝向淵腹。攬之不可得，滴瀝空在掬。」若是則「水碧」又非有物矣。

太白登落雁峰曰：「此山最高，呼吸之氣，想通帝座。恨不携謝朓驚人詩來，搔首問青天耳。」但未知其所謂「驚人」者何篇何句。篇如「紫殿肅陰陰」、「江南佳麗地」、「大江流日夜」，句如「魚戲新荷動，鳥散餘花落」、「日華川上動，風光草際浮」、「戢翼希驤首，乘流畏曝顋」，又「桑柘起寒煙」。朱子愛「寒城一以眺，平楚正蒼然」。而太白極愛「澄江淨如練」，有詩云：「解道澄江淨如練，令人長憶謝玄暉。」意白謂「驚人」語，在此耶？

子美稱庾信詩曰：「清新庾開府。」史評其詩「綺艷」，「爲梁之特出，唐之先鞭。」而《文選》少載。今略紀警句，《寄王琳》云：「玉關道路遠，金陵信使疏。獨下千行淚，開君萬里書。」

《别詩》云：「陽關萬里道，不見一人歸。惟有河邊雁，年年南向飛。」如「荷風驚浴鳥，橋影聚行魚」，如「路高山裏樹，雲低馬上人」，如「覆局能懸記，看碑解暗疏」，如「賦用王延壽，書須韋仲將」。稱鮑照詩曰：「俊逸鮑參軍。」而其警者，則「腰鐮刈葵藿，倚杖牧雞豘」，又「棄席思君幄，疲馬戀君軒」。又「蟻壤漏山阿，絲淚毁金骨」，又「爵輕君尚惜，士重安可希」，又「何時與汝曹，啄腐共吞腥」。「清新」、「俊逸」，可以想見。

五言古，唐詩之胎，諸名家奉爲球璧。予故極愛之，而頗有疑。一疑詩景多秋。每開卷，但見風露霜月，摇落蕭瑟之景，備極悲吟，而三春花鳥興象則寥寥也。古辭「陽春布德澤，萬物生光輝」外，則有靈運「山桃發紅蕚，野蕨漸紫包」、「池塘生春草，園柳變鳴禽〔一〕」，陸機「蕙草饒淑氣，時鳥多好音」，沈約「山櫻發欲然」而已，餘豈昭明未入選乎？再疑詩詞多複。長篇而前後意複者未具論，乃句連而詞複，如陸機既云「山溜何泠泠」，又云「飛泉漱鳴玉」；左思既云「非必絲與竹，山水有清音」，又云「何事待嘯歌，灌木自悲吟」；阮籍既云「多言焉所告」，又云「繁詞將訴誰」；劉琨既云「宣尼悲獲麟」，又云「西狩涕孔丘」；靈運既云「越叟識行止」，又云「范蠡出江湖」，雖其瑰磊之氣，顛倒迴環，情至莫已，豈得非病，而可疏於檢點乎？

【校勘記】

〔一〕「鳴」，原誤作「鳥」。

古詩風雲月露，無補實用者頗多。予摘一二關切者以自勵。如左太冲「振衣千仞岡，濯足萬里流」，江淹「延陵輕寶劍，季布重然諾」，鮑明遠「器惡含滿欹，物忌厚生没」，陶淵明「被褐忻自得，屢空常晏如」，古辭「瓜田不納履，李下不正冠」，合咏之，可爲自立者一助；傅休奕「志士惜日短，愁人知夜長」，古詩「少壯不努力，老大徒傷悲」，咏之可爲修業者一勸；何敬祖「既貴不忘儉，處有能存無」，太冲「功成不受爵，長揖歸田廬」，咏之可爲顯要者一諷；左又「世胄躡高位，英俊沉下僚」，又「馮公豈不偉，白首不見招」，又「何世無奇才，遺之在草澤」，咏之可爲淹抑者一紓；至於張季鷹「榮與壯俱去，賤與老相尋」，曹顔遠「富貴他人合，貧賤親戚離」，則世態可悲，吾儕置不問可也。

晉僧道猷詩「連峰數百里，修林帶平津。茅茨隱不見，雞鳴知有人。」評者以爲古今絶唱。道潛詩：「隔林彷佛聞機杼，知有人家在翠微」，秦少游「菰蒲深處疑無地，忽有人家笑語聲」，評者謂皆祖道猷，語意却不及。又有評後二詩比道猷更精。予謂秦詩可匹猷詩，潛詩意盡前句，下特襯貼耳。

張協詩「丹霞啓陰期，密雨如散絲」。又「朝霞迎白日，森森散雨足」，李嘉祐「朝霞晴作雨」，耿湋「報雨早霞生」，儲光羲「落日燒霧明，農夫知雨止」，靈運「早聞夕飈急，晚見朝日暾」，即俗所謂「朝霞不出市，暮霞走千里」也。劉禹錫「將霽霧先昏」，耿湋「重霧報晴天」，用修「草頭占月暈，米價問天河」，又諺謂「日暈長江水，月暈草頭空」，皆老農占驗語也。

薛道衡聘陳，值人日，南人請詩，題云：「入春纔七日，離家已二年。」南人嗤曰：「誰謂此虜解作詩?」及云:「人歸落雁後,思發在花前。」乃服曰:「名下無虚士。」開元初,史郁自陳:「曹植七步成詩,臣約五步。」明皇試以除夕詩,立云:「今歲今宵盡,明年明日來。寒隨一夜去,春逐五更回。」尚有後四句,然此已足題了。明皇亟賞予官。以視「思發花前」句,稍讓。

曹景宗目不識書,及破魏凱旋,時梁武於華光殿與沈約諸臣宴飲聯詩,以曹兜鍪,不煩唱和。曹固請,許之。時韵已盡,止餘「競」、「病」二字。景宗得之,立賦云:「去時兒女悲,歸來笳鼓競。借問行路人,何如霍去病?」滿朝嘆賞莫及。凡落韵必棘手難就,而武人隨手就之,可見詩不關學也。

郝隆爲桓温南蠻參軍,三月一日會作詩,不能者罰酒三升。隆初以不能受罰,既飲,攬筆作句云:「娵隅躍清池。」桓問:「『娵隅』何物?」答曰:「蠻名魚爲娵隅。」桓曰:「作詩何以作蠻語?」郝曰:「千里投公,始得蠻府參軍,那得不作蠻語也?」予謂郝作「娵隅」字,以致桓詰,已奇;其答桓數語,又奇。五字可以擢英,三字可以辟掾,則「娵隅」二字亦可超蠻府而遷之矣。

王轂作《玉樹曲》,後有云:「歌未闋,晉王劍上粘腥血。君臣猶在醉鄉中,一面已無陳日月。」此詞大播人口。時轂於市中,見亡賴毆同人,往救之,揚聲曰:「認吾否?吾是解道『君臣猶在醉鄉中,一面已無陳日月』者。」亡賴驚而退。可見其時俗子亦知重詞。宋有傳人贈寇準詩於外國者,契丹使來,舉朝宴集。使問:「孰是『有官居鼎鼐,無地起樓臺』相公?」及見寇而拜。并外夷亦知重詞與品望矣。

王無功「石苔應可踐,蘋枝幸易扳」,靈運則云「苔滑誰能步,葛弱豈可捫」;左思「功成不受賞,長揖歸田廬」，太白則云「若待功成拂衣去，武陵桃花笑殺人」；太白「醉看風落帽」，老杜則云「羞將短髮還吹帽」；古詩「十年磨一劍，鋒刃未曾試。今日把似君，誰有不平事」，俞仲蔚則云「天下常令萬事平，匣中不惜千年死」，皆翻案法也。靈運「明月入綺樓，彷彿想蕙質」，老杜則云「落月滿屋梁，猶疑見顏色」；張説「洞房殘月影，高枕聽江流」，子美則「疏簾殘月影，高枕聽江聲」；韋莊「百年流水盡，萬事落花空」，子美則「流水生涯盡，浮雲世事空」，武元衡「夢逐春風到洛城」，顧況則「歸夢不知湖水闊，夜來逐到洛陽城」；老杜「仰面貪看鳥，回頭錯應人」，子瞻則「貪看白鳥橫秋浦，不覺青林没暮潮」；樂天「醉貌如霜葉，雖紅不是春」，子瞻則「兒童悮喜朱顏在，一笑那知是酒紅」，皆自尹式「衰顏寄酒紅」、後山「衰顏酒借紅」來；丁謂「草解忘憂憂底事，花名含笑笑何人」，子瞻則「花非識面常含笑，鳥不知名時自呼」，皆换胎法也。换胎謂之偷意，惟偷語爲拙。然有暗合而非剿者，即李杜亦時有之，難以枚舉。

古來佳句單傳，不特浩然「微雲」、「疏雨」之聯。如王文海《若耶》詩「蟬噪林逾静，鳥鳴山更幽」，當時以爲「文外獨絶」。包佶「波影倒江楓」、喻鳧「積靄沉斜月」、馬戴「遥泉韵細風」，人謂喻、馬可作一聯。喻鳧又有「雁天霞脚雨，漁夜葦條風」，人評上句妙絶，下句未稱。楊徽之「新霜染楓葉，皓月借蘆花」，自云下句有神助。崔信明「楓落梧江冷」一句爲人頌服，餘便取厭。劉駕《早行》詩「馬上續殘夢」一句佳，餘無可採。石曼卿「意中流水遠，愁外舊山青」、戴石屏「春水渡旁渡，夕陽山外山」、米元章「三峽江聲流筆底，六朝帆影落樽前」。又有句傳名不傳。如宋人於彭門見一聯「一鳩鳴午寂，雙燕話春愁」，衆疑坡作，坡曰：「此唐人得意句，僕安能道。」又如「春陰妨柳絮，月黑見梨花」，又「雨滴空堦曉」，不勝述，皆菁華難泯者。

隋煬忌薛道衡。衡死，隋曰：「更能作『空梁落燕泥』否？」王胄死，曰：「復能作『庭草無人隨意緑』否？」邵文敬「半江帆影落樽前」，世以爲奇，號「邵半江」。張子野「雲破月來花弄影」、「浮萍破處見天影」、「隔墻送過鞦韆影」，人稱爲「張三影」。宋子京「緑楊煙外晚雲輕，紅杏枝頭春意鬧」，及謁張子野，令將命者報云：「尚書欲見『雲破月來花弄影』郎中。」子野屏後應曰：「是『紅杏枝頭春意鬧』尚書耶？」張瀫與同寅分韵得「單」字，成句云：「銜雨斜飛燕子單。」人稱爲「燕子學士」。應子和「風過落花紅」，又「兩岸夕陽紅」，人稱「雙紅秀才」。僧寶目詩「萬松嶺上一間屋，老僧半間雲半間。雲亦有時去爲雨，回來不似老僧閒」，時稱爲「半間和尚」。可見人愛佳句，即以一句盡其人，以佳句難得也。

唐以詩取士，相傳應試諸詩，所售多不知名。李、杜、王、岑諸大家，皆不在科列。其著名者，僅見錢起、杜荀鶴、陸贄。錢、杜雖售，詩未見佳；陸作稍佳，又非以詩名者。當時以「禁苑青松」命題，時制律體十二句，首二句便盡題。陸贄詩云：「陰陰青禁裏，蒼翠滿春松。雨露恩偏近，陽和色更濃。高枝分曉日，靈韵雜宵鐘。香助爐煙遠，形疑蓋影重。願符千載壽，不羨五株封。長得迴天眷，全勝老碧峰。」餘皆未及陸作。售者不必傳，傳者不必售，與今之窗藝闈藝，其工拙暌合豈異哉！

詩莫盛於唐。唐有初、盛、中、晚，尤莫盛於盛唐。盛唐之所以盛者，謂主以漢魏之氣，而輔以六朝之詞也。盛唐律詩，早朝與應制爲多，尤莫盛於《早朝大明宫》唱和諸作，爲古今詞人膾炙。賈至

「銀燭朝天紫陌長」，係省中唱作以呈僚友者。前六句記寫朝天景色，無大佳麗。評者取其好結，「朝朝染翰侍君王」，自是中書侍草常事，安有深味厚力也。似諸公屬和者勝之，王維「絳幘雞人報曉籌」，中四句俱麗，「日色纔臨仙掌動，香煙欲傍袞龍浮」，則尤警也。或議衣服字多。杜甫「五夜漏聲催曉箭」，前四句俱麗，「旌旗日暖龍蛇動，宮殿風微燕雀高」，則尤警也。後四句强弩之末乎？岑參「雞鳴紫陌曙光寒」，前六句皆麗，皆見早意，「花迎劍佩星初落，柳拂旌旗露未乾」，則尤警也，神采似駕王、杜。而所議「寒」、「闌」、「乾」、「難」四韵，猶可寬也。予獨病末二句太頌。數詩氣色高華，熟之可洗寒陋，然惜結句並弱。夫朝廷豈無可以規諷，僚友豈無可以勸勉者乎？而一於鋪張盛美，無迴味其間，以質《三百篇》中「東方明矣」、「蟲飛薨薨」之詠，何似也？

中宗正月晦日幸昆明池，群臣應制賦詩。殿前結綵樓，命上官昭容選一首爲御製曲。須臾落紙如飛，各認其名接取。惟沈、宋二詩不下，評曰：「二詩工力悉敵，沈落句詞氣已竭，宋猶陡健舉。」宋句「不愁明月盡，自有夜珠來」，自寓頗佳；沈句「微臣雕朽質，羞睹豫章材」，幾自餒矣。然應制詩多頌少規，必若李嶠之「寧知天子貴，尚憶武侯廬」、張九齡之「還聞股肱郡，元首咏康哉」爲得體。

開元中，王昌齡、高適、王之渙齊名。一日天寒，三詩人詣旗亭小飲。有伶官會讌，三人避席，擁爐以觀。俄有四輩奏樂，三人私約曰：「我輩各擅詩名，每不自定甲乙，今視諸伶謳，多者爲優。」一伶拊節唱曰：「寒雨連江夜入吴，平明送客楚山孤。洛陽親友如相問，一片冰心在玉壺。」昌齡引手曰：「一絶。」又一伶唱曰：「開篋淚沾臆，見君前日書。夜臺何寂寞，遊子是雲居。」高適引手曰：「一絶。」

又一伶唱曰:「奉帚平明金殿開,强將團扇共徘徊。玉顔不及寒鴉色,猶帶昭陽日影來。」昌齡又引手曰:「二絶。」之涣云:「陽春白雪,俗物敢近哉!」乃指妓中最佳者曰:「待此子唱,如非吾詩,終身不敢與争衡矣。」俄而雙鬟發聲曰:「黄河遠上白雲間,一片孤城萬仞山。羌笛何須怨楊柳,春風不度玉門關。」之涣擨歈曰:「我豈妄哉!」因大諧笑。諸伶請曰:「諸郎君何此歡噱?」三詩人話其事,諸伶競拜。當時名家詩出流傳,樂府並選而歌之,亦猶今制舉家刻窗社藝行於世,其佳者爲人膾炙,奉爲先資之貨,一也。

明皇乘月登樓,有歌李嶠詩者曰:「山川滿目淚沾衣,富貴榮華能幾時?不見只今汾水上,惟有年年秋雁飛。」帝凄然涕下。及幸蜀,登白衛嶺,又歌是詩,又涕下。李白《蘇臺》詩「舊苑荒臺楊柳新,菱歌清唱不勝春。只今惟有西江月,曾照吴王宫裡人」,又「宫女如花滿春殿,只今惟有鷓鴣飛」,崔魯《華清宫》「明月自來還自去,更無人倚玉闌干」,岑參《梁園》詩「庭樹不知人去盡,春來還發舊時花」,李益《亡隋曲》「行人莫上長堤望,風起楊花愁殺人」,劉禹錫「晚來風起花如雪,飛入宫墻不見人」,唐人吊古詩,皆可歌可涕,豈獨嶠詩。

唐五、七言結句,有藴有力者,如韋元旦《興慶池》「宴樂已深魚藻咏,承恩更欲奏甘泉」,王維《興慶道中》「爲乘陽氣行時令,不是宸遊翫物華」,太白「君王多樂事,還與萬方同」,子美「明朝有封事,數問夜如何」,又「獨使至尊憂社稷,諸公何以答昇平」,岑參「聖朝無闕事,自覺諫書稀」,又「早發雲臺仗,恩波起涸鱗」,宋之問「不愁明月盡,自有夜珠來」,李嶠《山莊應制》「寧知天子貴,尚憶武侯廬」,宗楚客「幸睹八龍遊閬苑，無勞萬里訪蓬瀛」，張謂「由來此貨稱難得，多恐君王不忍看」，李義山「不須看盡魚龍戲，終遣君王怒偃師」，沈彬《入塞》「功多地遠無人紀，漢閣笙歌日又曛」；紹興時重九宴群臣，陳與義上詩「龍沙北望西風冷，誰折黄花壽兩宫」；理宗畫南樓圖，劉靜修詩「誰知萬國中秋月，只辦南樓一夜凉」，皆有關係，有含蓄，得風人之體。若右丞別有《早朝》詩：「方朔金門侍，班姬玉輦迎。仍聞遣方士，東海訪蓬瀛。」則太峻直矣。凡譏切而鄰於怒駡，頌美而過於諂諛，豈得稱詩哉！

李太白見崔顥《黄鶴樓》詩，屈服不敢題，後賦《鳳凰臺》擬之，又賦《鸚鵡洲》，幾效顰矣。崔顥《黄鶴樓》又效沈佺期《龍池篇》，二詩同一軸，俱用複字。崔詩二「白雲」、二「黄鶴」、二「去」、二「空」、二「人」，又叠「悠悠」、「歷歷」、「凄凄」字，只以四十六字成章；而沈詩則五「龍」、二「池」、四「天」。然崔詩滔滔莽莽，一氣渾成，故勝巧思。説者謂《鳳凰臺》詩雖爲勍敵，然前六句不及，惟結語差勝。王敬美謂結語亦不及，「煙波江上」無指着，纔説得使人愁；「長安不見」，逐客自愁，寧須使之？此亦隨見評駁耳。蓋律詩非白勝場，而就律論白，則此詩爲勝。獨疑評詩者謂律可間出古，古不可涉律。近有指「池塘生春草」、「紅藥當堦翻」爲古涉律，此不然。如沈約「綱蟲垂户織，夕鳥傍簷飛」、鮑照「歸華先委露，別葉早辭風」、庾信「螢排亂草出，雁拾斷蘆飛」等，尤多似律。但彼時無律，只預逗律之一法也。如律可涉古，何以律名？《黄鶴》、《鸚鵡》二篇，雖謂古亦可。

人問晦庵：「太白『清水出芙蓉，天然去雕飾』，前輩多稱此語，如何？」曰：「不如『芙蓉露下落，楊柳月中疏』更自然。」予謂太白佳句不勝舉，惜飄曠多、幹實少，惟「運速天地閉」篇諷永王璘勤王，有憂時意；「胡風結飛霜」，指禄山兵變；「百草死冬月，六龍頽西荒」，言生民遭戮，明皇奔蜀；此下言勤王，則鷹犬可奪鳳池，不能倡義立功，是北斗、南箕，空有名而無用也。杜詩則多關切，所以更勝。

太白「娥眉山月半輪秋，影入平羌江水流」，四句五地名，古今目爲絶唱，殊不厭重。蘇子瞻只述前二句，謂誰人解道此，意取其水月相映也。然靈運「乘月弄潺湲」、楊烱「明月滿前川」、老杜「四更山吐月，殘夜水明樓」、趙嘏「月光如水水連天」、子瞻「玉鈎還挂户，江練卻明樓」，皆水月清光宜人之象。至於王淮「月渡天河光轉濕」、《西廂》「月明如水浸樓臺」、子瞻「月明浸疏竹」，則直指月光爲水，尤妙。

杜審言詩「牽絲紫蔓長」，而子美則有「水荇牽風翠帶長」之句；審言「鶴子曳童衣」，而子美則有「儒衣山鳥怪」之句；審言「雲陰送晚雷」，而子美則有「雷聲忽送千峰雨」；審言「風光新柳報，宴賞落花催」，而子美則有「星霜玄鳥變，身世白駒催」，祖孫相似，偶合乎？家傳乎？然審言恃文輕傲，而子美則無不超前矣。

杜詩離亂悲愁，多關軍國事。凡戎寇之禍至於亡國，皆由將帥玩寇以自安，養寇以自固。故少陵於禄山、吐蕃之亂，深責將帥。如云：「將帥蒙恩澤，干戈有歲年。至今勞聖主，何以荅皇天？」又云：「登壇名絶假，報主爾何遲？」又云：「天地日流血，朝廷誰請纓？」又云：「多少才官守涇渭，將軍且莫破愁顔。」又云：「西蜀地形天下險，安危須仗出群才。」其時將帥無功，卻屢遷受寵，故又詩云：「殊錫曾爲大司馬，總戎皆插侍中冠。」又云：「今日翔麟馬，先宜駕鼓車。無勞問河北，諸將已榮華。」言雖翔麟之馬，必使先駕鼓車，由賤而貴。若驟貴顯，如馬未駕鼓，遽駕玉輅，安於榮華，無復驅策。河北叛亂，何勞問哉！又憂兵衆無食云：「稍喜臨邊王相國，肯銷金甲事春農。」時王縉之臨邊，有屯種意，稍爲可喜，餘何取焉？公詩大有關係，所謂「詩史」，不誣也。

老杜「榿林礙日吟風葉，籠竹和煙滴露梢」，林因吟風葉而礙日，竹因滴露梢而和煙，却提「礙日」、「和煙」在上，而倒「葉」、「梢」在下；又「紅稻啄餘鸚鵡粒，碧梧棲老鳳凰枝」，在他人必云「鸚鵡啄餘紅稻粒，鳳凰棲老碧梧枝」，卻提「紅稻」、「碧梧」在上，而倒「粒」、「枝」在下；又「客病留因藥，春深買爲花」，又「午時起坐自天明」，分明是因藥而留，爲花而買，天明起坐至午時，但轉移上下，句便卓然；「慣看賓客兒童喜，得食堦除鳥雀馴」，慣客之童，啄堦之鳥，上六字相連，倒「喜」、「馴」字在下；「魚知丙穴由來美，酒憶郫筒不用酤」，丙穴之魚，郫筒之酒，下六字相連，卻提「魚」、「酒」字在上；「且看欲盡花經眼，莫厭傷多酒入脣」，「欲盡花」、「傷多酒」，三字相連，卻安插在中間，此皆播弄工巧處，要非老杜不能。

老杜詩「細雨魚兒出，微風燕子斜」已妙，卻又有「輕燕受風斜」、「燕迎風低飛」，乍前乍卻，非「受」字不能形容。且杜喜用「受」字，如「修竹不受暑」、「吹面受和風」、「野航恰受兩三人」。又「穿花蛺蝶深深見，點水蜻蜓款款飛」，「穿」字若無「深深」字，何以見其「穿」？「點」字若無「款款」字，何以見其「點」？工巧而又渾成，乃妙。若徒露巧刻，便入「魚躍練江拋玉尺，鶯穿細柳擲金梭」之體矣。

子美《曲江》諸詩，「朝回」一篇大佳，結末甚壯；「一片花飛」、「風飄萬點」與「欲盡花」意頗複，但玩「一片」與「萬點」，則有分曉矣。「桃花細逐楊花落，黄鳥時兼白鳥飛」，相傳徐師川見杜墨跡，初是

「桃花欲共楊花語」，自以淡墨改去三字，以「黄」、「白」對「桃」、「楊」，乃各句自對體。此非杜音絶致，何宋人力倣之？如梅聖俞「南隴鳥過北隴叫，高田水入低田流」、黄山谷「野水自添田水滿，晴鳩卻喚雨鳩來」、李若水「近村得雨遠村同，上圳波流下圳通」，皆本「桃花」、「黄鳥」句而效顰也。至《對雨》詩：「林花着雨臙脂落，柳荇牽風翠帶長。」雖巧而未常不渾矣。

子美《八陣圖》詩：「江流石不轉，遺恨失吞吴。」世皆以孔明志在吞吴未遂，故圖石留江不轉，以寄恨也。豈知孔明與先主隆中之言，惓惓結好孫權曰：「此可與援而不可圖也。」後玄德因殺羽伐吴，孔明諫，不聽。及事敗，嘆曰：「孝直若在，必能制主上東行。」則吞吴爲玄德之失，而爲孔明之恨，明矣。東坡自言夢見子美，謂：「世多誤認《陣圖》詩。我本謂吴、蜀脣齒之國，不當相圖。晉之所以能取蜀者，以蜀有吞吴之意耳。」胡致堂亦謂：「杜甫以吞吴爲孔明遺恨。」然則「石不轉」未必指陣圖之石，特借言鞠躬盡瘁，而終不能回炎運者，失着在此耳。

觀摩詰之畫，畫中有詩；咏摩詰之詩，詩中有畫。「藍溪白石出，玉川紅葉稀」、「山路元無雨，空翠濕人衣」，謂爲詩中畫，猶未也。少陵詩「楚江巫峽半雲雨，清簟疏簾看弈棋」，參寥子以爲二句可畫。又「松根胡僧憩寂寞，龐眉皓首無住著。偏袒右肩露雙脚，葉裏松子僧前落」，柳仲遠求李伯時畫此數句爲《憩寂圖》，此真詩中畫，所謂「少陵翰墨無形畫」也。

詩之菁華，如目之瞳子；詩之壯烈，如峽之風濤。瞳子可多得，風濤豈常有乎？即以老杜論，其古今膾炙之句，如「五更鼓角聲悲壯，三峽星河影動摇」，又「江間波浪兼天湧，塞上風雲接地陰」，又

「藍水遠從千澗落，玉山高並兩峰寒」，又「旌旗日暖龍蛇動，宮殿風微燕雀高」，又「錦江春色來天地，玉壘浮雲變古今」，又「星臨萬户動，月傍九霄多」，又「星隨平野闊，月湧大江流」，又「遠鷗浮水静，輕燕受風斜」，又「水流心不競，雲在意俱遲」，俱極佳麗。若五、七言絶，又當别論。

詩錬腰一字是眼。杜詩「子能渠細石，吾亦沼清泉」，乃實字錬腰；「瞑色赴春愁」，乃虚字錬腰。介甫稱「赴」字極好，若下「起」字，便是小兒語。予謂杜五言有兩眼者，如「飛星過水白，落月動簷虚」，不但錬「過」、「動」字，并錬「白」、「虚」字；「紅入桃花嫩，青歸柳葉新」，不但錬「入」、「歸」字，并錬「新」、「嫩」字；「岸花飛送客，檣燕語留人」，并錬三、四字；「月明垂葉露，雲逐度溪風」，并錬二、三字。劉滄「香消南國美人盡，怨入東風芳草多」，錬第二、第七字。徐信《甘露寺》詩「平地風煙飛白鳥，半山雲木卷蒼藤」，此錬「飛」、「卷」二字，東坡云：「精神全在『卷』字上，但恨『飛』字不稱。」因請易，遂易以「横」字。

子美「遠愧梁江總，還家尚黑頭」，是因亂欲還家，似稱江總而已不及之，其實譏總爲總之愧，但渾而不覺耳。退之《贈張曙》詩「久欽江總文才妙，自嘆虞翻骨相屯」，雖以江總稱張，而詞非怒駡。乃用修謂其以忠直自比，而以奸佞待人，非聖賢謙己恕人之意。此亦太苛。人知江總仕陳、仕隋，而不知梁時已顯，故子美挈「梁」字以愧之。大抵是觀望迎合，與馮道一類，雖無品，卻有文才。即有隱刺而不露，亦何妨於詩體？

律詩合聲律、法律而名，鏗亮嚴整，無取乎拗體。岑參「嬌歌急管雜青絲」、王維「酌酒與君君自寬」，八句皆於第二字一平一仄，相對到底；若老杜拗體尤多，此即四《詩》之變《風》、變《雅》也。如《鄭駙馬宴洞中》八句，有「春酒杯濃琥珀薄，冰漿碗碧瑪瑙寒」，至末「自是秦樓壓鄭谷，時聞雜佩聲珊珊」。又《暮歸》詩：「霜黄碧梧白鶴棲，城上擊柝復烏啼。客子入門月皎皎，誰家擣練風凄凄。南渡桂水缺舟楫，北歸秦川多鼓鞞。年過半百不稱意，明日看君還杖藜。」先輩評爲杜律第一，則詩專取拗，而於律義何居乎？自後子瞻「平淮忽迷天遠近，青山久與船低昂。壽州已見白石塔，短棹又轉黄茅岡。波平風軟望不到，故人久立天蒼茫」，皆效之，然可暫不可常也。

孟浩然閒過秘省，秋月新霽，諸英賦詩作會。浩然句云：「微雲淡河漢，疏雨濕梧桐。」舉坐嗟其清絶，幾閣筆。然僅傳二句，未睹全篇。但其句不出五字外，篇不出四十字外，才氣頗短。明皇召見，令誦所作，因誦「北闕休上書」章，有「不才明主棄」句。帝曰：「卿不求朕，朕豈棄卿？何不云『氣蒸雲夢澤，波撼岳陽城』？」遂放還。「氣蒸」二句殊極壯麗，後雖稍減，然「欲濟」、「羨魚」，急於嚮用，正好登對。乃誦「北闕」，萎備甚矣。劉洎薦李義甫，太宗召見，令咏烏。李云：「日裏颺朝彩，琴中伴夜啼。上林許多樹，不借一枝棲。」帝大賞之，曰：「我將全樹借汝，豈但一枝。」遂超拜御史。浩然才豈讓之，意書生禄命之薄，不及義甫耶？

孟集有「到得重陽日，還來就菊花」之句，刻本脱一「就」字，擬補者或作「賞」，或作「醉」，或作「汎」，作對不同。後得善本是「就」字，乃知其妙。唐句多用「就」字，崔顥「玉壺清酒就君家」、李郢「片帆歸去就鱸魚」、古樂府「就我求清酒」，難枚舉。宋自《西崑集》行，争尚崑體，幾廢唐詩。獨陳從易偶得杜集，本多脱誤，《送蔡都尉》詩止得「身輕一鳥」四字，脱下一字。擬補者或云「疾」，或云「起」，或云「落」、云「下」，莫定。後得善本，「身輕一鳥過」，俱嘆以爲不能到。一字之難如此。

韋應物五言雅淡，有陶令風。「落葉滿空山，何處尋行跡」，東坡和之。人謂此絶唱，不當和。坡又喜「寧知風雨夜，復此對牀眠」之句。又「寒雨暗深更，流螢度高閣」，晦庵極稱其自在。予謂「兵衛森畫戟，燕寢凝清香。海上風雨至，逍遥池閣凉」，乃忙中真自在也。又「清詩舞艷雪，孤抱瑩玄冰」，極工麗。而「艷雪」字尤新，韋詩屢用之，「艷雪凌空散」、「如伴流風縈艷雪」。或疑雪何以言「艷」，用修謂：「曹子建《洛神賦》以『流風迴雪』比美人之飄飖，雪固自有艷也。然雪之艷，非韋不能道；柳花之香，非太白不能道；竹之香，非子美不能道；雨之香，非元微之、李賀不能道；雲之香，非盧象不能道；而泉之香，非永叔不能道也。」

劉禹錫、白居易、元微之、宗楚客擬共賦《金陵懷古》詩，劉詩云：「王濬樓船下益州，金陵王氣黯然收。千尋鐵鎖沉江底，一片降旗出石頭。人世幾回思往事，山形依舊枕寒流。今逢四海爲家日，故壘蕭蕭蘆荻秋。」樂天見之，曰：「四人共探驪龍，子先得珠，所餘鱗爪何用。」遂罷唱。此詩未是禹錫勝場，且金陵許多東晉、六朝可懷事，而何專於王濬降吴一舉乎？太白短氣於《黄鶴》，或爲崔氣所奪，而三名公遂爲此詩所屈，不解也。

元稹爲御史，鞫獄梓潼。時白樂天在京，與名輩遊慈恩寺，小酌花下，作詩寄元曰：「花時同醉破新愁，醉折花枝作酒籌。忽憶故人天際去，計程今日到梁州。」時元果及褒城，因記《夢遊》詩曰：「夢君兄弟曲江頭，也向慈恩院院遊。驛吏催人排馬去，忽驚身在古梁州。」計程到梁州，恰算着了元；慈恩院裏遊，恰夢着了白，兩人真千里神交也。

牛僧孺赴舉，常贄文於劉禹錫。劉對客飛筆，塗竄其文。後二十年，劉轉汝州。牛出鎮漢南，枉道汝州，駐旌信宿，不爲無意，酒酣賦詩云：「粉署爲郎四十春，今來名輩更無人。」末云：「莫嫌持酒輕言語，曾把文章謁後塵。」劉方悟往年改公文卷，因和云：「昔年曾忝漢朝臣，晚歲空餘老病身。初見相如成賦日，後爲丞相掃門人。追思往事咨嗟久，幸喜清光笑語頻。猶有當時舊冠劍，待公三日拂埃塵。」辛相三朝後，可升降百司。牛云：「三日之事何敢當。」於是前意稍解，移懽竟夕。夫文字之交，本是浄緣，而偶成惡業者，交非其人也。劉之直道何尤，其如牛之驕悍，夙憾不忘，何哉？

李賀以詩卷謁昌黎。昌黎暑卧欲辭，及展卷，見《雁門行》詩「黑雲壓城城欲摧，甲光向日金鱗開」，奇之，因整冠出見，亦重其句耳。後王介甫云：「方黑雲壓城時，豈有向日之甲光？誤矣。」人問昌黎、介甫去取誰是？楊用修謂：「凡兵圍城，必有怪雲變氣。昔人賦鴻門，有『東龍白日西龍雨』之句。予常居圍城中，見日暈兩重，黑雲如蛟在側，始信賀詩善狀也。」近年土寇圍我山城七日，黄沙霧氣，濛障天日，亦可證。

昌黎勉猶子湘爲學，湘曰：「吾學非公所知。」因聚土覆盆，頃刻花開，如牡丹艷麗，花間擁出金字一聯云：「雲横秦嶺家何在，雲擁藍關馬不前。」公弗省。未幾，公諫佛骨，謫潮州。至藍關遇雪，因題「一封朝奏九重天」，方四句無下韵，適見湘冒雪來，曰：「公憶花間之句乎？」因嗟嘆久之，遂入「雲横」一聯，然後以「知汝遠來」二句結之。若非花間之聯，則三、四、七、八皆庸雅語耳。又公有《聽琴》詩：「昵昵兒女語，恩怨相爾汝。劃然變軒昂，勇士赴敵場。」東坡極賞其佳。歐公謂雖奇麗，卻是聽琵琶詩，非聽琴詩，則似不足之意。然公每稱韓雄文大手，尤愛其工於用韵。

子厚《田家》詩：「蠶絲盡輸税，機杼空倚壁。里胥夜經過，雞黍事筵席。公門少推恕，鞭朴恣狼籍。」此與少陵「哀哀寡婦誅求盡」，及「千家今有百家存」，微少含蓄。《登西山》詩：「鶴鳴楚山静，露白秋江曉。連袂渡危橋，縈迴出林杪。重叠九嶷高，微茫洞庭小」云云，頗佳。《漁父辭》：「漁翁夜傍西岩宿，曉汲青湘燃楚竹。煙消日出不見人，欸乃一聲山水緑。回看天際下中流，岩上無心雲相逐。」東坡云：「詩有奇趣，末二句不必用。」誠然，誠然。

「元輕白俗，郊寒島瘦」，未是定評。樂天詩雖衝口而成，到眼而解，何嘗不雅？而乃以爲俗，此豈知言？孟、賈好作窮苦詩以自喜，郊《移居》詩：「借車載家具，家具少於車。」島詩：「鬢邊雖有絲，不堪織寒衣。」郊又「種稻耕白水，負薪斫青山」，島「市中有樵山，我舍朝無煙」，似此則島窮尤甚。兩人不窮，而故刻琢爲此，竟不見佳，豈「寒」、「瘦」由此乎？評賈詩者，謂「長江風送客，孤館雨留人」爲平生之冠。余謂「松下問童子」一絶妙無與儔，又「客舍并州已十霜，歸心日夜憶咸陽。無端更渡桑乾水，卻望并州是故鄉」，又「共君今夜不須睡，未到五更還是春」，一味空靈，安得不瘦？

李德裕《崖州》詩：「獨上江亭望帝京，鳥飛猶是半年程。碧山也恐人歸去，百匝千遭遶郡城。」竟卒於崖，末二句非讖耶？劉希夷《咏白頭》云：「今年花落顔色改，明年花開復誰在？」既而悔此與潘岳、石崇「白首同所歸」讖何異，乃作「年年歲歲花相似，歲歲年年人不同」，復嘆曰：「此仍向讖，然死生有命，豈真由此？」遂兩存之。未期，爲奸人害死。梁武《冬日》詩：「雪花無有蔕，冰鏡不安臺。」簡文《咏月》：「飛輪了無轍，明鏡不安臺。」此父子臺城之讖也。隋煬詩云：「三月三日到江頭，正見鯉魚波上遊。意欲持鉤往撩取，恐是蛟龍還復休。」「鯉」音同「李」，非唐讖乎？唐宣宗避武宗忌，爲僧遊方，遇黄蘗禪師咏瀑布云：「千岩萬壑不辭勞，遠看方知出處高。」未有下韵，宣宗應聲曰：「溪澗豈能留得住，終歸大海作波濤。」宣後登祚，世澌不靖，非「波濤」讖耶？崔曙題明堂火珠，因大顯名，有「夜來雙月滿，曙後一星孤」之句，未幾卒，無子，止一女名星星，始悟爲讖也。

李適之爲相日，集賓客賦詩，有云：「朱門長不閉，親友恣相過。」及罷相，題云：「爲問門前客，今朝幾箇來？」凡當權過熱鬧，則失勢難冷落。此詩雀羅之感，似有風刺，然不免於怨怒矣。不如錢起《暮春歸故山》云：「谷口春殘黄鳥稀，辛夷花盡杏花飛。始憐幽竹山窗下，不改清陰待我歸。」春色改常，惟竹陰如舊，可見人情物態不如前矣。與「花開蝶滿枝，花謝蝶還稀。惟有舊巢燕，主人貧亦歸」，同一慨嘆，有風刺而無圭角，乃爲得體。不然，則禹錫《看花》詩，以輕薄復貶；子瞻《咏檜》諸詩，不免詩案之禍也。

李建勳拜司空，屢表致政，自稱「鍾山公」。詔授司徒不起。人賀之，答曰：「司空猶不受，那敢作司徒？幸有山公號，如何不見呼？」先是，宋齊丘自京口求歸青陽，號九華先生。未週歲，一徵而起，時論薄之。此與杜荀鶴居廬山，後復宦遊，有詩云「無何一命繫，引出白雲間」。薛溉隱廬山，後起爲諫議大夫，未幾復歸山，有詩云：「重來門院静，喜對故山青。」然則齊丘與杜、薛，同貽終南、北山之誚矣。而建勳年德未衰，時望方重，乃遽引決如此。或乃以宋齊丘比之，因爲詩，有云：「桃花流水須相信，不學劉郎去又來。」則建勳在齊丘、杜、薛之上矣。

羅隱見釋處默「到江吴地盡，隔岸越山多」，曰：「此吾句也，失之久矣，乃爲師得耶？」此雖儇薄，總愛其句耳。陳後山鄙其不文，謂是「分界堠子」。及在錢塘，仍有「吴越到江分」之句，何鄙而猶用耶？老杜「地利西通蜀，天文北照秦」，又「吴楚東南坼」，盛唐「牕中三楚盡，林外九江平」，又「東屯滄海闊，南瀼洞庭寬」，皆警句也。宋人「田莊牙人」之説，豈然乎？

唐人紀宋之問二事似誣。謂宋夜投靈隱寺，得句云：「鷲嶺鬱岧嶢，龍宫鎖寂寥。」屬吟甚苦，適老僧云：「何不言『樓觀滄海日，門聽淛江潮』？」宋因終篇。跡其僧，賓王也。此猶在疑信間。又謂劉希夷《白頭》詩「今年花落顔色改，明年花開復誰在」，宋愛而乞之，劉不許，宋因撲殺之。夫「花落」二句，未見絶佳。宋自多佳境，如沈、宋齊譽，《昆明池》尤高於沈，何至苦欲得此乎？正由二詩彼此並載，故好事者浪傳耳。

李于麟評唐七言絶，以王昌齡「秦時明月漢時關，千里長征人未還。但使龍城飛將在，不教胡馬度陰山」爲第一。王敬美止擊節「秦時明月」四字，謂欲壓卷，當於王翰「蒲萄美酒夜光杯，欲飲琵琶馬上催。醉卧沙場君莫笑，古來征戰幾人回」，又王之涣「黄河遠上白雲間，一片孤城萬仞山。羌笛何須怨楊柳，春光不度玉門關」二詩中求之。此三詩者，皆從軍邊詞，皆稱佳妙。但論結句，則「羌笛」二句不如「但使龍城」二句更雄；若「醉卧」二句，尤壯烈矣。元美評「蒲萄」一章爲無瑕之璧，可謂知言。雖然，七言絶句獨推青蓮、龍標，試於兩集求取，則太白「朝辭白帝彩雲間，千里江陵一日還。兩岸歌聲留不住，輕舟已過萬重山」，昌齡「閨中少婦不知愁，春日凝妝上翠樓。忽見陌頭楊柳色，悔教夫婿覓封侯」，何必非絶唱乎？

嚴滄浪取崔顥《黄鶴樓》詩爲唐七言律第一，何仲默取沈佺期「盧家少婦鬱金堂」爲第一。王元美謂：「崔起法『昔人已乘白雲去，此地空餘黄鶴樓』，是盛唐歌行語；沈末後『誰爲含愁獨不見，更教明月照流黄』是齊梁樂府語，要不爲第一。」謂：「於老杜集中，愛『風急天高』章，而結亦微弱；『玉露凋傷』與『老去悲秋』二章，首尾斤兩不足；『昆明池水』章穠麗沈切，而金石之聲微乖，然竟當於四章中求之。」余謂壓卷當求之杜集，而杜集尚求之四章外。「老去悲秋」，予不病首尾，而病「笑倩旁人」句，直似襯貼；若「風急天高」，尤讓「玉露」章矣。寧取「蓬萊宫闕」章，雖言漢武，實影明皇事仙，藻而有諷，頗佳。與《寄高常侍》中二聯「總戎楚蜀應全未，方駕曹劉不啻過」，上句明刺，下句似褒實刺；「今日朝廷須汲黯，中原將帥憶廉頗」，二句勉其能，而刺不能之意亦想見矣，俱佳。至其痛哭時事，如「洛陽宫殿化爲烽，休道秦關百二重。滄海未全歸禹貢，薊門何處覓堯封」，讀前四句，見安、史陷兩京，而東北封疆，半歸腥虜；「朝廷衮職誰争補，天下軍儲自不供。稍喜臨邊王相國，肯銷金甲事春農」，讀後四句，見朝臣、藩臣皆非，而惟王縉屯田差可耳。憂國愛民，情詞關切，豈落二乘哉！此外惟岑參「雞鳴紫陌」章繪寫早朝極麗，得一佳結，則全錦矣。

從來咏三良，多罪秦穆命殉，康公從之，惟子建詩：「秦穆先下世，三臣皆自殘。生時等榮樂，既没同憂患。」此言三良自殺，非君命也。子瞻《和陶》則云：「顧命有治亂，臣子得從違。魏顆真孝子，三良安足希。」此與子厚「殉死禮所非，況乃用其良」，皆譏其從亂命也。及秦穆墓詩，則與三良詩意不同，「昔公生不誅孟明，豈有死之日而忍用其良？乃知三子狥公意，亦如齊之二子從田横。」李温陵以爲妙絶議論，要從曹詩討消息，所謂偷意也。

釣臺詩不勝紀，一詩無名姓：「生涯千頃水雲寬，舒卷乾坤一釣竿。夢裡偶然伸隻腳，不知天子是何官？」戴式之詩：「萬事無心一釣竿，三公不换此江山。當初誤識劉文叔，惹起虚名在世間。」范文正詩：「世祖功成三十六，雲臺曾似釣臺高。」黄山谷詩：「能令漢家重九鼎，桐江波上一絲風。」方孝孺後半詩：「糟糠之妻尚如此，貧賤之交安足擬。羊裘老子早見機，獨向桐江釣煙水。」又《鶴林》抄二詩：「生平謹敕劉文叔，卻與狂奴意氣投。激發潛龍雲雨志，了知功跨鄧元侯。」又：「講摩潛佐漢中興，豈是空標處士名。堪笑史臣無卓識，卻將周黨與同稱。」諸詩各出一意，俱妙。《鶴林》二詩，從謹厚狂奴討出意來，追想平日事，雖無寔據，理所必然。「糟糠」詩逆料後來事，發出子陵隱意，獨勝。外則「生涯」、「萬事」二首佳。

馮道品與詩無足述，但所咏自寫生面，如「須知海岳歸明主，未有乾坤陷吉人」，末云：「但教方寸無諸惡，狼虎叢中也立身。」夫狼虎宜避而不肯避，偏於叢中立身，豈不誤哉？然不以人廢言，其對唐明宗「井陘」之喻，可爲太平之箴。及問：「今歲豐民贍足否？」道謂：「農家不但凶年苦，雖豐年亦苦。」因誦聶夷中之詩。若非道誦，至今不聞此詩矣。「二月賣新絲，五月糶新穀。醫得眼前瘡，剜卻心頭肉」，史只載四句，四句止陳農苦；後四句乃望君恤之，「我願君王心，化作光明燭。不照羅綺筵，偏照逃亡屋」。夫新絲夏纔出，今春即賣之；新穀秋纔熟，今夏即糶之。先期貸用，至收成烏有矣。憫農詩多，無如此真切痛快也。

賈島「鳥宿池邊樹，僧敲月下門」，初欲用「推」字，遇昌黎質之。韓云：「『敲』字好。」任翻「前峰月照一江水」，見者改「一」字爲「半」字。翻行數里，得「半」字，復回易之，見已改，曰：「台州有人。」張迥《寄遠》詩中聯「蟬鬢凋將盡，虬髯白也無」，齊己改「黑在無」，迴拜二字之師。蕭楚知溧陽，張乖崖作牧。楚見公案一絶「獨恨太平無一事，江南閒殺老尚書」，楚改「恨」字作「幸」字。公出問誰改，楚曰：「公功高位重，奸人側目，天下太平，而公恨何也？」公曰：「楚，一字師也。」虞文靖《倚樓吟》云：「五更鼓角吹殘月。」忽隔溪人言：「角可吹，鼓不可吹，以『悲』易『吹』爲是。」有僧袖詩謁皎然，皎然指「此波涵聖澤」，「波」字未穩宜換，僧艴而去。皎然度必復來，乃作「中」字於掌。僧果來云：「易『中』字何如？」皎然展手示之，遂相契。一字之敲推，非己得之，即人得之，可見是公理。

在官而談高隱，自昔詩家套詞。靈徹《答韋丹》：「相逢盡道休官去，林下何曾見一人？」雲秀：「住山人少説山多。」杜牧：「盡道青山歸去好，青山能有幾人歸？」明劉珏五十解組，有憲臣索題《牧牛圖》。劉題云：「牧子驅牛去若飛，免教風雨濕簑衣。回頭更望桃林外，多少牧羊人未歸。」憲臣感泣謝仕。姚鏞判吉州，未幾擢章貢守，有騎牛畫圖，索郡人趙時習題。趙題云：「騎牛無笠又無簑，斷壠横岡到處過。暖日暄風不常有，前村雨暗卻如何？」亦諷其止也。姚未果，卒以忤帥受貶。趙訪有執友二，其一以投荒過家，一以磨勘改調，皆栖栖桑榆。一日共往趙家，見鋸匠解木，因指趙題。趙口占云：「一條黑路兩人忙，到晚霏霏墜雪霜。汝去我來何得了，虧他扯拽過時光。」二友知其誚己，感嘆而去。

釋皎然詩：「世人不知心是道，只言道在他方妙。還如瞽者望長安，長安在西望東笑。」良价過水睹影偈云：「切忌從他覓，迢迢與我疏。渠今正是我，我今不是渠。」此可發明「瞽望長安」之説。又相傳邸壁數句：「人間無漏禪，兀兀三杯醉。世上無眼禪，昏昏一覺睡。雖然無交涉，其奈略相似。相似尚如此，何況真箇是。」余易「雖然」二句：「醉睡方諸禪，不似卻相似。」又記王文成「饑來吃飯倦來眠，只此修行玄更玄。説與世人渾不醒，卻從身外覓神仙」，此可發明「醉睡合禪」之説。

白樂天問惟寬師：「何以修心？」師云：「心本無損傷，云何要修理。無論垢與淨，一切勿念起。」樂天謂：「垢不可念，淨亦無念，可乎？」師曰：「如人眼睛上，一物不可住。金屑雖珍寶，在眼亦爲翳。」樂天有悟。此與五祖偈「時時勤拂拭，莫遣惹塵埃」，亦是修心之義。至惠能「本來無一物，何處拂塵埃」，則并無垢淨之可修矣。

真宗朝，嘗賞花釣魚，群臣應制賦詩。一日御釣不食，丁謂詩云：「鶯驚鳳輦穿花去，魚畏龍顏上釣遲。」真宗大賞，群臣自以爲莫及。天聖間，省試《采侯》詩，宋祈句云：「色映堋雲爛，聲迎羽月遲。」一時傳誦，稱爲「宋采侯」，皆才勝於品者。

魏野隱深山，常題「洗硯魚吞墨，烹茶鶴避煙」。忽因王旦從上東封回，過陝，魏野上詩云：「西祀東封俱已了，好來相伴赤松遊。」旦袖此詩求退，即得請。寇準自永興被召，野亦上詩云：「好去上天辭富貴，卻來平地作神仙。」寇得詩不悦，後二年，果貶通州。在州每咏魏詩，因題壁曰：「沙堤築處迎丞相，驛使推時送逐臣。到了輸他林下客，無榮無辱自由身。」使能如王旦納野詩，不惟無貶，并無後來天書之事矣。

晏元獻謂：「世傳寇萊公詩『老覺腰金重，慵便枕玉涼』，以爲富貴詩，不知此特窮相耳。能道富貴之盛，則莫如『笙歌歸院落，燈火下樓臺』。」公每言富貴，不及金玉錦綉，惟説氣象，乃舉自詩，若「樓臺側畔楊花過，簾幙中間燕子飛」，又「梨花院落溶溶月，柳絮池塘淡淡風」，語人曰：「窮人家有此樂不？」雖然，清景、閒景則有之，若求麗景，又不若子瞻「歌管樓臺聲細細，鞦韆院落夜沉沉」。

歐陽公述梅聖俞論詩，謂：「能狀難寫之景，如在目前；含不盡之意，見於言外，然後爲至。如賈島『竹籠拾山果，瓦瓶擔石泉』、姚合『馬隨山鹿放，雞逐野禽棲』，此雖見邑壤荒寒，官況蕭索，終不如馮元淑『地古槐根老，官清馬骨高』之自然也。」歐公謂：「狀難寫之景，含不盡之意，何詩爲然？」梅云：「如嚴維『柳塘春水慢，花塢夕陽遲』，則時景之融和駘蕩，如在目前；温庭筠『雞聲茅店月，人迹板橋霜』、賈島『落日恐行人』，則羇愁辛苦，見於言外。」歐公亦愛「柳塘」二句與「雞聲」二句，謂此四句可以坐變寒暑，巧争造化。

歐公謂：「梅聖俞、蘇子瞻二家詩體各異，聖俞深微閒淡，子瞻豪邁横絶，難以優劣。」歐有一詩，其評蘇云：「辟如千里馬，已發不可殺。盈前盡珠璣，一一難揀汰。」其評梅云：「有如夭韶女，老自有餘態。又如食橄欖，真味久愈在。蘇豪以氣轢，舉世徒驚駭。梅窮獨我知，古貨亦難賣。」歐於聖俞屢稱不置，而並未及山谷，豈黄爲後進耶？

子瞻和介甫《遊蔣山》詩，介甫指坡「峰多巧障日，江遠欲浮天」，撫几嘆曰：「老夫一生作詩，無此兩句。」又坡《雪》詩云：「凍合玉樓寒起粟，光揺銀海眩生花。」介甫問云：「道家以兩肩爲玉樓，目爲銀海，是使此事否？」坡退曰：「惟荆公知此出處。」余意「巧」字太琢，以「頻」字對下「欲」字似更穩。

東坡《廬山瀑布》詩：「帝遣銀河一派垂，古來惟有謫仙詩。飛流濺沫知多少，不爲徐凝洗惡詩。」謫仙「飛流直下三千丈，疑是銀河落九天」固佳，徐凝「千古長如白練飛，一條界破青山色」，下句亦佳，而坡俱以爲惡境，豈以「不識廬山真面目，只緣身在此山中」句律之乎？坡二句妙矣，上二句太淺率。前絶兩壓「詩」字，非譌即誤。

劉貢父問子瞻：「『老身倦馬河堤永，踏盡黄榆緑槐影』，是公詩乎？」曰：「然。」貢父曰：「是日影是月影？」子瞻曰：「杜公『竹影金鎖碎』，又何嘗説日月也。」余謂此答未足服貢父。「影」而曰「金」，明乎言日影矣。且窮日馬方倦，謂榆槐之影爲夕陽之影，誰曰不然？惜二公皆無辨駁。若當時只應曰：「『疏影横斜水清淺』，又何嘗説日月也。」便無可駁。

東坡叙虎飲潭上，有蛟尾而食之，止以十字説盡：「潛燐有饑蛟，掉尾取渴虎。」只着「渴」字，便見飲水；「饑」字便見食虎意。楊用修見虹霓下飲澗水，斜日射其旁，因得句云：「渴虹下飲玉池水，斜日横分蒼嶺雲。」或云「斜」字未稱「渴」字，後閲《莊子》「日方中方睨」，注解日斜如人睨目，遂改「睨日」，對「渴虹」甚工。余謂「分」字亦宜换。

人求作詩捷法於坡，坡曰：「銜口出常言，法度法前軌。人言非妙處，妙處在於是。」正俗所謂「眼前景物口頭語，便是詩家絶妙辭」。唐蓋嘉運「打起黄鶯兒，莫教枝上啼。啼時驚妾夢，不得到遼西」、陶弘景「山中何所有，嶺上多白雲。只可自怡悦，不堪持贈君」、賈島「松下問童子，言師採藥去。只在此山中，雲深不知處」、又「畫松一似真松樹，待我尋思記得無。曾在天台山上見，石橋南畔第三株」、唐薛妓「聞説城邊苦，如今到始知。好將筵上曲，唱與隴頭兒」，此皆銜口常言，自肺腑流出，趣味無窮，不關學與思也。

王禹玉以錢二萬、酒二壺餉吕夢得，夢得作啓謝之，有「白水真人」、「青州從事」之語，禹玉嘆賞。蓋「白水真人」指錢，「青州從事」指酒也。東坡得章質夫書，遺酒六瓶，書至而酒忘，作書復曰：「豈意青州六從事，化爲烏有一先生。」佛印住金山，以坡喜食燒猪，每燒以待其至。一日爲人竊食，坡戲云：「遠公沽酒飲陶潛，佛印燒猪待子瞻。採得百花成蜜後，不知辛苦爲誰甜？」退之詩「水作青羅帶，山爲碧玉簪」，子厚詩「海上群山似劍鋩，秋來處處割愁腸」，人言好成一屬對。坡對曰：「繫悶豈無羅帶水，割愁還有劍鋩山。」南人以飲酒爲輭飽，北人以晝寢爲黑甜，坡亦對云：「三杯輭飽後，一枕黑甜餘。」皆所謂嬉笑文章，然文亦自此濫觴矣。

東坡以書抵金山了元師，謂：「不必出山，當學趙州接人。」了元出山，徑來迎之，因獻偈云：「趙州當日少謙光，不出山門見趙王。曾似金山無量相，大千都會一禪牀。」坡稱善，而李温陵以爲太道理。余謂蘇武詩「四海皆兄弟，誰爲行路人」、張志和「太虚爲室，明月爲燭，與四海諸君共處，未嘗少别」，皆是大千都會一禪牀也。

王榮老渡龍宫，風作不得濟。俗以江神必索異物，以黄塵尾、端石硯、宣包虎帳盡投之，不驗。惟有黄山谷草書扇頭，乃韋應物「獨憐幽草澗邊行，上有黄鸝深樹鳴。春潮帶雨晚來急，野渡無人舟自横」，投之風息，一瞬而濟。韋詩靈乎？黄草靈乎？不可知也。姑即詩論之，俗本改「行」字爲「生」字，「生」止憐幽草，「行」纔憐自家，方與上「獨」字、下「無人」字關合。又杜牧之「秋盡江南草未凋」，俗本作「草木凋」。江南地暖，故秋盡不凋；若作「草木凋」，則與「青山」、「明月」不類。又陸龜蒙「草着愁煙似不春」，俗本作「草樹如煙」。若然，則正是春了，如何説「不春」？又有作「草樹愁煙」者，「愁煙」如濁霧字樣，二字相連，上必要一活字，所以「着」字爲妙。許渾「湘潭雲盡莫煙出」，俗本作「莫山」。不知湘水多煙，唐詩「中流欲暮見湘煙」，又「雁拋煙練束林腰」，又「浦迴湘煙暮」是也。

程明道「萬物静觀皆自得，四時佳興與人同」二句佳，想見萬物一體之仁。至「男兒到此是豪雄」，與「時人不識予心樂」，稍炫露，少含蓄。和介甫褉飲詩「未須愁日暮，天際是輕陰」，則温厚矣。宋詩道理多，興比少，惟不談名理而通名理者爲高。如淵明「衣褐忻自得」、「心遠地自偏」，靈運「慮淡物自輕，意愜理無違」，王維「行到水窮處，坐看雲起時」，杜甫「水流心不競，雲在意俱遲」，石曼卿「樂意相關禽對語，生香不斷樹交花」，武元衡「無因駐清景，日出事還生」，咏之俱躍躍有會。

邵子先天之學，奥於《易》理。「玄酒味方淡，太音聲正希」，影得精妙。「天根月窟閒來往，三十六宫都是春」，其微義註於性理書。明此而陰陽姤復無剩義矣。予愛《答人不語禪》篇：「浩浩長空走日輪，何須苦苦辨根塵？鵬程九萬非由駕，鶴算三千别有春。」「鉛錫點金終屬假，丹青畫馬要求真。請觀風急天寒夜，誰是當門定腳人？」佛家六根六塵，吾道何須與辨？只借「鵬程」、「鶴算」點金外道，以影吾道，直須站定腳跟，不摇他歧可也。此詩俱是興、比，而賦意躍然，大有功於聖學。至於「月到梧桐上，風來楊柳邊」，又「梧桐月向懷中照，楊柳風來面上吹」，程子稱爲「風月人豪」也。

晦庵感興諸詩多直賦，予於中取「珠藏澤自媚，玉韞山含輝」句。獨「半畝方塘一鑑開，天光雲影共徘徊。問渠那得清如許，爲有源頭活水來」，都是比、賦，妙。「勝日」詩是歹體，人皆錯解。蓋「尋芳」必於「泗水」，便已遡着真源；「萬紫千紅」不過「東風」面貌，此光景一時之新耳；「等閒認面」，不認造化之心，將無以紅紫爲春乎？正意只可想出。次首「千葩萬蕊争紅紫，誰識乾坤造化心」，正其注腳。

明詩傳頌者，如高季迪《送行》：「函關月落聽雞度，華岳雲開立馬看。」郭舟屋《登太華》：「湖勢欲浮雙塔去，山形如湧五華來。」楊訓：「小孤殘照收江左，大别寒煙鎖漢陽。」林子羽：「堤柳欲眠鶯唤起，宫花乍落鳥銜來。」徐昌穀：「文章江左家家玉，煙月揚州樹樹花。」陳白沙：「出牆老竹青千箇，汎浦春鷗白一雙。」莊定山：「溪聲夢醒偏隨枕，山色樓高不礙牆。」難以枚舉。

王元美評明詩，謂：「李于鱗十不能得八，李獻吉、何仲默十不能得七，徐昌穀十不能得五。」又謂：「明詩至仲默而暢，至獻吉而大，至于鱗而高。」皆左于鱗也。于鱗詩，余未測其高深。其選唐詩雖嚴，未敢以爲至當。仲默晚出，名據抗李，李或不平。李在當時，人極推尊之。薛君采云：「俊逸終憐何大復，麄豪不解李空同。」此或私臆，未爲定論。然何之病李，病其法古，爲古人影子；李之駁何，謂其詩中有「《神女賦》」、「《帝京篇》」、「南遊日」、「北上年」四句接用，古無此法；「水亭菡萏」、「風殿薜蘿」爲一意，特尺尺寸寸以規之於法耳。

袁州盧肇赴舉詩：「離山且作銜蘆雁，入海終爲戴角魚。長短九霄飛直上，不教毛羽落空虛。」明年及第，江西狀元自肇始。肇與黄頗同舉，郡獨餞頗。及肇歸，太守請觀競渡，詩末云：「向道是龍人不信，果然奪得錦標歸。」二詩大少含蓄，與孟郊「春風得意馬蹄疾，一日看盡長安花」同一矜炫。惟鄒智「龍泉山下一書生，偶竊三巴第一名。世上許多難了事，鄉人何用太相驚」，次年聯榜，即以直言獲罪。獄中詩云：「人到白頭終是盡，事垂青史定誰真？夢中不識身猶繫，又逐東風入紫宸。」此公有志欲幹難了事，而奄忽便了，惜哉！

張東海自謂具眼識人，而不識吴康齋、陳白沙。白沙應詔之京，過南安。東海爲南安守，欲留白沙。白沙詩云：「玉枕山前逢使君，西風吹破玉臺巾。」巾乃白沙自製，類華陽者。東海誤認白沙譏己，復一絶云：「白沙村裏玉臺巾，不耐風吹易染塵。莫笑烏紗隨俗態，宋庭章府是何人？」白沙復云：「一枕横秋碧玉新，金鰲閣上見嶙峋。使君得此元無用，賣與江門打睡人。」東海又答云：「客囊羞澁客衣單，却買南安玉枕山。縱有枕頭那得睡，雞聲催入紫宸班。」東海初疑白沙不終隱，故頻譏之。後得蘇文簡具道康齋、白沙皆千載人物，乃大服，謝玉臺巾之過，曰：「玉枕山不須買，當長揖白送矣。」

謝莊爲《遠行曲》曰：「自君之出矣，明鏡暗不治。思君如流水，滔滔無已時。」梁武擬之曰：「自君之出矣，金翠暗無精。思君如日月，迴環晝夜生。」諸賢共賦，遂以「自君之出矣」爲題。張九齡擬曰：「自君之出矣，無復理殘機。思君如滿月，夜夜減容輝。」予亦擬二絶：「自君之出矣，菱花闇隔容。思君如瞳子，時時在眼中。」「自君之出矣，羅襦闇不鮮。思君如眉睫，時現眼兒邊。」此匪傚顰，漫紓閒戲。

王肅於省中詠《悲平城》詩云：「悲平城，驅馬入雲中。陰山常晦雪，荒松多朔風。」彭城王勰稱美，欲使更詠，乃失語云：「可更詠《悲彭城》詩。」肅云：「平城何得呼彭城？」勰色慚。祖瑩即云：「《悲彭城》，公自未見。」肅云：「試誦之。」瑩即應聲曰：「悲彭城，楚歌四面起。屍積石梁亭，血流睢水裡。」肅嗟賞之，勰亦大悦。余以飄禍逮軍營，忽感二詩，作《悲鰲城》三章：「悲鰲城，白地湧波來。萬刀寒細柳，三木縶枯骸。」「悲鰲城，旬日瘴瞞天。夢環人鮓甕，魂閃鬼門關。」「悲鰲城，英雄自古冤。蠶室下遷史，潯陽繫謫仙。」吟罷衰顔愈壯。

漢宣城郡守封邵，忽一日化爲虎食民，民呼「封使君」即止。張禺山詩云：「昔日漢使君，化虎方食民。今日使君者，冠裳而喫人。」又云：「昔時虎伏草，今日虎坐衙。大則吞人畜，小不遺魚蝦。」二詩太怒罵，少含蓄。余因續三絶：「君化虎歸山，歸山何足畏。祇愁虎化君，堂上如何避？」又「苛政猛於虎，虎猶居其次。虎傷千莫一，政殺三居二。」又「寧將形化虎，切莫虎移心。形虎噬一命，虎心萬竄沉。」杜詩「人今罷病虎縱橫」、李涉《贈盜》詩「相逢不用相迴避，世上于今半是君」、劉伯温《梁山賍臺》詩「飲泉清節知寥落，何但梁山獨擅名」，《史記》「刧盗而不操矛盾」、《漢書》「吏皆虎而冠」、孔子「苛政猛於虎」，虎賊比吏，其本此乎？

史遷傳孫叔敖死，托其子於優孟。孟見其子貧困負薪，即爲叔敖衣冠，抵掌談語。莊王大驚，以爲叔敖復生也，欲以爲相，則誕矣。别傳謂莊王置酒爲樂，優孟涕泣高歌曰：「貪吏不可爲而可爲，廉吏可爲而不可爲。貪吏而不可爲者，當時有污名；而可爲者，子孫以家成。廉吏而可爲者，當時有清名；而不可爲者，子孫困窮被褐而賣薪。貪吏常苦富，廉吏常苦貧。獨不見楚相孫叔敖，廉潔不受錢！」其語悲憤，過於慟苦。莊王感動，求其子封之。子辭父有命：「如楚不忘亡臣社稷功，必於墝埆人不貪之地。」遂封寢丘，以奉其祀。史遷之描優孟過當，未若此聲歌之動人爲可信也。近見泰昌間，御史方震孺糾貪吏，謂：「撫按疏外，銓衡疏内。廉吏安可爲？貪吏安可不爲？」語極痛激，而不能行其懲貪之法，惜哉！

與同學論詩（而菴詩話）

與同學論詩(而菴詩話)提要

《與同學論詩》(《而菴詩話》)一卷,據康熙初九誥堂刊《而菴説唐詩》本點校。撰者徐增(一六一一——一六七三),字子能,號而菴,江南長洲人。明崇禎間諸生。入清不仕,曾從錢謙益游,有《九誥堂集》。《説唐詩》有康熙元年自序,備述其説詩經過。其論詩始自順治五年戊子,至十四年丁酉始筆之於紙。康熙元年壬寅,録成二十二卷,凡説唐詩五七言古、五七言絶、五七言律及五排七體三百十九首(實三百零五首)。此書實乃《説唐詩》之卷首語,由三十年説詩「或見之序中,或見之評語,有當於唐詩者」摘録而成,用以統攝全書。大端不外性情、法律,此雖常談,然頗有其獨到之見。如論性情,主「心和氣平」、「有雅人深致爲上乘」,而以「純尚氣魄、金戈鐵馬,乘斯下矣」;「今之學詩者病在横厲,横厲則干戈日起,關繫世道人心不小」,是申温柔敦厚之旨以救時弊。論法律則推金聖歎之分解説,然亦不爲所拘,用之於古體,又輔之以起承轉合諸法,頗有發揮。其論唐詩大家,雖云李白天才,杜甫地才,王維人才,三家並舉,實偏賞於子美、摩詰兩家,尤不滿時人之未賞摩詰。大抵亦以摩詰道心、子美法備故耳。其説實較聖歎爲平穩,或以受聖歎之累,《四庫全書總目》遂斥爲「悠謬支離」、「穿鑿附會」,未免過苛。此一卷後爲張潮輯入《昭代叢書》,改題「而菴詩話」,略有删節,民國初丁福保《清詩話》又據以收入,遂較原本流行矣。

與同學論詩

吴縣徐增子能著

而菴曰：詩人自宋、元來，而論詩者備矣。其去唐已遠，要皆得之揣摹，無有師承，規矩放失，至於今日，頹波莫挽，有志之士，爲之慨然。夫《三百篇》、《十九首》之旨，固無有能晰之者；其論唐詩，輒曰雄、曰渾、曰奇、曰奥、曰新、曰秀、曰高、曰亮，總不出於才氣、聲調之間，又極論對仗、照應、重犯等，詩之道如是而已乎？議論愈繁，成就愈少，亦可以知其故矣。今之詩人，務求捷得，不從性情、法律處下手。其所謂性情，非真性情；其所謂法律，非真法律。譬彼畫家，多蓄粉本，依様葫蘆，以爲古人不是過，薄於自待而并薄待古人耶？古人所作，皆由真才實學，其詩具在，斑斑可得而考也。識得古人，便可造得古人。余不辭固陋，爲説唐詩諸體，共七卷，雖不能從萬花樓上出身，亦庶乎不滰殺於虀菜盋中矣。三十年來，輒與諸同學所説詩，或見之序中，或見之評語，有當於唐詩者，摘録置諸卷首，猶之乎不忍棄敝帚之意。

作詩之道有三：曰寄趣，曰體裁，曰脱化。今人而欲詣古人之域，舍此三者，厥路無由。夫碧海鯨魚，自别於蘭苕翡翠，此古人之體裁也。唐人應制之作，皆合於西方聖教，此古人之寄趣也。少陵詩人宗匠，從「熟精《文選》理」中來，此古人之脱化也。

夫作詩必須師承，若無師承，必須妙悟。雖然，即有師承，亦須妙悟。蓋妙悟、師承，不可偏舉者也。是故由師承得者，堂構宛然；由妙悟得者，性靈獨至。詩固非聊爾事也，騷人墨客從而小之則小，菩薩丈夫從而大之則大。故作詩而無關於内聖，勿作也；作詩而無關於外王，亦勿作也。有唐三百年間詩人，若王摩詰之字字精微，杜子美之言言忠孝，此其選也。雖然，吾猶有憾焉。以摩詰天子不能統杜陵宰相，杜陵宰相不能攝摩詰天子，豈妙悟、師承，詣有偏至？又豈内聖、外王，道難兼至歟？竊見今之詩家，俎豆杜陵者比比，而皈依摩詰者甚鮮。蓋杜陵嚴於師承，尚有尺寸可循；摩詰純乎妙悟，絶無迹象可即。作詩者能於師承、妙悟上究心，則詣唐人之域不難矣。

詩總不離乎才也。有天才，有地才，有人才。吾於天才得李太白，於地才得杜子美，於人才得王摩詰。太白以氣韵勝，子美以格律勝，摩詰以理趣勝。太白千秋逸調，子美一代規模，摩詰精大雄氏之學，篇章字句，皆合聖教。今之有才者輒宗太白，喜格律者輒師子美，至於摩詰而人鮮有窺其際者，以世無學道人故也。合三人之所長而爲詩，庶幾其無愧於風雅之道矣。猶未也，學詩而止學乎詩，則非詩；學三家之詩而止讀三家之詩，則猶非詩也。詩乃人之所發之聲之一端耳，而遡其原本，何者不具足？故爲詩者，舉天地間之一草一木，古今人之一言一事，《國風》、漢、魏以來之一字一句，乃大而至兩方聖人之六經、三藏並一切象教，皆得會於胸中，而充然行之於筆下，因物賦形，遇題成韵，而各臻其境，各極其妙。如此則詩之分量盡，人之才能方備也。

詩本乎才，而尤貴乎全才。才全者能總一切法，能運千鈞筆故也。夫才有情、有氣、有思、有調，有力、有略、有量、有律，有致、有格。情者，才之醖釀，中有所屬；氣者，才之發越，外不能遏；思者，才之徑路，入於縹緲；調者，才之鼓吹，出以悠揚；力者，才之充拓，莫能摇撼；略者，才之機權，運用由己；量者，才之容蓄，洩而不窮；律者，才之約束，守而不肆；致者，才之韵度，久而愈新；格者，才之老成，驟而難至。具此十者，才可云全乎？然又必須時以振之，地以基之，友以澤之，學以足之。夫披鮮掞藻，春華裕如，是時以振之也；雄視闊步，門業清高，是地以基之也；辨體引義，以致千秋，是友以澤之也；金聲玉振，以集大成，是學以足之也。復得此四者，而才始無弊，可稱全才矣。

詩須到家。所謂到家者，於古人詩中，路路都有。若止得一路兩路，則非到家。試看衲子沿門持鉢募糧，不知歷過多少人家，方滿得者個鉢子；到得煮熟時，氣味件件相和。至此田地，纔爲到家也。

夫詩自《三百篇》以至於唐，體製不一，要自風會變遷之所致。吾等生千百載後，備觀前人所作，不探其志趣之所在，而徒求於字句聲口之間，無論其詩不似，即極似矣，總無當處。此詩所以貴自得也。

天地之氣，日趨於薄；詩人之習，日就於容易便利。於是皆走活法而避死法，所以去古愈遠。李北地云：「不讀唐以後書。」余謂欲學《三百篇》者，不當讀春秋以後詩；學五言與樂府者，不當讀魏、晉以後詩；學近體者，不當讀晚唐以後詩。塞濫溢之門，堅上進之路，耑心致志，面如灰，鼻如冰，十年廿年，討其消息，庶幾可詣其境也。

讀唐人詩，須觀其如何用意，如何用筆，如何裝句，如何成章，如何起，如何結，如何開，如何闔，如何截，如何聯，自有得處。

夫五言與七言不同，律與絶句不同。字有字法，句有句法，章有章法。不知連斷則不成句法，不知解數則不成章法，總不出頓挫與起承轉合諸法耳。即蓋代才子，不能出其範圍也。

詩乃清華之府，衆妙之門，非鄙穢人可得而學。洗去「名利」二字，則學可得其半矣。

欲學詩，先學道。學道則性情正，性情正則原本得。而後加之以《三百篇》、漢、魏、六朝、三唐之學問，則與古人並世矣。

學唐詩先須鍊筆，到得伸縮如意，自有好詩作出來。

作詩如撫琴，必須心和氣平，指柔音澹，有雅人深致爲上乘。若純尚氣魄，金戈鐵馬，乘斯下矣。

學詩須從板實起，後來可得嶙峋。若遽事流動，便是應酬活套法也。

今人詩要見好，所以工於字句之間。古人詩不要見好，所以盡妙於篇章之外。

論詩者以爲杜詩不成句者多，乃知子美之法失久矣。子美詩有句、有讀，一句中有二、三讀者，其不成句處，正是其極得意之處也。

作古詩最忌拖曳，復忌痛快。拖曳則冗長，痛快則罄盡。

古詩貴質朴，質朴則情真；又貴緊嚴，緊嚴則格老。

詩言志。古人善詩者，皆不喜以故事填塞。若填塞則詞重而體不靈、氣不逸，必俗物也。本地風光，用之不盡。或有故事赴於筆下，即用之不見痕迹，方是作者。

胸中有萬卷書，下筆自有來歷。注者不知大體，人所曉者輒絮絮不歇，略有疑難則爲擱筆。若劉須溪之評詩，虞伯生之注杜，率其己見，初不知性情、法律爲何事，疏略淺陋極矣。如瞽者黑夜行荆棘中，透脱不得，殊費苦心，讀者不快。何勞先生如是，而乃如是耶？

歌行尤重頓挫，下句尤要警策，用意尤要整密，收縱得宜，調度合拍。譬如跳獅子，鑼也好，鼓也好，獅子也跳得好，三回九轉，周身本事，全副精神，俱顯出來，方是善作歌行者。

詩乃人之行略，人高則詩亦高，人俗則詩亦俗，一字不可掩飾。見其詩如見其人。

詩之等級不同，人到那一等地位，方看得那一等地位人詩出。學問、見識如碁力、酒量，不可勉强也。

今人好論唐詩，論得著者幾個？譬如人立於山之中間，山頂上是一種境界，山脚下又是一種境界，此三種境界各各不同。中間境界人論上境界人之詩，或有影子；至若最下境界人而論最上境界人之詩，直未夢見也。

作詩須思透出一路去。古人各自成家，不肯與人雷同。而今人耑事摹倣，所以唐無漢、魏之蹟，而今人多漢、魏之膚。以此惑一時則可，而遂欲傳後世耶？

作詩須學變，每一年變幾次，於詩自然有得。

唐人詩，一首中多有疊用一門類之字，先輩論者舉以爲病。殊不知唐人惟恐單薄，又恐夾雜故也。學者須觀其用法，明乎此則能運化矣。

唐律多有失銜者，以重解數故也。今人不知何故亦失銜。

失銜句讀去有從高墜下的氣勢，方妙。

唐人不肯作次韵詩，亦爲解數故。

作古詩以解數爲主，然須變換。不然，以四句板板排下去，有何生趣？

詩須到十分。今人儘有妙到九分，獨有一分不到。此一分不到，則九分終不到也。一分者，法是也。夫百丈之吴綾蜀錦，不知裁剪成服，而斜披横纏於體，可乎？

昔之學詩者，病在冗濫，冗濫則禮樂不興；今之學詩者，病在横厲，横厲則干戈日起。關繫世道人心不小。

唐人有「鵶翻楓葉夕陽動，鷺立蘆花秋水明」一聯，人皆稱其佳，而不知其所以佳。余曰：此即王摩詰「東家流水入西鄰」意。夫鵶翻楓葉，而動者却是夕陽；鷺立蘆花，而明者却是秋水。妙得禪家三昧。

作詩須被人駡過幾年，纔有進步。若追逐時好，以博一日之名，則朝華夕萎，不能久也。

或問余曰：「詩如何作方得新？」余曰：「君不見古人之詩乎？千餘年來常在人目前而不厭。今人詩甫脱稿，便覺塵腐畢集。以古人學古，今人不學古。故欲新必須學古。」

作詩須先攻一體，逐體次第而進；體體得手，方是作者。

大抵詩貴人説。曹子建何等才調，當時無有出其右者，人或有商榷，應時改定，故稱「繡虎」。

作詩第一要心細氣静。

余嘗得佳句，喜極，及至詩成時，却改到不見好處方歇手。乃知古人爲了章法，塗抹佳句至多也。

詩到極則，不過是抒寫自己胸襟。若晉之陶元亮，唐之王右丞，其人也。

嚴滄浪以禪論唐「初」「盛」「中」「晚」之詩，虞山錢先生駁之甚當。愚謂滄浪未爲無據，但以宗派硬爲分配，妄作解事。滄浪病在不知禪，不在以禪論詩也。恐人不解錢先生意，特下一轉語。

夫詩一字不可亂下。禪家著一擬議不得，詩亦著一擬議不得。禪須作家，詩亦須作家。學人能以一棒打盡從來佛祖，方是個宗門大漢子；詩人能以一筆掃盡從來窠臼，方是個詩家大作者。可見作詩除去參禪，更無別法也。

釋迦說法，妙在兩輪，故無死句；作詩有對，須要互旋，方不死於句下也。

詩貴有轉手，非熟於法者不能。

詩貴自然。雲因行而生變，水因動而生文，有不期然而然之妙。唐人能有之。

詩寫性靈，必先具清逸流麗之筆，然後煅煉至於蒼老。唐惟子美有之，有極娟秀者，有極老成者，天才學力，略無欹頭，似天平上兑出來者。

作詩乃自己之事，畢竟依人不得。到得能不依人之日，人來依我，我依人乎哉！

臨下筆時，須以千古一人自待，作出來猶然落人牙後。世間人見識不高者，勿與他一般樣。

作詩人人稱好，畢竟有一人說不好，此一人可畏也；人人說不好，獨有一人稱好，此一人可恃也。

吾平生立願只要遇見此一人，生前不可得，待之身後可也；身後即不可得，待之千載後可也。古之詩有至今日而始見其好者，有至今日而始見其不好者。此要以本領見識爲主，勿以一時毀譽爲定評也。

聖歎《唐才子書》，其論律分前解、後解，截然不可假借。聖歎身在大光明藏中，眼光照徹，便出一手，吾最服其膽識。但世間多見爲常，少見爲怪，便作無數議論。究其故，不過是極論起承轉合諸法耳。然當世已有鑑之者，余不敢復贅一辭也。

七言律已經聖歎選批，盡此體之勝。余説唐詩，初欲空此一體，故止説三十五首，杜少陵作居二十五首，其餘十首不過是湊成帙而已，總不能出聖歎範圍中也。

律分二解，二解合來只算一解，一解止二十八字。前解如二十七個好朋友赴一知己之招，意無不洽，言無不盡，吹彈歌舞，飲酒又極盡量，賓主歡然，形骸都化。後解即是前解二十八個好朋友，酬酢依然，只是略改换筵席，顛轉主賓，前是一人請二十七人，此是二十七人合請一人也。

余三十年論詩，祇識得一「法」字，近來方識得一「脱」字。詩蓋有法，離他不得，却又即他不得；離則傷體，即則傷氣。故作詩者先從法入，後從法出，能以無法爲有法，斯之謂脱也。

夫作詩必須心閒，顧心閒惟進乎道者有之。進乎道者，於其中之所有，無不盡知盡見。夫既力能爲之，便將此事放下，成木雞之德；然後臨作詩時，則我無不達之情，而詩亦無不合之法矣。昔昭文彈琴爲絶調，而口不言琴，是蓋有得於閒之一字者。

吾嘗語作詩者，須要向題意上透出一層，見識到那里，字句亦隨到那里，方有第一等詩作出來。有佳句者，氣多不全。鍊句却是一病，然又不得不鍊。有意無意，斯得之矣。

學問到底不過一個實法，詩作到底亦不過在幾個字，求奇求異，總隔一層。古人詩着實費力，却在不費力上見好，往往然也。

詩無一定腔拍，只須争落筆，第一句起頭一二字尤要緊。

好詩須在一刹那上攬取，遲則失之。

無事在身，并無事在心，水邊林下，悠然忘我，詩從此境中流出，那得不佳？

今人論詩輒云「有意無意」、「可解不可解」，此二語悮人不淺。吾觀古詩無一字無着落，須細心探討，方不墮入雲霧中，則將來詩道有興矣。

花開草長，鳥語蟲聲，皆天地間真詩。能於此等處會意，則《三百篇》可學，何況唐人也？

學詩與學道無二。古人以道自樂；余觀詩至適意所在，覺天下之樂，無有踰於此者。人生天地間，那可一日離詩也！

解數及起承轉合，今人看得甚易，似爲不足學。若欲精於此法，則累十年不能盡。宗家每道佛法無多子；愚謂詩法雖多，而總歸於解數，起承轉合，然則詩法亦無多子也。學人當於此下手，儘力變化，至於大成，不過是精於此耳。向來論詩皆屬野狐，正法眼藏畢竟在此不在彼也。

解數、起承轉合，何故而知其爲正法眼藏也？夫作詩須從看詩起，吾以此法觀唐詩及唐已前詩，無不焕然照面，若合符節，故知其爲正法眼藏無疑也。

詩筏

詩筏提要

《詩筏》一卷，據道光二十六年敕書樓刊《水田居全集》本點校。撰者賀貽孫（一六〇五——一六八八），字子翼，號孚尹，江西永新人。明末諸生。入清不仕，避居深山，著述以終。有《水田居詩文集》等。《清史稿》卷八四八有傳。本書有族弟賀雲黻康熙二十三年甲子序，謂彙刻其兄《詩》、《騷》二《筏》，以「例家子翼先生四十年著作諸書」，時在著者逝世前數年。又自序謂「二十年前與友人論詩，退而書之」云云，以此推之，則書約作於康熙初。賀氏自幼聰穎，論詩亦頗有新穎個性之見，如以「厚」許鍾、譚《詩歸》之類，乃清初反「七子」風潮中之別調耳。然其詩學實甚保守。大抵能評古詩、樂府及唐前詩，評唐詩亦僅及五言，而不甚能識律詩之長，至謂「唐律多近古」，不解嚴滄浪「律詩難於古詩」、「七言律難於五言律」之說。又如以抒情手段分析中唐後之敘事長篇，以唐詩繩宋詩（此失與滄浪同），以「忠孝」說宋詩，是皆昧於詩體發展之大勢也。此書另有康熙二十三年刊《詩騷二筏》本，民國十一年嘉業堂刊《吴興叢書》收入此書，然題吴大受删訂，劉承幹跋更徑作吴撰，實較諸本少六則餘，其他皆同，此劉氏之誤耳。孫殿起《販書偶記續編》卷二十著録是書康熙間南山堂刊本，題吴大受撰，亦誤。

詩筏自序

二十年前與友人論詩，退而書之，以爲如涉之爲筏也，故名曰《詩筏》。今取視之，幾不知爲誰人之語。蓋予既舍之矣，予既舍之而欲人之思之，可乎？雖然，予固望人之舍也，苟能舍之，斯能用之矣。「深則厲，淺則揭」，奚以筏爲？河橋之鵲，渡則去焉；葛陂之龍，濟則擲之，又奚以筏爲？君其涉於江而浮於海，望之而不見所極；送君者自崖而返，君自此遠矣。是爲用筏耶？爲舍筏耶？爲不用之用，不舍之舍耶？夫苟如是，而後吾書可傳也，亦可燒也。永新賀貽孫識。

詩騷二筏序

古今言詩，代有其人，而傳者蓋少。其故何歟？以其所言者，皆人所已言，人所共言，與所能言者也。惟言人所不能言，與言人所不及言，而後其言始傳焉。家子翼先生，杜門著書四十年，於經有傳，於史有論，未刻之詩歌、古文辭若干卷，《激篇》若干卷，皆非言人所已言，與言人所共言、所能言者也。及讀《詩騷二筏》，見其取古人而升降之，取古人之説而意度之，以此言詩，詩其登岸矣。聖門中惟西河、端木二人善於言詩，夫子一以爲知來，一以爲起予。而子輿氏「以意逆志」一語，遂爲千古説詩之宗。此三賢之言，爛熟於後儒心口間。自今觀之，似皆已言也，似皆人所共言與所能言者也。然自三賢之外，求爲人所能言、共言者，或鮮矣。吾乃知惟能言人所能言，然後能言人所不能言；能言人所共言，然後能言人所不及言。何也？軌無異轍，理無二致，人自不能言、不及言耳。有一人焉，昭昭揭而示之，於是恍然以爲先得我心之所同然也。以此二《筏》而例家子翼先生四十年著作諸書，嘗鼎一臠，吾知其食指已動矣。遂丹黄而授之剞劂，以質同人云。時康熙甲子仲春，受業族弟雲巘補莽父謹識并書。

詩筏

永新賀貽孫子翼父著
族弟雲黼補莽父訂

詩亦有英分、雄分之别：英分常輕，輕者不在骨而在腕，腕輕故宕，宕故逸，逸故靈，靈故變，變故化，至於化而英之分始全，太白是也；雄分常重，重者不在肉而在骨，骨重故沉，沉故渾，渾故老，老故變，變故化，至於化而雄之分始全，少陵是也。若夫骨輕則佻，肉重則板，輕與重不能至於變化，總是英、雄之分未全耳。

詩以蘊藉爲主，不得已溢爲光怪爾。蘊藉極而光生，光極而怪生焉。李、杜、王、孟及唐諸大家，各有一種光怪，不獨長吉稱怪也。怪至長吉極矣，然何嘗不從蘊藉中來。

李、杜詩，韓、蘇文，但誦一二首，似可學而至焉；試更誦數十首，方覺其妙；誦及全集，愈多愈妙；反覆朗誦至數十百過，口頷涎流，滋味無窮，咀嚼不盡；乃至自少至老，誦之不輟，其境愈熟，其味愈長。後代名家詩文，偶取數首誦之，非不賞心愜目；及誦全集，則漸令人厭，又使人不欲再誦。此則古今人厚薄之别也。

詩文之厚，得之内養，非可襲而取也。博綜者謂之富，不謂之厚；穠縟者謂之肥，不謂之厚；粗僿者謂之蠻，不謂之厚。

「厚」之一言，可蔽《風》、《雅》。《古十九首》，人知其澹，不知其厚。所謂「厚」者，以其神厚也，氣厚也，味厚也。即如李太白詩歌，其神氣與味皆厚，不獨少陵也。他人學少陵者，形狀龐然，自謂厚矣。及細測之，其神浮，其氣囂，其味短。畫孟賁之目，大而無威；塑項籍之貌，猛而無氣，安在其能厚哉！

《莊子》云：「彼節者有間，而刀刃者無厚。」所謂「無厚」者，金之至精，鍊之至熟，刃之至神，而厚之至變至化者也。夫惟能厚，斯能無厚。古今詩文，能厚者有之，能無厚者未易覯也。無厚之厚，文惟《孟》、《莊》，詩惟蘇、李、《十九首》與淵明。後來太白之詩、子瞻之文，庶幾近之。雖然，無厚與薄，毫釐千里，不可不辨。

詩文有神，方可行遠。神者，吾身之生氣也。老杜云：「讀書破萬卷，下筆如有神。」吾身之神，與神相通，吾神既來，如有神助，豈必湘靈鼓瑟，乃爲神助乎？老杜之詩所以傳者，其神傳也。田横謂漢使者云：「斬吾頭，馳四十里，吾神尚未變也。」後人摹杜，如印板水紙，全無生氣，老杜之神已變，安能久存！

神者，靈變惝恍，妙萬物而爲言。讀破萬卷而胸無一字，則神來矣。一落滓穢，神已索然。段落無迹，離合無端，單複無縫，此屈、宋之神也，惟《古詩十九首》彷彿有之。

古今必傳之詩，雖極平常，必有一段精光閃鑠，使人不敢以平常目之；及其奇怪，則亦了不異人意耳。乃知「奇」、「平」二字，分拆不得。

詩有畫境焉，有化境焉，兼之爲難。清空一氣，攬之不碎，揮之不開，此化境也。然須厚養氣始得，非淺薄者所能僥倖。

詩文以不斷不續爲至，然須於似斷似續處求之。

杜詩、韓文，其生處即其熟處，蓋其熟境皆從生處得力。百物由生得熟，累丸斵堊，以生爲熟，久之自能通神。若舍難趨易，先走熟境，不移時而腐敗矣！

詩之近自然者，入想必須痛切；近沈深者，出手又似自然。

不爲酬應而作則神清，不爲諂瀆而作則品貴，不爲迫脅而作則氣沈。

陶元亮詩淡而不厭。何以不厭？厚爲之也。詩固有濃而薄、淡而厚者矣。

美人姿態在嫩，詩家姿態在老。

寫生家每從閒冷處傳神，所謂「頰上加三毛」也。然須從面目顴頰上先着精彩，然後三毛可加。近見詩家正意寥寥，專事閒語，譬如人無面目顴頰，但見三毛，不知果爲何物？

古人詩文所以勝我者，不過能言吾意之所欲言耳。吾所矜爲創獲者，古人皆已先言之。以吾之意出古人手，較吾言倍爲親切。試取古人意出吾手，格格不甚暢快，始見吾短。

詩有眼，猶弈有眼也。詩思玲瓏則詩眼活，弈手玲瓏則弈眼活。所謂「眼」者，指詩、弈玲瓏處言之也。學詩者但當於古人玲瓏中得眼，不必於古人眼中尋玲瓏。今人論詩，但穿鑿一二字，指爲古人詩眼。此乃死眼，非活眼也。鑿中央之竅則混沌死，鑿字句之眼則詩歌死。

五言古以不盡爲妙，七言古則不嫌於盡。若夫盡而不盡，不盡而盡，非天下之至神，孰能與於斯？

唐人五言律之妙，或有近於五言古者，然欲增二字作七言律則不可；七言律之奇，或有近於七言古者，然欲減二字作五言律則不能。其近古者，神與氣也。作詩文者，以氣以神，一涉增減，神與氣索然矣。

七言絶所以難於七言律者，以四句中起承轉結如八句，而一氣渾成又如一句耳。若只作四句詩，易耳易耳。五言絶尤難於七言絶，蓋字句愈少，則巧力愈有所不及，此千里馬所以難於盤蟻封也。

極用意人詩文得意處，每從不經意處得之；極不經意人詩文得意處，每從用意處得之。

學古人詩，不可學其粗俗。非不可學，不能學也。非極細人不能粗，非極雅人不能俗。

古詩之妙，在首尾一意而轉折處多，前後一氣而變換處多。或意轉而句不轉，或句轉而意不轉；或氣換而句不換，或句換而氣不換。不轉而轉，故愈轉而意愈不窮；不換而換，故愈換而氣愈不竭。

善作詩者，能留不窮之意，蓄不竭之氣，則幾於化。

儲、王、孟、劉、柳、韋五言古詩，澹雋處皆從《十九首》中出，然其不及《十九首》，政在於此。蓋有澹有雋，則有跡可尋，彼《十九首》何處尋跡？

長篇難矣，短篇尤難。長篇易冗，短篇易盡，此其所以尤難也。數句之中，已具數十句不了之勢；數十句之後，尚留數十句不了之味。他人以數十句難了者，我能以數句便了；他人以數句易了者，我能以數十句不了。固由才情，亦關學力。

長慶長篇，如白樂天《長恨歌》、《琵琶行》，元微之《連昌宮詞》諸作，才調風致，自是才人之冠。其描寫情事，如泣如訴，從《焦仲卿》篇得來。所不及《焦仲卿》篇者，政在描寫有意耳。擬之於文，則龍門之有褚先生也。蓋龍門與《焦仲卿》篇之勝，在人略處求詳，詳處復略，而此則段段求詳耳。然其必不可朽者，神氣生動，字字從肺腸中流出也。

蜀人趙昌花卉所以不及徐熙者，趙昌色色欲求其似，而徐熙不甚求似也。中、晚唐人詩律所以不及盛唐大家者，中、晚人字字欲求其工，而盛唐人不甚求工也。

亂頭粗服之中，條理井然；金玉追琢之内，姿態横生。兼此二妙，方稱作家。

凡詩文可盜者，非盜者之罪，而誨盜者之罪。若彭澤詩、諸葛《出師》文，寧可盜乎？李、杜、韓、歐集中，亦難作賊。間有盜者，雅俗雜出，如茅屋補以銅雀瓦，破衲綴以葡萄錦，贓物現露，易於捉敗。先明七才子諸集，遞相剽刦，乃盜窩耳。

盛唐人詩，有血痕，無墨痕；今之學盛唐者，有墨痕，無血痕。

愈碎愈整，愈繁愈簡，態似側而愈正，勢欲斷而愈連。草蛇灰線，蛛絲馬跡，漢人之妙，難以言傳。魏、晉以來，知者鮮矣。

下虚字難在有力，下實字難在無跡。然力能透出紙背者，不論虚實，自然渾化。彼用實而有跡者，皆力不足也。

枯瘦寒儉，非詩之至。然就彼法中，亦自有至者：枯者有神，瘦者有力，寒者有骨，儉者有品。

下語忌杜撰，押韵忌現成。

昔人論文云：「貴在升裏能轉，斗裏能量。」作詩亦然。

胸中無事則識自清，眼中無人則手自辣。

不貴能學，貴於學而能捨，捨之乃所以爲學也。無所不捨，斯無所不學矣。

歌者上如抗，下如墜，纍纍然若貫珠。詩人筆端，亦具此妙。

蘇子由云：「子瞻文奇，吾文但穩，吾詩亦然。」此子由極謙退語。然余謂詩文奇，難矣；奇而穩，尤難。南威、西施亦猶人也，不過耳目口鼻，天然匀稱，增之一分則太長，減之一分則太短，便是絶色。諸葛武侯老吏謂桓温曰：「諸葛公無他長，但事事停當而已。」殷浩閱内典，嘆曰：「此理只在阿堵邊。」後代詩文名家非無奇境，然苦不穩，不匀稱，不停當，不在阿堵邊。

書家以偶然欲書爲合，心遽體留爲乖。作詩亦爾。

煉句煉字，詩家小乘。然出自名手，皆臻化境。蓋名手煉句如擲杖化龍，蜿蜒騰躍，一句之靈，能使全篇俱活；煉字如壁龍點睛，鱗甲飛動，一字之警，能使全句皆奇。若煉一句只是一句，煉一字只是一字，非詩人也。

古今人才原不相遠，惟後人欲過古人，另出格調，超而上之。多此一念，遂落其後。如五言古詩，魏人欲以豪邁掩漢人，不知即以其豪邁遜漢之和平；晉人欲以工緻掩魏人，不知即以其工緻讓魏之本色。求高一着，必輸一着；求進一步，必退一步。

嚴滄浪《詩話》大旨不出「悟」字，鍾、譚《詩歸》大旨不出「厚」字，二書皆足長人慧根。然誦滄浪詩，亦有未盡悟者；閱鍾、譚集，亦有未至厚者。以此推之，談何容易。

少陵稱太白詩云「飛揚跋扈」，老泉稱退之文云「猖狂恣睢」。若以此八字評今人詩文，必艴然而怒。不知此八字乃詩文神化處，惟太白、退之乃有此境。王、孟之詩潔矣，然「飛揚跋扈」不如太白；子厚之文奇矣，然「猖狂恣睢」不如退之。有志詩文者，亦宜參透此八字。

少陵詩云：「前輩奔騰入，餘波綺麗爲。」蓋謂前輩時有綺麗之句，不過餘波及之耳；若其入手，則如良馬奔騰，不可控馭也。以「奔騰」二字合之「飛揚跋扈」四字，覺李、杜存日，龍飛虎躍，鳳翥鸞翔，如在目前。

吴景仙謂「盛唐之詩雄深雅健」，而嚴滄浪訶之，謂「健」字但可評文，不可評詩。余謂詩、文原無二道，但忌硬而不忌健。縱或優柔婉約，低徊纏綿，然其氣力何嘗不健？不健則弱矣。滄浪又云：「雄深雅健，不若雄渾悲壯。」余謂此四字但可評杜詩耳，他家亦未盡然，總不若「沉着痛快」四字爲至。曰「痛快」則「悲壯」已包，曰「沉着」則「雄渾」之所自出，而「健」不足以言之矣。

不知何所起，不知何所止，一片靈氣，恍惚而來。《十九首》中取一篇諷之亦爾，取一段諷之亦爾，取一句諷之亦爾，合《十九首》全諷之亦爾。

同時齊名者，往往同調。如沈、宋，高、岑，王、孟，錢、劉，元、白，温、李之類，不獨習尚切劘使然，而氣運所致，亦有不期同而同者。獨李、杜兩人，分道揚鑣，並驅中原，而音調相去遠甚。蓋一代英絶，領袖群豪，壇坫設施，各有不同。即氣運且不得轉移升降之，區區習尚，何足云乎！

詩至中、晚，遞變遞衰，非獨氣運使然也。開元、天寶諸公詩中，靈氣發洩無餘矣。中唐才子思欲盡脱窠臼，超乘而上，自不能無長吉、東野、退之、樂天輩一番别調。然變至此，無復可變矣，更欲另出手眼，遂不覺成晚唐苦澀一派。愈變愈妙，愈妙愈衰。其必欲勝前輩者，乃其所以不及前輩耳。且非獨此也，每一才子出，即有一班庸人從風而靡，舍我性靈，隨人脚根，家家工部，人人右丞，李白有李赤敵手，樂天即樂地前身，互相沿襲，令人掩鼻。於是出類之才欲極力勦除，自謂起衰救弊，爲前輩功臣。即此起衰救弊一念，遂有無限詩魔入其胸中，使之爲中、爲晚而不自知也。蓋至此而詩運與世運亦若默受作者之升降矣。嗟夫！由吾前説推之，則爲凌駕前輩者所誤；由吾後説推之，又爲羽翼前輩者所誤。彼前輩之詩，凌駕而羽翼之，尚不能無誤，乃區區從而刻畫摹倣之，吾不知其所終也！嗟夫！此豈獨唐詩哉！又豈獨詩哉！

李翱有云：「讀《春秋》如未嘗有《詩》，讀《詩》如未嘗有《易》，讀《易》如未嘗有《書》，讀屈原、莊周如未嘗有六經。」此數語真善讀古人書者。余亦謂終日看太白詩、子瞻文，每至極佳處，輒不信世間復有子美、退之；及讀子美詩、退之文，每至極佳處，又不信世間復有太白、子瞻，即此便見四人身分。譬如人食西施乳時，不復知肉味中有熊蹯；飽熊蹯時，亦不復知魚味中有西施乳。若食他魚肉，便不爾爾也。

中唐如柳子厚、韋應物諸人，有絶類盛唐者；晚唐如馬戴諸人，亦有不愧盛唐者。然韋、柳佳處在古詩，而馬戴不過五、七言律。韋、柳古詩尚慕漢、晉，而晚唐人近體相沿時尚；韋、柳輩古體之外尚有近體，而晚唐近體之中遂無古意。此又中、晚之别也。

晚唐人落想之妙，亦有初、盛人所不能道者，然初、盛人決不肯道。今人於晚唐語肯道，又却不能道。

少陵詩中如「白摧朽骨龍虎死」等語，似李長吉；又「松子僧前落」、「天清木葉聞」等語，似摩詰；「水流心不競，雲在意俱遲」等語，似常建；「燈影照無寐，心清聞妙香」等語，似王昌齡。其餘似諸家處，尚不可盡指，而終不能指其某篇某句似太白。太白詩中如《鳳凰臺》作似崔顥，《贈裴十四》作似長吉，《送郄昂謫巴中》諸作似高、岑，《送張舍人之江東》諸作似浩然，「城中有古樹，日夕連秋聲」等語似摩詰。其他似諸家處，尚不能盡指，而終不能指其某篇某句似少陵。蓋其相似者，才有所兼能；其不相似者，巧有所獨至耳。

作詩有情有景，情與景會，便是佳詩。若情景相睽，勿作可也。

才小者尺幅易窘，然蘇長公翻爲才大所累；學貧者渴筆難工，然王元美翻爲學富所困。其故何也？

詩律對偶，圓如連珠，渾如合璧。連珠互映，自然走盤；合璧雙關，一色無痕。八句一氣而氣逾老，一句三折而句逾遒。逾老逾沉，逾遒逾宕。首貴聳拔，意已趨下；結須流連，旨則收上。七言固爾，五字亦然。神而化之，存乎其人，非筆舌所能宣也。

所謂「藴藉風流」者，惟風流乃見藴藉耳。詩文不能風流，畢竟藴藉不深。

梅聖俞有《金針詩格》，張無盡有《律詩格》，洪覺範有《天廚禁臠》，皆論詩也。及觀三人所論，皆取古人之詩穿鑿扭揑，大傷古作者之意。三書流傳，魔魅後人，不獨可笑，抑復可恨。不知詩人托寄之語，十之二三耳，既云託寄，豈使人知？若字字穿鑿，篇篇扭揑，則是詩謎，非詩也。《三百篇》中有比、有興、有賦，盡如聖俞、無盡、覺範所言，則《三百篇》字字皆比，更無賦、興。千古而下，祇作隱語相猜，安能暢我性情，使人興觀群怨哉！惟子美詠物諸五言，則實有寄托，然亦不必牽强索解，如與癡人説夢也。因書此以爲註詩者之戒，並將古詩數十首稍爲箋破於後，以見古人作詩大意，不過如是而止，則唐詩可以類推矣。

「上山採蘼蕪，下山逢故夫。長跪問故夫，新人復何如？新人雖言好，未若故人姝。顔色雖相似，手爪不相如。新人從門來，故人從閤去。新人工織縑，故人工織素。織縑日一疋，織素五丈餘。將縑來比素，新人不如故。」此詩將「手爪不相如」截住，分爲兩段詠之，見古人章法之奇。後段即前段語意，複説一遍，更覺濃至。此等手法，在文字中惟《南華》能之。他人止作一股，便覺意竭，倘效爲之，則重複可厭矣。「新人復何如」一問，最婉。「從閤」一去，更冷而媚，雖有妬意，然妬而不悍，妬而有情，妬又安可少哉！婦人處新、故之間，惟有温柔一道，能令男子回心。彼以悍怒開釁，令薄情人心去不復留者，皆不善於妬者也。「顔色雖相似，手爪不相如」，謔語也，豈有手爪可辨妍媸乎？聊以慰其問耳。「將縑來比素，新人不如故」，亦謔語也，豈有縑素可别優劣乎？聊以慰其去耳。一種繾綣親暱之意，在此二謔，不獨委曲周旋，慰故人以安新人也。通篇總是一「情」字，認真不得。大率東漢敦尚氣節，得氣之先，莫如詩人，不獨《焦仲卿妻》、《陌上桑》諸篇凛然難犯，有《漢廣》、《柏舟》遺風，即如此等詩，字字温厚，尤得「好色不淫」之意。若魏、晉以後，浸淫於桑濮矣。誰謂詩文無升降乎？

古《豔歌行》：「夫婿從門來，斜倚西北盼。」無限深情，在此一疑。後面如許温存，皆從「斜倚西北盼」出。婦人值深情男子，着假不得，認真不得，太莊則疑疏，太謔則疑褻，故以「語卿且勿盼」微謔之。「水清石自見」一語，楚楚可憐，不費分辨，疑團自破。尤妙在「石見何纍纍」一轉，又宕開去，而以「遠行不如歸」謔語結之。倘無此一謔，卻又不成親昵矣。層層宛轉，發乎情，止乎禮義，可見漢人去《三百篇》尚未遠也。

古詩中「君亮執高節，賤妾亦何爲」，是能以厚與人者；「一心抱區區，懼君不識察」，是能以厚自處者。以厚與人者，妙在不忍疑人；以厚自處者，妙在求人不疑。然以高節望男子，尚屬婦人拗語。若夫既抱區區，又懼不察，宛轉無聊，纏綿莫語，以厚自處，終不能不以厚望人。此種苦情，較「思公子兮未敢言」、「心悦君兮君不知」二語，更爲篤摯，非深於夫婦、君臣、朋友之間，閲盡變態者，不知其妙，此所以爲古詩也。

「今日良宴會」篇，歡娱未竟，忽接「人生寄一世，奄忽若飇塵。何不策高足，先據要路津？無爲守窮賤，轗軻長苦辛」六句，無端感慨，不情不緒，全是一肚皮憤世語，莫認真看。蓋其語意深渾，讀者不覺，遂誤註爲熱中耳。從來諸解皆失之。

「東城高且長」篇，以「燕趙多佳人」一段足「蕩滌放情志，何爲自結束」二句之意，猶《伐木》章以「有酒湑我，無酒酤我。坎坎鼓我，蹲蹲舞我。迨我暇矣，飲此湑矣」六句足「民之失德，乾餱以愆」之意也。無此一段，便不淋漓。若其脈理斷續，無迹可尋，則子由所謂「如千金戰馬，注坡驀澗，如履平地」也。熟讀此詩，自悟古人章法之妙。世人以《十九首》爲二十首，且謂後人誤合此二首爲一首。前輩曾有别白者，余特引《毛詩》以暢其旨。

《十九首》之妙，多是宛轉含蓄。然亦有直而妙、露而妙者，「昔爲倡家女，今爲蕩子婦。蕩子行不歸，空牀難獨守」是也。

「生年不滿百，常懷千歲憂。晝短苦夜長，何不秉燭遊？爲樂當及時，何能待來兹？愚者愛惜費，但爲後人嗤。仙人王子喬，難可與等期」一首十句，皆輯樂府《西門行》中警語成之，全不易一字。然讀之只似《十九首》語，不似樂府語。在樂府中每覺此語奇崛，在《十九首》中又覺此語平澹。猶「青青子衿」、「鼓瑟吹笙」等語，在《毛詩》中但見和雅，入曹公詩中乃見豪放。筆墨轉移之妙，非深於詩者不能知。

「去者日以疏」與「明月何皎皎」二首平平無奇，然古今選詩者，不敢删此二首爲十七首；即擬《十九首》者，至此愈難措手，此其故何也？

「行行重行行，與君生别離」以下十二句，字字皆訴生别之苦。末云「努力加餐飯」，無可奈何，自慰自解，不怨之怨，其怨更深，即唐人所謂「緘怨似無憶」也。通篇惟「浮雲蔽白日」五字稍露怨意，然自渾然無迹。餘皆温柔婉戀，使人不覺爲怨，真可以怨者也。嚴滄浪云：「《玉臺》以『相去日以遠』而下别爲一首。」如此則不成詩矣。

「明月皎夜光，促織鳴東壁。玉衡指孟冬，衆星何歷歷。白露沾野草，時節忽復易。秋蟬鳴樹間，玄鳥逝安適？」寫景未畢，忽插「昔我同門友，高舉振六翮。不念攜手好，棄我如遺迹」，無端感慨，妙甚；「南箕北有斗，牽牛不負軛」，不接之接，飄忽空幻，妙不可言，然總是一意到底。前八句，興也；「昔我同門友」四句，賦也；「南箕」二句，比也；末云「良無盤石固，虚名復何益」，又賦，以足「昔我同門友」四句之意也。前後反覆，總以形容交道之薄。伯敬謂此首分爲三段，非出一人一時一事者，吾不敢信以爲然。

詩中説夢，如蔡伯喈「夢見在我傍，忽覺在他鄉」，擬似空幻，恰是夢境。然「凛凛歲云暮」一篇，皆夢境也。「凛凛歲云暮，螻蛄夕鳴悲。涼風率已厲，遊子寒無衣。錦衾遺洛浦，同袍與我違。獨宿累長夜，夢想見容輝。」前七句，夢前之因也。至第八句方入夢，遂有「良人惟古歡，枉駕惠前綏。願得長巧笑，攜手同車歸」四句。夢中歡聚，一段空喜，最妙在「既來不須臾，又不處重闈」二句，倏忽變態，遽失前境。在夢中尚不免匆遽，亦安往而不得匆遽也。「眄睞以適意，引領遥相睎」二句，夢中送癡，無聊已極。結云「徙倚懷感傷，垂涕沾雙扉」，則醒後憶夢，情愈迫而景愈難堪矣。段段空幻，不獨爲少陵《夢太白》二詩之祖，且開湯臨川《牡丹記》無限妙想。

「孟冬寒氣至」，前六句愁緒紛紛，忽接「客從遠方來，遺我一書札」，從無聊中强爲慰藉，所謂望梅止渴，遠望當歸。此後如許珍重，復以「懼君不識察」結之，若終不敢信以爲然者，無聊極矣。及讀「客從遠方來，遺我一端綺」一首，則開頭便是好音矣。「故人心尚爾」五字妙甚，有無端驚喜出於望外之意。此後珍重到底，無非欣幸慰藉者，與前首迥異。或悲或喜，顛之倒之，總一「情」字耳。

「西北有高樓」一篇，皆想像之詞。阿閣之上，忽聞絃歌，憑空摹擬，幻甚。此下皆描「悲」字之神。「無乃杞梁妻」，惝恍疑似，妙不可言。「清商隨風發」四句，肉竹之外，別有妙理，此知音者所以難也。蓋歌者既苦，則知者自希，傷知希即所以惜歌者也。一種幽怨，全從言外得之。自註詩者必以首四句指帝都，中八句自嘆才高，而以知希寓仕宦未達之意，遂令此詩索然。惜哉！

「迴車駕言邁」篇，感壽命之不常，而欲以榮名爲寶；「驅車上東門」篇，嘆人生之如寄，而欲以飲酒自娱。倏而憂生，倏而達生，雖同一感慨，然覺「飲酒」一語更悲。以此知凡言達生者，皆無聊語也。

叙事長篇動人啼笑處，全在點綴生活，如一本雜劇，插科打諢，皆在淨丑。《焦仲卿》篇形容阿母之虐，阿兄之横，親母之依違，太守之强暴，丞吏、主簿、一班媒人張皇趨附，無不絶倒，所以入情。若只寫府吏、蘭芝兩人癡態，雖刻畫逼肖，決不能引人涕泗縱横至此也。文姬《悲憤》篇，苦處在胡兒抱頸數語，與同時相送相慕者一番牽别，令人欲泣。《孤兒行》寫得兄嫂有權，大兄無用，南北奔走，皆奉兄嫂嚴令，便自傳神。至「大兄言辦飯，大嫂言視馬」，則大兄未嘗無愛弟意，然終拗大嫂不過，孤兒之命可知矣。末後啗瓜覆車，無端點綴，尤是一齣閙場佳劇，令人且悲且笑。而收場仍不放過兄嫂，作者用意深矣。《木蘭詩》有阿姊理粧、小弟磨刀一段，便不寂寞。而「出門見火伴」，又是絶妙團圓劇本也。後人極力摹擬，非無佳境，然一概直叙，全乏波瀾。如古本《琵琶記》，有詞曲，無關目；有生旦，乏浄丑，對之但覺悶悶耳。

枚乘《七發》、東方朔《客難》，創體也。後人雖沿襲其體，然其丰神氣韵，終不能及。張平子《四愁詩》，亦創體也。擬之者不獨沿其體，并沿其調，一擬便肖矣。夫使人一擬便肖者，非詩之至；擬而必期於肖者，亦非擬之至者也。杜子美《同谷歌》雖略倣《四愁》，然而出脱變化，勝平子遠矣。

漢人樂府，不獨其短篇質奥，長篇龐厚，非後人力量所及，即其音韵節目，輕重疾徐，所以調絲肉而叶宫徵者，今皆不傳。所傳郊廟、鐃歌諸篇，皆無其器而僅有其辭者。李太白自寫己意，既與古調不合，後人字句比擬，亦於工歌無當。近日李東陽復取漢、唐故事，自創樂府。余謂此特東陽詠史耳，若以爲樂府，則今之樂，非古之樂矣。吾不知東陽之辭，古耶？今耶？以爲古，則漢樂既不可聞；以爲今，則何不爲南北調，而創此不可譜之曲？此豈無聲之樂、無絃之琴哉！伯敬云：「樂府可學，古詩不可學。」余謂古詩可擬，樂府不可擬，請以質之知音者。

「日出東南隅」與「昔有霍家奴」二篇章法頗類，前段描寫羅敷、胡姬濃豔，能令好色人銷魂；後段描寫羅敷、胡姬義烈，能令淫人敗興；中間「男兒愛後婦，女子重前夫」、「使君自有婦，羅敷自有夫」四語，皆從世俗人情，寫得十分痛快。天地間一種絶妙義理，偏出自不讀書人口中，可見人情至處即禮法也。收語即申説「重前夫」、「自有夫」二意，雖「多謝金吾子，私愛徒區區」，緊嚴有力；「坐中數千人，皆言夫婿殊」，寬衍有致，煞手不同，總就本文作結，不别起波瀾也。漢樂府中有字句同而意旨與章法不同者,《鷄鳴》篇與《相逢行》是也;有字句不同而意旨與章法同者,此二篇是也。豈古作者亦有脱胎换骨之法耶?

樂府、古詩佳境,每在轉接無端,閃鑠光怪,忽斷忽續,不倫不次。如群峰相連,煙雲斷之;水勢相屬,縹緲間之。然使無煙雲縹緲,則亦不見山連水屬之妙矣。《孤兒行》從「不如下從地下黄泉」後,忽接「春氣動,草萌芽」。《飲馬長城窟》篇從「展轉不可見」,忽接「枯桑知天風,海水知天寒」,語意原不相承,然通篇精神脈絡不接而接,全在此處。末段「客從遠方來」至「下有長相憶」,突然而止,又似以他人起手作結語。通篇零零碎碎,無首無尾,斷爲數層,連如一緒,變化渾淪,無跡可尋,其神化所至耶!若陸士衡擬此題,則一味板調,讀之徒令人厭。昭明以二詩并列,謬矣!

畫家所謂「平遠」者,如一幅亂山,幾數百里,而煙嶂連綿,看之令人意興無窮。在詩家,惟漢人有之。今之學古詩者,但知學其平,不知學其遠。蓋平者其勢,遠者其神,神故不易學也。

蘇、李詩有「江漢」語,子瞻以爲齊、梁小兒擬作,非也。使果擬作,則必如李陵《與子卿書》,附會《史》、《漢》,有一種掩飾怨尤之語,簡點詳慎,決不露破綻矣。其所云「江漢」,或子卿未出使時,兩人相别語也。若「骨肉緣枝葉」爲别兄弟,「結髮爲夫妻」爲别妻詩,不必盡别李陵也。惟「黄鵠一遠别」篇有「念子不能歸」之句,頗似異域相别語耳。李陵詩第二首云:「嘉會難再遇,三載爲千秋。」亦非異域送别詩。子卿以辛巳被羈,至庚子始歸。李少卿自壬午敗降,與子卿周旋已十九年矣,寧止三載乎?獨首篇云:「長當送此别,且復立斯須。」二語癡妙,真異域永訣語也。末篇「安知非日月,弦望各有時」，尚有首丘之思，寓意深矣。三首非出自一時，然非僞也。若李陵《與子卿書》，必出沈約、江淹輩齊、梁間高手，亦非小兒擬作所及。

古詩中《擬蘇李録別詩》篇，雖不及蘇、李自作之沖澹，然作者之意，特欲高蘇、李一籌。蓋其音韵、氣骨出入古詩、樂府之間，非但齊、梁小兒不能擬，即漢人作者，亦屬高手。「身無四凶罪，何爲天一隅」，描寫叛人一味怨尤，口角逼肖。至云：「嗟爾穹廬子，獨行如履冰。短褐中無緒，帶斷續以繩。瀉水置瓶中，焉辨淄與澠！」暗藏嘲諷，有招降誨叛、誘人分謗之意，在於言外。使李陵執筆爲之，未必及此。粧點刻畫，太費苦心，此其所以爲擬作也。

《東山》篇每章着「零雨其濛」四字，便爾悲凉。思家遇雨，別有一番無聊，不必終篇，已覺黯然魂消矣。末後只描寫鸛鳴果實，蠨蛸熠燿，户庭寥落，雨景慘澹而已，此外不贅一語，愈覺悲絶。《三百篇》中有比、興、賦互用者，有賦事在前、比興在後者，皆以末後不註破爲妙，不獨此詩也。及讀古詩「十五從軍征」篇，「兔從狗竇入，雉從梁上飛。中庭生旅穀，井上生旅葵」四句，寫景奇絶；雖「羹飯一時熟，不知貽阿誰」二語註破太明，不如《東山》之渾妙，但漢末亂離光景，不嫌直露。倘自此便止，尚是一首極悲澹詩，只可惜又添「出門東向望，淚落沾我衣」十字，反覺全首味薄矣。此漢人所以不及《三百篇》也。

近日吳中《山歌》、《掛枝兒》，語近風謡，無理有情，爲近日真詩一綫所存。如漢古詩云：「客從北方來，言欲到交趾。遠行無他貨，惟有鳳凰子。」句似迂鄙，想極荒唐，而一種真樸之氣，有張、蔡諸人所不能道者。晉、宋間《子夜》、《讀曲》及《清商曲》亦爾。安知歌謡中遂無佳詩乎？每欲取吴謳入情者，彙爲風雅別調，想知詩者不以爲河漢也。

擬古詩須彷彿古人神思所在，庶幾近之。陸士衡擬古，將古人機軸語意，自起至訖，句句蹈襲，然去古人神思遠矣。《擬行行重行行》篇云「攬衣有餘帶，循形不盈衿」，即「相去日已遠，衣帶日以緩」意也，不惟語句板滯，不如古人之輕宕，且合士衡十字，總一「緩」字包括無遺。下語繁簡迥異如此，便見作者身分矣。結云「去去遺情累，安處撫清琴」，即「棄捐勿復道，努力加餐飯」意也。彼從「棄捐」二字説來，無可奈何，强自解勉。蓋情至之語，非「遺情」也。若云「去去遺情累」，則淺直已甚矣。《擬今日良宴會》篇「高譚一何綺，蔚若朝霞爛」，即「令德唱高言，識曲聽其真」意也。綺霞蔚爛，士衡聊以自評耳，豈若古句之綿邈乎？「人生能幾何，爲樂常苦晏。譬彼司晨鳥，揚聲當及旦。曷爲恒憂苦，守此貧與賤」，即「人生寄一世，奄忽若飈塵。何不策高足，先據要路津？無爲守貧賤，轗軻長苦辛」語也。「高足」、「要路」，語含譏諷。古詩從歡娱後忽爾感慨，似真似諧，無非憤懣。士衡特以「爲樂常苦晏」，申上文歡娱而已，何其薄也！《擬迢迢牽牛星》篇結云「引領望大川，雙涕如霑露」，即「盈盈一水間，脈脈不得語」意也。「盈盈」何須「引領」，「一水」豈必「大川」，「脈脈」不待「流涕」，「不語」何嘗「霑露」？十字藴含，譜盡相思，古今情人千言萬語，總從此出。被士衡一説破，遂無味矣。《擬青青陵上柏》篇「人生能幾何？譬彼濁水瀾。戚戚多滯念，置酒宴所歡。方駕振飛轡，遠遊入長安。名都一何綺，城闕鬱盤桓」，即「人生天地間，忽如遠行客。斗酒相娱樂，聊厚不爲薄。驅車策駑馬，遊戲宛與洛。洛中何鬱鬱，冠帶自相索」語也。古人倏而感慨，倏而娛樂，倏而遊戲，倏又感慨矣。中間「遊戲」二字從「忽如遠行客」句來，寄意空曠，有君輩皆入我夢中之意。「冠帶自相索」一語，頓令豪華氣盡，淡淡寫來，自爾妙絶。士衡自「置酒」以下，句句作繁麗語，無復回味，如飲蔗漿，一嚥而已。《擬西北有高樓》篇「玉容誰得顧？傾城在一彈。竚立望日昃，躑躅再三嘆。不怨竚立久，但願歌者歡」，即「清商隨風發，中曲正徘徊。一彈再三嘆，慷慨有餘哀。不惜歌者苦，但傷知音稀」語也。士衡從「傾城」上説向「歡」去，古詩從「徘徊」上説向「哀」去，「歡」、「哀」二意，便分深淺。且夫「中曲徘徊」，則繞梁遏雲，不足以踰矣，豈「傾城」可言乎？「徘徊」未已，繼以「三嘆」；「餘哀」之上，綴以「慷慨」。「哀」不在「嘆」，亦不在「彈」，非絲非肉，别有神往，莊子所謂「聽其自已者，咸其自取也」。妙伎如此，彼「竚立」、「躑躅」者，皆隨人看場耳。「但傷知音稀」一語，感慨深遠。但有言説，總非知音，其視「歌者」之「歡」，不過聲色豪華，奚啻雅俗懸絶已哉！《擬東城高且長》篇云「曷爲牽世務，中心若有違。京洛多妖麗，玉顔侔瓊蕤。閒夜撫鳴琴，惠音清且悲。長歌赴促節，哀響逐高徽。一唱萬夫嘆，再唱梁塵飛。思爲河曲鳥，雙遊豐水湄」，即「蕩滌放情志，何爲自結束？燕趙多佳人，美者顔如玉。被服羅裳衣，當户理清曲。音響一何悲，絃急知柱促。馳情整巾帶，沉吟聊躑躅。思爲雙飛燕，啣泥巢君屋」語也。士衡一氣直説，全無生動。古詩將燕趙佳人憑空想像，無限送癡。而披衣當户，馳情整巾，沉吟在悲響之餘，躑躅於理曲之後，則不獨聞其聲，且如見其人矣。試思「長歌」、「哀響」等語，細細比勘，其敷衍湊泊，與古人相去，深淺爲何如也？其餘全篇刻畫古人，不可勝録。所謂桓温之似劉琨，其無所不似，乃其無所不恨者。夫以士衡之才，尚且若此，則擬古豈容易哉！

「晨風懷苦心，蟋蟀傷局促。」「苦心」、「局促」着在「晨風」、「蟋蟀」，妙甚。蓋愁思之極，彼蟲鳥亦若代爲心傷也。只如此看，語意自深。今之箋詩者，咸以「晨風」、「蟋蟀」爲《毛詩》二篇。果爾則淺薄無味，何以爲古詩乎？陸士衡《擬古》云：「王鮪懷河岫，晨風思北林。」據此則「晨風」爲鳥名無疑。然「思北林」語意索然，較之「懷苦心」三字，相去不獨逕庭，且天淵矣！

公讌詩，在酒肉場中，露出酸餡本色。寒士得貴遊殘杯冷炙，感恩至此，殊爲可笑；而滿篇搬數他人富貴，尤見俗態。惟曹子建自露家風，而應瑒《侍建章集》詩末語不忘儆戒，頗爲得體耳。大抵建安諸子，稍有才調，全無骨力。豈文舉、正平見殺後，文人垂首喪氣，遂軟媚取容至此？傷哉！

魏文帝評孔文舉「體氣高妙」，此語甚肖。以「體氣」論詩文，又在「氣格」二字之上。當時與曹氏父子兄弟並驅者，惟文舉與蔡伯喈二公之詩綽有風骨耳，王粲諸人皆所不及。文帝謂孔融、王粲諸人「於學無所遺，於辭無所假」，又云「文以氣爲主」。然則王粲諸人，才與學皆孔北海匹也，所不及北海者，氣耳。北海詩云：「幸託不肖軀，且當猛虎步。」三復此語，浩然之氣，至今尚在。

應璩《百一詩》，在鄴中諸體中，頗稱古澹，不獨諷諫曹爽，而一段媿勵慚負，深有負乘覆餗之意，詩品與人品存焉。視王粲《從軍詩》豫以「聖君」推曹瞞，以「天朝」擬鄴都，而自處於負鼎之伊尹，以圖翦漢興魏之業者，相去有間矣。

看詩當設身處地，方見其佳。王仲宣《七哀詩》云：「出門無所見，白骨蔽平原。路有饑婦人，抱子棄草間。顧聞號泣聲，揮涕獨不還。未知身死處，何能兩相完？驅馬棄之去，不忍聽此言。」昔視之平平耳，及身歷亂離，所聞所見，殆有甚焉，披卷及此，始覺鼻酸。

鄴中諸詩，子不如父，弟不如兄，臣不如君，賓客不如主人。然千古以來，獨陳思與徐、王、應、劉、陳、阮得稱才子者，瞞、丕之才爲功名所掩，而陳思所遭不幸，故特以詩文著耳。然陳思詩文，丰骨氣概，皆遜父兄一籌，使當時賈詡無屬思之對，楊修成羽翼之謀，又安知「繡虎」之譽，不在五官中郎將哉！

漢以前無應酬詩，魏、晉以來間有之，亦絶無佳者。惟盧諶、劉琨相贈二首，頌美中頗有感恩知己、好善不倦之意，應酬體中差爲錚錚耳。

秋胡妻至以妬死，可謂妬而愚矣。且其臨死數語，不責夫以薄倖，乃責以忘母不孝，遂成秋胡千古惡名，則妬而悍且狡矣。顔延之《秋胡行》直陳其事，字字斟酌，末首始代妬婦作責夫語云：「自昔枉光塵，結言固終始。如何久爲别，百行愆諸己。君子失明義，誰與偕没齒？愧彼《行露》詩，甘之長川汜。」則秋胡之罪，不過調桑婦而已，非忘母不孝也。「百行愆諸己」，從别情説來，點綴稍輕，豈獨爲秋胡洗謗，并爲妬婦懺悔矣。秋胡婦原不應入《列女傳》，有識者欲黜之，讀延之詩，悲酸動人，輒復不忍。若其渾古淡宕，漢、魏而後，所不多得也。

阮嗣宗越禮驚衆，然以口不臧否人物，司馬文王稱爲至慎，蓋晉人中極藴藉者。其《詠懷》十七首，神韻澹蕩，筆墨之外，俱含不盡之思，政以藴藉勝人耳。然以擬《古十九首》，則淺薄甚矣。夫詩中之厚皆從藴藉而出，乃有同一藴藉而厚薄深淺異者，此非知詩者不能别也。

延之《五君詠》謂「中散不偶世」，叔夜《幽憤詩》亦自云「顯明臧否」，此即「不偶世」之驗也。嗣宗口不臧否人物，延之既稱其「識密鑒洞」，又謂其「埋照」、「淪迹」。七賢中，叔夜與嗣宗同一放誕，而爲人疏密迥異如此。誰謂放誕中無藴藉乎？詩中字字斟酌，可謂傳神。其詠始平與劉、向二公，俱不苟。詠史須如此切當簡嚴，方稱古人知己。但以山巨源之深識朗懷，而延之憎其顯庸，遂與王戎並黜。梁沈約昧於榮利，乘時射勢，而當時比之山巨源。是何巨源之不幸也！

唐人詩近陶者，如儲、王、孟、韋、柳諸人，其雅懿之度、樸茂之色、閒遠之神、澹宕之氣、雋永之味，各有一二，皆足以名家，獨其一段真率處，終不及陶。陶詩中雅懿、樸茂、閒遠、澹宕、雋永，種種妙境，皆從真率中流出，所謂「稱心而言，人亦易足」也。真率處不能學，亦不可學，當獨以品勝耳。淵明自云：「夏月虚涼，高枕北窗下，清風颯至，自謂羲皇上人。」顔延之作《陶公誄》，亦云：「學非稱師，文取指達。在衆不失其寡，處言愈見其嘿。」又云：「廉深簡潔，貞夷粹温，和而能峻，博而不繁。」又云：「解體世紛，結志區外。」此公之詩，所以爲真率也。能如陶公，則不患無公之詩。然能如陶公，亦不必學公之詩。儲、王輩生平爲人，事事不及陶公，其所以能近陶者，以其風流灑落，無俗韵耳。

五言詩，爲澹穆易，爲奇峭難；四言詩，爲奇峭易，爲澹穆難。陶公四言詩如其五言詩，所以獨妙。七言詩作澹穆尤難，惟摩詰能之，然而稍加深秀矣。

論者爲五言詩平遠一派，自蘇、李、《十九首》後，當推陶彭澤爲傳燈之祖，而以儲光羲、王維、劉昚虛、孟浩然、韋應物、柳宗元諸家爲法嗣。但吾觀彭澤詩自有妙悟，非得法於蘇、李、《十九首》也。其詩似《十九首》者，政以其氣韵相近耳。儲、王諸人學蘇、李、《十九首》，亦學彭澤，彼皆有意爲詩。有意學古詩者，名士之根尚在，詩人之意未忘。若彭澤悠然有會，率爾成篇，取適己懷而已，何嘗以古詩某篇最佳而斤斤焉學之？以吾詩某篇必可傳而勤勤焉爲之？名士與詩人，兩不入其胸中，其視人之愛憎，與身後所傳之久暫，如吹劍首一吷而已。彭澤作《五柳先生傳》云：「嘗著文章自娱，頗示己志，忘懷得失。」其《戒子書》云：「少來好書，偶愛閒静，開卷有得，欣然忘食。見樹木交蔭，時鳥變聲，亦復歡爾有喜。」味「自娱」二字，便見彭澤平日讀書作詩文本領，絶無名根。而所云「開卷有得」，所得何事？豈從字句間矜創獲者哉！且以區區樹蔭、鳥聲，遂與開卷同一冥會，則其開卷時已置身空明之内，耳目間别有見聞，其視「樹木交蔭」皆自然之文章，而「時鳥變聲」皆自然之絲竹也。所謂「悠然見南山」，豈虚語哉！大抵彭澤乃見道者，其詩則無意於傳而自然不朽者。嗟夫！古今詩文人不知凡幾，而傳者百無一二，豈非有意於傳者之過哉！

鍾嶸云：「陶彭澤出自應璩。」陋哉斯言！使彭澤果出自應璩，豈復有好彭澤哉？余謂彭澤序《桃源詩》：「不知有漢，何况晉、魏。」此即陶詩自評也。後人必擬何者爲漢詩，何者爲魏、晉詩，字句摹倣，僅得古人皮毛耳。此無他，名心爲之累也。大率世俗作詩有二病：一患不知好名，率意應酬，飣餖苟且而已；一患好古而名心太急，沿飾浮華，膾炙一時而已。必前不見古人，後不見來者，具千古之識，乃能取千古之名。然總非所語於陶公。何也？彼不見有古今，不過孤行一意，以取名耳；陶公不知有古今，自適己意而已，此所以不朽也。

《南史》稱謝靈運「縱横俊發過顔延之，而深密則不如也」；鮑明遠又稱康樂「如初日芙蓉，自然可愛」，顔光禄如「鋪錦列繡，雕繪滿眼」。兩君當時聲價，互相優劣如此。然觀康樂集，往往深密有餘而疏澹不足，專指延之爲深密，謬矣。延之詩自《五君詠》、《秋胡行》諸篇稱絶調外，他如《贈王太常》詩、《夏夜呈從兄散騎》作、《還至梁城》及《登巴陵城樓》作，俱新警可喜，專以「鋪錦列繡」貶之，非定評也。大約二君藻思秀質，如出一手，而光禄寄興高曠，章法綿密；康樂意致豪華，造語幽靈，又各有其勝也。顔、謝二人作詩，遲速懸絶，康樂惟以遲得，故多佳句。然顔集中《和謝監》諸作，頗受板滯之累。謝詩雖多佳句，然自首至尾，諷之未免癡重傷氣。惠連亦有是病，或當時習尚使然耳。

史稱潘岳、陸機而後，文士莫及，惟江右稱潘、陸，江左稱顔、謝而已。然安仁詩賦佳處，僅見之於哀悼語中；士衡驚才絶豔，乃其爲詩，不及其《文賦》、《豪士賦序》、《弔魏武帝文》、《辨亡五等諸侯論》遠甚。蓋驚才絶豔宜於文，不宜於詩。其謂「詩緣情而綺靡」，即此「綺靡」二字，便非知詩者。然則潘、陸故非顔、謝匹也。

杜子美以「清新」、「俊逸」分稱庾子山、鮑明遠二人，可謂定評矣。但六朝人爲「清新」易，爲「俊逸」難。詩家清境最難，六朝雖有清才，未免字字求新，則「清新」尚兼人巧。而「俊逸」純是天分，「清新」而不「俊逸」者有矣，未有「俊逸」而不「清新」者也。子美雖兩人並稱，然大半爲明遠左袒耳。及取兩人詩讀之，明遠既有逸氣，又饒清骨；子山雖多清聲，不乏逸響。且「俊逸」易涉於佻，而明遠則厚；「清新」易涉於浮，而子山則警。明遠與顔、謝同時，而能獨運靈腕，盡脱顔、謝板滯之習；子山當陳、隋靡靡之日，而時有骨氣，不爲膚立。六朝人多不能爲七言，而明遠獨以七言擅長。若子山五言詩，竟是唐人近體佳手矣。雖所就不同，要皆一時出類之才也。

謝玄暉與沈休文論詩云：「好詩圓美流轉如彈丸。」此實玄暉自評也。其詩仍是謝氏宗派，而一種奇俊幽秀處，似沈酣於康樂集中而得者。然謝家驚人之句，不稱康樂，獨稱玄暉者，康樂堆積佳句，務求奇俊幽秀之語以驚人，而不知其不可驚人也。採玉玄圃者，觸眼琳瑯，亦復何貴？良工取之，磨礱成器，温潤玲瓏，雖僅徑寸，人共珍之矣。玄暉能以圓美之態、流轉之氣，運其奇俊幽秀之句，每篇僅三四見而已。然使讀者於圓美流轉中恍然遇之，覺全首無非奇俊幽秀；又使人第見其奇俊幽秀，而竟忘其圓美流轉，此其所以驚人也。

沈休文《别范安成》詩，雖風骨遒上，爲齊、梁間僅見，然已漸似李太白、孟襄陽、高達夫、岑嘉州近體矣。自休文外，務工對偶，又在李、孟、高、岑近體之下矣。高、岑以前，近體每似古詩；休文以後，古詩反似近體，其中蓋有默操其升降者。

南朝齊、梁以後，帝王務以新詞相競，而梁氏一家，不減曹家父子兄弟，所恨體氣卑弱耳。武帝以文學，與謝脁、沈約輩爲齊竟陵王八友，著作宏富，固自天授。而簡文豔情麗藻，在明遠、玄暉之間，沈約、任昉諸臣皆所不及。武帝以東阿擬之，信不虚也。梁元帝及昭明統、武陵紀、邵陵綸，亦自奕奕，獨昭明小劣耳。宫體一出，從風而靡，蓋秀才天子也，又降爲浪子皇帝矣。陳後主、隋煬帝才思豔發，曾何救於敗亡也。傷哉！

江總才華，豈不與徐、庾並驅，乃與孔範等十人稱叔寶狎客。八婦迭倡，十客賡和；君臣沈湎，男女淫褻；擘箋未幾，入井隨之；《玉樹》方闋，黄塵已斷；璧月瓊枝，千古同誚。江、孔之罪，可勝誅乎？孔範已入《佞幸傳》，江總豈宜在詩人之列！雖然，六朝才子，責以人品，能有幾人？斯又可同付之太息也！

江文通《擬陶徵君》一首，非不酷似，然皆有意爲之。如富貴人家園林，時效竹籬茅舍，聞鷄鳴犬吠聲，以爲勝絶，而繁華之意不除。若陶詩則如桃源異境，鷄犬桑麻，非復人間，究竟不異人間；又如西湖風月，雖日在歌舞濃豔中，而天然澹雅，非粧點可到也。

自玄暉後，如沈約、江淹、王筠、任昉諸君，皆慕玄暉之風，而皆不能及。休文復倡爲聲病之説，音韻稍促，遂開古詩、近體分途之漸。蓋江東顔、謝之體，至玄暉而暢，至沈約輩而弱，至陳、隋而蕩矣。愈變愈新，因而愈衰。是六朝之詩，亦自爲初、盛、中、晚也。

徐凝「一條界破青山色」，子瞻以爲「惡詩」。然入填詞中，尚是本色語。若梁昭明《擬古》詩云：「窺紅對鏡斂雙眉，含愁拭淚坐相思，念人一去幾多時」三句，竟是一半《浣溪沙》矣；至「眼語笑靨近來情，心懷心想甚分明。憶人不忍語，含恨獨吞聲」，又是《臨江仙》换頭也。然則齊、梁以後，不獨浸淫近體，亦已濫觴填詞矣。或謂唐人近體盛而古詩元氣遂薄，不知唐人一副元氣，流浹在近體中，能使三百餘年不落宋、元詞曲一派者，非古詩存之，而近體存之也。

詩語可入塡詞，如詩中「楓落吴江冷」、「思發在花前」、「天若有情天亦老」等句，塡詞屢用之，愈覺其新。獨塡詞語無一字可入詩料，雖用意稍同，而造語迥異。如梁邵陵王綸《見姬人》詩「卻扇承枝影，舒衫受落花」，與秦少游詞「照水有情聊整鬢，倚欄無緒更兜鞋」同一意致，然邵陵語可入塡詞，少游語決不可入詩，賞鑒家自知之。

李太白不作七言律，孟浩然五言古不出四十字外，古人立名之意甚堅，每不肯以其拙示人。後世才不逮古人，集中諸體皆備，五言詩至滿百韵。又唐人和詩不和韵，宋人和韵，往往至五六首，雖以子瞻、山谷、少游之才，未免湊泊，他集則如跛鱉矣。此皆好名而不善取名之過也。

嚴儀卿謂：「律詩難於古詩。」〔一〕彼以律詩斂才就法爲難耳，而不知古詩中無法之法更難。且律詩工者能之，古詩非工者所能，所謂「其中非爾力」，則古詩難於律詩也。又謂：「七言律難於五言律。」彼謂七言律格調易弱耳，而不知五言律音韵易促也。五字之中，鏗然悠然，無懈可擊，有味可尋，一氣渾成，波瀾獨老，名爲堅城，實則化境，則五言律難於七言律也。若「絶句難於八句，五言絶難於七言絶」，二語甚當。惜未言五言古難於七言古耳。

【校勘記】

〔一〕「嚴儀卿」，原誤作「嚴羽卿」。以下均同此校改，不再出校。

前輩有教人煉字之法，謂如老杜「飛星過水白，落月動簷虚」，是煉第三字法；「地折江帆隱，天清木葉聞」，是煉第五字法之類。不知古人落想便幻，觸景便幽。「飛星過水白」與《人日》詩「雲隨白水落」，皆當時實有此境，入他想中，無非空幻；「落月動簷虛」則滿眼是幻，不可思議，但非老杜形容不出耳。豈胸中先有「飛星水白」、「落月簷虛」八字，而後煉「過」、「動」二字以欺人乎？「天清木葉聞」與孟浩然「荷枯雨滴聞」，兩「聞」字亦真亦幻，皆以落韵自然爲奇，即作者亦不自知，何暇煉乎？落韵自然，莫如摩詰，如「潮來天地青」、「行踏空庭落葉聲」，「青」字、「聲」字偶然而落，妙處豈復有痕迹可尋？總之，本領人下語下字，自與凡人不同。雖未嘗不煉，然指他煉處，却無爐火之迹。若不求其本領，專學他一二字爲煉法，是藥汞銀，非真丹也。吾嘗謂眼前尋常景、家人瑣俗事，説得明白，便是驚人之句。蓋人所易道，即人所不能道也。如飛星過水，人人曾見，多是錯過，不能形容。虧他收拾點綴，遂成奇語。駭其奇者，以爲百煉方就，而不知彼實得之無意耳。即如「池塘生春草」，「生」字極現成，卻極靈幻。雖平平無奇，然較之「園柳變鳴禽」更爲自然。「楓落吴江冷」、「空梁落燕泥」，與摩詰「雨中山果落」、老杜「葉裏松子僧前落」，四「落」字俱以現成語爲靈幻。又如老杜「杖藜還客拜」、「舊犬喜我歸」，王摩詰「野老與人争席罷」，高達夫「庭鴨喜多雨」，皆現成瑣俗事，無人道得，道得即成妙詩，何嘗煉「還」字、「喜」字、「罷」字以爲奇耶？詩家固不能廢煉，但以煉骨、煉氣爲上，煉句次之，煉字斯下矣。惟中、晚始以煉字爲工，所謂「推敲」是也。然如「僧敲月下門」，「敲」字所以勝「推」字者，亦只是眼前現成景，寫得如見耳。若喉吻間吞吐不出，雖經百煉，何足貴哉！

詩家化境，如風雨馳驟，鬼神出没，滿眼空幻，滿耳飄忽，突然而來，倏然而去，不得以字句詮，不可以迹相求。如岑參《歸白閣草堂》起句云：「雷聲傍太白，雨在八九峰。東望白閣雲，半入紫閣松。」又《登慈恩寺》詩中間云：「秋色從西來，蒼然滿關中。五陵北原上，萬古青濛濛。」不惟作者至此奇氣一往，即諷者亦把捉不住，安得刻舟求劍，認影作真乎？近見註詩者，將「雨在八九」、「雲入紫閣」、「秋從西來」、「五陵」、「萬古」語强爲分解，何異癡人説夢。

前輩有禁人用啞韵者，謂押韵要官樣，勿用啞韵，如「四支」與「十四鹽」皆啞韵，不可用也。而不知詩家妙處全在押韵，押韵妙處決不在官樣。果禁啞韵，則孔子訂《詩》，當預作四韵删正，「燕婉」、「戚施」之句必不列於《風》，而「昭假遲遲」、「式於九圍」不列於《頌》矣。可爲噴飯。

楊升庵譏少陵《麗人行》云：「《詩》刺淫亂，第曰『雝雝鳴雁，旭日始旦』而已，不必曰『慎莫近前丞相嗔』也。」蓋謂少陵無含蓄耳。王元美駁之云：「彼所稱者，興、比耳。詩固有賦，以述情切事爲快，不必盡含蓄也。」元美辨則辨矣，而未盡也。就「雝雝鳴雁」本章言之，雉鳴求其牡，非比、興乎，何嘗含蓄？且《鄭》、《衛》刺淫，至於「期我桑中」、「車來賄遷」等語，皆無含蓄。姑不必盡舉，即如同一刺衛宣姜也，有直陳者，《新臺》之篇所云「燕婉之求，籧篨不殄」、《牆茨》之篇所云「中冓之言，不可道也」、《鶉奔》之篇所謂「人之無良，我以爲君」是已；有隱諷者，《君子偕老》一篇，但述其象翟之盛、鬒髮之美、眉額之皙，至於「胡天胡帝」而猶未已，且綴以「蒙彼縐絺，是紲袢也」，則并其褻衣之纖媚而形容之，而以「邦之媛也」四字結之，羨美中有憐惜慨嘆、愛莫能助之意，略無一語及其淫亂。少陵《麗人行》全從此詩得之。首贊其「態濃意遠」、「肌理細膩」，乃至頭上、背後、足下種種殊妙，富貴氣燄，無不動人，而

「青鳥飛去銜紅巾」，則與「蒙彼縐絺」語同一生動矣。惟《君子偕老》篇首章微露「子之不淑」四字，而後章不復補綴。少陵則末語微露「慎莫近前丞相嗔」七字，而前此全不指破，手法微换耳。彼其意以爲如此人、如此事，與其直指其穢，徒令人鄙，不若悉舉其美，乃令人恨也。從來美人失身，才子從逆，千古以後，供人唾駡，必甚於他人。如讀漢史至劉子駿陳符命、華子魚弑國后，每令人擲卷而起，以爲在他人不足恨，以劉子駿、華子魚爲之，則深可恨也。蓋以憐才慕色之誠，迫爲嫉惡，其嫉惡更深，所以反覆嘆美如此。其用意倍苦，而其刺淫倍刻矣。蓋嘲笑甚於駡詈，而憐惜尤甚於嘲笑也。吾方謂少陵含蓄太深，不爲《牆茨》、《新臺》而爲《君子偕老》，用修乃謂其不肯含蓄乎？若其所論《毛詩》舛謬處，則人人知之矣。

太白《夢遊天姥吟》、《幽澗泉吟》、《鳴臯歌》、《謝朓樓餞别叔雲》、《蜀道難》諸作，豪邁悲憤，《騷》之苗裔。

詩文中「潔」字最難。柳子厚云：「本之太史以著其潔。」惟太史能潔，惟柳子能著其潔，潔可易言哉！詩如摩詰，可謂之潔。惟悟生潔，潔斯幽，幽斯靈，靈斯化矣。摩詰之潔，原從悟生；而摩詰之潔，亦能生悟。潔而能化，悟迹乃融。嗟乎！悟、潔二者，今人棄如土矣。王元美云：「摩詰才不逮沈、宋。」豈以其潔減價耶？

詩中之潔，獨推摩詰。即如孟襄陽之淡、柳柳州之峻、韋蘇州之警、劉文房之雋，皆得潔中一種，而非其全。蓋摩詰之潔本之天然，雖作麗語，愈見其潔；孟、柳、韋、劉諸君，超脱洗削，尚在人境。摩詰如仙姬天女，冰雪爲魂，縱復瓔珞華鬘，都非人間；而諸君則如西子、毛嬙，月下淡粧，卻扇一顧，粉脂無色，然不免薰衣頮面，護持愛惜。識者辨之。

太白仙才，然其持論不鄙齊、梁；子美詩聖，然其持論尚推盧、駱。譬之滄海，百川細流，無不容納，所謂「不薄今人愛古人」也。虛心憐才，殊爲可師。今之名流，遞相掊擊，拔幟立幟，争名喪名，較之李、杜，度量相越，豈不遠哉！

少陵云：「李陵蘇武是吾師。」少陵沉雄頓挫，與蘇、李淡宕一派殊不相類，乃知古人師資，不在形聲相似，但以氣味相取。然淵明氣味大近蘇、李，少陵既師蘇、李矣，奈何詆淵明爲「枯槁」耶！

少陵不喜淵明詩，永叔不喜少陵詩，雖非定評，亦足見古人心眼各異，雖前輩大家，不能强其所不好。貶己徇人，不顧所安，古人不爲也。

武人詩如楊素、高駢輩，風雅所收，不必論已。他若曹景宗僅能識字，及在席上拈「競」、「病」二韵云：「去時兒女悲，歸來笳鼓競。借問大將誰？恐是霍去病。」四語風韵灑落，翻覺楊素、高駢胸中多卻數卷書。又如斛律金目不知書，及作《敕勒川歌》云：「敕勒川，陰山下。天似穹廬，籠蓋四野。天蒼蒼，野茫茫，風吹草低見牛羊。」天然豪邁，翻覺曹景宗目中多卻數行字。以此推之，作詩貴在本色。

作詩必句句着題，失之遠矣，子瞻所謂「作詩必此詩，便知非詩人」。如詠梅花詩，林逋諸人，句句從香色摹擬，猶恐未切；庾子山但云「枝高出手寒」，杜子美但云「幸不折來傷歲暮，若爲看去亂春愁」而已，全不粘住梅花，然非梅花莫敢當也。如子美《黑白二鷹》詩，若在今人，必句句在「黑」、「白」二字尋故實，子美却寫二鷹神情，只劈頭點出「黑」、「白」。如一幅雙鷹圖，從妙手繪出，便覺奇矯之骨、搏空之氣、鷙秋之意，俱從紙上活現，只輕輕將粉墨染黑、白二色而已。又如劉希夷《嵩嶽聞笙》詩云：「月出嵩山東，月明山益空。山人愛清景，散髮卧秋風。風止夜何清，獨夜草蟲鳴。仙人不可見，乘月近吹笙。」前七句憑空説來，不露「笙」字，而笙中天籟清機，已繚繞耳邊矣。至第八句方出「笙」字，便接以「絳唇接靈氣，玉指調真聲。真聲是何曲？三山鸞鶴情」四句，擡出吹笙者於雲霞縹緲之上。至「昔去落塵俗，願言聞此曲。今來卧嵩岑，何幸承幽音。神仙樂吾事，笙歌銘夙心」六句，方輕點「聞」字，而以低徊容與結之，絶不粘「笙」，卻句句是「笙」，句句是「聞笙」，句句是「嵩嶽聞笙」也。又如李頎《琴歌》云：「主人有酒歡今夕，請奏鳴琴廣陵客。月落城頭烏半飛，霜淒萬樹風入衣。銅鑪華燭燭增輝，初彈《淥水》後《楚妃》。一聲已動物皆静，四座無言星欲稀。清淮奉使千餘里，敢告雲山從此始。」只第二句點出「琴」字，其餘滿篇霜月風星，烏飛樹響，銅鑪華燭，清淮雲山，無端點綴，無一字及琴，卻無非琴聲，移在箏、笛、琵琶、觱篥不得也。又如岑參《宿東谿王屋李隱者》題，若只將隱者高處贊嘆，便是俗筆。岑詩云：「山店不鑿井，百家同一泉。晚來南村黑，雨色和人煙。霜畦吐寒菜，沙雁噪河田。隱者不可見，天壇飛鳥邊。」只寫山中幽絶景況，已有一高人宛然在目矣。又如太白《訪天山道士不遇》詩云：「犬吠水聲中，桃花帶雨濃。樹深時見鹿，谿午不聞鐘。野竹分清靄，飛泉挂碧峰。無人知所住，愁倚兩三松。」無一字説「道士」，無一字説「不遇」，卻句句是「不遇」，句句是「訪道士不遇」。何物戴道士，自太白寫來，便覺無煙火氣。此皆以不必切題爲妙者。不能盡舉，姑以數首概其餘耳。

作詩有一題數首，而起結雷同，最是大病。如陳正字《感遇》諸篇，起句云「吾觀龍變化」，又云「吾觀崑崙化」，又云「深居觀元化」，又云「幽居觀大運」是也。且其病不止於此，凡感遇詠懷，須直説胸臆，巧思夸語，無所用之。正字篇中屢用「仲尼」、「老聃」、「西方」、「金仙」、「日月」、「崑崙」等語者，非本色也。若張曲江《感遇》，則語語本色，絶無門面矣。而一種孤勁秀澹之致，對之令人意消。蓋詩品也，而人品係之。「草木有本心，何求美人折」，三復此語，爲之浮白。大抵正字别有佳處，不專在《感遇》數詩。《感遇》三十八篇，雖矯矯不群，然吾所愛者，「吾觀龍變化」一首耳。

《巷伯》之卒章曰：「寺人孟子，作爲此詩。」《節南山》之卒章曰：「家父作誦，以究王訩。」是刺人者不諱其名也。《崧高》之卒章曰：「吉甫作誦，穆如清風。」《烝民》之卒章曰：「吉甫作誦，其詩孔碩。」是美人者不諱其名也。三代之民，直道而行，毁不避怒，譽不求喜，今則爲匿名謡帖、連名德政碑矣。偶觸褊心，則醜語叢生，惟恐其知；忽焉摇尾，則諛詞泉湧，惟恐其不知也。至於贈答應酬，無非溢詞；慶問通贄，皆陳頌語。人心如此，安得有詩乎？獨唐人爲之，尚能自占地步。如儲光羲《張谷田舍》詩云：「縣官清且儉，深谷有人家。一逕入寒竹，小橋穿野花。碓喧春磵滿，梯倚緑桑斜。自説年來稔，前村酒可賒。」此德政詩也，頌處在「自説年來稔」句，以野人語爲「縣官清儉」之驗，卻從「深谷人家」内看出。野人、逕竹、橋花，幽雅恬熙，有花滿雉馴景象。五句見茨粱之豐，六句見蠶絲之富。前村賒酒，居然襦袴興歌，鳴琴在室矣。然其題是《張谷田舍》，其詩似一幅《桃源圖》，無一語及縣官，較李頎「寄書河上神明宰，羨爾城頭姑射山」語，更爲藴含矣。又子美《遭田父泥飲美嚴中丞》詩，遭田父泥飲與嚴中丞何干？發題便妙。詩云：「步屧隨春風，村村自花柳。田翁過社日，邀我嘗春酒。酒酣誇新尹，畜眼未見有。回頭指大男，渠是弓弩手。名在飛騎籍，長番歲時久。前日放營農，辛苦救衰朽。差科死則已，誓不舉家走。今年大作社，拾遺能住否？叫婦開大缾，盆中爲吾取。感此氣揚揚，須知風化首。語多雖雜亂，説尹終在口。朝來偶然出，自卯將及酉。久客惜人情，如何拒鄰叟？高聲索果栗，欲起時被肘。指揮過無禮，未覺村野醜。月出遮我留，仍嗔問升斗。」篇中政簡俗龐、家給户饒景象，盡從田父口中寫出，卻將大男放營一事點綴生動，前後形容，只一「真」字，别無奇特鋪張，而頌聲已溢如矣。既自占地步，又爲中丞占地步，又爲田父占地步。若在今人，不知如何醜態也。姑舉二詩，以例其餘。

詩中有畫，不獨摩詰也。浩然情景悠然，尤能寫生，其便娟之姿、逸宕之氣，似欲超王而上。然終不能出王範圍内者，王厚於孟故也。吾嘗譬之，王如一輪秋月，碧天似洗；而孟則江月一色，蕩漾空明。雖同此月，而孟所得者，特其光與影耳。

自皎然有「三偷」之説，因指子美「湛湛長江去」同於「湛湛長江水」，「江平不肯流」同於「潮平似不流」，而後人遂謂少陵詩未免蹈襲，如「船如天上坐，人似鏡中行」、「人如天上坐，魚似鏡中游」，沈佺期詩也，子美「春水船如天上坐，老年花似霧中看」，特襲沈句耳。不知少陵深服沈詩，時取沈句流連把詠，爛熟在手口之間，不覺寫出。觀唐諸家，語句相似頗多，大抵坐此，非蹈襲也。且「人如天上坐」不及「船如天上坐」，加「春水」二字作七言，却更活動；而「老年花似霧中看」，描寫老態，龍鍾可笑，又豈

「魚似鏡中游」可及哉！《古十九首》中有竟用他家句者，曹孟德亦然。不獨寫來無痕，試取前後語反覆諷詠，反似大出古人之上。非如今人，本無佳句，偶盜他語，便覺態出，如窮兒盜乘輿服物，一見便捉敗也。

王右丞詩境雖極幽静，而氣象每自雄偉。如「草枯鷹眼疾，雪盡馬蹄輕」、「苜蓿隨天馬，葡萄逐漢臣」、「日落江湖白，潮來天地青」、「暮雲空磧時驅馬，秋日平原好射雕」、「雲裏帝城雙鳳闕，雨中春樹萬人家」、「歸鞍競帶青絲籠，中使頻傾赤玉盤」等語，其氣象似在「九天閶闔開宫扇，萬國衣冠拜冕旒」之上。如但以氣象語求之，便失右丞遠矣。

高、岑五言古、律，俱臻化境，而高達夫尤妙於用虚。非用虚也，其筋力精神俱藏於虚字之内，急讀之，遂以爲虚耳。以此作律詩更難。如達夫《途中寄徐録事》云：「落日風雨至，秋天鴻雁初。離夢不堪比，旅館復何如？君又幾時去，我知音信疏。空多篋中贈，長見右軍書。」「君又」、「我知」等虚字，豈非篇中筋力？但覺其渾脱輕妙，如駿馬走坂，如羚羊挂角耳。且其難處尤在虚字實對，仍不破除律體。太白雖有此不衫不履之致，然頗近古詩矣。李于鱗諸公謂高、岑有五言古詩而短於五言律，此豈高、岑知己哉！

晚唐七言絶句妙處，每不減王龍標。然龍標之妙在渾，而晚唐之妙在露，以此不逮。

鍾伯敬云：「常建詩清微靈洞，似『厚』之一字，不必爲此公設。」此語甚當。但常建詩亦自有常建之厚，古人所謂「温厚」者，常建之詩是也。其「清微靈洞」俱從温厚中出，所以内外俱徹，如琉璃映月耳。

「自君之出矣，不復理殘機。思君如滿月，夜夜減清輝。」張曲江詩也。「滿」字、「減」字纖而無痕，殊近樂府，此題第一首詩也。曲江方正，能作是語，何怪廣平之賦梅花耶！

晉人詩能以真樸自立門户者，惟陶元亮一人；唐詩人能以真樸自立門户者，惟元次山一人。次山不惟不似唐人，并不似元亮。蓋次山自有次山之真樸，此其所以自立門户也。

作詩須一意渾融，前後互映。如李頎《送王昌齡》詩云：「漕水東去遠，送君多暮情。淹留野寺出，向背孤山明。前望數十里，中無蒲稗生。夕陽滿舟楫，但愛微波清。舉酒林月上，解衣沙鳥鳴。夜來蓮花界，夢裹金陵城。嘆息此離别，悠悠江海行。」因第二句有「暮情」二字，自此後，不獨夕陽微波，月上鳥鳴，夜來花界，夢裹金陵，種種暮景，而滿篇幽澹悲涼，字字皆「暮情」也。暮景易寫，暮情難描，此爲獨絶。

杜子美詩云：「熟精《文選》理。」而子瞻獨不喜《文選》。蓋子瞻文人也，其源出於《國策》、《莊》、《孟》，而助以晁、賈諸公之波瀾，所浸灌於古者深矣。《文選》之文，自秦、漢諸篇外，其餘皆不脱六朝浮靡，其爲子瞻唾棄，無足怪者。若子美則詩人也，詩以《騷》爲祖，以賦爲禰，以漢、魏諸古詩，蘇、李、《十九首》，陶、謝、庾、鮑諸人爲嫡裔。子美詩中沉鬱頓挫，皆出於屈、宋，而助以漢、魏、六朝詩賦之波瀾。《文選》諸體悉備，縱選未盡善，而大略具矣。子美少年時爛熟此書，而以清矯之才、雄邁之氣鞭策之，漸老漸熟，範我馳驅，遂爾獨成一體。雖未嘗襲《文選》語句，然其出脱變化，無非《文選》者。生平苦心在此一書，不忍棄其所自，故言之有味耳。今人以子美譽《文選》而亦譽之，以子瞻毁《文選》而亦毁之，毁譽皆在子美、子瞻，與己何與？又與《文選》何與哉？

詩家有一種至情，寫未及半，忽插數語，代他人詰問，更覺情致淋漓。最妙在不作答語，一答便無味矣。如《園有桃》章云：「不知我者，謂我士也驕。彼人是哉，子曰何其。」三句三折，跌宕甚妙。接以「心之憂矣」，只爲不知者代嘲，絶無一語解嘲，無聊極矣。又《陟岵》章云：「父曰嗟予子行役，夙夜無已。尚慎旃哉，猶來無止。」四句中有憐愛語，有叮嚀語，有慰望語，低徊宛轉，似只代父母作思子詩而已，絶不説思父母，較他人作思父、思母語更爲凄涼。漢、魏以來，此法不傳久矣。惟唐岑參「昨日山有信」一首，末四句只代杜陵叟説話便止，全不説别弟及還東谿語，深得古人之意。但彼爲憂亂行役而作，而此則尋常别弟語，情景較淺耳，然在唐詩中未多覯也。

看盛唐詩，當從其氣格渾老、神韵生動處賞之，字句之奇，特其餘耳。如王維「鵲乳先春草，鶯啼過落花」、孟浩然「石鏡山精怯，禪枝怖鴿棲」、張謂「野猿偷紙筆，山鳥污圖書」、岑參「甌香茶色嫩，窗冷竹聲乾」，此等語皆晚唐人所極意刻畫者。然出王、孟、張、岑手，即是盛唐詩；若出晚唐人手，即是晚唐人詩。蓋盛唐人一字一句之奇，皆從全首元氣中苞孕而出，全首渾老生動，則句句渾老生動，故雖有奇句，不礙自然。若晚唐氣卑格弱，神韵又促，即取盛唐人語入其集中，但見斧鑿痕，無復前人渾老生動之妙矣。于鱗輩論詩專尚「氣格」，而鍾、譚非之。蓋于鱗所謂「氣格」，皆從華整處看，易墮惡道。使皆以「渾老」二字論「氣格」，又誰得而非之哉！

唐李頎詩，雖近於幽細，然其氣骨則沉壯堅老。使讀者從沉壯堅老之内，領其幽細，而不能以幽細名之也。惟其如是，所以獨成一家。

余嘗概論詩文，似醇者中必雜，似深者中必淺，似細者中必粗，似静者中必亂，似密者中必疏，似腴者中必枯，似奇者中必迂，似達者中必僿。如此反勘，不可勝舉，大約嫌其似而已。

余曾謂陶靖節絶無名根。靖節詩亦云：「雖留身後名，生前亦枯槁。死者何所知，稱心固爲好。」則其不好名可知矣。然其《擬古》詩又云：「生有高世名，既殁傳無窮。」則又何也？黄山谷云：「謝康樂、庾義城之詩，鑪錘之功，不遺力也。然陶彭澤之牆數仞，未能窺者，何哉？蓋二子有意於俗人贊其工耳。」此語妙甚。從古才人詩文所以不能久傳者，總從俗人贊處失脚耳。然則陶公之人與詩，亦止不許俗人贊而已。使當時復有陶公者，從而倡和贊嘆，我知公縱不喜，亦決不擲卷而怒也。陶公之不好名，豈同他人之不好名哉！

釋皎然嘗於舟中抒思，作古體十數篇，以效韋蘇州，韋大不喜。明日獻其舊作，乃大稱賞，云：「何不以所工見投，而猥希老夫之意！」即此可見作詩當自寫性靈，摹倣剽竊，非徒無益，而又害之。

李陽冰云：「太白不讀非聖之書，恥爲鄭、衛之作，故其言多似天仙之詞。」王荆公集四家詩，人問何爲下李白，荆公云：「白才高而識卑，其中言酒色者，蓋十八九。」兩人論太白，互相矛盾如此。余謂此皆非太白知己也。太白詩天然奇絶，正惟奇絶，所以不能無小疵。然其奇處不可及，疵處更不可及。奇處不在恥鄭、衛，疵處不在言酒色。酒色、鄭、衛，在太白分中，原無罣礙。李陽冰自見太白恥鄭、衛耳，若太白則何必恥鄭、衛；王介甫自見太白言酒色，若太白則何妨言酒色。以己爲量而妄尊之，且與太白無與；況以己爲量而妄毁之，多見其不知量也。

伯敬云：「王建《宫詞》，非宫怨也。惟『樹頭樹底覓殘紅，一片西飛一片東。自是桃花貪結子，錯教人恨五更風』一首，頗有怨意。」余謂怨之深者必渾，無論宫詞、宫怨，俱以深渾爲妙。且宫詞亦何妨帶怨。如王建云：「私縫黄帔拾釵梳，欲得金仙觀内居。近被君王知識字，收來案上檢文書。」此非宫詞中宫怨乎？然急讀不覺其怨，惟詠諷數過，方從言外得之。此真深於怨者，不獨「樹頭樹底」一首也。

漁隱曰：「王建《宫詞》云：『御廚不食索時新，每見花開即苦春。白日卧多嬌似病，隔簾教唤女醫人。』花蕊夫人《宫詞》云：『御廚進食簇時新，侍宴無非列近臣。日午殿頭宣索膾，隔花唤取打魚人。』花蕊之詞工，王建爲不及也。」余謂花蕊盗王建語，然不及王建遠甚，惟「隔花唤」三字，頗能令全首生動耳。王建「御廚不食索時新」七字，寫女子性情嬌癡厭飫之狀如見。若云「進食簇時新」，則直而無味矣。下二句情、景、事三者俱媚，「白日卧多」便爲「苦春」二字傳神，「隔簾唤醫」，撒癡極妙，非果病也。女子性情，決非女子能道，每被文人信手描出。漁隱何足以知此哉！

秦少游「斜陽外，寒鴉萬點，流水遶孤村」，晁無咎云：「此語雖不識字者，亦知是天生好言語。」漁隱云：「無咎不見煬帝詩耳。」蓋以隋煬帝有「寒鴉千萬點，流水繞孤村」之句也。余謂此語在煬帝詩中祇屬平常，入少游詞，特爲妙絶。蓋少游之妙，在「斜陽外」三字，見聞空幻。又「寒鴉」、「流水」，煬帝以五言劃爲兩景；少游詞用長短句錯落，與「斜陽外」三景合爲一景，遂如一幅佳圖。此乃點化之神，必如此乃可用古語耳。

李易安云：「王介甫、曾子固文章似西漢，若作一小歌詞，則人必絶倒，不可讀。而歐陽永叔、蘇子瞻詞，乃句讀不習之詩耳。」又嘗記宋人有云：「昌黎以文爲詩，東坡以詩爲詞。」甚矣！詞家之難也！余謂易安所譏介甫、子固、永叔三人甚當，但東坡詞氣豪邁，自是別調，差不如秦七、黄九之到家耳。東坡自言平日不喜唱曲，故不中音律，是亦一短。以詩爲詞，難爲東坡解嘲，若以爲「句讀不習之詩」，抑又甚矣！至於昌黎文章元氣深渾，獨其詩篇刻露，稍傷元氣，然天地間自少此一派不得。彼蓋別具手腕，不獨與他家詩不相似，并自與其文章、樂府絶不相似。伯敬云：「唐文奇碎，而退之春融，志在挽回；唐詩淹雅，而退之艱奥，意專出脱。」此數語，真昌黎知己。彼謂「昌黎以文爲詩」者，是不知昌黎者也。大率宋人以詞自負，故所言類此。然遂欲以此評詩，不免隔靴搔癢。

陳無己云：「寧樸毋華，寧拙毋巧，寧粗毋弱，寧僻毋俗。」嚴儀卿亦有是語。然余謂樸實勝華，拙實勝巧，粗實勝弱，僻實勝俗；樸、拙、粗、僻，非大家不能用。每見後人有意爲樸，反不如華；有意爲拙，反不如巧；有意爲粗，反不如弱；有意爲僻，反不如俗。大抵以自然者爲勝，如美人亂頭粗服俱好，不可遂以亂頭粗服爲美人也。

張謂侍郎七言律多奇警之句，及死後見形，獨愛人誦其「櫻桃解結垂簷子，楊柳能低入户枝」二語。晉謝康樂詩尤多警語，而獨喜「池塘生春草」五字，自謂神助。可見詩以偶然語寫偶然景爲得意，凡他人所謂得意者，非作者所謂得意也。

學詩者不可學古人無病處，亦不必學古人有病處。非大家不能無病，非大家亦不能有病。蓋其才無所不具，其學無所不有，故於深淺、濃淡、洪纖、高下，種種皆備，而其瑕纇亦復不免。如長江大河，不乏腐骴；名山巨嶽，亦有惡木。其所以異於他山水者，政在波濤之鼓盪，無所不有；地勢之龐厚，無物不生耳。若夫丘巒澗沚之勝，一覽即盡，縱復幽雅奇秀，然非所語於大觀也。後之學詩者毛舉瑣求，以一字之累、一語之犯，遂棄其全。而負才不羈之士又不肯深求古人精神之所存，見陶之時有似於枯淡也，遂以枯淡爲陶；見杜之偶似於滯累也，遂以滯累爲杜；見李之偶似於輕率也，遂以輕率爲李；見蘇之偶似於諧淺也，遂以諧淺爲蘇。此猶學孔子者，但學其微服過宋、君命召不俟駕、見南子、佛肸召欲往而已，豈學孔子者哉！

元微之作《杜子美墓誌序》云：「上薄《風》、《雅》，下該沈、宋，言奪蘇、李，氣吞曹、劉，掩顔、謝之孤高，雜徐、庾之流麗，盡得古今之體勢，而兼昔人之所獨專。」是矣。然余觀子美詩，創而不沿，孤而無偶，竟不能指某篇某句出《風》、《雅》，出沈、宋，出蘇、李，出曹、劉，出顔、謝，出徐、庾也。如蜂採百花以釀蜜，不能別蜜味爲某花也；如秦人銷天下兵器爲金人十二，不能別金人之頭面手足爲某兵器也。合衆體以成一子美，要亦得其自體而已。今之學少陵者，分其一體，便謂逼真少陵，恐少陵不如是之多也。

微之稱少陵詩「鋪陳始終，排比聲韵，大或千言，次猶數百。太白不能望其藩翰，況堂奥乎？」而樂天亦謂子美「貫穿古今，覼縷格律，盡工盡善，過於李白」。夫李以天分獨勝，而杜則天工、人巧俱絶，欲推杜於李上，寧患無説？乃獨推其「排比聲韵」、「𩁹縷格律」，何耶？以「聲韵」、「格律」論詩，已近於學究矣，況「排比」、「𩁹縷」，俗學所病。苟無雄渾豪邁之氣行於其間，雖千言數百，何益於短長？以此壓太白，恐太白不服也。大凡讀子美洋洋大篇，當知他人能短者不能長，能少者不能多，能人者不能天；惟子美能短能長，能少能多，能人能天；亦復愈長愈短，愈多愈少，愈人愈天。如韓信用兵，多多益善，百萬人如一人。漢高雖以神武定天下，然所將不過十萬而已。然則子美能長能多，而非「排比」、「𩁹縷」之謂。「排比」、「𩁹縷」亦子美用長用多之一斑，然不足以盡子美也。韓信多多益善，然其奇在以萬人作背水陣，破趙兵二十萬。蓋韓信之能在用多，而其奇在用少。子美亦然。故於五言長篇，雖見能事，然其短篇，尤爲神奇。三韵詩，短極矣，然短而愈妙。蓋未有不能用少而能用多者。若太白，短篇佳矣，乃其《蜀道難》、《鳴臯歌》、《夢遊天姥吟》諸篇，亦何遽不如子美長歌？讀二家詩者，勿隨人看場可也。

子美《羌村》詩有「夜闌更秉燭，相對如夢寐」句，寫亂後生還，驚喜猜疑，情景如見。讀者多忽之。宋計敏夫《唐詩紀事》述盛文肅嘗夢朝上帝，見殿上題詩云：「夜闌更秉燭，相對如夢寐。」初謂天上人作，及讀唐集，乃知爲子美詩也。彼天上人具眼如此，下視人世論詩者，真憒憒耳！

太白《清平》三絶與《宫中行樂詞》，鍾、譚譏其淺薄。然大醉之後，援筆成篇，如此婉麗，豈非才人？而世傳唐天子命李龜年持金花箋，授白爲《清平樂》詞，梨園子弟撫絲竹，李龜年歌之，天子親調玉笛以倚曲，每曲遍將换，則遲其聲以媚之。詩中所指，皆極言太真之美而已。如此，則太白此詩與

《玉樹後庭花》何異？即深厚且不足傳，又何論淺薄哉！不知太白此詩最有膽氣，如「可憐飛燕倚新粧」，又《行樂詞》「飛燕在昭陽」二語，大肆譏誚，誰人敢道？當時天子愛其清麗，而不能覺得。高力士恨脱靴殿上之恥，讒而逐之，遂露英雄本色。然則此詩當以「飛燕」二語及高力士脱靴一事而傳。使作詩者皆得如此事、如此語以傳，雖極淺極薄，吾猶以千金享之，況未必淺薄耶？

嚴滄浪云：「唐人與宋人詩，未論工拙，直是氣象不同。」此語切中竅要。但余謂作詩未論氣象，先看本色，若貲郎效士大夫舉止，暴富兒效貴公子衣冠，縱氣象有一二相似，然村鄙本色自在。宋人雖無唐人氣象，猶不失宋人本色。若近時人，氣象非不甚似唐人，而本色相去遠矣。

嚴滄浪《詩辨》有云：「發端忌作舉止，收拾貴在出場。」又云：「詩難處在結裹。譬如番刀，須用北人結裹，南人便非本色。」此數語最得之。

晚唐惟司空圖善論詩，其《與李生論詩書》云：「醯非不酸也，止於酸而已；醝非不鹹也，止於鹹而已。所貴乎味者，謂其醇美在酸鹹之外耳。賈閬仙誠有警句，視其全篇，意思殊餒，大抵附於寒澀方可致才，亦爲體之不備也。惟近而不浮，遠而不盡，然後可以言韵外之致。」數語大有意味。但其自爲詩亦未脱晚唐習氣，而輒自譽云：「千變萬化，不知所以神而自神。」抑太過矣。余於圖所自摘警句之中，獨賞其五言春詩「人家寒食月，花影午時天」，又「雨微吟思足，花落夢無聊」，山中詩「川明虹照雨，樹密鳥銜人」，喪亂詩「驊騮思故主，鸚鵡失佳人」，美人詩「晚粧留拜月，春睡更生香」；七言則「得劍乍如添健僕，亡書久似憶良朋」，又「逃難人多分隙地，放生鹿大出寒林」數聯而已；絶句如「故國春歸未有涯，小欄高檻別人家。五更惆悵迴孤枕，猶自殘燈照落花」，亦自有致，然終非盛唐氣象也。子瞻獨稱其詩文高雅，有盛唐遺風。蓋亦因人以重其詩耳。當時僞梁所用，如敬翔、李振諸人，皆唐朝舊臣，一旦委質，甚且贊成弒逆。獨圖避世中條山，終身不肯仕梁，豈非豪傑！乃《梁史》拾圖小瑕以譏之，而王禹偁《五代史闕文》云：「圖躁於進取，端士鄙之。」世豈有見唐宦官用事，即棄官歸中條山，屢召不起，及朱梁篡位，以禮部侍郎召，辭以老疾，聞哀帝被弒，不食而死，而猶云「躁於進取」者哉？嗟乎！子瞻因人以重其詩，而史乃詘詩而毁其人，人之好尚不同如此，又何怪後世奸佞之臣，以叩頭乞餘生誣方正學也哉！

馬嵬驛詩，人皆淒感，李商隱所謂「如何四紀爲天子，不及盧家有莫愁」是也。獨鄭畋云：「玄宗回馬楊妃死，雲雨難忘日月新。終是聖明天子事，景陽宮井又何人？」當時論者以爲此詩有宰相之器。及僖宗時，果拜相。余謂此詩善爲本朝回護，佳則佳矣，然不若少陵云「不聞夏殷衰，中自誅褒妲」，能道人所不敢道，而回護自深。謂畋語爲宰相之器，或亦自畋拜相後追言之耳。不然，幾無以處少陵矣。

發語難得有力，有力故能挽起一篇之勢；結語難得有情，有情故能鎖住一篇之意。能挽起一篇，故一篇之情亦動；能鎖住一篇，故一篇之勢亦完，兩相資也。唐中宗正月晦日幸昆明池賦詩，群臣應制。殿前結綵樓，命上官昭容選一首爲新翻御製曲。群臣悉集其下，須臾紙落如飛，各認其名而懷之。既退，惟沈、宋二詩不下。又移時，一紙飛墜，則沈詩也。評曰：「二詩工力悉敵，沈詩落句云：

『微臣雕朽質，羞覩豫章才。』蓋詞氣已竭。宋詩云：『不愁明月盡，自有夜珠來。』猶自健舉。」所云「健舉」，豈非結語有情，通篇之勢亦完耶？昭容婦人，乃能辨工拙於毫釐如此，令人嘆服不置。但結語猶易得，若發語有力，則雖唐人名家，亦人不數篇而已，故發語尤難。

唐之才子，自李、杜數人而外，其他人品多有可譏者。蓋唐人約句準篇，必以沈佺期雲卿、宋之問延清二人爲祖。張燕公嘗謂沈三兄須還他第一。而之問詞更藻發，故當時號稱「沈、宋」。然二人諂事易之、三思，無所不至。使生於今日，士林且羞於爲伍，必不齒於詩文人之列矣。唐承六朝餘習，操觚之家，纔能屬律，便欲蕩閑，往往自謂文人無行。而沈、宋復揚其波。後人豔其詞而慕之，復何所顧忌哉！之問求北門學士不得，遂爲《明河篇》。天后見之曰：「吾非不知其才，但鄙其有口過耳。」然篇中乘槎問卜，實露諂兢。「口過」一語，武后已唾棄之，何足數哉！

嚴季鷹詩，世人未有推重之者。余獨愛其骨氣近少陵，《詠楠木》篇尤似少陵《古柏行》諸作，蓋亦朋友漸摩之力耳。因此推之，凡與王、孟同時者，氣韵亦往往相類。如綦毋潛《靈隱寺》詩云：「塔影掛清漢，鐘聲和白雲。」《題棲霞寺》云：「天花飛不着，水月白成路。」《送章彝下第》云：「黃鶯啼就馬，白日暗歸林。」《泛若耶溪》：「晚風吹行舟，花路入溪口。潭煙飛溶溶，林月低向後。」《若耶溪逢孔九》云：「人生上皇代，犬吠武陵家。」《題鶴林寺》云：「松覆山殿冷。」又《過蘭若》云：「黃昏半在山下路，卻聽鐘聲連翠微。」裴迪《謁操禪師》云：「有法知不染，無言誰敢酬。鳥飛爭向夕，蟬噪已先秋。」《遊感化寺》云：「入門穿竹徑，留客聽山泉。鳥囀深林裏，心閒落照前。」《華子岡》云：「落日松風起，還家草露晞。雲光侵履跡，山翠拂人衣。」祖詠《泊揚子津》：「林藏初過雨，風退欲歸潮。」此等語置之摩詰、襄陽集中，殆不能復辨，豈獨風氣使然耶！

儲光羲五言古詩雖與摩詰五言古同調，但儲韵遠而王韵雋，儲氣恬而王氣潔，儲於樸中藏秀而王於秀中藏樸，儲於厚中有細而王於細中有厚，儲於遠中含澹而王於澹中含遠，與王着着敵手，而儲似爭得一先，觀《偶然四作》便知之。然王所以獨稱大家者，王之諸體悉妙，而儲獨以五言古勝場耳。

世以摩詰盜李嘉祐「漠漠水田飛白鷺，陰陰夏木囀黃鸝」之句爲己作，但此語亦不見佳，當緣摩詰作詩時，意景偶合，遂不覺用之耳。不然，摩詰集中佳句勝此者甚多，而必盜此，所謂「舍其粱肉，隣有殘藿而欲竊之」，豈其然哉！若之問，小人也。害劉庭芝至死，而盜其《代悲白頭翁》一篇。然宋集本自精麗，雖盜此詩，亦無以踰之，徒留此笑具於詞林。此又别是一種肺腸，不可與摩詰並論也。

李頎七言古詩佳者本多，其《雜興》二句云：「濟水至清河至濁，周公大聖接輿狂。」亦偶然興到語耳。而樂天獨嘆服此語，以爲絶倫。常建五言律詩多靈妙，其《題破山寺》詩，人皆賞其「山光悦鳥性，潭影空人心」，而歐陽永叔獨酷愛「曲徑通幽處，禪房花木深」二語，謂「生平欲髣髴之，而終不可得」。前輩看詩，不獨不隨人好尚，即其觸景觸機時，亦别有證入。

劉長卿詩能以蒼秀接盛唐之緒，亦未免以新雋開中、晚之風。其命意造句，似欲攬少陵、摩詰二家之長而兼有之，而各有不相及、不相似處。其不相似、不相及，乃所以獨成其爲文房也。

詩有極尋常語，以作發局無味，倒用作結方妙者。如鄭谷《淮上别故人》詩云：「揚子江頭楊柳春，楊花愁殺渡江人。數聲羌笛離亭晚，君向瀟湘我向秦。」蓋題中正意，只「君向瀟湘我向秦」七字而已，若開頭便説，則淺直無味，此卻倒用作結，悠然情深，令讀者低徊流連，覺尚有數十句在後未竟者。唐人倒句之妙，往往如此，姑舉其一爲例。

劉昚虚、王昌齡五言古，風味近於王、孟。但王、孟澹宕而昚虚高嚴，王、孟疏遠而昌齡綿密。詩家以澹宕、疏遠爲至，然每爲淺學形似所混，獨高嚴與綿密，非深心此道者難與措手。故世有假王右丞、孟襄陽，而無假劉江東、王龍標也。

唐律多近古，然唐古風亦往往可截作律者。夫古詩可截作律詩，非古詩之至者也。如王少伯昌齡《别劉諝》云：「天地寒更雨，蒼茫楚城陰。一樽廣陵酒，十載衡陽心。倚伏不堪料，悲歡豈易尋。相逢成遠别，後會何如今。」只此四十字，格高而味厚，是一首絶好五言律。以多却「身在江海上，雲連帝京深。行當務功業，策馬何駸駸」二十字，遂成古詩，便減價數倍。即此可悟律詩之妙，在言止而意猶不盡；古詩之妙，在止乎其所不得止也。

唐人五言古氣沉力厚，初看似難入眼，反覆讀之乃佳者，惟杜少陵、王少伯二人。但少伯在沉厚中時有生拗費力處，若少陵則生處皆熟，拗處皆圓，每於似生、似拗之間，忽復光怪爍閃，捉摸不住，所以高少伯數籌耳。若少伯七言絶，卻又渾融無迹，在諸體之上，又非少陵所及矣。

白樂天自愛其諷諭詩，言激而意質。故其立朝侃侃正直，所獻穆宗《虞人箴》并《雜興》詩「楚王多内寵」一篇，指點色禽之荒，婉切痛快，字字炯戒。及讀其《長恨歌》諸作，諷刺深隱，意在言外，信如其所自評，又不獨《大嘴烏》、《雉媒》等篇之有託而言也。乃杜牧之譏其詩「纖豔不逞，非端人雅士所爲，流傳人間，子父女母交口教授，淫言褻語，入人肌骨」。但考樂天所行，不媿端雅，其詩亦未見淫褻。不若牧之在揚帥牛奇章幕中，微服冶遊，奇章以街子潛隨，及召作拾遺時，授以一篋，皆街子報帖，云「杜書記無恙」。故其詩云：「落魄江湖載酒行，楚腰纖細掌中輕。十年一覺揚州夢，占得青樓薄倖名。」又在湖州時，欲採麗色，乃令刺史崔君大張水嬉，因閒行以物色之。見里姥引十餘歲女子，將至舟中，姥女皆懼。牧曰：「且不即納，吾十年必爲此郡，若不來，乃嫁。」及守他郡，皆不愜意。至十四年後，乃上箋於所善宰相周墀，乞守湖州。涖政之夕，亟使召之，則女以踰十年期，從人三載，生子矣。女懼見奪，攜幼以往。故其詩云：「自是尋芳到已遲，往年曾見未開時。如今風擺花狼藉，綠葉成陰子滿枝。」又爲御史司洛陽時，李司徒閒居，聲伎皆絶色。牧之方持憲，乃托人達意，願與宴會。至則南向坐，滿飲三巵，問曰：「聞有紫雲者，未知孰是？宜以見惠。」諸伎皆回首而笑。故其詩云：「華堂今日綺筵開，誰喚分司御史來？忽發狂言驚滿座，兩行紅粉一時迴。」風流罪過，己尚不免，獨奈何以此責樂天也？

杜牧之作《杜秋孃》五言長篇，當時膾炙人口，李義山所謂「杜牧司勳字牧之，清秋一首《杜孃》詩。前身應是梁江總，名總還曾字總持」是也。余謂牧之自有佳處，此詩借秋孃以嘆貴賤盛衰之倚伏，雖亦感慨淋漓，然終嫌其語意太盡。層層引喻，層層議論，仍是作《阿房宮賦》本色，遂使漢、魏渾涵之意，漸至澌滅。是亦五言古之一變。有知者不以余言爲河漢也。

韓文公絶妙詩文多在骨肉離别生死間，信筆揮灑，皆以無心得之，矩矱天然，不煩繩削。亦是哀至即哭，真情流溢，非矜持造作所可到也。文則《祭十二郎》是已，詩則吾得《河之水》二首焉。詩云：「河之水，去悠悠。我不如，水東流。我有孤姪在海陬，三年不見兮使我生憂。日復日，夜復夜。三年不見汝，使我鬢髮未老而先化。」「河之水，悠悠去。我不如，水東注。我有孤姪在海浦，三年不見兮使我心苦。採蕨於山，緡魚於淵。我徂東山，不遠其還。」二詩只似説話，而澹泊淋漓，詠之生悲。諸選皆收其鉥心劌腸之篇，而此獨以質樸見遺，何也？

七言古須具轟雷掣電之才、排山倒海之氣，乃克爲之。張司業籍以樂府、古風合爲一體，深秀古質，獨成一家，自是中唐七言古别調，但可惜邊幅稍狹耳。若元、白二公，才情有餘，邊幅甚賒，然時有拖沓之累。蓋司業所病者節短，而元、白所病者氣緩。截長補短，庶幾可與李、杜諸人方駕耳。

張文昌《節婦吟》云：「君知妾有夫，贈妾雙明珠。感君纏綿意，繫在紅羅襦。妾家高樓連苑起，良人執戟明光裏。知君用心如日月，事夫誓擬同生死。還君明珠雙淚垂，恨不相逢未嫁時。」此詩情辭婉戀，可泣可歌。然既繫在紅羅襦，則已動心於珠矣，而又還之；既垂淚以還珠矣，而又恨不相逢於未嫁之時，柔情相牽，展轉不絶，節婦之節危矣哉！文昌此詩從《陌上桑》來，「恨不相逢未嫁時」，即《陌上桑》「使君自有婦，羅敷自有夫」意。然「自有」二語甚斬絶，非既有夫而又恨不嫁此夫也。「良人執戟明光裏」，即《陌上桑》「東方千餘騎，夫婿居上頭」意。然《陌上桑》妙在既拒使君之後，忽插此段，一連十六句，絮絮聒聒，不過盛誇夫婿以深絶使君，非既有「良人執戟明光裏」，而又感他人「用心如日月」也。忠臣節婦,鐵石心腸,用許多折轉不得,吾恐詩與題不稱也。或曰:文昌在他鎮幕府,鄆帥李師古又以重幣辟之,不敢峻拒,故作此詩以謝。然則文昌之婉戀,良有以也。

世傳楊汝士侍郎與元、白宴集賦詩,汝士後成,有「文章舊價留鸞掖,桃李新陰在鯉庭」之句,元、白覽之失色。汝士歸謂子弟曰:「我今日壓倒元、白矣!」又傳裴令公夜宴,半酣聯句,元、白有得色。時公爲破題,次至楊侍郎曰:「昔日蘭亭無艷質,此時金谷有高人。」元、白自知不能加,遽裂紙曰:「笙歌鼎沸,勿作此冷淡生活。」汝士二詩,小有意致,然亦元、白家常語耳,乃謂不能加此,何太怯耶?且汝士原無詩名,豈真元、白勁敵?何元、白一則失色,一則裂紙,才絀於一時,氣奪於七字?此又元、白十分虚心處,莫謂其好名多忌,矜勝護前也。

詩有長言之味短,短言之味長,作者任意所至,不復自止,一經明眼人删削,遂大開生面者。然明眼人往往不能補短,但能截長。如柳子厚「漁翁夜傍西巖宿,曉汲清湘然楚竹。煙消日出不見人,欸乃一聲山水緑。迴看天際下中流,巖上無心雲相逐」,東坡删其後二句。嚴儀卿云:「使子厚復生,亦必心服。」謝朓詩云:「洞庭張樂地,瀟湘帝子遊。雲去蒼梧野,水還江漢流。停驂我悵望,輟棹子夷猶。廣平聽方藉,茂陵將見求。心事將已矣,江上徒離憂。」儀卿欲删去「廣平聽方藉,茂陵將見求」十字,只用八句。余謂即玄暉復生,亦當拍掌叫快。

杜牧之作《赤壁》詩云:「折戟沉沙鐵未銷,自將磨洗認前朝。東風不與周郎便,銅雀春深鎖二喬。」許彦周曰:「牧之意謂赤壁不能縱火,即爲曹公奪二喬,置之銅雀臺上。孫氏霸業在此一戰,社稷存亡，生靈塗炭，都付不問，只怕捉了二喬，可見措大不識好惡。」彦周此語，足供揮塵一噱，但於作詩之旨尚未夢見。牧之此詩，蓋嘲赤壁之功出於僥倖，若非天與東風之便，則周郎不能縱火，城亡家破，二喬且將爲俘，安能據有江東哉？牧之詩意，即彦周伯業不成意，却隱然不露，令彦周輩一班淺人讀之，只從怕捉二喬上猜去，所以爲妙。詩家最忌直叙，若竟將彦周所謂「社稷存亡，生靈塗炭，孫氏霸業不成」等意在詩中道破，抑何淺而無味也！惟借「銅雀春深鎖二喬」説來，便覺風華蘊藉，增人百感，此政是風人巧於立言處。彦周蓋知其一，不知其二者也。

韋蘇州擬陶諸篇，非不逼肖，而非蘇州本色。蘇州本色在「微雨夜來過，不知春草生」、「落葉滿空山，何處尋行跡」、「豈無終日會，惜此花間月」、「空館忽相思，微鐘坐來歇」。如此等語，未嘗擬陶，然欲不指爲陶詩，不可得也。

嚴滄浪謂：「柳子厚五言古詩在韋蘇州之上。」然余觀子厚詩，似得摩詰之潔，而頗近孤峭。其山水詩類其《鈷鉧潭》諸記，雖邊幅不廣，而意境已足。如武陵一隙，自有日月，與蘇州詩未易優劣。惟田家詩直與儲光羲争席，果勝蘇州一籌耳。

唐人作唐人詩序亦多夸詞，不盡與作者痛癢相中。惟杜牧之作李長吉序，可以無媿，然亦有足商者。序云：「唐皇諸孫賀，元和中，韓吏部頗取其歌詩，以爲雲煙綿聯，不足爲其態也；水之迢迢，不足爲其情也；春之盎盎，不足爲其和也；秋之明潔，不足爲其格也；風檣陣馬，不足爲其勇也；瓦棺篆鼎，不足爲其古也；時花美女，不足爲其色也；荒圃陊殿，梗莽丘隴，不足爲其怨恨悲愁也；鯨呿鰲擲，牛鬼蛇神，不足爲其虚荒誕幻也。蓋命《騷》之苗裔，理雖不及，辭或過之。長吉生二十有七死矣，使少加以理，奴僕命《騷》可也。」余每訝序中「春和」、「秋潔」二語，不類長吉，似序儲、王、韋、柳五言古詩。而「雲煙綿聯」、「水之迢迢」，又似爲微之《連昌宮詞》、香山《長恨歌》諸篇作贊。若「時花美女」，則《帝京篇》、《公子行》也。此外數段，皆爲長吉傳神，無復可議矣。其謂長吉詩爲「命《騷》苗裔」一語，甚當。蓋長吉詩多從《風》、《雅》及《楚辭》中來，但入詩歌中，遂成創體耳。又謂「理雖不及，辭或過之，使加以理，奴僕命《騷》可也」數語，吾有疑焉。夫唐詩所以敻絶千古者，以其絶不言理耳。宋之程、朱及故明陳白沙諸公，惟其談理，是以無詩。彼六經皆明理之書，獨《毛詩》三百篇不言理，惟其不言理，所以無非理也。聖賢讀「素絢」而得「禮後」，讀「尚絅」而得「闇然」，讀「唐棣」而得「思遠」。蓋聖賢事境圓明，風謡工歌，無不可以入理。若但作理解，則固陋已甚，且不能如匡鼎之解頤，又安能若西河之起予哉！《楚騷》雖忠愛惻怛，然其妙在荒唐無理。而長吉詩歌所以得爲《騷》苗裔者，政當於無理中求之，奈何反欲加以理耶？理襲辭鄙，而理亦付之陳言矣，豈復有長吉詩歌？又豈復有《騷》哉？

極可笑詩亦有非常遭際，不可枚舉。即如晚唐盧延讓者，有詩名，登第後，以亂歸蜀。蜀主建見其詩有「栗爆燒氊破，貓跳觸鼎翻」之句。偶建於冬夜命宫女燒栗，有數栗爆出燒繡褥。時建方作丹，是夜宫貓相戲，誤觸鼎翻。建瞿然曰：「詩人信無虚境，盧延讓曾預言之矣。」次日即拜爲工部。而唐翰林吴融及時相輩亦深賞其「餓貓臨鼠穴，饞犬舐魚砧」。延讓自嘆，謂平生持行卷謁公卿，反不如得貓犬力者是也。唐末詩人隳延讓魔境最多，然運思甚艱，故延讓又有詩云：「莫話詩中事，詩中難更無？吟安一個字，撚斷數莖鬚。險覓天應悶，狂搜海亦枯。不同文賦易，爲著者之乎。」噫！可謂攻苦極矣。滄浪謂詩家「須參活句，勿參死句」。彼晚唐人如此用工，只從死句去參，其墮魔障又何怪哉！

唐釋子以詩傳者數十家，然自皎然外，應推無可、清塞即周賀、齊己、貫休數人爲最，以此數人詩無鉢盂氣也。僧家不獨忌鉢盂語，尤忌禪語。近有禪師作詩者，余謂此禪也，非詩也。禪家、詩家皆忌說理，以禪作詩，即落道理，不獨非詩，并非禪矣。詩中情豔語皆可參禪，獨禪語必不可入詩也。嘗見劉夢得云：「釋子詩因定得境，故清；由悟遣言，故慧。」余謂不然。僧詩清者每露清痕，慧者即有慧迹。詩以興趣爲主，興到故能豪，趣到故能宕。釋子興趣索然，尺幅易窘，枯木寒巖，全無暖氣，求所謂縱橫不羈、瀟灑自如者，百無一二，宜其不能與才人匹敵也。每愛唐僧懷素草書，興趣豪宕，有「椎碎黃鶴樓，踢翻鸚鵡洲」之概。使僧詩皆如懷素草書，斯可游戲三昧，奪李、杜、王、孟之席，惜吾未見其人也。

貫休時氣幽骨勁，所不待言。余更奇其投錢鏐詩云：「滿堂花醉三千客，一劍霜寒十四州。」鏐諭改爲「四十州」乃相見。休云：「州亦難添，詩亦難改。」遂去。貫休於唐亡後有《湘江懷古》詩，極感憤不平之恨。又嘗登鄱陽寺閣，有「故國在何處？多年未得歸。終學於陵子，吴中有緑薇」之句。士大夫平時以「無父無君」譏釋子，唐亡以後，滿朝皆朱梁佐命，欲再求一「凝碧」詩，幾不復得。豈知僧中尚有貫休，將無令士大夫入地耶！

自元、白及皮、陸諸人以和韵爲能事，至宋而始盛，至今踵之。而皮日休、陸龜蒙更有藥名、古人名、縣名諸詩；又有離合體，謂以字相拆合成文也；有反覆體，謂反覆讀之，皆成文也；有疊韵體，如皮詩所謂「穿煙泉潺湲，觸竹犢觳觫」是也；有雙聲體，皮詩所謂「疏杉低通灘」之類是也；有風人體，皮詩所謂「江上秋風起，從來浪得名。送風猶挂席，苦不會帆情」是也。夫離合詩起於孔文舉「漁父屈節」之詩，然文舉詩以骨氣奇逸傳，不以離合傳也；疊韵起於梁武帝、沈休文之「後牖有朽柳」、「偏眠船舷邊」，然武帝、休文詩以詞采風流傳，非以疊韵傳也；迴文、反覆起於竇滔妻，然婦人語耳；雙聲體，據皮襲美云，起於「蝃蝀在東」、「鴛鴦在梁」，然皆無心自合，非有意爲之也；至於藥名起於梁武帝，縣名起於齊竟陵王，彼亦偶爲之，豈以此見長哉？皮、陸二子清才絶倫，其所爲詩自有可傳，必欲炫才鬬巧，以駭俗人，則亦過矣！鮑明遠有《建除詩》，又有《數名詩》，然明遠所謂「俊逸」者，終在彼不在此也。然則學皮、陸者，亦學其可傳者而已，無炫聰明以争一時伎倆，自失千秋也。

唐詩大振，婦女奴僕，無不知詩；遠及外域，亦喜吟詠。婦女則李季蘭有「詩豪」之譽，薛濤有「較書」之稱，魚玄機、徐月英各著詩集，非煙、崔仲容並騁儷詞，然桑、濮之音耳。至於詩人妻女以詩名者，則元微之夫人裴柔之，有《贈夫之武昌》之篇；吉中孚妻張夫人，有《拜新月》之作；楊盈川姪女名容華者，《新粧》詩有「自憐終不已，欲去復徘徊」之句；杜羔妻劉氏寄羔下第詩，有「如今妾面羞君面，君到來時近夜來」之語；又進士孟昌期妻孫氏，爲夫代筆。而宋若昭、若荀姊妹五人皆能詩，欲以學名家，不願歸人。德宗召入禁中，呼爲學士，每咨經史大義，穆、敬、文三朝皆呼先生，尤奇事也。其他如葛鴉兒、薛媛、關盼盼輩，不啻百家，並垂名篇，可謂盛矣。奴僕，則咸陽郭氏之捧劍者是也。外域，則新羅王獻五言《太平頌》，亦自可觀；而楊奇鯤有「風裏浪花吹更白，雨中山色洗還青」之句，竟是大曆佳作也。似有唐三百年，人人能詩矣。余於兵燹後借得唐人殘編一帙，其中可笑詩甚多，半出於士大夫，則又何也？因憶唐景龍中，左武將軍權龍褒好爲可笑詩，中宗戲呼爲「權學士」。每詩出，人皆掩口譽之，輒答曰：「趁韵而已。」以今觀之，唐人之爲龍褒趁韵者何多也！豈當時聲教及於婦女、外域，而士大夫或有未嫺耶？抑傳者訛而選者濫耶？雖然，鄒、魯文學之鄉，亦有騃儈；邯鄲美人之藪，豈無戚施？安在唐之詩家人人能詩也！

宋人詩佳者，殊不媿唐人，多看可助波瀾。但須熟看唐人詩，方能辨宋詩蒼白。蓋宋之名手皆從唐詩出，雖面目不甚似，而神情近之。如人耳孫十傳以後，猶肖其鼻祖。昔蕭穎士絶肖其遠祖鄱陽忠烈王，非發塚破棺，親見鄱陽王者，不能識也。但不可從宋入手，一從宋入手，便爲習氣所蔽，不能見鼻祖矣。

謂宋詩不如唐，宋末詩又不如宋，似矣。然宋之歐、蘇，其詩別成一派，在盛唐中亦可名家。而宋末詩人當革命之際，一腔悲憤，盡洩於詩。如家鉉翁《憶故人》詩云：「曾向錢塘住，聞鵑憶蜀鄉。不知今夜夢，到蜀到錢塘？」王曼之《幽窗》詩云：「西窗枕寒池，池邊老松樹。渴猿下偷泉，見影忽驚去。」謝臯羽詠《商人婦》云：「抱兒來拜月，去日爾初生。已自滿三載，無人問五行。孤燈寒杵石，殘夢遠鐘聲。夜夜鄰家女，吹簫到二更。」又《過杭州故宮》詩二首云：「禾黍何人爲守閽？落花臺殿暗殘照下山花霧散，銷魂。朝元閣下歸來燕，不見前頭鸚鵡言。」「紫雲樓閣讌流霞，今日淒涼佛子家。萬年枝上掛袈裟。」皆宋、元間人也，情真語切，意在言外，何遽減唐人耶？

詩人佳處，多是忠孝至性之語。即如宋、元之間，有史蒙卿者，爲《感時》詩云：「宮花攢曉日，仙鶴下雲端。盡是傷心事，那能着眼看。風沙兩宫恨，煙草八陵寒。一掬孤臣淚，秋霖對不乾。」又元初吾郡劉詵，別號桂隱，有詩文集。其《采薇歌》云：「春采薇，嬰兒拳。賣與豪門破肥鮮，年年得米不費錢。冬采薇，潛虬根。白石犖确劚掘難，俯身榛莽如獸蹲。山寒雪高衣裂破，塹藤束縛雲籃荷。瘦妻弱子暮候門，地碓夜舂松節火。沸漿浮浮翻小杓，濕霧騰騰升土銼。熬烹成器比甘飴，一飽聊償數日餓。冬采薇，猶可爲。春采薇，今年根盡春苗稀。豪門有米無可賣，壠麥短短難接饑。采薇采薇，我聞夷齊嘗食之，餓死首陽天下悲。嗚呼！天高蕩蕩萬物微，我死安得天下知！」二詩沉痛悲壯，安得以時代壓之！

忠孝之詩，不必問工拙也。如陸放翁晚年作詩與兒云：「老去深悲世事空，何時得慶九州同？兒孫會見王師捷，家祭毋忘告乃翁。」蓋傷南宋不能復汴也。及宋亡後，林景熙等收宋帝遺骨埋之，樹以冬青。景熙乃題一絶於放翁詩後云：「一線青山怨未終，干戈況滿大江東。九州同矣兒孫見，家祭如何告乃翁？」二詩率意直書，悲壯沉痛，孤忠至性，可泣鬼神，何得以宋、元減價耶？以此推之，宋人學問精妙，才情秀逸，不讓三唐。自歐、蘇、黄、梅、秦、陳諸公外，作者林立。即無名之人，亦有一二佳詩，散見他集。倘有明眼選手，爲之存其精華，汰其繁冗，使彼精神長存人間，何至後人詆訶之甚耶！

明代弘、正、嘉、隆間諸詩人，非無佳詩可傳，但其議論太刻，謂後人目中不可有宋人一字。不思唐人詩集汗牛充棟，今所稱不朽名篇，僅得爾許，不獨精靈之氣，神物護持，亦賴歷代明眼，棄瑕録瑜，排沙簡金，得有今日，豈真上天生才，唐、宋懸殊乎？果爾，則何以有今日也？宋詩惟談理、談學者，當如禪家偈頌，另爲一書。彼原不欲以詩名家，不必選入詩中耳，亦勿以此遂貶宋詩也。

記昔年有田中丞者，招余同龍仲房泛舟曲水，有妓以仲房畫扇乞余題。余戲書云：「才子花憐惜，佳人水護持。」妓頗讀書，問：「所謂『水護持』者，得非用飛燕隨風入水，翠纓結裙故事乎？」余曰：「非也。但將汝脂黛蘭麝及汝腔調習氣，和身抛向水中，洗濯净盡，露出天然本色，方稱『佳人』，是謂『水護持』也。」妓含笑點首。今日學詩者亦須抛向水中洗濯，露出天然本色，方可言詩人。

近代選詩，皆以《帝京篇》諸作爲不祧之祖，鍾、譚二子毅然去之，殊有膽識。一部《詩歸》，生面皆從此開，稂莠既除，嘉禾見矣。

今人貶剥《詩歸》，尋毛煅骨，不遺餘力。以余平心論之，諸家評詩，皆取聲響，惟鍾、譚所選，特標性靈。其眼光所射，能令不學詩者誦之勃然烏可已，又能令老作詩者誦之爽然自失，掃蕩腐穢，其功自不可誣。但未免專任己見，强以木槵子换人眼睛，增長狂慧，流入空疏，是其疵病。然瑕瑜功過，自不相掩，何至如時論之苛也。

舍性靈而趨聲響者，學王、李之過也；舍氣格而事口角者，學袁、徐之過也；舍章法而求字句者，學鍾、譚之過也。

徐文長七言古有李賀遺風；七言律雖近晚唐，然其佳者，升少陵、子瞻之堂，往往自露本色；惟五言律味短，而五言古欠藴藉。集中詼語、俊語，學之每能誤人，此其所病。然嘉、隆間詩人，畢竟推爲獨步。近日持論者，貶剥文長，幾無餘地，蓋薄其爲諸生耳。諺云：「進士好吟詩。」信哉！

明代如李獻吉、王元美諸公，非無佳詩，若得明眼人删削，猶可傳世。天、崇間尤號極盛，然稱名家則有餘，稱大家則不足。乃往往高自標榜，互相屈辱，壓良作賤，稱娣爲姑，以此嚣陵，不及古人。

伯敬評杜雖未盡確，然不可謂非别眼；若其評太白，則未悉所長。

袁中郎才情超忽，如千里神駿，但防泛駕嚙膝而已。後人詆訶，未免太甚。

自鍾、譚集出，而王、李集覆瓿矣。記余曾與同輩賦《愛妾换馬》詩，都無警句。有示以鍾伯敬詩云：「功名伏驥足，志節略蛾眉。不貴此時意，難於無後思。封疆方有事，閨閣亦何爲？忍向承平日，明珠買侍兒。」慧舌靈腕，嘆爲絶唱。復有以王元美詩相示者，覺才思更邁。王詩云：「只解馳驅易，寧言離别難。蘭膏啼玉筯，桃雨汗金鞍。物喜酬新主，人悲戀故歡。横行渡遼海，那問翦刀寒。」遂以此二詩糊名郵送萬茂先，定其甲乙。茂先嘗進鍾、譚，退王、李，見此竟以王第一。乃知前輩各有得力，不可隨人軒輊也。

跋

余幼時於家藏舊書中得《詩騷二筏》，見先生之論詩，專以《毛詩》爲宗，間及漢魏晉唐。時余未知詩，不識所論之曼，然獨絶《離騷》，則尤課讀所未及者。比長，得詩説於蓮廳學博符耐。農夫子謬學作詩，頗究心諸詩家之論間，亦竊讀《離騷》，思欲得《二筏》而折衷之。搜尋久之，已爲友人竊去。訪其藏板，則殘缺已甚，殊深惋惜，爲之思慕者幾卅年。今年先生之裔孫陶臣氏按板補梓，殘缺者得全，因幸詩、《騷》之學不至廢絶無傳者，視有此二筏也。昔歐陽永叔有云：「詩必窮而後工。」太史公曰：「離騷者，猶離憂也。」故夫工詩與《騷》者，皆不得其平者也。先生生明季，當國變時，奉母隱於山谷深處。飢寒流離，莫可言狀，猶日以著書立説，闢諸家之藩籬，抒一己之才識，自爲排遣。是天之困抑之者，正所以玉成先生著作之功也。而先生所作不下百十卷，詩與《離騷》則尤其得力獨深者。蓋先生生平窮困憂愁之日多，故二書之論，發前人所未發，不啻舉作者之經營慘淡，揭以示人，故其命名直以渡迷之寶筏自許也。余與族叔春颿屢欲蒐輯先生遺稿，邀族之同志者醵金勷事，鋟行於世，而有志未逮，心猶惓惓。是編之克成全書，陶臣之孝思義行爲可風矣。陶臣勉乎哉！嘗一臠者未足以知列鼎之味，窺一斑者未足以知全豹之文。尚其舉全稿而盡刊之，庶先生之著作，不至或傳或不傳，而後之人有以知先生之信爲一代作者，隱於當時而傳於後世。後有選家如方望溪、徐敬齋先生輩出，行將采取，以列於侯朝宗、朱竹垞之間，是亦陶臣之責也。倘不棄迂拙，引爲從事執鞭之忻，余不敢辭。今幸《二筏》之成，述其顛末，以志余之嚮往。積雪深三尺，夜寒侵骨，稿成則晨雞已四唱，恨不及起春颿而告之。時道光丙午涂月之十有四日也。花汀族孫繼升二八氏敬跋於謙吉别墅。

瀨園詩話

瀨園詩話提要

《瀨園詩話》一卷補遺一卷，據康熙初增刻《瀨園文集》本點校。撰者嚴首昇（一六〇七——一六七〇後），字平子，一字解人，號瀨園、確道人，湖南華容人。崇禎拔貢，曾與譚元春等唱和。入清爲僧。有《瀨園集》。嚴氏嘗自謂「五言古得自漢、魏，近體從中唐出，七言常有蘇、黄能事」，古文則「出入班、馬，俯視唐、宋，横竪任意」。鄧之誠《清詩紀事初編》譏爲大言。然其人終能以詩文自托於易代之世，則言下之況大抵可知。故其詩集五卷、文集二十卷，自明崇禎十年至清康熙九年間，竟致「三十四年十五刻」，（《詩文集》康熙九年自識語）可謂樂此不疲。嚴氏識亦通達，所謂「曹瞞罪浮於羿、浞、新莽，唐人概作古人思之，爲其能文也。」其尚文一至於此。《詩話》談詩，多就六朝及唐詩立言，會心於詩中之人情世態，尤近於陶、李、杜。談詩法亦不拘一格，如王維詩序老杜不及、王昌齡製題法之類。補遺文字頗涉經、史、《詩》、《騷》，多老年見道語而不關詩者。又每平視王弇州、鍾復州（惺）、錢牧齋等人，而稍許弇州，屢舉與東坡較短長，蓋嚴氏晚年已頗薄東坡矣。書中有薛寀等人評語，多推許之。此本兩卷分載於康熙初年所刻之《瀨園文集》卷十九及卷二十，《詩話》一卷下，又另紙補入二十則，今以校語分别之。又有國家圖書館藏嘉慶間《茂雪堂叢書》鈔本一種，其《詩話》一卷《補遺》一卷同，然兩卷之間無上述增補文字。又復旦大學藏順治刻本最早，則并《補遺》一卷亦無之。《瀨園集》曾於「康熙癸卯（二年）、丁未（六年）、庚戌（九年）三續於家」。（同上）據此推知，此一部分文字當增補於《補遺》一卷後，嘉慶間所刻鈔本當據最後增修本前之某本；而本編所據之《文集》本，即爲康熙九年之「三續」者也，故最全。

瀨園詩話

華容嚴首昇平子甫著
毘陵薛寀諧孟甫評

詩文初無定質，輕重厚薄，各有攸宜耳。題有大小，詩文亦有大小。如郊祀，如朝會、應制，豈得作輕佻語；如詠物，如玩月，如酬僧，如攜伎，便嚴重不得。子美集中有似王、孟，似郊、島者，即景、即事應然也。漢武征伐巡狩，舉止全類秦皇。班史筆力，亦便似馬遷矣。後人斷斷分家分派，將無占夢？

薛諧孟評：小兒强作解事，啓、禎間尤甚。賴吾平子湛之。

古人詩，或多至數千首，少至一二首；或兼備諸體，或專工一體，今人皆不能也。不能少而專，只得多且備也。然亦不須過多，不須過備。

薛諧孟評：一生精采，亦只在一二句耳。問杜何句，曰：「不聞夏殷衰，中自誅褒妲。」

《南華》、《離騷》哀樂過人，李、杜亦然。太白才名，傾動人主，快意一時。其詩往往多麗詞，金玉瓊瑤，窮極人間天上矣。子美轗軻寂落，饑寒流離，乃至負薪採橡，餔糒不給也。詩皆荒村破屋勞苦之詞。一苦一樂，並行天地，爲詩中兩大門户。古今爲詩者，非登臨宴樂，達觀游戲，則歎貧傷老，所遇輒感耳。惟兩人克盡其致。

陳斗翔評：亦兩人性情爲之。李當貶竄夜郎，亦復何樂？而能酣歌蠻塢。杜即曲江倚從，正足自豪，而轉多哀愴。

李詩縱酒好色，神仙荒唐，語語皆亡國敗家事。杜詩却有側身修行。自天子至庶人，罄無不宜之實，在詩皆佳。

杜詩記實，李詩凌虚，亦分二派。

詩不在多，不在敏，不在勤，患不佳耳。杜老三十年作一千四百首，一年不滿五十首。陶元亮一年裁作一二首，自庚戌九月至丙辰八月，六年始作一詩，又皆穫稻詩。杜與陶不必盡佳，後人誇多鬬捷何爲？

子美遲思，太白敏捷。杜之存者皆三十後詩，而李詩較早。杜年止五十九，而李年六十四，宜李詩多于杜矣。然杜詩一千四百首，李止九百，何也？或醉鄉分其半也。才人遠如東坡，近如元美，無所不有，其生平似無虚日，皆望盞而醉，想當然爾。元美嘗曰：「家弟敬美，咄咄逼人。近頗嗜酒，差足寬耳。」

詩佳者，不註自解自妙，其次注然後解其妙，最下不注則不解，既注解輒索然矣。予髫年誦「夜泊秦淮近酒家，商女不知亡國恨」之句，初不知「秦淮」、「《後庭花》」何謂也，顧把翫不已。稍長讀史，益覺其妙。詩貴出現如此。

宋延清詩遠過劉庭芝，庭芝「落花」句甚劣，而宋欲奪之；彭淵材詩不逮子固，而謂子固不能詩，何歟？

《十九首》皆從離别、生死兩端立言，遂爾動人。人生關情，無踰此兩端者。從此看破浮名，珍惜同心，無主無名，汎衍多篇，使古今人移情一過。

五言古風，有記事實者，杜陵是也；有虚衍無著者，《十九首》是也。予謂任是虚衍，亦須有實際警異處。開豁人懷，忽然而止，另出不意，陶詩往往得之。今人動以淡遠韵致爲古風，彌望一色，庶幾聲音笑貌云爾。

劉秉三評：《十九首》與杜正有自然與鑄鍊之别。

漢魏人自爲四言，與《三百篇》無預，只如以前、後《赤壁》比度《子虚》、《羽獵》，各不相干。而國朝論者銖兩求之，謬甚！

詩簡則潔，潔則貴。如七言下三字須出上四字意外，并上四字内亦有拗折，勿將下句作上句注解。古詩亦然。

元次山清刻有異解，亦苦其直易詳盡，無餘可蓄。又往往題佳于詩，使觀者失望于詩。又有詩複于序之病。人皆喜其序，予正嫌其却多一序也。序與詩宜互見，又不宜重見，詳略異同，亦自有法。

近體收煞宜老，古體煞句宜豁。涪翁云：「如雜劇然，要打諢出場。」然亦兒戲不得，宜令人快，不宜博人笑。

薛諧孟評：快語。

詩人旅寓，但得《國語》「亡人無親」一説耳。亡人無狷潔，亡人無黨，無人道及。

鄭輿人誦子産，成人歌子皐，皆頌人美，而不留姓字。家父、巷伯刺人，直書名不諱，皆古人事也。後世以詩文影似陷文人者，讀古人詩否？皇甫卿士一篇，直指姓名彈劾，後世并無此詩人。予有「生賀死態」、「黄刑楊賞」之句，本此。

偷襲是詩家首禁，尤勿襲摩詰。摩詰佳處，强半襲舊；又每得佳句，輒換用數次，叠見集中，何堪後人再設？句子之唾不堪拾，狗矢不能臭，爲其至于再也。

楹銘：「毋曰胡殘，其禍將然；毋曰胡害，其禍將大；毋曰胡傷，其禍將長。」「然」、「大」、「長」三字，一層深一層，已有朱、程氣。禍長甚于禍大，語更細密。

杖銘：「惡乎危？于忿疐；惡乎失道？于嗜慾；惡乎相忘？于富貴。」三件不合伴，使人不意末句非商、周人語。

《麥秀歌》欲哭則不可，如何不可？「彼狡童兮，不與我好兮」，謂受諫無今日也。「訊予不顧」，「何校滅耳」，罪大惡極，則責以不聽人言。

「千人所指，無病而死」，言衆惡也，或言衆好。

「婦死腹悲，惟身知之」，五倫盡是貌悲，盡要人知。

《採薇歌》：「命之衰矣！」看得自家大于商、周，似天爲夷、齊生武王。

「嗛嗛之德，不可以矜，而祗取憂。」小有善亦如小有才，然學道人于此栗然。

「火滅修容」，火不滅尚不必修。君子不可及，在人所不見。人見君子時，正無甚異耳。

「中心翺翔」、「形民之力，而無醉飽之心」，二「心」字下得奇。

「山有木兮木有枝」，以喻友生。是人本質帶來，生而有之；木有佳惡，枝亦因之，大小亦然。一鄉、一國、天下之善士，友亦因之。

《黄鵠歌》：「死者不可忘。」妙在不説情，却説理，具有「黽勉同心」、「是究是圖」之旨，語極嚴正。

《優孟歌》：「身死而家滅。」貧吏無非爲子孫成家耳，不知厚積適以困之也。「多藏厚亡」，聖人每以警人。且天之報施，有于其身、于其子孫者，報其人用意所在耳。使其人有知，悔此意之失，又使後人鑒之，不復用此意耳。大約好名與要權固寵者禍其身，專利者禍其子孫。

「山川而能語，葬師食無所；肺腑而能語，醫師色如土。」後此而生，因此而起者，其理常若先此矣。王國爲賢才設矣，大亂爲功臣發矣，大變爲義士起矣。爲猫生鼠耶？爲鼠生猫耶？

《房中歌》「孝道隨世」四字甚有旨，勳名氣節非其時，皆足以失身，皆不孝矣。「嗚呼孝哉，案撫戎國」，自古郊祀之詩多及于武功，三頌皆然。

《戚夫人歌》「母爲虜」，子豈得復爲王？「相離三千里，當誰使告汝」，爲子慮也，不恤自死而恤其子，父母之心也。

韋孟《諷諫詩》全是直諫。

曼倩《誡子詩》渾是自贊，亦未廣耳。哲人老益靡盈，常以己所優者戒人；而勉人以己所不然，方是暮年進境。爲人子者，亦不須臨摹厥父。漢武自比秦皇，不欲太子似己，非曼倩所及。

長卿且死，何取于封禪？當時詞人得與天子倡和，衆見所長，至死未艾也。漢唐文人所見多謬，往往踰閑，彼何知封禪遺讖千載乎？古今種種正論，自宋儒始。

文舉「安能苦一身，與世同舉厝」，直寫本色；「吕望尚不希，夷齊何足慕」，不求功，亦不立名，富貴浮雲，貧賤亦浮雲矣。軒輊夷、吕，似覺功名大于節義。漢人學問，未甚明道也。前篇覺豐功美節盡如泡影，一絲不掛；後篇忽向兒女輩作人情語，其真率如此。

老杜《北征》篇亦有冗碎可裁處；若乃《陌上桑》、《孤兒行》、《廬江小吏妻》等詩，並不成詩，全似句子輩擊鼓而歌者。古人初不求工，故不工；後人求工，故工，何獨尊古爲？

文姬「薄志節兮念死難，雖苟活兮無形顔」，開胸寫臆，無耻之耻，無耻矣，死生亦大矣。端木氏所云「不能死」，亦復何諱？文如楊雄，武如李陵，皆欠一死，何獨文姬？

文姬《悲憤詩》載本傳，昭明不收。子瞻以詞氣太露，直疑其僞。琰詩豈遂露直過子瞻耶？于鱗收之，可謂能自立者。《胡笳十八拍》則僞無可疑。

古樂府《玄冥》云：「兆民反本，抱素懷樸。」奇而有旨。「曰爲改歲，入此室處」，便有不相往來意，因思冬心之善。

《陌上桑》僅有「行者見羅敷，下擔捋髭鬚」五字可賞；十五女郎得四十夫壻，語亦不檢。《孤兒行》「頭多蟣虱，面目多塵」，不似成人語；既云「兄嫂令我行賈」，則成人矣。通篇瑣瑣無足存，只須末句「寄書地下父母，兄嫂難與久居」，含蓄不盡。

甄后：「莫以賢豪故，棄捐素所愛。」以賢豪奪素愛，亦美事也。古人厚望故人，與薄責故人，皆厚道也。

詩，小道也，而遇物抒懷，或慈或俠，或憤或適，萬物皆備，具有「反身而誠，樂莫大焉」之實。「繞樹三匝」、「憂從中來」等語，曹氏父子兄弟疊見；靈運「芳草亦未歇」，玄暉「故山芝未歇」，亦是謝氏一家。

「惟此褊心，顯明臧否」，是嵇不如阮處，是嵇勝阮處。

張茂先之博也，下筆生澀，疑于杜撰。他人博則失之熟。

元亮稱夫子爲「先師」，非漢魏人所及；「尚想孔伋，庶其企而」，則仍是孔、禰狂態也；「千里雖遥，孰敢不至」，問如何不敢？「儋石不儲，饑寒交至」，似以粟易布也。偶以穀貿布，誦此一笑。又年來病下血，禁火酒，思元亮不種秔，將無同歟？

嚴氏趙宋之季，辟世彭蠡山中，遂成一族。至今在水中央，仍是人境，無異也。因思桃花源亦皆人境，且爲辰、武通衢，亦如蓬萊三島，漁舟日至。而或以爲迷不得路，或以爲欲至不可得，人間地上，誕異如此，何況天上及他神仙幽渺者乎？後人不逮古人，放言其一也。陶令真致人，忽類齊諧，一寫人外之懷。

陶公《乞食》「情欣新知歡」，比「家貧尋故人」更得算；末句「冥報以相貽」，真有匄氣，太敗興矣。

「深恨蒙袂非」句亦劣甚。

「聞多素心人」「多」字未安，然好友有時在一處；末句「奇文共欣賞」，則「素心人」即文人。

「傾身營一飽，少許便有餘」，視閔仲叔輩「人不可得衣食」更妙，爲其活且真也。

「六籍無一親」、「若復不快飲」等語，謂人須讀書；不讀書，便須飲酒；不讀書，不飲酒，枉過此生矣。將酒與書作一般看，一般有趣，一般有益。似我等又讀書，又飲酒，定知此老首肯。

陶公終日爲兒子慮，慮及僮僕、衣食、詩書，何其真也；將兒子貧苦、愚拙種種煩惱，都作下酒物，何其達也。近情之至，忘情之至。

「他人不言好，獨我知可憐」、「春花映何限，感郎獨採我」，施者、受者，皆有獨得。

晉、宋後《子夜》、《讀曲》諸歌，南朝人用心微渺。因思宋、元填詞，皆一時風氣使然。古人分疏「女戎」兩字，紫陽注衛所由滅，在室家之壼。噫！

唐人用「風末」、「天末」、「蘋末」、「木末」，謝靈運「日末」，鮑照「川末」，古人喜用「末」字。詩中用「受」字、「初」字，容易得佳句；「雄」字、「狂」字，定無佳句。

「昨發浦陽汭，今宿浙江湄」，惠連結句如此，似他人起語。「雖好相如達，不同長卿慢」，將一人名字分對，亦罕見。

鮑照「來時聞君婦閨中，孀居獨宿有貞名」，宦遊人婦稱「孀居」耶？《焦仲卿妻》稱夫爲「故人」；邵陵王梅「狂夫不妬妾」，夫云「不妬」，「不妬」云「狂夫」，亦妙。崔融「寄謝閨中人，努力加湌食」，「閨中人」努力加湌，亦異。

「葉落依枝」，葉落去枝矣，實有依枝時。

王融秉燭觀泉，謝瞻滅燈看月，與盧綸「彈琴當五更」，杜老「花下復清晨」、「春來常早起」，都是一派閑忙人。

簡文帝「持此傾城貌，翻爲不肖軀」，中郎、文若輩盡此十字。

鮑泉「蓮寒池不香」，應是「池寒蓮不香」，倒與翻，詩之病，亦有不病處。

王臺卿「何須照床裏，終是一人眠」，似月瞯人，又似月助歡，兩解俱妙。江總「空床明月不相宜」，可注此句。

江總山水中人，何應爾耳，豔情詩近填詞。大約陳、隋間七言多卑調，間有似宋、元處。

陳子良《送別》詩：「落葉聚還散，征禽去不歸。以我窮途泣，沾君出塞衣。」字字不吉，臨文不忌如此。後來行不去。

章懷太子「一摘使瓜好」，如何好？

薛諧孟評：詰得好。

王績《在京思故園見鄉人問》，題拙甚；朱仲晦《答王無功思故園見鄉人問》，便似佳。

子昂《秋園卧病》詩：「懷挾萬古情，憂處百年疾。」《登幽州臺》：「前不見古人，後不見來者。念天地之悠悠，獨愴然而涕下。」其懷抱有如此者。世間書懷感遇、嘆貧悲老而止者，寒蜇之夜號耳。

杜審言「行止皆無地」中四句「風」、「雲」、「月」、「露」四見，亦未加點；「明月高秋迥，愁人獨夜看」，「夜」字亦須換過。

沈佺期「愁至不知心」佳甚，「淚來空泣臉」則醜甚，惜不成聯。

閻朝隱《鸚鵡猫兒篇序》全不成文，唐果無文也。唐詩序概無佳者，惟右丞一人，工部亦不如。

燕公「一雁雪上飛」是佳景，非佳句；《冬日見牧牛人擔青草歸》，題佳，詩不佳，須擬和。

玄宗祭孔子，用「棲棲何爲」語，以刺爲贊也；「嘆嗟傷怨」四字，叠用亦病。

玄宗《送賀知章歸四明序》，豈惟崇德尚齒，亦勵俗勸人，無令二疏獨光漢册。人主勸人高尚，主人歌《驪駒》矣。世間戀戀者動稱主眷，其實人主曷嘗不喜人致仕？觀《拔河俗戲序》云：「俗傳此戲，必致年豐，故命北軍，以求歲稔。」本要作戲，假借大名目也。《首夏花萼樓序》云：「軍國餘閒，佳辰易失。」所謂「及是時槃樂」，正如是耳。末云：「我有嘉賓，君臣相説。」又是大名目。

盧鴻《草堂》諸序，唐人腐過宋儒矣。摩詰：「一生幾許傷心事，不向空門何處銷？」李頎「爲政心閒物自閒」，徑似宋人詩。

儲御史：「縣官清且儉，深谷有人家。自説年來稔，前村酒可賒。」削去中二聯，作絶句甚佳。自説由於官清，田家多不自説年豐。

右丞《謁璿上人序》云上人「外人内天，不定不亂」，二語可爲我輩在家和尚法門。上人用「謁」字亦不俗，宋之問《浣紗篇贈陸上人》亦不拘，劉綬《敬酬名士悦傾城》「敬」字亦不應然，此皆詩人不及後儒處，亦比後人通方處。

丘爲「柴門獨掩扉」，「門扉」二字未加點，後人遂云不妨。請問如何不妨？右丞《示蕭甥》：「老夫何足似？郄公不易勝。」首尾錯見，亦礙。一篇之内不應重複，亦不應矛盾。古人事詞在經史中，如嘉樹怪石在山海中，移入詩文，便如在亭園中盆景矣。右丞園亭小，工部園亭大。採取花石者，須于山海，勿于園亭；又須于大園亭，勿于小園亭。

王昌齡《東京府縣諸公與綦毋潛李頎相送至白馬寺》，潛、頎外，以「諸公」兩字略之。製題不可不知此法。賈至與李白《巴陵》，同題同詩，至題載裴九，無李曄；白題有曄無裴，各任所好，不須周旋也。曄于白爲族叔，故不應略，亦不可不知。李白《沔州郎官湖序》記張謂姓名，餘「杜公」、「王公」皆不名，名不足書也。詩中但舉「張公逸興」，只以「四座醉清光」一語安置杜、王二公，最得應酬之法。「侯誰在矣，張仲孝友」，古人鄭重陪客久矣。

昌齡「著書在南窻，門館常肅肅」，將「肅肅」换却「寂寥」等字，另有領會。「荷葉羅裙一色裁」，古佳人著藍緑裙乎？一笑。

高達夫「看君解作一生事」，人人領會此語，人人皆有可觀。「美才應自料」五字，足相發明。常理「爲傳兒女意，不用遠封侯」，已先得「悔教夫壻覓封侯」矣。此一意，唐人翻弄不盡，可得十餘佳句。予嘗謂婦人而勢利者，其不肖與男子等，却又多一愚。何也？男子富貴則遠别離，且多伎妾矣；婦人奚取焉？古高士偕隱人何等得算。

唐人香奩外，如王諲、張潮等悉心閨閣，亦自名家；惟李康成、劉方平徑似詩餘，不可不防。孟雲卿「丈夫苟未達，所向須存誠」，此至言也。人窮則詐，發人深省，須知詐乃益窮耳。聖賢「不得志，修身見于世」，正有積誠意。

李白《留別廣陵諸公》詩，自家寫照作列傳，初擊劍，乃作賦，因思報國，不得志，而守真采藥，以飲酒垂釣終。此君自少至老，事事無成，而無入不得。想其胸中寥闊，不在人間，如孤雲野鶴。

李詩字字真，却字字幻。「臨別意難盡，各希存令名」、「與我身後名，不如一杯酒」，興會所值，偶然逼真，無適莫也。抑所謂「考其行而不掩」者歟？忽神仙，忽兒女，忽狂笑，忽涕淚，不可端倪。

《沔州郎官湖序》自識「遷於夜郎」。予嘗云白之於永王，非王、鄭之于禄山可比，故不諱也。其云「樂天下之再平也」，幸肅宗之正其罪也。假使天下不平，則白不還；不苦于還，而樂天下之平。夜郎負罪，視「凝碧池頭」，孰安也？其曰「郎官湖猶鄭圃僕射陂」，何其虚；末云「將與大別山相磨滅」，又何其狂！

「花間一壺酒，獨酌無相親。舉杯邀明月，對影成三人。」只此四句便妙，此後瑣瑣，索然矣。

「一斗合自然」，如何是「自然」？但看《賓之初筵》矜飾不自然處，便得其解。「勿爲醒者傳」，與諺語「醒眼看醉人」，二家交戰孰勝？

曹瞞在亂賊中，罪浮於羿、浞、新莽。唐人概作古人思之，爲其能文也，亦猶楊雄、潘岳也。

劉雲門評：如蕭衍又兼得般若一斑，爲修懺者所引重。

「聞難知慟哭，行啼入府中」，正不作「嵇康琴」、「夏侯色」等語，真率可取。

杜詩「避人焚諫草」與「不復同苦辛」，俱進幾層：「苦辛」一層，「同苦辛」又一層，「不復同苦辛」又一層；「諫草」一層，「焚諫草」又一層，「避人焚諫草」又一層。妙在却自然，不費力。

《新昏》、《垂老》、《無家》三别，題自妙，而詩詳盡無餘，苦無獨得處。

《贈蜀僧閭丘師兄》詳家聲及通家世誼，無僧家語。古云：「僧不書姓。」此却以名家姓氏爲重。

「齊魯青未了」，「青未了」三字之妙，妙在「齊魯」兩字，綿亘兩大國，比「千里」、「百里」等字更奇特典重矣。

「予髮喜却變，白間生黑絲」，蘇侍御詩可烏鬚耶？「老夫傾倒于蘇至矣」，人知老杜真確，不知其詼且誕有如此者。

《北征》自是大制作，其取義多本於《東山》。然亦不須許多，有數十句可融爲一二句者；有徑可删去者，「瘦妻面復光」六句是也。瑣細無謂處，人競賞，何故？

「庶往同饑渴」，與「不復同苦辛」孰妙？

「麻鞵見天子」，單説「鞵」，極善點綴。

《遭田父泥飲美嚴中丞》，題甚可鄙，堪爲客子低顔應酬之鑒。

《秋行官張望》數詩，農圃奴婢零雜事，皆莊皆詳，不作游戲語，其箠性然也。東坡作制誥，仍軒軒自適，各不相及。

「能事不受相促迫」，句亦拙。

「志決身殲軍務勞」、「無處告訴只顛狂」皆醜句，人皆賞此，故摘之。

「小市常爭米，孤城早閉門」，近於俚，不可不防。

「倉廩慰飄蓬」，僑寓倉廩，亦異事，亦快事。

文房「何幸暮年方有後，舉家相對却沾巾」、子美「喜心翻倒極，嗚咽淚沾巾」，足相發明。予生平無快意事，僅年四十三初生男，淚出不可收，因思詩人之確；予淚下，老妻及兩女皆淚下，益信「舉家相對」之確。

「春霧雲鬟濕，清輝玉臂寒」，自寫閨中人，可乎？

「尊酒家貧只舊醅」，「酒」、「醅」叠見未妥。貧家有新釀，安得「舊醅」？

後人《秋興》必八首，老人會飲必九人，可笑。

劉文房五、七言近體，清真圓雅，可爲後人式；絶句尤妙，古體、排律皆不逮。張謂七言律與文房同調。

文房有《别李氏女子》詩，嫁女何須詩送别？

秦系「老年惟自適，生事任群兒」兩語，徑是老人丹。魏孝文云：「人生須自放，安可終朝讀書？」亦是丹。

唐人相贈詩皆稱名，元、白倡和皆稱字。

歐陽詹《翫月》詩、序俱陋。序云：「翫月，古也。詣陳之居，修厥翫事。」尤堪噴飯。下士臨摹古人，無得于心，一至此。

論古人詩則論古人，不須非笑今人，匪但薄也，亦淺小矣。胸中寥闊，眼底自無罣礙。不但詩文，作人亦然。古人可非笑處，亦不下今人。詩，厚物也。作詩者往往失之薄，不可不防。

王維、鄭虔、張通陷于禄山，並囚。皆工畫，崔圓使繪壁，得免死，辱詩甚矣。

鄭畋女愛吟羅隱詩，一日窺隱貌寢，遂輟吟。乃知「標格過于詩」，亦有旨也。詩亦自有詩貌。

唐人蔣奇童、薛奇童，皆不傳其字里，乃知小慧不必大成也。予嘗謂詩不在多，不在敏，作詩亦不在蚤，匪但讀書應多，才人年少，未必遂得性情之正。

「滅燭聽歸鴻」，目妨耳耶。〔一〕

【校勘記】

〔一〕以下二十則別本無。據康熙初刻本嚴氏再識弁語，當係康熙九年庚戌「三續」者。

「賞心惟良知」，借詩人語作道學解。

「郎作十里行，儂作九里送。拔儂頭上釵，與郎資路用。」送別一里，何須許多路費？詩有要没理處。

杜詩「倉庾慰飄蓬」，遊子有倉，如家居瓶無餘粟。「瓶」字用「倉庾」二實字眼，奇甚。

趙忠毅得《四部稿》，一覽立散村嫗。楊大年目杜詩爲「村夫子」。後人未以趙、楊故，廢王、杜也。

詩文安得人人盡賞。要知杜詩不化處，全無意味者，十之五六。每爲人兒子及太夫人作詩，兒子猶可，太夫人詩何足入集？元美《四部》與東坡同，但有藁即入集矣，十存二三可也。述者可百餘種，作者何得百餘卷？《論語》二十卷，尚不皆聖言也。近如錢牧齋、王覺斯，頗似崌崍等輩矣，亟須選手。李西涯樂府詠史百餘篇，首篇《申生》有「兒命不如犬，犬得死君傍」二語，甚可賞。閱其全帙，幾幾楓落吴江矣。

李白病亟，枕上手集草稿，授李陽冰爲序。後人知有白，何知有冰？白亦不意其盛傳耶。嘗云身後名不如一杯酒，此時却用酒不著也。

蘇文過于王。然元美考古辨博波瀾處，子瞻不逮也。至其詩過蘇遠甚，其人品學術尤醇正。《詩》亡然後《春秋》作，詩與史同有用。非但采風，且以郊祀、宴饗矣。國史有官禄，野史亦乘黄車，而詩無耑官。漢惠置樂府令，但采歌謳耳。隋欲置詩學士而止，何也？雖然，假使爲詩設官，因爲官作詩，詩大歪矣。

戲謔是詩人本事。「先生如達」，却將始祖母比犬羊，何其不倫。「履帝武敏」四字足矣，「歆」字亦可删。

魏文帝《豔歌何嘗行》，直寫介弟得意事，視人間賢子弟藉父兄榮耀且慚且諱者，更覺軒爽。即視其兄顯達、其弟發憤思與齊等者，亦覺孝友，未嘗分形。「願得無人處，回身與郎抱。」娼家公然對人，便無味矣。史稱范希文、司馬君實及諸儒者，皆有浪子事。其云平生無不可對人言，此或不必與人言耶？

六朝自天子、王侯、緇流、羽衣、高隱、仙釋，皆工香奩。此女戎也。當時五胡，猶衛之有狄也。傳奇始于宋繼，百年來滋盛。

蘇詩擬陶。陶公喜《穆天子》、《山海經》，詩文却不用一字。東坡入眼即謄矣。予嘗目蘇爲「謄詩」。其題與序尤冗，全未加點。

杜詩自二十六始。蘇以丙子生，詩自辛丑始，入集亦年二十六。予已刻詩序，亦云自二十六始。古今人事偶合乃爾，予則妄矣。

元美晚年手東坡集不置，又亟稱歸熙甫。予少喜東坡，晚乃薄之。歸熙甫似只耳耳。復州伎小見偏，只如薄盛筵，取蔬筍；捐鐘鼓，喜絲竹耳。此君落薄諸生時，目無井里，果然井里名流不逮也。一第後，遂思壓倒王、李矣。一時風氣使然。王、李受享兒孫過多，應插此科。近日吴越起而譟之，復州亦又幸矣。

錢牧齋詳贍，可備文料。方之元美，不化，不雅，不變。一是生料，一是熟料。

二十一史，文人自譔者則佳而著名，史館開局者無耑名，文亦零雜。劉子玄修國史，不獲如意，退修家乘。歐陽《五代史》佳，《唐史》不佳，應然也。《唐史》退讓宋公爲首，當時賢之，正避譏笑耳。作史者尤忌人主與宰相取覽。非但史也，凡文皆然。有乞荆公文求增改者，怒而索還。予則任人點竄用之，而藏稿入集，一用原墨。

予五言古得之漢魏，不自知，適閱漢魏，始覺也。近體從中唐出，則自知也。七言常有蘇、黄能事，而不敢俚與諧、及詳演不止也。古文則惟左史内外傳非我所及耳。出入班、馬，俯視唐、宋，横竪任意。予于詩尚有憾，于古文無憾也。今世無細看吾文者，故難言此。

明初處士梁寅等三十二家，終三百年可百人。謝茂秦猶搢紳中元美也，二人同時，亦不偶。

瀨園詩話補遺

華容嚴首昇平子甫著

「彼美淑姬，可與晤語」，婦人亦堪晤對，是爲女士，是爲女史，亦可謂女友，故曰「琴瑟友之」。丘靈鞠文名初盛，後頗減。王儉曰：「丘公仕宦不進，才亦退矣。」可反「窮而後工」之論。

《國風》疊疊者，皆一層深過一層。如「不素飧兮」「飧」字，妙于「餐」、「食」，言現熟亦不食也，何況特設？「與子同澤」妙于「同袍」，近身宜澣者曰「澤」，更加親愛也。「逝者其耋」妙于「逝者其亡」，人或諱「亡」，能不「耋」乎？老人不能行樂，與亡同也；且坐視其樂而不能樂，更苦于亡，傷哉老也！榮啓期九十而樂，有幾乎？

「伐木丁丁，鳥鳴嚶嚶」，鳥無所依而求友也，即《常棣》「每有良朋」、《谷風》「將恐將懼」之意。元亮「尚想孔伋，庶其企而」，不得之子，望得之孫，老人生愚子，定作此想。苦懷出以詼諧，便有致。

「天下有道，得鳳象之。一則鳳過之，二則翔之，三則集之，四則春秋下之，五則沒身居之。」《詩》曰：「鳳凰于飛，亦集爰止。」取義如此。

子瞻，大才也，其詩皆小詩；楊用修，博學也，其文皆小文。

李白初爲隱逸士，以賀知章薦召見。杜甫則獻賦自薦，高自稱道，歷叙恕、預以來，守官十一世，及祖審言，皆以文章顯；自許以楊雄、枚皐，「有臣如此，陛下其忍棄之？」甫狂于白矣。白晚年大肆性情，于以耗壯心而遺餘年，蓋老而狂者；甫則稱狂耳。兩人總狂士，狂各不同。

予有「千億子孫聚百畝，百萬漁舟一帶河」之句，荆人摘以笑予，予解之曰：「『五花馬，千金裘，呼兒將出换美酒，與爾同銷萬古愁。』兩人對酌，傾幾萬瓮耶？抑異時麴價過高耶？」

《楚辭》自漢王逸《章句》，迄宋洪興祖《補注》，晁無咎取古今詞賦之近騷者以續之，朱子删定《集註》，前此劉安、班固、賈逵之書皆不傳。隋唐間訓解五六家，又僧道騫能以楚聲讀之，皆不存。向有七十二家評，頃崇禎末增至八十四家，受享與諸經等。予嘗謂吾家子陵，獨自高舉，非有利賴古今，而祠祭幾於孔、孟，亦猶《離騷》之侔於諸經也。

東坡云：「吾文終其身企慕，而不能及萬一者，惟屈子一人耳。」坡公與《騷》不同道，不爲亦實不能也。其不欺如此。嘗云：「揚雄故爲艱深，以文其固陋。」雄與《騷》同類，輕雄而遜《騷》，語正不謬。坡不爲雄，非不能也。然讀揚子《諫不受單于朝書》，亦非不能爲坡者。朱子云：「《楚辭》平易。」又何説也？

朱子以興、比、賦注《楚詞》，陋矣。《招魂》句句是比，却以爲真，謬甚。興、比、賦注《三百篇》，亦陋。

李賀熟讀《楚詞》，應爾。嘗云：「居南園，讀《天問》數過，忽得『文章何處哭秋風』之句。」亦詩中佳話。

李白云：「屈、宋長逝，無堪與言。」白狂而適者也，乃與古幽憂人同懷抱。「死生亦大矣」，屈平不能死，託神仙導引飛昇之術以寓意。假使當時有釋氏一途，即髡頂去矣。「道可受兮而不可傳」，不傳從何得受乎？此語聞道矣。

賈誼年三十三卒，《惜誓》首云：「惜余年老而日衰。」殊不祥。予友孫初聃字曼凡，往往爲此，曾祝一老人云：「八十抱長孫，六十抱長兒。人生壽命長，萬事不厭遲。」聃年三十二卒，豈亦自知耶？其句自佳。

《楚辭》談天談鬼，及神仙縹緲、樓臺歌舞、六簿田獵、好鳥芳草、才子佳人，縱酒好色之事，六合内外，荒唐無所不有，洵千古風流之祖。蓋原被讒再放，咄咄書空之所爲。如近代傳奇，劈空紀怪，自寫不平也。後世遂以彭咸懷沙，謂原果死于水，殆占夢矣。只如李白動稱神仙，遂得爲「仙李」耳。

莊周以無爲有，戰國以虚爲實。漢人不逮先秦，子虚、烏有、亡是公等，不若莊周、戰國實録姓名爵里，亡不能爲有，虚不能爲實也。後人之誕，不及古人也。《離騷》誕于《南華》矣。

漢宣帝讀《楚辭》嗟嘆，以爲皆合經術。學者讀書，當如漢宣之讀《楚辭》，各得自家事。宋高宗置胡安國《春秋傳》于座右，二十四日讀一遍，却不知報仇雪耻，亦奚以爲？

人與人遇，各有相知不相知也。《三百篇》鳥獸，及麟及鳳不及龍；《離騷》芳草，不及梅。古今人未嘗以此短龍與梅，亦未以病《詩》與《騷》。昔人云：「《離騷》忘却梅。」「文武吉甫」，立功萬里，却借「孝友張仲」爲增重；「炰鱉膾鯉」，簡歟？隆歟？或西北異味歟？

《三百篇》、《十九首》皆無名字，並無題無叙，任後人以意説之。

楊柳無百年者，有人作古楊詩，人皆嘲之。沙祇國有七尺楊，千百年不增不減，可以解嘲。

杜甫少貧，客吳、越、齊、趙間，皆勝地，却無詩，詩皆蜀、楚。甫少年詩不録也。詩之時與地，亦有緣也。

杜甫年二十六迄三十，裁存詩十二首。予童而爲詩，亦自二十六始收入集，至三十二授梓成帙，妄矣。四十前有句，或不成篇；後此成篇，不得佳句，句與篇亦難兼也。明初有古風無近體，後來近體有句，古體無可存者。

端木《詩傳》以《中庸》、《九經》分配《小雅》諸什，而以《鶴鳴》一章配修身，冠《小雅》之首，洵謬妄也。或曰：《鶴鳴》兼修身、親親、尊賢之義。

歐陽氏黜《繫辭》，朱子補《大學》，皆有腐氣。

諸經傳篇章次第先後，皆有意義。獨《論語》失次，「時習」章應居首，「吾十有五」章應居末；《鄉黨》應居十九篇；諸凡門弟子自言，非與夫子答問者，應附後爲二十篇；顔淵死在十一篇，問仁又在十二篇；曾子年最少，而叙在首篇。大約曾子年百餘，歿時諸賢俱盡矣。此書當爲曾子弟子集成。

秦觀詩與字皆似坡公，而坡大喜。齊己效韋蘇州語以贄，而韋棄斥之；後出其故學以進，大加賞。蘇不逮韋矣。

張巡《守睢陽》詩：「受圍如月暈，分守若魚麗。」生死顛沛時，會心乃爾，游戲乃爾，詩人放達應然。以放達，故慷慨赴死，無用而有用矣。城破詩尚全，亦可異也。詩力然也。

詩文不在多，晁無咎集百卷，猶稱《雞肋》，正不須百卷。後人曾記誦晁詩文多少否？謝逸作《胡蝶》詩三百首，極佳，人稱爲「謝胡蝶」。咏蝶至三百首，安得佳？王仁裕詩萬首，號「詩窖子」。近日王覺斯詩亦萬餘首，他人多則熟易，覺斯雕刻艱深，帙高尺許，亦異事。

《易》與《春秋》不令七十子與聞，蓋難言也。迄宋二千年矣，殘斷誤脱，不知凡幾。胡氏一憑己意斷聖心，可乎？只將「美惡不嫌同辭」一語，無意者皆有意，不知何意者耑定一意矣。一部《論語》，美惡明白，何嘗同辭？季孫、陽虎不稱名，顔氏子同衆焉稱名，名與字何軒輊？左史書名書字，姓氏爵里，一篇之内異見焉，豈皆有旨歟？如「伐」、「戰」、「侵」、「圍」、「攻」、「入」、「取」、「滅」、「執」、「救」、「次」、「聘」、「朝」、「會」、「盟」等，字義甚明白；又如諸侯死皆稱「公」，楚稱王而書「子」，外雖大皆稱「子」，滕侯、杞伯稱「子」，而宋同魯稱「公」，則明明有旨耳；晉侯執曹伯，晉自應稱「侯」，而云「稱侯」者，著曹之罪也，則曹何以稱「伯」？于桓公十八年字字不放過，何以放過「葬我君桓公」？莊公、閔公不書「即位」；定公無正月；應作「夏五」觀，或脱誤耳；餘皆書「即位」，獨于宣公書「即位」，云遂其意，真堪噴飯。宣公書「即位」，正如「葬我君桓公」，應紀者耳。此類不可勝數。竊疑文王、周、孔臆斷伏羲，未必誠然。今經生家盡遵胡氏，予惑焉。

「願車馬」，是不吝；「無伐善」，是不驕，可見不驕難于不吝也。子路無人相，顔子無我相，無我難於無人也。

顔子得一善，曾氏蚤年聞道，「一以貫之」，皆由心得也。子貢一貫在多識後，反説約也。亦有「自誠明」、「自明誠」之分。

子貢談「精一」之學，每云商也聞之老子，再傳爲莊子，莊子受業於子夏之門人。蓋老爲源，而莊其流也。君子儒、小人儒，防之也。老子父姓名李乾，母益壽氏，名敷宛。

《史記》：「宰我與田常作亂，夷其族。」聖門如海，無不有之矣。李斯云：「田常殺宰予。」則予未預於叛，予之死與由之不得其死同也。《索隱》曰：「陳恒殺闞止。止字子我，誤爲宰我。」

伯益，臯陶之子，五歲贊禹，事舜不僅二三歲耶？安所用之？舜臣五人，陶父子咸列耶？世稱老吏斷獄，乃用嬰兒理刑耶？古人妄言乃爾，後人敢否？

「三分天下有其二」，殷應伐周矣。以服事殷，致殷不疑而安其危，乃爲至德乎？爲尊者、親者諱也。

凡立言者，各因其時與地耳。孔、孟，古今日月也，但因春秋戰國以立言。魯三家，與天下古今，何當毫末？且三桓在魯，非如晉六卿、齊田氏，而重防之耶？不因時與地立言者，其《易》與《老子》乎？

漢始稱被，古稱寢衣，「長一身有半」。「長」音掌，量也。「文莫」，燕、齊人謂勉强。「隱几」，另是一物。裘牧、仲，裘本姓仇。「卒爲善」句，「士則之」句。「林放問禮」、「季氏旅」是一章，中有「放出，冉有入」五字。「惟恐有聞」，韓退之作「聲聞」解。「吾與女弗如」「與」字，猶「女與回也」之「與」。

夫子志在《春秋》，行在《孝經》，却不向門弟子言，何也？《論語》多問「孝」，「孝」何須問？人子處變，或遵所聞，何得日用飲食皆然？且何以不問「弟」？

王政四民，尚漏其一，《詩》有之矣，「人無兄弟，胡不佽焉」，讀之惻然。曾見有一少年孑立，不欲厥父置側室者。予曰：「此人不友，可知也。」予一生爲人弟，恨未爲人兄。爲兄妙於爲弟也。晚并無兄，甚覺其苦。或曰：「從子多矣。」予曰：「差些。」

用世人，任他功成名就，對高隱人，惘然自惜矣。「子路拱而立」，當時日暮路岐，偕伴相失，茫然無有是處。假使立刻丟手作山中人，便大勇矣，後來何至不得其死耶？高隱外，禪堂僧室，仕路人進門，多半長歎一聲。此一教，正是一劑凉藥，稍稍探討，宦情自冷，百凡放手矣，朝廷安静多少。

太公封齊，誅高士狂譎、華士二人，謂其開不爲上用之路也。周公聞而非之，身執贄，下白屋士。齊、魯開國如此。漢初，魯尚有兩生，宜也。齊則富貴利達成風矣，仍得一魯連。連之東海，不幾閔子汶上乎？連亦大賢矣！

孟氏以匹夫出遊，車從數十百，所至傳食。後世開府儀同三司，駕出不逮也。管、晏、蘇、張，皆用於時，未必如此。孟氏惟無用，故然；假使用之，未必天下之民舉安，便索然矣。虚勝實，空言勝實事，古今一也。

齊宣王子湣王。伐燕王噲者，湣王，非宣王也。湣王稱東帝，秦昭王爲西帝。齊割楚，伐宋，侵晉，欲以併周，鄒、魯諸侯皆稱臣，則反乎王齊，未妥也。然非所宜言矣。

「所惡於上」一段，以己心推人心也；「所好好之，所惡惡之」，進一層，即人心爲己心、父母以其子之苦樂爲苦樂也；「教我以正，未出於正」，又進一層，己可醜，子不可醜也，真父母之心也。

齊莊襄王襲莒，杞植字梁戰死，妻哭城頹。距趙及秦築長城數百年，地數千里。貫休作賦以爲秦，李西涯詩亦然，豈皆未見《列女傳》及樂府注耶？

「人皆可以爲堯舜」，誕矣！後人却有過聖人處，禹治河自積石，張騫却窮河源，騫豈神於禹耶？古今事勢自殊，後人勿以聖人自限，又何况泛泛古人事？

子路喜聞過，禹拜善言，分量皆大也。見小者，只覺得自家是，只覺得人不如己，所以緊接「大舜有大焉」，「莫大乎與人爲善」。

久假不歸，惡知非有？他人不知，并自家不知，便似性之身之矣。五霸皆不久而歸。歸有二義：一是莽、操，現出本來；一是省悔，不能自欺。胡氏謂齊桓葵丘後，不能久假而歸矣。僅得一解，紫陽竟不説明。

「讒佞」二字，王充分作二人，孟子「讒諂」則一人也。佞譽讒毁，善己者佞，不善則讒；事上則佞，同列則讒，分施於人者也。面佞背讒，合施於一人者也。皆一人之口也。亦有性專佞、性專讒者，兩人也，皆小人也。人不幸而得小人之性，與其爲讒人也，寧爲佞人；人不幸而遇小人，與其遇佞人也，寧遇讒人。

古禮三百，威儀三千，五刑三百，科條三千，出於禮，入於刑。人自頂至足，皆有禮，亦皆有刑。刑重者，加於身外，連及家人宗黨，戮及其屍，罪不容於死也。禮亦有封麼享祀。「陽貨欲見孔子」全章，總是个不與之言，隨口答應。雖語如默，相見如未見也。孟子不與右師言，未嘗言行事，正用此法。

老人語少年則誡以勿樂，所謂「無以太康，職思其憂」；少年則勸老人勿憂，所謂「今者不樂，逝者其亡」，亦是天然韋絃。少年宜近老人，老人宜接見少年。曾氏用「冠者」、「童子」，最妙。

人生惟少與老不曉事，少年自家生事，不知憂；老人自己無生事，却爲他人憂，皆不曉事也。問何爲「他人」？曰：自老人看來，兒孫亦是他人。

孫豹人云：「聖賢受辱則懼，懼我有以致此也；隱士受辱則喜，喜人不知我也；惟壯士與苦志人，胸中有个功名富貴，受辱則天實成就之。」

讀書是人生受用事，古人讀書以輕富貴，後人以取富貴；人生三十前以取富貴，四十後以輕富貴，皆樂事也。大約人五十後，事事有古意；四十九年，不獨蘧君子認錯。

胸中不學，猶手中無錢。無錢則耻且憂焉，安之者賢；不學則不耻且憂焉，不安者賢。

古用玉以封侯、祀天地，至重也，後以砌階、甃井矣；用詩以郊祀、宴饗也，後亦褻用之。吉甫亦詩人，視楊雄執戟、孔安國掌唾壺，何迥絶歟？造紙以代簡供書也，後以他用，紙自可用也，乃至厠溷皆是，造紙者豈爲厠溷地哉？用文人者無不至，文人亦無不至，總非天生文人意。

有温玉、寒玉，質也，非命也。攻玉者就樣製爲仙佛，可也；乃爲狗豕，玉亦有幸、不幸歟？

有玉九寸，製子母猫，母純白，身負六子雜色，眠抱扳附，皆因樣就玷爲之。亦見玉之瑕瑜皆可賞，皆有用也。用才人當如是也。

人家藏書幾何，又讀得幾何？細看注解，便得人間未見書矣。予四十前，但領大略，未曉處亦如曉得，不暇讀小注；晚乃及此，雖《四書》《五經》，偶觸輒不放過，較有得也。《左》、《國》、楚《騷》、馬《史》、蕭《選》諸注，可得孔刪秦焚之什一；若李、杜、駱丞諸家注，尤熟食店，便易充饑，名園花卉，自是中觀也。他人耻諱，予却公之後學，晚年喜用古諺及小品，隄防傷雅，鑒於子瞻矣。

本事詩

本事詩提要

《本事詩》十二卷，據光緒十四年邵武《徐氏叢書》本點校。輯者徐釚（一六三六—一七零八），字電發，號拙存，又號虹亭、楓江漁夫，江南吴江人。康熙十八年舉博學宏詞，授翰林院檢討。有《南州草堂集》《詞苑叢談》等。書首《略例》云「乘興偶輯」，「兩月之内，便擬殺青」，然末署康熙十一年壬子臘月，而自述編輯始於前一年辛亥夏六月，則歷一年又半矣。又吴中立序記王漁洋語，亦有「三十年前，余曾與之決擇詮次，自元迄明迨本朝，分前後兩集，合爲十二卷」云云，各本目録中有「王士禛論定」字樣，即指此。其刊刻甚遲，吴序引漁洋語，謂稿向留其蠶尾山房未鋟梓，吴氏爲之首梓，時已在康熙四十三年。其題「本事詩」者，乃承唐人孟啓之《本事詩》來，至有徑稱「續本事詩」者，實則體例内容皆不相同。所録改以人與詩爲單位，前六卷爲元末及明朝人，後六卷爲清初人，全部得三百餘家。詩皆有本事，事多關婦人韵事，其事或見諸詩序，或即見諸詩本身。蓋所録以七言爲多，尤重七古歌行，此體原擅敘事也。如吴梅村一人獨得十五題三十首居冠，所謂「梅村體」名作《永和宫詞》《圓圓曲》《聽女道士卞玉京彈琴歌》等，悉在其中。如此則其他各家之作，幾可視同梅村此體之羽翼矣。故此書頗不容小覷。其選明人詩，每參考錢謙益《列朝詩集》。如前後七子李攀龍四首，李夢陽、王世貞各僅一首，何景明一首未選，惟程嘉燧多至十三首，即與牧齋之取捨同。而四子七言成就固不在松圓下，集中亦非無詠女子詩也，如《大復集》即有《明月篇》《羅女曲》等。雖然，以選旨重在有事，亦不盡同於牧齋。如俞安期之五古長篇《昭涼變詞》，詠侍妾由歡蒙冤、死而復生事，長達二二六韵，即《列朝詩集》所未收。此書康熙中吴中立首刊後，乾隆二十二年曾由汪肯堂與徐大椿合作翻刻，前六卷由汪氏重校，後六卷由徐氏重校，板藏半松書屋。大椿乃徐釚孫，曾作一跋，歷述吴中立首刊至乾隆間重刊之過程。此跋署乾隆二十二年，載於另一乾隆本，而未載於上述半松書屋本。大抵乾隆年重刻以前，多據康熙本。如復旦大學圖書館有所謂雍正本，「玄」「胤」字皆缺筆，各卷目録之「王士禛論定」闕「禛」字，而不避「弘」「曆」字，又無徐氏《略例》及吴序，凡此自是雍正間人所爲；封面有「鼉尾山房藏板」字樣，可知所據仍爲康熙舊版。然亦不無可疑。蓋各卷卷端皆署「徐釚編輯，同學諸子同考」，惟卷七卷端替補爲「孫大椿重校」，則又顯然羼入乾隆重鐫之板，惟其主體仍是康熙舊板耳。臺灣杜松柏《清詩話訪佚初編》所收即爲此種舊版，而非徐大椿所出或附有其跋之乾隆版也。又分卷目録人名之序偶有與正文不合者，今據正文徑改之。

序

長洲尤侗悔菴撰

琅琊公子，有情死之言；鄴下才人，多憂生之嘆。百歲每傷于哀樂，三生交感于精魂。春思秋悲，琴歌酒賦。江山花草，嘗觸物而流連；黛澤衣裳，願隨身而宛轉。無題漫興，即事因書。然而前人樂府，大都寄託之詞；吾輩閒情，半作虛空之語。若乃館娃宮畔，偶遇西施；桃葉渡頭，揭來子夜。西陵松柏，郎躍青驄；南浦芙蓉，妾乘素舸。華鐙綺席，争看紅粉之迴；風雪旗亭，竊聽雙鬟之唱。貯阿嬌于金屋，頸宛鴛鴦；迎小玉于妝樓，舌偷鸚鵡。非花非霧，恍若游仙；爲雨爲雲，邈如夢寐。斯傷春杜牧，贏薄倖之名；而恨别江淹，著銷魂之句也。又况彩雲易散，白日長辭。蘭香去後，消息全無；紫玉歸時，形容宛在。殘香剩粉，玉鈎斜陳跡空存；墮珥遺簪，金屈戍舊游不再。人非木石，寧不悽愴；子有鼓鐘，且以喜樂。用借陰陽之律，爰成長短之歌。昔唐人孟棨集《本事詩》，采豔搜奇，亦云備矣。徐子電發，續譜兹編。孝穆前身，冬郎今日。昉自鐵崖而降，斷從蒙叟以還，竝富篇章，堪資諷詠。驚奇字之盈篋，疑美人之滿堂。髣髴畫圖，參差絃管。臣真好色，對此目招；僕詎知音，觀之眉舞。《南部煙花》之記，定擅無雙；《西崑》《錦瑟》之題，宜標第一。

尊選《本事詩》極佳，第前集中所收有類小説者，恐妨大雅。稍稍删削，輒僭拈出，不知有當否？

惟大方裁之。餘不既。士禛頓首。

又

虹亭太史足下：兩荷垂詢，以乏便羽，皆失裁復，心常拳拳。承惠寄《詞苑叢譚》，枕藉讀之，如聆言笑。近從侯官林兄吉人得讀《甘泉宮瓦詩記》，又曠若復面也。比來動止當清佳，吟詩作畫，尚如疇昔否？里中有稼堂，吴有悔菴，禾有竹垞，倡酬定不寂寞耳。《本事詩》久應鋟梓，佇望見示。能乘興寫垂虹秋色一幅寄我尤妙，未敢必也。俞羨長刻集及徐介白、俞無殊二君詩，各見惠一本。人便附候，勿吝嗣音。不一。庚辰九月望前，士禛頓首。

又

虹亭孤情絶照，如雲中白鶴，今之徐孺子也。每得手書，回環三復，不能自已。《本事詩》得吴世兄表章鐫梓，欣慰無量。但此書本出虹亭數十年苦心撰著，不佞安敢掠美，得附名參訂足矣。小序俟書成寄到時屬筆，幸早郵示。不佞刻《精華録》，向來牧老託顧俠君料理，此板不知存貯何所，恐遂散失，祈一詢之，取皮郡署，均感荷矣。竹垞久無音訊，聞明詩已選成，能索寄一部否？附及。士禛載頓首。

右阮亭先生三劄

略例

一、集名《本事詩》者，己酉、庚戌閒，余客燕、齊，塵土滿面，跅跎縱酒，頹然自放。辛亥歸憇菊莊，夏六月暑甚，坐卧竹林，迴思曩日與伯紫、方虎諸君旗亭倡和，恍惚如夢。偶有編輯，昉自明初暨國朝諸家詩歌，其事有足徵述者，萃爲一編，名之曰《本事詩》。稍資一時談柄，以爲是可誦之尊前酒邊云爾。

一、宫掖之作，如《長恨歌》《連昌宫詞》之類，雖或寄慨興亡，然皆述内庭之事，余故間爲採入。「白頭宫女在，閒坐説玄宗」，吾輩不可無此情性也。

一、香閨標格，代有其人。何况紅樓起社，青雀連盟，居然脂粉山人，宛是裙釵名士，其豔情逸韵，不更堪道乎？余亦備録，第寧簡勿繁。道韞「柳絮」單詞，鮑孃《香茗》一賦，雖或傳或不傳，總令談之者齒頰俱芬耳。

一、寵姬愛妾，固不獨石家金谷園中、張家燕子樓上也。瘞玉埋香，千古同恨。則陳王《金瓠》之辭，潘子《澤蘭》之詠，均宜入選。豈云傷哀之作，遂不關《霓裳》《錦瑟》歟？

一、遊仙諸女，髣髴飛瓊、蘭香者，皆可作秦女吹簫之伴。誰謂麻姑鳥爪，僅降之蔡經家耶？

一、幽期冥感之事，往往見之傳奇小説，豈詠歌所及，反不足資誦説耶？余亦間採一二，傳之好事云。

一、青樓狹邪之倡，色藝雙絶，名馳北里南院間者，花間酒邊，津津道之，猶令人色飛眉舞。但詞非幼婦而譌云足當纏頭者，槩不入選。

一、歌童人寵，自霍氏家奴以下，櫛比而生，詎謂世無秦青，鄂君繡被，竟令香消耶？余故録之，彷彿見鄭櫻桃於歌板青尊之下。

一、教師樂工，一曲動人，燈殘月落，猶令人按拍尋味不已，何況紅牙檀板，不知斷送多少情人。「一聲《河滿子》，雙淚落君前」，千古腸裂，原不止孟才人也。故如龜年、賀老之流，余亦採入，要當歌之于江南風景，落花時節云爾。

一、詩人逸事，間採諸家詩話及《列朝詩集小傳》中，爲之節略其一二。大抵縱情任誕者居多，録之借以消磨磈磊。若云名教中自有樂地，余固應作罪人也。

一、是編乘興偶輯，非關窅渺。兩月之内，便擬殺青。且家鮮藏書，肆無善本，所閲別集、野史數十種而外，不能傍搜遍覽，故多遺漏。如有博雅君子舉以相告，尚俟增入。

一、小説家所記事多失實，且詩雜鄙俚，僅可充委巷流談者，總無明證，並不混載。

一、近時名賢如牧齋、梅村諸先生而外，豈遂無紅粉青衫之感？余既未事徵求，遂不能遍讀藏稿。遺珠之嘆，深用歉然。倘有彙寄，更須續集。

康熙十一年歲次壬子臘月梅花開日，吴江徐釚書於菊莊之香雪窩。

《本事詩》，楓江漁父手編，漁洋山人阮亭王先生所論定也。中立佐郡山左，于役濟南，以通家子謁先生於新城里第，從池北書庫抽架上詩一編誦之，校諸唐人孟棨所撰倍十之八九。先生謂中立：「此余老門人徐檢討電發鈔撮。三十年前，余曾與之決擇詮次，自元迄明迨本朝，分前後兩集，合爲十二卷。向留鼅尾山房，惜未鋟梓，幾飽蠹魚之腹矣。」中立僻在海隅，政事清簡，承先生命，請爲校讐，授之剞劂氏。若檢討名釚，吴江人，又號虹亭，浮沈金馬，雖知之有素，然固未嘗相識也。康熙四十三年甲申中元日，長白山樵吴中立謹書。

蓋聞文通疊恨，斑管催題；孝穆牽情，《玉臺》留詠。是以豪家破鏡，傳來公主短詩；别殿分釵，歌就樂天長句。樓頭燕子，紅粉都非；江上琵琶，青衫欲濕。斯皆譜新詞於樂府，譚往事於尊前者也。夫洛妃乘霧，佩深交甫之遺；宋玉窺牆，目送東鄰之子。是耶非也，如聽哀蟬；珊乎遲來，恍聞落葉。避風欲築，難留趙后之裾；淚雨空垂，誰擁樊家之髻？若乃煙迷龍塞，遠嫁明妃；露冷雀臺，長懷魏武。綺閣之金蓮已邈，後庭之玉樹依然。他如蟋蟀機邊，願寄流黄之錦；蘼蕪山上，難成翡翠之巢。顔隨芳草俱埋，人傳碧玉；魂與落花同隕，代有緑珠。欲識鳳凰，天下空聞蕭史；漫求鸞鶴，人間詎降蘭香。此奉倩所以傷神，而潘岳因之作賦。下此則笙歌北里，攀迴油壁之車；鼓吹西樓，看罷《柘枝》之舞。恨不留詩於崔護，妬殺桃花；誰能繫馬於章臺，生憎楊柳。而況西陵松柏，慣結同心；禾水鴛鴦，真成比翼。醉憶揚州之夢，敢記煙花；醒慚巫峽之魂，終迷雲雨。春風一曲，最憐刺史情多；香霧兩行，誰説司空見慣。爾乃桃根桃葉，空餘怨粉啼香；蘭漿蘭橈，只賸曉風殘月。未免有情，誰能遣此？於是歌翻《白苧》，檀槽與象管同催；酒漬紅裙，錦瑟竝《霓裳》迭奏。何戡猶在，憶舊曲於花前；賀老云亡，嘆新聲於月下。絳紗縹緲，不嫌長篴之賦馬融；翠帳低徊，恰似短簫之吹嬴女。甚至歌憐《河滿》，時時誤識櫻桃；情比鄂君，夜夜偷熏繡被。卧秦宫於花底，錯賜纏頭；羨霍氏之家奴，無勞半臂。既云鍾情自在吾輩，何妨識曲便記當年。用綴烏絲，爰披白雪。硃研花露，點薛濤濯錦之牋；墨傳松煤，寫張泌《妝樓》之記。惟廣搜夫佳什，更遥集乎名篇。遠傳玉山堂上之人，閒吹鐵笛；近接紅豆莊前之叟，坐愛銀箏。謂鐵崖、蒙叟。休彈《出塞》《從軍》，身非蕩子；謾説開元、天寶，情類宫人。譜以新題，且向鬢絲禪榻畔；編成佳話，聊資歌扇酒旗傍。如云逸致堪標，會借小窗班史；倘曰風情可畫，敢勞深院王維。因傳《本事詩》，願續斷腸句。吴江徐釚拜啓。

本事詩目録

卷一

卷二

卷三

卷四

卷五

卷六

高承埏　朱茂曙　鄭露　徐石麒
黎遂球　周立勳　劉孔和　顧超
屠生　小水人　無名氏

卷七

錢謙益 附會稽女子　林雲鳳　杜濬　王崇簡
熊文舉　宋徵輿　朱隗　王猷定
許宸　楊思聖　曹胤昌　徐波
黃周星　李元鼎　冒襄　閻爾梅
周永年　李以篤　史玄　沈自然
徐白　萬壽祺　周肇　曾畹

卷八

吳偉業　龔鼎孳　梁清標　紀映鍾

宋琬　嚴沆　顧開雍　曹爾堪
周茂源

卷九

周亮工　顧大申　陳瑚　彭孫遹
宋犖　王士祿　李念慈　施閏章
丁澎　徐乾學　尤侗　錢中諧
錢陸燦　徐夜　董俞　程康莊
張養重　俞南史　雷珽　梅子魁
錢霍　徐倬　吴毓珍　陸棻
沈章

卷十

王士禛　汪琬　鄒祗謨　陳玉璂

卷十一

卷十二

宗元鼎
王典
陸進
吴藹
潘江
吴権

葉舒穎
俞泰
葉舒崇
周在浚
羅世珍
江闓

彭椅
王頊齡
吴雯
王晫
王又旦

崔漎
李良年
吴鏘
林麟焻
方象瑛

本事詩卷一　前集

吴江徐釚電發編輯

楊維禎

廉夫，鐵崖，會稽人。

《七修類藁》曰：廉夫母夢金鈎入懷而生，别號鐵崖道人。晚年避亂松江之泖湖謝伯理家，畜四妾，名草枝、柳枝、桃枝、杏花，皆善音樂，每乘畫舫，恣意所之。故楊眉菴《寄鐵崖》詩有「長笛參差吹海鳳，小璚楊柳舞天魔」，臨川聶大年《題楊廉夫集》云：「文章五色鳳之雛，酒借詩豪膽氣粗。白髮草玄揚子宅，紅妝檀板謝家湖。金鉤遠夢天星墜，鐵笛聲寒海月孤。知爾有靈應不死，滄桑更變問麻姑。」吴郡吴寬《題楊鐵崖墓誌》云：「泰定年開名進士，會稽山下老徵君。金陵不看三秋月，玄圃長噓五色雲。對客呼兒將鐵篴，從人笑我醉紅裙。風流盡付吴淞水，還繞劉伶四尺墳。」皆道其實也。

城西美人歌

丙戌花朝後一日，與客游長城之靈山，宴於城東老人所。時偕游者，城中美人靈山秀也。酒酣，作《城西美人歌》。

長城嬉春春半强，杏花滿城散餘香。城西美人戀春陽，引客五馬青絲韁。美人有似真珠漿，和氣解消冰炭腸。前朝丞相靈山堂，雙雙石郎立道旁。當時門前走犬馬，今日丘隴登牛羊。美人兮美人，舞燕燕，歌鶯鶯，蜻蜓蛺蝶争飛揚。城東老人爲我開錦幛，金盤薦我生檳榔。美人兮美人，吹玉笛，彈紅桑，爲我再進黄金觴。舊時美人已黄土，莫惜秉燭添紅妝。

謝吕敬夫紅牙管歌

吕云：度廟老宫人所傳物也。滄江泰孃，蓋敬夫席上善倚歌以和余大忽雷者，故詩中及之。

鐵心道人吹鐵笛，大雷怒裂龍門石。滄江一夜風雨湍，水族千頭嘯悲激。樓頭阿泰聚雙蛾，手持紫檀不敢歌。吕家律吕慘不和，换以紅牙尺八之冰柯。五絲同心結龍首，曾把昭陽玉人手。只今流落已百年，不省愁中折楊柳。道人吹春哀北征，宫人斜上草青青。吴兒木石悍不驚，泰孃苦獨多春情，爲君清淚滴紅冰。

按：大忽雷，琵琶名。唐文宗朝有内人鄭中丞善胡琴，内庫有琵琶二面，號大忽雷、小忽雷，因損送崇仁坊趙家修理。時權相舊吏梁厚本有别墅在昭應縣西，南臨渭河。垂釣之際，忽一物流過，長六尺許，上以錦纏之，令家童接得岸，乃秘器也。發開視之，一女郎妝色儼然，以羅巾繫其頸，口鼻之間，尚有餘息。即移至室中，將養經旬，方能言語，云：「我内弟子鄭中丞也。昨因忤旨，令内人縊死，投於河中。」因涕泣感謝。厚本無妻，納爲室。自言善琵琶，其琵琶在南趙家修理。厚本購得之。值良辰，飲於花下，酒酣，不覺朗彈幾曲。是時有黄門放鷂子過門，私於墻外聽之，曰：「鄭中丞琵琶也。」竊窺識之，翼日達上聽。文宗始常追悔，至是驚喜，遣中官宣召，問其故，乃赦厚本罪，任從匹偶，仍加賜賚焉。

賭春曲

《妝樓記》：洛陽有樂姓者，撒真珠爲戲，厚盈數寸。以斑螺令妓女酌之，仍各具數，以得雙者爲勝。得雙妓乃作雙珠宴，以勞主人。

鬬草歸來後，開筵又賭春。堦前撒珠戲，誰是得雙人？

花游曲

至正戊子三月十日，偕茅山貞居老仙、玉山才子煙雨中游石湖諸山。老仙爲妓者璚英賦《點絳唇》詞。已而午霽，登湖上山，歇寶積寺行禪師西軒，老仙題名軒之壁，璚英折碧桃花。下山，余爲璚英賦《花游曲》，而玉山和之。

三月十日春濛濛，滿江花雨濕東風。美人盈盈煙雨裏，唱徹湖煙與湖水。水天虹女忽當門，午光穿漏海霞裙。美人凌空躡飛步，步上山頭小真墓。華陽老仙海上來，五湖吐納掌中杯。寶山枯禪開茗碗，木鯨吼罷催花板。老仙醉筆石闌西，一片花飛落粉題。蓬萊宫中花報使，花信明朝二十四。老仙更試蜀麻箋，寫盡春愁《子夜》篇。

附玉山和詩 按：玉山才子，顧德輝仲瑛也。

貞孃墓下花溟濛，碧梢小鳥啼春風。蘭舟摇摇落花裏，唱徹吴歈弄吴水。十三女子楊柳門，青絲盤髻鬱金裙。折花賣眼一迴步，蛺蝶雙飛上春墓。老仙醉弄鐵篴來，瓊花起作回風杯。興酣鯨吸瑪瑙碗，立按鳴筝促象板。午光小落行春西，碧桃花下題新題。西家忽遣青鳥使，致書殷勤招再四。當筵奪得鳳頭箋，大寫仙人蹋踘篇。

西湖竹枝歌 一作《小臨海曲》。

鐵崖既作《西湖竹枝歌》，一時和者甚衆，遂有薛氏女《蘇臺竹枝》之唱，傳以爲佳話云。

蘇小門前花滿株，蘇公堤上女當壚。南官北使須到此，江南西湖天下無。

鹿頭湖船唱赧郎，船頭不宿野鴛鴦。爲郎歌舞爲郎死，不惜真珠成斗量。

家住城西新婦礠，勸君不唱《縷金衣》。琵琶原是韓朋木，彈得鴛鴦一處飛。

勸郎莫上南高峰，勸我莫上北高峰。南高峰雲北高雨，雲雨相催愁殺儂。

湖口樓船湖日陰，湖中斷橋湖水深。樓船無柁是郎意，斷橋有柱是儂心。

病春日日可如何，起向西窗理琵琶。見説枯槽能卜命，柳州街口問來婆。

小小渡船如缺瓜，船中少婦《竹枝》歌。歌聲唱入箜篌調，不遣狂夫横渡河。

石新婦下水連空，飛來峰前山萬重。妾死甘爲石新婦，望郎忽似飛來峰。石新婦，秦王纜石是也。

望郎一朝又一朝，信郎信似浙江潮。牀腳揞龜有時爛，臂上守宫何日銷？

附　薛氏《蘇臺竹枝詞》

吴郡薛氏二女蘭英、蕙英，聰慧能詩，見鐵崖《西湖竹枝詞》，笑曰：「西湖有《竹枝曲》，東吴獨無乎？」乃效其體作《蘇臺竹枝》十章。楊見其藁，手題二詩於後云：「錦江只見薛濤箋，吴郡今傳蘭蕙篇。文采風流知有日，連珠合璧照華筵。」「難弟難兄並有名，英英端不讓瓊瓊。好將筆底春風句，譜作瑶箏絃上聲。」自是名播遠邇，咸以爲班姬、蔡女復出也。

姑蘇臺上月團團，姑蘇臺下水潺潺。月落西邊有時出，水流東去幾時還？

館娃宫中麋鹿游，西施去泛五湖舟。香魂玉骨歸何處，不及貞孃葬虎丘。

虎丘山上塔層層，静夜分明見佛燈。約伴燒香寺中去，自將釵釧施山僧。

門泊東吴萬里船，烏啼月落水如煙。寒山寺裏鐘聲早，漁火江楓惱客眠。

洞庭金柑三寸黄，笠澤銀魚一尺長。東南佳味人知少，玉食無由進上方。

荻芽抽笋楝花開，不見河豚石首來。早起腥風滿城市，郎從海口販鮮回。

楊柳青青楊柳黄，青黄變色過年光。妾似柳絲易憔悴，郎如柳絮太顛狂。

翡翠雙飛不待呼，鴛鴦竝宿幾曾孤。生憎寶帶橋頭水，半入吴江半太湖。

一緺鳳髻緑如雲，八字牙梳白似銀。斜倚朱門翹首立，往來多少斷腸人。百尺樓臺倚碧天，欄干曲曲畫屏連。儂家自有《蘇臺曲》，不去西湖唱《采蓮》。

按：鐵崖《竹枝》原唱，自薛氏女外，有士女曹妙清號雪齋，居錢塘，善鼓琴，工書法，嘗和鐵崖詩寄楊，楊答之云：「美人絶似董嬌嬈，家住南山第一橋。不肯隨人過湖去，月明夜夜自吹簫。」因寫《西湖竹枝曲》云：「紅牙筦蒂紫狸毫，雪水初融玉帶袍。寫得薛濤《萱草帖》，西湖紙價可能高。」「玉帶袍」，其家硯名也。又有士女張妙浄，字惠連，亦錢塘人，善詩章音律，居春夢樓，亦與鐵崖倡和，其《竹枝詞》云：「憶把明珠買妾時，妾起梳頭郎畫眉。郎今何處妾獨在，怕見花間雙蝶飛。」

玉蓮曲爲金陵張氏妓賦

芙蓉出五沃，蕩漾水中央。託根遍七澤，濯影照滄浪。亭亭立淤泥，静試岳井妝。使君青雀舫，夜夜宿花傍。爲結明璫蓋，覆此竝頭芳。洛妃解瑶珮，王母薦瓊觴。饑餐玲瓏玉，渴飲醍醐漿。白日忽成晚，粉面落秋霜。窟窕不結子，柔絲斷藕腸。波寒沈獺傘，愁殺野鴛鴦。

丁鶴年

以字行，更字友鶴，西域人，世居武昌。

《堯山堂外紀》曰：弘治中，四川周洪謨赴公車，泊舟邗江，夜夢一異人曰：「吾，子前身也，號友鶴山人，姓丁，家維揚。」後周官南京翰林，以詩寄維揚太守王恕曰：「生死輪迴事杳冥，前生幻出鶴仙靈。當年一覺揚州夢，華表歸來又姓丁。」王得詩，集郡中耆老問之，方知丁鶴年即號友鶴山人，元末隱居，建文時没於成都。王即以此復周。世以爲異，如羊祜、房琯之事云。

贈故宫人

粉愁香怨不勝情，强整殘妝對老兵。别殿金蓮餘故步，後庭玉樹變新聲。眼穿鴈字雲連塞，夢斷羊車月滿城。天上桃開王母去，世人誰識許飛瓊？

戲贈劉雲翁

千金不惜買新聲，贏得風流老更成。銀甕葡萄浮臘蟻，金屏窈窕囀春鶯。香凝燕寢頻開席，花暗閑房合度笙。夜燕未終賓客醉，莫將明燭照華纓。

王　逢

原吉，江陰人。洪武初以文學録用，堅卧不起。號席帽山人。年七十卒。有《梧溪詩集》。

陪神保大王宴朱將軍第聞彈白翎雀引　有序

白翎雀，燕漠閒鳥也。初，世皇命伶官石德閭製《白翎雀曲》，及進，曰：「何其末有孤嫠怨悲之音？」石德閭末之改而已傳焉。戊戌冬，淮藩朱將軍宴大王於私第，逢忝座末。時夜雹霰交下，衆賓相次執盞起爲王壽，逢亦起。王命左右鼓是曲，且語製曲之始，俾歌詠之。逢謂纘事本實，左氏所先，故鋪陳興龍大略，而不暇他及也。

玄陰亘天雪欲作，將軍西第夜張幕。銅盤蠟光紅照灼，四座傾聽《白翎雀》。雀生烏桓朔部落，大朴之氣元磅礴。地椒野穄極廣莫，穹廬離離散駝駱。黄羊蘆酒襍湩酪，鷹狗田獵代耕穫。太王肇基不城郭，青春建橐宵罷柝。聖澤滂沛蔓緜絡，風淳俗龐法度約。乾端坤倪露沖漠，羽毛鱗介並飛躍。庭祠歲饗咽管籥，雄雌和鳴莫我樂。帝皇赫然太陽若，八表晃蕩氛盡卻。前驅屈盧從繁弱，睢盱嘔呷萬狀錯。遂朝玉帛解組縛，大明宮開夾花萼。文監武衛盛材略，蕊荇縠璧暎霜鍔。五雲夔龍奏《韶濩》，九苞鳳皇降寥廓。德音威儀匪予度，萬姓拭目瞻阿閣。軒轅伶倫兩冥寞，八十年來事非昨。玃塵雜亂人道削，咬哇哀淫頌聲鑠。皇孫讓賢執鼓鐸，巾冪鵲尾黄金杓。殺烝體薦嚼復嚼，《巴渝》舞隊驩回薄。供奉革韝衣狐貉，銀箏載前酒載酌。延秋門深魚守鑰，緱山遠度吹笙鶴。淮南昔者雞舐藥，千乘之國棄弊蹻。方今群雄自開拓，拔刀把稍争刺斫。爲臣義同葵與藿，將軍固合鞭先著。蓮壺漏沈薇露涸，枯梢號寒風隕擇。百禽啁噍雹霰霍，冰花亂點真珠箔。箔中呱呱情陡惡，供奉耆爾停絃索。吁嗟白翎將焉託，有客淚下甘丘壑。

王冕 元章，號煮石山農，諸暨人。

虞山蒙叟曰：冕，本田家子，儀觀甚偉。通《春秋》，讀古兵法，著高簷帽，披緑簑衣，履長齒屐，擊木劍，或騎黄牛，持《漢書》以讀，人目爲狂士。常遊燕都，泰不花薦以館職，冕曰：「不滿十年，此中狐兔遊矣，何以禄爲？」工畫梅，以臙脂作没骨體，長安貴人争求之，乃自畫，一幅張壁間，題曰：「冰花箇箇圓如玉，羌笛吹他不下來。」或以爲刺時。遁歸，攜妻孥隱九里山下，結茅爲梅花書屋。王師取婺州，物色得冕，授諮議參軍，一夕病死。

過昭瑞宫

金宫無人玉殿開，青蒲埋没遍蒼苔。舊愁隱隱隨煙浪，新恨緜緜入草萊。紅葉已隨流水去，黄門空憶看花來。東南富貴消磨盡，留得荒村古將臺。

顧德輝 仲瑛，別名阿瑛，崑山人。

仲瑛築玉山草堂，以茅茨褋瓦蓋之，四簷植梅竹及珍異之石，購法書名畫、彝器秘玩，羅列鑑賞。其卒也，以紵衣桐帽椶鞵纏裹入土。自題小像，有「儒衣僧帽道人鞋」之句。

玉山紀事

秦淮海泛舟過綽湖，向夕未歸，予與桂天香坐芝雲堂以佇之。堂陰枇杷始華，爛炯如雪，乃攜席樹底，據盤石，相與弈棋，遂勝其紫絲囊而罷。於是小蟠桃執文犀觥起賀，金縷衣軋鳳頭琴，予亦擘古阮，嗺子雖切。撮口也酒甚歡，而天香鬱鬱有潸然之態。俄而淮海歸，且示以舟中所詠，予用韻以紀乃事云。

玉子岡頭秋杳冥，石牀摘阮素琴停。枇杷花開如雪白，楊柳葉落帶煙青。每聞投壺笑玉女，不堪鼓瑟怨湘靈。酒闌秉燭坐深夜，細雨小寒生翠屏。

漁莊欸歌

河南陸仁序曰：至正辛卯秋九月十四日，玉山燕客於漁莊之上。芙蓉如城，水禽交飛，臨流展席，俯見游鯉。日既夕，天宇微肅，月色與水光澹蕩檽檻間，遐情逸思，使人浩然有陵雲之想。玉山俾侍姬小瓊英調鳴箏，飛觴傳令，歡飲盡酣。玉山口占二絶，命坐客屬賦之。賦成，令漁童、樵青乘小榜，倚歌於蒼茫煙浦中，韵度清暢，音節婉麗。則知三湘五湖，蕭條寂寥，那得有此樂也。詩成，名之曰《漁莊欸歌》云。

金杯素手玉嬋娟，照見青天月子圓。錦筝彈盡鴛鴦曲，都在秋風十四絃。
返照移晴入綺窗，芙蓉楊柳滿秋江。漁童欸乃蕩舟去，驚起錦鳧飛一雙。

附 和 詩

灣灣流水曲欄干，鸂鶒芙蓉不耐寒。玉手爲開銀屈膝，舉頭卻見月團團。
日暮休憑鬬鴨闌，落霞飛去水漫漫。秋光都在重屏裏，東面青山是馬鞍。陸仁
秋水芙蓉面面開，錦雲低護小蓬萊。夜深莫把珠簾下，恐有青鸞月底來。
玉人花下按《涼州》，白雁低飛个个秋。彈徹驪珠三萬斛，當筵博得錦纏頭。袁暠
傍水芙蓉未著霜，看花酌酒坐漁莊。花間折得芭蕉葉，醉寫新詞一兩行。周砥
公子漁莊秋氣高，灣灣野水曲塘坳。隔林月出車輪大，照見花間翡翠巢。秦約
紅白芙蓉映畫屏，秋波如鏡照娉婷。竝頭花似雙蛾臉，一朵濃酣一朵醒。袁華
芙蓉千樹齊臨水，橘柚滿林都是霜。歌罷玉人歸別院，只留明月照漁莊。
對酒清歌窈窕娘，持杯勸客手生香。袖中藏得雙頭橘，一半青青一半黄。于立
繡户疏窗八面開，漁莊酒色浄如苔。鯉魚三尺丹砂尾，聽得清歌出水來。
雨後芙蓉霜後楓，漁莊只在畫橋東。不知前面花多少，映水殘霞爛漫紅。趙珍
纖纖新月上簾鉤，楓葉蘋花隔水秋。一曲清歌來送酒，雙鬟小妓木蘭舟。李瓚

黄花丹樹遶漁莊，錦瑟秋風子夜長。驚起水禽棲不定，背人飛去不成行。岳榆

按：仲瑛玉山草堂在界溪之上，園池亭榭、餼館聲妓之盛，甲于天下。日夜與高人俊流置酒賦詩，彙其所得詩歌曰《草堂雅集》。《漁莊欸歌》今載集中。

玉鸞謡

楊廉夫昔有二鐵笛，字之曰「鐵龍」，今亡其一。偶得蒼玉簫一枚，呼爲「玉鸞」，以配「鐵龍」。廉夫喜甚，爲索賦《玉鸞謡》。至正甲午三月既望，界溪顧瑛書於柳塘春。

七寶城中吹玉笛，舞按白鸞三十隻。箇中小玉號細腰，尾拂廣陵秋月白。伐毛脱骨秋風裏，素頭圓長尺有咫。中虚一竅混沌通，上有連珠七星子。羿妻久閟結璘臺，弄玉求之遺蕭史。調得仙家《别鵠》聲，吹落虎頭金粟耳。桂園仙伯楊鐵翁，昔豢洞庭雙鐵龍。雌龍入海去不返，雄龍鰥處璚林宫。宫中夜夜泣寒雨，幽咽悲啼作人語。燃犀莫照玉鏡臺，買絲難繫藍橋杵。虎頭憐之爲媾婚，并刀剪紙招鸞魂。鸞之來兮洞房曉，恍然枕席生春温。鐵仙翁，笑拍手，左瓊瓊，右柳柳。瓊瓊細舞柳柳歌，起勸虎頭三進酒。畫堂龜甲開屏風，翠煙凝煖春雲濃。大瓶酒瀉鸚鵡緑，滿頭花插鴛鴦紅。鸞兮運居巢，龍兮弄横竹。君山月落大江秋，黄姑星隕崑岡玉。不須再奏合歡詞，且聽和鳴太平曲。太平曲，斷還續，一轉一拍相節促。諧宫協徵宣八風，寒谷能令生五穀。龍鸞臺上鳳凰來，萬歲八音調玉燭。

卞思義

宜之，楚州人。辟都水屬掾。

鐵笛詩寄楊廉夫

一段清冰百鍊鋼，曾翻宫徵侍虚皇。裂開黄鶴磯頭石，驚落青鸞鏡裏霜。仙子珮環新樂府，翰林風月舊文章。道人清節磨礱久，卻笑桓伊獨據牀。

次楊廉夫韵贈歌者翡翠屏

揚州曾賞瓊花宴，吴下新傳翡翠屏。湘水月明環珮冷，巫山雲濕髻鬟青。蹙金孔雀非爲貴，隔屋琵琶正好聽。青鳥無情易飛去，雕籠深鎖重丁寧。

郭　翼

熙仲，崑山人。

寄郯九成兼懷鐵崖聞挾璚英赴倪雲林之約

府中從事近將書，只道清狂事事無。雪艇下來要陸倩，雲林直去看倪迂。醉時自舞鐵如意，愁裏休歌玉唾壺。揚子草堂須有約，速來滿眼爲君酤。

郯韶 九成，吴興人。辟誠王府掾。

題美人琴阮圖

金谷華飛春半時，花間鶯語太遲遲。美人心事渾無賴，忍把柔情摘阮絲。

聞玉山夜過春夢樓戲柬小芙蓉

金鴨香銷月上遲，玉人扶醉寫新詞。勝遊不記歸來夜，春夢樓前倚馬時。

王蒙 叔明，黄鶴山樵，吴興人。趙文敏之甥。

宫詞 仁和俞友仁見此詩，嘆賞曰：「此唐人得意句也。」遂以其妹妻之。

南風吹斷採蓮歌，夜雨新添太液波。水殿雲廊三十六，不知何處月明多？

朱竹垞《詩話》曰：考淩彦翀《柘軒集》有《悼王叔明室張氏》詩云：「結髮爲夫婦，齊眉若主賓。山同黄鶴隱，書逼彩鸞真。蘭樹人皆羡，蘋蘩爾獨親。情傷坦腹者，臨穴重沾巾。」則叔明娶于張，非俞也。然世所傳皆以爲叔明因此詩得妻，未知孰是。

于立 彦成，廬山人。

《玉山雅集》曰：立幼明敏，學道會稽山中，得石室藏書，遂以詩酒放浪江湖間。多遊吴中，法書名畫，題品居多。楊鐵崖以爲如行雲流水，無所凝滯，遊方之外者也。

胡琴謡贈張猩猩

絳綃幕帳春雲熱，銀蠟摇光眼生纈。猩猩對客軋胡琴，紫龍銜絲度幽咽。新鶯出谷調高聲，間關瀉出春風情。珊瑚擊碎琅玕折，鳳凰夜叫離鸞驚。舞停回雪歌停扇，一曲《梁州》猶未徧。細數驪珠下玉盤，百尺冰絲貫成串。錦瑟無聲帝子愁，湘波摇江江倒流。西風忽起茯苓浦，吹下滿天鴻鴈秋。猩猩東坐調一曲，玉軸銀絃再三促。爲君寫作《胡琴謡》，西夏郎官面如玉。

張翥 仲舉，晉寧人。

紫檀篳栗曲贈善吹者任子中

君不見龜兹樂工能新聲，截竹爲筒吹月明。黄沙磧裏橐駝斷，花門山上浮雲生。夜深促節轉悲壯，只愁崩倒赫連城。石崖劃裂水泉湧，海鶻怒戛風力竦。賈胡驚起怨思長，都護罷飲精魂動。傳之中國久更新，任郎妙解尤絶倫。鏤檀作管如紫玉，連蟬錦囊金作束。等閒未肯出向人，爲我酒邊吹一曲。落花撩亂游絲起，流鶯無言蛺蝶死。當頭獨發調最高，響來直在青雲裏。頓令陽春變秋色，佶栗吴霜飛繞指。教坊絃索慘不驕，歌舞堂中静如水。古誰得名今莫比，詎數陽陶與關李。南音北譜此正繁，含嚼紛紜徒聒耳。我心感慨未易降，已覺滿坐寒摐摐。安得酒船百斛乘月去，數聲吹黑魚龍江。

潘純 子素，淮西人。

《草堂雅集》曰：純善談笑，作詩爲文，迥出流輩。晚居淮、浙間，名重一時云。

贈歌者杜氏入道

夜凉摇珮玉丁東，月下焚香禮碧空。願逐吹笙王子晉，並騎丹鳳彩雲中。

簾壓濃寒晝掩門，沈香火暖淡氤氲。舊時衫子渾無用，剪作仙家百衲裙。

雲髻高梳鬢不分，掃除虚室事元君。新糊白紙屏風上，盡畫蓬萊五色雲。

宋訥 仲敏，滑縣人。有《西隱稾》。

壬子秋過故宫

萬國朝宗拜紫宸，於今誰望屬車塵。名聞少室徵奇士，驛斷高麗進美人。朝會寶燈沈轉漏，授時玉歷罷頒春。街頭野服儒冠老，曾是花塼視草臣。

黄葉西風海子橋，橋頭行客弔前朝。鳳凰城改佳游歇，龍虎臺荒王氣消。十六天魔金屋貯，八千霜塞玉鞭摇。不知亡國盧溝水，依舊東風接海潮。

鬱葱佳氣散無蹤，宫外行人認九重。一曲歌殘《羽衣》舞，五更妝罷景陽鐘。雲間有闕摧雙鳳，天外無車駕六龍。欲訪當時泛舟處，滿池風雨脱芙蓉。

雲霄宫闕錦山川，不在穹廬毳幕前。螢燭夜游隋苑圃，羊車春醉晉嬋娟。翠華去國三千里，玉璽傳家四十年。今日消沈何處問，居庸關外草連天。

陳基 敬初，臨海人。

《草堂雅集》曰：敬初明敏好學，受知于晉卿黄先生，古文詩章爲同輩推重，一時公卿争與之交，望而知其爲君子也。

群珠碎

傷吴帥潘元紹衆妾作。按：元季兵起，元紹爲僞吴行省左丞，敵既迫，有姬七人相率先潘死。潘葬之吴城，張羽爲傳，宋克書碑，藏冢中。明嘉靖間碑始出，今呼爲「七姬墩」云。七姬者，程、翟、徐、羅、卞、彭、段，而段其先死者也。

繡紋刺綺春纖長，蘭膏鬋鬢瓊肌香。芳年豔質媚花月，三三兩兩紅鴛鴦。翠靴踏雲雲帖妥，海棠露濕胭脂朵。冶情紛作蝶戀花，新曲從翻《玉蓮鎖》。畫堂銀燭天沈沈，揚眉一笑輕千金，明珠買得緑珠心。欲揮魚腸掃妖彗，主君勿疑心似醉，一宵痛擊群珠碎。門前鐵騎嘶寒風，奇勳解使歸元戎。

宋　濂

字景濂，浦江人。

題花門將軍游宴圖

花門將軍七尺長，廣頦穹鼻拳髮蒼。身騎叱撥紫電光，射獵娑陵古塞傍。一箭正中雙白狼，勇氣百倍世莫當。胡天七月夜雨霜，寒沙莽莽障日黄。先零老奴古黠羌，控弦鳴鏑時跳踉。將軍怒甚烈火揚，寶刀雙環新出房，麾卻何翅驅牛羊。平居不怯北風涼，白氈爲幄界翠行。銅龍壓脊雙角張，緑繩亘空若虹翔。將軍中坐據胡牀，熾炭炙肉泣流漿。革囊挏酒蒲萄香，駝蹄斜割勸客嘗。趙女如花二八强，皮帽新裁繫錦纕，低抱琵琶彈《鳳凰》。半酣出視駝馬場，五花作隊滿澗岡，但道驩樂殊未央。

題李易安書琵琶行後 有序

樂天謫居江州，聞商婦琵琶，抆淚悲嘆，可謂不善處患難矣。然其詞之傳，讀者猶愴然，況聞其事者乎？李易安圖而書之，其意蓋有所寓。而永嘉陳傅良題識，其言則有可異者。余戲作一詩，止之於禮義，亦古詩人之遺音歟。

佳人薄命紛無數，豈獨潯陽老商婦。青衫司馬太多情，一曲琵琶淚如雨。此身已失將怨誰，世間哀樂嘗相隨。易安寫此别有意，字字欲訴心中悲。永嘉陳侯好奇士，夢裏繆爲兒女語。花顔國色草上塵，朽骨何堪汙脣齒。生男當如魯男子，生女當如夏侯女。千年穢跡吾欲洗，安得潯陽半江水。

鎦　炳 彦昺，鄱陽人。洪武初任中書典籤。

瓊姬墓同宋仲珩賦

野花凝粉鈿，瓊姬醉時面。夕露柳絲長，瓊姬晚黛妝。行人墳上莫回首，一顧春風一斷腸。

本事詩前集卷一終

本事詩卷一 前集

吴江徐釚電發編輯

高啓 季迪，長洲人。

洪武初，季迪退居青丘，自號青丘子。召修《元史》，擢户部侍郎。坐魏觀事伏法，年三十九。李東陽曰：「國初稱高、楊、張、徐，高才力聲調過三人遠甚。」

聽教坊舊妓郭芳卿弟子陳氏歌 至正己亥歲作

文皇在御昇平日，上苑晨遊駕頻出。仗中樂部五千人，能唱新聲誰第一？燕國佳人號順時，姿容歌舞總能奇。中官奉旨時宣唤，立馬門前催畫眉。建章宫裏長生殿，芍藥初開敕張宴。龍笙罷奏鳳絃停，共聽嬌喉一鶯囀。遏雲妙響發朱唇，不讓開元許永新。繡陛花驚飄豔雪，文梁風動委芳塵。翰林才子山東李，每進新詞蒙上喜。當筵按罷謝天恩，捧賜纏頭蜀都綺。晚出銀臺酒未銷，侯家主第强相邀。寶釵珠袖尊前賞，占斷春風夜復朝。回頭樂事浮雲改，瘞玉埋香今幾載。世間遺譜竟誰傳，弟子猶憐一人在。曾記《霓裳》學得成，朝元隊裏藝初呈。九天聲落千人聽，丹鳳樓前月正明。狹邪貴客迴車馬，不信芳名在師下。風塵一旦禁城荒，誰是花前聽歌者？從此飄零出教坊，遠辭京國客殊方。閉門春盡無人問，白髮青裙自理裝。相逢爲把雙蛾蹙，《水調》《梁州》歌續續。江南年少未曾聞，元是當時供奉曲。朝使今年海上歸，繁華休説亂來非。梨園散盡宮槐落，天子愁多内宴稀。始知歡樂生憂患，恨殺韓休老無諫。傷心不見昔人歌，汾水秋風有飛鴈。此日西園把一巵，感時懷舊盡成悲。含情欲爲秋娘賦，愧我才非杜牧之。

弔七姬冢

疊玉連珠棄草根，仙遊應逐馬嵬魂。孤墳掩夜香初冷，幾帳留春被尚温。佳麗總傷身薄命，艱危未負主多恩。争妍無復呈歌舞，寂寂蒼苔鎖院門。

夜飲丁二侃宅聽琵琶

江月未出明星懸，主人飲客夜不眠。坐呼伶兒撥四絃，龍頭高撚玉軫圓。轉關末奏濩索先，勞嘈咽切斷復連。澁如清澗溜凍泉，細若碧樹吟秋蟬。忽然繁急何轟闐，風沙滿把撒四筵。鴈行驚起飛不聯，浮雲落葉俱緜緜。一聲抹斷萬里煙，夢入紫塞愁霜天。問渠怨恨有幾千，口不能説指爲傳，令人悵望思往年。梁園楚榭長周旋，帷中曲宴羅綺鮮。夜遣飛騎迎嬋娟，低鬟出拜絳燭前。文絲香綃搭左肩，曲項紫鳳抱半偏。《楓香》一調妙入玄，好手正可羞紅蓮。座間豪客皆詞仙，舉杯邀我賦短篇。贈之醉寫蜀錦牋，可當十萬纏頭錢。如今遠客江海邊，欲聞絲音久無緣。故人已散陵谷遷，生死流落俱堪憐。今宵聽此真偶然，顧影憔悴非昔妍。長河欲曙落遠川，蹔當歡娱反憂煎。向隅無言涕漣漣，此身如在潯陽船。

宫女圖

蒙叟曰：吴中野史載季迪因此詩得禍，余初以爲無稽，及觀國初《昭示》諸録所載李韓公子姪諸小侯爰書，及高帝手詔豫章侯罪狀，初無隱避之詞，則知季迪此詩蓋有爲而作。諷諭之詩雖妙絶今古，而因此觸高帝之怒，假手于魏守之獄，亦事理之所有也。按：《堯山堂外紀》載洪武閒金華張尚禮爲監察御史，一日作《宫怨》詩云：「庭院沈沈晝漏清，閉門春草共愁生。夢中正得君王寵，卻被黄鸝叫一聲。」高帝以其能摹寫宫閫心事，下蠶室死。此事正與季迪相類。女奴扶醉踏蒼苔，明月西園侍宴迴。小犬隔花空吠影，夜深宫禁有誰來？竹垞《詩話》云：世傳侍郎因《宫女圖》詩賈禍。孝陵猜忌，情或有之，然集中又有《題畫犬》詩云：「猧兒初長尾茸茸，行響金鈴細草中。莫向瑶階吠人影，羊車半夜出深宫。」此則不類明初掖庭事，或是刺庚申君而作，好事者因之傅會也。

朝鮮兒歌 予飲周檢校宅，有二高麗兒善歌舞者。

朝鮮兒，髮緑初剪齊雙眉。芳筵夜出對歌舞，木棉裘軟銅鐶垂。輕身回旋細喉轉，蕩月摇花醉中見。夷語何須問譯人，深情知訴離鄉怨。曲終拳足拜客前，烏啼井樹蠟燈然。共訝玄菟隔雲海，兒今到此是何緣？主人爲言曾遠使，萬里好風三日至。鹿走荒宫亂寇過，鷄鳴廢館行人次。四月王城麥熟稀，兒行道路兩啼饑。黄金擲買傾裝得，白飯分飡趁舶歸。我憶東藩内臣日，納女椒房被褘翟。教坊此曲亦應傳，侍奉宸遊樂朝夕。中國年來亂未鋤，頓令貢使入朝無。儲皇尚説居靈武，丞相方謀卜許都。金水河邊幾株柳，依舊春風無恙否？小臣無事憶昇平，尊前淚瀉多於酒。

江上逢舊妓李氏見過

玉筝紅燭豔春羅，慣向高堂聽汝歌。今夕相逢爲重唱，孤舟江冷月明多。
多謝停舟共一巵，石州歌罷各低眉。南園舊日同聽客，零落如今剩有誰？
誰識能歌舊散聲，愁中聽處尚分明。玲瓏酒罷休催去，月落江潮尚未平。
平常歌舞不能閒，多在青春甲第間。借問年來還到否，朱門風雨幾家關？

楊　基 孟載，吴郡人。

聽老京妓宜時秀歌慢曲

春雲陰陰圍繡幄，梨花風緊羅衣薄。白頭官妓近前歌，一曲纔終淚先落。收淚從容説姓名，十二歌學郭芳卿。先皇最愛芳卿唱，五鳳樓前樂太平。鼎湖龍去紅妝委，此曲宜歌到人耳。潛向東風作慢腔，梨園不信芳卿死。從此京華獨擅場，時人争識杜韋娘。芙蓉秋水黄金殿，芍藥春屏白玉堂。風塵迴首江南老，衰鬢如絲顏色槁。深嘆無人聽此詞，縱能來聽知音少。説罷重歌爾莫辭，我非徒聽更能知。樽前多少新翻調，一度相思一皺眉。

按：宜時秀爲郭芳卿弟子，孟載有贈時秀一絶句云：「欲唱清歌卻掩襟，晚風亭子落花深。坐中年少休輕聽，此曲先皇有賜金。」

張羽

來儀，以字行，更字附鳳，潯陽人。

聽老者理琵琶

老來弦索久相違，心事雖存指力微。莫更重彈《白翎雀》，如今座上北人稀。

贈彈箏人

先輩曾將舊曲傳，纖纖銀甲更堪憐。清和未數湘靈瑟，哀怨渾同蜀國絃。鶯弄晚風啼復歇，鴈飛秋水斷還連。坐中北客聽來少，暗想當時一惘然。

徐賁 幼文，吴郡人。

楊孟載《夢緑軒序》曰：余與幼文同謫鍾離，結屋四楹，幼文居東，余居西。詩云：「去年吴城正酣戰，卻憶危樓望葱蒨。今年放逐到長淮，萬緑時于夢中見。」因題其室曰「夢緑」。幼文《紀夢》詩云：「夢裏緑陰幽草，畫中春水人家。何處江南風景，鶯啼小雨飛花。」又《聽歌》云：「纔得聽歌便淚垂，眼前不似舊聽時。青春多半遭離亂，白髮能消幾度悲？」知其自傷離亂，又遭逢遷謫，故閒情之作，亦復酸楚。

爲吴允堅悼亡姬

腸斷琵琶曲裹聲，彩雲天遠不勝情。歸家玉板休輕觸，鸚鵡能呼舊日名。

詠妓

出閣初含笑，臨筵復理妝。蘭膏分鬢緑，蕊粉閒眉黄。掩扇羞嗔小，褰裳舞恨長。不知座中客，若箇是盧郎？

張以寧　志道，古田人。泰定年間進士。

倦繡篇　爲雲中呂遵義作

蘼蕪葉暗江雲暖，翡翠單飛怨春晚。陳女多情玉鏡分，陸郎薄倖斑騅遠。寶鴨圍爐百和香，錦鴛方褥五文章。陰陰垂柳籠書幌，點點飛花落繡牀。雙鸞欲寄金龜倩，燕月吴雲不相見。柔腸萬轉逐迴文，亂緒千條縈弱綫。女貞枝上燕雙棲，夜合花前思欲迷。停針默默無人會，但覺春山兩葉低。曉嘶繡勒門前路，夜炙銀燈帳中語。指點香茸舊唾痕，見妾朝朝斷腸處。

吴江謝常彦銘亦有《倦繡》詩云：「金鴨香消午夢清，碧桃花底有鶯聲。無端惹起傷春恨，一幅羅襦繡不成。」句亦可誦，未知爲誰作也。

洗衣曲同唐括子寬賦

洗衣女郎足如雪，寒波曉浸鵶頭襪。笑移纖笋整緗裙，素腕微鳴玉條脱。羅衣淚粉痕斑斑，欲洗未洗沈吟閒。波寒恐洗郎思去，不洗復恐傍人看。紅顔娟娟照清泚，秖惜芳年駛如水。西風夢冷鴛鴦起，露滴紅香藕花死。洗衣洗衣復洗衣，小姑嗔妾歸去遲。小姑十二方嬌癡，此恨他年汝自知。

袁凱 海叟，華亭人。以《白燕》詩得名，人呼爲袁白燕。

贈歌舞女童

漳河女子薦良童，名在先朝樂部中。記得教坊新隊子，江南江北舞春風。

題妓展僧僧像

不見秋孃今幾年，水光山色自悠然。月明樓上天如水，猶憶《梁州》第四絃。

貝瓊 廷臣，崇德人。

真真曲 有序

姚文公爲承旨時，一日玉堂燕集，聲伎畢奏。有真真者，操南音，公疑而問之，泣對曰：「妾建寧人，西山之苗裔也。父司筦庫於濟寧，坐盜用縣官財，賣妾以償，遂流落倡家。」公憫之，遣使白丞相三寶奴，爲落籍，且謂翰林屬官王杕按：高季迪集「王杕」作「黄逮」，且云：「逮後至顯官，同館之士多賦詩者。」曰：「汝無妻，此姬配汝，吾即其父也。」眥裝皆出於公。噫！以西山之賢，子孫陵遲，疑不至此。然辱於始而正於終，是亦天也。《篔谷筆談》紀其事，余乃賦四十二韵，沈鬱悽惋，亦足以盡其大略矣。

斷絲棄道邊，何日緣長松。墮羽別炎洲，不復巢梧桐。請君且勿飲，聽我歌《懊憹》。在昔全盛時，冠蓋紛相從。盤游易水上，意氣天山雄。金刀手割鮮，酒給葡萄濃。坐有一枝春，秀色不可雙。娉婷劉碧玉，綽約商玲瓏。寶髻金雀釵，已覺燕趙空。或聞操南音，未解歌北風。上客驚且疑，姓字初未通。問之慚復泣，乃起陳始終。妾本建寧女，遠出西山翁。父母生妾時，謂是金母童。梨花鎖院落，燕子窺簾櫳。迢迢宦朔方，南歸山水重。侵貸國有刑，桎梏加父躬。粥女以自贖，白璧淪泥中。秋孃教歌舞，聲價傾新豐。永爲倡家婦，遂屬梨園工。覽鏡拂新翠，吹簫和小紅。身居十二樓，屢入明光宫。京華美少年，門外嘶青驄。自傷妾薄命，失路隨秋蓬。不如孟光醜，猶得嫁梁鴻。客聞爲三嘆，祖德寧未崇。回黄忽變緑，人事何匆匆。有客傷緹縈，無人憐蔡邕。遣使白丞相，削籍歸舊宗。小史三十餘，勿恨相如窮。配汝執箕帚，今夕看乘龍。鴛鴦竝玉樹，鸚鵡開金籠。銀甲不復整，紅牙不復從。提甕自汲水，絺綌亦御冬。應非事羊侃，頗類歸建封。琵琶感商婦，老大猶西東。崔徽怨憔悴，浪寫丹青容。依依章臺柳，落絮春無蹤。小妾恨題驛，竟與瓊奴同。時多困坎坷，事或欣遭逢。焉知百尺井，欻登群玉峰。借問爲者誰，内相姚文公。

揭軌 孟同，臨川人。

宴南市樓

《蓉塘詩話》曰：國初於金陵聚寶門外建輕烟、淡粉、梅妍、柳翠十四樓，以聚四方賓客。觀揭孟同詩，可知國初縉紳宴集皆用官妓，與唐宋不異，後始有禁耳。永樂中晏鐸《金陵元夕》詩：「花月春風十四樓。」今諸樓皆廢，南市樓尚存。○按：明律有官吏挾妓飲酒一條，然宣德間三楊猶及用之。野史載楊文定溥嘗與一兵官會飲，倡爲酒令，各誦詩一句，以「月」字在下而分四時。令畢，一妓遽成小詞，捧琵琶歌曰：「到春來，梨花院落溶溶月；到夏來，舞低楊柳樓心月；到秋來，金鈴犬吠梧桐月；到冬來，清香暗度梅梢月。呀！好也麽月，總不如俺尋常一樣窗前月。」諸公劇飲需醉而去。○竹垞《詩話》：永樂中蜀人晏振之《金陵春夕》詩云：「花月春風十四樓。」「十四樓」者，來賓、重譯、清江、石城、鶴鳴、醉仙、樂民、集賢、謳歌、鼓腹、輕煙、淡粉、梅妍、柳翠也。姜明叔《蓉城詩話》謂皆在聚寶門外，然中既以清江、石城爲名，必不皆在聚寶門矣。周吉文撰《金陵瑣事》，謂有十六樓，在城内者曰南市、北市，在聚寶門外之西者曰來賓，在聚寶門外之東者曰重譯，在瓦屑壩者曰集賢，曰樂民，在西關中街北者曰鳴鶴，在西關中街南者曰醉仙，在西關南街者曰輕煙，曰淡粉，在西關北街者曰柳翠，曰梅妍，在石城門外者曰石城，曰謳歌，在清涼門外者曰清江，曰鼓腹。所載特詳。○用修《藝林伐山》遺南市、北市，陳魯南《金陵世紀》遺清江、石城，因曲就十四樓之目而誤也。帝城歌舞樂繁華，四海清平正一家。龍虎關河環錦繡，鳳凰樓閣麗煙花。金錢賜宴恩榮異，玉殿傳宣禮數加。冠蓋登臨皆善賦，歌詞只許仲宣誇。詔出金錢送酒壚，綺樓勝會集文儒。江頭魚藻新開宴，苑外鶯花又賜酺。趙女酒翻歌扇濕，燕姬香襲舞裙紆。繡筵莫道知音少，司馬能琴絶代無。

王　佐

彦舉，南海人。與孫蕡、李德、黄哲、趙介結詩社於南園，世稱「南園五先生」之一。

書所見感舊

小小銀箏壓坐偏，曾將古調寄新絃。芙蓉緑水秋將老，鸚鵡金籠語可憐。兩鬢秋霜明鏡裹，十年春夢夜燈前。湖山隱約人如畫，空負當年罨畫船。

鄭　元

長卿，吴郡人。

管夫人畫竹石

夫人名道昇，趙子昂室。善詩畫，至今吴興有管夫人畫竹，在白雀寺壁。

誰裁弄玉碧雲簫，吹過瑶臺月影遥。白鳳一雙何處下，水晶宫裹赤闌橋。

子昂嘗欲置妾，以小詞調管夫人云：「我爲學士，你做夫人。豈不聞陶學士有桃葉、桃根，蘇學士有朝雲、暮雲，我便多娶幾箇吴姬、越女無過分。你年紀已過四旬，只管占住玉堂春。」夫人答云：「你儂我儂，忒煞情多。情多處熱似火。把一塊泥，捻一個你，塑一個我。將咱兩個一齊打破，用水調和，再捻一個你，再塑一個我。我泥中有你，你泥中有我。與你生同一個衾，死同一個槨。」子昂得詞，大笑而止。

周　玄　微之，閩縣人。

秦家小慧

小小持金鏡，墮粧日幾迴。春光能自媚，飛燕莫相猜。香逕緣花掃，寒窗候月開。長陪雲雨態，學夢楚王臺。

陳伯康　仲進，長樂人。

桃膠香鬢歌

深閨美人春睡起，側倚銀臺注秋水。髟鬆兩鬢霧半垂，欲下犀梳不能理。春雲暖雨桃膠香，調蘭抹麝試新妝。豈無膏沐污顔色，思此佳人日斷腸。君不見望仙結綺螺千斛，隋家但寫雙蛾緑。白髮宮人奈老何，轉頭依舊《庭花》曲。

孫　蕡　仲衍，南海人。

仲衍爲嶺南南園五先生之一，而才調傑出四人之上，即吴中四傑亦應讓步也。所著有《西菴集》。

驪山老妓行　補唐天寶遺事，戲效白樂天作。

仲衍曰：余既作此詩，本戲筆吟弄以爲歡笑耳，而客有問余者曰：「子詩淺易明白，恍惚樂天。然用事不免多誤：上林苑是漢家事，《白翎雀》是世曲子，百子、花萼樓恐不在驪山上。如何？」余笑曰：「那知許事，且啖蛤蜊。西山朝來，頗有爽氣。」

秋風楊柳凋金縷，露冷芙蓉落芳渚。寒香晚色何所如，驪山唐姬教坊女。蛾眉淡掃山遠碧，蟬鬢半抛雲亂吐。時妝無復新妖嬈，曩態猶存舊嬌嫵。我昨咸陽縱冶遊，冶遊爛漫遍西州。青山直抵雙龍闕，緑水横過五鳳樓。南國佳人金錯落，長安公子玉驊騮。銀壺送酒青絲絡，皓齒當筵白雪謳。琵琶横笛徒聒耳，唐姬搊筝妙無比。清彈一曲久含羞，呼唤百迴纔强起。移柱相參鴈成列，調絃未就人先喜。俛首斜拖珠步摇，向人高露春纖指。樓高韵發響泠泠，急管悲歌一霎停。初聽乍如風雨至，再彈還作鳳凰鳴。清如玉女鈞天奏，壯似雕戈出塞聲。澗水帶冰時哽咽，春雷震石忽憑陵。憑陵未已旋清悄，清悄漸凝聲漸小。四座無言俱寂寥，餘音已斷猶縈繞。溶溶宛宛復悠悠，切切淒淒還窈窕。深閨斷蚓怨寒宵，淺谷嬌鶯破春曉。纏綿萬恨與千愁，婉意柔情不肯休。蔡琰胡笳悲紫塞，班姬團扇掩清秋。樓前皓月明如練，天外行雲凝不流。促拍未終南内曲，新腔忽過《小梁州》。《梁州》一摺月向午，唐姬此時心獨苦。銀甲悲深不忍彈，衷腸斷盡無由語。低籠翠袖揾香淚，反使歡娛變淒楚。訴盡平生富與貧，可憐人世今成古。憶昔開元正太平，兒家生長在天京。十三學舞曾驚坐，十四搊箏能擅名。玉貌羞花長窈窕，宮腰怯柳更輕盈。春寒不離鴛鴦枕，日晏方開孔雀屏。五陵年少秦川客，爭愛兒家好顔色。殢雨尤雲最惱人，追歡買笑寧論直。聲名每出流輩上，風致獨覺旁人惜。承恩況得登掖庭，宛轉隨龍侍君側。海晏河清久息兵，四夷賓貢盡充庭。炎方已見來丹荔，交趾還聞進雪鸚。耀日香車連紫陌，飛雲畫棟列朱甍。空濛一片笙歌海，浩蕩三春錦繡城。驪山山上多樓閣，萬户千門通碧落。大駕深居在九重，四時多暇惟行樂。已營連昌勝結綺，復起芳鳳齊花萼。壺飛玉女遞更籌，舟戲金龍動麟角。侍臣傳敕選嬌容，特許兒家步輦從。宮扇影移花雨外，山呼聲沸錦雲中。千株火樹争明月，萬炬金蓮鬬彩虹。《子夜》歌詞翻《白雪》，《霓裳》舞隊散旋風。歌停舞歇徘徊久，銀箏獨進纖纖手。明眸麗質一當前，含顰美人俱在後。數聲清響動絃索，八面涼風生户牖。豔曲新裁萼緑華，中官催賜葡萄酒。年年秋月復春花，多在宮中少在家。嬌笑不愁宮監怒，豔妝長得阿姨誇。朝遊複道瞻天表，夜步西廂拜月牙。鬭草經春陪虢國，藏鬮竟夕伴昭華。韶光忽逐流年轉，野鹿銜花上林苑。鐵騎東來鳳闕空，金根西狩蛾眉遠。上方無復聽宣召，新籍寧辭避差遣。約臂金環雨雪寬，凌波錦襪風埃蹇。星移物换得無情，復向驪山悄地行。紫禁無人芳草合，瑶階雨過緑苔生。歌臺索寞花千樹，舞榭蒼涼月半檽。繡閣秋陰連鎖闥，銅僊清淚落金莖。高梧隕翠蓮飄玉，太乙勾陳看不足。百子樓寒霧影昏，長生殿古煙光緑。宫墻瓦落見蒿萊，輦路塵生走麋鹿。舞馬雕牀惱夢思，花奴羯鼓驚心目。故宅新人作宴遊，内家紅錦列纏頭。珠簾繡柱俄成夢，鳳管龍笙總是愁。舊曲聞來眉自斂，盛年説著口應羞。飛蓬短鬢難禁白，老屋疏茅不奈秋。舞衫長借鄰人著，同伴相呼只推卻。臉玉香隨翠靨銷，淚珠暗逐燈花落。憂來倒插黄金鳳，夢裏時彈《白翎雀》。百感中來不自由，芳心一片從誰託？唐姬言語一何長，句句淒其字字傷。滿座聞之聲唧唧，沾巾我亦爲浪浪。滄桑轉瞬誰能識，富貴浮雲安可常。覽鏡每聞悲素髮，舉杯長欲勸流光。唐姬亦莫懷抱惡，自古佳人多命薄。傾城西子逐鴟夷，絶代明妃嫁沙漠。尊前有酒且歡笑，身外閑愁付冥漠。皎月秋來幾度圓，穠花春盡從渠落。唐姬攬涕復陳情，請作《驪山老妓行》。桃李風前霜月下，長吟亦足慰平生。不因水上琵琶語，那識江州司馬名。爲爾臨風歌一曲，百年哀怨起秦箏。

西菴紀事 一百韵

洪武庚戌十月，五羊孫仲衍泛舟遊羅浮，道出合江，訪東坡白鶴亭遺址。還，艤舟西湖小蘇堤下。夜宿棲禪寺，寺南有朝雲墓。仲衍徘徊憑弔，淒然冥感。忽見一倩妝女子，有侍婢挑燈先導。仲衍竊隨之，倏然不見，惟見月映長廊，字跡淋漓滿壁，諦視之，得集古律詩數首。又夢一女子，自稱蘇長公妾朝雲，與仲衍歌集古詩，鄭重囑付而去。仲衍因作紀事詩，其自序云：「悼粉香之零亂，寫溟漠之幽姿。竊《高唐》《洛神》之意，爲詩紀事，非獨慰雲，亦以自悼云爾。」

思斷蘭臺路，愁填濯錦川。錢塘清楚會，金谷狹斜聯。少負傾城譽，名居弄玉先。十三工寫月，二八擅詔年。束素宮腰怯，凝脂國色鮮。倚風楊柳弱，炙日海棠嫣。跳脱鬆籠腕，琵琶重妥肩。塗黄匀漢靨，安舄破秦鉛。緑水酣潘岳，紅顔惱董賢。流霞紛錯落，嬌燕掠鞦韆。舞壓梨園社，歌翻樂府編。彩雲生袖底，璧月墮樓前。鏡掩三星曙，春隨五馬韉。青樓亂女伴，瓊佩挹詩仙。蠟炬催傳賜，烏絲待草《玄》。娉婷驚世外，風度蓋吟邊。霜撲罘罳畫，陰横粉署磚。逆鱗天咫尺，垂翅路三千。黛減蛾眉翠，箏斜蜀國絃。武林牽北望，庾嶺入南遷。白鶴峰千尺，黄茅屋數椽。練裙參般若，彤管掃張顛。蜜鯽調蘇合，邊鱸瀹海膻。斷霞丹荔嶼，晴雪素馨田。妾命真成薄，郎行底未旋。塵蒙纓絡串，珠韠步摇鈿。往事腸堪折，殊方瘴莫痊。烓童占吉卜，鄰媪訪沈緜。楚峽深秋氣，羅浮澹曉妍。巫陽昭古些，卞女泣新阡。海氣籠翹鳳，嵐光濕髫蟬。封囊留粉恨，長帽斷塵緣。隴樹含悽緑，經文帶淚鐫。雪兒低鶴馭，雲母涷龍涎。桃葉僧前渡，梅花夢裏天。蛾旋三昧火，鶚弔六如禪。入道應偷藥，陵虚想步蓮。浴蘭衣浄土，遺玦贈靈荃。天路雲和峭，瑶池脉望圓。迴鸞珠斗没，驚鵲玉繩偏。木落山精笑，苔平石獸眠。香雲啼子夜，慧魄閟重泉。絡緯停寒索，飛簾捲夕旃。譜餘蘇小曲，書暗薛濤箋。亂緒紛團結，新知永棄捐。屏幃空孔雀，衿繡冷文鴛。清吹群真下，叢林積水連。幽扃雲擾擾，舊業草芊芊。巴舞陳椒醑，吴歈裂楮錢。霓裳飄蜀雨，斑竹點湘煙。暮雨從渠濕，春冰敢自堅。

縞衣迷故國，華表樹層巔。《白紵》行人唱，銀釭傍舍懸。芙蓉羞爛漫，蛺蝶舞聯翩。繡壤遮蘇小，鈎欄鎮阿甄。紅顔多蹇劣，清涕莫潺湲。在世誰非幻，鍾情我獨憐。微生同坎壈，幽思久嬋媛。禁闥初通籍，儒林早備員。詞華翬五鳳，幃幄飫三鱣。眉月端如畫，丰姿美且鬈。鑾坡披奏牘，馳道鞚飛駩。雅譽傾詩輩，清流冠吏銓。賓筵陪有客，《羽獵》賦於畋。綺席延枚叟，蒲車屈鄭虔。天顔卻下顧，雲路快高騫。昔似沖宵鶴，今如跕水鳶。九關嚴虎豹，平楚落鷹鸇。拜命沾三宥，歸耕困一廛。壯心徒激烈，長袖幾翩翻。倦泛張騫梗，虚彎李廣弦。古苔封片石，荒櫪卧雙騝。草芟臨丹壑，柴扉枕碧漣。奚童開雀網，稺子縛魚筌。白石潘郎鬢，青燈子敬氊。哀箏開緑蟻，雄劍搏烏犍。雨露從枯槁，山林且静便。朝真探玉訣，觀妙解名詮。丹鼎團龍虎，玄龜下澗瀍。屋頭山隱隱，庭下竹涓涓。薜荔裁秋服，楓香當晚饘。關元存太乙，文火養純乾。七夕邀金母，三山候偓佺。醴泉清似玉，瓜棗大如拳。老去渾無賴，憂來獨悁然。有懷通尺素，何計索筳篿。孤況憑誰問，沖襟待子宣。蓮飄知薏苦，藕斷識絲纏。慘澹黄姑渚，玲瓏織女躔。交疏期屢爽，謀拙去何遄。畫餅文章貴，嬰兒造化權。寧勞褰短褐，端合掩真詮。病骨相如在，勞心宋玉傳。韓憑春寂寂，杜宇月娟娟。邂逅時將晚，淹留景莫延。流星光晻靄，雄電動連蜷。黯態千秋隔，羈腸百慮煎。錦蕤空薄幙，縫節映重淵。洛浦陵波襪，西湖罨畫船。佳人不可見，長誦《法華》篇。

附 朝雲集句

家住錢塘東復東，偶來江外寄行踪。三湘愁鬢逢秋色，半壁殘燈照病容。黯骨已成蘭麝土，露華偏濕蕊珠宮。分明記得還家夢，一路寒山萬木中。

妾本錢塘江上住，雙垂別淚越江邊。鶴歸華表添新冢，燕蹴飛花落舞筵。野草怕霜霜怕日，月光如水水如天。人間俯仰成千古，祇是當時已惘然。

三生石上舊精魂，化作陽臺一段雲。詞客有靈應識我，碧山如畫又逢君。花邊古木翔金雀，竹裏香雲冷翠裙。莫向西湖歌此曲，清明時節雨紛紛。

東望望春春可憐，江蘺漠漠荇田田。遶籬野菜飛黃蝶，糝徑楊花鋪白氈。雲近蓬萊長五色，鶴歸華表已千年。夢回明月生南浦，淚血染成紅杜鵑。

浮雲漠漠草離離，淚濕春衫鬢腳垂。秋水爲神玉爲骨，芙蓉如面柳如眉。鐘隨野艇回孤棹，蟬曳殘聲過別枝。青冢路邊南雁盡，問君何事到天涯？

身前身後事茫茫，惱斷蘇州刺史腸。猿帶玉環歸後洞，君騎白馬傍垂楊。鶴群長遶三株樹，花氣渾如百和香。慚愧情人遠相訪，爲郎憔悴卻羞郎。

孤月無情掛翠巒，金爐香燼漏聲殘。雲收雨散知何處，鬢亂釵橫特地寒。去日漸多來日少，別時容易見時難。明朝有約誰先到，青鳥殷勤爲探看。

杏花疏雨立黃昏，金屋無人見淚痕。短鬢欲星愁有効，此身雖異性常存。關門不鎖寒溪水，環珮空歸月夜魂。倚柱尋思倍惆悵，夜寒皴玉倩誰溫？

萬紫千紅總是春，登臨一度一思君。舞低楊柳樓心月，香濕梨花夢裏雲。風景蒼蒼多少恨，陰蟲切切不堪聞。思君今夜腸應斷，書破羊欣白練裙。零落殘雲倍黯然，一身憔悴對花眠。南園緑草飛蝴蝶，落日空山怨杜鵑。天若有情天亦老，月如無恨月長圓。此聲腸斷非今日，風景依稀似去年。

按：朝雲，錢塘名妓，蘇子瞻納爲侍姬。一日與雲閒坐，見青女初臨，涼飇乍起，命雲歌。雲歌喉纔轉，紅淚雙垂。子瞻問之，云：「妾所不能歌者，『枝上柳緜吹又少，天涯何處無芳草』也。」子瞻絶憐愛之。及貶惠州，家妓散去，獨雲相依。子瞻因作詩曰：「不學楊枝别樂天，且隨通德伴伶玄。阿奴絡秀方同老，天女維摩總解禪。經卷藥爐新活計，舞衫歌扇舊因緣。丹成隨我三山去，不作巫山雲雨仙。」蓋紹聖元年十一月也。三年九月，朝雲奄然抱病，臨卒，誦《金剛》偈四句而終，葬於棲禪寺松林下。後人因建詩屋數楹，環植梅花百株，遊人於此憇息焉。

周　忱

恂如，廬陵人。永樂間讀書文淵閣。宣德五年拜工部侍郎，巡撫江南，陞户部尚書。景泰中卒，年七十三，謚文襄。

漁陽老婦歌

漁陽老婦白髪多，去年歸自斡離河。自言本是田家女，少小姿容衆推許。父母求婚來大都，朱門許嫁不須臾。良人系出蒙古部，阿翁仕元作樞副。當時誤信媒妁言，論財竟作偏房婦。含羞俛首半載餘，天上兵來北擊胡。百口倉皇夜出塞，散入匈奴部落居。偷生强欲隨風土，旋綰盤頭學胡語。區脱沙中逐井泉，琵琶馬上調歌舞。豈無肉食充黄粱，亦有酥酪爲酒漿。族類不同天性異，觸物時時懷故鄉。況當夫死子尚幼，風沙易得紅顔醜。歸心一片竟誰知，絶漠窮荒零落久。前年天子親北征，單于納款煙塵清。往來信使無虚月，老身遂得離邊庭。提攜二子到鄉邑，村墟改變無親戚。吞悲暗憶别家時，别時十七今七十。角尖高帽窄衣裳，半臂珠珞紅纓長。兒童乍見皆掩笑，元季都人同此妝。今日官家有恩例，給與牛羊賜田地。太平衣食足畊桑，且保白骨埋漁陽。獨惜生來命何薄，虚擲春光向沙漠。寄與鄰家窈窕娘，早嫁無如故鄉樂。

袁　宗

宗彦，松江人。

鐵簫歌

滇江夜半風雨黑，電火燒空轟霹靂。須臾雨霽波浪恬，江壖脱卻蒼龍脊。道人騎鯨江上來，見之錯愕驚而咍。拾得歸來世罕希，土花繡澁生莓苔。上有空星泛宫徵，嶰谷蒼筤豈堪比。六丁鼓鞴神功成，百煉金精雪花起。一吹潛蛟舞，再吹嫠婦泣。孤鸞長吟音嫋嫋，碎玉玲瓏真可拾。酒酣爲我三復吹，青天行雲不敢飛。初如七十二鳳聲雌雄，又若獨繭抽出冰蠶絲。東望蓬萊山，把酒招安期。飄飄清興不可遏，聽君一曲歌我詩。曲終酒盡客且散，西軒月在梨花枝。

馬　貫

本道，山陰人。

淮東女兒歌

淮東女兒飲淮水，錦紅纏頭金約指。正年十四十五多，彎彎春山鬬青蛾。阿爺自擬傾城色，黃金不多終不得。西江沽客浮大船，年年賣珠淮水邊。女兒門前有高樹，野鴛沙鷄得長住。當筵舞罷結重歡，百斛珍珠瀉秋露。船空珠盡河水秋，門前馬嘶金絡頭。舊客未盡新客留，淮東女兒起高樓。

郭　登

元登，武定侯孫。有《聯珠集》。

西屯女

西屯女兒年十八，六幅紅裙腳不襪。面上脂鉛隨手抹，白合山丹滿頭插。見客含羞嬌不語，走入柴門掩關處。隔牆卻問官何來，阿爺便歸官且住。解鞍繫馬堂前樹，我向厨中泡茶去。

本事詩前集卷二終

本事詩卷三　前集

吴江徐釚電發編輯

李禎 昌祺，廬陵人。

至正妓人行

永樂十七年，予自桂林役房山。是冬邂逅一遺姬於逆旅中，雖汩没塵土，有衰老態，然尚餘笑談風韵，猶以紫簫自隨。訪其詳，蓋大都妓人，以才貌隸教坊供奉。陵遷谷變，將落髮爲比丘，不果，轉嫁編氓，益淪落。今垂老無所依，就食匠營間。因呼酒飲之，使吹數調，相與論疇昔繁華富貴事如目覩。然每一追思，輒復掩涕。豈古往今來，紅顔薄命，當如是耶？余爲低徊太息，作長歌贈之，題曰《至正妓人行》。予既贈以是詩，姬起謝曰：「此元、白遺音也，何相見之晚耶！老身旦夕且死，當與皆焚，庶幾讀之於地下。」明年春，予還京師，重訪之，則已殁矣。因誦斯藁，猶若見其俯仰笑語之態，悲夫！

桃花含露傷春老，蓮葉欺霜悴秋早。紅飄翠隕誰可方，大都妓人白頭姥。言辭婉媚雖足愛，顔色萎摧寧再好。姿同蒲柳先凋零，景近桑榆漸枯槁。我役房山滯客邊，客邊意氣迥非前。螺杯謾想紅樓飲，雁柱徒懷錦瑟絃。晏歲荒村因邂逅，芳尊小酌且流連。陽臺楚雨情磨滅，舞袖弓鞋事棄捐。於今淪落依草木，天寒幽居在空谷。爺孃底處認墳墓，姊妹何鄉尋骨肉。初謂終身永歡笑，那知末路翻撈摝。莫惜縹囊紫玉簫，暫吹絳闕瑤臺曲。停觴起立態如癡，斂衽躊躇半餉時。凝悄徘徊傾聽久，微茫杳渺度腔遲。嬌疑睍睆鶯求友，嫩訝呢喃燕哺兒。巨壑潛蛟驚起蟄，危巢別鵠苦分離。分離或變成淒切，淒切愈加音愈咽。蕩子江湖信息稀，疲兵關塞肌膚裂。似啼似訴復似泣，若慕若怨兼若訣。孤舟嫠婦旅魂消，異域纍臣鬢毛折。參差角羽雜宮商，微韵紆徐巧抑揚。墜絮游絲爭繞亂，哀蛩怨蚓互低昂。呦呦瑞鹿鳴靈囿，噦噦和鸞集建章。楚弄數聲諧洗簇，《氏州》一曲換《伊》《涼》。《伊》《涼》溜亮益閑暇，塤篪笙笛皆在下。琚瑀鏗鏘韵碧霄，機梭淅瀝鳴玄夜。須臾衆調多周遍，返席重論盛年話。一自干戈遽擾攘，幾多行輩端淪謝。記得先朝至正初，奴家才學上頭顱。銀鐶約臂聯條脱，綵線挼絨綴罘罳。一作「固姑」，髻名。博局倦餘邀伴賭，鞦韆蹴罷倩人扶。纖腰數被鄰姬妬，鬢髮常煩阿姊梳。羽林英俊馳輕轂，慣向奴家通夕宿。鳳枕鸞衾肯暫辜，蜂媒蝶使交相屬。冰容反懼脂粉涴，香肌非藉沈檀浴。退居始替興聖班，内使傳宣又催促。宇宙雍熙百姓安，仁覃四裔覆三韓。畏吾彝名選作必闍赤，欽察恩深答刺罕。已見拂郎呈騕褭，還聞緬甸貢琅玕。丹楹陡峻棲鳷鵲，華表玲瓏鏤角端。神州形勝真佳麗，鬱鬱葱葱蟠王氣。五穀豐登免税糧，九重娛樂耽聲妓。廣寒宵得侍乞巧，太液晨許陪修禊。避暑巡遊欲届程，沿途宿頓争除地。隨鑾供奉揀娉婷，特敕奴家扈蹕行。鹵簿曉排仙仗發，抹倫晴鞠繡鞍乘。營間鼓鐲轟雷動，磧外氛埃掃電清。紈扇試時違大内，花園過去是開平。宗王貴戚咸來會，嵩呼萬歲齊齊跪。緋纓帽妥鉢焦圓，黑瓣髻紉卜郎鋭。後先雉尾怯薛執，左右麟符火赤佩。茜罽縫袍竺國師，霞綃蹙帔天魔隊。齊姜宋女總尋常，惟詑奴家壓教坊。樂府競歌新北令，拘攔慵做舊《西廂》。煞寅院本偏蒙賞，喝采笠簇每擅場。渾脱囊盛阿剌酒，達拏珠絡只徐裳。元朝運祚俄然歇，遠遁龍荒棄城闕。官裏遥銜朔漠塵，哈敦暗哭穹廬月。壞宫晝静著封鎖，虚室苔生罷朝謁。絶徼陰森部落衰，中原澒洞烽煙熱。填溝塞塹總嬋娟，蟻虱微軀幸瓦全。窈窕蛾眉渾懶畫，蹣跚繭足亦羞纏。祇園披剃心依佛，梵榻跏趺擬學禪。練衲正宜參般若，赤繩無奈墮癡緣。蘭心蕙性非堅固，宛轉綢繆媒妁誤。嫁與凡庸里巷兒，流爲鄙賤糟糠婦。文禽失類偶鷄鶩，孔雀迷群隨鶻鷺。手具盤飧奉舅姑，親操井碓應門户。物換星移十載强，尊嫜殂没槀砧亡。屢遭疾疫男捐館，苦迫饑寒媳去房。瓦缶泥壚長是伴，瑶簪翠鈿已相忘。忍談富貴徒增感，怕説酸辛只斷腸。筋骸疲憊龍鍾久，里舍么孃嗤老醜。塗抹伊誰識阿婆，搊彈競自矜纖手。偷生又幸逢明代，垂死寧當正丘首。轣轆頹齡諒勿多，槎牙瘦骨行將朽。欷歔嘆古更嗟今，少日榮華晚陸沈。亹亹願毋嫌聒耳，寥寥罕遇是知音。織烏荏苒忙過隙，司馬汍瀾已濕衿。往運推移端莫挽，窮途汨没最難禁。妓人聽我相寬慰，美貌多爲姿質累。倉皇明鏡樂昌分，縹緲層樓緑珠墜。雖云煢獨困貧乏，贏得妖嬈到憔悴。世上浮名不直錢，杯中醇酎休辭醉。屏營拉淚起逶迤，載拜殷勤乞賦詩。土炕蓬窗愁寂夜，挑燈快讀解愁頤。那知皓首逢元稹，弗用黄金鑄牧之。灑翰酬渠增慷慨，風流千載繫遐思。

王佐 廷用，天順乙卯舉人。有《三留稾》。

宫怨

芙蓉帳冷減容光，愁倚熏籠嬾著牀。寒氣逼人眠不得，鐘聲催月下迴廊。

竹垞《詩話》云：廷用是詩載集中，侯官曹能始《十二代詩》采之。游用之《夢樵詩話》謂：南寧伯毛舜臣留守南都，灑掃舊内，見別院牆壁多舊宫人題詠，年久剥落，不可辨識。其一署曰「媚蘭仙子書」，即此詩末二句也。當出好事者傅會，不然，裕陵定都北京之後，康陵未南巡以前，安有宫人以廷用詩書之南内壁乎？按：時有兩王佐，一字彦舉，南海人，爲南園五先生之一。今王佐乃天順乙卯舉人，所作《宫怨》，未知何所指。因有媚蘭仙子之説，遂録於《本事詩》中。

瞿佑 宗吉，存齋，錢塘人。

存齋著《剪燈新話》及樂府歌詞，多偎紅倚翠之語。嘗和楊廉夫《美人顰眉》云：「恨從張敞毫邊起，春向梁鴻案上生。」《啼痕》云：「斑斑湘竹非因雨，點點楊花不是春。」廉夫嘆曰：「此瞿家千里駒也。」永樂中謫戍保安，卒。

安樂坊歌

安樂坊倪氏女，少日曾識之，一別十年矣。歲晚與其母子邂逅吳山下，則已委身爲小吏妻。因邀至所居，置酒敘話，悽然感舊，爲作此歌。

吳山山下安樂里，陋巷窮居有西子。嫣然一笑坐生春，信是天人謫居此。相逢昔在十年前，雙鬟未合臉如蓮。學畫蛾眉揮綵筆，偷傳雁字卜金錢。相逢今在十年後，鬒髮如雲眼波溜。風吹繡帶露羅鞋，酒泛銀盃淹翠袖。自言文史舊曾知，寫景題情事事宜。但傳秦女吹簫譜，不詠湘靈鼓瑟辭。暮雨朝雲容易度，野鴨家鷄競相妬。當時自詫苑中花，今日翻成道傍樹。日聞此語重悲傷，對景徘徊欲斷腸。渭城楊柳歌三疊，湓水琵琶泣數行。相送出門留後約，暮天慘慘東風惡。醉歸感舊賦新篇，重與佳人嗟命薄。

烏鎮酒舍歌

東風吹雨如吹塵，野煙漠漠遮遊人。須臾雲破日光吐，緑波蹙作黄金鱗。落花流水人家近，鴻雁鳧鷖飛陣陣。一雙石塔立東西，舟子傳言是烏鎮。小橋側畔有青旗，蹔泊蘭橈趁午炊。入饌白魚初上網，供庖紫笋乍穿籬。茜裙縞袂搴簾出，巧語殷勤留過客。玉釵墮髻不成妝，羅帕薰香半遮額。自言家本錢塘住，望仙橋東舊城路。至正末年兵擾攘，憑媒嫁作他家婦。良人萬里去爲商，嗜利全無離別腸。十載不歸茅屋底，一身獨侍酒壚傍。相逢既是同鄉里，何必嫌疑分彼此。小槽自酌真珠紅，長牀共坐氊毹紫。捧杯纖手露森森，酒味雖淺情自深。飛梭不折幼輿齒，鳴琴已悟相如心。晚來獨自登舟去，相送出門淚如注。他時過此莫相忘，好認墻頭楊柳樹。

囀春鶯曲

《西清詩話》：宋駙馬都尉王晉卿歌姬名囀春鶯。晉卿投南，春鶯爲勢家所得。晉卿南還，汝陰道中聞歌聲，曰：「此囀春鶯也。」訪之果然。賦詩曰：「佳人已屬沙吒利，義士今無古押衙。回首風光雖尚在，春鶯休囀上林花。」按：《瑯琊代醉編》有足上半首云：「幾年流落向天涯，萬里歸來兩鬢華。翠袖香殘空掩淚，青樓雲渺定誰家。」又「上林花」一作「沁園花」。

停驂惆悵惜芳時，嶺海歸來兩鬢絲。縱使鶯聲如舊好，緑楊都是折殘枝。

沈　詔

鳳儀，吴江人。

琵琶亭答鄭婉娥

洪武初，松陵沈詔遊九江，登琵琶亭，月夜聞歌聲。明日復往亭中，有麗人冉冉而至，呼詔共坐，曰：「妾，僞漢陳主婕妤鄭婉娥也。年二十而死，殯於亭側。」隨命侍兒鈿蟬、金雁取酒，歌《念奴嬌》詞，曰：「昨夕郎所聞也。」口占一詩贈韶，韶答之，相與話元末群雄興廢及僞漢宮中事甚悉。臨別，以金條脱爲贈。同遊梁生傳其事。

結綺臨春萬户空，幾番揮淚夕陽中。唐環不見新留襪，漢燕猶存舊守宮。別苑秋深黄葉墜，寢園春盡碧苔封。自慚不是牛僧孺，也向雲階拜玉容。

附 婉娥贈詩

鳳艦龍舟事已空，銀屏金屋夢魂中。黄蘆晚日空殘壘，碧草寒煙鎖故宮。隧道魚燈油欲燼，妝臺鸞鏡匣長封。憑君莫話興亡事，淚濕胭脂損舊容。

《念奴嬌》詞云：「離離禾黍，嘆江山似舊，英雄塵土。石馬銅駝荆棘裏，閲遍幾番寒暑。劍戟灰飛，旌旗鳥散，底處尋樓艣。喑啞叱咤，只今猶説西楚。　憔悴玉帳虞兮，燈前掩面，雙淚飛紅雨。鳳輦羊車行不返，九曲愁腸慢苦。梅瓣凝妝，楊花翻曲，回首成今古。翠螺青黛，絳仙慵畫眉嫵。」

林鴻 子羽，福清人。

子羽，洪武時應召爲膳部員外郎。御試《龍池春曉》《孤雁》二詩，名動京師。性脱落，免歸。

其妻朱氏亦能詩，寄鴻有「待漏朝天」之句。流傳有紅橋贈答詩，殆君平、牧之之流亞歟！

投贈張紅橋

紅橋張氏，閩縣良家女，居紅橋，因以自號。聰敏能詩，後歸林鴻，其唱和詩世多傳之。

桂殿焚香酒半醒，露華如水點銀屏。含情欲訴心中事，羞見牽牛織女星。

定情詩

雲娥酷似董嬌嬈，每到春來恨未消。誰道蓬山天様遠，畫欄咫尺是紅橋。

夜至紅橋所居

溶溶春水漾璃瑶，兩岸菰蒲長緑苗。幾度踏青歸去晚，卻從燈火認紅橋。

素馨花發暗香飄，一朵斜簪近翠翹。寶馬歸來新月上，緑楊影裏倚紅橋。

附紅橋和

橋外千花照碧空，美人遥隔水雲東。一聲寶馬嘶明月，驚起沙汀幾點鴻。

遊金陵寄紅橋

女螺江上送蘭橈，長憶春纖折柳條。歸夢不知江路遠，夜深和月到紅橋。

春衫初試淡紅綃，寶鳳搔頭玉步摇。長記看燈三五夜，七香車子度紅橋。

綺窗別後玉人遥，濃睡纔醒酒未消。日午捲簾風力軟，落花飛絮滿紅橋。

子羽之金陵，作《大江東》一闋留別紅橋，云：「鍾情太甚，人笑我、到老也無休歇。月露煙雲多是恨，況與玉人離別。軟語叮嚀，柔情婉孌，鎔盡肝腸鐵。岐亭把酒，水流花謝時節。應念翠袖籠香，玉壺温酒，夜夜銀瓶月。蓄意含嗔多少態，海嶽誓盟都設。此去何之，碧雲春樹合。晚峰千疊，圖將羈思，歸來細與伊説。」紅橋依韵賦別云：「鳳凰山下，玉漏聲、恨今宵容易歇。一曲《陽關》歌未畢，棲烏啞啞催人別。含怨吞聲，兩行珠淚，漬透千重鐵，柔腸幾寸，斷盡臨岐時節。

還憶浴罷畫眉，夢回攜手，踏碎花間月。謾道胸前懷荳蔻，今日總成虚設。桃葉渡頭，河冰千里合。凍雲疊疊，寒燈旅邸，熒熒與誰閒説？」紅橋既没，留玉珮玦一枚、絶句七首，懸一緘牀頭。子羽歸見之，不勝哀怨，賦詩慟哭。閩縣王恭和云：「濕雲如醉護輕塵，黄蝶東風滿四鄰。新緑只疑銷曉黛，落紅猶記掩歌唇。舞樓春去空殘日，月榭香飄不見人。欲覓梨雲仙夢遠，坐臨芳沼獨傷神。」

田　洙 孟沂，五羊人。

薛濤聯句

洪武十七年，五羊田洙從父赴成都教官，館於郊外。日暮還學宫，遇山下桃花盛開，徘徊久之，見一美人延佇花下，目成笑語，攜歸其家。自稱文孝坊薛氏女，相與賦詩聯句。往來數月，主人覺而伺之。美人泣曰：「數盡矣。」質明，鄭重而别。主人曰：「此地相傳爲薛濤所葬，故鄭谷成都詩有『小桃花繞薛濤墳』之句。文孝坊者，教坊也。」洙後成進士，爲縣令。

韶豔應難挽，芳華信易凋。薛。綴階紅尚媚，洙。委地白仍嬌。薛。墮速如辭樹，洙。飛遲似戀條。薛。蘚鋪新蹙繡，洙。草疊巧裁綃。薛。麗質愁先殞，洙。香魂痛莫招。薛。燕銜歸故壘，洙。蝶逐過危橋。薛。粘帙將晞露，洙。衝簾乍起飈。薛。遇晴猶有態，洙。經雨倍無聊。薛。蜂趁低兼絮，洙。魚吞細雜藻。薛。輕盈朱履踐，洙。零亂翠鈿飄。薛。鳥過生愁觸，洙。兒嬉最怕摇。薛。褪英浮雨澗，洙。殘蕊漾風潮。薛。積徑教童掃，洙。沿流倩水漂。薛。媚人沾錦瑟，洙。瀹茗入詩瓢。薛。玉貌樓前墮，洙。冰容夢裏消。薛。芳園曾藉坐，洙。長路或追鑣。薛。羅扇姬盛瓣，洙。筠籬僕護苗。薛。折來隨手盡，洙。帶處近鬟焦。薛。泥涴猶悽慘，洙。甌空更寂寥。薛。葉濃陰自厚，洙。蔕密子偏饒。薛。豈必分茵溷，洙。寧思上硏硝。薛。香餘何吝竊，洙。珮解不須邀。薛。冶態宜宫額，洙。癡情妬舞腰。

薛。妝臺休浪拂，洙。留伴可憐宵。薛。

古來幽期冥感之事，不一而足。閩人徐興公《榕陰新檢》載秋英冥孕，與薛濤相類。今附録：嘉靖甲子，福清韓生夢雲授經於邑之藍田，過石湖山，見遺骼，哀而掩之。是夕宿藍田書舍，一童子款扉投刺曰：「娘子奉謁。」俄有麗人立燈下，歛袵載拜，謝掩骼之事。問其家世，曰：「楚人也。姓王氏，名秋英，字澹容。元至正間，從父之任，遇寇石湖山，投崖而死。今得與君遇，亦夙緣也。」遂薦枕席。生還家，英復遣童子遺詩云：「朔風振撼似瀟湘，滿樹歸鴉噪夕陽。不見王孫停駟馬，惟聞牧豎唤牛羊。荒山野水悲長夜，懶髻疏容怯凍霜。漠漠陰雲愁黯黯，幾時相對一爐香？」明年寒食，生攜鷄黍奠英墓上。少頃英至，藉草痛飲，謂生曰：「妾懷君之子，將免身矣，請從君而歸。」乙丑四月，産一子，復謂生：「兒爲鬼子，里人觀者如堵，恐不便於君。妾當歸楚，寄兒楚人。後十八年，圖相見也。」乃作留别詩曰：「兩年歡會夢魂中，聚散人間似轉蓬。歲月無情催去燕，關河有信寄來鴻。劍沈延浦光終合，瑟鼓湘靈調自工。他日扁舟尋舊約，夕陽疏影楚雲東。」萬曆壬午，遺書招生曰：「兒寄湘陰朱黄橋家，亟往覓之。」生遂抵湘陰，叩朱氏。朱氏言：「歲乙丑，有神女扣門，以白布裹兒，題血書曰：『閩人韓夢雲子，後十八年當來。』君其是乎？」兒名鶴算，爲朱氏第三子。父子抱持慟哭，遂更韓姓，仍留楚，就婚於易氏。將發，英復至，偕歸閩。踰年，别生與家人曰：「緣盡矣。」揮淚而去。

馬洪 浩瀾，仁和人。

游西湖與蘇小小倡和詩

楊儀《驪珠雜録》云：弘治初，京兆于景瞻謝事歸杭，與詩人馬浩瀾同泛西湖，馬首倡此詩。明日再遊湖中，客有扶乩者，浩瀾請和，運筆如飛，曰：「此地曾經歌舞來，風流回首即塵埃。王孫芳草爲誰緑，寒食梨花無主開。郎去排雲叫閶闔，妾今行雨在陽臺。衷情訴與遼東鶴，松柏西陵正可哀。」和畢，題曰「錢塘蘇小小敬和馬先生西湖原倡」，蓋小小墓在西陵也。

畫舸秋風湖上來，水通天碧静無埃。一雙鸂鶒忽飛下，千朶芙蓉相映開。鳥似彩鸞窺寶鏡，花如僊子步瑶臺。風光堪賞還堪賦，其奈江南庾信哀。

木涇 元經，□人。

土橋遇田娟娟題二絶句

木生元經，成化中以鄉薦入太學。嘗登秦觀峰，夢老媼攜一女子甚麗，以一扇遺生。明年入都，道出武清，散步柳陰，過土橋，有遺扇在芳草中，收視之，上有詩云：「烟中芍藥朦朧睡，雨底梨花淺淡妝。小院黄昏人定後，隔墻遥辨麝蘭香。」異之。須臾見一女郎遊樹下，隱隱穿林而去。元經遂題二詩於樹。前至野店，問村民，或曰：「此處有田將軍園林，豈即其家眷屬乎？」逾年，謁選爲工部郎。休沐之暇，偕僚佐同出土橋，偶憇田家，老媪熟視其扇曰：「此吾女手跡也。偶過溪橋失之，何爲入君手？吾女尋扇至溪橋，見樹上二絶，朝夕諷詠，得非君作乎？」命其女出見，宛如夢中。二詩果生舊題也。共相嘆異，遂納之。女名娟娟，即田將軍女也。生後以郎官出使，娟娟留武清，病卒。生題畫像詩云：「人生底事羡張郎，已恨花殘月減光。枕上遊仙何迅速，洞中烏兔太匆忙。秦孃似比當時瘦，李衛慚多舊日狂。梅影横斜啼鳥散，繞天黄葉倚繩牀。」人多傳誦焉。

隔江遥望緑楊斜，聯袂女郎歌落花。風定細聲聽不見，茜裙紅入那人家。

異鳥嬌花不奈愁，湘簾初捲月沈鉤。人間三月無紅葉，卻放桃花逐水流。

附 娟娟病中寄木元經詩

聞郎夜上木蘭舟，不數歸期祇數愁。半幅御羅題錦字，隔墻裏贈玉搔頭。

楚天風雨繞陽臺，百種名花次第開。誰遣一番寒食信，合歡廊下長莓苔。

陳繼 嗣初，吳縣人。

題女郎月下裁衣 楊文貞初不識嗣初，見此詩，遂薦之。

香幃風捲月團團，睡起裁衣思萬端。秋葉未紅金剪冷，玉門關外不勝寒。

嗣初此詩，造語冷豔，爲文貞所稱。安福李時勉古廉有《詠剪刀》之作，爲楊用修所賞，故用修《詩話》曰：「元武伯英《詠剪燭》詩：『啼殘瘦玉蘭心吐，蹴落春紅燕尾香。』爲一時名句。國朝李古廉《詠剪刀》云：『吴綾剪處魚吞浪，蜀錦裁時燕掠霞。深院響傳春畫静，小樓工罷夕陽斜。』李之直節清聲，而詩嫵媚如此，信乎賦梅花者不獨宋廣平也。」虞山蒙叟曰：「李此詩不載集中，大率前輩别集，經人撰定，恐破壞道學體面，每削去閒情豔體之作，而存其應酬冗長者，殊可嘆也。」

王紱 孟端，無錫人。

孟端襟度蕭灑，工於繪事。寓長安，與一商鄰居，月下聞簫聲，甚喜，明日寫竹以贈，曰：「我以簫才報之。」其人不解事，以紅氈毹爲餽，乞再畫一枝以爲配。孟端大笑，卻其餽，取前畫裂之。其風操如此。

吴姬留客行

吴姬年少纔十六，能抱琵琶唱新曲。愁連山黛鎖青蛾，汗透霞綃濕香玉。問郎今去宿誰家，郎須聽妾彈琵琶。吴城有酒不肯住，巴姬未必顔如花。遲留那得情相與，芳心一一絃中語。空江霜落叫征鴻，孤棹風高響秋雨。須臾彷彿臨三湘，切切哀猿堪斷腸。巫陽雲暗楚臺晚，故山不見關山長。彈到胡笳少三拍，郎心欲去何匆迫。挽郎不住郎過船，滿江月色秋潮白。

湯胤勣

公讓，東甌襄武王孫。

公讓具文武才，尤豪於詩。嘗賦《守宫》云：「誰解秦宫一粒丹，記時容易守時難。鴛鴦夢冷腸堪斷，蜥蜴魂銷血未乾。榴子色分金釧彩，茜花光映玉鞲寒。何時試捲香羅袖，笑語東風仔細看。」劉欽謨以爲不減李商隱也。

竹泉翁席上贈歌者楊氏

秋風茉莉吹香雨，簾外鶯嬌肆輕嫵。醉眼朦朧酒盞空，睡著司空相公府。席前一點櫻桃破，雲揭楚天飛鳥墮。鴛鴦小袖捋紅綃，二十五絃重抹過。三寸麻霞黄鵠嘴，錦地氍毹蹴春水。回身偷眼顧周郎，舞困落花扶不起。雙檠殞淚爐薰熄，對景無言恨如織。翠靨光浮琥珀痕，鮫綃冷沁珍珠迹。兩剪晴波拂曉山，白衣孤客感鄉關。何幸梨園舊宫使，偷傳樂譜向人間。

張寧　静之，海鹽人。

士女圖　蒙叟曰：張汀州卒，無子。有二妾，曰寒香、晚翠，剪髮自誓，不下樓者四十年，人以方之關盼盼。其題《士女圖》落句，傳爲詩讖云。

吴城士女越樣妝，籠冠盤髻銷金裳。東風澹蕩桃李月，看花不語情何長。女伴相將牽稚子，庭院無人花正芳。陽春宛宛白日暮，空抱花枝歸洞房。

竹垞《詩話》曰：寒香、晚翠剪髮自誓，有司以聞，詔旌爲雙節。釋明秀詩云：「交剪雲鬟報主恩，鏡臺花落洗頭盆。同心誓死方洲上，霜月寥寥夜照門。」一時和者甚衆。寧嘗過杭州，潑墨寫《目送飛鴻手揮五絃圖》，縱横潦草，侍婢笑之。題詩云：「閒尋敗筆作圖畫，小鬟立侍笑欲倒。山頭頽是土灰堆，樹根亂若蓬蒿草。」所云「小鬟」，殆即寒香、晚翠乎？

沈愚　通理，崑山人。

通理風流藴藉，喜作香奩體。其《題閶門竹枝詞》云：「小蠻能唱白家詞，笑把纖腰鬭柳枝。

愁絶尊前春未老，風流太守鬢成絲。」和者甚衆。

過桃葉渡秦淮諸姬處也。

江花含笑欲争春，江水籠煙柳色新。商女停舟唱《桃葉》，東風愁煞渡江人。

王　恭

安中，閩縣人。有《白雲樵唱》《鳳臺清嘯》《草澤狂歌》。

月下聞筝

愁心不見薛瓊瓊，何處銀筝半夜聲？腸斷十三絃上月，一絃一柱總關情。

王　懌

内悦，山陰人。

段七孃

度曲千金賤，凝妝一面紅。聲迷銅雀妓，豔奪館娃僮。白雪飄朱閣，香塵散綺櫳。淚满司馬袖，腸斷使君驄。秋水涵瞳潤，春山入黛濃。弄簫驚紫鳳，拂軫怨離鴻。鏡展金鸞月，釵横玉燕風。謝孃收鈿匣，嬴女掩香筒。石竹簪芳髻，芙蓉隱繡幪。燈燃珠樹側，人醉錦蓮中。粲粲星輝户，微微露洗空。幾年憐宋玉，今夕遇韓馮。密意蜂攢蕊，芳心蝶戀叢。春箋封荳蔻，羅帶綰芎藭。步障重抛錦，門鐘疊綴銅。曲闌裝翡翠，高樹璅花蟲。鶯睡煙濛柳，烏棲月浸桐。銀觥休鑿落，璚剪起丁東。客散歌屏冷，香昏睡閣融。日高春夢覺，嬌纈散花緵。

張　和　節之，崑山人。

悼歌姬

《桃葉》歌殘思不勝，西風吹淚結紅冰。樂天老去風流減，子野歸來感慨增。花逐水流春不管，雨隨雲散事難憑。夜來書館寒威重，誰送薰香半臂綾？

蔡　庸　惟中，越州人。

徐氏席上聞歌有感

休遺雙鬟唱《竹枝》，聽來渾不是當時。自從夢隔巫山雨，贏得秋風宋玉悲。暗將羅扇遞新聲，巧是東風柳樹鶯。唱徹梨園譜中曲，内中一曲最關情。

陸　釴

鼎儀，崑山人。天順甲申進士。有《春雨堂稿》。

戲簡文量示教坊弟子王秀

十月二十八日，予與文量晚酌朱懋遲處，懋遲以教坊弟子王秀侑觴。夜深風冽，琵琶絃屢斷，而懋遲以洞簫繼之。已而秀舍絃按拍，清歌數曲，中有所謂「學士波」者，予不解，文量哂之曰：「此方言也。」文量醉甚，戲問秀：「杜韋孃安在？」秀茫無以對。因相與撫掌而罷云。

樽前誰遣雪兒歌，司馬風情晚更多。銀燭影偏人已醉，紫檀聲斷欲如何？歸來尚想桓伊笛，醒後空慚學士波。戲問韋孃今健否，青樓元自不曾過。

史　忠

廷直，金陵人，自號癡翁。

癡翁築樓冶城，署曰「卧癡」，引客談笑呼盧其中，酒酣爲樂府新聲。有愛妾何氏，名玉仙，號白雲道人，能畫，解音律，求兩京絕手琵琶張禄授以南北曲，自度新聲，被之管絃，時時出遊。婿酷貧，不能具禮，詭詞攜女觀燈，送之婿家，大噱而去。嘗訪沈石田於吴門，沈他出，堂中有素絹，潑墨成山水巨幅，不通名姓而出。石田曰：「必金陵史癡。」

丁巳正月琵琶張教師來江東白雲道人更與證之

忽雷曾説鄭中丞，不似女郎樓上聽。此日白雲推卻處，癡翁清賞倚銀屏。

沈周

石田，又號白石生，長洲人。

白石翁風神散朗，對客吟詠，移時不倦。其《題白頭公圖》云：「十日紅簾不上鉤，雨聲滴碎管絃樓。梨花將老春將去，愁白雙禽一夜頭。」俱清麗可誦。又聞有越僧嘗索畫於石田，寄一絶云：「寄將一幅剡溪藤，江面青山寫幾層。筆到斷崖泉落處，石邊添箇看雲僧。」石田欣然畫其意答之，可想見前輩風流也。

吴姬曲

前年別郎三月暮，東蕩西飄不知處。願彈紅淚濕楊花，總饒輕薄飛難去。

與王優

高歌宛轉送新聲，腔愛頻移酒漫傾。著水游絲風綽起，過墻花影月扶行。正須陶寫當吾老，更爲殷勤奈爾情。可惜相逢牡丹後，柳邊聊倩答啼鶯。

祝允明

希哲，長洲人。

希哲右手枝指，自號枝山。使酒六博，善度曲，閒傅粉登場，梨園子弟相顧勿如也。海内索其詩及書者，贄幣踵門，輒辭勿見。伺其狎遊，使女妓掩之，都捆載以去。其別集有《金縷》《醉紅》《窺簾》《擲果》諸藁，好事者傳寫之。

秋香便面

按：秋香，成化間南京舊院妓也。後從良，有舊識欲相見，以扇畫柳題詩拒之，云：「昔日章臺舞細腰，任君攀折嫩枝條。如今寫入丹青裏，不許東風再動摇。」載梅禹金《青泥蓮花記》。

晃玉摇銀小扇圖，五雲樓閣女仙居。行閒著過秋香字，知是成都薛校書。

徐禎卿

昌穀，吴縣人。

論者以昌穀「文章江左家家玉，烟月揚州樹樹花」爲集中名句。余録其全首云：「風霜獨卧閒中病，時節偏催蟿口蚍。籬下落英秋半掬，燈前新夢髩雙華。文章江左家家玉，煙月揚州樹樹花。會待此心銷滅盡，好持齋鉢禮毘耶。」

觀舞歌

今夕何夕燈滿堂，金釵夜舞華瑟傍。香風拍袂紅霞舉，玉腕矯矯凌虚翔。飄飄雲步蕩輕珮，八鸞協律鳴鏘鏘。花柔玉軟兩無力，宛轉應節隨低昂。蟠身蹲伏龜鶴息，延頭直跱螭龍長。明珠圓轉盤四角，新蓮裊娜波中央。繁歌急調相迫促，紫燕雙入虚簾忙。粉脂凝汗朱顔發，明月空梁添素光。座中豪客燕趙産，快賞一舉連十觴。吴儂雖不勝杯酌，能握綺筆揮詞章。聊酬一曲當縑素，清腕不讓溢陽郎。溢陽涕泗苦不足，風流詎及吴才狂。

徐姬詩

金陵有徐姬者，善屬詩，蚤死。余嘗聞其句云：「楊花厚處春陰薄，清冷不勝單裌衣。」頗愛其有婉思，以詩弔之。

繞廊吟罷楊花句，欲覓楊花樹已空。日暮街頭春雪散，杜鵑無力泣東風。

李夢陽 獻吉，慶陽人。

汴中元夕

中山孺子倚新妝，鄭女燕姬總擅場。齊唱憲王新樂府，金梁橋上月如霜。

周憲王諳曉音律，所作雜劇、散曲百餘種，至今中原絃索多用之。牛左史恒詩云「唱徹憲王新樂府，不知明月下樊樓」是也。憲王有宮女姓夏氏，名雲英，生五歲，闇誦《孝經》，七歲盡通釋典。淡妝素服，色藝絶倫。年二十二卧病，求爲尼，受菩薩戒，作偈示衆而没。憲王哭之以詩曰：「雲英何處訪遺蹤，空對陽臺十二峰。花院無情金鎖合，蘭房有路碧苔封。消愁茶煮雙團鳳，縈恨香盤九篆龍。腸斷端清樓閣裏，墨痕燭炧尚重重。」端清閣即宮女所居也。永樂元年，賜憲王一老媪，乃元后之乳母，知宮中事甚悉。憲王爲《元宮詞》百首，世共傳之。

康海 德涵，武功人。

蒙叟曰：德涵落職家居，以聲伎自娱，間作樂府，使青衣被之絃索。嘗邀名妓百人爲會，酒闌，各書小令一闋，曰：「此差勝錦纏頭也。」楊侍郎廷儀在滸西，留飲甚歡，自起彈琵琶勸酒。楊言：「家兄在内閣，何不以尺書通之？」德涵怒擲琵琶，撞之走，曰：「吾豈效王維作伶人，借琵琶討官做耶？」歸田三十餘年，其没也，以山人巾服殮。遺槖蕭然，大小鼓卻有三百副。其風致如此。

邯鄲美人歌

蘭氏小姬名鳳笙，邯鄲美人獨擅名。等閒一見萬金賤，何況逍遥翡翠屏。精神婉孌性情適，自恨生身楊柳陌。陌上羞看遊冶郎，鏡中愁作當門碧。學得秦筝不肯彈，卻將針指湊齊紈。鴛鴦刺就腸先斷，掩卻銀牀獨自歎。

王九思

敬夫，鄠縣人。

蒙叟曰：敬夫與德涵放逐鄠、杜間，日夕過從，徵歌度曲，以相娱樂。敬夫將填詞，以厚貲募國工，杜門學按琵琶、三絃，習諸曲，盡其技。德涵尤妙於歌彈，酒酣以往，搊彈按歌，更起爲壽。今所傳《渼西行樂詞》，風流餘韵，猶令人想見也。晉陵蔣仲舒曰：王敬夫工於小詞，詩亦似温、李。有《無題》云：「寂寞西風翡翠樓，黄昏斜抱玉箜篌。彩鸞影逐秦簫斷，紅葉聲隨御水流。天外行雲難入夢，手中團扇易驚秋。愁來只恐嫦娥笑，明月疏簾懶上鉤。」

滸西莊行樂詞

繞屋花如繡，當筵酒瀉油。青童珠絡臂，紅妓錦纏頭。深院歌嬌鳥，垂楊繫紫騮。謝公行樂地，不羡五陵遊。

渭北神僊府，春來樂事多。花枝侵舞榭，日色豔宫羅。麗曲嬌鶯妬，紅顔細馬馱。更憐明月上，流影入金波。

王廷陳

稚欽，黄岡人。

稚欽舉丁丑進士，選翰林庶吉士，黜知裕州，削秩免歸。屏居二十餘年，嗜酒，縱倡樂，益自放廢。達官貴人相慕好請謁者，延見之，多蓬髮跣足，不具賓主禮。時衣紅紵窄衫，騎牛跨馬，嘯歌田野間。嘉靖初，賜缣帛。老於家。有《夢澤集》。

聞　箏

花月可憐春，房櫳映玉人。思繁纖指亂，愁劇翠蛾顰。授色歌頻變，留賓態轉新。曲終仍自敘，家世本西秦。

程　誥　自邑，歙縣人。

楊都統家小青衣

自按梨園譜，誰傳樂府詞？見人羞不語，含笑轉身時。

丘　濬　仲深，瓊山人。

座中有搊箏者作白翎雀曲因話及元事口占此詩

朔漠消沈漢道興，氈車宵遁土城平。興隆無復殘笙譜，劈正誰知舊斧名？起輦谷前駝馬迹，居庸關外子規聲。不堪亡國音猶在，促數繁絃叫白翎。

王　弼　存敬，黄巖人。

贈龐生吹簫

寒星點點秋雲薄，白日離離映寥廓。哀商怨徵動高堂，想見梧桐滿城落。青年白晳吹者誰，龐子風流妙音樂。自從五月來長安，久别吴湘舊江閣。吴湘江上曾一吹，江水江煙青漠漠。孤舟嫠婦不得眠，四顧長風起蕭索。紅塵向來聽者稀，鳳喉龍呴如肩鑰。秋來見月苦思歸，不覺悲涼指間作。此曲本自仙家傳，掠舟曾送西飛鶴。燈昏夜静初聽時，小雨先來洗城郭。明朝卻上東坡船，此地憶君成寂寞。縱有新聲何處聽，蘆花月暗楓橋泊。

王維禎 允寧，華州人。有《槐野集》。

孝烈皇后挽歌

範内留芳訓，扶天有駿功。仙游知跨鳳，聖念爲當熊。玉珮虚無裏，蒼雲悵望中。宜春花照眼，淚灑舊時叢。

竹垞《詩話》：宫婢楊金英欲斃世宗於熟寢，以繩束帝喉未絶，有張金蓮走告皇后，往救獲甦，此嘉靖壬寅年也。訊得同謀者楊玉香等一十三人，悉磔之於市。王祭酒維禎《孝烈方皇后輓歌》「仙游知跨鳳，聖念爲當熊」，蓋指此也。

歐大任　禎德，順德人。

伏日同文壽丞徐子與顧汝和飲袁魯望齋中聽謳者楊清歌

蒲萄緑酒黄金巵，吴歈越歌多妙詞。歌喉復見薛車子，曲譜似傳《楊叛兒》。絶代佳人不易得，楚妃堂上無顔色。慣邀文顧兩才人，頗驕天目山中客。客去南皮滄海陰，浮瓜沈李共誰吟？他時莫憶袁郎詠，妒殺尊前《白雪》音。

趙釴　鼎卿，桐城人。嘉靖進士。

聞箏

誰把銀箏撥曉寒，隨風飛入畫欄干。一窗新月人何處，獨院疏燈夜欲殘。遠客不堪愁裏聽，秋聲偏向醉中看。無端唤起雲山夢，直渡滄江鴈落灘。

姚 浛 舜浛，無錫人。有《潛坤集》。

西樓席上聽梨園琵琶戲贈

少年文彩復風流，適意湖山竟日留。老去不忘歌舞興，琵琶猶載木蘭舟。

本事詩前集卷三終

本事詩卷四　前集

吴江徐釚電發編輯

楊　慎　用修，升菴，新都人。

用修謫滇南，縱酒自放，嘗傅粉，作雙髻插花，諸妓擁之，遊行市中。彝酋以精白綾作裓，遺諸妓服之。酒間乞書，醉墨淋漓。諸酋購歸，裝潢成卷。

贈箏人

綺筵雕俎換新聲，博取瓊花出玉英。肯信博陵崔十四，平生願作樂中箏。玄的檀痕畫未成，翔鸞屏裏鬬輕盈。羅虬若向今宵見，不比紅兒比玉英。

青蛉行寄内

青蛉絶塞怨離居，金雁橋頭幾歲除。易求海上瓊枝樹，難得閨中錦字書。

用修夫人黄氏，有才情。用修久戍滇中，夫人寄詩云：「雁飛曾不到衡陽，錦字何由寄永昌？三春花柳妾薄命，六詔風煙君斷腸。曰歸曰歸愁歲暮，其雨其雨怨朝陽。相聞空有刀環約，何日金鷄下夜郎?」又《黃鶯兒》一曲云:「積雨釀春寒,見繁花樹樹殘。泥塗滿眼登臨倦,江渡幾灣,雲山幾盤。天涯極目空腸斷,寄書難。無情征雁,飛不到滇南。」即用修所謂「易求海上瓊枝樹,難得閨中錦字書」也。讀者傷之。

聽　歌

彩雲天外駐行盃,明月樓前引上才。紅頰綻時銀燭爛,翠眉低處玉山頹。飄飄俠客遊燕市,窈窕仙娥下楚臺。千載玉郎風韵在,倩君重唱夕陽開。

竹枝詞

紅妝女伴碧江濆,蒲草花簪茜草裙。西舍東鄰同夜燭,吹笙打鼓賽朝雲。

滇海曲

沙金海貝出西荒,桃竹橦華貢上方。香氣渡河來佛子,白狼槃木拜夷王。
蘋香波暖泛雲津,漁枻樵歌曲水濱。天氣常如二三月,花枝不斷四時春。
海濱龍沛趁春畬,江曲魚村弄晚霞。孔雀行穿鸚鵡樹,錦鶯飛啄杜鵑花。

貴州雜咏

綺繒纏髻作雕題，鐵距穿鞋學馬蹄。清曉樵斤探虎穴，黄昏汲甕下猿梯。

韓邦靖 汝慶，朝邑人。

長安宫女行

長安城頭夜二鼓，力士敲門稱太府。爲道君王巡幸勞，選取嬌娥看歌舞。應酬未得話從容，階除早已人三五。倉皇便欲將我行，那肯相留到天曙。平昔嬌癡在母傍，黄昏不敢出前房。如今卻向何處去，似墮淵海身茫茫。四更未絶五更連，父母相隨太府前。俄頃回頭同伴至，亦有爺孃各慘然。雖同閭里不曾親，那得相逢及此辰。清淚俱含未妝面，愁魂不附欲傾身。天明卻轉雙輪疾，送我城東坐官室。生來雖在咸陽城，目中誰識京兆驛。已看閶閤隔重天，乍度朝昏似千日。中有數人不甚愁，問之乃是勾欄流。平生謔浪輕去住，卻説能觀五鳳樓。望承恩寵心雖别，思到家鄉淚亦流。纔言欲去去何忙，翠幙油車已道傍。少小生離還死别，傍人見我空徬徨。嬌憐姊妹不得訣，父母送我滻水陽。相看痛哭各舍去，此時欲斷那有腸。城裏家家錦繡簾，我輩姿容豈獨妍。東家有女如花蕚，且入黄金名已落。西家有女如玉瑩，夜剪烏雲晨不行。我輩無錢兄弟劣，坐使芳年成訣别。渡河渡渭還渡汾，千山歷盡雪紛紛。江流山館猿常哭，葉落郵亭雁屢聞。自從墮地誰窺户，此際無家卻望雲。迢迢千里還歲窮，大同才得到行宫。常言朝見何曾見，深院蕭蕭盡日封。當今天子説神武，時向三邊乘六龍。近時雙蹕駐榆塞，不知何日來雲中。轉眼還成正月末，忽然大駕還沙漠。見説天壇禮未修，還兼太廟春當禴。京師暫欲駐鑾旂，屬車還載蛾眉歸。卻向豹房三四月，欲近龍顔真是稀。宫中景色誰曾見，窗外楊花徒撲面。有眼但識鴛鴦瓦，有身那到麒麟殿。鳳舟時泛西海渚，採蓮不唤如花女。鑾駕常操内教場，何曾湯火試紅妝。茶飯每排新寺裏，不用明眸兼皓齒。空有娼家色藝高，隨人望幸亦徒勞。宫花枉自羞妝面，御柳何人鬬舞腰。君王不御人轉賤，盡日誰來問深院。日給行糧米半升，大官空有珍羞饌。旁人見我入天閽，謂我將承帝主恩。豈知流落還愁恨，榮寵何曾但淚痕。妾家雖貧未甚貧，絲麻布帛亦遮身。有時亦繡鴛鴦枕，翠線金針度一春。一春鸞鏡不停妝，機杼言忙苦不忙。寒食清明邀等伴，銀釵羅髻亦風光。父母如同掌上珠，去年才許城東夫。乘龍跨鳳雖未必，並宿雙棲亦不孤。百年光景誰曾見，一旦榮華土不如。當時同輩聞我説，珠淚人人落雙頰。亦有因緣與恩愛，誰無父母同家業。可憐抛卻入君門，九夏三秋那可言。風雨院深同白晝，星河樓淺共黄昏。我曹豈是無傾國，聞道君王不重色。宫禁幽深誰不知，踪跡民間頗堪測。漢家多欲稱武皇，玄宗好色聞李唐。衛氏門前誇揖客，楊釗海内無三郎。主上今來十四年，劉瑾朱寧並擅權。往時勢焰東廠盛，近日威名遊擊偏。丘張谷馬紛紛出，那有皇親得向前。又聞親受于永戒，大葷不御思長年。更寵番僧取活佛，似欲清浄超西天。君王賤色分明是，那用當時詔旨傳。當時陝西有廖大，此事恐是兹人專。滔天罪惡恩固寵，逢迎卻乃進嬋娟。去年毡帳云欽取，狗馬年來俱奉旨。何曾竟有君王詔，此曹播弄常如此。自從陜西有斯人，災禍年來何太頻。閭里已教徒赤壁，閨闈還遣閉青春。青春淪落不須論，别有淒涼難具陳。同來女伴原不少，一半已爲泉下塵。妾身雖在那常在，溝渠會見骨如銀。誰家願作朝天户，此世空爲墮地人。中朝高官氣如虎，朝廷有闕争拾補。近時叩闕諫南巡，何不上書放宫女？先朝罷殉有故事，萬一官家肯相許。

按：汝慶此詩詠正德時詔選宫人也。《豫章詩話》云：嘉靖庚戌，宫人張氏卒，身畔羅巾有詩云：「悶倚雕欄强笑歌，嬌姿無力怯宫羅。欲將舊恨題紅葉，只恐新愁上翠娥。雨過玉階天色淨，風吹金鎖夜聲多。從來不識君王面，棄置無情奈若何。」汝慶舉正德三年進士，爲工部郎，極言朝政不修，繫錦衣獄。

常倫 明卿，沁水人。

蒙叟曰：常爲大理評事時，過倡家宿，至日高舂，徐起赴朝參。長吏訶之，曰：「故賤時從胡姬飲，不欲居薄耳。」遂中考功法，罷去，益縱情聲妓自放。

聽姬人彈琵琶

紅袖揮金撥，朱絃繫玉肩。團圞懷夜月，幽咽瀉春泉。白雪調終宴，青雲遏遠天。悠悠時斷續，引恨似當年。

李開先

伯華，章丘人。

蒙叟曰：伯華歸田後，多買歌童舞女，徵歌度曲，爲新聲小令，搊彈低唱，嘗自謂馬東籬、張小山無以過也。

范張二姬彈箏

按：范、張二姬，伯華家伎也。張二本娼家女，歸伯華。年十八死，殯於園中。伯華有《過張二墓》詩曰：「枕邊遺囑言猶在，隴上春雲雪未消。幾欲臨風歌楚些，香魂杳杳不堪招。」又《憶張二》句云：「觸物傷情雙淚落，餘香猶染舊鮫綃。」尤情至可誦。

豢養小雙鬟，搊箏特入玄。雁排金粟柱，鶴唳紫絲絃。誤免周郎顧，音由秦女傳。席前看指撥，纖手更堪憐。

元夕邀客賞燈兼聽箏笛二樂

上元又是新年節，狂客高歌醉不休。橘酒生春連百爵，蓮燈照夜足千籌。風前鐵笛驚三弄，月底銀箏試一搊。聽得《落梅》兼《出塞》，居人自是不關愁。

皇甫汸

子循，長洲人。有《司勳集》。

寄侍兒

遇花思舞夜，覩柳憶顰時。可道錢江上，行雲有夢知。

俟一元

舜舉，欒清人。

朱射陂閨人限韵

嘉靖戊午，南都諸公同押「鶯」字韵贈朱射陂閨人。許石城一聯云：「買得曲池堪鬪鴨，種成芳樹好藏鶯。」爲一時賞嘆。

淮南遠樹江南信，玉筯先隨玉管揮。一病經春殘荳蔻，亂紅如雨悵芳菲。光同滿月疑星入，暈學丹霞有鶩飛。帳殿卻愁生會面，煩君猶辯是耶非。

謝榛

茂秦，臨清人。

《亘史》曰：趙王雅愛茂秦詩，從王客鄭若庸得《竹枝詞》十章，命琵琶妓賈扣度而歌之。萬曆癸酉冬，茂秦從關中還，過鄴，偕若庸見王。王宴之便殿，酒行樂作，王曰：「止。」命絙瑟，以琵琶佐之。王復止衆伎，獨奏琵琶。方一闋，茂秦傾聽，未敢發言。王曰：「此先生所製《竹枝詞》也。譜其聲，不識其人，可乎？」命諸妓擁賈姬出拜，光華射人，藉地而竟《竹枝》十章。茂秦謝曰：「此山人鄙俚之詞，安足污王宫玉齒，請更製《竹枝詞》，以備房中之奏。」王曰：「幸甚。」茂秦老不勝酒，醉卧山亭下。王命姬以袵代薦，承之以肱。明日上《新竹枝》十四闋，姬按而譜之，不失豪髮。元夕，便殿奏伎，酒闌送客，即盛禮而歸賈于邸舍。茂秦載以遊燕、趙間。逾二年，至大名，客請賦壽詩百章，至八十餘，投筆而逝，乙亥之冬月也。姬率二子奉柩，停大寺之旁，每夜操琵琶一曲，歌茂秦《竹枝詞》，必慟哭而罷。已乃以千金裝付二子，令歸葬，自破樂器，歸老于闤闠間。後三十餘年，客訪舊寺中，寺僧猶能道其遺事。

别調曲代贈所知

家住鄴城門向西，青樓上與鄴城齊。郎行好記門前柳，春夢南來路不迷。
離筵易醉夜將分，趙舞燈前猶向君。從此腰肢瘦無力，牀頭閑殺藕絲裙。
木落天寒郎欲行，樽前離怨一鳴箏。燕姬纖手調新曲，不是西樓今夜聲。

漁洋山人題詩《四溟集》云：「鄴下風流古所稀，梁園詞賦有光輝。趙王一去賈姬死，天下何人重布衣？」

許邦才 殿卿，歷城人。

秋夕傷箏妓

鈿箏銀甲芳春後，珠笈金釵明月前。誰使燭灰香燼後，卻聽風葉墮霜天。

楊娥歌

風卷秋聲不敢過，月波凝在碧天阿。那知千載韓娥後，又有楊娥一曲歌。

王世貞 元美，鳳洲，太倉人。

和王百穀懷出妾

百穀有妾名青琴，以婦妒出之。一日妾遺素帨，繡句云：「侯門一入深如海，從此蕭郎是路人。」王爲之感悼，賦《無題》八章，託老嫗寄之，而妾已自縊矣。

離懷黯霸未分明，祇憶郎君一句清。妾與書生俱薄命，花隨春帝不長情。愁回樊素行時首，枉卻紅兒死後名。誰道兩坊三百步，《陽關》分作斷腸聲。百穀有句云：「書生薄命元同妾。」爲袁少傅所稱。

附 王百穀寄妾無題詩

十七梳頭緑髻斜，生來宋玉是鄰家。短墻不礙黄鸝過，疏箔難教粉蝶遮。杜牧重來看結子，劉郎前度見栽花。何人得似江州客，白髮青衫聽琵琶。

芙蓉江上露淒淒，楊柳樓前月影低。燕入朱門藏不見，馬過花巷聽還嘶。藕絲無力終愁斷，萍葉隨流未肯齊。信有銀河千萬里，人間隔斷路東西。

玉釵中斷兩鴛鴦，繡枕平分半海棠。戲擲櫻桃奩尚在，學吹《楊柳》笛還藏。紅顔夢裏將爲石，青鬢愁中易作霜。錦字消磨鴻雁絶，門前咫尺是衡陽。

昔日吹簫鳳下來，如今鳳去只荒臺。劍分安得重歸匣，水覆難教再上杯。倩酒禁愁何日醉，待花消恨幾時開？無情最是窗間雨，吹入空牀長緑苔。

舊時門巷草蕭蕭，月色江聲共寂寥。眉黛盡從啼處損，鬢霜留待見時消。形骸太瘦同山竹，信誓無端異海潮。望盡南船渾怕問，一回無語一無聊。

河邊七夕會牽牛，一點紅妝不耐秋。日日題詩俱是淚，重重見面只含羞。《虬髯傳》裏尋紅拂，鳳曲聲中嘆白頭。一自斷魂無處覓，十年王粲不登樓。

自從抱瑟入朱門，新寵安能易舊恩。明裏開顔暗流淚，面前行樂背消魂。梅花見説渾無色，鸚鵡傳來不肯言。知在闌干第幾曲，青天何處覓崑侖？

一朵千金泣露斜，簾櫳難護幙難遮。吴王城上同看月，伍相江邊獨浣紗。楊柳名爲離别樹，芙蓉號作斷腸花。舊時鄰舍皆新主，莫認墻東是宋家。

李攀龍　于鱗，歷城人。

戲呈郭子坤

家有秦臺女，青雲路不遥。但愁明月夜，天上唤吹簫。丹竈幾時開，妝成倚鏡臺。不須嗔竊藥，本是月中來。

和許長史箏伎篇

君不聞秦箏多慢聲，平臺女兒新長成。家本邯鄲行步好，生年十三指爪清。安得此雙弦索手，那能獨酌高陽酒。正值傾囊無俸錢，將來换馬還肯否？自從解贈同心結，不惜樽前香腕折。幾回玉柱鴈池飛，春愁散作梁園雪。合就羅敷《陌上桑》，含顰一囀發中堂。遥知華髮王門客，縱是風流也斷腸。

爲殿卿悼亡

歌梁塵未斷，舞袖影方閒。落月窺珠鏡，青春暗玉顔。爲雲歸峽裏，竊藥去人間。安得招魂術，姍姍步幄還。

遣侍兒

孔雀雙飛織素年，蛾眉宛轉使君前。桃花流水人閒去，何處春光不可憐。

朱曰藩 子价，寶應人。

滇南七夕歌

余遊滇南，見其土風，每歲七夕前半月，人家女年十二三以上者，各分曹相聚，以香水花果爲供，連臂踏歌，乞巧于天孫。暇日採其意，爲《滇南七夕歌》。

一宵争抵一年長，猶度金針到繡牀。天下真成長會合，昆明池上兩鴛鴦。

綵袖飛來山上山，小樓金馬墮雲鬟。柰花滿地無人掃，二十年前《菩薩蠻》。

何良俊 元朗，華亭人。

元朗爲南京翰林院孔目，妙解音律，躬自度曲，花前酒邊之作，咸中節可聽。其寄二妹婿詩曰：「依舊好風涼月，只多紅袖青山。」興致如此。

春日花前聽李節箏歌作

竹垞《詩話》云：元朗早歲入南都，隨顧東橋游讌。東橋每宴集輒用教坊樂，以箏琶侑觴。當康陵南巡日，樂工頓仁隨駕至北京，得金元人雜劇。元朗妙解音律，令家中小鬟盡傳之。有李節者，善箏歌，元朗品爲教坊第一，于時名彦咸賦詩留贈，黄淳父詩云「十四樓中第一聲」也。

瘦鶴支離病客身，黄鶯嬌小帝城春。花前莫遣清樽歇，頭上應添白髮新。縱飲已忘身外事，當歌且惜眼中人。秦淮花月如天上，幾欲乘槎一問津。

乙卯八月余觴客青溪之上王質山贈李節二絶句次其韵

虚館鳴箏秋正清，停絃掩抑最關情。當年愛殺桓司馬，賞會由來是此聲。

哀音裊裊出重幃，羈客僊僊思欲飛。絃滑酒香花正好，不辭零落夜沾衣。

研山中翰許歌者李生名香久不見至戲書

新聲宛轉動梁塵，歌罷誰云不斷魂。一片好香消不得，明珠十斛爲何人？

附盛仲交諸公倡和詩

蒙叟曰：教坊李節箏歌，何元朗品爲第一。盛仲交有《元朗席上聽箏》詩，諸公皆和之。

酒清香靄夜搊箏，絃上凉生六月冰。但許風流擅南館，不教飛夢遶西陵。

泠泠寒玉瀉秦箏，片片清聲似斷冰。一曲渾疑李憑在，不知秋旅是金陵。文休承和

披帷月底理鳴箏，哀調澄于鏡裏冰。試使楚王聞一曲，可憐應不數安陵。張玄超和

月照高樓彈玉箏，泠泠飛峽瀉寒冰。羈人一聽《陽關》曲，不畏秋風客秣陵。黄聖生和

春日皇甫司勳見過余出小鬟以箏琶佐觴司勳爲賦三章率爾奉答

燈下曾觀舞麗華，小庭亦復沸箏琶。近來此樂無人解，獨有牛家與白家。白傅集有與牛奇章妓池上合樂之作。

歌珠歷落本清圓，更遣流泉亂拂絃。好取使君留一顧，故將誤曲唱當筵。

簾同夏亶真成陋，牀類楊褒亦太寒。不是窈孃容絶世，何妨日日借人看。夏侯亶性節儉，有妾數十人，無被服容飾，客至，常隔簾奏樂，時呼簾爲夏侯妓衣。楊褒家貧甚，好蓄聲妓。歐陽公贈之詩，有「三脚木牀坐調曲」之句。

附司勳三絶

按：皇甫司勳名汸，字子循。嘉靖進士，歷官雲南按察司僉事。有《司勳集》。

房中樂自舊京傳，促柱輕調慢拂絃。曲罷周郎那得顧，但聞清響落燈前。

紅妝喚出夜留歡，翠袖因沾細雨寒。爲謝喬家無惡客，不妨歌舞借人看。
三月鶯花樂事新，更憐羅綺坐生春。當杯入手休辭飲，秪恐夫君怒美人。

屠隆

長卿，鄞縣人。

化女湘靈爲祥雲洞侍香僊子志喜

屠長卿女湘靈，名瑶瑟，爲士人黄振古妻。而長卿子金樞娶寧國沈君典女，字七襄。兩人皆能詩。湘靈既嫁，時與七襄倡和。長卿夫人亦諳篇什。故長卿有詩云：「封胡與遏末，婦總愛篇章。但有圖書篋，都無針線箱。」又云：「姑婦驩相得，西園結伴行。分題花共笑，奪錦句先成。」一時美談也。萬曆庚子冬，七襄卒。未幾，湘靈亦卒。兩家彙刻其詩曰《留香草》，而長卿故采真，譚空覈玄，自詭出世。吴人孫鑛祖挾乩僊稱慧虚子，長卿篤信之。其化女湘靈爲祥雲洞主侍香仙子，亦乩僊所傳也。載《列朝詩集》中。

冉冉飈車駕綵虹，只聞耳畔响罡風。人間那識祥雲洞，幸有天邊鶴使通。
僊宫玉琖酌流霞，千歲冰桃四照花。蚤解虚皇金册召，不將清淚送鸞車。
只道埋香事可憐，誰知獨鶴控遥天。上元垂髮麻姑爪，宿世元來骨是仙。
手啓琅函喜欲狂，東來消息大非常。偶然題作留香草，洞府新銜號侍香。
西王案下舊瓊華，宅在清都第幾家？好寄雲箋慰慈母，日從溪口認胡麻。
阿翁學道已多年，翻使湘靈先著鞭。爲種絳桃三萬樹，遲子早晚洞門前。

恭送曇陽大師

西池南嶽坐相邀，髣髴煙中白玉橋。手炙鵝笙踏雲路，靈音一半入瓊簫。
王母行宫列宿分，九微燈豔紫元君。玉樓金闕非人世，空水茫茫載白雲。

顧　璘

華玉，吴縣人，徙居金陵。弘治進士，官尚書。

蒙叟曰：東橋晚歲家居，文譽藉甚。構息園，治幸舍數十間，以待四方之客。客至如歸，命觴染翰，留連浹歲無倦色。即寸長曲技，必與周旋款曲，意盡而後去。每張讌，必用教坊樂工，以筝琶佐觴。最喜小樂工楊彬，常詫客曰：「蔣南泠詩所謂『消得楊郎一曲歌』者也。」

武皇南巡舊京歌

按：武宗南巡，以樂工臧賢輩自隨，偏選聲伎。金陵有徐髯仙者，能譜新曲，上亦愛幸，故東橋詩云云。

白髮梨園老樂師，錦胸花帽對彈絲。行宫只奏中和調，解厭南朝《玉樹》詞。

麗卿宅觀燈席上賦

美酒華燈樂此宵，詞人高會慶清朝。條風累日春初動，明月千門雪半消。未許峭寒欺鶴氅，且傳新曲度鸞簫。江南舊侶依稀在，羅綺塵香十二橋。

栗應宏 道父，潞安人。

吳姬行

吳姬十五遊燕趙，少小離家那得知。歌向尊前將進酒，低回卻憶採蓮時。

黄姬水 淳父，長洲人。

聽查八十彈琵琶歌

查曾應詔教內人，晚年流落江湖，人多題贈，有開元賀老之感。休寧葉山人時中贈詩曰：「新聲不及《鬱輪袍》，空撥皮絃挂錦絛。獨向月明彈一曲，白頭雙淚落秋濤。」一時稱之。

壽州鍾郎善琵琶，國工斂手咸咨嗟。阮朱絶藝那能續，不惜千金傳一曲。八十從師盧子城，五年技盡六彈成。抑揚按捻擅奇妙，從此人稱第一聲。今年客自郢門還，瑶枝手把來蘿關。江湖聞名二十載，相逢兩鬢風塵斑。據牀拂袖奮逸響，叩商激羽高梁上。聯緜曲折抽芳緒，悽鏘蹇劫生孤愴。欲舒逸氣更促柱，切切嘈嘈作人語。炎天洌洌滿屋霜，白日颯颯半窗雨。雲停霧結池波摇，木葉槭槭鳥翔舞。迴飇驚電指下翻，三峽倒注黄河奔。胡沙黯黯吹落月，千山萬騎夜不發。調本絃靴太苦酸，相思馬上關隴寒。從來慷慨易成泣，况復秦聲向客彈。

贈歌者李節

絃上歌珠字字清，乍歡還怨不勝情。當筵醉殺新豐客，十四樓中第一聲。

代賽玉寄沈太玄

去年今日花前别，腸斷《陽關》一曲歌。誰解相思情更苦，思君淚比别君多。

張獻翼

幼于，吴縣人。

竹垞《詩話》云：幼于早擅才名，見賞于文徵仲。讀書上方山治平寺中，多所考正，不失爲儒生。後乃狂易自肆，與所善張孝資檢點故籍，刺取古人越禮任誕之事，排日分類，仿而行之。兩人爲儔侣，或歌或哭，或紫衣挾伎，或白足行乞。孝資生日，自爲尸，幼于率子弟緦麻環哭，上食設奠，孝資坐而饗之。翼日行卒哭禮，設妓樂，哭罷痛飲，謂之收淚。又有劉會卿，典衣買歌者，俄而病卒，幼于持絮酒就其喪所，哭之以詩。復令會卿所狎吴姬爲尸，仍設雙俑夾侍，使伶人奏琵琶，再作長歌酹焉。其放浪如此。

劉會卿病中典衣買歌者因持絮酒就其喪所唁之

昨日經過歡燕時，滿堂歌舞金屈巵。日日日斜舞長袖，夜夜夜深歌接羅。今日歡情猶未足，炙雞絮酒還來續。何戡雖善歌，唐衢亦善哭。一生一死復一杯，或歌或泣還成曲。座上多白雲，門前總流水。人琴嘆俱亡，風流渾不死。十千五千未滿杯，三弦四弦已盈耳。佳婿佳兒繐帳前，故人故燕帷堂裏。山陽笛，伯牙琴，至今千載爲知音。平生尊酒若常在，生死交情深不深？

再過會卿卜吴姬爲尸仍設雙俑爲侍令伶人奏琵琶而樂之

昨日經過舊堂宿，今日經過舊堂哭。交情今日盡凋殘，草堂自此成幽獨。追憶平生顔，宛然在心目。炙鷄絮酒去復來，素車白馬情未足。君不見古人祭天亦有尸，迎尸今日迎吴姬。吴姬舊爲門下客，曾問今宵是何夕。今日寓其神，棲其魄，笑語若平生，歡宴未終畢。坐上坐，身外身，此時此際相主賓。存没幾時分兩地，賓主何曾是兩人。誰謂君不起，音容忽憑几。吴姬代君飲，吴姬代君語。誰云君不知，對酒君不辭。誰言君不見，肝腸在顔面。兩兩爲芻靈，侍立何亭亭。不知向秀《思舊賦》，不爲庾信《思舊銘》。中郎虎賁意有託，不知爲蝴蝶兮爲螟蛉。一杯酹先酒，二杯獻吾友。三杯且共斟，停雲在郊藪。《前緩聲》連《後緩聲》，《大垂手》兼《小垂手》。一彈遽沈吟，再彈愴已深。三弄猶自可，四奏傷知音。君再生，吾未死，相看半死生，何處分悲喜？一聲《薤露》雜吴歈，一唱《陽關》入《蒿里》。思其人，到其堂，依然其處在，誰謂其人亡。予嘗忤流俗，君偏嗜菖歜。今日吴姬爲主人，朝雲朝露迫我身。不及黄泉也相見，長踏陸地如沈淪。爲君歌，爲君舞，酒到劉伶墳上土。嗚呼，酒到劉伶墳上土！

七夕同趙今燕賦

按：今燕名彩姬，與馬湘蘭同時。幼于賦此詩，一時傳之，由是今燕名重北里。

翠帳紅妝送客亭，佳人眉黛遠山青。試從天上看河漢，今夜應無織女星。

附今燕送幼于還吴門絶句

花前雙淚濕衣裾，把酒江亭落日餘。此去吴門霜月滿，逢人好寄洞庭書。

今燕有《長相思》詞寄幼于云：「去悠悠，意悠悠，水遠山長無盡頭，相思何日休？見春愁，對春羞，日日春江認去舟，含情空倚樓。」

王　問

子裕，無錫人。

鞦韆行顧園作

東風桃李鬬芳辰，城邊陌上啼鶯新。當窗美人罷鍼線，竝結鞦韆招比親。百尺長繩掛香霧，結束衫裙學仙舉。一回蹴踏一回高，漸絶飛塵逼清宇。幼女十五纔出閨，舉步嬌羞花下迷。自矜節柔絶輕趫，不倩人扶獨上梯。春意撩人重離析，每出遨歡不知夕。柳暗沙昏未肯歸，汗濕鮫綃不愛惜。此戲曾看北地多，三三五五聚村娥。笑聲遠出垂楊裏，倦遊歸客意如何。今日江南初見此，麗人如花映瑶水。金飾丹題綵作繩，宜在君家院牆裏。

彭年 孔嘉，長洲人。

艷情爲雲墟

十三曾識賣珠名，幾度春風醉舞塵。昨日鬬雞長樂觀，文園偷訪愛琴人。

王嗣京 曰常，上饒人。

金陵元夕曲

萬曆末年，閩人謝雒輯《白門新社》，載《金陵元夕曲》，極言其盛。故錢牧齋《金陵社夕詩序》曰：「海宇承平，陪京佳麗，仕宦者誇爲仙都，游談者指爲樂土。弘、正之間，顧華玉、王欽佩以文章並墠，陳大聲、徐子仁以詞曲擅場，才俊歙集，風流弘長。嘉靖中年，朱子价、何元朗爲寓公，金在衡、盛仲交爲地主，皇甫子循、黄渟父之流爲旅人，相與授簡分題，徵歌選勝。秦淮一曲，煙水競其風華；桃葉諸姬，梅柳滋其妍翠。此金陵之始盛也。萬曆初年，陳寧鄉芹解組石城，卜居笛步，置驛邀賓，復修青溪之社。于是在衡、仲交以舊老而莅盟，幼于、百穀以勝流而至止，軒車紛遝，唱和頻煩。此金陵之再盛也。其後二十餘年，閩人曹學佺能始迴翔棘寺，游宴冶城，賓朋過從，名勝延眺。縉紳則臧晉叔、陳德遠爲眉目，布衣則吴非熊、吴允兆、柳陳父、盛太古爲領袖。臺城懷古，爰爲憑弔之篇；新亭送客，亦有傷離之作。筆墨横飛，篇帙騰湧。此金陵之極盛也。」余録《元夕》詩，爲之引其端，以誌盛衰之感。

邸第高依尺五天，衆中誰過李延年。移圍夜色嬌羅綺，逐隊春聲散管絃。

金大輿子坤有《白下春遊曲》云：「江南春暖杏花多，拾翠尋芳逐隊過。滿地緑陰鋪徑轉，隔枝黄鳥近人歌。」「鳳皇臺上草如煙，兩兩紅妝嬌可憐。笑折桃花翻彩袖，醉攀楊柳落金鈿。」「白馬金鞍游冶郎，醉擕紅袖上梅崗。銀鈿金雁春風裏，指點江山坐夕陽。」「雙飛蛺蝶戀青莎，逐隊流魚泛碧波。共買杏花村裏酒，來聽桃葉渡頭歌。」

盛時泰

仲交，上元人。

蒙叟曰：仲交才氣横溢，善畫水墨竹石。居近冶城，有小軒。文徵明題「蒼潤」，以仲交畫法倪迂也。沈啓南有「筆蹤要是存蒼潤，畫法還應入有無」之句。

張玄超自海上寄書問連城生消息 連城生即趙今燕。

若問青樓娼，芳年二八强。輕羅不遮面，繡户自焚香。對客時題句，懷君每斷腸。儻能貽錦字，猶勝夢高唐。

岳岱 東伯，蘇州人。

聽歌

能使新聲入舊詞，秋風江上夕陽時。曉來定有花含淚，莫向尊前唱《柳枝》。

王穉登 伯穀，吴郡人。

馬湘蘭輓歌詞

周櫟園《書影》曰：馬湘蘭詩云：「自君之出矣，不共舉瓊巵。酒是消愁物，能消幾箇時？」楚楚有致，宜其名冠一時也。相傳湘蘭足稍長，江都陸無從戲以詩曰：「杏花屋角響春鳩，沈水香殘懶下樓。剪得石榴新樣子，不教人見玉雙鉤。」按：馬姬湘蘭名守真，小字月嬌，以善畫蘭，故有湘蘭之名。所居在秦淮勝處。萬曆中，伯穀七十，湘蘭自金陵往蘇州，置酒爲壽，燕飲累月，歌舞達旦，爲金閶勝事。歸未幾而病，燃燈禮佛，沐浴更衣，端坐而逝。有詩二卷，伯穀爲之序。至今詞客過舊院者，皆爲詩弔之。

歌舞當作第一流，姓名贏得滿青樓。多情未了身先死，化作芙蓉也並頭。

石榴裙子是新裁，疊在空箱恐作灰。帶上琵琶絃不繫，長干寺裏施僧來。

不待心挑與目招，一生辜負可憐宵。秖堪罰作銀河鵲，歲歲年年只駕橋。

舞裙歌扇本前因，繡佛長齋是後身。不逐西池王母去，定隨南岳魏夫人。

水流花謝斷人腸，一葬金釵土盡香。到底因緣終未絕，他生還許嫁王昌。

紅箋新劈似輕霞，小字蠅頭密又斜。開篋不禁沾臆淚，非關老眼欲生花。

聽查八十彈琵琶

查翁琵琶天下聞，奇妙不數康崑崙。六月虛堂發清響，泉鳴木落浮雲昏。人言琵琶出胡俗，君今彈之戛哀玉。邊雨夜裂交河冰，朔風秋折穹廬竹。松漠呼鷹雪未乾，混同吹角波新緑。繁聲亂指隔屋聽，賀蘭秋高山霧青。冒頓按歌嬌學鳥，燕支奏樂碎如星。蕭蕭楊柳落羌管，滴滴蒲桃瀉玉瓶。有時閒緩未促柱，谷幽人寂風泠泠。我聞桑門段和尚，此技從來稱絕倡。寥寥曠代法不傳，清江白月空惆悵。紅簫玉笛清可憐，君言聽之如蜩蟬。十二廬陽遇鐘二，尋師不惜黄金錢。藝成彈向錦筵上，商哀羽烈悲青天。長安繡陌知名遍，春風夜醉芙蓉院。翠黛人人乞譜傳，朱門日日開尊讌。司馬青衫淚泣珠，明君紫塞沙吹面。秋色侵衣鐵撥消，寒煙濕指檀槽變。古來能事惟貴精，一藝可以垂芳名。山陽三弄桓伊笛，緱嶺千年子晉笙。君今此曲掩前古，恍惚變化真希聲。余也江湖好奇士，挾策走馬咸陽京。正逢天子射蛟日，奇文落落無所成。學書學劍白日暮，短裘高帽吴王城。願從君受調指法，燒燈夜讀《琵琶行》。

梅蕃祚 子馬，宣城人。

寄馬湘君

流澌十月下雙魚，傳得金陵一紙書。馬角未寒盟語後，蠅頭猶濕淚痕餘。夢中暮雨題難就，鏡裏春山畫不如。紅杏碧桃千萬樹，待儂花下七香車。

王　醇 先民，揚州人。

題馬湘蘭所畫蘭竹卷

寒暎秋芳數枝玉，冰綃宛是湘江曲。能使湘靈愴別魂，瑶瑟泠泠怨秋緑。霓裳奔月留難住，錦衾紅燭生愁緒。墨花化作秦淮雲，猶向妝樓日來去。

姚　旅　園客，莆田人。

過馬湘蘭故居

曲榭殘煙裏，佳人昔此居。花猶籠錦瑟，苔自繡帷車。女俠名徒在，江神佩已虚。銷愁不道酒，留恨若教除。「酒是消愁物，能消幾箇時」，此湘蘭名句也。

陳玄胤　叔嗣，江寧人。

弔馬湘蘭廢居

樹結寒陰鳥自啼，青樓閒鎖板橋西。紗窗色改粘蝸殼，繡户香消冷麝臍。零雨殘雲春夢斷，落花荒薛夕陽低。芳名猶在風流盡，煙水年年繞舊堤。

按：金陵有十二名姬，而當時所傳文采風流，以女俠自命者，惟湘蘭最著。非所謂青蓮亭亭，能自拔于淤泥者耶？

鈕仲玉 貞父，吴江人，號五浮山人。

與吴將軍繼美攜妓登虎丘

海月向層臺，山光覆酒盃。纖腰對花舞，横吹遏雲哀。錦席香風暖，羅屏繡壁迴。中宵天宇浄，萬里紫霞開。

本事詩前集卷四終

本事詩卷五　前集

吴江徐釚電發編輯

田藝衡　子藝，錢塘人。

子藝好酒任俠，善爲南曲小令。衣絳衣，挾雙鬟，遍遊湖上，逢好友則令小鬟進酒。嘗偕内子遊山，日暮不得巾車，覓一驢，共跨入城，岸然不顧。

西湖題小桃王氏别業

柳外朱樓絢綵霞，阿誰湖上浣春紗？留人燕子初命子，燕鳴以語雛也。映面桃花恰始花。「始」讀作「試」。輕薄未應來鄴下，呢喃多是怨王家。東風頻駐青驄馬，無那橋西酒旆斜。

觀舞絙妓示座客

太平多妙劇，走索著《西京》。舞閣初翔鳳，歌場乍囀鶯。彩繩淩漢架，美女步虚行。獨立停鸞穩，雙飛去燕輕。倒垂身若墮，偃卧體無傾。似蝶和花落，如猿得樹争。卻馳人豈敢，交度衆咸驚。麗日行邊近，祥雲到處迎。非煙新得號，迴雪舊知名。整袂應忘倦，扶鬟更有情。冶容因笑發，憨態爲酣生。神雨沾衣濕，仙霞映臉明。渾疑天上降，須向掌中擎。楚客如相見，何能憚絶纓。

秋夜聽張嬌彈琴

趙瑟秦筝樂已耽，阿嬌一曲解沈酣。都將白雪心中事，寫作清風指下談。塞鴈不來秋七八，湘簾半捲月西南。知音爲爾渾無賴，落盡庭花思正憨。

美人如蓮花北鋋歌

唐有《田使君美人如蓮花北鋋歌》，岑嘉州所云「世人有眼應未見」、「諸客見之驚且歎」者是也。偶觀《胡旋》，率爾吴歈。

長竿大孃昔曾覩，《屈柘》女兒何足數。鴛鴦蜀錦匝地鋪，試看《蓮花北鋋舞》。美人顔色本蓮花，倒影清溪蕩彩霞。飛珮筵中疑雪轉，擎身掌上畏風斜。《大垂》《小垂》宛鴻鵠，東旋西旋羞《鸜鵒》。不獨歌喉似貫珠，卻訝仙蹤成弄玉。貫珠弄玉兩嬋娟，繡韈淩波步步蓮。荆玉反腰殊入畫，《陽阿》蹀足最堪憐。羽衣乍駕丹丘鶴，鵾索仍催《白翎雀》。秋風江上采芙蓉，曉露階前翻芍藥。芍藥芙蓉本並頭，鶼鶼鰈鰈不單遊。公孫《渾脱》露生劍，王母《山香》雪滿樓。翠翹狼藉裙牙綉，玄鬢鬖鬆眼光溜。上客無辭一夕歡，主翁更進千年壽。忽然入亂月明低，羌篴胡笳漢馬嘶。寶鼎煙消銀燭冷，半醉不醉能癡迷。吾家使君有此樂，詩人未見徒驚愕。三千珠履不如卿，對卿但惜《蓮花落》。西王母宴群仙，舞《山香》一曲未終，百花盡落。《蓮花落》者，元樂府名。

席中逢故顧閣老家侍兒

幾年流落在錢塘，半面琵琶淚兩行。妝閣不聞鸚鵡喚，舞裙猶帶鷓鴣香。翠屏珠户生前隔，柳葉桃根恨最長。我亦近來飄泊甚，醉中爲爾一沾裳。

柳毅井

《堯山堂外紀》曰：具區東山有井深邃，世呼爲「柳毅井」，即唐所傳洞庭君歸柳毅事。嘉靖中，田子藝同友人遊洞庭，見此井，酒酣吟一絶句。時林月漸明，隱隱見一美人，若隔煙霧，遥和云：「橘花如雪晚風清，迢遞關山春夢驚。明月一天涼似水，不堪重省舊時情。」吟罷忽不見。明日掘地，得一石碑，題曰「龍井」，因建祠其上。

橘花垂蔭碧闌干，此地曾經柳毅傳。卿亦有書吾肯寄，汲深千尺轆轤懸。一作「轆轤腸斷碧絲煙」。

王叔承 承父，崑崙，吴江人。

承父入燕，縱觀西苑、南内之勝，作《漢宫》數十曲，流傳禁中。其卒章云：「梨園歌斷萬花天，風雨寒鈴憶舊筵。怪得人間傳秘曲，江南春老李龜年。」晚遊洞庭，時時命吴姬倚酒歌之。

鐵笛歌 有序

陳生楫家本武昌，始祖以開國功官海上。祖有鐵笛名「鐵龍」，失之且二百年矣。有客自海上持來，解裘贖之。制古聲洌，因沽酒弄《梅花調》，余歌焉。

武昌老笛名鐵龍，洪武之間來浙東。江湖萬里忽相失，當時哭死陳家翁。流落人間二百秋，蒼龍化去青天愁。子孫累世覓宗器，漢家寶劍周天球。或言檇李豪家得，夜夜龍光射南極。十年空費陳生心，購問慚無萬金直。一朝海客持相换，生脱貂裘婦釵釧。合浦重歸明月珠，精魂似識先人面。太古琅玕輕欲折，孔竅參差頭尾裂。丹砂錯落水銀花，苔痕蝕盡并州鐵。薄如藤紙枯如木，燈前三弄秋聲蹙。萬點梅花灑席寒，夜半空山扣哀玉。羗兒虎踞鳴塞鴻，怪蛟人立吹煙竹。憶昔汝祖浮洞庭，瀟湘片月開黄陵。純陽真人坐黄鶴，漢江緑酒傾瑶瓶。飄然將笛下東海，鐵龍聲斷江風腥。汝今與笛竟何適，楚水吴山愁客星。汝祖從戰鄱陽瀆，佩刀曾佐高皇勳。歎汝飄零把孤笛，丹青竟作曹將軍。半生我亦懷青蘋，袖來不用生龍鱗。不如黄鶴樓前换酒聽，吹笛與君醉殺湘江春。

有調

相思迴夢入青扉，隔夜紅綃月色微。巫峽行雲含雨出，章臺折柳帶春歸。鬟開鏡裏新沾黛，笑拂牀頭舊舞衣。怪得鶯鶯憔悴死，鴛鴦花下又雙飛。

苕川席上戲贈晉陵朱説書

君不見蘇秦無賴子，開口風濤吞萬里。只爲家無二頃田，播亂乾坤鬬群蟻。張儀大笑世亦傾，妻子休愁舌未死。朱生有口亦不塵，千年舊事翻爲新。掀脣擊掌變態盡，能令人喜能令顰。劉項興亡在頃刻，唤來野鬼皆生人。棚頭傀儡影中戲，英雄一往誰復真。君不見羅生《水滸傳》，史才別逞文輝爛。草莽雄心不自成，指點罡星灑江漢。馬遷丘明走筆端，神機顛倒莊周幻。滑稽玩世天所嗔，語落蘆花秋夢斷。《太史》弄奇《左傳》浮，達人往往疑《春秋》。土中髑髏難自辨，霜寒草白蟲啾啾。男兒有眼不如聱，無端信書被書苦，秦火微茫隔荒楚。稗官國史争頡頏，迴首黄粱猶在釜。堯囚舜篡然不然，齊東野人歷歷數。玉帝閻羅老無力，白日人間縱妖蠱。撫劍四顧餘不平，且把葡萄聽《水滸》。

顧養謙

益卿，南通州人。

蘇州歌

闔廬城外木蘭舟，朝泛横塘莫虎丘。三萬六千容易過，人生只合住蘇州。

沈明臣　嘉則，鄞縣人。

寄題長干美人趙昭陽之作

輕盈掌上豔陽新，再覩昭陽殿裏人。誰説六朝金粉盡，一身當得秣陵春。

吕時臣　中父，鄞縣人。

李太常伯華江上草堂雪夜出妓彈琵琶

北風吹雪晝易昏，樹深竹密江上村。紅燈照席不知夜，忽有遠客驚叩門。繫馬登堂不問姓，不顧傍人即坐定。坐中舉目皆英豪，主人呼出鄭櫻桃。紅絲褭地毹毲煖，簾額粉香落鳳毛。大小忽雷手中出，須臾翻作《鬱輪袍》。媚臉斜凝新病眼，一曲低徊黄金槽。衆客聞之各掩淚，潯陽此夜我先醉。天涯海角同此心，古人意氣輕黄金。瞥然上馬出門去，酒酣寒極天將曙。

顧大典　道行，吴江人。

衡宇家居擅園池亭館之勝，揮毫染翰，風華流映。撰《青衫》《葛衣》諸劇，梨園子弟多歌之。

沈少卿席上有贈

曾向毘陵怨別離，十年重見不勝悲。相看共有江州淚，濕盡青衫是此時。

陸　弼 無從，江都人。

觀薛素素挾彈歌

蒙叟曰：素素吴人，能畫蘭竹，作小詩。善走馬挾彈，置彈于小婢額上，彈去而婢不知。少遊燕市，與五陵年少並轡出郊，觀者如堵。爲李征蠻所嬖。其畫像傳入蠻峒，酉陽彭宣慰深慕好之。吴人馮生自詭能致素素，費金錢無算，久之語不讎。宣慰怒，羈留峒中十餘年乃遣。中年長齋繡佛，故無從又有《贈素素》詩云：「纓絶鈿遺漏欲分，留髠送客意何勤。酒闌明月生璚樹，坐久流螢點繡裙。《子夜》歌來猶是夏，巫山夢去總爲雲。羞將錦字傳哀怨，清磬長依貝葉文。」晚歸吴下富家翁，爲房老以死。又閩人鄭琰有《寄薛素素》詩曰：「野草城邊油壁車，海棠開盡燕飛初。愁深司馬舟中淚，夢逐蕭孃錦上書。二水雲陰桃葉渡，四橋春暗浣花居。傷心南陌垂陽月，夜夜香塵滿客裾。」猶可想見薛五風流也。

酒酣請爲挾彈戲，結束單衫聊一試。微纏紅袖袒半韝，側度雲鬟引雙臂。侍兒拈丸著髮端，迴身中之丸並墜。言遲更疾卻應手，欲發未停偏有致。

鄔佐卿　汝翼，丹徒人。

汝翼故貴公子，富于才情，好遊狹邪，有豔詩十卷，題曰《纏頭集》。如「笛中舊恨留金谷，天上新愁問玉巵」、「江柳眉梢雙鎖恨，海棠春盡獨銷魂」、「寶鏡夜寒鸞顧影，畫梁春暖燕歸樓」、「小閣閒情緘荳蔻，空庭微步出蓮花」、「玉樹經霜凝屈戌，垂楊新月挂鞦韆」、「明月小樓闚盼盼，垂楊深院李師師」，不減《西崑》《香奩》諸作。周櫟園《書影》云：趙燕如，金陵名娼也。《寄謝友人送吴箋》詩云：「感君寄吴箋，箋上雙飛鵲。但效鵲雙飛，不效吴箋薄。」一時名士皆與之狎。鄔佐卿《雪後訪燕如》詩云：「燕子樓前曉日遲，叢篁晴色歲寒知。庭留積雪看教舞，楹附青山入畫眉。鼓瑟調從翻《玉樹》，當杯人似宴瑶池。雲鬟謾對綸巾白，無奈風塵兩鬢絲。」

西津别妓

立馬江臯問落潮，片帆西上路迢迢。人將碧草新晴去，魂對青山暮雨銷。雲色自依桃葉渡，月明淒斷鳳凰簫。樓頭濁酒春堪醉，還訪秦淮舊板橋。

王伯稠 世周，崑山人。

贈歌者

畫說青樓碧玉家，舞風歌月鬪鉛華。自從誤識櫻桃後，懶看閶門路畔花。

聽沈二彈北曲

燕歌撩亂夜絃鳴，訴盡青樓恨別情。四十年前明月夜，夢迴曾聽斷腸聲。

陳薦夫 幼孺，閩縣人。

破鏡行

徐興公《榕陰新檢》曰：莆田陳子卿隨父宦京邸，有鄰女見而悦焉。既而歸閩，女剖妝鏡半規爲贈，且與子卿約，如樂昌故事。未幾，子卿鄉薦，再入都門，則女已移家他徙，踪跡永絶，不復合焉。嘗持破鏡嗚咽不已。幼孺聞其事，爲作《破鏡行》云。

樂昌寶鏡青銅面，閃爍光圓才一片。憶從生小遇君時，君情摇蕩妾憨癡。時時並臂迫肩立，持照青閨雙黛眉。銀箏風斷瓶入井，金縷雙鸞不交頸。空持一半表相思，南北分形更分影。妾身不及青蚨血，但使菱花空瓦裂。何因繡閣匣中銅，得似延津波下鐵。

林章 初文，福清人。

初文爲乳山老人林茂之之父。七歲能詩，十三上書督府求自試。萬曆元年舉于鄉，累上春官不第。僑寓金陵，發憤亢直，先後下吏。其夫人王氏名娙，字美君，亦能詩。關白之亂，初文請出海上用奇勦賊，美君寄以詩云：「海寇無端欲弄兵，滿庭文武策誰成？兒夫自有終軍志，未必中朝許請纓。」語多慨激，亦女俠也。

姊妹行

與姊别時啼，頭比姊肩低。幾年不見姊，眉與姊夫齊。春蘭秋菊各芳澤，花早花遲總堪惜。生憎一對似花人，惱殺十年花下客。花時能幾何，客恨不勝多。翻作相思樹，纏絲復繞蘿。鴛鴦宿海底，好夢落風波。空有素衫淚，雙彈向翠蛾。寂寂楊花塢，迢迢桃葉渡。長江南北頭，總是相思路。新人本非新，故人應是故。只道相憐親上親，那識相思苦中苦。憶故如望月，望圓復愁缺。憐新若轉絃，一轉一纏綿。纏綿復繾綣，見妹如姊面。年年春風時，那作雙飛燕。姊應上山采蘼蕪，妹莫尊前唱

《鷓鴣》。昨日書來無別話，爲儂珍重大姨夫。

憶仲姬

逢時把酒對紅顏，親爲拈花插翠鬟。今日登高人萬里，教伊獨上望夫山。

代妓送别

春情又爲别離牽，舊恨新愁總自憐。莫問歸期何日是，安排腸斷緑窗前。

爲文西寄情

教成歌舞也風流，曾學西家得似不？今日眉顰非是病，爲郎鎖下一春愁。

崔季鶯

怕教雪落歌應懶，愁作雲飛舞不輕。偷向東風啼柳畔，一行花雨一聲鶯。

徐渭 文長，山陰人。

文長負才兀奡，爲畸人。所著《四聲猿》雜劇，與湯臨川並傳。

觀金陵妓人走解 解名「童子拜觀音」。

人似明珠馬似盤，超騰隱現不離鞍。各彎鐙底羅鞋窄，都在空中翠袖寒。合掌幾回投地去，同心雙蝶隔花攢。莫嫌歲歲頻來往，家住金陵自不難。

明月宮女入道

昭陽隊裏混鉛華，垂老參師日半斜。不向秋風怨團扇，卻教明月進琵琶。朝留楚簟身爲雨，夜繡茅君線作霞。見説緱山閒姊妹，尚論恩寵舊誰家。

劉望岑 鳳陽人。

贈朱素娥

素娥名斗兒，曲中名妓也。善畫山水，陳魯南授以筆法。與魯南聯句，有「芙蓉明玉沼，楊柳暗銀堤」之句，爲時所稱。鳳陽劉望岑訪之，不出，投以是詩，歡然相見。斗兒有送人詩云：「揚子江邊送玉郎，柳絲牽挽柳條長。柳絲挽得行人住，多向江頭種兩行。」

曾是瓊樓第一仙，舊陪鶴駕禮諸天。碧雲縹緲剛風惡，吹落紅塵四十年。

丘齊雲 謙之，楚人。

呼文如館中賦别

呼文如，萬曆間江夏營妓也，能詩善琴。與謙之定情，將攜以東，謙之父不許。文如刺血寄丘詩曰：「長門當日歎浮沈，一賦翻令帝寵深。豈是黄金能買客，相如曾見《白頭吟》。」後謙之赴京，道過武昌，相見甚喜。飲庭中安石榴下，復賦一絶呈謙之云：「安石孤根託謝庭，合歡枝上日青青。懸知雨露深如許，結子明朝似小星。」相與涕泣而别，有「一時雙淚墮金巵」之句。丘久之還里，文如數詒書，訂于歸之約。丘父母力扼之，不果。一日雪甚，丘方倚樓念文如，忽一小艇飛楫渡江，直抵樓下。推篷而起，則文如也。相見驚喜，因言鴇利賈人金，將賣妾，急買舟潛發，稍遲一日夜則落賈人手。抱持慟哭，乃委禽成禮焉。謙之有《遥集編》，都與文如往來贈答者，其自序如此。

回思往事怨蹉跎，復有新愁奈若何。清夢不緣神女苦，小詞難得雪兒歌。隔窗雨逐流蘇墮，落葉飛隨翠簟多。若問此時留别意，雙星七夕在銀河。

附 呼文如送别丘生後還樓感賦

莫問天台落日愁，桃花片片水悠悠。寒窗一閉秦簫月，惹得人呼燕子樓。

文如有《皂羅袍》四時詞云：「早是燈兒時節，見燕兒做叠，對對欹斜。榆錢兒買不得春風夜，楊花兒故意飛殘雪。門兒重掩，燈兒半滅，人兒不見，病兒怎説？腰兒掩過裙兒摺。」「早是鶯兒時候，見蓮花兒出水，瓣瓣風流。心兒慾火畏紅榴，鼻兒酸涕過梅豆。門兒重掩，簾兒半鈎，人兒不見，病兒怎瘳？扇兒摺叠眉兒皺。」「早是雁兒天氣，見露珠兒奪暑，點點侵衣。針兒七夕把腸刺，砧兒萬户敲肝碎。門兒重掩，帳兒半垂，人兒不見，病兒怎支？書兒難寫心兒事。」「早是雪兒飄粉，見梅兒瀟灑，蕊蕊争春。夢兒凍死也離魂，氣兒呵殺全無影。門兒重掩，被兒半薫，人兒不見，病兒怎禁？屏兒靠熱牀兒冷。」

按：與文如同時有詩妓齊景雲者，與士人傅春定情。春坐事繫獄，景雲爲脱簪珥以供橐饘。春謫遠戍，景雲欲從行不得，賦别云：「一呷春醪萬里情，斷腸芳草斷腸鶯。願將雙淚啼爲雨，明日留君不出城。」春去，雲竟以想念没。又有劉盼春者，汴梁樂工女，年十八，與汴人周恭定情。恭父嚴禁之，不令通。盼春杜門謝客，有雲間富商齎金帛往，母欲奪其志，不從，痛加箠楚。恭知之，致書使從母命，綴一小詞云：「阻佳期，盼佳期。欲寄鸞箋雁字稀，新詞和淚題。怕分離，又分離。無限相思訴與誰，此情風月知。」盼得詞，投繯死。及火其尸，獨所佩香囊鮮好，中即藏周所寄《長相思》詞也。衆皆驚異，周籓誠齋爲傳奇曰《香囊記》。二事見梅禹金《清泥蓮花志》中。誰謂青樓都薄倖也！

卓發之 左車，蓮旬，仁和人。有《漉籬集》。

秦淮竹枝乙丑五月集范姬文鏡閣賦此詞

楚歌湘曲未須哀，遥見燈船趁月開。長笛叫雲簫咽水，百千神女弄珠來。

贈玉勾姬人

忽見寒峰辭翠黛，欲留楓樹當紅顔。但看肌骨如飄葉，便覺胸懷似遠山。況是瓊枝舒上界，卻教花影落人間。從兹露壓雲横處，認作煙姿與霧鬟。

附張一如和詩云：「名花在昔憶誰攀，忽有濃香發玉顔。雙影夜生羅帳月，一枝晚出繡屏山。空聞秋思來何處，猶覺春風駐此間。度與江南《後庭曲》，逐聲應也自低鬟。」

馮琦 用韞，北海臨朐人。

婉兒怨戲柬敬承

昨日開金屋，君恩別處新。難將織錦意，去比浣紗人。只自憐中婦，誰當念下陳。嫁郎何太早，不敢怨前薪。

今夕是何夕，雙星已渡河。人間愁織素，天上恨停梭。春色簾櫳隔，秋風枕席多。恐君疑妾妬，未敢問修蛾。

見説新人好，君心豈舊歡。離愁隨月滿，信誓近秋寒。縑素寧堪問，苕華半已殘。妝成郎未起，寂寞鏡中看。

故劒誰相問，前魚秪自悲。轉因辭寵日，私憶合歡時。隔牖歌《桃葉》，因風泣柳枝。啼痕還自掩，羞遣侍兒知。

不寐驚秋早，無言坐夜分。已捹成棄妾，未忍便忘君。形影窗前月，悲歡夢裏雲。如能念疇昔，看取舊湘裙。

范　浰 東生，烏程人。

洗妝樓歌

結樓黄山曲，不礙黄山雲。山雲吹作雨，漠漠復紛紛。紛紛漠漠春何有，洗去梨花隔垂柳。花開花落郎未歸，樓上美人相憶否？

于慎行 無垢，東阿人。

題忠順夫人畫像

天山獵罷雪漫漫，繡袜斜偎七寶鞍。半醉屠蘇雙頰冷，桃花一片殢春寒。

按：忠順夫人即世所傳三孃子也。馮北海亦有《題三孃子畫像》云：「氍毹春暖鎖芙蓉，争羨胡姬拜漢封。繞膝錦襴珠勒馬，當胸寶袜繡盤龍。」「塞北佳人亦有饒，白題胡舞爲誰嬌？青霜已盡邊城草，一片梨花冷不銷。」「紅妝一隊陰山下，亂點駝酥醉朔野。塞外争傳孃子軍，邊頭不牧烏孫馬。」

顧斗英 仲韓，上海人。

秦淮小姬

一片春山乍學描，纏頭初試紫霞綃。章臺無數青青柳，最惹東風是嫩條。

錢道行 叔達，湖州人。

贈姬人李五

秣馬章臺下，微波驟目成。寫芳蘭葉細，流韵《竹枝》清。百折心仍俠，千杯態始生。情緣久不作，茲復解憐卿。

張懋儀

贈張增波 增波名文，雲間姬。神情湛若秋水，故又以「秋水」呼之。

湖邊三月花如雨，樓外雙飛鶴似雲。張緒風流隄上柳，與君那得不平分。

王　山 魏人。

弔吴盈盈

絃絶秦箏鏡任塵，細腰休舞鳳凰茵。一枝濃豔埋香土，萬顆珍珠滴繡巾。行雨不歸魂夢斷，落花難伴綺羅春。漢皇甲帳當年意，縱有芳魂不似真。

按：盈盈色藝雙絶，與王相遇成契。未幾，夢紅裳美人持一紙告曰：「玉女召汝掌奏牘。」覺而告母曰：「兒不久居人世矣，後日訪我于東山。」言已竟卒。王復過之，弔以詩云云。後王游岱岳，至絶頂玉女池頭，感盈盈之夢，又賦二絶句。歸至旅次，忽夢游日觀峰，見石上題詩，筆蹟似盈盈。詩云：「絳闕琳宫鎖亂霞，長生未晚棄繁華。斷無方朔人間信，遠阻麻姑洞裏家。歷刼遥翻滄海水，濃春難謝碧桃花。紫臺樹隱瑶池闊，鳳嬾龍嬌日又斜。」是夕恍惚有所遇云。

黄奂紀 玄龍。

贈别崔重文

旅舍村醪未忍傾，愁聲相伴砌蛩聲。不知翠閣清歌處，可有人來夜唤名？

按：崔重文，小字媚兒，豔之者目曰嫣然。室中有幻影閣，駒隙所容，凡庭柳扶疏，歸禽頡頏，呈態壁間，不遺毫末。重文有《别黄玄龍》詩八首，云：「昨夜羅幃始覺霜，馬嘶寒影候嚴裝。曉燈欲暗將離室，不道離情畏曙光。」「九月江南似小春，偷春花鳥殢歸人。妝樓直對長干道，愁見行車起暮塵。」「楓葉鴉翻秋水明，長橋衰柳古今情。尋常歌板銀罌地，從此傷離不忍行。」「華裾賦别酒初醺，《水調》吴歌夜入雲。此曲由來能解恨，一時淒切半緣君。」「君心未去妾心行，相顧無聲覺淚聲。別後何人照憔悴，空餘明鏡解含情。」「莫輕春夢薄殘緣，款語關心十五年。覆水落花難再合，匣琴從此怯危絃。」「留君且住慰淒其，少住懼悰轉益悲。欲絶不知因底事，將無真作有情癡。」「亦道三秋只暫時，骨驚魂絶已難支。章臺三月春風裏，莫寄空函付柳絲。」

李　蓘 于田，内鄉人。

于田左官家居，好縱倡樂。有所狎女優往來汳、雒間，于田微服過從，與群優雜處。女優登場，持鼓板爲按拍。久之，群優相與目笑，漏言于主人翁。主人翁知爲李翰林，具衣冠，肆筵席，再拜延請。于田欣然就坐，歡飲竟日。借主人厩馬，與女優連騎而去。

戲題示優人

一自封書別建章，荷衣嘗惹蕊珠香。逢人白眼唱歌去，笑入西坡秋水長。

劉黄裳 玄子，光州人。

㩦蒱歌

余友季襲美豪蓋一世，其姬多慧智，襲美授以諸佛妙經，蓋箭鋒機也。襲美令宛平，政暇即與撐蒲，亦游戲三昧者乎？因作是歌。

龍女誦經香飯畢，長安放衙初岸幘。桃笙幔展燕寢春，試下紅衫輕一擲。緑雲點點玳梁間，海燕翩翩對遠山。仙人好博雷翻掌，玉女投壺電解顔。揶揄笑口如飛雪，黄鸝二月争調舌。别有呼盧調轉高，一聲鳳叫青天裂。風摇花片滿雕窗，鬱金醽酒泛璃缸。雲母屏前憐個個，水精簾下愛雙雙。一枝醲李倚銀盤，纖纖新笋擊琅玕。已解疾馳誇女俠，故將遲局媚郎官。醉後雙鸞挂海野，櫻唇唾出胭脂馬。偷得籌來竊玉符，奪將梟去驚銅瓦。折腰塵浄館娃前，畫眉人在章臺下。撐罷么麽性轉靈，不彈寶瑟向君聽。仙郎帶酒朝天去，還諷如來《般若經》。

顧有翼 佐明，吴江人。

春日同潘木公飲沙來青較書齋中來青即席有作倚韵留别

春日風光引興長，朝來重到莫愁堂。柳當綺閣偏多態，花對名姝不惜香。錦瑟聲中情冉冉，綵箋句裏恨茫茫。何須别後方追憶，只是尊前已斷腸。

華　淑 聞修，無錫人。

堤月聽蘇姬樓上理曲

晚妝燈火照樓新，重奏妍詞唱未勻。遮莫簾空扉已合，隔牆猶有聽歌人。

潘之恒 景升，歙縣人。

景升僑寓金陵，留連曲中，與名妓朱泰玉、鄭無美遊，徵歌度曲。泰玉、無美即冒伯麐所集與馬湘蘭、趙今燕爲秦淮四美人者也。景升《西陵逢楊五》詩云：「擊檝似邀桃葉渡，看花空憶莫愁湖。」知其狎遊都在臺城煙水中矣。

聽楊生唱崑腔曲

板橋南岸柳如絲，柳下誰家《楊叛兒》？《白苧》尚能調魏譜，良輔。紅牙原是按梁詞。伯龍。雨添山翠通城染，潮没堤痕去路疑。年少近來無此曲，舊遊零落使人悲。

蒙叟曰：崑有魏良輔者造曲律，世所謂「崑腔」者自良輔始。而梁伯龍獨得其傳，著《浣紗》

傳奇，梨園子弟喜歌之。按：梁名辰魚，亦崑山人。景升有《白下逢梁伯龍感舊》云：「一別長干已十年，填詞贏得萬人傳。歌梁舊燕雙棲處，不是烏衣亦可憐。」

武昌行爲程仲權賦贈張卿 張卿名曉曉。

武昌垂柳百千行，九月西風半夜霜。坐覺危樓鴛瓦裂，起看殘月鏡波涼。和歌者誰歌《折柳》，歸客傷心對尊酒。蒹葭白露空江寒，三十春風亦何有？長歌聯臂踏《銅鞮》，鼓瑟湘靈處處迷。月滿秦淮通楚夢，片雲猶落小樓西。

鑾江別羅采南 采南名芳潤，金陵妓。

城邊垂柳拂高樓，塘上蒲生半没舟。雨過盧家偏好景，洗開新月曲如鈎。屈指青樓第幾家，平鋪秋水帶蒹葭。江南有夢隨君去，月色寒飄桂子花。

徐 㶿 興公，閩縣人。

玉主行

按：福清林丙卿，倜儻好遊俠邪。燕姬劉鳳臺者，有聲教坊，一見林歡甚，託以終身。林納爲妾。久之，去遊吴、越間，聞姬死，疾馳至燕，日夜哀慟。刻玉爲主，賦長短句鐫玉上云：「入時倒郎懷，出時對郎面。隨郎南北復西東，芳草天涯堪遶徧。勝寫丹青圖，勝裝水月殿。玉魄與香魂，都在此一片。」未幾，林遊粤西，爲舟人陳亞三所殺，沈屍于江。蒼梧司理者，丙卿友也。夜半忽見婦人稱冤狀，因呼邏卒嚴捕之。搜亞三槖，得玉主。司理大驚，索餘黨，伏辜。求其屍，顔面如生。徐爲作《玉主行》云。

燕山幻出蛾眉質，翠羽鳴璫金屈膝。就中百萬倚門倡，若箇輕盈稱第一？傾城少女長劉家，十五妖嬈未破瓜。到處名姬羞粉黛，一時佳冶避鉛華。櫻唇半啓飄《金縷》，百囀嬌喉鶯乍乳。間拂朱絃奏鳳凰，時抛紅豆調鸚鵡。對客閒參湖上禪，桃花重製蜀中箋。芙蓉學繡相思枕，榆莢羞看買笑錢。五陵俠客紛無數，争進千金求一顧。妾貌雖同解語花，妾心已作沾泥絮。風流閩海説林郎，年少曾登遊冶場。萬金盡買纏頭錦，赢得聲名遍教坊。明珠欲换娉婷女，金谷園中貯歌舞。滿眼無人荷目成，劉姬一見心相許。結束歡然出狹邪，九枝銀燭七香車。鴛鴦忽比雙飛翼，菡萏俄開並蒂花。珊瑚寶玦流蘇帳，蜀錦紫絲縈步障。占斷春風歲復年，秦筝趙瑟擋還響。可憐行樂在須臾，夫婿長遊入五湖。膏沐嬾施雲髻亂，空牀獨守夜燈孤。春花秋月無情去，誤妾佳期等閒度。婉意柔情孰與伸，千愁萬恨憑誰訴？明河耿耿路迢迢，望絶音書嘆寂寥。經頰每于愁處損，朱顔多向暗中凋。思君不見令人老，柳葉雙眉畫慵掃。香魂渺渺落黄泉，玉骨纍纍瘞芳草。人傳消息五湖西，夫婿傷情掩面啼。碧沼游魚乖比目，雕梁飛燕失雙棲。哀絃聲斷絲難續，死别生離成一哭。沈思無計表深情，售得連城舊時玉。磨礲朗潤復輝光，賦就悲哀句短長。中間自鏤芳卿字，未下金刀先斷腸。錦囊裝貯殷勤記，鎮日重重牢繫臂。東西南北但隨身，旦夕何曾暫相棄。攜向蒼梧萬里遊，逢人開取淚先流。鷓鴣叫月悲長夜，蛤蚧鳴風感素秋。江頭忽遇探丸客，化作杜鵑歸不得。黄昏野魅泣精靈，暮雨遊燐啼怨魄。玉主漂零何處歸，芳魂長繞越江飛。夜臺飲恨重相見，朽骨含冤事已非。蒼梧司理眠官閣，忽覩仙姬來綽約。含怨含顰若有詞，半羞半怯如相託。索索陰風毛骨寒，分明環珮響珊珊。漸聽嗚咽聲初遠，起視明河漏欲殘。心知非幻仍非夢，定有幽魂抱深痛。綵線縫裾獲赭衣，驟看玉主神驚動。由來此物屬林郎，刻玉題詩爲悼亡。珍藏久識知懷袖，流落何因在異鄉？傷心細向公庭鞫，舊鬼哀呼新鬼哭。始覺孤身入虎牙，更悲俠骨填魚腹。詎信蛟龍不忍吞，隨波逐汛幾朝昏。千秋重閲曹盱事，《九辨》難招屈子魂。吁嗟此事何奇絶，名姓從兹播西粤。真迴白日照重泉，果有嚴霜飛六月。片玉堪將恩遇酬，死生肝膽在紅樓。方知白璧能伸恨，不獨青萍解報讐。

鄒迪光 彦吉，無錫人。

行經舊院

曲房深院草萋萋，不見嬌鶯樹樹啼。惟有秦淮舊時月，夜深相送板橋西。

沈淵淵置妾金陵爲作花燭詞

蘭釭四照月痕新，繡帳牙牀疊錦裀。不羨鄰家金作屋，請看夫婿玉爲人。

姚士粦　叔祥，海鹽人。

周綺生移居

按：綺生名文，嘉興人，隸藉曲中。口多微詞，舉止言論，儼如士人。值讌集分韵，有用「習家池」者，綺生笑曰：「無乃太遠乎？」舉座拂衣起。嘗有詩云：「掃眉才子多相忌，未敢人前説較書。」蓋自傷也。後以屬身非偶，敝衣毁容，重自摧廢，晨夕炷香佛前祈死，時作小詞寓意。無何，悒鬱以死。檢其笥中，有句云：「侍兒不解春愁，報道杏花零落。」知者傷之。虞山蒙叟傳其事。

籬落借春城，盤紆覓路生。瓶花攜舊蝶，鄰樹换新鶯。粉院宜妝好，虚窗叶句清。尋常門外草，一倍攬人情。

薛潤孃七夕生日

生逢烏鵲渡河秋，乞巧今番免上樓。莫訝眼前多俗物，天孫亦秪嫁牽牛。

沈珣 幼玉，吴江人。

周綺生卜居江上賦贈二絶

十里虹橋柳萬株，白蘋紅葉滿清渠。從今管領秋江色，總屬風流女較書。

鴉黄初褪晚妝慵，獨上朱樓盻遠鴻。無賴秋光偏欲暮，惱人花外鯉魚風。

袁宏道 中郎，公安人。

傷周生 按：吴人呼妓爲生。

溪頭曾見浣春紗，珠箔于今天一涯。紫陌重邀千寳騎，青樓無復七香車。美人南國空湘水，處子東鄰是宋家。記得西廊香閣裏，缾花長插一枝斜。

小婦别詩

弱柳輕帆快送人，巫山原是女兒神。願隨潑火清明雨，洗卻錢塘十里塵。

周應儀 元度，吴江人。有《南北游草》。

聞歌

桃花扇底落紛紛，宛轉清歌一曲聞。醉殺文園渴司馬，酒壚斜盼卓文君。

周俊 伯英，江陰賈客。有《南岑集》。

蕪城對酒寄懷張淡雲校書

樓上春雲黯夕陰，折花載酒偕同心。芙蓉繡幄隱紅燭，美人一笑輕千金。南浦别離情脈脈，柳花繚亂風無力。愁來獨上廣陵城，江水微茫天一色。

贈張淡雲

星河淡淡夜迢迢，深院涼生動絳綃。傳得揚州新樂府，倩誰人並坐吹簫？

陳鶴 鳴野，海樵，山陰人。

海樵工吴歈越曲，櫂歌菱唱，無不盡態極妍。與教坊歌妓趙燕如善，時綴小詞，唱諸曲中。作《桃花美人行》，世目爲青樓渠帥云。

桃花美人行

鸞幃鴛閣戀無因，珠鏡牙牀久自塵。相逢柳絮心還亂，相見桃花意轉新。聊作逍遥步，獨立可憐春。春日春花復可憐，春心飄蕩詎能前。自知顏色非春色，自惜今年異昔年。眉凋難學柳，步弱不成蓮。臂褪珊瑚釧，鬢謝鳳凰鈿。行隨雙蝶偏羞寡，坐同孤月卻憎圓。羞寡憎圓兩意深，桃花桃葉一時新。但識花心非妾性，不將折取寄離人。

程奎 徽州人。貢士。

竹垞《詩話》：崇禎癸未，湖廣巡撫宋一鶴敗，家屬没官。妾金陵陳氏以色藝聞，門客王屋聘焉，謝參政上選先期娶之。奎因作詩嘲笑，一時争傳誦云云。

即事

歌舞叢中度歲華，一朝忽去抱琵琶。前身定是烏衣燕，不入王家入謝家。

朱茂晥 芾園，嘉興縣學生。有《顑頷集》。

聽震澤周蘭臯清曲

落花時已過，今夕得逢君。不羡龜年曲，岐王宅裏聞。

吴璵 于庭，休寧人。

答閨人徐簡簡寄懷

東風妝閣廠檐牙，春鎖重扉樹樹花。自是王孫歸未得，漫隨芳草到天涯。

按：簡簡字文漪，嘉興人，璵小妻也。其《寄懷》詩云：「夾岸垂楊捲落花，春風咫尺是天涯。重門深鎖樓中燕，獨有王孫不在家。」

本事詩前集卷五終

本事詩卷六　前集

吴江徐釚電發編輯

湯顯祖

若士，義仍，臨川人。

義仍詞曲小令擅絶一世，所撰《牡丹亭記》與《西廂》並傳。嘗醉後自題云：「玉茗堂開春翠屏，新詞傳唱《牡丹亭》。傷心拍遍無人會，自掐檀痕教小伶。」興致可想見也。

遥和諸郎夜過桃葉渡

湯自注云：「有本事。」

諸公紛紛去何所，隔岸熒熒高燭舉。若非去挾秦家姝，定是將偷邛市女。一從西蜀老王孫，千騎東方總不論。也乏使君呼共載，也無遊女解宵奔。無緣此屬翩連去，飄飄燁燁知何處？翠納香奩夜著人，絳蠟清笙幾回曙。當時我亦俊人群，情如秋水氣如雲。有酒誰家惜酣暢，饒花是處怯離分。如今兩鬢籠紗帽，輕煙澹粉何曾到。眼看諸公淹夜遊，心知此事從誰道？衙齋獨宿清漢斜，燈影籠窗半落花。拚不風流長睡去，卻持殘夢到他家。

黎女歌

黎女豪家笄有歲，如期置酒屬親至。自持針筆向肌理，刺涅分明極微細。側點蟲蛾摺花卉，淡粟青紋遶餘地。便坐紡織黎錦單，拆雜吴人綵絲緻。珠崖嫁娶須八月，黎人春作踏歌戲。女兒競戴小花笠，簪兩銀篦加雉翠。半錦短衫花襈裙，白足女奴絳包髻。少年男子竹弓弦，花幔纏頭束腰際。藤帽斜珠雙耳環，纈錦垂裙赤文臂。文臂郎君繡面女，並上鞦韆兩摇曳。分頭攜手簇遨遊，殷山沓地蠻聲氣。歌中答意自心知，但許昏家箭爲誓。椎牛擊鼓會金釵，爲歡那復知年歲。

柳絲樓感事

殘日西樓映粉紅，畫眉吹蹙柳條風。重來攀折人何處，腸斷千絲一笛中。

一年春事賞心同，千里湘臯曲未終。别恨乍隨帆影去，柳條眉暈半絲風。

馮夢禎 開之，秀水人。

憶姬人

客遊數改期，不爲桃花堤。離衾淹晝雨，夢駕怯春泥。芳草遠猶緑，柔條近更迷。妾心寧自苦，愁殺亂鶯啼。

唐時升 叔達，嘉定人。

觀妓戲作

庭院陰濃起暮煙，畫屏銀燭照嬋娟。壺觴錯落醻良夜，履舄交加任少年。自詫獨經投果後，相逢同在破瓜前。園林春晚增顔色，只爲新花一樹鮮。

程嘉燧 孟陽，松圓詩老，休寧人。

孟陽諳曉音律，分刌合度。老師歌叟，一曲動人，燈殘月落，必傳其點拍而後已。今録其對酒聽歌之作，覺松圓詩老情致宛然。

曲中聽黄問琴歌

夜掃歌樓集鈿車，白頭占曲點紅牙。梁間三日餘音在，偷得新腔遍狹邪。

曾憐古調背同時，廿載心期老曲師。爲是唱情聽不得，鬢邊先著幾莖絲。

歌郎酒客盡知名，畫燭紅妝作隊迎。簷竹蕭蕭香閣裏，花藂十月坐流鶯。
輕染鴉黄拂鬌鬟，鶯雛巧笑鬬雙彎。不知《水調》聲能苦，蹙損横波一寸山。

水上倡樓

水樹風帆隱伎樓，微明遠岸濁河流。也知一望堪腸斷，暮雨無人在上頭。楊升菴云：「白樂天詩：『吴孃暮雨蕭蕭曲，自别江南久不聞。』自注：『吴孃歌詞有「暮雨瀟瀟郎不歸」之句。』吴蓋杭州名妓也。」

雨中過伎家飲書贈陳翠

紅樓細雨燕飛斜，玉面珠簾相映遮。三月江南春色盡，卻行江北見梅花。

緪雲詩

朱長孺曰：孟陽此詩爲河東君作。

彩雲一散寂無聲，此際何人太瘦生。香縱返魂應斷續，花曾解語欠分明。白團畫識春風在，紅燭歌殘夕淚爭。從此朝朝仍暮暮，可能空逐夢中行？
朝簷天外鵲來聲，夜燭花前太喜生。婪尾宴收燈放節，掃眉人到月添明。香塵澒洞歌梅合，釵影差池宿燕爭。等待揭天絲管沸，緑雲緪定不教行。
夜半空階細雨聲，曉寒池面緑萍生。悠悠春思長如夢，耿耿閒愁欲到明。三月天涯芳草歇，一番風信落花争。茫茫麥秀西郊道，不見香車陌上行。

聽曲贈趙五老

太倉人，名淮，字長源。善醫能詩。

菊花閣裏殷勤唱，王冏伯家。芍藥園中仔細聞。相公南園。此後但逢歌曲伴，何曾聽罷不言君。紛紛酒事少心情，只辦停盃闢耳明。翻恨聽時心太切，歸來摹得不多聲。

酬别苗五美人廿二韵

羈客行將盡，歸心看柳條。殘枝今欲報，解纜是明朝。卷幔牽嵐翠，收琴應落潮。昔逢離宴數，曾負酒船邀。一自移西閣，相過只北橋。石城斜對户，桃葉僅容舠。婿美元名岳，孃家舊姓蕭。初疑蒹倚玉，漸許木投瑶。浪迹真逾合，幽悰淡若調。扶頭移短晷，連臂踏深宵。卮屈偏從訴，鬮藏令莫囂。脂香盃底度，花艷燭前摇。畫扇憐蠅小，書裙愛蝶嬌。絃清霜欲徹，鏡瑩月難消。憨袖迎全彈，妝眉懶半描。吭圓容妾顧，腕弱勝郎佻。歷歷諧新賞，愔愔亮久要。事過心共折，情在夢無聊。合贈煩纖手，分題減素腰。景窺長至逼，樂記小春饒。舞榭山雲膩，離帆浦雪遥。吴洲重見月，玄閣正寥寥。苗五送别詩云：「蕭蕭帆舉下中流，仍倚江邊憯别樓。不覺歡娱成舊恨，更將新句結離愁。」「緜緜寒夜已消魂，况復鳴琴月在門。共道絃中流水澁，秦淮霜苦縮潮痕。」

聞歌引題畫新柳贈叟徐四

南曲以《單題柳》爲冠，廿年前遇金壇馬曲師，曾傳其槩。又嘗聞趙五、黄二輩歌。徐生在廣陵秋夜歌，情事感動，含嚼吐納。十一月十三，季康適至，集曲中，復請唱此。曩許爲圖，兼書此引。

元詞舊數窺青眼，時曲新翻歌漸罕。閒中著意教人難，聲外加工聽自懶。曾傳點拍矗解聽，江城聞罷空惺惺。似禁楚女腰肢瘦，如見蕭郎眉眼青。悠揚逐夢風前縷，攧落飛花水上萍。別來無處向人道，年少兒郎自矜好。倡樓社裏人已非，吴北海、黄問琴。相國園中客俱老。白頭最是可憐人，濯濯新圖爲誰掃？沈吟理曲忽沾纓，憶著風流被君惱。邗江舊侶來月明，重向紅樓歌一聲。何處老翁能此曲，霜天燭下啼新鶯。囀聲自覺無横笛，放指還疑有鳳笙。渭曲灞陵渾在眼，暮雨斜陽陰復晴。迷樓一望無窮處，端倚愁中卻盡生。

吴　兆

非熊，休寧人。

非熊少警敏，工傳奇詞曲。萬曆中游金陵，留連北里，與新城鄭應尼作《白練裙》雜劇，譏嘲馬湘蘭。青樓人皆指目，有樊川輕薄之名。所作《鬬草篇》，臧晉叔、曹能始見而擊節，遂流傳都下，一時遍寫，人皆誦之。

秦淮女兒鬬草篇

樂遊苑内花初開，結綺樓前春早來。春色染山還染水，春光銜柳又銜梅。此時芳草萋萋長，秦淮女兒多閒想。閒想玉閨閒，羅衣正試單。芳飇入户吹帷動，巧鳥當窗攪夢殘。困嬌麗日長安道，相戲相邀鬬芳草。芳草匝初齊，茸茸没馬蹄。芳草遠如幕，望望迷人步。將緑將黄不辨名，和煙和霧那知數。鳳凰臺上舊時基，燕雀湖邊當日路。結伴踏春春可憐，花氣衣香渾作煙。誰分遲遲獨落後，誰能采采不争前。嫋嫋桑間路，佳期何暇顧。悠悠淮水湄，遠道不遑思。空生謝客西堂夢，徒怨湘娥南浦離。未鳴鶗鴂先愁歇，乍囀倉庚正及時。正及時，先愁歇。密取畏人窺，疾行防蘚滑。入深翠濕衣，緣高香襲襪。搴若將何爲，束芻欲待誰？茜紅猶勝頰，荑白卻慚肌。薜荔裁衣安可被，菖蒲結帶豈堪垂。盈匊盈襜羅衆芳，蛾飛蝶繞滿衣裳。蘭皋藉作争横地，蕙畹翻爲角敵場。分行花隊逐，對壘葉旗張。花花非一色，葉葉兩相當。君有麻與枲，妾有葛與藟。君有蕭與艾，妾有蘭與芷。君有合歡枝，妾有相思子。君有拔心生，妾有斷腸死。贏歸若個中，輸落阿誰裏？相向無言轉自愁，芳坰過客忽疑秋。別本辭柯何倚託，傾青委緑滿郊丘。雖殘已受妍心惜，縱賤曾經纖手摘。芍藥多情且自留，蘼蕪有恨從教擲。人生寵愛幾能終，人心安得采時同。縈愁結念尋歸徑，接佩連裾趁晚風。情知朽腐隨泥滓，會化流螢入幕中。

榕城小妓奇奇歌

奇奇十二髮垂肩，腕伸膝上誰不憐。鴉頭髻樣望如墮，杏子衫新紅欲然。市門半面窺人慣，門前潮水東西漫。阿爺歡喜阿孃嬌，東家妬殺西家羨。六月南風荔子紅，斜柯輕立踏如風。八月西風龍眼低，今年攀折與枝齊。年紀雖小齒清歷，漢語吴歌聲的的。劉家碧玉未須論，越客明珠應不惜。借問春來幾樹花，雙拋橋畔是兒家。

吴夢暘　允兆，歸安人。

允兆知音律，善度曲。晚遊金陵，徵歌顧曲，齒齲牙落，猶嗚嗚按拍，好事者至今傳之。與程孟陽善，嘗集汪景純家聽歌，與孟陽限韵爲絶句，互相嘆賞。

集汪景純宅聽歌

按：景純名宗孝，休寧人，江左大俠也。有姬曰孫瑶華，舊籍曲中，與景純卜築六朝古松下。景純歸里，孫有《寄衣》詩云：「閉妾深閨惟有夢，憐君故國豈無衣。」人多傳之。

金陵樂府杜秋孃，宛轉新聲隱洞房。林木盡飛江水咽，那教人聽不回腸。

按：瑶華字靈光，汪仲嘉有代蘇姬寄怨所歡詩詞，客屬和盈帙，吴非熊尤岸然自負。靈光詩一出，衆皆閣筆歛衽。今附靈光詩云：「繇來嬌愛競新知，空結同心不忍持。山上蘼蕪寧再遇，陵西松柏詎相期。羅襦明月君休繫，紈扇秋風妾不辭。極目自憐春欲盡，流鶯飛處草離離。」

贈妓

雙眉淡掃轉堪誇，爲問佳人字麗華。衫趁舞時嬌杏子，扇當歌處掩桃花。相邀洛浦神常近，一賦《高唐》夢不賒。笑殺蹉跎白司馬，潯陽江口惱琵琶。

陳山甫邀集楊姬華林館同賦

煙花四部舊曾題，迭變新聲拍按齊。聽到關情情忽忽，絳紗休妬翠眉低。

曹學佺 能始，侯官人。

能始具山水勝情，家有石倉園，水木清華，賓朋歙集，聲伎雜進，彷佛弇州東橋。程孟陽酷愛其「明月自佳色，秋鐘多遠聲」之句。

催妝爲韓求仲賦

妾家住在長干里，歲歲春光黯自悲。若使遠山秋入畫，相逢不待踏青時。

荔枝紅　閩俗：女子將嫁，男家先一年送荔枝紅，猶粤中以檳榔行聘也。

嬌羞十五閉房櫳，風雨無端妬守宫。玉鏡臺前倚惆悵，郎家不送荔枝紅。

即席贈黄姬

座客如雲待舉杯，香車門外屢相催。非關故意梳妝緩，自昔佳人唤夜來。

柳應芳　陳父，海門人。

戲贈楊二病起

聞卿春病起，閉閤懺醫王。小愈雖憐妾，長齋不怨郎。絃疑新製曲，衣識舊薰香。旦夕猶宜慎，空牀夢亦防。

王光禄家屏後琵琶短歌

十二金屏逐面遮，雙鬟背倚彈琵琶。六幺絃急齊聲按，桃葉桃根舊一家。曲罷屏開但香霧，餘音空遶珊瑚樹。中年魂夢不驚飛，雒月巫雲引歸路。

十三夜讌馬姬館

芳宴妖姬集，紛如竊月來。回身迎夜燭，連手逐春杯。緩舞盤中柳，新妝屋裏梅。停絃將送態，猶畏上聲催。

吴鼎芳

凝甫，吴縣人。

飛樓曲戲柬茅止生

飛樓宛轉芙蓉簇，對列鴛鴦三十六。東風着意渡江來，染出蛾眉春水緑。樓頭何處得春先，非霧非煙俱可憐。紅芳雜沓錦茵軟，塵香不上雙行纏。嬋娟花月曾無價，只向嫦娥乞長夜。夜長夜短那得分，鬱金自繞珊瑚雲。青絲玉壺正傾倒，楊柳烏啼白門曉。

小院

小院曾遊處，今來不忍行。是花皆黯淡，有月未分明。轉覺非前事，終憐負此生。遥波春一片，流恨復流情。

梅鼎祚

禹金，宣城人。

頓姬坐追譚正德南巡事

頓之先有頓仁彈琵琶，及角妓王寶奴俱見幸。按：寶奴號眉山，武宗駐蹕金陵，選教坊司樂妓十人備供奉，寶奴爲首，姿容瑰麗出衆，數侍巾櫛。武宗回鑾，寶奴還舊籍，咸以貴人呼之。自供奉歸後，寶奴閉閣不出，嘆曰：「婢子獲執巾天子前，安得復爲人役？」遂長齋誦佛，爲道人裝以老。又傳寶奴倜儻揮霍，嘗一日乘油壁車以出，遇二毬師，皆負絶技，邀之廣塗，請王孃登場。寶奴下車，風度瀟灑，舉趾蹁躚，觀者如堵。踘畢，寶奴出金數錠酬二師去，其豪爽如此。

武宗時巡蹕舊京，煙花南部屬車行。更衣别置宫楊繞，蹴踘新場御草平。偏選檀槽催鳳拍，忽傳金彈逐鶯聲。寶奴老去優仁遠，坊曲今誰記姓名？

橫塘曲贈王玉華

歡來亞字城，儂渡橫塘水。兩影併一心，終當爲情死。

俞安期 羨長，吴江人。

昭涼詞 一百首選十三首。

昭涼者，鄂渚女子，警敏多慧，工藝解文。侍余讌遊，眷焉周歲，事無幽顯，悉紀詠言。

拋擲黄金謝冶遊，冰心一片落箜篌。人間儻問憐才事，俠氣于今在女流。

結社蘭林宴曲池，名流畢集每追隨。故將險韵書花片，分送尊前索賦詩。

柳林花薄趁芳菲，每卻香輿遠步歸。淺立微將春帶緩，風香蛺蝶繞裙飛。

棐几光生對綺疏，薛濤牋子鎮硨磲。抽毫細寫江妃賦，學得《黄庭》小法書。

城下清池似影娥，薄籠半臂弄微波。墨花繡卻端州硯，日日臨池自洗多。

日晡汲水灌池臺，就取微涼小醉來。薄薄銀冰千片落，并刀雪藕佐雙杯。

遺興閒將弈譜傳，日攜棋局坐花前。自從輸卻金跳脱，置子長争一道先。

三尺長竿罥綵絲，裝成遊鼠落罘罳。東西擺作迴旋勢，戲引金猫撲地追。

城濠濠北住畦丁，半是山村結屋成。攜榼改裝田舍婦，就陰同飯豆花棚。

玉枕霞漿曉帳前，擁衾同醉復同眠。倩人去典黄金釧，怕有鄰家索酒錢。

脉脉蘭心解自持，向來小錯避人知。偶拈舊事尊前戲，忽地嗔生不語時。

積雪松梢色皎然，瑶琨收貯水澄鮮。春來更和花房露，留賽中泠第一泉。

結束遊裝去楚關，蕩舟相送涉江還。離樽攜出愁成讖，不忍同登大别山。

昭涼變詞

鄂城城南端，其下芙蓉池。翩翩鴛鴦鳥，兩兩來遊嬉。雄者被五色，雌者文渌波。緑葉自相覆，紫莖自相依。池上妾妝室，垂柳蔭崇臺。木蘭爲屋柱，沙棠以爲榱。芳蓀繚爲蓋，辛夷斲爲楣。朱箔縣後户，鋪首列前扉。前扉臨大道，後户清漣漪。庭中芳梅樹，長耀冰玉輝。路傍相指盼，持以方鄙姿。望妾不易見，問着誠易知。自名爲昭涼，小字馥馥兒。少小誦章句，十三習歌詞。十四工圖畫，十五工絃徽。十六不得嫁，東園忽成蹊。自悪冉弱質，不耐風翻飛。自惜嬌薄顔，長恐經日輝。常時不出户，偶戲池水湄。不愛採蓮子，愛照妾容儀。不羡芙蓉色，羡看鴛鴦棲。東來遠遊子，狹路遭見之。兔腳兩撲朔，兔眼雙迷離。人言有文章，經緯五色絲。託以漢皋遇，邀妾解佩辭。微辭漸相逼，義色難久持。一奉錦紋簟，各各諧中私。歡歌妾起舞，歡飲妾奉巵。歡娱妾鼓琴，歡憂妾解頤。歡鋪妾作羹，歡涼妾作衣。歡在妾施枕，歡出妾空幃。歡醉枕妾卧，歡用典妾釵。自謂此歡好，百年通一時。有何一里正，身懷公府牘。氣如狼與豺，催赴縣中鞫。吏胥二三人，熇熇求所欲。飲酒如漏巵，啖肉填深谷。謂汝有侍女，年幾十五六。侍女自有兄，女兄自有族。此女生無兄，此女久無族。父母各填土，女二男無育。此女八歲來，屈指纔五稔，便云十五六。三句韵。彼誠何人斯，遽往公府瀆。將女對公庭，其獄彼自速。縣令聞此事，虛誕誠可嗔。僞兄姑薄譴，虞彼反側生。聲氣固有類，羽翼還狺狺。作事苟不獲，復往臺司陳。縱汝終求白，汝累既已深。稽首信若斯，明鏡無纖塵。阿歡守義分，肝腸能剖示。突有貴人來，謂歡同里氏。汝拾甑中塵，汝納瓜中履。歡氣鬱勃生，棄妾翻然駛。粲粲芙蓉花，涼風一時萎。鴛鴦西北飛，雌者孤自止。行行無幾時，禍患忽來翔。歡有同鄉友，沾沾潘與黄。各媚素所愛，造語太披猖。潘走語縣令，昭涼口無當。時時汝唾駡，事歡復不臧。假是蒼蠅點，激彼赤虺腸。夫何公府牘，舊事輒復興。侍女自有族，侍女自有兄。虛誕宛在臆，愬之寧理論。塵從鏡外闇，鏡在塵内明。髯豎環觜決，狀貌何猙獰。兩徒夾曳前，五木約以繩。手指纖春葱，參差如立笙。將男亂其族，將女歸其兄。貴人任所作，安事此極刑。辭理無以屈，復怒揚高聲。手指纖春葱，參差如立笙。兩徒重曳前，五木約以繩。寃極呼蒼天，左右皆涕零。阿歡遥聞之，日夜東南奔。馬疲車敗轍，帶喘來入門。入門何所見，惟聞哭聲喧。阿母常不慈，號咷椎其膺。阿兄每相乖，淚落何淫淫。東鄰有阿姊，掩袖涕不禁。西鄰有阿妹，粉面懸啼痕。阿歡泣相持，冠髮指蒼旻。咄咄仰屋歎，氣塞難就平。出亦如含薺，入亦如含薺。笑殺李家奴，喜殺張家婢。不念古讒人，金石入銷燬。讒人工片言，爲效冀如此。一言具兩刑，吏道當爾爾。朝廷新約法，施刑毋任性，重不加輕罪。三句韵。但快斯須心，但令傍人喜。但令傍人喜，不惜珠玉毁。射書與縣令，縣令立抵几。出書示潘黄，滃滃還詘詘。梟獍鳴其前，妖狐啼其後。蝮蛇旅其左，含沙夾其右。旦夕潛相謀，于事何不有。是時玄鳥歸，八月將臨九。復遣黠隸至，舊牘云未成。侍女自有族，侍女自有兄。阿歡知苦妾，請乞走紛紜。

努力捎羅網，四面一不罣。有如水中馬，有如陸地船。但負中意氣，不能奮自前。黠隸金錯刀，索已日相促。盈盈縣中趨，皇皇几上肉。昭涼無異辭，昭涼情易鞫。存女領負刀，去女骨抽鏃。女非漢水珠，女非荆山璞。女兄作真兄，女族隨所復。叱咤何多言，汝刑且就服。寧顧楚宫身，寧顧邯鄲躅。兩徒攖其肩，兩徒曳其足。有如葵拔根，有如鼎覆餗。可憐輕弱軀，轉側地中伏。可憐柔脆骨，玃玃貫三木。鳳頭五絲履，吏卒行相蹴。盤龍錦蔽膝，障泥在污濁。無窟地下遊，無檻將頭觸。號呼不擇音，受挺垂麑鹿。悲風生堂上，陰雲生堂下。頂上蓋陰霾，白日忽玄夜。堂上立胥吏，堂下立隸卒。東墀萬人擁，西墀千人列。衆人萬千哀，縣令一人樂。謂女既無族，謂兄非女兄。汝歡累女苦，女復隨汝旋。汝復貪汝禍，汝歡請後言。阿兄魂已褫，負之不得行。曳地出公府，誰復不酸辛。昔爲可憐花，今爲濕束薪。昔浴五名香，今委糞土塵。天地誠不仁，使我罹此辰。還家但期死，豈顧滿堂哭。漿水唇不沾，淹淹就鬼録。望舒有盈缺，此恨安可移。忍媿寄我顔，忍愁置我眉。大憤不得收，安用有生爲。妾有篋中物，阿歡好分遺。紫磨金跳脱，宛轉蛟龍蟠。并獻燭銀盒，阿母防暮年。石榴繡裌裙，杏子殷紅衫。芙蓉紫綃袿，恰稱女秀身。銜珠金爵釵，雙頭鳳凰笙。葡萄蜀錦襦，女閨得相兼。女玉年尚小，垂髮未施妝。緑襜紫結纓，鴛鴦緗綺裳。珠綴金步摇，金綴明月璫。東鄰有阿姊，寶袜玉搔頭。西鄰有阿妹，羽帳珊瑚鈎。餘以付阿兄，纖細隨所收。上有雙忍字，竹節金屈環。持來妾約指，隨我蒿里間。比目白玉魚，與歡各半邊。半邊妾佩去，其半歡莫捐。復奉連枝帶，雙珠佩熒熒。翠蝕秦玉鏡，玉軫枯桐琴。珠佩昔所解，帶以表同心。鏡以昭中素，琴以寄哀寃。歡謂勿太愚，禍至有成數。昨乞仙靈言，今以明其故。馬行九折坂，滿地金蓮布。蠙珠自可珍，月照梅花樹。驗汝有此菑，勸汝終愛護。太息謂阿歡，斯言非妾謀。妾死歡痛惜，妾在歡優游。妾在歡優游，何以慰我愁？精衛思填海，蚊虻撼山丘。捹此鄙陋質，庶或銷我讐。勿以他人歡，忘妾九泉恨。勿以還鄉樂，忘妾千年怨。勿以富貴來，忘妾同貧賤。莫忘七七期，莫闕臨墳奠。語畢氣亦絶，雙目半不瞑。哭聲震街巷，闔室縱復橫。神飈西北起，喧填動四鄰。阿兄買棺去，急走無遷延。新縑及故素，女裁斂衣衾。阿歡撫其尸，胸臆時時捫。四體盡僵冷，胸臆中微温。止人勿悲啼，止人勿紛綸。終久當來復，神歸勿相驚。待自昨日午，直至今日申。淹淹至夜半，依微聞呻吟。授氣氣相接，旋忽返芳魂。飲以鬱金湯，霍然顔色新。徐問兩日來，神遊竟何適？芒芒天地間，陰陽真叵測。宛然人世人，司命生奪魄。妾讐今已銷，妾恨今已釋。昨妾初去時，駕車馳以南。倏超湘江頭，乃至衡陽山。上有數玉女，笑謔迫我慚。此山非汝居，引出令早還。猛思叩帝閽，駕車馳以北。九關不敢近，虎豹來迎食。帝閽高以深，號唤至無力。駕車馳以西，乃至崑崙巔。上謁金仙母，見妾大驚歎。罪妾心性劣，自墮塵中緣。汝欲雪區區，乃之岱山中。諾諾辭阿母，駕車馳以東。行至天門上，道隅伏青龍。中林雙白榆，夾道五蒼松。青華小童子，引妾巍峩宫。刀戟森然列，侍衛皆肅容。庭蹶一刑徒，被項髮鬔鬆。髭鬚周顋頰，環眼圓且紅。欻欻復連連，形如病弱翁。云在酷吏籍，罪惡兹當窮。貴人坐高殿，一一數罪端。五五逮十十，屈指不可殫。汝寄命百里，腰綬頭戴冠。置此極刑具，朝廷豈得已，付汝行僻邪。三句韵。苟非盜若寇，安得妄相加。且如往某事，其事靡有他。牘成僅若爾，極刑欲如何？一之復再三，恐不竭其苛。刈其偏聽耳，矐其怒視目。拉颯燒其鬚，揚灰雜污黷。衆刑試畢嘗，考訊備慘毒。作示與後來，爲吏無此酷。青童招妾出，指路命歸轅。妾心自計念，往者我被刑。苦楚不至此，猶然不能勝。即彼負大憝，哀痛真可矜。青童謂勿矜，即是刑汝人。

林景清　閩縣人。

題楊玉香瑶華館詩

楊玉香，金陵娼家女。閩縣林景清過金陵，以詩投之，玉香亦答詩，遂與定情。景清復南遊，舟泊白沙。月夜玉香來舟中，歡好如平生。天將曙，忽不見。景清疑懼，至金陵訪之，一月前死矣。景清悲慟，是夜獨宿館中，吟詩曰：「往事淒涼似夢中，香奩人去玉臺空。傷心最是秦淮月，還對深閨燭影紅。」徘徊不寐，恍惚見玉香從帳中出，亦吟詩曰：「天上人間路不通，花鈿無主畫樓空。從前爲雨爲雲處，總在襄王曉夢中。」景清不覺失聲呼之，遂不復見。

門巷深沉隔市喧，湘簾影裏篆浮煙。人間自有瑶華館，何必還尋弱水船。

定情詩

十五盈盈窈窕娘，背人燈下卸紅妝。春風吹入芙蓉帳，一朵花枝壓衆芳。

附 玉香和

行雨行雲待楚王，從前錯怪野鴛鴦。守宫落盡鮮紅色，明日低頭出洞房。

景清歸閩，調《鷓鴣天》留别玉香云：「八字嬌蛾恨不開，陽臺今作望夫臺。情方好處人相别，潮未平時僕已催。聽囑付，莫疑猜。蓬壺有路去還來。毿毿一樹垂絲柳，休傍他家門户栽。」玉香答云：「郎是閩南第一流，胸蟠星斗氣横秋。新詞宛轉歌才畢，又逐征鴻下翠樓。開錦纜，上蘭舟。見郎歡喜别郎憂。妾心正似長江水，晝夜隨郎到福州。」

王驥德 伯良，會稽人。

李姬乞字命以行雲并系之詩

李家小女愛樓居，豆蔻雙腮十五餘。額上鴉黄嬌欲滴，鏡中螺黛畫難如。當筵未慣紅牙拍，開匣羞看錦字書。向我乞名何所似，行雲一片渺愁予。

葉紹袁 仲韶，天寥，吴江人。

午夢堂除夕紀夢詩

蒙叟曰：仲韶少而韶令，有衛洗馬、潘散騎之目。娶沈宛君，副使沈珫女。長女曰紈紈，幼曰小鸞，皆能詩。小鸞年十七，未嫁而夭。紈紈以哭妹來歸，亦死。宛君神傷，幽憂三載而卒。仲韶集宛君之詩曰《鸝吹》，紈紈曰《愁言》，小鸞曰《返生香》，總名《午夢堂集》。《除夕紀夢》詩今載集中。

除日江汀萬户煙，寒風蕭瑟凍雲天。一聲爆竹催春色，盡對流光逐送年。年去年來長嘆息，去年腸斷今沾臆。疏香閣瓊章所居下舊枝斜，曲欄珠箔渾相識。相識相悲畫閣人，繡簾無復步生塵。蕭蕭午晝蕉心雨，寂寂殘宵桂影春。春晝春宵何太促，幾回淚點苔痕緑。忽從昨夜夢魂還，開幃驚見花顔玉。細語低呼眺睩矑，柔肌倦怯袖雙扶。重來翠簟芙蓉幛，亟索紅香菡萏爐。爐燒沉水輕煙舉，火齊瓊漿小婢煑。雲鬟粉靨玉姿紅，櫻唇歷歷分明語。初向妝臺憶蕙綢，斷霞遥泣鴈行秋。可憐未識昭齊去，猶問梨花夜月愁。夜月梨花人已矣，瑶池咫尺三千里。對言明歲碧桃開，玄都人又歸來爾。姊妹心傷兩地飛，青春弱女竟誰依？鵑魂欲冷荒山月，蝶夢空留金縷衣。幸有恩深妗母在，妗母即沈君庸夫人張倩倩也。倩倩無子，遂女瓊章。瓊章夙慧，兒時，《毛詩》《楚辭》皆倩倩教之。含情含思嬌憐愛。光碧庭前竝看花，蕊珠宫内雙描黛。蕊珠金闕又分離，妗託心詞寄母知。還待北堂妝罷後，共挑西燭夜深時。夜夜朝朝休再别，清樽聚話重娱悦。黄粱一枕夢魂驚，紗窗猶剩燈明滅。明滅殘燈夜未央，羅衾空怨五更霜。起來哭向靈几處，淚染黄雲送夕陽。

宛君有《除夜悼女》詩云：「惡風吹斷鬟，寂寞歲窮天。落日照新鬼，傷心送舊年。室連雙繐帳，腸斷一詩篇。臘酒澆難醒，寒花淚紙錢。」

附 葉小鸞遊仙詩

小鸞亡後，仲韶夢青衣小鬟持寄。○小鸞字瓊章，宛君幼女。四歲能誦《楚辭》。十歲與母初寒夜坐，母云：「桂寒清露濕。」即應云：「楓冷亂紅凋。」咸喜其敏捷，不知其夭徵也。詩多佳句，能弈善琴，模山水，寫落花飛蝶，皆有韵致。宛君作傳，稱其鬢髮素額，修眉玉頰，明眸善睞，無妖艷之態，無脂粉之氣，林下之風，閨房之秀，殆兼有之。日臨子敬《洛神賦》一遍。亡後七日乃就木，舉體輕軟，家人咸以爲仙去云。

可是初逢萼緑華，瓊樓煙月幾仙家。坐中聽徹《涼州曲》，笑指窗前夜合花。

仙壇授戒呈泐師

吴門有神降于乩，自言天台泐子轉女人身，借乩示現説法，爲小鸞授戒云。

身非巫女慣行雲，肯對三星蹴絳裙。清吷聲中輕脱去，瑶天笙鶴兩行分。

弱水安能制毒龍，竿頭一轉拜師功。從今别卻芙蓉主，永侍猊牀沐下風。

王彦泓 次回，金壇人。

賓于席上徐霞話舊

重見徐孃未老時，蕙蘭心性玉風姿。不忘杜牧尋春約，猶誦元稹紀事詩。時世妝梳濃淡改，兒郎情性淺深知。棲鸞會上梧桐樹，舉眼詳看一穩枝。

鄰女哀詞

鄰女有自經者，不曉何因。而里媪述其光豔皎潔，閲日不變，且以中夜起自結束，選綵而衣，配花而戴，于綰髻、塗妝、膏唇、耀首，以至約縑、迫袜，皆著意精好，盡態極妍，而始畢命焉。其所懸之帶，以潤州朱絲數百條長九尺許爲十股細辮，手自盤製，逾月甫成。同伴以爲纏腰物也，而不知其用意至此。爲詩以哀之。

明姿靚服嚴妝乍，垂手亭亭儼圖畫。女伴當窗喚不膺，還疑背面鞦韆下。嬌癡小妹忽驚啼，懊惱春宵睡似泥。何刻停燈開鈿匣，幾時響屧度樓梯。肌膚到此真冰雪，頳玉俄俄扶不得。素頸何曾著罊痕，卻教反縛同心結。紅絲交結爲誰容，約髻安花次第工。應愛自看妝鏡裏，豈須人見影堂中。千春不改凝酥面，媚眼微舒若流眄。侯娘怨句鬼先知，玉兒豔質人猶羨。當時犀纛定沈埋，繡韈何人拾馬嵬？乞取卿家謂劉家也通替樣，許盛銀液看千回。萬轉千回負此生，枉將偷嫁占虚名。古樂府云：「誰知劉碧玉，偷嫁汝南王。」周郎已誤難重顧，哭殺厨東阮步兵。

夕秀詞

尺六腰肢掌上擎，簸錢年紀占歌名。調笙恰喜銅簧脆，掃黛誰憐蠟蒂輕。羞出畫屏推阿姊，笑郭羅扇覷狂生。可能髻攏釵梁後，還向迷藏舊處行。

别阿姚

相逢羞澀怕猜嫌，别去那知悵恨添。獨對鏡奩空怏怏，乍拈鍼翦復懨懨。夢魂弱絮從風亂，心緒繁花被雨霑。悔不暫留歡且住，未妨長隔一重簾。

左卿阿鎖

玉净花明秀出群，左家重見舊時芬。因披樂府吟嬌女，便上藩車訪阿君。見《陳遵傳》。素豔乍看疑是月，清歡何暇想爲雲。那禁手炷熏籠罷，笑遣蕭郎覆畫裙。

个　人 一本作《戲贈沙姬》。

睡破眉山不更描，髻雅堆上覆鮫綃。屏間記曲拈紅豆，窗下臨書染緑蕉。畫出鴛鴦娱獨自，教成鸚䳇伴無聊。情悰暗被旁人覺，繡線逢春減幾條。

潘一桂

無隱、木公，吴江人。

孟　珠

姓陸氏，吴郡人。

嬉戲春風前，攀花作歡餙。獨有桃花枝，與歡同一色。

遥聞女郎作歌

滿溪煙雨白鷗閒，漠漠漁罾占一灣。幾縷清歌雲外出，吴姬分月蕩舟還。

王　留

亦房，蘇州人。

戲贈歌者喜郎

明瞳寒溜春江水，鬒髮油油亂雲委。口脂吹澤花無香，刻玉爲人許人倚。紅牙聲停閧堂别，繡被香温笑微揭。蘭燈已燼羞無言，難道窺簾怕明月。

月下渡淮寄黎陽閻姬

千里寒山疊凍雲，低呼小字有誰聞？每因夢見添愁緒，翻願今宵不夢君。

林子真 閩縣人。

感舊悼張璧娘

璧娘，閩縣良家女也。早寡，光麗豔逸，愛子真之才而越禮焉。林移家臨清，璧娘感念而没。林歸，過張所居，因賦《感舊》詩三首。

梅花歷亂奈愁何，夢裏朱樓掩淚過。記得去年今夜月，美人吹入笛聲多。

落梅到地夜無聲，簾挂空階碎月明。倚徙朱闌人不見，雙懸清淚聽寒更。

附張璧娘寄林子真

黄消鵝子翠消鴉，簟拂層冰帳九華。裙縷褪來腰束素，釧金鬆盡臂纏紗。牀前弱態眠新柳，枕上迴鬟壓落花。不信登牆人似玉，斷腸空盻宋東家。

姚澣

北若，秀水人。

竹垞《詩話》云：北若爲姚尚書思仁之孫，英年樂于取友，盡收質庫私錢，載酒徵歌，大會復社同盟于秦淮河上，幾二千人，聚其文爲《國門廣業》。時阮大鋮集之填《燕子箋》傳奇，盛行于白門，是日勾隊無有演此者。

秦淮即事

柳岸花溪澹泞天，恣攜紅袖放燈船。梨園子弟覘人意，隊隊停歌《燕子箋》。

夏緇

雪子，嘉善人。有《西泠維摩集》。

南中曲

黔府新編十二歌，南音如梵亦吹螺。侍兒記拍分銀豆，小史登場換畫鞾。

陸圻 麗京、景宣，錢塘人。有《從同集》。

竹垞《詩話》云：麗京亂後賣藥長安市上。晚因史禍牽連，既得釋，訪澹公于丹霞精舍。轉入武當爲道士，不知所終。里人洪昇有《答友》絶句云：「君問西陵陸講山，飄然一鉢竟忘還。乘雲或化孤飛鶴，來往天台鴈宕間。」講山，麗京别字也。杭有西陵十子，麗京居其首云。

舟次聞歌者

落日横江泛白蘋，同鄉停問一相親。從教李尉翻新曲，卻喜何戡是舊人。玉管漫吹霜月曉，紅牙曾按綺筵新。坐中不少傷心客，莫唱《伊》《涼》《水調》頻。

董説 若雨，烏程人。晚爲僧，名南潛。有《豐草菴集》。

秦良玉詞

追奔一點繡紅旗，夜響刀鐶匹馬馳。製得《鐃歌》編樂府，姓名肯入《玉臺》詩？

按：秦良玉爲四川石砫土司女帥也。明思陵《賜石砫土司秦良玉》詩云：「蜀錦征袍手製成，桃花馬上請長纓。世間不少奇男子，誰肯沙場萬里行？」竹垞《詩話》：野紀謂良玉有男妾數十人，而夔州李長祥力辨其誣，謂川撫嘗遣陸錦州遜之按行諸營，良玉冠帶飾佩刀出見，設饗禮。酒數行，論兵事，遜之誤曳其袖，良玉引佩刀自斷之。其嚴肅若是。

劉侗 同人，麻城人。

舟泊清河有攜絃索過飲者

客思紛河北，商絃復漢南。星光零夕霧，邨柝静虚潭。去國黄花久，逢人白社三。曾爲記歌者，不醉亦何堪。

陳洪綬 章侯，諸暨人。

竹垞《詩話》云：章侯四齡就婦翁家，見新堊壁，登案畫漢前將軍關侯像，長八九尺。翁見下拜，遂以室奉侯。蓋繪事本天縱也。崇禎初，與北平崔青蚓齊名，號「南陳北崔」。中年縱酒狎妓自放，客有求畫者，罄折至恭勿與。及酒邊召妓，輒自索筆墨，雖小夫稚子，徵索必應。晚混迹服僧衣，自稱老遲，亦稱悔遲，亦稱老蓮。有妾吴浄鬘，亦善花草。錢塘馮秀才硯祥詩云：「吴興公子工花草，侍制丹青步絶塵。三百年來陳待詔，調鉛殺粉繼前人。」余每覩其真蹟，所畫美女妖冶絶倫，今則贋本紛紜，多係其徒所倣，率皆籧篨戚施矣。詩頗饒逸致，惜流傳者寡。「桃花馬上」一絶，亡友海鹽教諭金焘所誦也。

贈妓董飛仙

桃花馬上董飛仙，自擘生綃乞畫蓮。好事日多還記得，庚申三月岳墳前。

高承埏

寓公，嘉興人。

和會稽女子詩紀夢

余從征軺塵影中爲《會稽女子録》成，甛裝滄洲，擁絮就夢。余若俛眉披傳，時方云：「會稽女子，莫詳姓氏。」恍惚有向余而唱者，云：「本姓李，幽恨草萋萋。」聲甚清麗。余懼然遽寤，耳餘猶嚦嚦可聽。意者會稽女子不忍終自晦，翩其來告乎？非煙非霧，豈獨古有李夫人！特余操三寸不律感之，笑少君之符不免多事矣。呼燈志異，并系以詩。

彤管留詩説會稽，郵亭姓字已淒迷。小窗夜半滄洲夢，鸚鵡能言是隴西。

譜韻吟香高達夫，感魂得似少君符。李花笑指來千里，愁殺霜痕惹襪無。

朱茂曙

子蘅，秀水人。天啓初，補秀水學生。甲申後卒，私謚安度先生。有《春草堂稿》。

秦淮河春游即事

橋下溪流燕尾分，灣頭新水慣湔裙。六朝芳草年年緑，雙調鳴箏户户聞。春雨杏花虞學士，酒旗山郭杜司勳。兒童也愛晴明好，紙翦風鳶各一群。

鄺露

湛若，南海人。有《嶠雅詩集》。

竹垞《詩話》云：湛若工諸體書，學騎射。亡命之廣西，遍尋鬼門、銅柱舊蹟，游于岑、藍諸土司，爲猺女執兵符者雲嚲娘書記。歸撰《赤雅》一編，紀其山川風土及女君天姬隊歌舞戰陣之制。家蓄藏真墨蹟，香山何閣老吾騶見而愛翫不已，湛若分手脱贈。既而大悔，拏舟抵香山，升閣老之堂，欲自挂梁上，閣老亟卷還之。又蓄二琴，一曰「南風」，宋理宗宫中物；一曰「緑綺臺」，唐武德年製，明康陵御前所彈也。出入必與二琴俱。廣州城破，湛若抱琴死。汪鈍翁《説鈴》曰：南海鄺秀才詩才清麗，程五舍人可則極稱之。如《過屈原賈誼祠》云：「天高未敢重相問，年少何勞更上書。」又《漢陽送客》云：「天盡水連巴子國，月明人在武昌城。」皆爲名句。

寄侍兒青琴

侍兒嬌的的，玉筋蘊蘭襟。去日戀攜手，自言能鼓琴。七盤漢宮舞，長側楚妃吟。奚難召鸞鶴，貴是得卿心。

徐石麒 寶摩，嘉興人。

弔會稽女子 有序

自古孤臣怨婦，異地同情，爲次會稽女子驛壁怨詞。

越水名花絶點塵，花煙摶作苧蘿身。自從一嫁燕兵後，歲歲年年不復春。

寶屧香泥舊日遊，花塵紅起不知愁。無端誤入豺狼徑，生折瑶釵雙鳳頭。

黎遂球 美周，番禺人。

美周常客揚州鄭超宗影園，集江淮名士，各賦黄牡丹詩已，糊名殿最，虞山錢牧齋宗伯推爲第一。超宗鐫金巵贈之，人呼爲「黄牡丹狀元」。

弔張姬和彭孟陽

柳色春生鎖夕陽，城隅煙冷草仍芳。鴛鴦儘避金丸擲，鸚鵡曾催寶鏡妝。回首忽如行雨夢，典衣誰换返魂香？鄰家記曲餘紅豆，種得相思落女牆。

姜如須花燭詞

遥夜吹簫聽鳳來，燭花頻翦漏頻催。簾垂竹閣禁行立，香撲梅廊望繞迴。玉燕舞煙釵翠裊，金龍盤月鏡雲堆。何煩渡口歌《桃葉》，家傍紅闌柳浪隈。

燈船曲 并序

庚辰五月，揚州不雨，咸修祈禱嘗儀。鄭超宗諸子以予與萬茂先、陳百史諸同人適集，因倣秦淮夜遊，爲燈船載歌吹，以當雩舞。觀者畢集，笙簫互奏。人各製曲，以授歌者。

嬉春纔過閏元宵，端午還添廿四橋。便合龍舟與燈子，遶城簫鼓送蘭橈。

詞客人人杜牧才，停橈都爲鄭莊來。徵歌任選如花妓，索寫桃牋侍舉杯。

周立勳 勒卣，華亭人。

竹垞《詩話》云：崇禎中，勒卣偕陳、夏諸公倡幾社。陳、夏皆以名節著，惟勒卣早夭，聞其遇社中人，意態殊落落。時穀城方閣老四長守松江，數與幾社諸子周旋，而尤敬愛勒卣。人或問之，答曰：「勒卣一往有雋氣，不屑作酒肉貴人。第其詩文恒以慨歎出之，慮其人不壽耳。」歲己卯，就試金陵。質素清羸，寓伎館。伎聞貢院撾鼓，促之起，勒卣尚堅卧也。未幾遂客死。陳子龍卧子有詩哭之云：「松柏西陵樹，菖蒲北里花。春風夜臺路，玉勒向誰家？」宋徵輿轅文哭之云：「翠羽明珠擁莫愁，君家顧曲舊風流。一時腸斷人何處，風雨蕭條燕子樓。」又云：「山陽玉笛異時情，天問靈均意不平。縱使未堪軒冕貴，何妨白髮老書生。」數日後忽夢勒卣至，曰：「君詩固佳，胡不曰『縱使未堪丘壑老，何妨白髮困諸生？』」轅文覺而異之，爲位于佛祠祭焉。

鴛湖紀事郤寄李生

高秋一别事皆非，畫舫相逢舊恨微。豈爲酒深聞墜珥，郤緣情重見支機。鸞歸北海朝雲起，燕入青樓暮雨飛。曾向花前同細語，思君不見掩羅衣。

劉孔和 節之，長山人。

漁洋山人曰：節之爲故相青岳鴻訓次子，倜儻負奇氣，談兵擊劍，結納賓客，雅慕陳同父、龍伯可之爲人。于詩獨喜東坡、放翁。甲申歲，破家殺賊，後竟死劉澤清之手，年才二十九。嘗有詩云：「并無殺者黄江夏，豈有食之嚴鄭公。」一日于廣坐玩弄澤清，遂爲所害。又有《聽燕子彈琴》詩云：「班姬淚秋殿，微子傷離宫。瀟湘渺雲水，星月寒魚龍。」曲盡其妙。

過張七幼量聽燕子彈琴有贈 燕子，幼量侍兒名。

階前修竹不知門，侍子清朝拂素琴。聽盡明光三十段，碧池涼雨一時深。

顧 超 子超，吴縣人。

鄭女冢 竹垞《詩話》：鄭駙馬冢在洞庭山。駙馬生女，示疾不嫁，舍身爲尼，葬于山中。

自湔金粉割紅綿，桃杏無顔五百年。昔日尼師皈白佛，唐家貴主事金仙。春寒宿草猶迷蝶，露濯空桑欲化蟬。幾處禁煙人涕淚，玉棺風雨但聞鵑。

屠生

竹垞《詩話》云：蕭山諸生屠生，失其名。居近西子祠，題詩于壁。是年學使者夢一婦人謂曰：「吾西施也。生未入五湖，而蕭山屠生輒妄言，其爲吾斥之。」既按部，詢生，生大驚，誦其詩，歎曰：「詩固佳，然已失實。」乃令生詣祠謝，已爲文以祀之。

題西子祠壁

紅粉溪邊石，年年漾落花。五湖煙水闊，何處浣春紗？

小水人

竹垞《詩話》云：安成彭氏築菴山中，命僕守之。暮有女子自稱小水人，徑入卧室，僕固拒之，女云：「只見船泊岸，不見岸泊船。何無情乃爾！」尋登僕榻，僕懼，取佛經執之，女笑云：「經從佛出，佛豈在經耶？」天將旦，僕起擊菴鐘，女取髻上牙梳掠鬢，忽走入松林不見，壁上題詩云。

妾住小水邊，君住青山下。青年不可再，白日坐成夜。只見船泊岸，不見岸泊船。豈能深谷裏，風雨誤芳年。薄情君拋棄，咫尺萬里遠。一夜月空明，芭蕉心不展。解下羅裙帶，無情對有情。不知妾意重，只道妾身輕。經從佛口出，佛不在經裏。郎在妾心頭，郎身隔千里。月色照羅衣，永夜不得寐。莫打五更鐘，打得人心碎。

無名氏

香冢

敖姬，杭之右姓也。黔中某孝廉者過杭，攜之至姑蘇。姬卒，遺柩于半塘。吴中士人過而哀之，爲買虎丘半畝地于鐵花菴畔，擇日將葬。適有某别駕攜二妾之任，亦相繼含玉，櫬留公廨中，士人并敖姬合瘞之。因有「深深葬玉」、「鬱鬱埋香」之句，題曰「香冢」云。

繡屏曲曲掩回文，冷落空箱白練裙。江上彩雲秋共散，好搴芳杜弔湘魂。

翠雲千頃鬱松楸，寂寞香魂共一丘。夜半月明連袂出，可中亭畔聽吴謳。

臺城絶句

陳氏《婦人集》曰：或于臺城舊内見二絶句，辭旨悽惻，類弘光時宫人語。詩中所云「阮佃夫」，指懷寧阮大鋮，時方貴幸用事也。

南朝天子一愁無，石子岡連玄武湖。草緑離宫人不到，日長惟敕阮佃夫。

臨春閣外渺無涯，烽火連天動妾懷。十萬長圍今夜合，君王猶自在秦淮。

慈仁寺東廊題壁

汪氏《説鈴》曰：慈仁寺東廊下有無名氏題兩絶句，指故宫事，辭意悽惋，真傑作也。

故宫高與碧山齊，無數垂楊接柳堤。玉輦不來花落盡，晾鷹臺上鳥空啼。

新甃湯泉咽不流，繚垣欹側野棠秋。月明深鎖長生殿，夜半無人誓女牛。

本事詩全集卷六終

本事詩卷七　後集

吴江徐釚電發編輯

錢謙益

受之，牧齋，又號蒙叟，自稱東澗遺老，常熟人。

牧齋晚年卜築紅豆山莊，與河東君吟咏其内，茗椀薰爐，繡牀禪板，髣髴蘇子之遇朝雲也。嘗有句云：「青袍便擬休官好，紅粉還能入道無？筵散酒醒成一笑，鬢絲禪榻正疏蕪。」可想見蒙叟心情矣。

長干行

萬曆己酉十月，偕計吏過臨清，新安何周無黨邀谷、范兩名姬置酒。勝流歙集，燕賞淋漓。樂美人之目成，惜雲英之未嫁。醉後作《長干行》，題于北里谷氏之壁閒。明日同席者傳寫其稿，名士胡胤嘉、沈守正、胡濳皆屬和焉。

長干女兒争妖嬈，秦淮一曲水亦嬌。複道迴廊暎佳麗，六朝楊柳秦時潮。美人如花活花裏，嬌憨那復知作使。臨汝懶學文君眉，當筵解劈薛濤紙。馬家楊家最有名，但看一笑俱傾城。按拍何人嫌曲誤，留歡若個便妝成。江南是處矜花草，渡江但説臨清好。燕趙佳人真擅場，摧殘苦向風塵老。賈胡多錢傖父臭，秦箏吴歈等閒奏。小范空餘林下風，谷生枉自閨房秀。拂袖低徊策蹇歸，黥奴草具唱歌時。陌頭白汗薰香粉，馬上黄沙與畫眉。目成不忍惜歌舞，顧影那堪淚如雨。江南小草花不如，江北名花暗如土。人生遇合總悠悠，此夕相看黯欲愁。眼底娉婷俱未嫁，忍看溝入東西流。劒花峥嶸眉黛濕，玉釵欲掛銀釭泣。促席行杯露未晞，歌罷長干盡於邑。君不見馬家池館傾摧久，長橋已拆祠郎手。江南樂事亦易闌，經過且盡杯中酒。

新嘉驛壁和袁小修題會稽女子詩

紅粉誰人省識真，試臨青鏡已傷神。還愁著眼難分別，取次先過妬婦津。零落風光哀怨人，銀鉤玉筯一時新。可憐和墨千行淚，也作郵亭十丈塵。五湖煙水興茫然，塵劫何因問宿緣。他日海天尋伴侣，洞天深處劈瑶牋。

附 會稽女子題壁詩

《蘭陔集》曰：會稽女子名李秀。

兖東新嘉驛壁閒有題字云：「余生長會稽，幼攻書史。年方及笄，適于燕客。嗟林下之風致，事腹負之將軍。加以河東獅子，日吼數聲。今早薄言往訴，逢彼之怒，鞭箠亂下，辱等奴婢。余氣溢填胸，幾不能起。嗟乎！余籠中人耳，死何足惜。但恐委身草莽，湮没無聞，故忍死須臾。候同類睡熟，竊至後亭，以淚和墨，題詩於壁。庶知音讀之，悲余生之不辰也。

銀紅衫子半蒙塵，一盞殘燈伴此身。恰似梨花經雨後，可憐零落舊時春。終日如同虎豹遊，含情默坐恨悠悠。老天生妾非無意，留與風流作話頭。萬種憂愁訴與誰，對人强笑背人悲。此詩莫把尋常看，一句詩成千淚垂。湖廣女士畹蘭有《悼會稽女子》二絶云：「驛舍題詩今尚存，斷煙荒草鎖重門。多情況有千秋月，夜夜牆頭照墨痕。」「碎璧沈珠最可憐，牆頭題恨墨猶鮮。妖魂欲問歸何處，不化鴛鴦化杜鵑。」按：畹蘭未詳，詩見《名媛詩緯》。

秦淮水亭逢舊較書

水亭在青溪篴步閒。蒙叟題詩其上，有「夾岸麴塵三月柳，疏窗金粉六朝人」句。舊校書，女道士浄華也。

不裹宫裝不女冠，相逢只作道人看。水亭十月秦淮上，作意西風打面寒。妝閣書樓失絳雲，香燈繡佛對斜曛。臨風一語憑相寄，紅豆花前每憶君。碁罷歌闌抱影眠，冰牀雪被舊因緣。如今老大翻惆悵，重對殘燈説往年。金字經殘香母微，啄鈴紅嘴語依稀。新裁道服蓮花樣，也似雕籠舊雪衣。

徐孃歌

常熟徐于，本貴公子，好遊曲中。歌妓王桂雅有風情，許嫁于。于家貧，不果娶。桂乃歸嘉禾富人子，悒悒不得志。且死，召于與訣別。于歲挂紙錢墓下。故牧齋寄于詩有「柳絲不斷西陵夢，挂紙知君到秀州」之句。久之，于復與妓徐三善。三亦許嫁于，于盡其貲力，爲庀衣妝鏡奩，歸有日矣。于卧病，三忽遣蒼頭持書至，于喜，發視之，則片紙訣絶，三已盡竊其貲，夜奔武弁矣。于掩其紙置席下，轉面背牀，遂不食而死。牧齋爲作此詩。

徐孃二十絶代無，當場一曲千明珠。小妹鳳生恰二七，輕妝薄帨雙雙出。肩摩擔壓篙櫓横，半塘水沸山隄平。清歌緩舞廣場寂，千人石上無人聲。風流徐郎字夢雨，一見魂銷足不舉。油壁青驄並載歸，連枝共命交相許。多情多病轉堪憐，最是清明寒食天。楊柳風前行藥坐，海棠樹下對花眠。相送卻回凡幾度，暗別偷啼更無數。珍重丁寧囑歌扇，護惜頻煩寄窮袴。離筵我賦送春詩，更與新翻《柳絮詞》。津逮軒中低唱夜，初平石下踏歌時。徐郎笑噱還相向，在旁唯爾曾知狀。長將皎日留誓盟，縱及黄泉肯相忘。豈知人世不相於，共命拋離連理虚。三秋司馬纏綿病，一紙蕭孃訣絶書。小樓窗前齊女墓，婁江即是天河路。空餘白骨裹秋衾，拌爲紅顏即朝露。淒涼此事十餘春，取次沈吟淚滿巾。白楊荒草知何處，況復嬌花殢酒人。燕山糧艘高于屋，鶯梢燕乳樓船腹。將軍組練白差差，小婦榴裙紅簇簇。五日蒲榴正舉杯，有人玉帳寄聲來。因知河上淩波女，曾向江頭行雨回。殷勤慰問南冠客，鬢髮新添幾莖白。聊搏角黍祝團圞，更炙王餘勉餐食。白頭殘客重咨嗟，舊雨新愁恨似麻。已分歌殘吾谷樹，更堪哭損馬塍花。十年一夢如夙昔，往事如風豈堪摘。小鳳公然作阿婆，夢雨荒菴更第宅。我囚君家不争多，毷氉心情可奈何。禁城暮雨蕭蕭夕，還想吴孃一曲歌。

牧齋嘗爲于作《柳絮詞》贈妓云：「白于花色軟于綿，不是東風不放顛。郎似春泥儂似絮，任他吹著也相連。」即歌中所謂「新翻《柳絮詞》」也。

戲贈陸姬孟珠 陳其年《婦人集》曰：陸姬孟珠，或曰疁城大家女也。曾爲侯門寵伎，侯裁於法，姬邑邑不得志，流落江海間，悽然擁髻，有東京夢華想。製詩一卷，自名紅衲道人。按：孟珠名燕燕，又字綠珠，蘇州人。其《次韻答牧齋》二絶句云：「十五吹簫暈粉腮，舞衫一半已蒙灰。聞郎爛醉燕支館，可踏青青冢上來？」「名園莫訝墜樓稀，鸚鵡無情恨是非。爲問永豐坊畔柳，雕簷春色傍誰飛？」

辭漢金人淚滿腮，西園東閣已成灰。莫欺烏爪麻姑老，曾見滄桑前度來。

剩水殘山花信稀，瑣窗鸚鵡舊籠非。儂家十二珠簾外，可有尋常燕子飛？

茸城詩 納河東君時作。《婦人集》曰：錢尚書納河東君，築我聞室以居之。常於鴛湖舟中作百韻詩以贈柳，中有云：「河東論氏族，天上問星躔。漢殿三眠貴，吴宮萬縷連。瑤光朝孕碧，玉氣夜生玄。」又云：「纖腰宜蹴踘，弱骨稱鞦韆。天爲投壺笑，人從争博癲。」又云：「凝眸嗔亦好，溶漾坐生憐。薄病如中酒，輕寒未折綿。清愁長約略，微笑與遷延。」君之風神才藝，概可知矣。按：河東君名柳是，字如是，又號河東，松江人。工詩善書，輕財好俠，有烈丈夫風。牧齋自茸城新納河東君，賦詩志喜，和者甚衆。嘉興沈德符景倩云：「何來烏爪蔡經家，狡獪人間歲未賒。唾受紺來頻展袖，淚凝紅處恰登車。迴文詩就重題錦，無線衣成自剪霞。贈内偶佔相謔句，始憐芍藥異凡花。」常熟馮班定遠云：「一朶名花色最深，章臺長帶漫垂陰。紅蕖直下方連藕，絳蠟纔燒已見心。祇取鵶雛爲鬢樣，閒調鳳語作笙音。琉璃鴛瓦香泥地，嬌屋重樓費幾金。」

五茸媒雉即鴛鴦，樺燭金爐一水香。自有青天如碧海，更教銀漢作紅牆。當風弱柳臨妝鏡，罨水新荷照畫堂。從此雙棲惟海燕，再無消息報王昌。

朱鳥光連河漢深，鵲橋先爲駕秋陰。銀釭照壁還雙影，絳蠟澆花總一心。地久天長頻致語，鸞歌鳳舞並知音。人間若問章臺事，鈿合分明抵萬金。

金陵雜題

淡粉輕煙佳麗名，開天營建記都城。而今也入《煙花録》，燈火樊樓似汴京。

一夜紅牋許定情，十年南部早知名。舊時小院湘簾下，猶記鸚哥唤客聲。舊院馬三字最采。

别樣風懷另酒腸，拌他薄倖耐他狂。天公要斷煙花種，醉殺瓜州蕭伯梁。

叢殘紅粉念君恩，女俠誰知寇白門。黄土蓋棺心未死，香丸一縷是芳魂。寇白門，故保國朱公姬也。

頓老琵琶舊典刑，檀槽生澀響丁零。南巡法曲誰人問，頭白周郎掩淚聽。紹興周錫圭，字禹錫，好聽南院頓老琵琶，常對人曰：「此威武南巡所遺法曲也。」

舊曲新詩壓教坊，縷衣垂白感湖湘。閒開閏集教孫女，身是前朝鄭妥孃。鄭如英小名妥孃，秦淮四美人之一，詩載《列朝詩》閏集中，今年七十二矣。

左寧南畫像歌爲柳敬亭作

何人踞坐戎帳中，寧南徹侯崑山公。手指抨彈出師象，鼻息吸呼成虎熊。帳前接席柳麻子，海内説書妙無比。長揖能令漢祖驚，搖頭不道楚相死。是時寧南大出師，江湘千里連軍麾。每當按甲休兵日，更值椎牛饗士時。夜營不諠角聲止，高座張燈拂筵几。吹唇芒角生燭花，掉舌波瀾拂江水。寧南聞之鬚蝟張，欲飛櫪馬俱騰驤。誓剜心肝奉天子，拚灑毫毛布戰場。秦灰燒殘漢幟靡，嗚呼寧南長已矣。時來將帥長頭角，運去英雄喪首尾。倚天劍死親身匣，垂斃猶興晉陽甲。數升赤血噴餘皇，萬斛青蠅掩牆翣。白衣殘客哭江天，畫像提攜訴九泉。舌端有鍔腸堪斷，泣下無珠血可憐。柳生柳生吾語爾，欲報恩門仗牙齒。憑將玉帳三年事，編作金陀一家史。此時笑噱比傳奇，他日應同汗竹垂。從來百戰青燐血，不博三條紅燭詞。千載沈埋國史傳，院本彈詞萬人羨。盲翁負鼓趙家莊，寧南重爲開生面。

贈別王郎

辛卯春盡，歌者王郎北遊，戲題絶句，以當折柳。贈別之外，雜有託寄，談諧無端，讔謎間出，覽者可以一笑也。

紅旗曳掣倚青霄，鄴水繁花未寂寥。如意館中春萬樹，一時齊讓鄭櫻桃。

閣道雕梁雙燕棲，小紅花發御溝西。太常莫倚清齋禁，一曲看他醉似泥。王郎云：此行將倚龔太常。

憑將紅淚裹相思，多恐冬哥没見期。相見只煩傳一語，江南五度落花時。

按：冬哥，武安侯故妓也。牧齋丙戌南還，有《留別冬哥》詩云：「虹氣横天易水波，卷衣宮女淚痕多。吹篪賸有侯家妓，記得邯鄲一曲歌。」又云：「師師垂老杜秋哀，暫別長離盡此杯。惆悵落花時候去，江南花發遲君來。」「遲」字去聲。
春風作惡楝花飛，清醥盈觴照别衣。我欲覆巾施梵咒，要他才去便思歸。
左右風懷老旋輕，捉花留絮漫多情。白頭歌叟今禪老，繡佛燈前詛汝行。雲間徐叟。
多情莫學野鴛鴦，玉勒金丸傍苑牆。十五妖姬燕趙女，何人不願嫁王昌。
可是湖湘流落身，一聲紅豆也沾巾。休將天寶淒涼曲，唱與長安筵上人。
江南才子《杜秋》詩，垂老心情故國思。《金縷》歌殘休悵恨，銅人淚下已多時。

林雲鳳 若撫，長洲人。

鞋盃行

余薄遊秦淮，偶與一二勝友過朱較書攖寧館，酒閒出雙錦鞋，貯杯以進，曰：「此所謂鞋盃也。自楊鐵史而後，再見于何孔目元朗，才情正堪鼎足兩公。」余聞之喜甚，不意風塵中人博綜雅謔有如此者，遂以筆蘸酒，爲賦《鞋杯行》云。

君不見楊廉夫，狂吟豪飲天下無。又不見何元朗，風流文采猶堪想。鞋盃之事久寂寥，誰能狎作煙花長？秦淮豔女字無瑕，爲余笑脱乾紅韡。酒間突出華筵上，短窄纖新纔一緉。平生每恨舊裙低，今日分明見弓樣。緗絇碧繶香塵生，鳳頭鸞尾花盈盈。玉壺瀉處偏宜滿，翠袖籠來不奈輕。杯行到手翻成哂，兩頰紅蓮初著粉。暮雨朝雲釀已深，春風秋月斟應盡。何須更築糟丘臺，尊中自有葡萄醅。何須更學邯鄲步，尊前便是巫山路。一掬雙彎嬌自持，千巡百罰醉休辭。絶勝飛蓋西園夜，不羨凌波南浦時。人生快意在行樂，且向青樓買歡謔。寶劍徒令老仲升，金門未必容方朔。醉鄉恰喜傍温柔，莫問城頭夕陽落。

朱較書字無瑕，所著有《繡佛齋集》。楊鐵史廉夫游杭，妓以鞋盃行酒，廉夫命瞿宗吉詠之。宗吉席上作《沁園春》一闋，廉夫大喜，即令侍妓歌以侑觴，因袖其藁而去。詞云：「一掬嬌春，弓樣新裁，蓮步未移。笑書生量窄，愛渠儘小；主人情重，酌我休遲。醞釀朝雲，斟量暮雨，能使麯生風味奇。何須去，向花塵留跡，月地偷期。風流到手偏宜，便豪吸雄吞不用辭。任陵波南浦，誰誇羅襪；賞花上苑，袛勸金巵。羅帕高擎，銀瓶低注，絶勝翠裙深掩時。華筵散，奈此心先醉，此恨誰知？」何孔目元朗至閶門，攜榼夜集，元朗袖中帶王賽玉鞋一隻，醉中出以行酒。蓋王足甚小。禮部諸公亦嘗以金蓮爲戲。王鳳洲樂甚，次日即以扇書長歌云：「手持此物行客酒，欲客齒頰生蓮花。」元朗擊節嘆賞，一時傳爲佳話。

虎丘宴集觀女郎蹴踘行

雲巖寺前花滿天，峰巒面水浮漪漣。主人宴客晝泊船，笙歌羹臛羅長筵。半酣攜酒言逃禪，修途蜒蜿齊攀緣。正逢姹女下虹軿，錦衣玉貌驚鴻翩。明眸的皪美且妍，熟視無乃麻姑僊。爲覓場中俠少年，戲將蹴踘賭榆錢。觀者紛擁人摩肩，古苔繡石鋪茸氊。遊郎逐隊三五聯，含嬌賈勇誰敢先？珊瑚釧響行蹁躚，果能步步生金蓮。垂手側立身稍前，練裙微露弓鞋鮮。當場一奮笑嫣然，不知抛在若箇邊？欻如流星往復旋，飄如回風斷復連。突如鐵馬驟平田，矯如挽日升虞淵。左迎右擊俯仰便，革囊宛轉琱文堅。欲墜未墜從空懸，疑有弱縷相鉤牽。芳塵細裊成香綿，輕雷殷地何轟闐。傍流巧中節不愆，迅足肯受拙目憐。我聞此自軒轅傳，就中有勢通兵權。曲折頓挫妙入玄，何異劒舞蓮花鋋。興闌顧影意未捐，拭汗重整雙珠鈿。餘姿逸態猶屢遷，低鬟不語神氣全。徘徊忽見山月圓，今夕何夕樂事偏，彩毫醉寫菖蒲箋。

陰澄湖舟中觀衆女郎沐髮歌

湖陰半釀濃藍汁，日黯雲澄鏡光濕。粉堞波摇菡萏浮，沙隄樹覆鴛鴦立。彼美聯翩弭櫂來，冰桃雪藕午筵開。誰家不挾吹簫侶，若個堪當詠絮才？篷底相逢笑相顧，輭語殷勤道情素。偶思玉女洗頭泉，爲乞金僊承掌露。翠鬟欲解自生香，何必三薰五蘊湯。搴得蘭英休結佩，摘來桑葉已傾筐。金盆沐處流膏滿，争向郎前較長短。篦鳳偏隨弱指低，梳鱗故逐纖肢緩。須臾攏掠對斜暉，團扇涼生白紵衣。衣帶飄飄餘滴水，秖疑行雨楚峰歸。

陳保御席上賦得相逢行贈白小姬

行遊偶過陳遵宅，投轄開樽夜留客。芙蓉浥露天稍涼，楊柳摇煙月將魄。畫屏銀燭爛齊光，僊姝冉冉來高唐。當階響動珊瑚釧，隔座香生縞素裳。豔骨娉婷容色晬，自覺清真可人意。脣朱微剖齒偏明，蛾翠輕揚眼尤媚。相逢相見難爲情，笑向檀郎問姓名。不是宫中秦弄玉，也應天上許飛瓊。云與香山同一譜，小字夜來行第五。二七芳年已破瓜，樓頭鎮日教歌舞。歌舞教成夐絶倫，學書曾學衛夫人。彈碁竹院圍能解，蹴踘花場態轉新。有時低鬟按緑綺，絃聲掩抑縈纖指。曲沼文魚去復迴，層空玄鶴飛還止。我聞此語重沈吟，不待橫陳情已深。劈箋爲奏《相逢引》，洛水巫雲夜夜心。

杜濬 于皇，茶村，黄岡人。

秦淮燈船鼓吹歌

一聲著人如夢中，雙槌再下耳乍聾。三下四下管絃沸，燈船鼓聲天上至。居然列坐倚船舷，驚指遥看相詫異。鼓聲漸逼船漸近，亦解迴環左右戲。急攢泠點槌猶澀，春雷坎坎初驚蟄。吹彈節鼓鼓倔强，中有閒聲闌不入。吁嗟此時聽鼓止聽鳴，誰能打掐聲裏情。誰能眼底求精妙，乍許胸中見太平。太平久遠知者稀，萬曆年間聞而知。九州富庶無旌麾，揚州之域尤希奇。誰致此者帝軒羲，下有江陵張太師。江陵初年執國政，樂事無多廟謨競。爾時秦淮一條水，伐鼓吹笙猶未盛。江陵死日富强成，聖人宫中奏《雲門》。後來宰相皆福人，普天物力東南傾。豪奢橫溢撒向水，此水不須重過秦。

王家謝家侈紈袴，湖海游人闘詞賦。廣陵女兒絶可憐，新安金帛誰知數。舊都冠蓋例無事，朝與花朝暮酒暮。水嬉不待二月半，袨服新妝桃葉渡。高樓夾水對排窗，捲起朱簾人面素。騰騰便有鼓音來，燈船到處游船開。燭龍但恨天難夜，赤鳳從教晝不回。皇天此時亦可哀，龜年協律生奇材。善和坊接平康街，弄兒狎客多渠魁。船中百甕梁溪酒，膽大心雄選鋒手。蘇州簫管虎丘腔，太倉絃索崑山口。鎮江染紅制瓔珞，廿碗珠燈懸一角。當前置鼓大如筐，黄金釘鉸來淮陽。此聲一驩衆聲集，不獨火中聞霹靂。風雨叢中百鳥鳴，旌旗隊裏將軍立。熬波煮火火更然，積響沈舟舟未濕。可憐如此已快意，未到端陽百分一。記我來遊丑與辰，其時海内久風塵。石榴花發照溪津，友人置酒我作賓。下船少遲渡口塞，踏人肩背人怒嗔。燈光鼓吹河沙遍，銜尾蟠旋成一串。蔽虧果覺星河覆，演弄早使魚龍顫。衆人洶洶我静賞，初奏此時差可辯。須臾光響相糾結，惟聞森森沈沈直上翻雲漢。東船西舫更交加，下視何繇覩寸瀾。偶然閃倏透水處，如金在鎔風掣電。樓樓堂客（白下稱内人爲堂客）船船妓，近不聞聲遠察面。嗚呼！此時燈船更難動，但坐飽食揮槌調絲按孔相陵亂。侯家别攜清商部，那得于中聞唱歎。復有劣鼓與劣吹，就中藏拙誰能見？爆竹聲低煙霧濃，暫借春風解霑汗。露零雨下不能退，樂極生悲真可厭。酒醒忽迷此何地，魂銷略記伊堪戀。直至明朝日亭午，船鬆卻退人相羨。歸來沈眠須竟日，流鶯啼破河陽戰。此後游人數日稀，清淮十里流花片。記得座中客，能説王稺登。稺登撾鼓湘蘭舞，賞音擊節屠長卿。後來好事潘景升，晚節猶數茅止生。絶藝于今誰作主，李小大歌張卯鼓。當時惆悵説于今，忍見于今又成古。年復年來事可歎，燈船伐鼓鼓不歡。辛壬之際大饑疫，惟見鳳陵烽火炤見秦淮白骨橫青灘。桃葉何須怨寂寞，天子孤立在長安。吾聞是時宰相劘成侯，黄金至厚封疆讐。公卿濟濟咸一德，坐令戰鼓逼龍樓。甲申三月鼓遂破，斷管殘絲復誰和？半閒堂裏起笙歌，平章舟上稱朝賀。試問當時雷海青，階下池頭還幾箇？新劇惟傳《燕子箋》，殺人無暇上游船。行人何必近前聽，塗毒鼓中無性命。同時阿誰伎畜爾，惟有黄劉高左五侯耳。君不見師延靡靡濮上水，未若《玉樹後庭》美。賞音何人丞相嚭，相對掀髯復切齒。一撥絃中半壁亡，一棒鼓中萬人死。鼓急絃驚曲不長，兩年歇絶墮《漁陽》。有客徒憐橋下水，無人不斷渡邊陽。及此相看真分外，何許藏舟一舟在。拂塵捍撥初光輝，奮槌揚袖襤褸衣。不燈漫乘夕照出，無伴知從何處歸？爭新誇異各有故，君看西風桃李枝。西風一枝衆稱異，東風萬樹空爾爲。入耳悲歡難具説，醉裏分明寸心熱。於戲！漢代金仙唐舞馬，此事千年有無者？興亡不入心手間，然後聲音如雨下。探湯撾鼓蒺藜刺，應有心肝礙胸次。餘音漠漠攪飛絮，燈船燈船過橋去。過橋去，傷鼓聲，長歌短歌歌當成。隴西李賀抽身死，與杯相屬樊川生。此生流落江南久，曾聽當時煞尾聲，又聽今朝第一聲。

王崇簡 敬哉，宛平人。

夜坐聞箏

静坐傳幽響，纖微去住音。因風來曲牖，隨月度疏林。塞北淒涼調，閨中宛轉心。平生無限意，愁絶不堪論。

悼妾

慘澹孤情不可雙，棋聲曾記對秋釭。照人仍是當時月，深夜猶然上小窗。

熊文舉 雪堂，南昌人。

贈陳生

平生只覺别離難，况復天高草木寒。唱到秋江能下淚，不知門外是長安。

宋徵輿 直方，轅文，華亭人。

贈李玉陽歌叟

一曲高歌驚四筵，白頭宛轉萬人前。明燈美酒留君住，説盡神宗四十年。

朱隗 雲子，吴縣人。

寒山文俶人花果百蝶寫生册歌

文氏名俶，衡山先生之裔，文彦可之女，爲太倉趙宧光凡夫之媳。凡夫與婦陸卿子工于詞章翰墨，偕隱寒山，疏泉架壑，善自標致。俶又能點染寫生，自出新意，畫家以爲三百年獨絶，亦一時風流盛事也。

寫生好手貴如生，生氣還須挾秀情。不求甚肖與逼肖，氣韵俱當領其要。絶藝今看文俶人，三百年來少同調。畫工雖工不足奇，不忘本領守膝蹊。俶人獨造往輒合，疑有神授心爲師。幽閒寫意衷無競，蒸粉澄膠亦心性。蘿幌朝披杉雨涼，石窗夜掩桐雲净。古來寫生論結撰，徐熙野逸黄筌豔。宣和皇帝工設色，隱起可摩如粟綻。俶人好古不從門，宿物胸中絶半分。不看真本效粉本，土龍豈必能興雲。山園百物供清對，慘淡棲神毫髪内。苞芽甲拆應暄嚴，宿泊翾翔具魂態。况是名家待詔孫，兩門清節共高聲。點畫規模齊孟頫，鼎彜鈔録佐明誠。人言寫生真婉麗，弱腕惟應貌蘭蕙。誰知此册筋骨清，落筆仍藏草書勢。吁嗟俶人已逝妙不傳，後有繼者誰能賢？君不見文姬琴曲公孫劍，换卻從前閨閣面。

漁洋山人曰：汪苕文《題文點與也畫花卉》絶句云：「君家道韞擅才華，愛寫徐熙没骨花。曾向兒時窺指訣，筆端桃萼一枝斜。」俶，點之從姑也。

鴛湖主人出家姬演牡丹亭記歌

按：鴛湖主人，禾中某吏部也。吏部家居時，極聲伎歌舞之樂，後以事見法。南湖花柳，散作荒煙；東市朝衣，變爲蛺蝶。故吴祭酒梅村《鴛湖曲》有「芳草乍疑歌扇緑，落英錯認舞衣鮮」之句。余亦賦《鴛湖感舊》云：「曾説荒臺舞《柘枝》，而今空見柳絲絲。不因重唱《鴛湖曲》，誰識南朝舊總持？」

鴛鴦湖頭颯寒雨，竹户蘭軒坐容與。主人不慣留俗賓，識曲知音有心許。徐徐邀入翠簾垂，掃地添香亦侍兒。默默愔愔燈欲灺，才看聲影出參差。氍毹祗隔紗屏緑，茗鑪相對人如玉。不須粉項與檀妝，謝卻哀絲及豪竹。縈盈澹蕩未能名，歌舞場中别調清。態非作意方成豔，曲到無聲始是情。幽明人鬼皆情宅，作記窮情醒情癖。當筵唤起老臨川，玉茗堂中夜深魄。歸時風露四更初，暗省從前倍起予。尊前此意堪生死，誰似瑯琊王伯輿？

王猷定 于一，南昌人。

聽柳敬亭説書

百萬軍中託死生，孫吴知此笑談兵。千金散盡尋常事，不换盱眙市上名。

英雄頭肯向人低，長把山河當滑稽。一曲景陽岡上事，門前流水夕陽西。

許宸 菊谿，内鄉人。

和秦淮征女詩

戈鋋匝地冷啼鴉，顧影偷憐鬢未華。氣盡翻無腸可斷，蔡姬多事賦琵琶。

楊思聖 猶龍，鉅鹿人。

席上聽搊箏

夜半鳴箏北堂上，勞嘈咽切情所向。卧聽氍毹星月高，酒淺絃急色惆悵。一聲哀悲一聲訴，碣石巫山無限路。宛轉如聞烏夜啼，空濛似有湘靈渡。須臾轟填鐵怒鳴，壯士悲歌氣不平。黄雲淡淡沙蓬振，白草颼颼劍戟横。憶昔經過趙李家，綺筵紅袖鬭繁華。妙歌此曲聲細細，坐客滿堂盡歎嗟。自從喪亂那聽此，不記開元舊宫徵。勸君何必意慘愴，人生哀樂徒爲爾。

曹胤昌 石霞，黄岡人。

樊樓詩 納姬廣陵時作。

遠山眉試曲闌邊，鬒髮當年正可憐。茶嫩有香經玉腕，燭紅將影暈柔肩。敢知絡秀才支户，爲愛朝雲慧有禪。莫以黄金求粉本，丹青難寫淡平天。

石霞爲嘉定令，罷官自放，縱酒佯狂，客死滇中。少時與漢陽王亦世齊名，計改亭東《懷舊》詩云：「顛狂每伴曹嘉定，謹厚常稱王永嘉。一樣無聊同末路，不如浪蕩送生涯。」

徐波 元歎，長洲人。

贈范校書雙玉 雙玉名雲，秦淮女子。文舍人啓美有「相逢恨少珠千斛，問字云從玉一雙」之句。

秦淮春水流碧玉，雙鴛自覆煙蘅宿。水引香魂漸向吴，繁花開盡摇空緑。芳草沿門古岸横，相招吴語最分明。深簾度曲家家雨，小閣嘗茶樹樹鶯。耽遊年少看成隊，來往燈陰花影内。新衣窄襪索人憐，感夢馳情向誰在？桃李徒教蜂蝶忙，幽蘭自愛谷中香。聲名不用量珠價，詞賦須闚宋玉牆。言甘體澤人思嗛，衹向圖中偷半面。齊梁格調未嫌卑，惆悵詩成獨不見。

黄周星

九煙，上元人。

擬作雜劇四種

美人才子與英雄，更著神仙四座中。演作傳奇隨意唱，柳枝風月大江東。

贈丸丸

金屋瑶臺豈易攀，忽從天上落人閒。書傳閬苑緘珠淚，珮解湘皐綰翠鬟。楊柳路邊還有路，蘼蕪山外更無山。相思何物縈春夢，紅豆青絲琥珀環。

閒庭枯坐秋風颯然忽憶昔年公車時過兖州新嘉驛覓壁間女子詩不得乃見李小有詩云有才無命老秋風錦字銷亡淚墨空我亦十年塵土面總來無分碧紗籠蓋小有下第南歸時亦覓女子詩不得而題壁者也長吟數四不覺潸然感而和之

文章幾度弔秋風，碎玉遺香夢亦空。若使驊騮悲皂棧，何殊鸚鵡殉雕籠。

李元鼎

梅公，吉水人。陳其年曰：「侍郎與遠山夫人朱中楣有《文江倡和集》，盛行于世。」

蕭孟昉移居秦淮納婦漫成絶句

六朝佳麗最秦淮，金屋偏宜傍水涯。無限春光留欲住，一簾花雨闞蕭齋。
三春全是看花忙，洛浦欣逢解珮璫。何處吹簫真引鳳，滿林絃管爲催裝。
水邊競唱《麗人行》，仍是繁華舊帝京。漫説琴心心共許，谿來一顧自傾城。

冒襄

辟疆，如皋人。

其年畫紫雲小影遍索題詠戲題二絶

夜遣清童伴讀書，老夫愛客勝璠璵。六年别去情如海，畫裏逢人應問余。
陳子奇才亂典墳，陳子癡情癡若雲。世間知己無如我，不遣雲郎竟與君。

水繪菴夜遊曲

畫檻煙深六曲迴，夜光簇浪有船開。數聲《水調》笙歌徹，無數明珠湧出來。

閻爾梅 古古，號白耷山人，沛縣人。

秋夜聽妓人度曲

膏沐風吹滿苑香，華嚴上寺接平康。官貽塞北秋分酒，曲奏江南夜度孃。描畫白登添懊惱，埋絃青冢失宫商。王孫樂府飄零盡，猶有佳人感毅皇。大同有武宗行宫，今盡燬。

周永年 安期，吴江人。

董較書 秦淮女子，名白，字小苑。

石墨雙丸筆一牀，不教添作遠山妝。正逢桃李當春月，倍覺芳蘭竟體香。眉帶輕顰歡未劇，頤含微笑恨翻長。破瓜時過千金意，碧玉迴身肯就郎。

李以篤 雲田，漢陽人。

雲田才高淪落，好遊狹邪。嘗眷延平蕭伎，欲娶，已又聘廬江女羅弱，其副室周賓鐙尼之不果。龔公芝麓爲賦《老蕩子行》云：「自言平生有奇癖，楚宫微詞東山屐。修蛾曼鬋紛性情，羅袖玉釵遍薌澤。」豈登徒好色之流亞歟？

寄周寶鐙

《婦人集》曰：周炤字寶鐙，江夏女子。湘楚中人傳其丰神纖媚，姣好如佚女。性敏給，知書，歸漢陽李生。生固慕炤，既得當炤，則益大喜過望也。然家先有大婦在，炤眉黛間恒有楚色。李又愛客遊，嘗攜炤殘箋數幅以示友人，人無不色飛者。生篋中又藏炤自寫《坐月浣花圖》，雙鬟如霧，烘染欲絶。圖尾有小篆二〔一〕，一曰「絡隱」，或曰炤又字絡隱云。毘陵董以寧曰：炤，江夏周某女也。某官山東按察司僉事，遇闖難，殉節死。炤哀之，作悼懷之賦，略曰：「俯江流之浩浩兮，弔禰衡與屈平。彼填江而不溢兮，何以抒其憤盈。草參差而並生兮，孰辨其爲杜蘅？鳥之嚶咿亦各有所謂兮，而人孰知其情？」讀之如聽三閭大夫姊嬃吟也。龔百藥傳曰：「炤年十九，所至雖謹自蔽匿，人得窺見之，炤蓋天人也。」

爾誠絡秀彦，致令從我姓。事與翾風異，曷忍以相命。

丙午秋，僕遇雲田于虎丘之竹亭，出示寶鐙小影，雲鬟霧鬢，髣髴雒妃。而雲田齒齲牙落，語寶鐙刺刺不休。今録是詩，益憶湘皋神女。梁溪吴彩霞有《贈寶鐙》詩云：「多生定擬蕊珠仙，此日風流更宛然。幾見名姬爲紫玉，欣逢佳偶即青蓮。香心似雪姿尤麗，秀句驚人骨亦妍。最喜麟兒抛棗栗，書聲共映緑窗前。」女士龔静照《鵑紅集·題周寶鐙詩》云：「藥房新咏氣如芬，柳絮名高自不群。握管獨吟詩博士，畫眉争識女參軍。嬌藏金屋音猶遠，步出香塵色轉殷。秖爲天涯消息杳，幾番愁摺石榴裙。」

【校勘記】

〔一〕「篆」，原誤作「傳」，據文意改。

史玄

弱翁，吴江人。

中秋攜新姬今宵出都

崇禎時，弱翁在都門娶燕姬，明慧善曲，字曰今宵。德州盧侍御世㴶賦《傾城悦名士》詩贈之，一時和者甚衆。乙酉後，弱翁没于西濛，姬亦嫁爲厮養婦矣。

俄然出樊籠，再遊江海天。瀼瀼白露秋，我行已三年。京華貴束濕，龍沙事烽煙。黄金養末士，此輩無高賢。怪汝蘭蕙姿，識我思歸田。相從願同行，梳頭鞍馬前。我家住江南，采菱復采蓮。自從遠行役，湖渚空潺湲。今歸果何如，與汝相周旋。大婦織流黄，小婦隨機邊。三日下兩絹，匹匹絲纏綿。其中我讀書，文史聲相宣。陰陽事殊用，教化達以專。念此洽幽趣，豈計囊空錢。汝車我馬行，明珠雙照懸。

沈自然

君服，吴江人。

君服才藻紛披，集多麗句。嘗賦《雙燕》云：「引領春風試舞衣，竭來故苑度芳菲。穿簾弱影驚相顧，點水斜身欲傍飛。繡野花枝低共語，畫棠銀燭候同歸。玳梁一夜千秋事，嫌殺紅窗遮曉暉。」《金屋》云：「金屋新妝鬬麗華，莫言銀漢隔天涯。水羅罩影沈秋月，蜀錦圍香鎖絳霞。春檻緑鸚歌《玉樹》，曉窗青鳳拂桐花。誰憐越女江村裏，旦晚臨溪自浣紗。」纖靡濃豔，駕軼《西崑》，不僅步温、李後塵也。

董姬哀詞

雙成子降居人間，始寄金陵，繼歸禾水，風流詞翰，冠絶一時。委身於當湖陸秀才。既以薄倖遠遊，參成怨恨，纏綿不起，齎志而終。爰賦此辭。

鍾嶺當窗秀，秦淮照面開。歌聲先度柳，簫韻暗驚梅。溪染花牋出，絲飛錦字迴。彩雲疑楚岫，流水是天台。約臂裝紅粟，封詩翳碧苔。靨朱融濕粉，蛾緑點香煤。繡佛添鍼線，翻經罷酒杯。本爲金母使，偶到石城隈。曲裏聞名冠，京師獨見推。抱琴過雀舫，結佩戲龍媒。姊妹從容别，娃鬟次第摧。春生湖似鑑，書寄澤名雷。青鳥期將至，斑騅去不回。斷腸庭際草，長嘆谷中蓷。南陌芳菲歇，西陵松柏哀。舊奩餘墨瀋，涼館積青苔。天樂金幢下，神書玉版來。遠思貽玳瑁，幽淚滴瓊瑰。容與臨三島，儜停步九陔。玉真何日返，擬作望仙臺。

戲贈

幽夢匆匆日易曛，不辭心力事朝雲。誰將彩筆題新句，書滿羊欣白練裙。

徐白

介白，笑菴，吴江人。

笑菴清癯峻削，性類枯禪。卜築靈巖三十年，屏跡城市，室内顔「白髮前朝士，青山半屋雲」

之句。綺語纖落，録其單詞，髣髴聞天風步虚也。

月下聽女郎彈琵琶

哀絃淒絶未知名，若對清光更有聲。總爲姮娥善幽怨，人間此夜盡關情。

萬壽祺 年少，彭城人。

贈卞瑜芳

十千買酒鬱金香，燈火熒熒照曲廊。秋老河泥桃葉渡，使君都是野鴛鴦。

周肇 子俶，太倉人。

送卞玉京入道

卞家碧玉總傾城，片片雲鬟别樣輕。一捻蠻腰拋細舞，半簾嬌燕話長生。蕃鳌花暖裙猶住，桃葉潮來暈不平。我自蹉跎君未嫁，薛濤箋尾署瑶京。

曾　晼 庭聞，寧都人。

贈田較書

簾動聞人至，衣香近燭前。低徊光不定，旖旎鏡中縣。釵以輕風掠，眉從墮髻偏。聲聲《河滿子》，歌似李延年。

虔州有懷故妓蘂珠

細雨連檣龜角尾，春風三月虎頭城。倡樓昔在橋東畔，楊柳依依怨別聲。

曾傳燦青藜，庭聞難弟也。嘗招妓燕集，有「蕙葉籠雲垂寶靨，桃花吹雨入春幃」之句，膾炙人口。

本事詩後集卷七終

本事詩卷八 後集

吴江徐釚電發編輯

吴偉業 駿公，梅村，太倉人。

梅村先生躡屐東山，縱情聲伎，當歌對酒，隻字流傳，人争購寫。論者以爲杜牧風情、樂天才思，不是過也。虞山蒙叟題其豔體詩曰：「撾鼓吹簫罷後庭，書帷别殿冷流螢。宫衣蛺蝶晨風舉，畫帳梅花夜月停。銜璧金釭憐旖旎，翻階紅藥笑娉婷。水天閒話天家事，傳與人間總淚零。」

琵琶行 有序

去梅村一里，爲王太常煙客南園。今春梅華盛開，予偶步到此，忽聞琵琶聲出於短垣叢竹間。循牆側聽，當其妙處，不覺拊掌。主人開門延客，問向誰彈，則通州白在湄子彧如，父子善彈琵琶，好爲新聲。須臾花下置酒，白生爲余朗彈一曲，乃先帝十七年以來事，敘述亂離，豪嘈淒切。坐客有舊中常侍姚公，避地流落江南。因言先帝在玉熙宫中，梨園子弟奏水嬉、過錦諸戲，内才人於暖閣齎鏤金曲柄琵琶，彈清商雜調。自河南寇亂，天顔常慘然不悦，無復有此樂矣。相與哽咽者久之。於是作長句紀其事，凡六百二言，仍命之曰《琵琶行》。

琵琶急響多秦聲，對山慷慨稱入神。同時渼陂亦第一，兩人失志遭遷謫。絶調王康並盛名，崑崙摩詰無顔色。百餘年來操南風，《竹枝》《水調》謳吴儂。里人度曲魏良輔，高士填詞梁伯龍。北調猶存止絃索，朔管胡琴相間作。盡失傳頭誤後生，誰知卻唱江南樂。今春偶步城南斜，王家池館彈琵琶。悄聽失聲叫奇絶，主人招客同看花。爲問按歌人姓白，家住通州好尋覓。袴褶新更回鶻裝，虬鬚錯認龜兹客。偶因同坐話先皇，手把檀槽淚數行。抱向人前訴遺事，其時月黑花茫茫。初撥鵾絃秋雨滴，刀劍相磨轂相擊。驚沙拂面鼓沈沈，砉然一聲飛霹靂。南山石裂黄河傾，馬蹄迸散車徒行。鐵鳳銅盤柱摧塌，四條絃上烟塵生。忽焉摧藏若枯木，寂寞空城烏啄肉。轆轤夜半轉咿啞，嗚咽無聲貴人哭。碎珮叢鈴斷續風，冰泉凍壑瀉淙淙。明珠瑟瑟拋殘盡，卻在輕籠慢撚中。斜抹輕挑中一摘，漻慄颼颼憯肌骨。銜枚鐵騎飲桑乾，白草黄沙夜吹笛。可憐風雪滿關山，烏鵲南飛行路難。猨嘯鼯啼山鬼語，瞿塘千尺響鳴灘。坐中有客淚如霰，先朝舊直乾清殿。穿宫近侍拜長秋，咬春燕九陪遊燕。先皇駕幸玉熙宫，鳳紙僉名喚樂工。苑内水嬉金傀儡，殿頭過錦玉玲瓏。一自中原盛豺虎，煖閣才人撤歌舞。插柳停搊素手箏，燒燈罷擊花奴鼓。我亦承明侍至尊，止聞鼓樂奏《雲門》。段師淪落延年死，不見君王賜予恩。一人勞悴深宫裏，賊騎西來趨易水。萬歲山前鼙鼓鳴，九龍池畔悲笳起。換羽移宫總斷腸，江村花落聽《霓裳》。龜年哽咽歌《長恨》，力士淒涼説上皇。前輩風流最堪羡，明時遷客猶嗟怨。即今相對若南冠，昇平樂事難重見。白生爾盡一杯酒，緜來此技誰能手？岐王席散少陵窮，五陵召客君知否？獨有風塵潦倒人，偶逢絲竹便沾巾。江湖滿地《南鄉子》，鐵笛哀歌何處尋？

永和宮詞

此詠明季田貴妃遺事也。仁和沈寬題曰：「群盜縱橫日，深宮涕淚時。千年亡國恨，珥筆侍臣知。」陳其年《婦人集》曰：「明思宗田貴妃，維揚人，性明惠，沈默寡言笑，最得帝寵。甲申李賊入燕都，妃先一年薨。」

揚州明月杜陵花，夾道香塵迎麗華。舊宅江都飛燕井，新侯關内武安家。雅步纖腰初召入，鈿合金釵定情夕。豐容盛鬋固無雙，蹴踘彈碁復第一。上林花鳥寫生綃，禁本鍾王點素毫。楊柳風微春試馬，梧桐露冷暮吹簫。君王宵旰無歡思，宮門夜半傳封事。玉几金牀少宴眠，陳娥衛豔誰頻侍？貴妃明慧獨承恩，宜笑宜愁慰至尊。皓齒不呈微索問，蛾眉欲蹙又温存。本朝家法修恭儉，房帷久絶珍奇獻。敕使惟追陽羨茶，内人數減昭陽膳。維揚服製擅江南，小閣薰爐沈水煙。私買瓊花新樣錦，自修水遞進黄柑。中宮謂得君王旨，温成不妬肩隨齒。早日艱難護大家，比來歡笑同良娣。奉使龍樓賈佩蘭，往還偶失兩宮歡。雖云樊嫕能辭令，欲得昭儀喜怒難。緑綈小字書方寸，一作「成印」。瓊函自署充華進。請罪長教聖主憐，含詞欲得君王慍。君王内顧惜傾城，故劍猶存敵體恩。手詔内人蒙詰問，自來階下拭啼痕。外家官拜金吾尉，平生遊俠多輕利。縛客因催博進錢，當筵便殺彈箏伎。班姬才調左姬賢，霍氏驕奢竇氏專。涕泣惟聞椒殿詔，笑談豪奪灞陵田。有司奏削將軍俸，貴人冷落宫車夢。永巷傳聞去玩花，景和門裏誰陪從？天顔不懌侍人愁，后促黄門召共遊。初勸官家佯不應，玉車早到殿西頭。兩王最小牽衣戲，長者讀書少者弟。聞道群臣譽定陶，獨將多病憐如意。豈有神君語帳中，漫云王母降離宫。巫陽莫救蒼舒恨，金鎖雕殘玉筯紅。從此君王慘不樂，叢臺置酒風蕭索。已報河南失數州，況經少子傷零落。貴妃瘦損坐匡牀，慵髻啼眉掩洞房。荳蔻湯温冰簟冷，荔枝漿熱玉魚凉。病不禁秋淚沾臆，裴回自絶君王膝。苔没長門有夢歸，花飛寒食應相憶。玉匣珠襦啓便房，薤歌無異葬同昌。君王欲製《哀蟬賦》，詠筆詞臣有謝莊。頭白宫娥暗嚬蹙，庸知朝露非爲福？宫草明年戰血腥，當時莫向西陵哭。窮泉相見痛倉黄，還向官家問永王。幸免玉環逢喪亂，不須銅雀怨興亡。自古豪華如轉轂，武安若在憂家族。愛子雖添北渚愁，外家已葬驪山足。夜雨椒房陰火青，杜鵑啼血濯龍門。漢家伏后知同恨，止少當年董貴人。碧殿淒涼新木拱，行人尚識昭儀冢。麥飯冬青問茂陵，斜陽蔓草埋殘壠。昭丘松檟北風哀，南内春深擁夜來。莫奏《霓裳》天寶曲，景陽宫井落秋槐。

蕭史青門曲

爲劉駙馬作。劉尚寧德長公主，國變後，劉與公主猶流落人間。

蕭史青門望明月，碧鸞尾掃銀河闊。好時池臺白草荒，扶風邸舍黄塵没。當年故后婕妤家，槐市無人噪晚鴉。卻憶沁園公主第，春鶯啼殺上陽花。嗚呼先皇寡兄弟，天家貴主稱同氣。奉車都尉誰最賢，鞏公才地如王濟。駙馬都尉鞏永固也。被服依然儒者風，讀書妙得公卿譽。大内傾宫嫁樂安，光宗少女宜加意。正值官家從代來，王姬禮數從優異。先是朝廷啓未央，天人寧德降劉郎。道路爭傳長公主，夫婿豪華勢莫當。百兩車來填紫陌，千金榼送出雕房。紅窗小院調鸚鵡，脆管繁箏叫鳳凰。白首傳璣阿母飾，緑韝大袖騎奴裝。灼灼夭桃共穠李，兩家姊妹驕紈綺。九子鸞雛鬭玉釵，釵工百萬恣求取。屋裏薰爐滃若雲，門前鈿轂流如水。外家肺腑數尊親，神廟榮昌主尚存。話到孝純能識面，抱來太子輒呼名。六宫都講家人禮，四節頻加戚里恩。同謝面脂龍德殿，共乘油壁月華門。萬事榮華有消歇，樂安一病音容没。莞蒻桃笙朝露空，温明秘器空堂設。玉房珍玩宫中賜，遺言上獻依常制。卻添駙馬不勝情，至尊覽表爲流涕。金冊珠衣進太妃，鏡奩鈿合還夫婿。此時同産更無人，寧德來朝笑語真。憂及四方宵旰甚，自家兄妹話艱辛。明年鐵騎燒宫闕，君后倉皇相決絶。仙人樓上看灰飛，織女橋邊聽流血。慷慨難從鞏公死，鞏殉難。亂離怕與劉郎别。扶攜夫婦出兵間，改朔移朝至今活。粉碓脂田縣吏收，妝樓舞閣豪家奪。曾見天街羨璧人，今朝破帽迎風雪。賣珠易米返柴門，貴主淒涼向誰説？苦憶先皇涕淚漣，長平嬌小最堪憐。青萍血碧他生果，紫玉魂歸異代緣。盡嘆周郎曾入選，俄驚秦女蘧登仙。青青寒食東風柳，彰義門邊冷墓田。昨夜西窗仍夢見，樂安小妹重歡讌。先后傳呼唤捲簾，貴妃笑折櫻桃倦。玉階露冷出宫門，御溝春水流花片。花落回頭往事非，更殘燈炧淚沾衣。休言傅粉何平叔，莫見焚香衛少兒。何處笙歌臨大道，誰家陵墓對斜暉？只看天上瓊樓夜，烏鵲年年他自飛。

圓圓曲

《婦人集》曰：姑蘇女子圓圓，字畹芬，良家女子也。色藝擅一時。如臯冒先生常言：「婦人以姿制爲主，色次之。碌碌雙鬟，難其選也。蕙心蘭質，澹秀天然，生平所覯，則獨有圓圓耳。」崇禎末年，戚畹武安侯劫置别室中。侯，武人也，圓圓若有不自得者。李自成之亂，爲賊帥劉宗敏所掠。我兵入燕京，圓圓歸某王宫中爲次妃。

鼎湖當日棄人間，破敵收京下玉關。慟哭六軍俱縞素，衝冠一怒爲紅顔。紅顔流落非吾戀，逆賊天亡自荒讌。電掃黄巾定黑山，哭罷君親再相見。相見初經田竇家，侯門歌舞出如花。許將戚里箜篌伎，等取將軍油壁車。家本姑蘇浣花里，圓圓小字嬌羅綺。夢向夫差苑裏遊，宫娥擁入君王起。前身合是采蓮人，門前一片横塘水。横塘雙漿去如飛，何處豪家强載歸。此際豈知非薄命，此時只有淚沾衣。薰天意氣連宫掖，明眸皓齒無人惜。奪歸永巷閉良家，教就新聲傾坐客。坐客飛觴紅日暮，一曲哀絃向誰訴？白皙通侯最少年，揀取花枝屢迴顧。早攜嬌鳥出樊籠，待得銀河幾時渡？恨殺軍書抵死催，苦留後約將人誤。相約恩深相見難，一朝蟻賊滿長安。可憐思婦樓頭柳，認作天邊粉絮看。遍索緑珠圍内第，强呼絳樹出雕闌。若非壯士全師勝，争得蛾眉匹馬還。蛾眉馬上傳呼進，雲鬟不整驚魂定。蠟炬迎來在戰場，啼妝滿面殘紅印。專征簫鼓向秦川，金牛道上車千乘。斜谷雲深起畫樓，散關月落開妝鏡。傳來消息滿江鄉，烏桕紅經十度霜。教曲妓師憐尚在，浣沙女伴憶同行。舊巢共是啣泥燕，飛上枝頭變鳳凰。長向尊前悲老大，有人夫婿擅侯王。當時苦受聲名累，貴戚名豪競招致。一斛明珠萬斛愁，關山漂泊腰肢細。錯怨狂風颺落花，無邊春色來天地。嘗聞傾國與傾城，翻使周郎受重名。妻子豈應關大計，英雄無奈是多情。全家白骨成灰土，一代紅顏照汗青。君不見館娃初起鴛鴦宿，越女如花看不足。香逕塵生鳥自啼，屧廊人去苔空綠。換羽移宮萬里愁，珠歌翠舞古梁州。爲君別唱吴宫曲，漢水東南日夜流。

按：梅村又有《雜感》詩云：「武安席上見雙鬟，血淚青娥陷賊還。不爲君親來故國，只因女子下雄關。取兵遼海哥舒翰，得婦江南謝阿蠻。快馬健兒無限恨，天教紅粉定燕山。」亦爲圓圓作也。

琴河感舊

楓林霜信，放棹琴河。忽聞秦淮卞生賽賽到自白下，適逢紅葉。余因客坐，偶話舊游。主人命犢車以迎來，持羽觴而待至。停驂初報，傳語更衣，已託病痁，遷延不出，知其憔悴自傷，亦將委身于人矣。予本恨人，傷心往事。江頭燕子，舊壘都非；山上蘼蕪，故人安在？久絶鉛華之夢，況當摇落之辰。相遇則唯看楊柳，我亦何堪；爲別已屢見櫻桃，君還未見。聽琵琶而不響，隔團扇以猶憐。能無杜秋之悲、江州之泣也！漫賦四章，以誌其事。《婦人集》曰：吴縣葉襄贈姜垓百韻詩有云：「酒壚尋卞賽，花底出陳圓。」按：卞賽亦金閶名伎。家伯兄有贈畹芬絶句：「瀟湘一幅小庭收，菡萏香餘暮色幽。細細白雲生枕簟，夢圓今夜不知秋。」「秋水波迴春月姿，淡然遠岫學雙眉。清微妙氣輕嘘吸，谷裏幽蘭許獨知。」

白門楊柳好藏鴉，誰道扁舟蕩槳斜。金屋雲深吾谷樹，玉杯春暖尚湖花。見來學避低團扇，近處疑嗔響鈿車。卻悔石城吹笛夜，青驄容易別盧家。

油壁迎來是舊遊，尊前不出背花愁。緣知薄倖逢應恨，恰便多情喚卻羞。故向閒人偷玉筯，浪傳好語到銀鉤。五陵年少催歸去，隔斷紅牆十二樓。

休將消息恨層城，猶有羅敷未嫁情。車過捲簾勞悵望，夢來攜袖費逢迎。青山憔悴卿憐我，紅粉飄零我憶卿。記得橫塘秋夜好，玉釵恩重是前生。

長向東風問畫蘭，玉人微嘆倚闌干。乍抛錦瑟描難就，小疊瓊箋墨未乾。弱葉懶舒添午倦，嫩芽嬌染怯春寒。書成粉箋憑誰寄，多恐蕭郎不忍看。

聽女道士卞玉京彈琴歌

駕鵝逢天風，北向驚飛鳴。飛鳴入夜急，側聽彈琴聲。借問彈者誰，云是當年卞玉京。玉京別我南中去，家在大功坊底住。小院青樓大道邊，對門卻是中山第。中山有女嬌無雙，清眸皓齒垂明璫。曾因内宴直歌舞，坐中瞥見塗鴉黃。問年十六尚未嫁，知音識曲彈清商。歸來女伴洗紅妝，枉將絶技驚平康，如此纔足當侯王。萬事倉皇在南渡，大家幾日能安坐。詔書忽下選蛾眉，細馬輕車不知數。中山好女光徘徊，一時粉黛無人顧。艷色知爲天下傳，高門愁被旁人妬。盡道當前黄屋尊，誰知轉盼紅顔誤。南内初修梁苑成，北兵已報揚州破。聞道君王走玉驄，犢車不用聘昭容。幸遲身入陳宫裏，卻早名填代籍中。依稀記得祁與阮，同時亦中三宫選。可憐俱未識君王，軍府鈔名被驅遣。漫詠臨春瓊樹篇，玉顔零落委花鈿。當時錯怨韓擒虎，張孔承恩已十年。但教一日見天子，玉兒甘爲東昏死。羊車望幸阿誰知，青冢淒涼竟如此。我向花間拂素琴，一彈三嘆爲傷心。暗將《别鵠》《離鸞引》，寫入悲風怨雨吟。昨夜城頭吹篳篥，教坊也被傳呼急。碧玉班中怕點留，樂營門外盧家泣。私更裝束出江邊，恰遇丹陽下渚船。剪就黄絁貪入道，攜來緑綺訴嬋娟。此地由來盛歌舞，子弟三班十番鼓。月明絃索更無聲，山塘寂寞經兵火。十年同伴兩三人，沙董朱顔盡黄土。貴戚深閨陌上塵，吾輩飄零何足數。坐客聞言起嘆嗟，江山蕭瑟隱悲笳。莫將蔡女邊頭曲，落盡吴王苑裏花。

過錦樹林玉京道人墓

玉京道人，莫詳所自出，或曰秦淮人。姓卞氏，知書，工小楷，能畫蘭，能琴。年十八，僑虎丘之山塘，所居湘簾棐几，嚴淨無纖塵。雙眸泓然，日與佳墨良紙相映徹。見客初亦不甚酬對，少焉諧謔間作，一坐傾靡。與之久者，時見有怨恨色，問之輒亂以他語。其警慧，雖文士莫及也。與鹿樵生一見，遂欲以身許。酒酣，拊几而顧曰：「亦有意乎？」生固爲若勿解者。長歎凝睇，後亦竟弗復言。尋遇亂别去，歸秦淮者五六年矣。久之，有聞其復東下者，主于海虞一故人。生偶過焉，尚書某公者張具，請爲生必致之，衆客皆停杯不御。已報曰：「至矣！」有頃，迴車入内宅，屢呼之，終不肯出。生悒怏自失，殆不能爲情。歸賦四詩以告絶，已而歎曰：「吾自負之，可奈何！」踰數月，玉京忽至，有婢曰柔柔者隨之。嘗著黄衣作道人裝，呼柔柔取所攜琴來，爲生鼓一再行，泫然曰：「吾在秦淮，見中山故第有女絶世，名在南内選擇中，未入宫而亂作，軍府以一鞭驅之去。吾儕淪落，分也，又復誰怨乎！」坐客皆爲出涕。柔柔莊且慧，道人畫蘭，好作風枝婀娜，一落筆盡十餘紙，柔柔承侍硯席間，如弟子然，終日未嘗少休。客或導之以言，弗應；與之酒，弗肯飲。踰兩年，渡浙江，歸于東中一諸侯。不得意，進柔柔奉之，乞身下髮，依良醫保御氏于吳中。保御者，年七十餘，侯之宗人，築別宫資給之良厚。侯死，柔柔生一子而嫁。所嫁家遇禍，莫知所終。道人持課誦戒律甚嚴。生於保御中表也，得以方外禮見。道人用三年力，刺舌血爲保御書《法華經》。既成，自爲文序之，緇素咸捧手讚嘆。凡十餘年而卒，墓在惠山祇陀菴錦樹林之原。後有過者，爲詩弔之。

龍山山下茱萸節，泉響琤琮流不竭。但洗鉛華不洗愁，形影空潭照離別。離別沈吟幾迴顧，遊絲夢斷花枝悟。翻笑行人怨落花，從前總被春風誤。金粟堆邊烏鵲橋，玉孃湖上蘼蕪路。油壁曾聞此地遊，誰知即是西陵墓。烏桕霜來映夕曛，錦城如錦葬文君。紅樓歷亂燕支雨，繡嶺迷離石鏡雲。絳樹草埋銅雀硯，緑翹泥涴鬱金裙。居然設色倪迂畫，點出生香蘇小墳。相逢盡説東風柳，燕子樓高人在否？枉抛心力付蛾眉，身去相隨復何有？獨有瀟湘九畹蘭，幽香妙結同心友。十色箋翻貝葉文，五條絃拂銀鉤手。生死栴檀祇樹林，青蓮舌在心難朽。良常高館隔雲山，記得斑騅嫁阿環。薄命只應同入道，傷心少婦出蕭關。紫臺一去魂何在，青鳥孤飛信不還。莫唱當時渡江曲，桃根桃葉向誰攀？

聽朱樂隆歌

少小江湖載酒船，月明吹笛不知眠。只今憔悴秋風裏，白髮花前又十年。

題西泠閨詠

石城卞君者，系出田居，隱偕甕室。巖子著《同聲》之賦，玄文詠《嬌女》之篇。辭旨幽閒，才情明慧。寫柔思於卻扇，選麗句以當窗。足使蘇蕙扶輪，左芬失步矣〔一〕。故里秦淮，早駕木蘭之檝；僑居明聖，重來油壁之車。風景依然，湖山非故。趙明誠《金石》之録，卷軸無存；蔡中郎虀臼之辭，筆牀猶在。余攬其篇什，擷彼風華，體寄七言，詩成四律。愧非劉柳，聞白雪之歌；謬學徐陵，敘《玉臺》之詠云爾。《婦人集》曰：石城卞玄文，名夢珏。母曰吳巖子，名山。夙擅詩歌，西曲諸女郎能音旨者靡不宗卞。後適廣陵劉孝廉。孝廉名師峻。

落日輕風鴈影斜，蜀牋書字報秦嘉。絳紗弟子稱都講，碧玉才人本内家。神女新詞填杜若，如來半偈繡蓮花。妝成小閣薰香坐，不向城南鬭鈿車。

晴樓初日照芙蕖，姑射仙人賦《子虛》。紫府高閒詩博士，青山遺逸女尚書。賣珠補屋花應滿，刻燭成篇錦不如。自寫洛神題小像，一簾秋水鏡湖居。

五銖衣怯鳳凰雛，珠玉爲心冰雪膚。緑屬侍兒春袯襫，紅牙小妹夜摴蒱。瓊窗日暖《櫻桃賦》，粉箑風輕《蛺蝶圖》。頻歛翠蛾人不識，自將書札問麻姑。

石城楊柳碧城鸞，謝女詩篇張女彈。鸚鵡歌調銀管細，琅玕字刻玉釵寒。雙聲宛轉連珠格，八體濃纖倒薤看。閒整筆牀攤卷素，棠梨花發倚闌干。

【校勘記】

〔一〕「芬」，原誤作「思」，據《梅村家藏稿》改。

贈寇白門

《婦人集》曰：寇白門，南院教坊中女也。朱保國公娶姬時，令甲士五千俱執絳紗燈，照耀如同白晝。國初，籍没諸勳衛，朱盡室入燕都，次第賣歌姬自給。姬度亦在所遣中，一日謂朱曰：「公若賣妾，計所得不過數百金，徒令妾落沙吒利之手。且妾固未暇即死，尚能持我公陰事。不若使妾南歸，一月之間，當得萬金以報。」公度無可奈何，縱之歸越，一月果得萬金。

南内無人吹洞簫，莫愁湖畔馬蹄驕。殿前伐盡靈和柳，誰與蕭孃鬬舞腰？

朱公轉徙致千金，一舸西施計自深。今日祇因句踐死，難將紅粉結同心。

重點盧家薄薄妝，夜深羞過大功坊。中山内宴香車入，寶髻雲鬟列幾行。

曾見通侯退直遲，縣官今日選蛾眉。窈孃何處雷塘火，漂泊楊家有雪兒。

臨淮老妓行

《婦人集》曰：臨淮老妓，某戚畹府中浄持也。後爲東平侯女教師。甲申京都失守，侯欲偵兩宫音息，而賊騎充斥，麾下將無一人肯行。妓奮然曰：「身給事戚畹邸中久，宜往。」遂易鞾鞈，持匕首，間關數千里，穿賊壘而還。

臨淮將軍擅開府，不鬬身强鬬歌舞。白骨何如棄戰場，青娥已自成灰土。老大猶存一妓師，《柘枝》記得開元譜。纔轉輕喉便淚流，尊前訴出漂零苦。妾是劉家舊主謳，冬兒小字唱《梁州》。翻新《水調》教桃葉，撥定鵾弦授莫愁。武安當日誇聲伎，秋孃絶藝傾時世。戚里迎歸金犢車，後來轉入臨淮第。臨淮游俠起山東，帳下銀筝小隊紅。巧笑射棚分畫的，濃妝毬仗簇花叢。縱爲房老腰肢在，若論軍容粉黛工。羊侃侍兒能走馬，李波小妹解彎弓。錦帶輕衫嬌結束，城南挾彈貪馳逐。忽聞京闕起黄塵，殺氣奔騰滿川陸。探騎誰能到薊門，空閒千里追風足。消息無憑訪兩宫，兒家出入金張屋。請爲將軍走故都，一鞭夜渡黄河宿。暗穿敵壘過侯家，妓堂仍訝調絲竹。禄山裨將帶弓刀，醉擁如花念奴曲。倉卒逢人念二王，武安妻子相持哭。薰天貴勢倚椒房，不爲君王收骨肉。翻身歸去遇南兵，退駐淮陰正拔營。寶劍幾曾求死士，明珠還欲致傾城。男兒作健酣杯酒，女子無愁發曼聲。可憐西風怒，吹折山陽樹，將軍自撤沿淮戍。不惜黄金購海師，西施一舸東南避。鬱洲崩浪大于山，張帆捩柁無歸處。重來海口竪降幡，全家北過長淮去。長淮一去幾時還，誤作王侯邸第看。收者到門停奏伎，蕭條西市嘆南冠。老婦今年頭總白，淒涼閲盡興亡迹。已見秋槐隕故宫，又看春草生南陌。依然絲管對東風，坐中尚識當時客。金谷田園化作塵，緑珠子弟更無人。楚州月落清江冷，長笛聲聲欲斷魂。

王郎曲

王郎名稼，於勿齋先生二株園中見之，髫而皙，明慧善歌。今秋遇于京師，相去已十六七載。風流儇巧，猶承平時故習。酒酣，一出其伎，坐上爲之傾靡。余此曲成，合肥龔公芝麓口占贈之曰：「薊苑霜高舞《柘枝》，當年楊柳尚如絲。酒酣卻唱梅村曲，腸斷王郎十五時。」

王郎十五吴趨坊，覆額青絲白皙長。孝穆園亭常置酒，風流前輩酒人狂。同伴李生《柘枝》鼓，結東新翻善財舞。鏁骨觀音變現身，反腰貼地蓮花吐。蓮花婀娜不禁風，一斛珠傾宛轉中。此際可憐明月夜，此時脆管出簾櫳。王郎《水調》歌緩緩，新鶯嘹嚦花枝暖。慣拋斜袖卸長肩，眼看欲化愁應懶。摧藏掩抑未分明，拍數移來發曼聲。最是轉喉愁入破，殢人腸斷臉波横。十年芳草長洲緑，主人池館惟喬木。王郎三十長安城，老大傷心故園曲。誰知顔色更美好，瞳神剪水清如玉。五陵俠少豪華子，甘心欲爲王郎死。寧失尚書期，恐見王郎遲。寧犯金吾夜，難得王郎暇。坐中莫禁狂呼客，王郎一聲聲頓息。移牀欹坐看王郎，都似與郎不相識。往昔京師推小宋，外戚田家舊供奉。只今重聽王郎歌，不須再把昭文痛。時世工彈《白翎雀》，婆羅門舞龜兹樂。梨園子弟愛纏頭，請事王郎教絃索。恥向王門作伎兒，博徒酒伴貪歡謔。君不見康崑崙、黄幡綽，承恩白首華清閣。古來絶藝當通都，盛名肯放優閒多？王郎王郎可奈何！

楚兩生行

蔡州蘇崑生、維揚柳敬亭，其地皆楚分也，而又客于楚。左寧南駐武昌，柳以談，蘇以歌，爲幸舍重客。寧南没于九江舟中，百萬衆皆奔潰。柳已先期東下，蘇生痛哭，削髮入九華山中，久之，從武林汪然明。然明亡，之吴中。吴中以善歌名海内，然不過嘽緩柔曼爲新聲，蘇生則以陰陽抗墜，分刌比度，如崑刀之切玉，叩之栗然，非時世所爲工也。嘗過虎丘，廣場大集，生睨其旁，笑曰：「某郎以某字不合律。」有譏之者曰：「彼傖楚乃竊言是非。」思有以挫之，間請一發聲，不覺屈服。顧少年耳剽日久，終不肯輕自貶下，就蘇生問所長。生亦落落難合，到海濱，寓吾里蕭寺風雪中。以余與柳生有雅，故爲立小傳，援之以請曰：「吾浪迹三十年，爲通侯所知。今失路憔悴而來過此，惟願公一言，與柳生並傳足矣。」柳生近客于雲間帥，識其必敗，苦無以自脱，浮沈傲弄，在軍政一無所關，其禍也幸以免。蘇生將渡江，余作《楚兩生行》送之，以之寓柳生，俾知余與蘇生游，且爲柳生危之也。

黄鵠磯頭兩楚生，征南上客擅縱横。將軍已没時世换，絶調空隨流水聲。一生拄頰高談妙，君卿脣舌淳于笑。痛哭長因感舊恩，詼諧尚足陪年少。窮途重走伏波軍，短衣縛袴非吾好。抵掌聊分幕府金，褰裳自把江村釣。一生嚼徵與含商，笑殺江南古調亡。洗出元音傾老輩，疊成妍唱待侯王。一絲縈曳珠盤轉，半黍分明玉尺量。最是《大堤》西去曲，累人腸斷杜當陽。憶昔將軍正全盛，江樓高會誇名勝。生來索酒倚長歌，中天明月軍聲静。將軍聽罷據胡牀，撫髀百戰今衰病。一朝身死豎降旛，貔貅散盡無横陣。祁連高冢泣西風，射堂賓客嗟蓬鬢。羈棲孤館伴斜曛，野哭天邊幾處聞。草滿獨尋江令宅，花開閒弔杜秋墳。鵾絃屢换尊前舞，鼉鼓誰開江上軍。楚客祇憐歸未得，吴兒肯道不如君。我念邗江頭白叟，滑稽幸免君知否？失路徒貽妻子憂，脱身莫落諸侯手。坎壈由來爲盛名，見君寥落思君友。老去年來消息稀，寄爾新詩同一首。隱語藏名代客嘲，姑蘇臺畔東風柳。

贈蘇崑生絶句

樓船諸將碧油幢，一片降旗出九江。獨有龜年卧吹笛，暗潮打枕泣蓬窗。

有客新經墮淚碑，武昌官柳故垂垂。扁舟夜半聞蘆管，猶把當年《水調》吹。
西興哀曲夜深聞，絶似南朝汪水雲。回首岳侯墳下路，亂山何處葬將軍？
故國傷心在寢丘，蒜山北望淚交流。饒他劉毅思鵝炙，不比君今憶蔡州。

題冒辟疆家姬董白小像 并引

夫笛步麗人，出賣珠之女弟；雉皐公子，類側帽之參軍。名士傾城，相逢未嫁。人諧謔婉，時遇漂摇。則有白下權家，蕪城亂帥，阮佃夫刊章置獄，高無賴争地稱兵。奔迸流離，纏綿疾苦。支持藥裹，慰勞羈愁。苟君家免乎，勿復相顧；寧吾身死耳，遑恤其勞。已矣夙心，終焉薄命。名留琬琰，跡寄丹青。嗚呼！鍼神繡罷，寫春蚓于烏絲；茶癖香來，滴秋花之紅露。在軼事之流傳若此，奈餘哀之〔一〕惻愴如何！鏡掩鸞空，絃摧鴈冷。因君長恨，發我短歌。詒〔二〕以八章，聊當一嘅爾。《婦人集》曰：秦淮董姬字小宛，才色擅一時。後歸如皐冒推官名襄。明秀温惠，與推官雅相稱。居豔月樓，集古今閨幃軼事，薈爲一書，名曰《奩豔》。王吏部士禄撰《朱鳥逸史》，往往津逮之。姬後夭，葬影梅菴旁。張明弼揭陽爲傳，吴綺兵曹爲誄。詳載《影梅菴憶語》中。

射雉山頭一笑年，相思千里草芊芊。偷將樂府窺名姓，親繫雲璈第幾仙？
珍珠無價玉無瑕，小字貪看問妾家。尋到白隄呼出見，月明殘雪映梅花。余向贈詩，有「今年明月長洲白」之句。「白隄」即其家也。

《念家山破》《定風波》，郎按新詞妾唱歌。恨殺南朝阮司馬，累儂夫婿病愁多。

亂梳雲髻下妝樓，盡室倉皇過渡頭。鈿合金釵渾抛卻，高家兵馬在揚州。

【校勘記】

〔一〕「之」字原脱，據《梅村家藏稿》補。〔二〕「詒」，原誤作「詔」，據《梅村家藏稿》改。

龔鼎孳 孝升，芝麓，合肥人。

芝麓龔公以金鐘玉衡之材，振清廟明堂之響，間入閒情，輒多香豔。嘗觀其《讀曲歌題詞》云：「拈花弄草，何妨借繡榻以寫生；飲酒讀《騷》，不若買芳姝而閉户。」信乎《梅花》一賦，不獨宋廣平也。汪鈍翁《説鈴》云：合肥龔先生作詩文，下筆數千言可立就，詞藻繽紛，都不點竄。爲孝陵所識賞，常在禁中嘆曰：「龔某真才子也。」

催妝曲爲杜于皇納姬賦

瓊綃四角檀絲邊，晴雲犀押烘朱鳥。茱萸麝帶摇春風，鳳蠟散花銀箭曉。梨渦小纈勻紅煙，金蟲斜堆睡未闌。青菱呵活紫綿軟，迴身卻抱鴛鴦絃。畫中蛺蜨愁黄昏，今日親承一笑恩。江南有情無盡處，蜜蜂飛上蓮鬚語。

弔惜郎

朱門歌舞鬱金香，豪竹青絲夜未央。花霧一痕花似箭，可憐吹落打毬場。
煙霧曾看玉質蒙，迴身一片落花風。招魂記得松寮影，半在濃香澹月中。

過昭君故里和邸店壁上女子韵

鬱金堂外總愁鄉，青粉含毫惱客腸。悲角夜寒孤枕月，紫駝家指一鞭霜。魂摇環珮春何在，語澁琵琶曲幾行。千載明妃憐薄命，畫圖猶得訴君王。

檗子贈楊枝絶句戲和

老去心情似亂絲，銜杯鼓勇一登陴。落花時節人重見，定要楊枝唱《柘枝》。
柳花如雪雨如絲，簾外殘鶯過短陴。不信江南風景好，杜鵑聲裏送楊枝。

按：楊枝，冒辟疆家歌童也。芝麓有《和冒青若贈楊枝畫堂春》詞云：「春溝二月裊雅黄，揚州人到長楊。絲絲縷縷畫柔腸，瘦得神傷。　春色隋堤一片，繡簾香粉千行。相逢飛絮已池塘，誤卻風光。」又和陳其年《長相思》一闋云：「倒芳卮，訴芳卮。縱不相憐也莫辭，歡多那易離。　惱楊枝，惜楊枝。對此青青我鬢絲，腰肢問小時。」附録其年《贈别楊枝》云：「漱金卮，閣金巵。不是樽前抵死辭，今宵是別離。　撚楊枝，問楊枝。花萼樓前踠地垂，休忘初種時。」

爲友沂所歡題扇

王郎天壤竟情多，宋玉衣香許拂羅。花下每分平叔粉，人間誰記念奴歌。　曉風殘月春如此，細雨輕帆愁奈何。訝道妝成臨鏡立，鬟眉巾幗近來訛。

戲代林郎悵别

花氣親沾蛺蝶裙，一絃一思繞春雲。魂銷今夜長安月，酒冷香殘應憶君。
粉巾紅淚濕千行，囑付更籌一刻長。願得黄昏花睡去，畫樓偏遣月如霜。
薄命銅鞮宫裏人，舞裙歌板正青春。淒涼旅客愁如海，半夜挑燈賦《洛神》。
一笑相逢石上緣，珠啼玉唾總堪憐。多情豈是癡兒女，慧即文人俠即仙。
一奩春水畫中居，愁病無緣攬子祛。共説三眠人似柳，腰肢瘦到沈尚書。
綵線真成續命絲，玳梁花語卻差池。生來海燕原同宿，莫話盧郎年少時。

爲秋岳悼亡用李長吉惱公韻

擘桃憐小靨，彈荔墜輕紅。雒珮乘靈霧，瓊煙散綺叢。影如春絮遠，妝憶露華濃。鸚鵡窺蟾鏡，栴檀冷鈿筒。藥疑偷玉杵，浪只打秋蕻。蛤帳留玄的，蝦鬚網緑蟲。窗知百和語，衾吐合歡茸。樓鳳憑簫迴，奩蛛受粉融。當年釵插髻，無那步臨風。理檝迎仙葉，吹燈護錦蓉。豔將鴉鬢發，羞仗麝巾籠。犀帖銜梁燕，蓮窠穩蜜蜂。豸冠蘭袖拂，羅襪水晶蒙。寶扇分天賜，吴紈壓鬼賨。匀脂供繡虎，掃黛健當熊。冰立看囊筆，波横濺楚弓。同心人是柏，幽閣氣如虹。倉卒甘泉火，蒼茫函谷封。有金埋將相，無劒倚崆峒。萬户聞哀鳩，千官哭鼎龍。河山隋苑草，風雨漢臺銅。憔悴孤臣泣，堅貞女士蹤。血甘陵土碧，衣惜御爐烘。完璧存瑶瑟，鋪香種鹿葱。旅愁寬塞鴈，彤管奉江楓。夫子騰嘉譽，詞場起峻墉。葡萄名最重，菡萏色偏穠。惆悵梁家總，譏彈霍氏馮。調鶯澆磊瑰，遣騎召絲桐。步嶂紛相籍，油車晚自從。纏綿温蕙性，親切泥雕櫳。比翼翻文沼，柔條擅永豐。期尋霞外駕，兼擷故園菘。雲母纔裝館，樵青可署僮。身憑呼翡翠，郎愛躍花驄。鄭重真珠掌，霏微絳雪容。茱萸修帶結，蛺蝶盛年充。鬟瘦清霜後，腸迴石闕中。啼鵑絨舌剪，墮馬膩鬟鬆。入夢神題峽，招魂客自邛。長生門竟鎖，銀漢鵲難通。潘岳心摇落，休文體病慵。霓裳瀛海見，樺燭繡帷逢。展匣芳痕濕，挑琴密意融。伯勞飛漸杳，溝水讖成凶。琬字鐫南國，玫簪折舊宫。真消紅蠟淚，空羨白頭翁。嬌女珊瑚擁，遺袿瑞腦縫。烏迷建業樹，月過景陽鐘。好向楊枝覓，多情本易空。

初夏聽傳璧度曲

落花深處燕泥香，碧樹陰移錦席涼。正是江南春盡日，玉簫金管出横塘。

至白下吴巖子以詩見貽展玩之餘輒爲遥和兼送其卜居湖上

送春猶及柳絲風，杜宇情多繞故宫。草長六橋香欲去，花飛三月夢初逢。青溪煙雨知何代，《後庭玉樹》紛難再。啼鳥應改舊朱樓，當年人影雙雙在。萬事飄零豈自繇，鴟夷一艇還綢繆。博山簾捲開芳咏，無數紅蘭正並頭。九天咳唾明珠墜，玉鉤敲醒鸚哥醉。閨閣文章事已奇，江山罨畫家如寄。千秋逸韵落晴湖，廡下何須更僦吴。爲著風流《高士傳》，敢題金粉麗人圖。

戲爲韶九張郎二絶句

青霜天氣月明時，重見春風柳一枝。爲報芙蕖妝鏡畔，畫眉人是遠山眉。

豪竹青絲夜未央，錦燈圍處晚花香。楚宫雲氣今誰賦，羅袖空餘淚兩行。

按：張郎，雲間人，爲宋轅文所暱。轅文没後，宗伯嘗于摩訶菴杏樹下，爲張郎作《感舊》詞調《菩薩蠻》云：「蔚藍一片山初染，粉紅花底看人面。玉笛怕花飛，花開人莫歸。當時花下客，把酒斜陽立。今日對斜陽，與花同斷腸。」又《壬子春暮集宋荔裳寓園喜張郎至》調《蝶戀花》云：「春絆情絲千縷纈，夢裏人來，乍暖輕寒節。何處玉驄曾小歇，海棠飄落胭脂雪。重倩紅牙温舊闋，張緒風前，好是腰身絶。樓閣水明光四徹，羅衣影漾波心月。」

袁籜菴招飲演所撰西樓傳奇同秋岳賦

鳳管鵾絃奏合圍，酒場新約醉無歸。可憐薊北紅牙拍，猶唱江南《金縷衣》。詞客幸隨明月在，清歌應遏彩雲飛。上林早得琴心賞，粉黛知音世總稀。

寒城客思繞更籌，夢裏橫塘阻十洲。一部管簫新解語，六朝人物舊多愁。烏棲往事談何綺，鶯囀當筵滑欲流。落魄信陵心自苦，徵歌莫訝錦纏頭。

唐祖命納姬吴陵爲賦催妝詩

繡帶留仙麝粉飄，天涯明月照塡橋。鷫鸘裘價能多少，買得春江第一簫。

紅潮雙頰鬭燕支，看殺吴陵輕薄兒。只有鳳池青玉管，天教長近遠山眉。

霧鬢釵宜刻玉鸞，鏡臺消得盡情看。隋堤一派垂楊路，不種瓊花種合歡。

爲善持君初度和巖子

水晶簾捲萬山開，百和深籠玉鏡臺。貝葉静翻花雨落，衆香國裏對如來。

贈歌者王郎南歸

香韉紫絡度煙霄，金管瑶笙起碧寥。誰唱揚州新樂府，舊人彈淚覓櫻桃。

盤髻搊箏各鬬妝，當筵彈動《舞山香》。酒錢夜數留人醉，不是吴姬不可嘗。

王生輓歌

春風幾日拂朱絃，玉骨生將麈尾填。雲散畫梁人未老，轉傷紅豆李龜年。

風急江城捲暮潮，樽前碧月尚春宵。王郎已死清歌歇，愁聽東吴紫玉簫。

寒食棠梨野水昏，孤舟細雨隔江村。鷓鴣聲急千山暮，玉笛分明話斷魂。

梁清標

玉立，蒼巖，又號棠村，真定人。

汪蛟門舍人曰：棠村公領尚書事垂二十年，功名既赫奕矣，猶篤學不倦，每退朝即簾閣静坐，嘯詠自娱。所著詩古文傳頌遍海内。間爲小詞，必奪宋人之座，與吴祭酒梅村、龔宗伯香巖並傳。嘗構蕉林書屋，自題絶句云：「半船坐雨冷蕭蕭，仿佛江天弄晚潮。人在西窗清似水，最堪聽處是芭蕉。」又云：「淡煙晴日滿簾櫳，春色依依上小紅。客爲看花頻載酒，海棠開否問東風。」有《蕉林詩集》。

題李司寇陳姬遺像

想像春風面，殷勤屬畫師。曲房燒燭夜，長笛倚樓時。晝永調鸚鵡，歌成喚雪兒。姍姍明月下，初訝珮環遲。

虛負鶼鶼翼，支離奈爾何。鸞膠疑可續，湘水怨偏多。寶篋閒青鏡，香奩賸黛螺。忘情非我輩，忍復聽雲和。

高念東姬人亡爲詩輓之用東坡韵

玉隕蘭摧莫問天，洗妝辛苦伴談玄。畫眉京兆原多事，誦偈朝雲晚悟禪。桃葉春風江上句，梧桐夜雨夢中緣。絮飛不待丹成去，證果三生洛浦仙。

劉莊即事次念東韵

是日演《黄粱夢》，追憶昔時，同雪堂、淇瞻集此園觀《秋江》劇，不勝聚散存亡之感。

剪剪西風荇藻香，煙波一曲鳳城傍。酒壚客散河山邈，槐國人醒歲月長。便欲觀濤吟《七發》，渾疑落木下三湘。聞歌今昔同流水，莫負溪橋瀲灩光。

再次念東韻

雪堂侍郎贈歌者陳郎有「烏絲紅淚」之句。

銀塘瑟瑟杜蘅香，落日開樽野水旁。黄葉碧雲人既遠，烏絲紅淚恨偏長。空聞送客傷溢浦，無復招魂弔楚湘。秋色依然軒檻外，那堪重認舊湖光。

揚州偶感

由來明月在揚州，子晉吹笙此地留。玉燕上釵三婦豔，金丸落鳥五陵游。丹青錦軸充行笥，燈火春宵醉畫樓。一代豪華流水盡，衹今猶説富平侯。

《前溪》一曲舞腰輕，挾瑟佳人自石城。十里香凝絲步障，五侯餉合玉盤鯖。田文座上雞鳴客，虞氏樓中采擲瓊。燕去烏衣空甲第，邗溝花鳥若爲情。

日暖泥融走鈿車，江頭唱徹《後庭花》。櫪間騕褭金羈絡，獸壓香爐玉辟邪。翡翠鉤垂弘靖宅，珊瑚樹出季倫家。竹西何事喧歌吹，不種東陵五色瓜。

隊隊紅妝細馬馱，鳳臺消息竟如何？千盤客餍銀絲膾，七寶花圍《白苧歌》。醒酒石欹秋蘚蝕，縷金裙疊暗塵多。蕭條衣桁毬場冷，無復春風入綺羅。

劉園觀陳伶演秋江劇次雪堂韻

秦青一曲和人難，寫出秋江木葉寒。摇落渾疑江上立，不知酒醒是長安。

芙蓉秋影亂平波，折柳江頭哀怨多。未免有情還我輩，停杯搔首恨無那。
聽罷新聲送夕暉，行雲蹔駐尚依稀。分司御史疏狂甚，誰復開籠放雪衣？
雛鶯百囀擬輕喉，似笑如顰怪底愁。他日重尋腸斷處，沈沈燭影水邊樓。
詞場玉茗古今師，繼起《陽春》更在斯。吏部文章司馬淚，秋塘蕭瑟柳絲絲。
閒心蕭颯斷諸緣，忽漫當歌體欲仙。秋水盈盈人宛在，西風零落芰荷天。

冬夜觀伎演牡丹亭

優孟衣冠鬼亦靈，三生石上《牡丹亭》。臨川以後無知己，子夜聞歌眼倍青。

贈柳敬亭南歸白下

三十年來説柳生，留髡此日絶冠纓。指揮舊事如圖畫，對汝堪移萬古情。
閱盡桑田一布衣，冶城深處有柴扉。春來數醉荆卿酒，風起楊花送客歸。
軍中軼事語如新，磊落寧南百戰身。爲問信陵當日客，侯門誰是報恩人？
《齊諧》志怪詎荒唐，抵掌風雲起座旁。天寶尚存遺老在，何戡白首説興亡。

宋荔裳觀察召飲寓園祭皐陶新劇

春城忽見一花飛，勝侶長安此會稀。白舫柳塘簫鼓發，朱樓夾岸盡開扉。

對酒當歌水竹叢，人間何事謗書同。不須重讀三君傳，今古傷心一曲中。

春宵觀邢郎演劇

小堂一載罷雲璈，此夕開尊絳燭高。人面衣香花解語，當筵重認鄭櫻桃。

題毛大可姬人曼殊小照

百朵雲光綰髻斜，焚香小坐澹鉛華。畫圖展向春風裏，好護豐臺第一花。

紀映鍾

伯紫，一字檗子，號戇叟，上元人。

戇叟自稱鍾山遺老，與方文、林古度齊名。白髮當歌，紅牙聽曲，説青溪舊事，娓娓不倦。一日與大梁周在浚、苕溪徐倬暨僕輩痛飲燕市城西，有絶句云：「風雅松陵勝昔時，力裁僞體出偏師。徐郎《本事》從珍重，始信無情未是詩。」謂余所輯《續本事詩》也。僕亦和云：「人物南朝賭酒時，過江僕射是吾師。猶餘戇叟風流在，悵絶青溪數首詩。」

雛孃度曲歌

爲王郎作。

金衣仙人啄紅藥，琅玕粉蜕胭脂淪。江南四月雨初晴，五銖香動湘靈箔。王郎羯鼓牢騷人，坐上雛孃並春葶。雛孃漆髮秋水姿，宛若驚鴻起幽壑。清歌一曲易人慮，行者忘擔郢忘堊。細聲直上廣庭雲，激越還捎林莽落。歌罷清輝照坐人，雕楹三日餘音嫋。淳于優孟錯兩旁，一石仍輸君善謔。羅襦不解薌澤聞，東鄰有女避重閣。誰能才調比王郎，不負佳人萬金託。開元天子重梨園，公孫大孃劒磅礴。杜陵野老愁復愁，一見能消十日惡。風塵澒洞當年同，絶世紅顔摧朔漠。王郎感涕全盛時，六代繁華猶似昨。會須譜出《清平》詞，沈香亭畔抛絃索。

贈小鳳

楚水繁霜挽去舟，梁家小鳳紫衾裯。玉釵自掛臣冠笑，金縷還銷祖帳愁。香鳥夜紛春滿座，雲鬟朝沐錦纏頭。最憐城北徐郎美，更取鵾絃撥指柔。

小宛爲冒巢民賦

屧響輕風送過廊，爲看白石坐溪光。花沾夕露連心静，玉抱秋橙具體香。女伴懶要雙陸劇，硯山頻倣十三行。閉門夫婿兼師友，深翠堂中仔細商。

宋琬 玉叔，荔裳，萊陽人。

荔裳先生負海内文章重名，遭逢坎壈，情詞哀豔，曼聲引滿，如新箏乍調，客懷絮亂，不數齊梁《子夜》諸歌曲矣。

贈陸君暘 陸善三絃子，坐客賦詩，便能歌之，真絶技也。

花落樽前唤奈何，忽聞燈下唱韓娥。月明彈出《關山月》，卻恨秦箏鴈柱多。

朔風吹雪夜漫漫，變徵高歌易水寒。醉客滿堂齊下淚，分明畫出白衣冠。

爲方爾止題姬人抱鴛圖

圖畫詩篇總斷腸，人間那得返魂香。報仇才證西方果，來世應爲聶隱孃。

憶亡姬

一彈《别鶴》閉金徽，江燕思家兩度歸。爲聽西陵砧杵急，朝來猶自問寒衣。

曾隨畫舫弔貞孃，一陣西風謝海棠。欲葬花鈿無處哭，落花殘夢繞錢塘。

香魂暫泊給孤園，寒食無人薦白蘩。揚子濤聲家萬里，櫻桃花落又黄昏。

曉窗猶記畫雙蛾，一曲傷心《子夜歌》。鐘梵聽來歸淨土，那知人世有修羅。

荔裳《悼亡詩序》云：「鏡裏雙鸞，忽散闕賓之影；雲端三鳥，俄催閬苑之旌。」又云：「杳杳蘅蕪，嗟胡香之不驗，珊珊佩玉，恨齊客之無徵。」宜其撫錦瑟而欷歔，對金鈿而霑臆者矣。

嚴沆 子餐，灝亭，餘杭人。

戴經碧喪妾

蕙帳煙銷委縠衣，彩鸞一去不知歸。愁窺落月湘簾暗，只有梁間玉燕飛。

顧開雍 偉南，華亭人。

柳生歌

揚之泰州柳生，名遇春，號敬亭，本曹姓。年十五，犯法亡命盱眙。苦饑，乃挾稗官一册，爲人説書，遂傾盱眙市。已而渡江，攀柳枝曰：「我自此姓柳矣。」世因號柳生。所至輒傾諸豪。是時南中士大夫避寇卜居者多暱柳生，與之遊。而柳生故與寧南侯左良玉善，在軍中多所全活。會相國馬士英、司馬阮大鋮用事，齮齕左，則左乃命柳生往請罷兵，相國不報，師遂東。柳生還吴中，酒酣，時時向人説寧南事，聞者皆涕下。而柳生從説書益奇。庚寅七月，僕始相見淮浦，爲僕發故宋小史宋江軼記一則，縱横撼動，聲摇屋瓦，俯仰離合，皆出己意，使聽者悲泣喜笑。世稱柳生，不虚云。

廣陵柳生能好奇，千年野史口説之。濮陽游俠走天下，上坐手弄王公巵。十五亡入盱眙市，渡江直上長干里。長干不乏使酒人，白銀蠟炬氍毹紫。諧談一笑哄滿堂，長風天末涼如水。是時江左稱太平，楚豫已見萑苻兵。柳生獨言報讐亡命事，聽者咸能感動心怦怦。問汝何師此工巧，雲間少年有莫生。此術自是儒者授，悲歡離合搜經營。憶昔南郡擁旄節，山頭廷尉横江截。執政何人馬貴陽，公子扶蘇禁門血。桓家兒郎五湖長，石頭城下梔檣列。柳生游説歸中朝，司馬西上追驃姚。欲烹食其侈得意，柳生夜逝還漁樵。逢人劇説故侯事，涕泗交頤聲墮地。落日青山泣鷓鴣，掩袂向君君筆記。僕亦江南樂毅古雅人，黄河岸旁理憔悴。聽君前席徵羽聲，猶見公孫瀏漓舞劍器。酒罷巾車各自馳，鴉啼南浦吹秋絲。興亡日月手板出，吁嗟柳生真好奇。

顧工部見山《與傳奇柳老》云：「上下千年事，飛騰六尺身。中原無劇孟，投老見斯人。」又云：「任俠侈雄辯，粗豪擅解紛。蕭條攀大樹，空憶故將軍。」

曹爾堪 子顧，顧菴，嘉善人。

贈映然子

閨中才子望如仙，曾記珠宫下降年。漢苑針神西蜀錦，衛家筆陣剡溪箋。詩文月旦歸彤管，山水風光入畫船。自挽鹿車偕隱後，同心常結鵲橋邊。

按：映然子即王玉映端淑，季重先生之女。適貢士丁聖肇，偕隱青藤書屋。少時夢隨羽客陟廣寒，園曰青蕪，因作《青蕪園記》，而係以詩曰：「飈如沖舉逅黄冠，引入青蕪曰廣寒。丹草芃芃新月映，雙鬟隊隊白雲攢。幽游一晌歸春杳，謫落三旬解俗難。敗葉聲敲清夢遠，荒雞啼徹曉鐘殘。」又夢坐宋安妃畫舫，遂有《玉真閣》二絶句。自號映然子，工詩，善楷書，選《詩緯》《文緯》行世。越中毛甡有《贈女士》云：「當年曾説秦嘉婦，此日方知伯玉妻。詞賦舊傳遐海上，樓臺近向小橋西。書縈蕙帶雙縑薄，釵壓桃花兩髩低。昨夜天孫聞有約，隔河先聽汝南鷄。」亦爲映然子作也。

周茂源

宿來，釜山，華亭人。

聽教坊人理舊曲

釵橫金鳳髩堆鴉，供奉西宫老歲華。爲問望陵何處所，秋風惆悵六萌車。

本事詩後集卷八終

本事詩卷九　後集

吴江徐釚電發編輯

周亮工 元亮，櫟園，祥符人。

櫟園先生移家白下，駐節青溪，桃葉煙波，莫愁佳麗，閒訪殆遍。嘗于舟中與胡元潤談秦淮盛事，云：「紅兒家近古青溪，作意相尋路已迷。渡口桃花新燕語，門前楊柳舊烏啼。畫船人過湘簾緩，翠幔歌輕紈扇低。明月欲隨流水去，簫聲只在板橋西。」讀之幾欲作《望江南》也。

海上晝夢亡姬

姬與予共甘苦者七載餘，性悲壯。青陽城上矢死登陴，絶命時言：「妾爲情累，誓不願再生此世界，幸祝髮，以比丘尼葬。生宛丘，死維揚，咸不寂寞。然妾魂夢終在白門柳色中，不在簫聲明月下也。郎君城上詩猶能默識，幸書一通，并妾所和詩置諸左，茗椀、古墨及素所佩刀置諸右，覆以大士像。左持念珠，右握郎君名字章，仗佛力解脱，非願再世作臂上環也。」語悽切，不忍聞。姬王氏，父爲老諸生，歸余時即能爲有韵言，蓋本之庭訓云。隨予宦維揚，疾死署中，年才二十有二。葬秣陵牛首之東，姬志也。亡三載矣，不數入夢。每爲詩哭之，亦哽咽不能句。己丑之夏，董師海上，舟泊城頭，風波鏜鎝，鳥獸悲鳴，茫茫交集，遂有魂來，握手涕泗，儼若生初，未免有情，不自知其絮絮矣。

波濤鏜鎝客心降，遠夢無煩待夜釭。芳草路迷煙漠漠，雲車風轉水淙淙。木銜精衛寧知闊，珠滴鮫人竟欲雙。躑躅詢郎戰苦處，烏龍江透白龍江。

窅渺天風吹步虛，因知僊路死能如。全無非是惟虁綉，但有仇讐在魯魚。瀚海誰憐驅戰舶，草堂空約註農書。瀕行猶道波濤惡，何似閒乘下澤車。

閨中作賦未曾休，玉女新乘白玉樓。才鬼臨文情自豔，鏡臺有句力偏遒。瓣香未必留巫峽，杯酒常懷奠莫愁。猶憶微酣譏我語，不仙不佛不封侯。姬別有近體詩百餘首，秘之勿傳。

香粉塋中葬佩刀，月明起舞鬼能豪。新銘囑記前金粟，小傳歡攜舊學陶。百雉城高驚白浪，孤鴛夢冷憶江皐。依稀更見帷中面，玉步聲搖大海濤。姬嘗自稱金粟如來弟子。予有連珠小玉章，鐫予名及「學陶」字。姬没時，命予納掌中。白浪河在北海城西。

危樓城上字青陽，一飯軍中盡激昂。旗影全開慚弱女，鼓聲欲死累紅妝。玉臺咏雜空王卷，錦織塵迷壞色裳。僊佛英雄成底事，勞勞亭畔柳千章。

海天漠漠旅魂招，聚散來潮與退潮。莫憶房中調緑綺，猶聞城上擊金鐎。相懷馬瘦烽煙直，齊魯車輕雨雪瀌。往事難從同伴問，白楊樹下雨瀟瀟。庚辛間，自相懷入燕京，赴北海。時載道烽燧，予與姬策單騎數千里。

慧刀乞我斷情根，柳色誰教戀白門。釧上尼珠間月指，機中綵線認風旛。舌删綺語微存戒，膝少佳兒未若髡。城上詩同風雨葬，難從劫後釋煩冤。北海城上諸詩，姬皆有和。痛定之後，每向余誦昔詩，未嘗不唏噓涙下也。瞑去時，猶命予作小楷，納之懷中。

衆香國裏水儞王，薜荔裳垂碧玉璫。草色孤墳新白下，簫聲明月舊維揚。依違夢不離江渚，辛苦魂能認海航。贈爾冰絲千萬尺，一絲更莫繡鴛鴦。

竹枝詞爲胡彦遠納姬賦

輕風襲襲吹蘭船，但道錢塘路不遥。我有北孃能説餅，彦遠舊納姬唐山。涵頭莫更戀江瑶。姬，涵江人。江瑶柱獨出涵江。

喃喃細説細君賢，一意温存百意憐。貪得紫香香到口，瞞人牆外遞金錢。莆中荔枝以紫香爲貴，欲得一顆，牆外輸金錢一枚。

花氣泥人意未舒，難教順水囑雙魚。侍兒偷報仙霞信，再檢黄河八閘書。彦遠黄河八閘寄内書，情文備至。

蠻妝新様木蘭陂，學得金陵百事宜。姬初至榕城，學爲秣陵妝。莫羨江蘋黄石好，江蘋，莆之黄石人。我儂鄉裏有西施。

舟中與胡元潤談秦淮盛時事

曲曲銀河蕩晚霞，蘭叢玉瑟閒琵琶。暗潮夜濕依欄石，細雨朝開隔岸花。菡萏無心臨翠蓋，芙蓉有意映窗紗。雲鬟月底分明畫，妬殺垂楊一半遮。

章丘追懷李中麓前輩

焉文閣裏舊詞魔，自説聞聲泣下多。鵝管檀槽明月夜，百年猶按奉常歌。公以焉文名閣，常言演其自作劇，客無不泣下沾襟。恐損道心，往往逸去。公稱其客有濟南胡春，以鵝管作笛，有穿雲裂石聲。長于竹聲者旁觀，嘆羨而已。予過章丘，猶見有爲此技者。公以奉常致仕。

青龍鈔就自矜誇，一律勻停譜鏌釾。樓上燭光空自合，錢塘不許唱《琵琶》。公常作《寶劍記》，自言音韵勻停，遠出《琵琶》上。《琵琶》惟《雁魚錦》《梁州序》《四朝元》及《甘州歌》等六七闋爲可，餘皆鬆懈，更用韵差池，何至神其事。曰作記時燭光合，遂名其樓曰瑞光耶！

擎杯振藻百千函，賴得荒唐足謝讒。自許臨文非率易，惟將委曲許遵巖。公與樂安李慰欽同有文名，時稱二李，皆以不合于時致政歸。慰欽致力經學，公獨對客調笑，聚童放歌，以此自遠于世云。公集最夥，每擎杯屬筆，對客飛翰，咄嗟而辦。常推王遵巖行文委曲，每欲效之。

憑教一笑散窮愁，小令元家字字搜。南客不知宮調好，虞山近始豔章丘。公所著雜劇，如《園林午夢》類，總名曰《一笑散》。公所藏元人曲有百十種，如馬東籬、白仁甫諸曲，皆手自改訂付梓。又最喜張小山、喬夢符小令，嵩刻以行。公名噪于北，江以南猶不深知。近虞山刻《列朝詩選》，始爲闡揚，小傳頗悉公生平。

顧大申 見山，華亭人。

戲作絶句寄別歌者

龍笛悠揚羯鼓悲，南風作雨北風吹。玉杯瀲灩無情甚，但向江頭送別離。

賈家舞袖郝家歌，盡日山城鬬綺羅。老去襟情偏浩蕩，將軍臺榭飽經過。

翠黛明眸撥四絲，應將雙璧比紅兒。曼聲鳳尾槽邊出，此曲流傳是段師。

醉吟室裏消長夜，冷月當筵入四更。猶記多情賢府主，笑題小字號連城。

陳瑚 言夏，確菴，嘗自稱七十二潭漁父，太倉人。

蘭陵美人歌 示冒辟疆。

辟疆豪氣今人獨，客來便肯開醽醁。生平杯勺未能勝，勸客千觴勸不足。筍輿迎我向園亭，夜夜紛紛奏絲竹。妬殺楊枝鸜鵒歌，惱亂秦簫鳳凰曲。徐郎窈窕十五六，髮覆青絲顔白玉。昔之紫雲恐不如，滿座倡狂學杜牧。楊枝、秦簫、紫雲，皆辟疆家歌兒。就中獨有江南人，十載愁聞歌舞聲。今宵忽聽江南調，淚似珍珠百斛傾。主人好客情未已，池上明朝重膾鯉。更攜紅袖坐蘭舟，清光下上芙蓉水。維時客卧不能從，主人强起聊相同。一見美人問何處，云在蘭陵渡頭住。誤落青樓塵網中，不知誰是儂夫婿。美人嘲我村如牛，作客既無金絡腦，當筵那有錦纏頭。我謂美人卿莫笑，將爲卿卿發長嘯。辱井昔因誰氏沈，蘇臺舊爲何人沼？觸撥興亡今古悲，仰面看天爭囯鞚。主人勸我且飲酒，一吸遂盡三百斗。醉來白石叱成羊，醒後蒼雲化爲狗。美人美人爾來前，人生豈得長少年。不如歸去江南好，飄泊天涯最可憐。君不見湓浦灘頭琵琶婦，江州司馬亦潸然。

彭孫遹

駿孫，羨門，海鹽人。

駿孫與西樵、阮亭爲《香奩倡和詩》，人都傳之。作小令、長調，皆臻妙境。阮亭撰《倚聲集》，推爲近今詞人第一。中遭放廢，日從吴姬于酒間，按拍搊彈，紅牙檀板，新聲宛轉，其興致亦在柳郎中、秦淮海之上也。漁洋山人曰：程村與羨門舊不相識，一日相遇阮亭座上，都無寒温。既而阮亭起曰：「鄒大、彭十，夙昔千里相思，今日尹、邢相見，可無一言乎？」二君皆大喜過望，于是定交。孫默無言合刻三家詞。阮亭嘗有絶句云：「不逢鄒子三春信，絶憶彭郎八斗才。」

丘龍標納姬于外館巫巒穉有詩相調余戲和之

畫閣名姝絶代無，浦雲山雨對金鋪。偷將内史臨川筆，搨得滕王《蛺蝶圖》。

和松陵女子虎丘題壁詩

黄葉驚秋樹影微，天涯羈客苦思歸。松陵江上青楓冷，夢逐行雲一片飛。

王西樵《再過虎丘題彭十詩後》云：「嶺梅江草跡參差，拂壁空思半醉時。幸不巡牆兼遶柱，春風曾此讀君詩。」時羨門方遊嶺南也。王阮亭《戲送彭十入粤》詩并附：「大姑彎彎眉黛長，小姑窈窕宮亭妝。三日潯陽風信到，雙姑早晚嫁彭郎。」

宋犖 牧仲，商丘人。

汪鈍翁《説鈴》曰：宋公子犖家居時，嘗命作蘇子瞻像，輒貌己侍其側。後筮仕竟得黄州通守。

清風店口號 店有西陵難女宋娟遺筆。

淒風苦雨不勝悲，獨宿清風店裏時。一夜幾番添蠟燭，牆頭細讀宋娟詩。

錢塘顧啓姬鄂子幼與室人也曩於京師有花憐昨夜雨茶憶故山泉之句一時豔稱之茲幼與遠道見訪口占以贈

閨中有高咏，茶憶故山泉。似此驚人句，難爲贈婦篇。畫眉君暫輟，下榻我相延。賦就《滕王閣》，靈風促轉船。

王士禄 子底，西樵，新城人。

汪鈍翁《説鈴》云：二王好香奩詩，唱和至數十首。劉比部寓書于予，問訊博士曰：「王大不致墮韓冬郎雲霧否？」又按：博士《香奩詩自序》云：「情至之語，風雅掃地。然不過使我于宣尼廡下俎豆無分耳。」蓋其託興如此。司勳《十笏草堂詩歌》，老蒼兀奡，酷似劒南、眉山，有時闌入綺語，風骨遒媚。當其醉卧東山，興酣絲竹，雖復繡佛長齋，而記曲簾前，時拋蠻豆。覽《燃脂》一集，故知維摩入定，亦愛畫鬘佗也。

聞大司寇五絃李公罷遣歌姬遥呈此歌

聽歌曾入忘憂界，月落河傾不知憊。令公豈是尋常人，天與豪華當十賚。近聞學道遣諸姬，爲公摇摇不可耐。汾陽聲伎娱暮年，疇能寂寞甘鮭菜？況公磊落須達觀，不應竟縛枯禪戒。未是香山與病緣，何妨樊子同春在。安石攜妓誠有取，處仲開閤終無賴。誰爲公畫此策者，狂奴恨不鞭其背。一朝解脱追舊歡，瓊枝仍粲春風内。好炙笙簧教細吹，更展氍毹待高會。司勳雅有牧之狂，尚書元是司徒輩。掉頭會訪午橋莊，洗眼重看回鶻隊。

漁洋山人曰：家兄聞於陵司寇罷遣歌伎，作歌諷之。余亦戲成五絶句云：「司勳一首《懊儂》詩，憶共尚書夜讌時。萬種心情消未盡，忍辭駱馬遣楊枝。」「錦帶明珠淚暗垂，煙波迴雪出門時。銷魂兩地風流盡，無復當筵屈《柘枝》。」「琵琶舊譜未曾傳，虛住揚州過五年。略似江潭話天寶，梨園法曲已如煙。」「促疊蠻鼉漏滴壺，紅靴十隊舞氍毹。狂夫閱盡南朝豔，不抵西樓一斛珠。」「曾見仙人種白榆，女牀書到宴清都。不因妄意麻姑爪，王遠仙鞭易得無？」按：阮亭自注云：「錦帶、明珠，司寇伎人之尤麗者。煙波、迴雪，南昌李宗伯家伎，近聞亦適人矣。又司寇曾屬余在揚州覓古琵琶。」

聽白璧雙琵琶

白生璧雙，名玨，通州人。琵琶第一手，吴梅村曾作《琵琶行》，陳其年詩所謂「一曲紅鹽數行淚，江南祭酒不勝情」者也。

四絃誰破夕煙昏，恰是香山老裔孫。國手那推賀懷智，妙音直壓康崑崙。移時寂歷鳴沙雁，一摘崩騰斷峽猿。不是狂奴能作達，此中應有淚千痕。

鍾山秀才歌

鍾山秀才者，李翰林研齋夫人，少攻筆墨，而金陵之人因以目之者也。研齋酒閒道其事，爲檃括作此歌。

嬋媛有女鍾山居，明珠不結紅羅襦。獨向閨房弄筆墨，墨痕時壓唇邊朱。遂有鍾山秀才號，甄家博士差同調。金釵每劃月窗痕，錦繃愛寫風林貌。水晶小印珊瑚紅，字摹萱草書名工。夔門太史得一見，不知乃出裙笄中。太史時亦金陵住，英雄苦有猜嫌慮。浮沈聊試覓紅顔，那知卻與傾城遇。傾城相遇忽相憐，誰能遠結來生緣？不成便辟留侯穀，好與共泛鴟夷船。貯將絶代金堂裏，難忘結習芙蓉紙。夫君乍見驚且疑，胡與鍾山秀才似。一笑知是當時人，當時見影今會真。文園病令詎辭渴，闕圖小妹誠殊倫。書成《朱鳥》曾盈笥，余有《朱鳥逸史》一書，備記閨秀之能文者。爲君作歌重紀事。許寫湘蘅報苦吟，須署鍾山秀才字。

鍾山秀才有婢曰墨池，研齋爲作《墨池傳》曰：乙未予在金陵，見墨竹數幅，善價易之。予問何人畫，曰：「是尚不識耶？蓋鍾山秀才也。」無何，大司馬某公爲予納聘。及歸，新娶婦不知其何能。有女子媵者也，名墨池。予佳其名，問之，則以爲是侍作畫者，每畫宜墨之淡，俾女子以口受筆，退其墨，故名墨池。予異甚，即屬畫，則墨池之侍畫果然。久之，予貧窶，秀才之奩物及所蓄舊墨古硯、名人手蹟皆爲予盡，則以墨池適于人。適之無幾日，其家人來言墨池死矣。死之先，墨池告主人曰：「吾夢吾母在焉，撫吾曰：『汝何離秀才？汝有墨禄，今絶之矣。』」秀才聞之淚下。是丁酉年七月事。

菊香墓

墓在孤山四賢祠左，不知何許人，獨碑上「女郎菊香墓」字隱隱可辨。夕煙春草，淒豔移人。馳黄屬賦，因題二十字。

昨過西泠路，蒼茫弔夕曛。餘魂銷未盡，重賦菊香墳。

余於己卯五日汎舟西子湖，尋菊香墓，見碑上刻「本司婢女菊香之墓」字，曾賦《漁家傲》一闋云：「艾虎釵符懸百結，蘭橈重汎菖蒲節。影漾湖心清又徹。無休歇，子規枝上聲聲血。　瘞玉埋香魂斷絶，銀濤江上空嗚咽。莫把靈均閒話説。春纖揑，半彎邏迯沈檀屑。」

西湖竹枝詞爲阿應作

阿應的的斷人腸，秋水爲眸霧剪裳。花下閉門定何許，陸祠西去岳墳旁。

湖畔十三嬌女兒，新聲還較囀鶯遲。何當良夜隨儂去，明月滿船歌《竹枝》。

五憶詩

按：此詩亦爲阿應作。

願爲形影共徘徊，少别心情已莫裁。最憶湖樓憑暮雨，斷橋煙暝小舟來。

嚼花吹葉太憨生，秖道狂奴獨有情。最憶杯殘訴離怨，酒痕和淚一襟明。

湖心亭北指君家，暗約迴橈訪若耶。最憶酒闌風雨急，親迎桃葉一舟斜。

船頭明月坐深宵，茉莉風涼碧漢遥。最憶流輝照雙影，沈郎清瘦謝孃嬌。
煙波容與散幽懷，斜日荷香静水涯。最憶淹留迴夜舫，流螢飛墮玉兒釵。

寶鐙怨 爲李雲田作。

門栽武昌柳，槃膾武昌魚。妾是武昌女，只愛武昌居。
儂子勝阿侯，儂心異桃葉。郎若來相迎，折卻篙與檝。

贈韓生 生善平話，常供奉世祖皇帝。

政平如水先皇日，行樂時時觝戲傳。江畔逢君訴遺事，斷腸如遇李龜年。
謔語縱横許入詩，舍人侍宴柏梁時。武皇没後天無笑，説著宫車只淚垂。

遺樂行太原王君席上作

王君豪舉多風格，明月壺觴夜留客。酒酣宛轉出歌人，廣帕纏頭宫袖窄。仙音法曲非人間，按拍時時聞太息。客疑太息應有因，垂泣向客爲客陳。早年芳齒當三五，藩邸豪華競歌舞。鵾絃不數段師彈，清歌每逐花奴鼓。紫雲異調少人聞，《來遲》《新破》誰輕覩。一從戎馬起秦川，世事飄零劇可憐。桃李久摧故宫路，松柏并闕西陵田。公孫弟子窮無倚，趁食鬻歌老不死。忽忽回頭二十年，差垂白髮華筵裏。當筵聞此爲撫膺，白衣蒼狗信難憑。坐客雖非沈家令，斷腸如遇鄭中丞。鄭中丞，唐時宮人流落者也。

李念慈 屺瞻，劬菴，涇陽人。

與歌兒紅樹

碧葉著秋色，夭矯若朝霞。自貪紅樹好，不復愛桃花。

施閏章 尚白，愚山，宣城人。

新嘉驛次會稽女子韵

環珮魂歸何處遊，若耶溪畔路悠悠。生前不作鴛鴦夢，定化孤鴻叫隴頭。

山陰徐緘伯調曰：會稽女子題新嘉驛壁詩，傳播久矣。驛距兖州府四十里，丁酉六月，余道過之，覓其題字，已漫漶不可識。今年春暮，愚山學憲乘傳止是驛，特徵遺事。有老驛卒出應，云萬曆四十七年，有某將軍過宿，旦發甚早。身實司供具，收器物，失一錫燈檠，最後得之屋角牆陰石碣上，則詩在焉。蓋其女是夜秉以作書，即置其處，而卒遂言其狀于人也。卒秦姓，名登科，年已七十餘矣。顧今尚在，誦詩及序甚詳。愚山既爲文記之石，并和其詩。余亦有作云：「郵亭雨過緑苔生，使者風流萬古情。白髮五朝存驛卒，紅顔雙淚濕燈檠。燒殘銀燭心同死，題罷新詩日漸明。往事徘徊何限恨，神宗時節本昇平。」

丁澎　飛濤，葯園，仁和人。

葯園祠部盛名膴仕，垂二十年，中遭遷謫，頹然自放。己酉南還，與僕相遇于任城酒樓，典裘痛飲。嘗著雜劇以自況，故僕有「東岡舊恨題華表，南部新詞託管絃」之句。今録其單辭隻字，髣髴有旗亭歌唱之思。嚴顥亭云：祠部少時有《白燕樓》詩流傳吴下，士女争相採掇，以書衫袖。婺州吴賜如之器有句云：「恨無十五雙鬟女，教唱君家《白燕樓》。」爲一時傾倒如此。

聽舊宫人彈箏

銀甲斜拋鴈柱飛，玉熙宫裹尚依稀。不須彈到《回波曲》，說著先皇淚滿衣。

徐乾學　原一，健菴，崑山人。

贈歌者

《柘枝》舞罷憶家山，落日長楸走馬還。絲管春風急相待，莫因霜色損紅顏。

尤侗　展成，悔菴，長洲人。

《西堂雜俎》云：戊戌十月，王學士熙侍經筵次，上偶談光僧四壁皆畫《西廂》「卻在臨去秋波」悟禪公案，學士隨以侗文對。上立索覽，學士先以鈔本進，復索刻本。上覽竟，親加批點，稱才子者再。因問侗出身履歷，爲歎息久之，仍命取全帙置案頭披閱。他日又摘《討蚤檄》示學士曰：「此奇文也。」問：「有副本否？」答曰：「無。」遂命內府文書官購之坊間，不得。己亥三月，侗適過都門，使者跡至旅次，攜一册去，裝潢進呈。上大喜。亡何，有以侗所著《讀離騷》樂府獻者，上益讀而善之，令梨園子弟播之管絃，爲宮中雅樂，以爲《清平調》之比云。按：悔菴爲盧龍司理，邊風蕭瑟，黑夜射虎，意氣殊壯。既落職家居，益縱情聲伎，磨韵調絃，節謳度曲。所著樂府，《讀離騷》外，又有《弔琵琶》《桃花源》《黑白衛》《李白登科記》諸雜劇，悲歌激楚，不異玉茗主人、青藤居士。王阮亭寄詩云：「南苑西風御水流，殿前無復按《涼州》。飄零法曲人間遍，誰付當年菊部頭？」讀之欷歔泣下也。

春風舞歌弔何澹玉

予客江上，交毘陵莊芑燕。芑燕爲人豪蕩不羈，工詩賦，兼善扶鸞，因爲予言乩仙何澹玉。澹玉，武陵妓，才色雙麗，年十八卒，故有「亡年纔十八，死託杜鵑根」之句。又云：「酒香過一世，花苑活三生。」其人放誕風流可見。又一律，忘其首句，後云：「數曲琵琶絶妙詞。看盡青衫惟有淚，燒殘紅燭不成詩。半簾梅影無君瘦，千古情人是我癡。可惜臨歧分付語，至今湖水笑相思。」又有歌云：「春風舞，春風舞。吴姬紫玉飛作煙，越豔西施化爲土。」此首最佳，而芑燕憶之不全，惜哉！芑燕嘗作别院，書武陵何澹玉神主，以炷香供之。他日其紙爲旋風吹起，繚繞爐煙之上，視之有小影焉。約掠湘鬟，翩躚舞袖，如片月離雲，疑欲乘風飛去。至今跡稍滅，猶髣髴可圖也。然澹玉竟以是日辭去。嗟乎！澹玉不幸芳年葬玉，殘香剩墨，散佚無傳。幸而降乩芑燕家，如洞口桃花，片片流出。又不幸而芑燕所記寥寥，僅得此徑寸珊瑚，不無遺恨。然又幸而予及見之，爲《玉臺新詠》增一佳話，不與斷釵蝕襖零落歸山丘也。乃賦詩弔之，即以《春風舞》命篇。

春風舞，朝舞雲，暮舞雨，雲飛雨散風無處。昔日錦屏人，長短鴛鴦譜。今日夜臺客，冷暖胭脂土。吴宫姬，越溪女。素衣如夢玉如煙，千載重逢斷腸侶。美人窈窕楊柳年，趙瑟秦箏手解語。枇杷花下醉紅裙，燕子樓中歌《白紵》。一朝深葬青楓根，荒壠年年啼蜀宇。誰知天下有情人，離魂猶作芙蓉主。鈿車游戲到人間，張郎幸遇湘江杜。黃子坡頭詩句新，白鶴飛來歸何許？只今片影畫留仙，舞袖弓腰削翠羽。相思無路喚真真，霧髻風鬟爲誰嫵？君不見蘇孃家住錢塘滸，犀簪唱徹黃金縷。又不見青孃墓築孤山墅，春衫血點紅顔簿。風流宜與何孃伍，三生一笑相爾汝。他年載酒賦《招魂》，舉杯澆遍西陵浦。

訪馮静容較書

曲巷低迷油壁車，旁人争指小憐家。湘江香草傳青管，巫峽行雲隱碧紗。有意抱琴歌《宛轉》，無緣滅燭醉天斜。閒情久作沾泥絮，又逐東風楊白花。

留别静容

無計消停青鈿車，布帆容易便歸家。紅紅歌串拋朱豆，灼灼啼痕點絳紗。南曲關心人去後，西風回首鴈横斜。還期九月秋江上，載酒扁舟看荻花。

是處羅裙載滿車，偏教倩女别無家。旌旗楚峽歸行雨，簫鼓吴宫葬浣紗。蘇小墓前雲半吐，青姑祠下月横斜。紫荆紅蓼年年老，争似西園短命花。

静容，江上名姬也。意度瀟灑，風韵不減徐孃。嘗登場演劇，一座傾靡。有和悔菴詩云：「掃眉才子忽停車，鸚鵡傳言到妾家。三日名花留坐褥，五雲彩筆照窗紗。青衫肯惜紅顔薄，翠袖容扶烏帽斜。珍重春風數相訪，小庭新樹枇杷花。」

和花史詩

《瑶宫花史傳》云：花史小名月兒，明初山陽富家女也。年十六，獨在花下摘花，爲一書生所調。父母怒而謫之，遂赴水死。王母憐其幼敏，録爲散花仙史。作詩云：「片片落英飛羽客，翩翩獨向風前立。緩行徐過小橋東，只恐春衫香汗濕。」其標韵如此。

芙蓉城主金釵客，雲中飛舞風中立。散花來到折花歸，一枝擎雨衣香濕。

附湯傳楹卿謀和詩云：「花神聯隊迎佳客，風幢不動雲幢立。微吟吹墮口脂香，散作江南紅雨濕。」卿謀，蘇州人，少年早夭。有遺集《湘中草》傳世。

戲贈花史侍女楚江

《瑶宫別傳》云：楚江，花史侍兒也。與幼婢小紅皆端麗明慧，日侍香案。請于王母，許于甲申二月降生趙地，賜以玉璫一事、翠鳳履一雙。花史賦《鷓鴣天》詞送之云：「整束簪環下碧霄，教人腸斷《念奴嬌》。曲房空剩殘香粉，獨對瀟湘憶翠翹。尋別話，酌清醪，盈盈徐送小紅橋。從今不伴煙霞客，愛向風前鬬柳腰。」楚江和云：「朝飡風露暮陵霄，不羡金閨貯阿嬌。欲恨柳絲牽月線，强移花色點雲翹。情猶戀，意如醪，依依不舍舊藍橋。東君可許歸曩伴，暫向塵封學楚腰。」

烏髻青衣一小鬟，个中佳話已相諳。身爲花史司花女，手撚花枝半帶憨。

和涿州郵亭詩

涿州驛壁有詩云：「棄子抛夫咽北風，馳驅心逐曉雲空。此身一死非難事，惟戀今生魂夢通。」「己丑冬日晉中薄命妾徐淑題。」予使車宿此，讀之黯然，漫和一絶。翠黛黄裙逐曉風，汾陽回首鳳樓空。只留蔡琰題詞在，那得秦嘉音信通。

甲申以後，燕南趙北，郵亭驛壁間粉香狼籍。壬子，僕自北歸，宿任丘旅店中，牆上有句云：「咫尺帝城愁更切，入門何以御摧殘？」自題「邗關女子趙氏」，其全首漫漶不可讀。僕和云：「滿庭霜月浸闌干，腸斷題詩上玉鞍。毳帳自隨沙草去，蘭閨猶憶露桃寒。只愁緑鬢顔須改，無那青衫淚易乾。多恐書生同薄命，休將紅粉怨摧殘。」

錢中諧

宫聲，吴縣人。

和驛中女子趙雪華

趙雪華，吴中羈婦。有題壁詩云：「不畫雙蛾向碧紗，誰從馬上撥琵琶？離亭空有歸鄉夢，驚破啼聲是夜笳。」一時和者甚衆。見來元成《南行載筆》。

憔悴征塵去畫樓，平沙萬里赴邊州。可憐青冢千行淚，併作黄河一夜流。

錢陸燦 湘靈，吴郡人。

秦淮竹枝詞

滿城秋意桂花開，賣遍河房不用栽。五百舍人今不見，揀花打餅阿誰來？前朝桂花開時，有揀花舍人五百名。

徐夜 東癡，新城人。

漁洋山人曰：東癡爲王考功季木先生外孫，風期蕭遠，如魏晉間人。爲文章超超玄箸，書法逼虞永興。早棄諸生，隱居蓬艾間，屢空晏如，獨與王西樵、阮亭倡和。阮亭常有詩贈之云：「湘東品藻留金管，江左風流續《玉臺》。」

春情贈人

青入紅輮深復深，非關社日亦停鍼。明朝撲蝶南園會，預辦釵頭鬬草金。

一代才華怨落花，西清園内賦新茶。年年指點風流業，猶自垂楊綰暮鴉。

董俞 蒼水，華亭人。

汪鈍翁《説鈴》曰：雲間董二孝廉俞最善賦學，如《鏡賦》《鶯賦》《採桑賦》，皆輕婉流麗，可與吴兵曹綺頡頏。董又有《送客入都》詩云：「蕭條易水逝，驅馬向空臺。岸柳春前放，江鴻雪後來。」語極澹雅，有自然之致。楓江漁父曰：蒼水與閬石讀書崑山，詞藻翩然，並擅機、雲之目。晚尤縱情聲伎。辛亥，僕客茸城，二董招妓讌集，僕有「紅牙嘗獨按，玉版喜同參」之句，蓋贈閬石也。

秣陵女兒行

秣陵烏啼春月夜，櫻桃新種碧窗下。青樓女兒羅敷年，焚香坐撥鴛鴦絃。金鋪半掩飛花入，嬌鬟髮髻當風立。須臾皓魄映羅帷，女伴藏鉤笑語微。樽前寶髻茱萸豔，燈下榴裙蛺蝶飛。沈沈子夜金鑪煖，玉壺酒瀉蘭膏短。白苧空憐舞袖長，紅牙醉度歌聲緩。繡轂朝遊安石墩，畫船春泛莫愁村。相如多病稱才子，每到簾前欲斷魂。

程康莊 坦如，崑崙，武鄉人。

崑崙以古女名家，屏落鉛粉。嘗一夜和阮亭《青溪遺事》詞，鶯嘴啄紅，燕尾點緑，竟堪與秦七、黄九争長于鉤簾借月、染雲爲幌間，見者無不驚詫，始知才人固未可量。

峪園贈妓

飲朱太史峪園，有妓某姬者歌以侑觴。酒闌，邀至其舍，醉後題贈。

濯濯青娥倚畫樓，朱絃度曲不知愁。若非太史虹橋度，錯認仙人在上頭。

張養重 虞山，山陽人。

歌妓芳塵持錦牋索題

白頭原是畫眉郎，潦倒欣逢黄四孃。手執鸞箋行索句，一時名動善和坊。

采蓮曲戲芳塵擲蓮子

紅衣初散碧湖煙，花底鴛鴦學晚眠。手擲青蓮如彈子，只愁誤打別人船。

俞南史 無殊，鹿牀，吴江人。

香奩社集分詠諸姬

吴姬舊有甲乙譜，無錫錢星客復修之，珠簾畫舫，粉香載道，一時諸名士各賦詩題贈，名《香奩社集詩》。茂苑朱隗雲子曰：「玉輕釵豔乍參差，密坐圍寒卜夜期。錦陣班頭推火鳳，梨園色長有鑾兒。螺卮傳令沾衣酒，猊帶求書即席詞。欲作群芳生面譜，應看蓮本出青泥。」正詠其事也。

晚寒强病出來遲，微笑燈前影半攲。衹爲愁多長獨坐，翻嫌情重易相思。瓊花不是人間種，桃葉還從江上期。若有好花兼好月，攜來酒畔總相宜。沙才

瓜時初過正嬌嬈，煙葉雙眉不待描。濃睡未醒鸚鵡唤，曉妝難竟畫船邀。清歌疑傍爐煙散，豔影愁隨蠟淚消。一笑樽前似曾識，朝來莫共楚雲飄。郎玄

日晚煙香護紫冥，迢迢忽覩下雲軿。逢人每見敲棋局，髣髴長思誦梵經。醉裏歌聲憑扇煖，座間

眉色映人青。酒闌黯黯消魂處，明月臨空白滿汀。梁昭

朝來曾不負芳辰，晚坐花間送月輪。和曲自同王大令，學書曾仿衛夫人。每從南浦捐瑶珮，長向西窗醉錦茵。家在虎丘山畔住，真孃或恐是前身。卞賽

月下亭亭影不移，整釵微動小相思。眼澄秋水光初剪，身倚名花豔獨披。若對青鸞期莫失，倘逢紅鳳會休遲。雙成欲見無消息，還向君家寄怨詞。董曉

鳳影鸞音畫燭前，紅衫紫帶使人憐。蘭香宜出風塵表，絳樹還來歌舞筵。獺髓新塗光正媚，翠鈿初貼態逾妍。《金荃》好句偏成誦，細寫菖蒲小樣牋。蔣慶

定定詞

定定，余友顧子家婢也。初雖以色見寵，仍令他適。後乃遇于東城外，顧盻嗚咽，不忘舊情。曾爲余道其事。余恨顧不能如阮仲容之追鮮卑婢，而傷定定還如謝芳姿之愛王家郎，因作此貽顧，庶使定定終爲所有矣。

蘭房春暖調鸚鵡，簾外百花香映户。此時最易動閒情，花面丫鬟當十五。青綾衫袖藕絲裳，曉傍妝臺梳掠忙。愛向春園隨鬬草，戲臨芳月捉迷藏。長倚春風呈婀娜，滿頭喜插新花朵。見人含笑更含羞，秋眸斜睇香肩亸。主人驕養正相依，暮雨朝雲總不辭。年紀破瓜劉碧玉，風情題扇謝芳姿。誰知一旦中生變，嫁與里人稀見面。驀然相見淚還垂，猶憶殷勤舊歡宴。其時有客最情癡，説與偏令怨

別離。曾覩嬌嬈還在眼，爲君擬作《比紅詩》。

雷　珽　元方，笏山，井研人。

汾陽別妓

汾州妓張慧玉，年十五，色藝雙絶，工小詩，巧伺人意。與笏山定情，臨別出紅綃半縷，賦詩相贈。所書小楷學衛夫人，亦成都薛濤較書之流也。

一從塵外問春光，頓減羈懷老更狂。静苑鳥聲慚白雪，流杯鑑影出紅妝。尚含暮雨花容潤，欲綰浮雲柳帶長。愁見峪南明日路，遊蜂紛逐馬蹄香。

梅子魁　不次，宣城人。

賦得願作鴛鴦不羨仙贈仙卿女史和程焦鹿諸公韵

願作鴛鴦不羨仙，筵開秋近草堂邊。杯傾若下全分月，柳繫章臺不耐煙。燕子樓中吹玉笛，晚妝亭下落金蓮。多情常在含愁處，分得餘香夕照前。

錢霍 去病，山陰人。

櫻桃歌范馭遠席上贈歌者孟紉蘭 時馭遠將之北平。

范生留醉吳門豪，白玉盤薦紅櫻桃。狂客一生歌《白苧》，鄰女深更放剪刀。歌聲風裏飛如雪，花落燈前細似毛。歌聲流轉催花落，鸚鵡杯行烏夜號。驚君忽作幽燕客，江路春寒將贈袍。聞道幽燕近朔方，招賢昔有燕昭王。祇今駿骨無人買，莫向金臺騁驌驦。君行留不住，夜宿投何處？張徽一曲送春風，玉顔雙映櫻桃紅。迴身幾轉就郎抱，青娥思殺白頭翁。亂揮血淚唯錢霍，紛紛盡作櫻桃落。

徐倬 方虎，德清人。

夏日集雪客寓齋聽侍史箏郎度曲

秦川公子舊珠袍，漫向靈均學楚《騷》。江上青楓聽不得，當筵且索鄭櫻桃。
輕馱細馬致箏郎，樹裏聞歌客斷腸。不是東君親囑付，人間那得有清商。
瘦腰十五正盈盈，就裏清矑轉眄明。一曲《山香》花未落，客懷强半付銀箏。

吴毓珍

伯英，新安人，奉天籍。甲午鄉薦，乙未會副，歷任按察司。

竹西讌集贈歌者

隋堤秋柳影垂絲，殘照還同白下時。忽聽《霓裳》歌一曲，沈郎應減舊腰肢。

含情含笑總凝眸，猶憶侯家舊主謳。偏愛阿濃調笑巧，黄金不惜爲纏頭。

友人納姬和韵

吴姬年十五，惆悵落花天。雖有銷魂處，憨心入管絃。

南市樓

環居皆青樓，事見《蓉塘詩話》。

狹邪門徑轉如環，日日青樓賣笑閒。漫啓新聲歌《白雪》，誰憐薄命是紅顔。

陸棻

義山，平湖人。

贈女史文英

琉璃硯匣鎮隨身，芍藥吟成象管新。休擬行雲近巫峽，玉峰十二自嶙峋。

沈章 宗玉，嘉興人。有《苧莊集》。

有贈

名下無雙鏡裏雙，雲光微露薄紗窗。漢宫春曉三千隊，數到圖終未肯降。

本事詩後集卷九終

本事詩卷十　後集

吴江徐釚電發編輯

王士禛　貽上，阮亭，新城人。

西樵司勳曰：貽上蚤負夙慧，神姿清徹，如瓊林玉樹，朗然照人。弱冠登進士，爲揚州法曹。日集諸名士于蜀岡紅橋閒，擊鉢賦詩，香清茶熟，絹素横飛，故陽羡陳維崧其年有「兩行小史豔神仙，争寫君侯斷腸句」之詠。至今過廣陵者道其遺事，彷彿歐、蘇，不徒憶樊川之夢也。宗元鼎定九贈阮亭詩云：「休從白傅歌楊柳，莫向劉郎演《竹枝》。五日東風十日雨，江樓齊唱《冶春詞》。」又云：「淮南風景幾人知，好是清明細雨時。酒冷香殘腰帶減，詩狂他日想王維。」

秦淮雜詩

青溪佳麗，白下冶遊。空存小姑之祠，無復聖郎之曲。渡名桃葉，懷王令之風流；湖近莫愁，憶盧家之舊事。高卧邀笛之步，偶成擊鉢之吟。調類清商，語多雜興。以所居在秦淮之側，故所詠皆秦淮之事云爾。

潮落秦淮春復秋，莫愁好作石城遊。年來愁與春潮滿，不信湖名尚莫愁。

新歌細字寫冰紈，小部君王帶笑看。千載秦淮嗚咽水，不應仍恨孔都官。弘光時，阮司馬以吴綾作朱絲闌，書《燕子箋》進宫中。

舊院風流數頓楊，梨園往事淚霑裳。樽前白髮譚天寶，零落人間脱十孃。

傅壽清歌沙嫩簫，紅牙紫玉夜相邀。而今明月空如水，不見清溪長板橋。傅壽，字靈修，舊院妓。能絃索，喜登場演劇。沙名宛在，字嫩兒，桃葉女郎。有《蝶香集》。

新月高高夜漏分，棗花簾子水沈薰。石橋巷口諸年少，解唱當年《白練裙》。《白練裙》劇，萬曆中休寧吴非熊、新城鄭應尼嘲馬湘蘭作也。

緩髻愁妝別樣新，文殊眉映午痕勻。洛成不用輕梳掠，自有文犀號辟塵。舊院盛時，競尚密犀簪。

北里新詞那易聞，欲乘秋水問湘君。傳來好句《紅鸚鵡》，今日青谿有范雲。雲字雙玉，有《紅鸚鵡》詩甚佳。

十里清淮水蔚藍，板橋斜日柳毵毵。棲鴉流水空蕭瑟，不見題詩紀阿男。映淮字阿男，詩人紀映鍾妹也。有《秋柳》句云：「棲鴉流水點秋光。」

題余氏女子繡洛神圖

余字韞珠，工宋繡，常作須菩提、維摩詰像，不減吴道子畫筆，今之神針也。

明珠翠羽魏宫妝，洛水微波渺正長。欲寫陳王舊時恨，唾絨兼倣十三行。

楊村舟中戲有投贈

河口花明錦纜春，砑繚綾子領邊巾。不知何事牽儂意，欲疊紅箋賦洛神。

明珠曲呈李司寇

促疊鑾鼉漏滴壺，紅靴十隊舞氍毹。狂夫閲盡南朝豔，不抵西樓一斛珠。

留　別

斗帳香寒歇舊薰，人間無路識行雲。江南紅豆相思苦，歲歲花開一憶君。

觀黄皆令吴巖子卞篆生書扇各題一詩

歸來堂裏罷愁妝，《離隱》歌成淚數行。才調衹應同衛鑠，風流底許嫁文鴦。蕭蘭宫掖裁新賦，香茗飄零失舊章。今日貞元摇落客，不將巧語憶秋孃。皆令。○皆令有《離隱》詩。

按：皆令《離隱詩序》云：予産自清門，歸于素士。兄姊媛貞，雅好文墨，自幼慕之。乙酉逢亂，轉徙吴閶，羈遲白下，後入金沙，閉跡牆東。雖衣食取資于翰墨，而聲影未出乎衡門。古有朝隱、市隱、漁隱、樵隱，予殆以離索之懷，成其肥遁之志焉。爰作長歌，題曰《離隱》云。

紈扇凝香小字斜，似同金椀寄秦嘉。景陽宮畔文君井，明聖湖頭道韞家。繡閣新詞名漱玉，朱絃妙格字簪花。煙波風雨錢塘路，望斷西陵油壁車。巖子。○詩用「雨絲風片煙波畫船」八字爲韵。巖子名山，太平人，縣丞卞琳配。詩文甚富，兼工書法。女夢珏，字玄文，亦能詩。

雙峰南北盡紅蕖，晝静瓊閨敞碧虛。鸚鵡雕籠初教賦，櫻桃小閣獨攤書。名篇綺密知難並，諸妹天人總未如。若許他年尋白社，丹青簾外藕花居。篆生。○扇有「白社丹青」之句。《詩品》云：「蘭英綺密，甚有名篇。」又劉孝綽諸妹有天人之目。

有官長安者徐東癡囑爲訪霍小玉舊居戲調之

十二城門空夕陽，霍王舊事斷人腸。憑君蔓草尋香跡，應有人間勝業坊。

三尺烏絲事已空，舊家門外野棠紅。浣紗桂子皆零落，西市無人問玉工。

寄嚴州

秋水初波枕畔流，欲將情思寄嚴州。京江斷鴈隨人遠，杜曲濃花入夢愁。夜雨迴眸留傅粉，清晨中酒看梳頭。富春此去千餘里，何處天邊風露樓。

靈雞便面

朱竹屏山掩折枝，春鶯百囀詎人時。當時若與寧王去，未必心情似餅師。

悼茂郎

赤霞，趙太守家歌兒。

自悔狂奴到較遲，若爲相見已相思。何緣檀板金尊裏，唱我黄河遠上詞。

粉帛衣香各自矜，風流那復減安陵。遥憐《白紵》清歌夜，消得吴江幾束綾？

題吴蘂仙畫

蘂仙名琪，吴縣人。能詩，有《香谷焚餘草》。

曉畫文殊淺樣眉，幾丸螺墨碧參差。儂今自作簪花格，不是當年衛茂漪。

昭陽舟中讀閨秀徐幼芬遺詩

昭陽北望景依依，江柳微黄鸞鴈飛。空憶謝家才調美，青絲曾解小郎圍。

鮑家作賦傳《香茗》，秦氏題書寄素琴。斷粉零膏數行墨，青蓮作舌楚蘭心。

自來學得謝公碁，博士風流幼婦詞。未免有情看不得，橋南荀令斷腸詩。幼芬七歲能與父弈。

汪鈍翁改官後別納小姬戲爲花燭詞三首

花間靈鵲報新除，才子今年典石渠。未必風流輸小宋，兩行紅燭照修書。
碧玉迴身奈此宵，汝南鷄唤夜迢迢。從今倦聽蘭臺鼓，莫更熏衣事早朝。
嬴女吹簫引鳳雛，莫將縑素怨狂夫。似聞一語分明寄，我見猶憐况老奴。

汪　琬　苕文，鈍翁，長洲人。

鈍翁過揚州，曾于阮亭座上賦雜詩云：「珠郎歌罷璧郎歌，夜半春情豔綺羅。欲向畫船熏繡被，教人無奈使君何。」其風致不減樊川也。又嘗爲《蘇臺楊柳枝》詞，一時和者甚衆。阮亭題絶句二首於後云：「白家半格詩曾見，愛説蘇州柳最多。今日鈍翁吟卷裏，雨條風絮奈君何。」「鴈齒紅橋鴨嘴船，麴塵風起豔陽天。明湖憶得吟《秋柳》，慘緑當年最少年。」

贈南員外家歌兒　員外渭南人。

聞道秦筝最有名，秦兒玉雪可憐生。自從偷得江南曲，不愛《伊》《涼》隊裏聲。
洞簫一曲共關情，白髮吴儂感慨生。記得虎丘明月夜，劍池側畔按歌聲。

鄒祗謨 訏士，程村，武進人。

程村與陳維崧其年、黄永雲孫、董以寧文友齊名，稱毘陵四子。王阮亭《歲暮懷人》絶句云：「籍籍蘭陵四才子，陳黄鄒董各名家。難忘雪夜吳兒曲，簷角寒梅正作花。」

金屋歌 《婦人集》曰：金屋，恭順侯吳維華姬人。父筆工也，才色殊麗，幼穎悟，讀書强記，侯寵之專房。一日偶有他事失侯意，錮别室中，姬乃以小赫蹏作書，敘其辛楚，中有「長生殿」、「卷中人」語。侯見之，不解所出。典籤某曰：「此玉環、崔徽二故實也。」侯大喜，即日迎歸邸第，寵愛如初。

長安軒車如水流，紫髯玉面青騣裘。將軍世本休屠裔，公子家原浞野侯。子侯年少善輕薄，蹴踘摴蒱工六博。倡家調笑遇胡姬，徘徊便訂三生約。黄巾塵起暗山河，絳灌平津厄網羅。四姓兒郎亡鐵券，五侯子弟隸雕戈。北兵十萬除餘賊，黑山掃盡盧龍側。特進重修降表名，儀同再拜歸朝職。朱提用盡自相矜，牙璋新刻大中丞。鼓刀俠少充驍騎，射鳥期門獻角鷹。八騶前捧交龍敕，萬户侯兼二千石。瓠子河邊治舳艫，桃花扇底籌巾幗。幕客言能賦美人，苧蘿夷光洛浦甄。美人家住長干里，一笑能生滿座春。憶昔美人年十五，嬌嬈嫁作尋常婦。阿父青溪賣筆工，冶郎畫舸明珠賈。纖眸善睞衣青綃，猜妬當年殺緑翹。《十離》已作金籠恨，一去應從絳葉飄。伯勞西飛時未久，門前野鳥啼烏桕。玫瑰樹下更吹簫，芍藥花前重進酒。何來綺户遍相尋，手持開府千黄金。四角茱萸催寶帳，雙環玳瑁共華簪。木蘭舟輕過邗水，犢車晚到轅門啓。一聲碧樹汝南雞，歡愛白頭從此起。中丞獬豸何揚揚，渾銀半脱坐胡牀。青牛帳下三千客，白玉堂前十二行。美人上堂方目攝，意氣驕慵殊不屑。自云素綆寧從碧甃亡，青衫不作琵琶妾。中丞輾轉惜傾城，兒女情多慮損名。一乘氊車歸故里，龍諾蠙珠憶定情。報命赫蹏箋半幅，青絲七尺纏綿縛。玉環丰態崔徽畫，誰料百年徒一宿。翩翩書記何長瑜，爲言三郎風流天下無。太真妃子再宣召，麗情更有崔孃圖。中丞聞言慘不樂，紫駝酥傾銀鑿落。夜半私馳果下駒，人生但跨揚州鶴。茫茫瓜步大江邊，蘆中喚起掘頭船。漁父掉頭佯不應，爾不聞淮南令公尊如天。中丞躑躅長千里，願得美人顔色喜。錦天花地固無雙，玄鬢朱顔安足齒。美人褰簾始一看，寸心不足奉君歡。君自狹邪諧彩燕，妾從羅綺失青鸞。中丞膝席前再拜，息壤區區難狡獪。新人翠羽綴芙蓉，舊人紅袖成蔥蘢。熊幡展處幕府開，凝笳疊鼓何喧豗。二十四支籠畫戟，十里香塵迎夜來。蘭膏麝火銀河緑，錦衣鷃尾車前簇。千門萬户矚香輿，瑶臺築就藏金屋。即姬名。搔頭半墜髩飛鴉，便面微遮色似花。清晨宛轉金平脱，《太真外傳》：嘗遺禄山金平脱裝具。薄暮温涼玉辟邪。長河待檄餘皇舸，深閨正閉葳蕤鎖。漏盡猶嫌桂炷銷，妝成只向菱波坐。卻自中丞愛寵移，越女燕姬盡怨咨。金井轆轤捐碧玉，孟青鞭扑殺紅兒。雀尾團花妝健婢，中丞匍伏前長跪。須教受杖學東昏，何煩更設宮中市。此時自謂百不憂，此時自謂長無愁。瞑瞑持來琥珀枕，遥遥垂得珊瑚鉤。誰知詔書一旦下，削官不得歸田野。回黄轉紫失榮華，窄袖短衣驅匹馬。美人紅顔倏忽徂，黄土來親白玉膚。使君自有燕臺婦，賤妾寧思建業夫。君不見黄腸掩側哀秘器，朱軒零落對獄吏。公侯將相如飛塵，長向秋風揮涕淚。

陳玉璂 賡明，椒峰，武進人。

小虎詞

小虎者，里中顧秀才女也。秀才落拓不顧家，流寓他所。小虎年十二，被賣於季刑部家作婢。刑部未知所由來，以從嫁董文友。後祠部巢君悉其事於董，遂擇嫁於王秀才。董母吴夫人親爲笄髻，行禮送之，恐人以婢子故輕之也。無何，王秀才死，轉爲村人婦。自悼命薄，時時念主人恩，曰：「不如長作董家婢。」文友爲余言之。因傷其遇，憐其情，作《小虎詞》。

昨夜月明今夜雨，階前總聽寒蛩語。每愁飄泊念生平，小虎今年已如許。董生當日射屏風，百兩來時小虎從。絲髮剪齊初覆額，人言初日照芙蓉。澡豆盥來常掬月，衣香薰就不當風。澁澁羞隨諸女伴，避人常倚朱欄畔。阮咸那得求人種，王珉未敢投團扇。每見厨孃竊竊言，小虎含愁復含怨。含怨含愁問不言，只言弱病常多倦。嬌小偏令主母憐，不教辛苦五流連。一日董生曾召客，祠部巢君起膝席。爲言小虎本名家，老夫亦有葭莩戚。董生聽罷忽傷神，爲惜飛花最感人。辭卻故枝成片片，枉飄溷厠任風塵。方知小虎年來意，含怨含愁自有因。吁嗟因向高堂説，小虎聞知背人立。唤來燈下頻致詞，目光瑩瑩衣袖濕。自言小虎本名家，與巢果有葭莩戚。阿父支離不顧家，阿母艱難愁度日。

晨昏針綫每相依，乞火鄰家數米粒。相依誰道更相捐，白髮未生中道失。有兄落拓爨無煙，來往摴蒱惡少年。一朝負博十萬錢，將儂插賣誠可憐。訴罷舉家紛欲泣，尤教董母填胸臆。便呼令子問良媒，孝廉劉生爲作合。云有王生二十餘，生長名家頗讀書。若教舉案應相得，即望泥金定不虚。從此銅輿花下送，鄭重相看初跨鳳。董母呼來爲上頭，承恩覺得簪笄重。此去相期守白頭，此行但願長無愁。誰道王生亦薄命，新得佳人身便隕。春采蘼蕪秋采蒲，小虎淒涼哭故夫。縫成羅襪無由寄，撫罷鸞膠恨已孤。金石心堅一旦誤，去帷新寡空思故。自傷漂泊每聲吞，夢中偏憶舊朱門。燕謝雕梁巢野樹，呢喃猶説主人恩。誰何昨日負薪至，小虎傳言愧無地。薄命休憐賤妾身，深期卻負夫人意。不如作婢侍華堂，敝履猶存倘無棄。小虎小虎爾何知，爾今失計悔已遲。莫恨才人嫁厮養，莫羡文姬歸董祀。晉后猶稱劉曜夫，魏妃乃作孫騰伎。爾今嫁作傭保妻，猶然末路糟糠計。紅顔枉自傷青春，人生有命莫含顰。古來英雄當日暮，飄零失路難具陳。李陵去漢嗟奄忽，王粲依劉殊苦辛。潦倒才人如未死，此身知道屬何人？

陳廷敬 說巖，澤州人。

聞笛

一片長安秋月明，誰吹玉笛夜多情？關山萬里無消息，腸斷風前入破聲。

董以寧 文友，武進人。

文友詩詞穠纖婉麗，嘗著《珊瑚怨》，題詞云：「杜牧尋春較晚，惆悵芳時；蘇孃聘月來遲，蕭條清夢。」又云：「月如無恨，似合長圓；花到方開，那禁輕折。」語語皆堪腸斷也。

卞玄文過毘陵寓吴氏水閣因次梅村韵

畫堂燕子正初雛，茘子紅衫映雪膚。細語淺斟銀鑿落，迎涼閒賭玉摴蒱。閨中筆陣留書札，鏡裏眉峰是畫圖。縱有箜篌聽不得，青溪愁絶蔣家姑。

碧玉歌 紀錫山近事也。

誰家少女擅妖嬈，舊住銀塘紅板橋。院内櫻桃垂綺户，堤邊楊柳繫輕舠。家風最倚中郎重，門户堪從絡秀驕。憶昔生年十四五，廣額豐頤好眉嫵。牡丹新髻八盤迴，蓮瓣纖鞋三寸楚。輕如驚燕度花飛，豔如彩鳳當風舞。早知炊飯進劉晨，詎便聞香防賈午。可憐白晳他家郎，父在金門母在堂。娶妻更得劉碧玉，花花葉葉自相當。不道七丸乘醉進，玉樹飄風委北邙。荳蔻遺胎嫌太早，鴛鴦舊夢本難忘。熏籠依舊葡萄被，蕤枕猶然玳瑁牀。自寫祭夫篇尚在，雞聲便逐汝南王。奔來不隔文君肆，窺去原無宋玉牆。階前董偃嬌能拜，花底秦宮醉更狂。妝成每過瑶光寺，繡罷常攜濯錦坊。握索時時寬袙袾，步虚夜夜捉迷藏。消魂更有留人處，冠玉人來夜深語。帳外流蘇響一聲，低眸就把千金許。鴨爐香篆曉氤氳，抱日嬌郎癡若雲。行踪便了僮常見，信誓芳姿婢暗聞。漫道小郎囑新婦，寧知新婦配參軍。一朝鸜鵒叨叨説，射烏兒來空立雪。生恐桃花結子貪，歸寧索向姑嫜别。腰肢約束帶頻收，翻悔當初采石榴。入門見母牽衣泣，願母同登雲母舟。水上洛神縹緲去，感甄先自淚長流。藍橋卻遇他鄉客，正是安仁悼亡日。手致區區八餅金，偏喜佳人能再得。猗嗟往事不堪思，從此心堅尚未遲。回啼欲問新人笑，倘憶當年初嫁時。

徐緘

伯調，會稽人。

客有述秦淮女子宋蕙湘題壁詩感而有作

何處黄金北斗傍，胡笳拍拍斷人腸。若無海水添成淚，莫話尊前宋蕙湘。

附 宋蕙湘鄴城題壁詩

風動江空羯鼓催，降旗飄颭鳳城開。將軍戰死君王繫，薄命紅顔馬上來。

按：蕙湘題壁在衛輝旅店中，長洲尤侗悔菴和云：「管絃未散鼓鼙催，金粉飄零寶鏡開。好似明妃出塞去，幾時桃葉渡江來？」又云：「青樓夢斷杳如煙，懊惱郵亭一夜眠。回首長干天外隔，洛陽別有斷腸天。」

送黃皆令同外渡錢塘

沙頭挈玉瓶，揮手共飄零。潮落江心狹，雲歸天目青。樓船龍子國，詞賦女人星。底事陶彭澤，饑驅不暫停。

贈閨秀王玉映

蕭山毛于一〔一〕曰：「玉映爲季重先生之女。嗣本中郎，家餘鮑照。《紅吟》未斷，還傳靧面之辭；緑篋堪留，實儲傷心之句。」又題玉映《詩緯》調《玉樓春》云：「吴山曉閣妝螺子，山木倒開鸞鏡裏。筆牀寒寫竹衣紅，書帶緩垂藤菜紫。　機頭小鑷穿花綺，纂就散絲盈絡緯。秋波千頃照芙蓉，無數綵霞江畔起。」按：玉映名端淑，所著有《紅吟集》，故陳玉瑾詩云：「客舍無端喚鷓鴣，聖湖風物杳難圖。他時欲覓吟紅處，梔子枇杷伴碧梧。」

多病復他鄉，鉛華減昔妝。枕函紅淚滿，裙帶細腰長。夢秤才無敵，傾城瘦不妨。從來謝道韞，天壤恨難忘。

【校勘記】

〔一〕「毛于一」，原脱「一」字。據毛奇齡字補。

吴懋謙 六益，華亭人。

豔曲贈蕭姬

春揺晴色樹交花，環珮垂垂映水涯。杜曲梨香嬌白雪，武陵桃暖泛紅霞。簫沈殘恨青樓上，琴咽新愁碧玉家。寄得羅巾曾到否，重門深鎖月光斜。

顧景星 黄公，赤方，蘄春人。

楚宫老妓行 南京樂籍藍七孃，善鞦韆、蹴毱，入楚宫，亂後爲尼。

白頭緇衲誰家嫗，身似虚舟眼如霧。自言十五學新聲，名在宜春内人部。初隨阿母長干里，轉入金沙洲裏住。門前車馬隘歷闐，席上纏頭不知數。章華驕貴世應稀，徵歌度曲辨音徽。龍樓讌月香成陣，鳳扇障風肉作圍。曾逐行宫同象輅，不嫌花底奪鸞篦。鴛鴦瓦暗流螢度，翡翠簾深絡緯啼。年年恩例官舖後，善和門外饒花柳。東肆郭郎西肆歌，社北厨孃社南酒。半仙小女鬭腰支，齊雲兒郎好身手。王舍空門乍改移，平臺戚里今何有？乍來豈識婆羅門，夢中只記君王后。初時夏臘尚紅顔，幾度春秋成老醜。君不見古來褘翟椒房尊，幾多失勢爲桑門。柔福當年死沙漠，妖尼詐作平王孫。家亡國破有如此，嫗乎嫗乎何足論。莫到玉鉤斜下路，天陰新鬼哭黄昏。

閲梅村王郎曲雜書絶句志感

崑山腔管三絃鼓，誰唱新翻《赤鳳兒》？説著蘇州王紫稼，教坊紅粉淚偷垂。王郎爲江南御史杖殺。

廣柳紛紛去盛京，一聲嗚咽倍傷情。行人怕聽《陽關曲》，先拍冰鞍上馬行。郎送出塞諸君，歌甫發聲，衆不忍聽，争上馬而去。

永豐坊内緑楊枝，曾弄春風上玉墀。舊日承恩成底事，江南幾度落花時。郎嘗言在江南時從太監韓贊周，以一曲供奉。

日永吴趨囀乳鶯，翠釵嬌團不勝情。尋常賓客誰驚座，不是王郎即柳生。敬亭柳老，義俠士也，善平話。

柳生涷餓王郎死，話到勾闌亦愴情。好把琵琶付盲婦，裹頭彈説舊西京。

西京舊日知名者，籍隸中山供奉臣。一自龜年零落後，岐王第宅屬何人？李小大善歌。

夢到江南勝返魂，紫駝人去塞垣昏。金陵盛日猶堪訪，風雪初歸寇白門。白門名娟，後北去，得放歸。

玉笙正要松風奏，垂老關情到此曹。不爲管絃頭白後，秖難重聽《鬱輪袍》。

十錯新聲解得無，傳從皖水到留都。後來事事都成錯，錯認當年阮佃夫。梅村集中稱「阮佃夫」，指阮尚書大鋮也。

《永和宫》怨《雒陽行》，手語矜能卞玉京。勸君莫羨元和妓，不是元和腸斷聲。高霞寓聘妓，妓曰：「我誦得白學士《長恨歌》，何薄我爲？」

妖妃藎后擬非倫，說到冬青更失真。欲識永和宫内事，他年問取冢中人。曹魏時，有人伐周王冢，得殉女子，郭太后養之十餘年。太后崩，此女哀思而死。宋都臨安時，宫中有一晉宫人，亦從冢中出者，能道晉宫事。

酒闌人散月當中，徙倚花陰唤小叢。莫譜琵琶對明月，月明曾照舊西宫。

憶戊子夏客廣陵遇田九自云故貴妃異母季弟也潛述其事恨流傳失實追賦此篇

梅村又有《田家鐵獅歌》。

内府玉盤紅一尺，昨日宫奴偶攜出。至尊乍索阿監驚，白靴不待東方明。帝德之嚴可知矣。西司房緝捕皆著白靴。御街初屏金蓮炷，線香引過西清路。鋪宫恩例本尋常，萬壽金錢雜銀豆。内家漸作兩般妝，姑蘇梳掠遜維揚。秖爲奇香進鈎弋，何曾紈扇怨昭陽。端門北望乾清遠，永和月落鷄鳴短。未聞樊嫕使兩宫，不比班姬召同輦。漏水丁東十五聲，銅籤擲響正三更。朱鳥牕前誰竊聽，自鳴枕上至尊驚。宫中微釁起于宫人自鳴枕，大西洋所獻。君王盛德無瑕疵，母后推恩保終始。外人誤指武安驕，椒殿還憐貴妃死。珠襦冷落出昌平，忍料龍輴早晚行。商賈醵錢開隧道，行人麥飯上清明。貴妃初葬昌平。甲申四月初一日，李賊令三十六人奉崇禎梓宫，十六人奉周皇后梓宫，並厝妃墓所。義民斂錢三萬開隧道。萬事消沈有如此，綺語何緣涴青史。田家鐵獅真足悲，誰氏銅駝没荆杞？江東太尉說興亡，長慶詞臣數上皇。難起荒墳舊宮婢，須存故國老中郎。貴妃季弟流離苦，曾抱琵琶向予鼓。一彈《別鶴》低翠眉，再鼓《哀蟬》淚如雨。秋草斜陽恨未消，諸陵宰木總蕭條。誰唱永和宫裏曲，夜深紅鬼訴蓬蒿。

無題

江都某氏女有國色，爲高興平營將所得，復流轉入北。其主從軍，留姬江左。以禮自閑，而悲怨時時見于吟咏，有「死媿鴛鴦家，生非燕子樓」之句，亦可悲矣。

騮馬曼胡久未歸，雕牀黼帳出應稀。池邊楊柳春陰合，樓上簾櫳乳燕飛。弱髻罷梳鄉俗改，蘼蕪欲采故人非。江陽姊妹今猶在，一面菱花淚染衣。

孫暘

赤崖，常熟人。

贈紅蘭 并序

偶遊天津，與紅蘭遇。蘭能詩，善調笑，本浙東名家女。余歸江南，紅蘭贈詩云：「情淚好隨潮水去，送君雙槳到姑蘇。」余有留别數首，僅憶其一。

天津橋北酒家胡，白板扉迎丁字沽。近水桃花開並檻，隔簾人影坐當壚。留髠醉月歌《楊柳》，送客乘潮唱《鷓鴣》。珍重旗亭尋後約，紅巾小字淚糢糊。

毛先舒 馳黄，一名騤，錢塘人。

題俞瓊英遺集

宋玉多愁客，江淹本恨人。如何誦遺稿，霜鬢又添新。

斷河夢引爲陸孃作

吳峰天淡吳雲碧，百子燈紅照離席。天河夜落織女星，靈鵲橋西化爲石。青松藹藹月皎皎，一聲雞喚春煙曉。流蘇四幄不飛塵，窣地金泥藍鳳小。鈿車憶昔出瑶池，曳雲裊雨何參差。離腸一奏《斷河引》，酒樽茶椀俱含悲。斷河河水流香絮，彈鶯偏著花濃處。銀漏丁東隔夾城，江門月上催船去。

李娃歌

銀河月淡流濃雲，天門紞紞清漏聞。酒闌比耦各覓群，伊嚶嬌女呢不分。鑪中沈水高一丈，獰獸吐焰香氤氳。李娃十三擅樂方，垂髫鬖鬖覆額長。玉刻雲翹九龍子，繡帖羅裾雙鳳凰。秀眉單眼自塵外，皎若青天曳紅旆。地衣不縐平步過，直下何曾動裙帶。文螺作杯光陸離，注酒酌我我豈辭。東方忽高須知之，當筵不醉非男兒。

贈王采生詩四首 并序

蓋聞柴桑高韵，非無西軒之曲；楚士貞心，亦有東鄰之賦。雖託興于豔歌，實權輿于大雅者也。同郡范子，天情高逸，風調霽朗，埋照濁世，混跡囂塵。莫愁湖畔，屢變新聲；阮籍壚頭，何疑沈醉。爾乃偶然命屐，瞥爾逢僊。地多松柏，上賓邀除徑之歡；門掩枇杷，才子乃掃門之客。其人也，産自鶴沙，僑居鳳麓。收束近禁中之態，散朗饒林下之風。若乃妙能促柱，雅工《垂手》。丹唇乍啓，毫髮崩雲；響屧初來，氍毹如水。感此傾城之好，遂叶《同聲》之歌。白門柳下，夜夜藏烏；油壁車邊，朝朝騎馬。是以紅牋十丈，寫幽豔以難窮；白紵千絲，縈繁愁而欲斷。茂矣美矣，婉兮孌兮。南方故多佳人，而西陵洵稱良會者也。于是傳諸好事，遞撰新篇。既美一緒之聯文，且驚諸體之競爽。昔者《囉嗊》曲好，鏡湖開色；善和筆妙，雪嶺更題。總標美于青樓，均流音于斑管。以玆方昔，將無過之？僕憂病無方，風流殆盡。聊宣短敘，并製韵文。悔其少作，敢借口於揚雲；輒冠群賢，終汗顔于李白云爾。

昨日非今日，新年是舊年。迷人春半草，相望隔江煙。

鴨卧香爐煖，蜂憎繡幕垂。何當寒食雨，著意濕花枝。

吴綃吹夢薄，楚簟壓嬌多。宿髻鬆鬆處，教誰唤奈何？

柳汁匀晨黛，桃脂助晚妝。誰憐薄命妾，不負有心郎。

吴　綺　菌次，江都人。

菌次少讀書康山之麓，既而待詔金馬，奉敕填詞，流傳宮掖，人都目爲江都才子。

董少君哀辭

少君名白，字小宛，桃葉名姬也。姿穠轉玉，品貴埋金。鶴矢意于離群，鴛有懷而慕侶。吾友辟疆，聞聲晉渡，覿面蘇臺。燈下團沙，醉眼曳留仙之帶；江邊畫槳，同心借續命之絲。乃雅韵難諧，情波更折。三生有石，遂堅匪石之心；離恨無天，欲作問天之想。轉車輪于午夜，瘦盡燈花；駕艇子以秋風，來逢月樹。遂使當時才子，競著黄衫；命世清流，爲牽紅線。玉臺重下，温郎信是可人；金屋皆歸，洴國遂爲佳婦。閒心向月，并囀紅簫；巧笑作花，同臨碧鏡。香分博士，貪燒鷓鴣之斑；書學夫人，戲問鴛鴦之字。扇松風於林下，静影如吹；咒桃雪于庭前，天心自浣。新橙未擘，纖手訝其香留；弱蕙初承，小唾疑于花亂。斯可謂獨秀青閨，恒芳彤管者矣。爾乃樓通西閣，琴調大婦之心；饁進北堂，羹諳老姑之性。過華亭而聽鶴，亂中存趙氏之書；入臯廡而依鴻，病裹伴龐公之坐。十年織錦，巧在絲前；五夜彈筝，韵流絃外。而鶩鸚鵡之夢，果有不祥；葬鸞鳳之身，于焉速化。死而可忍，彌留椒蕊之筵；去必有歸，恍惚蓮花之國。某偶遊射雉，恰直騎鸞。見奉倩之神傷，爲安仁而氣盡。雲高巫嶺，不遮傷逝之心；雨入巴山，盡是悼亡之淚。展銀鉤于遺墨，覩舊日之鈔書；省瑶佩于生綃，見春風之出畫。聞其語矣，爲之泫然。媿乏八叉之才，聊代《七哀》之賦。青牛帳裏，想入夢以氤氲；紫玉墳邊，當歌聲而宛轉。

憔悴春衫杏子紗，潘郎二月葬梨花。愁能無淚天將老，死到多情月不華。拋散珍珠思鬧掃，丢殘鐵撥在琵琶。莫言爉燭因灰盡，想到當年油壁車。

麻姑去後小姑閒，獨剩雙成又早還。此日若教居海上，當年何事降人間？青絲有結寬腰帶，白玉無心認指環。地下果容長見憶，也應愁損舊眉彎。

帳中環珮望遲遲，腸斷春蠶死後絲。兒女何能知古處，英雄誰信不時宜。支離白月長生語，零落紅牋小字詩。莫怪東陽新病沈，十年吾亦爲花癡。

月路雲階信渺茫，愁人夜起合歡牀。嬌心欲盡原非福，薄命無才或可長。雕玉枕沾桃瓣粉，縷金箱疊藕絲裳。癡魂不逐梨雲去，肯向巫山魅楚王。

韓繡行

天上雲襄隔銀渚，吴宫絲絶難重數。泖水曾傳顧氏娥，蘇臺今見韓家女。韓家女紅稱最奇，劉郎珍重不輕攜。官閒畫舫陳烏几，酒罷巾箱出紫綈。鶴紋素綾不盈尺，八幅神鍼留異跡。設色如開張藻圖，寫生欲奪邊鸞筆。第一梅枝第二蘭，幽香拂拂指頭看。唐英偃雪魂俱淡，湘佩臨風影不乾。三爲古石四水草，玲瓏蕩漾皆天巧。辟邪僵卧莓苔深，沙虹跳擲蘋花老。五六蛺蝶飛秋花，碧畦菘菜茁霜芽。次七靈芝光爛熳，次八老竹形欹斜。内中此君尤叫絶，碧幹蕭疏才幾葉。瀟湘江上一枝風，篔簹谷裏三更月。後題小楷字難捫，玉篆鈐朱更絶倫。都無彩筆臨摹跡，況復金鍼點綴痕，虎頭家製多曾見，霜禽露卉生宫線。一朝歛手作扶餘，尹邢並坐應低面。劉郎劉郎誠快哉，此卷從何覓得來？請君更展紅氍帙，爛醉冰堂緑酒杯。

秦淮和周櫟園先生韵二首

一帶朱樓映紫霞，段師家世教琵琶。碧窗曉膩鸕鷀粉，紅袖春嬌蛺蝶花。罏畔遠山巴子黛，欄邊新水越娥紗。當年記得吹簫曲，明月寧容薄霧遮。

面面疏櫺傍水開，賞心亭下足徘徊。游人自墜金鞭去，商女曾歌《玉樹》來。五里霧迷煎甲火，百枝燈照玩春杯。小桃一向東牆發，惹得遊蜂日幾回。

徐嘉炎

華隱，秀水人。

戲贈何郎二絶

待得郎時月又低，勝梳薄髮掩妝啼。金莖可是能消渴，斜倚薰籠聽曙鷄。

郎心不肯畏風波，如此風波奈若何。桃葉渡頭蘭檝盡，黄姑終竟隔天河。

春江曲　十九歲作。

春水滿江生，江流不肯住。風流終日行，何處尋郎去？
君行春江外，妾住春江邊。朝朝看江水，夜夜望江船。
瞿塘千里來，逆浪高三尺。風波不可去，夕陽留估客。
水轉金陵月，風吹揚州花。東西兩相隔，俱在阿儂家。
春江浩無底，水深雲亦深。雲影留江中，如郎在妾心。
桃花照水邊，梅子懸山側。誰教青復紅，使我無顏色。

顧樵　樵水，吴江人。

贈秋佩較書

獨理霓裳深谷幽，不同二女漢濱遊。芳林一夜花争放，腸斷春風十二樓。
六六屏山隱曲房，挑燈散帙夜初長。無勞手浣薔薇露，合德從來體自香。
樂府新聲按拍催，由來傾國自多才。生辰恰近雙星節，應向天孫乞巧來。

本事詩後集卷十終

本事詩卷十一　後集

吴江徐釚電發編輯

朱彝尊　錫鬯，竹垞，嘉興人。

《黑蝶齋小牘》曰：秀水朱十負異才，吴梅村游檇李，見其詩，評曰：「若遇賀監，定有謫仙人之目。」嘗效俞羨長古意新聲體，賦《閒情》詩三十首。錢塘陸麗京誦之傾倒，作《望遠曲》思勝之，不敵也。一序尤爲計孝廉甫草擊節，辭多不録。汪氏《説鈴》曰：朱十彝尊詩才雋逸，文尤跌蕩可觀。然性好飲酒，嘗與高念祖佑釲入都，每日暮泊舟，輒失朱所在。及高往求之，則朱已闌入酒肆中，醉卧壚下矣。

彭山即事

竹垞嘗遊于越，賦《越江詞》云：「山圍江郭水平沙，過雨輕舟汎若耶。一自西施采蓮後，越中生女盡如花。」越之仕女交相和之。一日偕董處士膃入一大宅觀彭山，覩三女子明豔，未嘗避人，朱逡巡而退，賦詩云云。

誰家三婦豔新妝，静鎖葳蕤春日長。一出浣紗行石上，飛來無數紫鴛鴦。

再過鼓山

猶是清江舊板橋，門前流水細通潮。垂楊不是傷心樹，那得長條更短條。

題陳女史畫蓮

吴興女子陳小住爲朱十畫扇作並頭蓮，朱十集唐人句題之。

可愛深紅間淺紅，滿地荷葉動秋風。縈洄謝女題詩筆，一片西飛一片東。

竹屋吹簫爲秀水王漢雯賦

秀水王生漢雯，舍館于南張橋沈氏之宅。宅西書屋，水竹繞之，静夜無人，生坐吹簫。良久，有婦人從竹林出，通情款，遂薦枕席。經月餘，語生曰：「妾寃鬼也。」因訴寃狀，請生雪之。生大懼，曉起，力辭主人歸，不復往。陳秀才忱，生同席硯友也，微叩之，生乃吐實。爲賦一律，紀其事云。

哀蟬落葉響空廊，何處風來夜度孃？一水情通猶脉脉，三星路斷已茫茫。人間定有黄金盌，天上曾無白石梁。《宛轉》歌殘玉簫歇，西烏飛盡月蒼涼。

流虹橋紀事送葉元禮歸吴江

吴江葉舒崇元禮，美丰姿。少日隨其兄學山過流虹橋，有女子在樓上，見而慕之。問其母曰：「有與葉九秀才偕行者，何人也？」母漫應之曰：「三郎也。」女積思成疾，將終，語母曰：「得三郎一見，死無恨矣。」女卒，元禮適過其門，母以女臨終之言告。元禮入哭，女目始瞑。余作《高陽臺》記之云：「橋影流虹，湖光映雪，翠簾不卷春深。一寸流波，斷腸人在樓陰。游絲不繫羊車住，倩何人、傳語青禽。最難禁。倚遍雕闌，夢遍羅衾。　重來已是朝雲散，悵明珠珮冷，紫玉煙沈。前渡桃花，依然開滿江潯。鍾情怕到相思路，盼長隄、草盡紅心。動愁吟。碧落黃泉，兩處誰尋？」一時交傳其事。後至會稽，每入市，窺簾者夾道。時宋副使琬觀察越中，曰：「是將看殺衛玠。」因招之入署。及歸，余送以詩云。

明童倚曲動梁塵，奼女新妝更絕倫。齊向羊車看衛玠，臨行愁殺洛陽人。

贈若耶小史爲葉星期作

星期越游，愛伶人某郎幼美，其友致之。是夕已俶裝將還矣，執手不忍別，賦絕句送之。

畫舸乘風一葉輕，紅亭相送客相迎。最憐小史如初日，不勸離筵到五更。

將之永嘉曹侍郎餞予江上吴客韋二丈爲彈長亭之曲并吹笛送行歌以贈韋即送其出塞

韋郎舊隸羽林籍，曾向營門教吹笛。不聽吴中《白雪》音，定呼鄴下黃鬚客。平原相見轉相親，置酒誇君坐上賓。下若尊罍朝未罄，東山絲竹夜還陳。閒來坐我花間奏，玉洞飛泉響巖溜。古調多傳關馬詞，新聲似出康王授。問我東行到海壖，日斜江上慘離筵。還將北鴈南飛曲，催送錢塘楚客船。船人擂鼓津頭泊，紅葉千山富春郭。忽作邊秋出塞聲，江楓岸柳紛紛落。哀絃促管不堪聽，賓御聞之亦涕零。挂席遠移嚴子瀨，看山直上謝公亭。聞君欲問雲中戍，雪消飲馬長城去。廣武營邊折柳時，黄瓜阜上題書處。司農舊是出群才，此日征西幕府開。試向尊前歌一曲，梅花飛遍李陵臺。

題顧夫人畫蘭

眉樓人去筆牀空，往事西州説謝公。猶有秦淮芳草色，輕紈勻染夕陽紅。蘭名，見金漳趙氏譜。

秦淮舟中作

聞道秦淮樂未闌，小長干接大長干。桃根桃葉無消息，腸斷東風日暮寒。

贈陳校書并索其畫扇二首 集唐

不將清瑟理《霓裳》，笑倚東軒白玉牀。小疊紅牋書恨字，屏風誤點惑孫郎。

葡萄美酒夜光杯，夜半高堂客未回。知我憐君畫無敵，且將團扇暫徘徊。

南湖夜聞歌者

輕舟暗度古城東，惆悵霜天落塞鴻。誰向夜深歌《水調》，傷心不待管絃終。

嚴繩孫 蓀友，無錫人。

蓀友爲貴公子孫，早歲拂衣，蕭疏澹遠，脱然塵壒之外，識者目爲倪元鎮一流。著《秋水集》，意象超越，不爲綺靡之音。摘其一二豔語，風情月魂，猶當遺世獨立也。

贈溪陽李雲田迎侍兒掃鏡

我見猶憐更莫疑，檢書調黛事全知。只應不解《銅鞮曲》，教唱蕭郎自作詞。

病後修蛾不耐秋，昵郎絮語動離憂。兒家薄命羞金屋，素帔焚香侍遠遊。

汪懋麟 季甪，蛟門，江都人。

蛟門天禄燃藜，金門據地，彈碁頌酒，不減名輩風流。常于清明日集諸名士送朱十錫鬯之揚州，云：「今年二月已春分，白袷單衣暖氣曛。欲唱《渭城》誰進酒，緑揚樓外見紅裙。」又云：「揚州勝事滿林臯，此去猶能賞碧桃。無數畫簾鉤落日，一湖春水漾輕篙。」情致昵人，論者以爲酷似微之、牧之也。

柳敬亭説書行

田巴既没蒯通死，陸賈酈生呼不起。後人口吃舌復僵，雄辨誰能矜爪嘴？吴陵有老年八十，白髮數莖而已矣。兩眼未暗耳未聾，猶見摇唇利牙齒。小時抵掌公相前，談奇説鬼皆虚爾。開端抵死要驚人，聽者如癡雜悲喜。盛名一時走南北，敬亭其字柳其氏。英雄盗賊傳最神，形模出處真奇詭。耳邊恍聞金鐵聲，舞槊横戈疾如矢。擊節據案時一呼，霹靂迸裂空山裏。激昂慷慨更周緻，文章彷彿龍門史。老去流落江淮間，後來談者皆糠粃。朱門十過九爲墟，開元清淚如鉛水。長安客舍忽相見，龍鍾一老胡來此？剪燈爲我説《齊諧》，壯如擊筑歌燕市。君不見原嘗春陵不可作，當日紛紛誇養士。鷄鳴狗盗稱上客，玳瑇爲簪珠作履。此老若生戰國時，游談任俠羞堪比。如今五侯亦豪侈，黄金如山羅錦綺。爾有此舌足致之，况復世人皆用耳。但得飽食歸故鄉，柳乎柳乎譚可止。

芝麓宗伯《贈説書柳叟・沁園春》一闋云：「驃騎將軍，異姓諸侯，功名壯哉。乍南樓傳箭，大航風鶴，中流摇櫓，溢浦蒿萊。片語回嗔，千金逃賞，遮客長刀玩弄來。堪憐處，有恩門一涕，青史難埋。　偶然坐上嘲詼，博黄絹新詞七步才。似籌兵北府，碧油晨啓；把棊東閣，屐齒宵陪。春水方生，吾當速去，老子遨遊頗見哀。相攜手，儘山川六代，簫鼓千杯。」公自注云：「記左寧南與范文貞、何文端事也。」

閨詞爲姬人作

按：姬越人。蛟門病中納姬長安邸舍，一時群公都賦《賀新涼》詞，一名《金縷曲》。西吴徐倬方虎云：「百合香鬟卷。趁涼天、緑珠迎至，翔風輕遣。夜静鈿車嗔響處，偏是歡多成泫。可喜殺、雙蛾同繭。若把瓊花來比樣，鏡湖春、豈似揚州淺。蓮蒂並，藕絲展。　文園病渴今方顯。故妝成、温柔鄉裏，來尋和扁。絳蠟臺前呼小字，不道新郎是犬。紅豆曲、相思纔免。騎省才人簪筆慣，有雙螺、畫筆須君典。溪上約，臂紗剪。」新城王士禄西樵云：「蘭幌燈前卷。便相如、愁盈四壁，一時齊遣。始信明眸真善睞，暗瞬秋波似泫。早打疊、鸞衾如繭。扣扣繫欽情乍定，道琴心、眉語都來淺。雙影好，玉臺展。　三生石上精魂顯。好摩娑、藍橋贈盒，玉圓犀扁。得近佳人偏鄭重，不惜烏龍是犬。縱病渴、誰能求免。從此比肩形影似，奉鴛鴦、繡譜同經典。紅綬帶，肯輕剪。」梁園周在浚雪客云：「繡幙朱帷卷。羨才郎、茂陵病渴，蛾眉聊遣。百兩爭看迎碧玉，淚滴晶壺紅泫。堆錦被、並頭藏繭。千里誰期燕與越，羨赤繩、繫就緣非淺。月下老，書頻展。　雙棲璹瑁雕梁顯。最消魂、漢蘇微動，黄金釧扁。阿母相依攜小妹，從嫁何勞牽犬。花底活、春風笑免。好語竹西人莫怨，怕短轅、長柄難爲典。心已醉，愁須剪。」陽羨陳維岳緯雲云：「繡被濃香卷。戟門前、侵晨客到，當關須遣。鏡底催妝吟麗句，綵筆江郎花泫。稱好寫、佳箋名繭。十五有餘年紀是，似柳梢、二月黄初淺。荳蔻熟，櫻桃展。舍人通籍金閨顯。擁如君、臣冠横掛，珊瑚簪扁。蓮漏丁丁爐獸熱，睡著雪狸烏犬。料天上、魂消不免。入直公餘休澣暇，賜口脂、面藥誇恩典。裙帶樣，看裁剪。」

初試輕衫四月天，曉來臨鏡唤郎前。小時只愛花枝好，爲看新梳髻影偏。

貪繡鴛鴦錦翼舒，欲呼侍女去烹魚。日長儘有閒針線，消得郎君一寸書。

紅燭高燒倒玉瓶，繡牀斜倚影亭亭。道郎吟句如絃管，自擊文犀徹夜聽。

夜聞鄰女琵琶 京邸記事。

瑩瑩素月光含煙，羅幃風動愁不眠。忽聽纖歌撥銀甲，美人夜弄鵾鷄絃。我有錦瑟久寂寞，朱絲塵網金鈿落。此夕聲疑《碧玉歌》，隔花淚斷真珠索。寄語美人且勿彈，彈之如對關山難。安得解衣滅紅燭，空惜雲鬟風霧寒。

寶應陶澂季深有《過蛟門寓齋聞鄰女琵琶聲曲》云：「長安月明清漏遲，庭中素影流參差。廣陵詞客不肯寐，正憶落花腸斷時。何人新聲若有怨，一曲初彈百鶯囀。尋聲猶隔短牆東，悵此蛾眉不相見。自是遥憐宋玉才，故煩纖指寄絃哀。知君今夜夢難覓，誰是巫山雲雨臺？」

還珠曲 爲韓女作。

誰言碧玉小家女，自顧傾城心獨許。對鏡妝成香坐薰，臨風舞罷衣輕舉。生小嬌憨花下居，高鬟一尺盤龍梳。問年四五頗不足，自言二九纔有餘。卻恨春風破瓜早，卓孃憔悴衣裳縞。一曲初彈鳳與凰，相如先爲情顛倒。豈意盈盈秋水長，朱絲難繫雙鴛鴦。還我明珠淚沾臆，竚立門前空斷腸。

秦淮燈船歌 乙卯五月。

秦淮五月水氣薄，榴花乍紅柳花落。新荷半舒菡萏長，對面人家卷簾幕。晚來列炬何喧闐，鼓吹中流一時作。火龍一道燈船來，衆響啁嘈判清濁。一人撾鼓揚雙槌，宮聲坎坎兩虎搏。一人按拍秉樂句，裂帛時聞墜秋籜。一人小擊雲鑼清，彷彿湘娥曳珠絡。横笛短簫兼玉笙，蘆管嗚嗚似南籥。兩旁列坐八九人，急羽繁商不相若。或澁如調素女絃，或溜如囀早春鵲。或緩如咽松下泉，或激如挑戰場矟。有時回帆作數弄，月白沙明叫饑鶴。六船盤旋繫一纜，萬點琉璃光灼灼。牛渚燃犀群怪驚，昆明習戰老魚躍。衆人互奏時一呼，如聽宮中上元樂。吁嗟此聲何自來，萬曆年間逞歡謔。中山開平盛甲第，富貴燻天陵衛霍。謝公巷口開畫樓，江令宅旁起朱閣。傳聞宴客端陽前，妙舞清歌進金鑿。青溪之南桃葉東，院裏名娼好梳掠。一笑真欲三年留，倒心迴腸愛眉角。珠玉如泥買歌笑，酒肉成山委谿壑。流傳直到南渡時，萬事荒淫付杯杓。作賦尚留才子名，盤遊苦恨宰臣惡。此時燈船知最奇，此時兵戈已交錯。天心殺運不可回，三十年來莽蕭索。余年童稺不及逢，白頭老人説如昨。今年來遊恍夢寐，烽火暗天渾不覺。紛紛蕩子登酒船，岸岸河房動芳酌。此地有湖名莫愁，我欲言愁恐驚愕。世人忽忽無遠憂，悲歌拔劍地空斫。嗟我旅人行且歸，醉眼迷離石城腳。

毛甡

大可，又字于一，名奇齡，號河右，蕭山人。

大可歌詞，纖靡淫佚，上駕徐、庾，下掩温、李。會稽姜埈《當樓集序》曰：「河右詩詞一本《三百篇》，故温麗其體而精深其旨，若其語則工妙備矣。他如陌上侍中、朝鮮計吏、宜城采桑之篇，極浦賣珠之詠，此固純標自然，不假雕繪者。至若户網粘蟲，枕聲停釧；訝霜明爲曙光，驚星摇之夜水。孤居鍵户，衹對牕鐶；隔舍聞歌，誤裁宮錦。吹簫苦朱唇之落，夢歡愁絳臂之銷。幽巖春竹冷，公子屏前；夜雨採蒲歸，女墳湖上。則或填足如鉤，斷簾垂露。夜坐燈前，惜後裾之成褶；朝來沐罷，擥前衫而自思。腰閒慵結帶，時作縈迴；鏡裏喜看花，暗相轉側。屏外閒情，漫調婿語；夢中秘事，難與婢言。此真靡曼之瑋詞，夫豈纖庸之佚調。」

和載花船詩

渭南令張萬青納姬青谿。姬病，屬女弟以迎將，望舟來而瞑目。令爲之神傷，作《載花船》

篇。闕里孔孝廉示予，并屬和章。

勸君莫唱《楊柳枝》，楊花飄落無還期。勸君莫上桃葉渡，桃葉無根又無樹。君游渭陽值春月，遥望江南柳如雪。誰家城角種石榴，不見平船住花葉。白楊深巷野鵶曙，十字南頭小樊素。門前脂石解笮行，花插文魚駕船去。鬱金香汗染絳雲，瓦棺玉樹埋紅裙。緑珠井上冰初結，紫玉湖邊日漸曛。昭陽女弟死相屬，眼見花間繞銀燭。鸞絃既絶難再牽，幸有鸞絲細能續。漳河銅雀飛復飛，大姨既嫁娶小姨。只今張君作新壻，清江重載花船歸。我行江南望江路，舊日煙花在何處？西陵松柏風雨來，但見青驄繫江樹。涼秋月没星替時，李義山詩：「月没教星替。」珠房多劈秋蓮枝。君能載花對花語，道予曾和《花船詩》。

羅三行

羅三百駢，杭州教歌頭，歌絶倫。甲午集紹興東昌坊，羅三率孌童十六人按歌，酒酣，執酒起爲壽，慷慨言曰：「羅三非優人，盍贈我長句，使人知羅三苦沈淪也。」甡唯唯。乙未復集紹興九曲里祁兵憲第，諸伎畢奏，羅三復引聲，乃悲懷激揚，顧笙笛絃索均失執。歌竟，爲言：「寧得憶贈句乎？」甡時頗失意，聞其言感動，驟起援筆，丐兵憲展絹。憶唐元和白居易與元稹作《霓裳譜歌》，惟恐湮失，歌句中且藏譜數，猶可按切影響。今亦略溯緣要，便可尋按，故益多曼吟爾。

周秦以後古歌絶，漢代延年尚能説。逡巡魏晉中再亡，杜夔左騏徒猖狂。開元神武興法曲，高頭教坊譜相續。華原驃國裸塞胡，立部聲喧坐歌促。金元起創爨舞辭，因之變伎歌參差。九宮分譜限南北，一十九韵音調微。明興一代本無樂。胡吹番謳苦交錯。優伶爨弄習轉深，南曲浸繁北浸落。相傳南曲始吴下，梧院風流宛如乍。吴儂創調絜古歌，翻出新聲美無價。當年絶唱稱崑山，松常折嗓浙齒頑。張芸朱美魏亮父，至今嗣續猶艱難。杭州羅三重意氣，誓欲尋原奪高第。攝聰絶慧通鬼神，一雪從來品題異。依聲按律節奏奇，宫商相接還相離。涵融便捷鶯語澁，急決嗷嘹鶴鳴遲。聲沿板守寸爲⿰扌豆，韵七字三前與後。新生故死黍粒分，迫度緩稽肌理輳。一聲將發坐客定，數變將終動神性。流離遷客涕淚傾，窈窕新孃怨思迸。搊箏擿阮徒自豪，吹師失管絃工逃。吴中譚如并張燕，到此不敢争鳴號。譚如卿、張燕筑數人著聲吴中。東昌坊頭合歌板，首坐毛甡泣《河滿》。哀吟失職貧士情，那問中趨共前緩。羅三歌罷爲起立，琥珀杯紅向甡揖。羅三不是尋常人，恥作當年李協律。生平好酒名酒徒，結交滿座皆屠酤。上之不屈古王者，其下詎嫌今大夫。千金散盡獨長嘯，故作歌吟雜啼噪。變童十輩蒲伏前，不足當余日調笑。毛公落筆能有神，悲能寫哭怒寫嗔。貌予令予使不朽，至今予作忘言人。昔年聽歌及寒食，桃花落盡紅梨濕。歌來倏忽又一年，今日聽歌如昨日。今歌既歡且復苦，坐者停聲立停舞。寒蟬數弄咽柳條，孤鴈一聲墮江浦。洞庭秋風剛葉下，去春在晝今在夜。霜繁露白月欲明，竹斷絃弛鼓初罷。宛如花底摘生葉，少婦繰絲自成節。嚴鋼鍥處銀鍔凉，冰甕開時水晶裂。又如石齒決金薤，刓核吹蘆擘風籟。屏高燭短坐嘆愁，昔日梨園近何在？蹉跎相失淹歲月，非我能忘棄前説。我亦沈淪年又年，顛頷相看總離别。東昌坊裏九曲園，高車駟馬填前軒。聽歌滿堂勿相問，此中惟見毛甡寃。毛甡沈淪本無極，那復羅三又失職。羅三當復歌此歌，莫道聲繁歌不得。

寄寇白門

莫愁艇子載琵琶，慢向青溪摘藕花。舊日侯門君記否，廣陵城下邵平家。

留淮西金使君郡樓三年晨夕多陽陵西巴之音大雪晚宴甡爲絶句贈伎人順郎

順郎十四學琵琶，十五新聲遍海涯。家在九龍山下住，生來洗面是桃花。

即事 有敘

宿竇家漬，賣漿婦連連目予。問之，曰：「非毛氏小郎乎？」曰：「何以知之？」曰：「妾故保定伯家婢也。向屯西陵渡時，主嘗饜郎。郎不解食生炙梟，索胹淘之，妾以笑被杖，寧能忘乎？」予聞之憮然，因就飲，解橐中金餉之去。伯籍北平，毛氏同姓，故嘗食其營。大兵下江東，全軍歸降，爲提督京營標官，守京城西門，家遂散失。婦善擘阮，汾州人。

錦帳雙鬟貌似花，河陽軍散各天涯。可憐紅字三家店，不賣青門五色瓜。

明河篇 有序

毛甡游淮陰，查繼佐孝廉並轡過張吏部曲江園觀百戲。時秋八月十四日，江南北名士十百來集。水亭當湖，樓臺館舍，刺史諸王軍府伎樂畢出，驚見妙幻，目不及瞬。自曙起烏啼，迨夜漏盡，日初出兩竿，迭呈絶藝，如灌河接魚，勿得已矣。絲竹綺羅，霏微幼眇。自傷淪落，未易遘此盛會，樂極哀生，易于感慨。又當煙竿熱層累遞，上狀城郭、宫宇、人物、狗馬、簾幃、釭幛，士女觀者填塞渚港，亦有簫管燈紗相間映。水煙模糊，奉觴女郎從煙霏中載它舟去，亦又淒已。蹋鞠者闆生搊箏，王生有清歌絶妙，錫山朱生、吴門孫生皆一時絶技擅場。幸一遘觀，明當散去，聊從諸君後賦詩三篇，一樂府、一律、一此題也。時賦詩者十之二，牲與張公子祁煒詩先成，人誦之。劉漢中贈牲詩曰：「詞人罷唱曲江樓。」王孫晉曰：「賦傳明月夜，詩動曲江樓。」張慕曾曰：「今來同上曲江樓，崔顥題詩衆莫酬。」餘載東山釣史集中。查伊璜號東山釣史。時西河詩成，一時好事者爭相傳寫。施愚山先生曰：「繁絲襍吹，靡靡傷情，若大可者，真是才子。」

明河潔潔秋夜長，草頭露白生微霜。淮陰客子感秋節，愁坐各言衣帶涼。東山釣史卧淮浦，私喜涼秋及三五。蹈海誰牽八月槎，臨淮須伐三洲鼓。三洲鐘鼓淮水濱，八月乘槎好問津。邀得江南流浪子，迎將河朔冶游人。江南河朔兩相望，河水星光兩摇漾。西園冠蓋翔緑池，東第笙簫啓華帳。張家舊院倚水陂，珠湖千頃漾琉璃。紅橋碧柳通油幕，叢臺複樹繞金羈。緋紗籠蠟安花裏，綵幔懸毬似霞舉。漢代明王久愛山，曲江吏部今開墅。初開湖墅接湖蓼，重起煙樓布煙燎。將立星竿火樹枝，將貯三硝五花爆。懸竿貯爆俟斜日，列艇分燈晝如漆。但留幻舞到庭看，待駕明河泛槎出。斯時濯燕稱最輕，此際投竿舊有名。絙懸傀儡戲東郭，鉤藏神祕來西京。誰翻竹簡弄漁史，誰聽皮靴拂絃子。

巾角彈碁四座驚，花門蹋鞠三郎喜。別有秦箏老朔客，曼節長吟變促拍。何事哀彈塞上聲，使予翻動江南情。江南一望欲起舞，前亭又打閶門鼓。内部新分刺史家，明童盡出諸王府。晚風乍起煙滿湖，月輪推湧湖中珠。明雲薄霧繞河漢，蘭橈畫槳環菰蘆。燈前紫幔開杯斝，水面紅妝照綺疏。紅妝紫幔兩相映，水面燈前看不定。明河將月蕩爲煙，皓月連湖瀉成鏡。明河皓月乍流没，彷彿天星墮天末。吹將星籥燎花生，看到煙樓火竿發。煙樓星籥繞槎轉，甲燭鱗缸散珠遠。祇因畫舫隔煙多，翻使紅龍踏波緩。香燔銀葉炭迸添，箭下銅盆滴將滿。別浦還營曼衍場，重城已下葳蕤管。大舸小艇歸不歸，霜寒月白煙霏霏。吴謳越唱本超絶，静對流波一聲徹。繞屋驚翻桂樹烏，滿船涼浸冰壺月。只有傷心小樊素，看繫榴裙坐花路。不識初從何處來，幡然忽入煙中去。明河垂垂露華溢，良會何時再能得？賦就《明河》夜未闌，曒曒東方又將白。

雨中聽三絃子適女士王玉映將之吴下過宿蕭城西河里因作長句書感卻示

汝不聞三絃聲最悲，啁嘐哳軋誰所爲？天心雨落風迸裂，坐客一時雙淚垂。三絃初開彷鞉鼓，萬曆年來重張甫。張甫，張聘甫也。父少塘、祖野塘，俱以三絃傳。曹剛不作甫不傳，何處新聲到江滸？當前撥拉如訴説，漴漴嘈嘈漸相接。絃聲復雜風雨聲，拍散音繁語嗚唈。江東女士當代希，會稽王氏留烏衣。著書不讓漢時史，織素自憐機上詩。清暉閣中父書在，綵筆長濡舊螺黛。吟成紅雨滴口脂，行得青藤繞裙帶。王季重有清暉閣。後玉映徙居徐文長青藤書屋。著《吟紅集》。風流遺世姿獨殊，將從秦氏聽啼烏。

朝行賣珠暮無粟，天寒袖薄涼肌膚。可憐兵革滿衢路，欲望西陵過江去。崎嶇宛轉進退難，祇恐行來且多誤。昨宵行李深巷宿，聞汝空奩脱車軸。今朝寂歷風雨來，令我停絃撫心曲。梧宫木落愁復愁，女墳湖畔今難留。君行渺欲向何所，長江浩浩還東流。蛾眉掩抑自今古，况復哀彈最淒楚。今朝自雨昨自晴，不盡三絃此中苦。從來出處難復難，願君絃絶勿再彈。

楊將軍美人試馬請賦

將軍航頭載美人，春行晚泊横江濱。斜陽墮地草埸闊，酒酣欲試紅麒麟。美人常服雙袴褶，青錦鴉幱紫絲結。蟬鬢當風捲似雲，馬毛散汗吹如血。金錢壓口玉袜膚，馬前細立秦羅敷。見人羞上還將墮，壯士驚前不敢扶。調鞍整轡坐不定，忽見桃花滿春徑。將軍似妬九華韉，在旁休視雙金鐙。明霞片片争繞林，紅旍落處桃花深。回頭失卻真珠櫟，春草蒼茫何處尋？

姚子莊 六康，歸善人。

清風詞贈歌者

伊人遥夜嘆，露寒秋氣滋。歸舟無定計，只遣清風知。

王　揆

端士，芝麐，太倉人。

芝麐渡江訪阮亭于揚州，爲絶句數十首，興酣歌唱，不減旗亭。王昊惟夏云：「騎鶴腰纏未必兼，嬴他才藻比江淹。瓊花浪自誇仙種，敢與詞人鬭筆尖？」王曜升次谷云：「莫話雷塘一段愁，錦帆風月已千秋。知君更有傷心處，芳草斜陽懶上樓。」

廣陵贈歌者

覆額青絲白雪身，櫻桃宛轉度歌新。傾城不獨歸紅粉，薄醉樽前爲玉人。

才看何家傅粉郎，忽疑神女下高唐。銷魂最是三更後，不作閨妝作道妝。時演《玉簪》。

汪　楫

舟次，揚州人。司教贑榆。有《山聞集》。

周逸僧納白門董姬戲贈

金屋何曾少阿嬌，佳人又見董嬌嬈。周郎漫道渾閒事，江左風流只二喬。

女羅篇爲冒巢民蔡姬賦　姬善畫花卉翎毛。

蔡家有女嬌如何，春柳濯濯垂清波。有客稱之曰名士，贈以小字曰女羅。杜茶村謂女與羅含同名，爲作《字説》云云。女羅牽絲正春晝，紅雨飄香催荳蔻。儀部分將綵仗迎，使君競把雲璈奏。休誇董祀得文姬，共説周門來絡秀。盎池水暖宿鴛鴦，摘得霜毫倚繡牀。草木無情遭刻畫，翎毛脱手侍飛揚。如椽大筆移松柏，一丈生綃下鳳凰。借問芳年今有幾，弱腕縱横能爾爾。烏衣年少嘆無雙，白髮畫師嗟莫比。記得嫁時過十七，十二年來如昨日。長齋莫不愛逃禪，設帨最宜逢浴佛。我無錦繡段，又無金琅玕。何以致殷勤，請歌《女羅篇》。歌《女羅》，望瓊玖，留賓不用麻姑酒。顧我四壁少輝光，報之願出纖纖手。

余懷　澹心，莆田人。

澹心留寓南中，徵歌選曲，儼如少俊。故梅村贈言有「石子岡頭聞奏伎，瓦官閣下看盤馬」之句。過江風流，應復推爲領袖。

贈小姬陳掌珠

生平能得幾銷魂，到此方知有淚痕。乍見藐姑來白晝，忽疑神女佇黄昏。最憐冰雪聰明浄，猶喜閨房性格存。老我是鄉嬴薄倖，春風搜出小柴門。

李笠翁招飲出家姬演新劇即席分賦

釧動花飛素口開，狂言忽發《紫雲迴》。湘簾直下風吹起，舞出山香薛夜來。
曲子相公今信李，記歌孃子又逢張。江南紅豆花開後，一串珍珠壓酒腸。
紅紅好好又真真，不數思王賦《洛神》。錦瑟玉笙供奉曲，果然燕趙有佳人。
自斷此生休問天，蹉跎富貴與神仙。可憐驚破《霓裳舞》，落在人間五百年。
衙城洞裏玉清歸，結綺樓前試舞衣。誰擘箜篌誰擫管，行雲遏住繞梁飛。
玲瓏綽約點春波，顧影薰香寫翠蛾。借問當年李天下，後宮曾有鏡新磨？
彈罷燒槽淚滿襟，傷心無限夕陽深。人生合作逢場戲，頭白周郎何處尋？
雕梁語燕各雙雙，夭鳥啼春醉綠牕。無賴汝南催不去，好留殘角對銀釭。

附 尤悔菴和詩

樊川重遇綺筵開，無計驚他紅粉迴。虧殺花奴十棒鼓，翠盤賺出玉奴來。
侍兒垂手歌三疊，坐客纏頭紙半張。喜極翻成《懊惱曲》，相看白地斷人腸。
金闕西廂降玉真，非雲非雨望針神。可憐今夜蓮花燭，照見巫山夢裏人。

飛瓊尊緑住瑶天，走向人間伴謫仙。吾輩旗亭暫傾倒，傷心絲竹在中年。樓頭更鼓慢催歸，簾内初更金縷衣。緩坐不愁歌舞散，輕魂長逐彩雲飛。偷聲減字弄《迴波》，剛剩工夫掃翠蛾。更説東君修豔史，隃糜常倩遠山磨。刻燭同題漢上襟，奈何頻唤此情深。明朝便隔天台路，墜珥遺簪那處尋？楊柳櫻桃各一雙，音聲小部鬧紅窗。未傾鑿落心先醉，辜負臨邛賣酒缸。

按：笠翁名漁，錢塘人。能爲唐人小説，兼以金元詞曲擅名，所至擕小鬟唱歌。吴梅村贈詩云：「家近西陵住薜蘿，十郎才調歲蹉跎。江湖笑傲詩齊贅，雲雨荒唐憶楚娥。海外九州書志怪，坐中三疊舞《迴波》。前身合是玄真子，一笠滄浪自放歌。」尤悔菴又云：「十郎才調福無雙，雙燕雙鶯話小窗。送客留髠休滅燭，要看花睡照銀釭。」于是北里南曲中無不知有李十郎者。

王隼　蒲衣，嶺南人。

西溪小姑曲　并序

吴妓柳絲，色既傾國，伎善箜篌。十五歸太原李公子，閲月，公子楚游，與其姨鮑四孃僦屋西溪。巳日湔裙水上，余驚見之。未幾，避兵石頭，爲賊所得，投井而死。因作《西溪小姑曲》以弔之，并貽好事者和焉。

桃花水漾紅閨春，秦桑燕草絲裊人。長眉摇曳海霞裙，天女江妃騎綵雲。綾扇唤風香滿滿，雎鳳銜花刺純綫。當年買笑輕黄金，水精盤内纖腰轉。李郎結網罥珊瑚，龍姑戲擲驪龍珠。紫絲步障圍金谷，琥珀香濃縹粉壺。青青柳傍章臺路，白袷裁成寄郎去。笠篌絃斷萻草春，月暗西溪髑髏語。風裳水佩雲爲車，石井魂歸逗秋語。

曹 禾 頌嘉，峩嵋，江陰人。

汪蛟門花燭詞

春風紅袖太輕盈，坐倚仙郎萬種情。賓客不歸人欲睡，侍兒呼酒醉狂生。

黎士弘 媿曾，長汀人。

續周櫟園先生海上夢亡姬詩

殘香吹入夢無端，何自驅車到海瀾。踏盡波聲魂影濕，四簷山色照君寒。相尋不待夜燈紅，拍手欣逢破大風。白晝樓船來去快，魂猶辛苦認軍中。

丁煒　雁水，温陵人。

長安燈夕

夜深女伴各相邀，走到前門百病消。爲喜釘兒潛觸手，還家忘卻路途遥。元夕夜遊曰走百病。摸前門釘曰宜男。燕舊俗也。

吴之振　孟舉，石門人。

蛟門納越姬戲作絶句調之

斜嚲金釵蹙髻鴉，額黄輕染蘸飛霞。鏡湖春色能多少，壓倒揚州樹樹花。

冒丹書　青若，如皋人。

松陵周羽步以吴蕋仙畫梅扇寄余内人代賦一絶答之

《婦人集》曰：周羽步名瓊，一字飛卿，詩才清俊。居如皋冒先生深翠山房八閲月，吟咏頗多。如《贈范洛仙》云：「黯淡銷魂獨倚樓，登山臨水又逢秋。簷前垂柳絲千尺，只繫柔腸不繫舟。」又云：「蕭騷越客獨淹留，汗漫西風柳岸秋。安得東風解我意，好吹此恨到揚州。」極似唐人絶句。吴蕋仙名琪，才情新婉，與飛卿著有《比玉新聲集》。

紅箋酬唱女相如，蘭若青燈讀道書。卻寄白紈明月底，梅花不信隴頭無。

倪燦 闇公，上元人。

秦淮

蘇孃一曲恨全消，雲作衣裳柳作腰。而今明月空如水，不見青溪舊板橋。

蔡方炳 九霞，息關，長洲人。

旗亭觀劇

翠管清笙出鳳城，《霓裳》一曲已教成。而今不數黄幡綽，祇許旗亭唱太平。

梨園新譜《浣溪沙》，才子乘春翫物華。不用周郎筵上顧，延年端是舊名家。

頃刻分身判樂憂，聞歌宜笑復宜愁。從來離合多成幻，大地何人不是優。

喬萊 石林，寶應人。

舟中贈歌者

桃花春漲木蘭舟，夾岸垂楊水自流。一曲新聲翻《渌水》，東風吹雨過揚州。

本事詩後集卷十一終

本事詩卷十二　後集

吴江徐釚電發編輯

陳維崧 其年，宜興人。

其年尊前酒邊之作，别具一種柔情涼思，怊悵纏綿，令讀者魂銷欲死。嘗客雉臯，於水繪園主人家昵一歌童，題詩寫照，墨瀋淋漓。故西樵王司勳曰："「夢殘酒醒苦相思，秖向丹青想見之。别日當筵難一索，訝君狂減杜分司。」「敝席相憐一片心，玉簫别去響沈沈。不須重倩繁休伯，紙上殷勤寫妙音。」論者以爲平原高誼，杜牧癡情，傳之《本事詩》中，應作千秋佳話也。

徐郎曲

徐郎名紫雲，廣陵人，冒巢民家青童。儇巧善歌，與其年狎。嘗畫雲郎小像，遍索題句。新城王阮亭云："「黄金屈膝玉交盃，坐爇銀荷葉上灰。法曲自從天上得，人間那識《紫雲迴》。」武進陳賡明云："「憶脱春衫花底眠，新聲愛殺李延年。只今展卷人猶在，何處相看不可憐。」長洲尤悔菴云："「西園公子綺筵開，璧月瓊枝夜夜來。小部音聲誰第一，玉簫先奏《紫雲迴》。」又云："「陽羡書生驚坐時，誦君佳句紫雲知。何當乞汝紅牙板，唱取髯公赤壁詞。」揚州宗定九云："「一曲新歌水繪間，冒家阿紫似雙鬟。因思昔日彭陽事，錦瑟曾令侍義山。」吴江吴弘人云：「挑燈愛讀《徐郎曲》，彷彿高歌繞華屋。初展生綃識玉人，迢迢千里春波緑。」好事者多傳之。

江淮國工亦何限，徐郎十五天下奇。一聲兩聲秋鴈叫，千縷萬縷春蠶絲。滌除胸臆忽然妙，檢點高才扚曲驚莫敵，細心入破真我師。徐郎醉汝一杯酒，汝醉還能作歌否？請爲《江南腰身無不爲。曲》，一唱江南春。江南可憐復可憶，就中僕是江南人。憶昔江南夜三五，謝家兒郎健如虎。結髮平翻烏角鹽，當窗濫作善才舞。此日當歌便瘦生，此時善舞便相迎。知音自是緣門第，識曲由來擅姓名。十里倡樓留更住，三更街鼓得人情。霍王小玉家家瑟，楊氏諸姨部部箏。二十年來事沾臆，南園北館生荆棘。崔九堂前只獨憐，奉誠園内無相識。琵琶斜抱恰當胸，細説關山恨幾重。南曲不傳張伯起，北宫誰數沈君庸。霜天禿髮那堪摘，寒夜單衫只自縫。暗裏漫尋前度曲，人前不認舊時容。誰知老人不自得，卻向徐郎敘疇昔。疇昔煙花不可親，徐郎一曲好横陳。干卿何事馮延巳，錯認悲凉感路人。歌罷誰人擊鼉鼓，十萬銀燈落如雨。前輩徐郎慎勿輕，君不見陳九白頭渾脱舞。

按：陳九，徐郎教師也。其年有《滿江紅》一闋云：「鐵笛鈿箏，還記得、白頭陳九。曾消受、妓堂絲竹，毬場花酒。籍福無雙丞相客，善才第一琵琶手。嘆今朝、寒食草青青，人何有？弱息在，佳兒又。玉山皎，瓊枝秀。喜門風不墜，家聲依舊。生子何須李亞子，少年當學王曇首。對君家、兩世濕青衫，吾衰醜。」蓋爲陳九兒題扇也。又爲雲郎合巹賦《賀新郎》一闋云：「小酌酴醾釀。喜今朝、釵光簟影，燈前滉漾。隔著屏風喧笑語，報道雀翹初上。又悄把、檀奴偷相。撲朔雌雄渾不辨，但臨風、私取春弓量。送爾去，揭鴛帳。　六年孤館相依傍。最難忘、紅蕤枕畔，淚花輕颺。了爾一生花燭事，宛轉婦隨夫唱。努力做、藁砧模樣。只我羅衾渾似鐵，擁桃笙、難得紗窗亮。休爲我，再惆悵。」

贈琵琶教師陸君揚

先皇全盛十七年，江東琵琶誰第一？[目翏]城陸生最有名，高手能傳教坊術。是時閭巷正繁華，柘館紅牆十萬家。玉鈴小閣春相逐，絳袖單衫夜自誇。斗帳輕紅花簟碧，明星小落鳴珂宅。酒酣漫撚鵾鷄絃，緑鬢弟子坐憐惜。紫衣明燭映屏風，入破横吹曲曲工。粉項暗窺朱户底，芳心半在玉笙中。此聲田妃稱絶妙，曲終屢得天顔笑。戚里争翻朔客辭，金吾頗愛《涼州》調。五侯七貴不須論，生也聲華滿國門。交成輦路貂蟬盛，唱徹簾櫳花柳昏。邇年淪落無不有，猶抱琵琶不離手。君不見中原夙推周憲王，橋頭明月照金梁。二八宮娥習絃索，三千賓客諧宮商。又不見關中康海金閨彦，飄零卻傍桃花扇。按拍能添倡女悲，摻撾欲唾中涓面。我今欲説心慨慷，眼前世事都蒼茫。陸生老大更嗚咽，酒間笑著黄皮褶。鴛鴦湖上彈一聲，紅袖青衫盡沾濕。

明孝宗時，關中康海德涵落職家居，侍郎楊廷儀過之，留飲甚歡，康自起彈琵琶勸酒。楊言：「家兄在内閣，何不以尺書通？」康怒，擲琵琶撞之，追走曰：「吾豈效王維作伶人，借琵琶討官做耶？」正其年所云「摻撾欲唾中涓面」也。

贈歌者袁郎

袁郎十五餘，生小愛絃索。作人未入侯王門，相逢便傾金鑿落。憶昔當筵一再彈，鵾絃鐵撥掃秋篷。側身横坐紅氍毹，夜闌月轉飛烏鵲。袁郎袁郎我具陳，古來一物皆有神。郎游聲伎非末藝，況遇興亡必寫真。琵琶音派出王府，調雜金元頗淒苦。嘉隆之間張野塘，名屬中原第一部。是時玉峰魏良輔，紅顔嬌好持門户。一從張老來婁東，兩人相得説歌舞。邇來萬事不足道，何獨梨園嘆潦倒。練川雅宗不復傳，姑蘇子弟自言好。袁郎玉貌世所佳，何愁絃索聲不諧。檀槽豈是尋常物，要令豪傑開胸懷。君不見潁川陳生嬾無匹，老大青樓聽音律。黄昏騎馬城北門，萬騎千營吹觱栗。

崇川署中觀小史演劇

焚香瀹茗小簾櫳，樺燭氍毹相對紅。半醉吕郎催羯鼓，宫妝已出繡屏中。

王郎年小好腰身，吴子風姿儼洛神。寒夜如年情似水，相看真是畫中人。時演《畫中人》。

銀虬聲永夜香遲，惱亂樊川杜牧之。欲倚文簫吹一曲，不知人意已迷離。

玉人橋上憶清歌，刺史筵前唤奈何。他日揚州應有夢，三生惆悵爲情多。

楓江漁父曰：往歲僕客皖江程司馬署中，寒夜觀劇，亦賦絶句云：「銀箭銅壺夜漏傳，微添鳳腦撥鵾絃。玉山人意迷離甚，可是樊川被酒年？」「迴眸歛笑太憨生，罷舞氍毹紅燭明。休把檀槽齊拍按，江州司馬不勝情。」「感慨淒涼調不同，銀箏鐵板唱《江東》。舊人縱有何戡在，此地曾無南九宫。」「繚亂閒愁易斷腸，年來瘦盡沈東陽。那堪此夜情如水，卻忘飄零是異鄉。」淒涼掩抑，自覺辛苦纏綿。今讀陽羨諸作，惝恍情移，如置我于成連海上矣。

題小青飛燕圖

婁東崔不凋孝廉爲余紈扇上畫《小青飛燕圖》，花曰小青，開豔者有九，一春燕斜飛其上。題曰：「爲其年題九青小照後一日作。」意欲擬九青于飛燕也。因題一絶，以報孝廉。

嫩色生香賦不成，紅襟斜剪茜花輕。一從圖入崔郎手，流遍江南是小名。

楓江漁父曰：太倉崔華不凋有《櫻桃軒集》，寫生點染，仿佛徐熙、黄筌。僕嘗題不凋畫水仙云：「淡墨欹斜寫水仙，微微寒月籠輕煙。櫻桃句好沾衣久，丹粉生香更可憐。」汪鈍翁《説鈴》云：不凋滸墅别諸公有「丹楓江冷人初去，黄葉聲多酒不辭」之句，一時膾炙人口，因有「崔黄葉」之號。不凋出阮亭之門，阮亭桐花詞妙絶，長安競呼爲「王桐花」，正不可無「崔黄葉」作高弟也。又阮亭《論詩絶句》云：「溪水碧于前渡日，桃花紅似去年時。江南腸斷何人會，只有崔郎七字詩。」其嘆賞如此。

聽白生彈琵琶

落拓司勳有鬢華，飄零瘦沈客天涯。那堪水碧山青日，坐聽當筵《穆護沙》。

玉熙宮外繚垣平，盧女門前野草生。一曲紅顏數行淚，江南祭酒不勝情。梅村《琵琶行》蓋爲生作也。
賀老琵琶識者稀，開元樂部事全非。虢姨已去寧王死，流落江東一布衣。
十載傷心夢不成，五更回首路分明。依稀寒食鞦韆院，簾幙重重聽此聲。
感慨淒涼復窈窱，細如春夢疾如風。少年漫把紅牙拍，此是檀槽太史公。
縱酒狂歌總絶倫，曾將薄藝傲平津。江南江北千餘里，能説興亡是此人。
醉抱琵琶訴舊游，禿衿矯帽脱帩頭。莫言此調關兒女，十載夷門解報仇。
淼淼潯陽秋復春，琵琶亭下事成陳。因君今夜淒涼曲，重憶元和白舍人。

按：其年又有《摸魚兒》一闋，賦白生彈琵琶。其自序云：「家善百自崇川來，小飲冒巢民先生堂中，聞白生璧雙亦在河下，喜甚，數使趣之。須臾，白生抱琵琶至，撥絃按拍，宛轉作陳隋數弄，頓爾至致。余也悲從中來，併不自知其何以故也。別後寒燈孤館，雨聲瀟槭，漫賦長短句，時漏下已四鼓矣。」詞曰：「是誰家、本師絶藝，檀槽掐得如許？半灣邐迆無情物，惹我傷今弔古。君何苦！君不見、青衫已是人遲暮。江東煙樹。縱不聽琵琶，也應難覓，珠淚曾乾處。　淒然也，恰是秋宵掩泣，燈前一對兒女。忽然凉瓦颯然飛，千歲老狐人語。渾無據。君不見、澄心結綺皆塵土，兩家後主。爲一兩三聲，也曾聽得，撇卻家山去。」詞載《烏絲集》中。

同諸子夜坐巢民先生宅觀劇各賦絶句

欲翻新句詠《迴波》，搦管沈吟喚奈何。淡月輕煙猶易寫，最難摹擬是清歌。
少日魂銷湯義仍，而今老去意如冰。聽歌忽憶當年事，月照中門第幾層？
人當臨别歌偏妙，曲爲言愁韵轉和。正是客心淒斷處，漫天絲雨不須多。

左寧南與柳敬亭軍中説劒圖歌

寧南嚄唶大出師，軍中百戲無不爲。潯陽戰艦排千里，夜闌説劒孤軍裏。虎頭瞑目盤當中，其意自命爲奸雄。説時帳前捲秋月，説罷耳後生悲風。軍中語秘聽者死，寂不聞聲夜如水。左坐一將軍，右坐一辯士。辯士者誰老無齒，魋顏摺脅醜且鄙。得非齊蒯通，乃是柳麻子。此翁滑稽真有神，少年趫捷矜絶倫。青春亡命盱眙市，白髮埋名説事人。寧南置酒軍中暇，愛翁説劒真無價。横刀詎趣提湯烹，洗足寧來踞牀駡。飄零大樹蔓寒煙，翁也追思一惘然。西風設祭悲彭越，夜雨傳神倩鄭虔。感恩戀舊纏胸臆，故國無家歸不得。惡少侯王盡可憐，三更燈火披圖泣。

小秦淮曲

絶代銷魂王阮亭，六年旅舍爲君停。昨來禪智河邊别，雨打離帆一夜聽。

劉體仁 公㦷，潁川人。

悼亡姬束素

秋葉爲身落地輕，初三夜月未分明。非花非霧非來夢，環臂何緣識再生？香聞桃葉駕輕舠，共泥紅兒過畫橋。犀導自敲歌一曲，當筵明月闊新潮。江雨吹舟枕簟涼，秋蘭同渡似三湘。人間還夢非容易，莫揀蠻腰誤楚王。

吴兆騫 漢槎，吴江人。

漢槎驚才絶豔，數奇淪落，萬里投荒。驅車北上時，嘗託名金陵女子王倩孃，題詩驛壁，以自寓哀怨，云：「憶昔雕窗鎖玉人，盤龍明鏡畫眉新。如今流落關山道，紅粉空嬌塞上春。」「氈帳沈沈夜氣寒，滿庭霜月浸闌干。明朝又向漁陽去，白草黄雲馬上看。」情詞淒斷，兩河、三輔間多有和者。故計改亭甫里詩云：「最是倩孃題壁句，吴郎絶塞不勝情。」其《西曹雜詩》自敘曰：「望慈幃于天際，白髮雙悲；憶少婦于樓頭，紅顔獨倚。」婉轉悲涼，如聽銀筝之嗚咽矣。

白頭宫女行

《婦人集》曰：長安女尼妙音，舊先帝時宫人也。國破後出居民間，祝髮于北城文殊菴。與海昌相國居址切近，常出入相國家，譚宫中舊事及甲申三月事甚悉。言十九日夜漏欲盡，先帝遍召内人，命其出宫避賊。是時黄霧四塞，對面不相見。帝泣下沾襟，六宫皆大哭。又言宫中侍姬都以青紗護髮，外施釵釧。自遭喪亂，香奩寶鈿，悉爲人奪，惟存青紗數幅，猶昭陽舊物也。

長安女尼妙音者，本崇禎時舊宫人。國破之後，出居民間。嘗出入海寧相國家，述甲申三月及宫中舊事甚悉。今年戊戌，予以謗議械繫都官，而相國亦以他事下吏，因與其嗣君直方子長相見。酒酣耳熱，爲言妙音。予既自傷讒枉，復聞妙音之事，悲紅粉之漂零，感羈人之淪落，乃連綴其語，作爲長歌，以傳于樂府云。

長安女冠頭似雪，曳地黄絁懸百結。手執金經淚暗垂，云是前朝舊宫妾。當年充選入披香，倭墮新梳内殿妝。低鬟自惜青蟲小，繫臂愁看絳縷長。先皇御極方清宴，宫中屢啓催花讌。雲母屏開見舞人，水晶簾捲低歌扇。歌舞年年樂事殊，森沈寶幄挂流蘇。北宫漫閲魚龍戲，東絹頻臨蛺蝶圖。圖史紛披閒珠翠，深宫鎮日長無事。鵲顧書從女史傳，鸞雛釵向昭陽賜。昭儀明豔獨承歡，促坐金牀倚笑看。燈簇九微長侍輦，妝成七寶自憑闌。闌前羅綺紛成列，阿監才人幾分别。玉墀草細打毬高，珠箔花深吹管徹。景福宫前細柳垂，瓊軒不閉共追隨。繡鐙纏鬃嬌試馬，緑綈隱几倦彈碁。春花秋月年華换，掖庭寂寞腸堪斷。素手繙書教小王，紅顔對食憐同伴。漢宫中自相配偶，謂爲「對食」。一從羽檄擾秦川，遂使官家少晏眠。五夜刺閨頻報警，三春合殿罷開筵。幾載天顔慘不樂，中宵獨坐占芒角。

砲火新開内教場，詔書屢下文淵閣。閤門封事日紛紛，督府潼關復覆軍。幾部黄巾殘楚豫，千群青犢下宣雲。宣雲處處名城墮，倒戈自啓居庸鎖。闕下交馳告急書，殿前望斷平安火。軍鋒倏忽逼神京，一夜都人已數驚。内苑左貂群揖盜，團營飛騎半翻城。城上弓刀争内向，倉黄無復蓬萊仗。獨御金鞭視九門，空頒鐵券封諸將。白馬青袍捲地來，君王長嘆下平臺。日詔内人從避寇，手持愛子共銜哀。可憐十葉漢天子，海竭山崩竟如此。複壁寧教伏后藏，佩刀自剸清河死。先后自刎。珠傷玉碎滿曾城，宫車無那赤龍迎。猶有黄門曾殉主，豈知紫闥竟屯兵。自憐白首深宫住，欲問家山渺歸路。潛脱霓裳出九重，卻尋月徑依雙樹。一託香臺已十秋，每談遺事自生愁。室中漫禮金仙席，夢裏還隨玉輦遊。惆悵生年遘陽九，戒珠持遍甘衰朽。天家龍種尚漂零，賤妾蛾眉亦何有。我來故國幾沾翰，摩挲銅狄北風酸。昭陽舊侍悲通德，長樂姬人識佩蘭。自古興亡堪太息，淒涼何處尋遺跡。《麥秀》偏傷過客情，《柘枝》還下宫人泣。

漢槎之徙塞外也，書來言朝鮮使臣李節度雲龍以兵事至寧古，屬製《高麗王京賦》，遂草數千言以應。其國頗以漢槎詩文爲重。又自云：彷彿班、揚，其狂態如故。無錫顧貞觀梁汾寄漢槎詩曰：「萬里誰能憶，《三都》只自傷。聲名箕子國，詞賦夜郎王。淚盡臨關月，心摧拂鏡霜。李家兄妹好，倘復惜班揚。」

張梯 木弟，山陰人。

聞絃拍

嫋嫋秋風湖上亭，數聲絃拍暗中聽。分明不是開元譜，卻遣人思雷海青。

屈大均 翁山，一字騷餘，番禺人。

翁山少補番禺縣學生，名紹隆。遭亂，棄去爲僧，又字一靈。中年返儒服。有《翁山詩外》。嘗登魯連臺，賦詩云：「一笑無秦帝，飄然向海東。誰能排大難，不屑計奇功。古戍三秋鴈，高臺萬木風。從來天下士，只在布衣中。」爲世所稱。

大小憐歌 華陰伎。

大小芙蓉總可憐，青蓮今夕在誰邊？東西南北皆蓮葉，明月中當玉井懸。
素手相將入暮林，上方樓閣月華深。笑他楚調金陵子，不解秦簫弄玉吟。

湖口舟中口號贈内子華姜

大姑既有臙脂巷，小姑亦有蛾眉洲。今夕蘭橈與卿駐，彭郎不得擅風流。

湖水合將江水流，與卿日日乘輕舟。相憐一片鴛鴦水，白浪如山亦不愁。湖口江湖合流，一清一濁，名鴛鴦水。

郭皐旭新納粤姬賦贈

鷓鴣元越客，茉莉是蠻花。南翥聊同妾，西飛莫憶家。蚌生珠子樹，龍織海人紗。自可成豪富，無令金谷誇。

贈墨西 有序

姬人姓陸，生高要之布水村，與端溪密邇。予得之，使朝夕在研之西磨墨，供予揮灑。故字之曰墨西。

香溪一片即端溪，采得姬人字墨西。水玉朝朝磨削笋，松煙日日染柔荑。教成小楷書難就，催作新詞唱未齊。善品水巖諸甲乙，青花白葉滿中閨。

少小長齋繡佛前，前身應是散花天。昆邪一見全無日，居士相依秖爲禪。每乞研金書梵唄，時教潑墨作雲煙。爪痕多在《曹娥帖》，紅染鑾花半鳳仙。布水村連墨研沙，真巖得自女兒家。蟾蜍滴滿三春露，翡翠牀開六代花。弄粉沾書成垢膩，分朱點易出精華。還將劒器增飛動，草聖從今益自誇。

贈香東

予得姬人陸女，字曰墨西。越數日，復得東莞石氏女，使司香，而字之曰香東，爲詩贈之。

宣爐東畔暮還朝，一氣窗間拂絳綃。生熟水沈憐血格，陰陽火活恐煙焦。莞中雖是香農女，江畔難將玉珮要。得侍維摩真大幸，一生心字佛前燒。

絲藤五色作熏籠，日焙春衣廢女工。熟結浣將茶小煖，香魂煎取火微紅。花開莫使雙煙近，鶴降須教一縷通。收拾餘芬歸兩翅，簷間幺鳳與卿同。

鎮日盈盈棐几邊，裙裾出入有餘煙。含辭已似黃馨吐，取氣還將黑潤煎。作配文人非豔福，託胎香國本真仙。心花意蕊開須早，證取圓通鼻觀禪。

攜姬人華姜遊華山

誰知玉井裏，亦復有鴛鴦。玉女洗頭罷，蓮花無數香。更憐毛女好，於此素琴張。風捲冰簾雪，愁卿羅袂涼。

龐祖如以張喬美人畫蘭見贈詩以答之 有序

友人龐祖如有張喬美人畫蘭一幅，上有陳文忠公桐君所題詩，詩曰：「谷風吹我襟，起坐彈鳴琴。難將公子意，寫入美人心。」公嘗于南園五先生抗風軒集名流十有二人開社，喬每侍公弄筆墨賦詩，有送黎孝廉美周詩云：「春雨潮頭百尺高，錦帆那惜挂江皋。輕輕燕子能相逐，怕見西飛是伯勞。」又有李山人煙客詩云：「《子夜》徵歌特底忙，奈何花月是愁觴。春江千折牽遊舸，若箇津頭柳綫長。」又云：「香作飛塵玉作煙，輕寒微月養愁天。《梅花》本是江南弄，一疊關山倍可憐。」皆清婉多風，得詩人比興之旨。喬既工詩，復美顔色，歌舞妙絶一時，故爲諸士大夫所愛。每有讌集，喬必與。年二十有一，病垂危。彭孟陽文學以數百金贖之，附於千金市駿骨之義。喬竟不起，孟陽葬之白雲山麓梅花坳。送者數百人，下至緇黄，人詩一章、梅花一本以表之，號曰「花冢」。祖如嘗至其處，以爲可與花田相頡頏云。喬字二喬，廣州人。

自來忠潔者，香草最情深。況出佳人手，芬馨直至今。數莖纔作態，一朵已生心。尺幅風流在，相貽愧所欽。

梁佩蘭 藥亭，南海人。

贈妓

誰家才子命能當，消受巫雲一朵香。神女有時來蜀峽，帝妃終日泛衡湘。生成慧舌調鸚鵡，慣織金衣學鳳凰。並笑並憐無不可，芙蓉花發照橫塘。

田茂遇 髯淵，華亭人。

曹子閑納二姬戲贈

姮娥月窟此重開，兩見霓裳仙子來。春暮鶯花偏越水，夜闌歌舞憶蘇臺。雙飛蛺蝶風前起，並蒂芙蕖雨後栽。此夕綺筵應有賦，陳王八斗自奇才。

姜宸英 西溟，慈谿人。

酒醒聞鄰姬絃索

江上寒多酒力輕，夢中哀怨不分明。誰彈《出塞》三翻曲，家住防秋萬里城。各自故人摇落恨，何煩絃指別離聲。衆山擊柝蕭蕭曙，起步簷前細雨傾。

宗元鼎 定九，梅岑，揚州人。

定九別號小香居士，傳巖先生之孫也。晚居廣陵之東原。蘭陵鄒訏士祗謨謂其憔悴江濱，拄户高詠。卜築新柳堂，有竹軒、梅屋數間，中藏殘書百卷，鉤纂迄午夜不息。鴻妻驥子，衡門蕭然。鄒嘗贈以詩云：「六年五到廣陵城，珍重宗資送客情。江北江南無限恨，花時細雨聽流鶯。」宗又自著《賣花老人傳》，其略云：「賣花老人者，不知何許人。家住維揚瓊花觀後，茅屋三間，傍有小閣，室中茗椀丹竈，經案繩牀，皆楚楚明潔。柴門内方廣二畝，以種花爲業。家嘗有五色瓜，云即昔之邵平種也。手藝草花數十種，朝晨擔花向紅橋坐賣，遇文人墨客，即贈花换詩而歸。或遇俗子，購之必數倍其價。得錢沽酒盡醉，餘者即散諸乞兒，市人笑爲花癲。嘗九日渡江，經旬不歸。人問之，答曰：『吾訪故人殷七七于鐵甕城中耳。』袖中出杜鵑一枝，鮮紅可愛。所往來者有筆道人、珏道人，圍棋烹茗爲樂。筆道人疑即宋建炎中顔筆仙耳。昔瓊花觀中有黄冠持畫一軸獻帥守，字皆雲章鳥篆，不可識。使人瞷之，乃入觀後井中玉勾洞天深處。相傳老人或爲童子，或爲黄鶴，千年於兹矣。識者謂爲即黄冠後身云。時蕭靈曦晨爲之繪圖，考功王西樵士禄題以詩云：『飲香浴露詞人筆，小白長紅野圃春。時餉一枝博新詠，幽情兩屬灌園人。』又云：『何來筆墨關卿事，不惜畦邊千錦叢。多少清詞飽蟲蠹，風流輸與賣花翁。』自是廣陵春遊者，過紅橋一帶，説賣花老人逸事矣。」

雪霽索横波夫人畫芝麓奉常草書

曉氣重重透薄幃，八牕深鎖日絲飛。衛郎已盥芙蕖面，小玉應薰荳蔻衣。繞屋寒梅花暗落，一亭香雪客來稀。奉常詞賦夫人畫，好展冰綃對案揮。

和卞玄文百柳園對雪即看小韞妹學畫

玄文名夢珏，吴巖子女，金陵閨秀。

懸思風雪際，嬌怯應難支。倚檻憐衣薄，搴梅倩妹持。茗香消旅況，筆墨是心知。無那園中絮，飄如二月時。

唐祖命納姬翠容戲作香奩詞

燕雲盤髮墜蜻蜓，少小盧姬夢未醒。不是侍兒催不起，昨宵深夜舞娉婷。

藕縷抽絲著處真，絲絲牽繞在郎身。願將此夜金梭裹，織作雙蓮並蒂人。

友沂席上戲贈三郎

菱花不是等閒妝，羞殺金釵十二行。縱使延年歌一曲，儂家也只道如常。

席上贈翠英校書

風流此夕興逾豪，剪燭狂吟贈薛濤。纖腕柔酥含芍藥，叵羅光徹豔葡萄。舞翻翠幙綃衣亂，音疊紅雲鳳笛高。争奈座中腸已斷，不須和淚撥燒槽。燒槽，琵琶名。

葉舒穎 學山，吴江人。

學山所輯《瑣録》云：戊戌春，偶過嘉善，有歌姬施碧蓉自石門來，丰姿秀逸，略識字而善諧謔。一夕，同人數輩醵飲于蔣氏園，姬糾酒，意取花名而寓禽蟲者。客舉鳳仙、金雀之類，都無語，而劇賞錢塘王子豹采之蝴蝶花。及余舉杜鵑，獨坐罰，彼蓋不知杜鵑是禽名耳。余欲置辨，或誚爲煞風景，乃引滿不辭。于是薌澤微聞，風生滿座，小户無不洪飲。過夜半，姬出素箋，請客各贈一詩。余因是日看演《浣紗》傳奇，遂漫書絶句：「絶世佳人住若耶，要傾人國出西家。語兒溪上分明見，還對春風自浣紗。」武塘毛子穉賓題云：「一雙紅蕚帳重重，獨立争如施碧蓉。眼見名花真解語，銷魂不信只吴儂。」豹采詩則曰：「掃眉才子最天斜，録事誰容觥政譁。啼殺杜鵑渾不聽，獨憐蝴蝶是名花。」舉坐絶倒，因罷酒云。

憶小婢垂絲

密約誰憐是目成，朝雲長向夢中行。關心最怕春將去，花發閒階憶小名。

秋晚過澄江感舊

當年曾記狹斜遊，阿母將雛並倚樓。乍覺春寒添半臂，恰扶午睡整搔頭。青衫作客元宵夢，紅豆傳歌子夜愁。別後小鬟如舊否，鬢絲禪榻不禁秋。

楓涇即事同元禮弟戲作

檀槽哀怨幾黄昏，曲水平橋自掩門。昨夜西風雙槳子，卻抛桃葉載桃根。水剪雙眸弱不支，風光細膩少人知。鄂君又向舟中去，繡被香濃好待誰？

彭　椅

爰琴，溧陽人。

舊院行爲閻再彭題姜姬畫蘭作

素箋小幅懸秋榭，陣陣香風吹欲下。誰移九畹一枝蘭，年年花葉無凋謝。並頭花影不含顰，幾葉蕭疏澹出塵。鬟染可憐傳妙手，寫來煙雨卻如真。如真小字姜爲氏，風流應善長千里。自書甲戌上元前，爲贈翩翩蔡公子。公子才華宗伯家，南國徵歌遍狹邪。蔡爲鶴江宗伯子。雲間莫生好詞藻，坐看點染紫莖花。姬自題云：「時莫生雲卿在坐，更助筆墨之興。」莫生蔡子百年後，如見幽蘭親寫就。只今最恨石頭城，多時芳草埋香繡。我曾十度過秦淮，無處頹廊覓斷釵。何緣市上逢金盌，空向毫端賦錦鞵。笑儂家本金陵地，不知舊院多遺事。舊院歌樓三百春，風月鶯花難盡記。記得城南淮水旁，善和坊對大功坊。文德橋頭對南巷，鷲峰寺側轉西廂。西廂南巷皆香陌，踏成滿路臙脂跡。青樓到處可停車，朱户誰家不留客。客來江上盡王孫，一望平康即斷魂。樹迴楊柳多縈馬，花發枇杷故掩門。門裏闌干十二曲，兒家三五新妝束。自言好女恰姓秦，預料小名多字玉。玉女朱孃未出來，簾内嗔教阿母催。昨日避人調錦瑟，今晨聞客下梳臺。便令卻扇歌《宛轉》，微頳翻怪桃花淺。藍尾酒傾燈下歡，紅笙汗透宵分喘。歌舞相尋暮復朝，容易纏頭百萬銷。方矜玉釧光同腕，更索羅裙色稱腰。當時紅板橋邊路，絡繹香輿織煙霧。只聽日日弄銀箏，盡説家家擁錢樹。錢樹移來金穴邊，豪華巨賈與少年。多邀狎客費杯斝，又買新姬教管絃。滿城笙管風吹散，萬紫千紅齊爛熳。最先一本鳳尾蘭，紅錦千端還不换。采蘭時上木蘭舟，蓮花開後向西洲。不論重陽與寒食，名流争約共遨遊。來游靈谷看梅早，又踏雨花臺畔草。烏龍潭上槳咿啞，桃葉渡前歌《懊惱》。懊惱于今奈若何，正嘉前事已多訛。趙家供奉無人説，武皇時，趙燕如善音律，徵入供奉。但説湘蘭勝跡多。神廟時，金陵院中以馬湘蘭爲第一。湘蘭昔住青溪上，幾架吟詩樓自創。薛濤創吟詩樓。只有王生得入來，描蘭寫竹常相向。湘蘭能詩，善寫蘭竹，與王百穀最善。聞道王生媿不如，才子江南盡曳裾。漫教白鳳誇詞客，還向碧雞尋校書。此時舊院真繁盛，五侯七貴争交聘。每將上坐逐紅裙，不許庸奴窺翠鏡。北里齊名趙彩姬，趙今燕名彩姬，與湘蘭同名。後來朱鄭亦稱奇。朱無瑕字泰玉，鄭妥字無美，皆爲當時名妓。象管鸞箏歌夜夜，燕釵鳳帔舞時時。便房曲館常迷戀，技巧兼呈心目眩。或能撾鼓聲如雷，或能投壺光若電。若能彈棋拂手巾，或能操琴聽游鱗。或能霹靂自控矢，或能蹴踘不動塵。更有吴門薛素素，彈丸走馬翻身顧。素素，吴妓，善彈丸走馬。于中絶技何者無，尤競新詩吟柳絮。詩能柳絮畫能蘭，濕霧輕煙墨瀋殘。黄金買賦猶爲易，紅葉留題始信難。舊院當年推領袖，錦江莫出湘君右。屈指姜姬正並時，如真豈在守真後。姜名如真，馬名守真。彩雲化去百年中，舊院樓臺倏已空。忍教回首蘼蕪逕，莫結同心松柏叢。西陵松柏何從問，巷改烏衣爲馬糞。落花還聽鷓鴣啼，横塘久散鴛鴦陣。非徒舊院最傷心，火内離宫不可尋。白髮亂餘亡故老，翠鈿消後絶知音。二十年來江上曲，那堪《玉樹》今番續。燕子斜陽晚自紅，臺城荒草秋還緑。我從舊院路傍過，何曾髣髴遇陵波。土花縱處沈釵股，瓦蔓粘時拭黛螺。院内于今惟菜圃，翻看紙上留蘭譜。一代美人香草魂，可憐都被君收取。蘭葉蘭花有幾莖，爲君翻作舊院行。忽教往恨成新恨，應化無情作有情。

崔嵸 五竺，真定人。有《嘯谷草》。

贈妙音女冠移居

葉老山寒不改秋，香塵翠幙舊秦樓。朝朝聊對旃檀禮，爲祝蓮花許並頭。

王典 備五，仁和人。

聽徐生絃索

撥刺絃清旅舍逢，背燈就月響玲瓏。誰知當日曹剛手，卻在徐郎衣袖中。

俞泰 次寅，仁和人。

花間

亦有花間約，黃鸝正好聲。戲翻《子夜曲》，偶作《麗人行》。宛轉生微感，纏綿出至誠。風流慚杜牧，空復説多情。

王頊齡 顓士，華亭人。

悼伎桐月次錢葆馚韵

三春錦席醉良宵，幾度和風拂翠翹。午夜探鉤時並玉，華堂就月坐吹簫。珮環冉冉雲初散，花草年年恨不銷。腸斷西陵秋雨後，粉香零落思迢迢。

李良年 武曾，嘉興人。

塞上嚴都尉署中觀女樂歌 時演石季倫事。

南嶠何迢遥，湯池復深阻。涼飈旦暮吹，五月凝殘暑。我在長安正苦炎，狂來策蹇覓村簾。不知物候天涯改，翻喜殊方勝事兼。上谷將軍雅愛客，堂中珠履尋常入。百年黄閣數家風，六載戎符試邊邑。衙齋絲竹駐年華，不列旌麾列絳紗。神女先歸荆楚夢，春風偏到洛陽家。春風，郭冠軍家婢。痛飲連朝看不足，紅牙按徧江南曲。妙本新翻石季倫，獨將佳麗傳金谷。憶昔明珠换緑珠，徵歌買笑古來無。曾向紫絲夸錦障，還提如意擊珊瑚。一自佳人愁墮地，狼籍璣琲與簪珥。吹笛曾無宋禕存，乘輿祇有山松醉。梨園此日並流傳，掠削雲鬟更可憐。玳瑁筵中鶯乍囀，琉璃屏外柳三眠。

風起羅幃日亭午，窈窕文窗亂香雨。且看西子擲金錢，何事東家邀翠羽。此地由來苦戰爭，北門鎖鑰重論兵。簫笳久作《從軍》轉，鐃吹唯聞《出塞》聲。二十年間人事改，連營不用披金鎧。越豔吴歈散夕烽，紅泉碧草常相待。俯仰承平此一時，爲歡莫遣鬢成絲。從知地主風流極，更與尊前賦《柳枝》。

吴郡丞采臣署齋出家姬歌舞留宴因成四韻

吏人初散鴈聲邊，司馬閒題樂部篇。愛寫練裙王内史，慣驚紅粉杜樊川。榆關三伏風摧葉，柳堠千屯月帶煙。莫聽圓蘆捲悽調，花鬟挾瑟勸觥船。

鴈門驛對酒贈妓

銀箏一曲夕陽微，葉盡榆關更不飛。句注沙明殘雪岸，滹沱月上美人衣。暖傾白墮銷銀燭，冷怯琱鞍試錦圍。欲折梅花簪鬟好，春光愁絶隴頭稀。

黄皆令歸吴楊世功索詩送行

皆令名媛介，鴛水人，歸楊世功。以詩文擅名，書畫亦佳絶。

曾因廡下棲吴市，忽憶藏書過若耶。愁殺鴛鴦湖口月，年年相對是天涯。

盛名多恐負清閒，此去蘭陵好閉關。柳絮滿園香茗坼，侍兒添墨寫青山。

嘉興女士黄德貞月輝有送皆令北游調《踏歌詞》一闋云：「飛絮縈香閣，横波繞畫簾。都將煩惱意，付與别離船。白雪長安聲價重，盻瑶天。」

陸進 蓋思，錢塘人。

題廣陵女郎小影

淺碧銀紗護幾重，紅窗小影勝芙蓉。閒時手潑香奩墨，雲雨連山愁殺儂。

葉舒崇 元禮，吴江人。

元禮爲仲韶先生孫，與星期進士並擅文譽，有大、小阮之目。早歲漂零，倦遊京雒。嘗與僕輩痛飲燕市，有「青山埋骨黄壚邈，紅豆關心緑鬢殘」之句。汪鈍翁《説鈴》曰：元禮素病羸，然頗不耐杜門，客有憂之者，或笑曰：「猿狙之性，動而彌壽。」予因有詩規元禮云：「藥裹茶鐺故可親，底須懷刺逐風塵？中朝洗馬方羸疾，莫倚聲名是璧人。」又云：「三載詩名滿薊丘，彈棋捉塵更風流。如何消渴春來甚，不爲文君也倦遊。」

寄阿芸

記得華堂始目成，珮環疑逐步虚聲。筵前鳳曲紅牙按，月底龍團素手烹。啼罷鵑魂傷錦瑟，夢回蝶影惱春城。何時雙槳三生石，繡佛幢前再證盟。

按：阿芸，杭州人。元禮《雜憶》詩有「半鉤初月移紅樹，一曲微波繞緑楊」句，亦爲芸作也。

贈玖兒

珠兒歌罷扃華堂，花亂罘罳玉漏長。底事夢回人不見，練裙偏覺露華香。

吴　雯　天章，蒲州人。

袁妓潤孃

紅樹紛紛血淚多，遠山縹緲憶青蛾。人間從此無歌舞，惟有臨風唤奈何。

繫馬朝陽風柳斜，青山依舊美人家。當年多少閒蝴蝶，誰哭西風葬落花？

吴　鏘 聞瑋，吴江人。

聞瑋偕龐蕙纕夫人葺藤花書屋，晨夕倡和于内。揚州吴薗次太守寄示《鵑紅二分明月新集》，題絶句云：「詩筒纔到一緘開，明月鵑紅寄得來。閨閤文人應下拜，吴興太守總憐才。」又云：「朝來窗閣曉妝遲，小婢研朱滴露時。歌吹竹西明月滿，清輝多半在君詩。」龐字紉芳，又字小畹。

吴門感紅藥舊事次梅杓司韵

求名待嫁兩閒人，同是尊前未了身。何處别離曾記得，琵琶含緑牡丹新。丙申春暮，同杓司諸子、紅藥諸姬集含緑堂牡丹花下聽琵琶。

送葉學山之秣陵寄詢楊較書妍 妍字步仙，舊院歌姬也。能詩善書，工畫叢蘭竹木。兵火後寓武定橋南大功坊廢圃内。

把酒今朝一送君，秣陵憶别廿年人。秋風長板橋頭月，舊是秦淮渡口春。
孤客江干八月潮，綺窗曾記話無聊。輕紈畫箑叢蘭小，遮遍春風武定橋。

蕭蕭兩髩已如霜，俯仰情深解斷腸。碧水紅欄今在否，當年花月大功坊。

吴　藹　虞升，吴縣人。

次韵蔣曠生悼亡姬戴陵濤詩四首　姬，廣陵人，善詞詠。

底事風摧異様花，香魂應返玉鉤斜。樊川腸斷揚州夢，月下猶疑響鈿車。
時世難留淡淡妝，鏡奩零落膩遺香。最憐病減西風夜，依舊詞成弔海棠。
石上相逢是舊緣，金蟬鈿雀故依然。當時一笑渾閒事，懊惱長教憶往年。
由來誰不爲情癡，況復多情那自持。暮雨朝雲皆是夢，縱聞紅豆莫相思。

周在浚　雪客，祥符人。

金陵古跡詩

風流南曲已煙銷，剩得西風長板橋。卻憶玉人橋上坐，月明相對教吹簫。舊院有長板橋，爲最勝。今院址爲菜圃，獨板橋尚存。當時曲中以沙嫩簫爲第一。

誌公留得舊袈裟，紫鳳天吴莫浪夸。五里松聲天籟絶，卻從天上聽琵琶。靈谷寺有寶誌公袈裟。寺前五里松，今濯然矣。琵琶階，行人撫掌，應聲作琵琶響。

曲終腸斷李龜年，北調于今迴不傳。一片筝琶凡響遏，淵淵聲出碧雲邊。舊院老樂工唱北調，以琵琶、筝和之，是宮中所傳。

燒尾檀槽曲已終，《念家山破》泣吴儂。春風一半吹桃李，腸斷紅羅亭子中。南唐于宮中作紅羅亭，亭外種梅，後主與周后坐其中。潘佑有詞云：「桃李不須夸爛熳，已輸了春風一半。」時已失淮南，故云。燒尾檀槽，周后琵琶名。所製曲有《念家山破》。

莫愁家住石城西，樂府流傳路欲迷。誰向湖邊辨吴楚，清江門掩夕陽低。石城有女子名莫愁，善歌謡。其曲云：「聞歡下揚州，相送楚山頭。」莫愁在楚無疑。今石頭城下有莫愁湖，蓋因石頭城與石城之訛，遂以爲莫愁所居。湖上舊有徐魏國園亭，今廢。湖近清江門，清江即清涼，門今已閉塞。

春草王孫没見期，夕陽猶掛柳絲絲。世恩樓上風流事，獨有春來蝴蝶知。東花園，園有世恩樓，徐髯仙篆扁，今廢。

龍笛新裁二尺長，中懸畫鼓大如筐。萬人喝彩燈船過，百盞琉璃賽月光。秦淮燈船所奏皆宮中樂。樂半，吹筎喝彩，其聲如雷。聞宮中元夕奏樂亦然。前朝盛時，燈船多至五七十隻。

頓老琵琶奉武皇，流傳南内北音亡。如何近日人情異，悦耳吴音學太倉。南院頓老琵琶，是威武南巡所造法曲。今太倉絃索勝，而北音亡矣。

桃根桃葉畫樓多，秋水秋山唤奈何。幾曲小闌明月底，有人曾此别横波。桃葉渡頭丁老河亭，錢虞山、龔合肥常主于其家。

王晫 丹麓，仁和人。

十青詩 有序

偶逢姝麗，來自維揚。擅寵姐之清謳，逞雲容之妙舞。桃花扇底，不禁紅暈風迴；楊柳樓心，尤喜青絲月映。何意數年隔面，空贈將離；遥憐百媚生春，能無懷夢？因拈小字，賦得短章。

春風心易醉，日午夢初醒。繡得鞖頭鳳，何人共踏青？

不見紅妝影，春秋幾度經。章臺楊柳色，怕減昔時青。

林麟焻 石來，莆田人。

宋宫人斜

在月峰右。舊爲雨塌，有樵豎入其穴，竊蟾蜍釵鐃以歸。宫人憑巫，自述爲宋嬪，隨官家航海没此。樵懼，反寶器而掩之。

噪樹寒鴉日夜昏，内家斜對石龕門。雲鬟宫樣埋莎草，薜荔山阿酹酒痕。厓海不填精衛恨，春心長託杜鵑魂。金絲銅鬲傷零落，紅粉猶傳秘器存。

潘　江

蜀藻，桐城人。有《木厓集》。

醉後走筆留别女郎惜惜

纔聽歌聲憐惜惜，便驅祖帳向勞勞。他時皴佩如相遇，只恐安仁已二毛。

元日贈歌妓雲輕

鈿雀銀蟬玉蕊冠，妝成不出被人看。如何最是堪憐處，獨立空房小襪寒。
酒闌歌散太無聊，算定花時訪翠翹。再若相逢説相憶，自從元日到今朝。

羅世珍

魯峰，漢陽人。

秦淮後竹枝詞

一代風流嘆絶蹤，留賓無復舊司農。半生明月秦淮夢，付與西州一慟中。周櫟園先生爲《秦淮竹枝詞》，嘗題一册，有「半生明月秦淮夢」之句。

王又旦 幼華，郃陽人。

示姬人

黄入清秋橘柚枝，敝裘蕭颯傲涼颸。從今半臂添微凍，耐得并州夜雪時。

方象瑛 渭仁，遂安人。有《健松齋集》。

洪昉思納姬 姬吴人，善歌。

才子風流倚畫屏，一時名部擅旗亭。從今度曲應無誤，象管鸞笙細細聽。

吴　權 習隱，秀水人。

小鳳曲爲勒山賦

迎來雙槳蕩春潮，細雨東風送小喬。淚裹紅綃還阿母，爲儂寄到鳳凰橋。
踏青仍與小姑偕，故故回頭碧玉釵。幾日春陰花落盡，香泥先沁鳳頭鞋。

休唱南朝本事詩，鳳筝錦瑟出簾遲。曲成不用周郎顧，自寫烏絲付雪兒。
比翼休同凡鳥猜，梧桐滿院半新裁。鳳雛詎得供梟食，定爲人間療妬來。

江闓 辰六，貴陽人。

贈女史

梨花滿院不勝寒，旖旎仙姿嚲畫闌。爲愛看花歸去晚，看花人轉作花看。

本事詩後集卷十二終

吴江徐電發先生，以纏緜悱惻之才，發爲詩歌，負一時盛名。雖舉鴻博，直史館，終以兀傲遭衆口謡諑，挂席南歸，自放於五湖煙水間，何遇之蹇也！所輯《本事詩》十二卷，取有明以來纏緜悱惻之作總爲一集，讀之能增春女之悲而益秋士之哀，其移人也深矣。蔣君敬臣勸余重付剞劂。余惟徐先生尚有《詞苑叢譚》六卷，當時與此書皆盛行海内，原板散失。《叢譚》已刻入《海山僊館叢書》，《本事詩》則未聞有重鐫者，宜蔣君之慫恿付梓也。余嘗讀蔣君《重游端園》絶句云：「舊游題字忍重看，聯襼人非景物殘。無限感今懷昔意，夕陽明處一憑欄。」「秋香幾樹傍池開，池水曾經照影來。迴合畫廊無恙在，傷心紅粉久成灰。」又《金縷曲・題香囊》云：「巧樣絲千縷。記年時、謝郎愛佩，殷勤乞與。妝閣已非當日舊，故物紫羅珍護。更莫問、餘香難駐。月不重圓花易謝，早美人、零落歸黄土。重檢點，淚如雨。　回思玉腕輕攜處。有多少、難宣隱曲，欲披情愫。祇有靈犀心暗印，密與金鍼共度。悵緣薄、留仙不住。雪爪幾痕添綫迹，與馬嵬、牘馥同千古。呼不起，白楊墓。」蔣君蓋亦纏緜悱惻人也，故於此書愛之特深。君名清翊，吴縣人。端園在吴之木瀆鎮。附筆於此，以待後有徐先生其人輯《續本事詩》之採取云。光緒戊子四月，邵武徐榦識。